Norman Mailer
诺曼·梅勒作品

刽子手之歌 下

The Executioner's Song

〔美〕诺曼·梅勒 著 邹惠玲 司辉 杨华 译

上海译文出版社

下 卷

东部的声音

第一部　在好国王博亚兹的王国里

第一章　跌落的恐惧

一

十一月一日，也就是加里·吉尔摩第一次在法庭上声明他不愿对有罪判决提出上诉的那一天，州首席检察官助理厄尔·道罗斯正坐在盐湖城州议会会堂内首席检察官办公室里他自己的桌前。这是座纪念碑式的建筑物，金碧辉煌的圆顶，长方形的大理石厅堂内镶嵌着大理石地面，站在厅堂中央仰面朝上，你可以看到装有锃亮的白色栏杆的各个楼层。厄尔喜欢在这种到处是大理石的环境中工作，他很愿意下半辈子一直在这个地方尽职尽责。

那天下午，厄尔接到犹他州监狱狱长打来的一个电话。道罗斯是州监狱的法律顾问，狱长经常找他谈谈，可这一次萨姆·史密斯狱长似乎挺紧张。他的押送官刚刚把一名叫加里·吉尔摩的犯人押往普罗沃参加一个法庭听证会，据说吉尔摩告诉法官，他不想对死刑判决提出上诉；于是法官确认了行刑日期，离现在只有两个星期了。狱长有点担心，做准备的时间不大充足。道罗斯能不能证实一下此事？

厄尔打电话给诺亚尔·伍顿，两人谈了很长时间。伍顿告诉他这件事是真的，还说他正在揣摩吉尔摩的动机。根据法律，死刑必须在自判决之日起的三十到六十天之内执行。既然吉尔摩没有提出上诉，对他的最后一次审判是在十月七日进行的，如果六十天之后，也就是到十二月七日，到时候他们仍然没有处死他，会发生什么事情呢？那时吉尔摩将完全可以要求立即释放他。说到底，死刑是对他的唯一判决，并没有判他徒刑。从技术角度讲，他们没有任何理由继续关押他。他可以借助人身保护令出狱。

律师们一致认为，吉尔摩当然不会那么轻易获释的，但这件事肯定会造成令人难堪的局面。在立法机关里和法庭上法律已被解释得明白无误，而州政府则要寻找种种借口继续监禁吉尔摩，这势必会使州政府显得既可笑又无能。

厄尔·道罗斯给萨姆·史密斯回了个电话说："你最好着手准备行刑。"狱长心中顿时涌起一股敬畏之感。

但萨姆·史密斯还是开口提出了一些很好的问题。他想知道行刑队应该由多少人组成。还有他能从哪儿挑选行刑队员——是从居民区里随便挑呢还是在警察中选？

狱长亦曾查阅过有关法律，但有些问题还没有找到答案，例如法律没有告诉他是否可以在监狱墙外行刑。许多条文都模棱两可，有很多问题还需要作出决定。再如，吉尔摩要把他的部分身体器官捐献给大学医疗中心，厄尔能否查到有关法律规定？

道罗斯非常兴奋，他意识到自己接手的是一件将会成为热点的案子。他开始在办公室里转来转去，逢人便说："你能相信吗，我们手里的这个犯人很可能会被处死。"他跑到楼下首席检察官的办公室，不巧他出去了，他只好把这个消息告诉那几个秘书。他们的反应有点让他失望，他们好像没有真正听明白他说的话的意义。十年来美国的第一次死刑！你总不能冲着人们把这句话喊出来吧。

宝贝，你好：
　　刚给史密斯狱长写了封信，要求增加一点探监的时间。我告诉他，这对我们两人都很重要。如果你找他谈谈的话，大概会有所帮助的。我不知道他是个什么样的人，也不知道怎样在信中和他打交道。我只是告诉他，希望能按期在十一月十五日处死我，我唯一的要求是能被允许多见你几次……我告诉他，我们俩心心相印，尽管我的处境非常糟糕，但探监时我们决不会互相泄气的。我觉得这样说可能好些，因为，你知道这些人有时候认为——

宝贝，几天前你在一封信中说，你对我的爱胜过任何一个女人对男人的爱，我相信。你的爱使我感到幸福。我的天使，我对你的爱也胜过任何一个男人对女人的爱，我全身心地爱你，你总是能使我超越自己。

十一月一日

十一月二日是选举日。那天一大早，厄尔接到《国民问询》周刊的埃里克·米萨拉打来的电话。他已经打电话找过狱长，狱长叫他找监狱的法律顾问。米萨拉说，他要求马上采访吉尔摩。

道罗斯对他那盛气凌人的态度很反感。厄尔刚要试着劝他别太性急，米萨拉就开始说什么，如果他们胆敢把他拒之门外，他将对监狱采取措施。

厄尔脑子里立刻闪出一个案例：佩尔对普罗坎尼案。联邦最高法院曾就此案作出裁决，新闻界人士没有接触犯人的特权。道罗斯告诉米萨拉，监狱将采取这一立场——禁止加里·吉尔摩接受采访。

米萨拉马上说："我要起诉。"他开始谈起纽约那些精干的律师。道罗斯说："我不在乎你那些律师是从哪儿来的。你叫他们去查查佩尔对普罗坎尼案,我认为他们会同意我的意见的。"

此后的一段时间里,厄尔没再听到米萨拉的消息。

《德塞瑞特消息报》
卡特选举获胜

法官命令检测已定罪杀人犯犹他州监狱

十一月二日讯——……如果吉尔摩固执己见,他将成为犹他州十六年来第一个被处死的人。

二

十一月二日,在丹尼斯·博亚兹驱车前往犹他州的那天,他从报纸上看到有关加里·吉尔摩的报道。过后不久,他又有了一次对死亡的体会。这好像有点同步性。

他一边沿着左车道开车,一边考虑着自己要在盐湖城威斯敏斯特学院讲授的课程。丹尼斯近来在研究头韵,所以他打算把这门课叫做"社会/象征/同步性[①]"。他心里刚刚想到这最后一个词,一辆活动房卡车就在他前面猛地停下,他只好驾车从右侧绕过去。开过去之后,后视镜里出现了这一幕令人难以置信的景象:一个人的躯体从挡风玻璃里伸出来,双臂耷拉到地面上。

然后是另一幕!

他从后视镜里看到另一辆卡车的司机朝着第一辆卡车跑过去。丹尼斯没有停车,他后面的车太多了。就在这一切发生之前,他一

---

① 英文中这三个词的第一个字母都是"S"。

直想着十一月二日这个日期。他在脑海里是把这个日期写成11/2的，这两个数加起来等于十三。用纸牌算命时，十三这张牌代表死亡。

当他看到那个死人时，那个字眼一直在他的脑海里闪现着。他想："唉，上帝呀！我敢打赌下一个路标肯定是又一个暗示。"路肩上又出现了一个出口，路标上写着：星谷和迪斯①。这肯定是同步性，每个人的神经元都能感觉到这种同步性。

二号晚上，他早早赶到盐湖城，以无党派选民的身份投了卡特的票。三号早晨，他一睁眼就想起了吉尔摩的事。"上帝啊，我来了，"丹尼斯想，"恰好是真正重要的事件的紧要关头。"他似乎看到了事情会怎样进行下去。"对一个作家来说，这是个千载难逢的好机会，"他想，"我应该给吉尔摩写封信！"

博亚兹真的写了信。几年前他还是个年轻的检察官时，他确实曾反对过死刑。但现在他渐渐相信，即使是在一个理想社会里，我们可能还是需要死刑的。如果实施得当的话，死刑会在促使人们对自己的行为负责这个方面起到很大作用，而现在要做的就是恢复人们的责任心。博亚兹没有把这一切都写在信里，不过他明确表示，他认为吉尔摩有死的权利。

三

橡树林精神病院允许艾普丽尔出来的那些个晚上，凯思琳都要带她到尼科尔的公寓坐个把小时。艾普丽尔偶尔会问："茜茜，他们真的会枪毙加里吗？加里为什么不想活下去呢，茜茜？"尼科

---

① 英文中这个地名和"死亡"只有一个字母不同。

尔答话时非常冷静。她总是说:"哦,我不知道。"真的非常冷静。就好像这件事一点儿也不让她烦心。凯思琳心里却烦透了,有时夜里她会大叫起来。看着电视里的评论员谈论这事真叫人受不了。瞧,偏偏穿插在广告中播出。电视上所有的人看上去都像是疯了。

有时,尼科尔带着孩子到凯思琳家住一夜。她从不说话。甚至不和她的姨妈凯西说话。安顿森妮和杰里米睡下之后,她就坐下来写诗。只是写诗,不停地写。她从来不对孩子恶声恶气的,只是不太关心而已。

就在十一月的第一个星期,基普死了。是从山上掉下来摔死的。攀岩运动。十一月四日,凯思琳正准备去上班,突然从广播里听到一个名字,阿尔弗雷德·埃伯哈德,她心里想:"哎呀,我的上帝,那肯定是基普。"白天上班时,她一直在担心茜茜对这事会有什么反应。事实上,她下了班就直接去了斯普林维尔。尼科尔正不停地写着什么,连她那盏小灯都没开。凯思琳走进去问:"黑灯瞎火的,你在干什么?"尼科尔说:"哦,我没注意到天黑了。"她开了灯,端来咖啡,笑着,随便地开着玩笑。凯思琳不知道该怎样问她阿尔弗雷德·埃伯哈德是不是基普,最后只得很突然地问了出来。尼科尔只是说:"是的,是的。"凯思琳说:"我怕的就是这个。"尼科尔说:"是吗?"凯思琳觉得,尼科尔所表现出的不是她应有的反应。

但过了一会儿,尼科尔抬起头来,说她想给基普家的人打个电话。凯思琳刚表示赞成,尼科尔又说:"我不知道。我该跟他们说什么呢?"

凯思琳心想,这事的确伤了她的心。她的确是在乎的。

尼科尔回想起多年前的那一天,她离开巴雷特走出门去,背包里装着自己的全部财产，怀里抱着当时还是婴儿的森妮。基普让她搭上他的车，他们的罗曼史就从那天夜里开始了。一开头他的性欲就非常旺盛。那一夜真是令人销魂。

第二天，他们不知不觉驾车来到科罗拉多州境内的落基山脉，基普停下车，带着尼科尔和森妮沿着一条山间小道上山。在一个地方，他们看见一家伙正试图沿着岩壁往悬崖上爬。离地面约三英尺处，有一小块突出来的岩石，这人一直在试着想爬上去，但这时却失去了再往上爬的勇气，又退了回来。

几小时后，当他们顺着小路下山时，那家伙还在那儿。"他变成石头了。"基普说。他想笑一笑，可看上去却挺苦恼。还有其他一些人借助于绳索高高地攀在岩壁上，现在大概已经有八到十层楼那么高了，他们只不过用钩子把自己挂在岩壁上而已。基普目不转睛地望着他们。尼科尔看得出来，他越来越垂头丧气。就好像他正和新结识的姑娘，一个极好的姑娘在一起，而上面这些家伙正在出他的丑。事实上，尼科尔很乐意和他们中间的某个人认识，他们看上去个个胆量超群。

广播里报道说，基普刚刚开始学习攀岩。尼科尔开始想，他攀岩时是用的绳子呢，还是像那个可怜的石头人那样只在岩脊下面瞎折腾，哪儿也去不了呢？

听着——不要不听话，固执，自作主张。平时别人告诉你做什么、不做什么时，你的第一个反应常常是那样的。好吧。我要告诉你的是：你不可以走在我的前面。你在信中提到过这事，我一直当你是认真的。我从不喜欢不说明理由就对别人说干什么或不干什么，特别是对你。我的理由是：我渴望先走一步。就是这

585

么回事。我想这样。第二，我相信，**对于从生到死的过渡**我大概比你知道的多一点。我就是这么认为的。我希望并期待着立刻与你的肉体相聚——不管到时候你在哪里。我将竭尽全力抚慰你，平息你的悲伤、痛苦和恐惧。我将以我的灵魂、我所感受到的全部挚爱来拥抱你。尼科尔·凯思琳·吉尔摩，你不可以走在我的前面。不要不听我的话。

十一月三日

还有一封信是写给弗恩的。加里在信中说，他被判死刑后，弗恩和艾达从没来看过他。"这本身就说明，你们为我感到羞耻。"随后加里又写道，"你甚至没有为我送给你的那幅肖像画配个镜框。我要你把那幅肖像画拿去交给尼科尔，我不想再和你们打任何交道了。"

镇定下来之后，艾达给他写信说："我珍视你送给我的那些画，我只有这么点儿你的东西。至于要我放弃它们，把它们交给尼科尔，你就放心吧，我是不会这样做的。它们是属于我的。"

弗恩在艾达信的末尾加了几句话。"我不知道你脑子里有什么念头。我们曾试着到监狱去看你，但你只愿意见尼科尔一个人，我们只好作罢。这是千真万确的事实。我全心全意支持艾达的意见，我们不会放弃那些画的。"

尼科尔，我不希望这事发展成一场争吵或是一种很糟糕的局面。今天我收到弗恩和艾达的信——如果你"惹是生非"（是她的原注，不是我的），艾达会让人把你抓起来的。

耶稣啊，宝贝，我真遗憾，遗憾我竟有这样的亲戚。我不希望你被迫去和弗恩或艾达发生什么不愉快的事。去他们的。把这事忘了吧，让他们留着那些画吧。他们知道他们不应该占有它们，但我不想让你去和他们争吵。这事使我很为难。

加里也写了一封信给布伦达,叫她把他的油画交给尼科尔。布伦达问弗恩怎么办。弗恩叫她凭良心行事。她写信告诉加里:"我不想把画给她,但如果你坚持,我会给她的。如果这事对你来说不是那么重要的话,对我来说当然也不那么重要。见你的鬼,我不想要。如果你想在这件事情上那么卑鄙、自私和幼稚的话,我就把那幅画拿去扣在尼科尔的头上,那样她就能真正戴着它、欣赏它了。"

四

十一月三日,埃斯普林收到加里的一封信。信中说:"迈克,住手吧,别他妈的老是往我的生活里瞎搀和。你被辞退了。"

《普罗沃先驱报》

十一月四日讯——尽管两位辩护律师已经被辞退,他们还是在星期三晚些时候向第四区法院的罗伯特·布洛克法官——以他们的名义——递交了一份上诉申请书。

他们说,这样做"完全是为了被告的利益"。

因为有了这条消息,厄尔·道罗斯接到了许多电话。新闻界一再询问,首席检察官办公室在吉尔摩的问题上准备采取什么立场。道罗斯回答说,斯奈德和埃斯普林可以试着不经当事人许可提出上诉,但他认为他们没有起诉权。

厄尔有一种感觉,"起诉权"这个词在办公室里很快会成为一个重要的法律术语。即使斯奈德和埃斯普林退出此案,他估计其他团体——不管吉尔摩愿意不愿意——很快会试图上诉。到那时,起诉权——一个人向法院提起诉讼的权利——将变得至关重要。

宝贝,你好:

今天,我去和法根谈增加探监次数的事。经过另一个狱区的一间牢房时,那个打扮得像个小姑娘似的家伙跟我打招呼……这小子把一个中尉看守打了个半死,结果被关进一级警戒牢房。从我所听说的关于他的那些事来看,我猜这家伙大多数情况下是个男人,是个结结实实的囚犯,不过他又是个同性恋者,是个雌化人之类的东西,随你怎么叫吧。今天晚上吃饭时,他传给我这张纸条。我把它夹在信里给你看——我想你也许会从中得到乐趣的。

"吉尔,你好:

我天天读报上有关你的消息,我必须承认你是个桀骜不驯的人。别人就是不知道该如何去想你,他们就是不了解我们得克萨斯人,是不是?在这个他妈的世界上,我们可以操纵一切,哈!

我今天早上说想找你谈谈,我是想看看是什么使你这样生机勃勃的!

心肝儿,我要是说了什么蠢话,请不要介意,因为你知道一个昏头昏脑的婊子会是什么样。

你整天在那儿除了苦思冥想之外还干些什么呢?我想我不该问这么多愚蠢的、老掉牙了的问题,但你知道妓女是怎么回事儿;她总是想要点什么。"

加里在信末写着:

亲爱的宝贝尼科尔——这次可千万别吃醋!

吉米·卡特当了新总统。真了不起!我不能相信福特竟会输掉——我想,一位现任总统竟会在选举中失败,这是整个宇宙有史以来的第二次。

十一月四日

《德塞瑞特消息报》

十一月五日讯——据美国公民自由联合会和全国有色人种协进会驻犹他州的官员称,他们将努力使自己的律师能在上诉过程中有所帮助。

美国公民自由联合会的发言人雪莉·皮特勒说:"我们的立场是,州政府当局如果不考虑他的选择或决定,就无权结束他的生命。"

今天我遇见了一位已经认识很多年的印第安人,他的名字叫契夫·博尔顿。几年前我认识他的时候,他是俄勒冈州州立监狱的警卫。他是个大块头,重三百磅左右,虽然是个警卫却是个大好人,虽然是个警卫……他对我说,他很能理解我的感情——我觉得印第安人比白种人更容易理解死亡……

我还收到了盐湖城一个叫丹尼斯·博亚兹的人写来的信。他以前在加利福尼亚当过律师。他似乎完全理解我的处境,他认为,我有权在不受任何法律因素干扰的情况下作出最后决定。这个叫博亚兹的家伙是个自由撰稿人,他打算写一篇文章在全国性刊物上发表。他说他愿意把这篇文章的稿费和我选中的任何人平分。

哼,我断然拒绝了……我拒绝以任何方式利用这事赚钱……

这是我的私事,是我的个人生活,尼科尔。公众知道我,我也没有办法,但我并没有刻意寻求人们的注意。

史密斯狱长今天问我,最后一顿饭想吃什么。我以前一直以为只有在电影里他们才这么做。我告诉他,我不知道,但我很想来几听酷尔斯牌啤酒。他说他没听说过这种东西——但也许……

十一月五日

五

厄尔染上了某种病毒,只好待在家里不上班。偏偏就在这一天,也就是十一月五日,吉尔摩竟往他的办公室打了个电话!当天晚上,厄尔看了几则电视新闻,新闻中他的同事彼尔·巴雷特——厄尔有必要向人们说明,彼尔并不是吉姆·巴雷特或尼科尔·巴雷特的亲戚——就吉尔摩的电话接受了采访。没能在办公室亲自接这个电话,厄尔感到很沮丧。巴雷特大概算是他在办公室里最好的朋友了,过去这一年里两人合作得很好——这是什么鬼玩意儿,他们常常这样开玩笑。巴雷特又高又瘦,厄尔却又矮又壮,他们怎么可能会对某个问题有同样的见解呢?再说,担任着监狱的法律顾问,什么工作都替监狱做了,可偏偏没赶上像接吉尔摩打来的电话这样一个大出风头的好机会,可真够叫人灰心丧气的。

巴雷特在电话里只和加里谈了四五分钟,但正如他后来对厄尔说的那样,生活中有些事他不知道自己能否忘得掉,这就是其中之一。

那个电话是副狱长哈奇打进来的。不一会,一级警戒牢房区的电话接通了,法根中尉介绍了那个罪犯。巴雷特听到一个人慢声细语地讲着话,听起来好像是个很理智的人。他没有大叫大嚷,胡言乱语,也没有失声咒骂。事实上他还时不时地叫他一声巴雷特先生。

他要求的第一件事就是重新请个律师。

"吉尔摩先生,"巴雷特说,"我相信我理解你的处境,但我们这个办公室对此无能为力，重新任命一个律师是法院的事。"

"哦，巴雷特先生，"吉尔摩说，"这不是一时冲动做出的决定，对这事我已经反复考虑过，我觉得我应该为自己做过的事情付出代价。"

"吉尔摩先生，"巴雷特说，"问题是，要使一个律师相信他应该帮你去死，这恐怕不是一件普普通通的事。但是，如果有了什么我觉得你应该知道的进展，我会随时通知你的。我对你的立场表示同情。"

实际上，巴雷特觉得毫无办法。这真是太自相矛盾了，他的工作是保证这个人被处死，所以就这一点而言他们可算是站在同一边的，虽然事实上却不是如此。

一个在办公室周围窥探的记者偶然得知了这件事。这条消息见报后，巴雷特接到全国各地打来的电话。美国广播公司的记者格雷戈·道布斯从芝加哥打来电话问："我这个周末就出发，可以采访你吗？可以去你家里吗？"挂电话之前，他们约定了时间。最南部几个州的几家电台通过电话采访了他，他可是在犹他州呢！

工作从来也没有像现在这样使厄尔疲于奔命。首席检察官办公室的刑事案件处只有两名专职律师，即巴雷特和他，另外还有几个法律事务职员和秘书。事情一件接着一件，这几个人根本忙不过来。例如就在第二天，道罗斯碰见了盐湖城的两位著名律师，吉尔·阿塞和罗伯特·范·希弗尔。他们正在犹他州高级法院的大厅里举行记者招待会，这个大厅就在首席检察官办公室的楼上。厄尔听到他们对着摄像机说，他们计划代表犹他州监狱死囚区里所有其他犯人请求暂缓执行吉尔摩的死刑。阿塞的当事人是那帮"高保真杀人犯"中的一个。

这帮"高保真杀人犯"因在一家音像商店里杀害数人已被定罪。他们先把硫酸强灌到受害者的喉咙里,然后把圆珠笔刺进他们的耳朵。这是犹他州多年来最残忍的杀人案,正是那种可以导致立即恢复极刑的案子。吉尔摩要求被处死并不能软化公众对这帮"高保真杀人犯"的强硬看法。

是的,舆论迅速达到白热化的程度,太迅速了。道罗斯一直期盼着和巴雷特一起去参加在菲尼克斯召开的管教官员会议,但现在放下工作可真不是时候。新闻界人士发疯般地追逐着采访厄尔。在办公室、在家里、在街上,不管他在什么地方,都可能被他们缠住。

第二章 同步性

一

厄尔·道罗斯和彼尔·巴雷特刚刚赶到管教官员会议的会场,就注意到加里·吉尔摩在菲尼克斯也是新闻热点。电视上每晚都有报道。事实上,在美国广播公司的晚间新闻节目里他们甚至看到格雷戈·道布斯采访彼尔·巴雷特,他们亲眼看见巴雷特上了全国电视新闻网!

后来,厄尔和彼尔遇到俄勒冈州的两位首席检察官助理。他们说,吉尔摩在俄勒冈州州立监狱里总是制造麻烦。似乎他的假牙永远不能合他的意。可每次他们给他配一副新的,他又都会把它扔到马桶里冲掉。最后,狱方宣布,如果他再这样扔掉假牙,那么在服刑期内他就得用牙床咀嚼食物。这两位首席检察官助理开玩笑地说，吉尔摩被处死之后，犹他州应该把他那副假牙送还俄勒冈管教部门。

第二天又出现了新情况。即使你掀起一块旧灰泥天花板，那些裂缝出现的速度也不会像眼下这件事发展得这样快。犹他州高级法院刚刚批准斯奈德和埃斯普林提出的上诉申请，并决定不管吉尔摩同意不同意，暂缓执行他的死刑判决。眼下谁也不知道什么时候才会执行死刑判决。同一天，吉尔摩给法庭回了一封信。自然，各家报纸都刊登了这封信。厄尔读信时简直不敢相信自己的眼睛。

犹他人难道连执行他们判决的勇气都没有了吗？你们判处一个人死刑——那就是我，但是就当我欣然而庄严地接受这一最严厉的惩罚时，你们全体犹他人却退缩了，并且还为这件事跟我争辩。你们真是荒唐。

紧接着，史密斯狱长打来电话。吉尔摩给他也写了一封信：

先生，我不愿意见新闻界的任何人。但我真的很想见一位名叫丹尼斯·博亚兹的人，他是个自由撰稿人，以前当过律师。博亚兹先生是我不接受采访之规定的唯一例外。

厄尔很奇怪，丹尼斯·博亚兹是谁呢？

二

星期天晚上，加里对克莱因·坎贝尔说："我需要你的帮助。我没有律师，但我估计几天后就要出庭。当然我可以站上去代表我自己,但我要是有位律师,就显得更认真些。"他递给坎贝尔一封信,"这个人说他是个律师,你能跟他联系一下吗?"坎贝尔答应了。吉尔摩又说:"你最好快点。"

信上没有电话号码。星期一上午,坎贝尔驱车来到信封上写的那个地址,迎面碰到一个家伙从公寓里出来。原来这个人是博亚兹的室友。他说:"丹尼斯还在床上呢,不过我会把他叫起来的。他写东西写了一夜。"

坎贝尔告诉博亚兹自己来访的目的之后,两人互相仔细打量了一番。坎贝尔不得不眯着眼往上看,博亚兹身高至少有六英尺四英寸,像个篮球运动员。他的身体就像台望远镜似的向上伸出去。在这台"望远镜"的顶端,是一张和蔼而又严肃的面孔,深色的头发和深色的络腮胡子。在坎贝尔看来,他既像个律师又像个又瘦又高的医生或者牙医。

三

丹尼斯一直住在免交房租的地下室里。坎贝尔来时,他的第一个想法是,这家伙大概是个讨债的。坎贝尔看上去像个身体强壮、衣衫整洁的小个子士兵。他脸上的表情生硬而呆板,好像在说,少废话。当然,丹尼斯有一辆新的萨博牌[①]汽车,这使他处于尴尬的境地。没办法,他是个穷光蛋。说句实话,他欠着一万美元的债呢。在这种情况下,他自然以为坎贝尔是来收回他的萨博车的。当他发现克莱因给自己带来了好消息时,他便对他生出好感来。他断定,克莱因是个嗓音轻柔、彬彬有

---

① 瑞典汽车品牌。

礼、热心助人的人。

屋里乱七八糟。那个时候他的室友爱弗逊还没收拾房子,书籍和纸张扔得到处都是。临街的房间里那张大双人床也有点乱七八糟。对这个地方坎贝尔大概不会有什么好印象,除非他能注意到,这儿有一种高雅的气氛。爱弗逊真是个好人,允许他住在这儿,因为这样爱弗逊有女客来时就肯定要受到打扰了。爱弗逊这人实在太好了,他的态度使房间的脏乱不足为道。再说,博亚兹觉得自己快要时来运转了,比这再脏再乱的地方他也不会在乎的。

他告诉坎贝尔,只需一个小时他就能准备好。可是他又要给录音机找电池,又要去公共汽车司机工会处理法律事务,为此他应该得到一笔象征性的律师费,可至今仍没拿到这笔钱。等他忙完所有的事赶到监狱时,已经是三小时之后的下午两点钟了。

监狱坐落在山口堡,位于盐湖城南二十英里的地方,在去厄伦姆和普罗沃的半路上。监狱对面,州际公路的另一边,山势渐低,一直延伸到公路旁。在公路右侧的出口处,你可以看到荒漠向西延伸,还能看到沙漠边缘的监狱,那是由高高的铁丝网围成的一个院落,里面是低矮的黄色石头建筑。

博亚兹停好他的萨博车,从瞭望塔下走过,走进监狱的行政大楼。大楼只有一个很小的入口,没有门厅,只有两条成直角交叉的狭窄走廊,交叉处的一侧有一个问讯窗口,就像你在一个大仓库的门里边看见的小办公室一样。警卫们身穿紫褐色上衣,那些屁股大的人穿上这种衣服后襟就显得特别短。博亚兹看见有些警卫在走廊里转来转去,有些则从通向二级警戒牢房区的咣咣作响的双层铁门里进进出出。一个拘留犯正站在玻璃展览箱旁边向

595

一群游客兜售犯人加工的皮带。与丹尼斯在加利福尼亚见过的监狱相比,他认为这所监狱作为州监狱有点太破旧,里面的气味也有点太难闻了。话说回来,这儿的气氛并不算最糟,它倒有点像一所农场。警卫们的表情既朴实又狡诈,好像他们是刚从干草堆里爬出来似的。然而,这地方没什么可让人厌恶的情景,管理上也没有什么腐败现象。瞧,有几个年纪大些的警卫肚子挺得就像独轮车,不错,相对来说,这是个纯朴的地方,警卫们应该都是乡下来的,其中有些人的身体格外健壮。

狱长办公室外面的墙上钉着一张打印的纸条:

那些朝气蓬勃的人
藉由他们的进取心
超越了
那些非难他们的家伙
我憎恨
非难他人的人

萨姆·史密斯

他走进办公室。拿这么间房子来做狱长办公室本来就够小的,加上萨姆·史密斯比丹尼斯还要高,还要壮,这间办公室就更显得小了。丹尼斯觉得,戴着一副宽大的浅色塑料框眼镜的狱长看上去有几分像鲍里斯·卡洛夫[1],又有几分像安第·瓦霍尔[2]。他讲起话来慢声细气的。

丹尼斯说:"我想你对我来这儿的目的有所了解。"

---

[1] 英国著名演员。
[2] 美国画家。

"不,"史密斯否认道,"对此我一无所知。"

丹尼斯想,这真是个谨慎的人。他觉得,史密斯的态度冷淡而傲慢。他倚在椅背上,审慎地打量着来访者。

丹尼斯解释说,他是以一个作家的身份来的。吉尔摩要求和他讨论一下进行采访的可能性。

"哦,"史密斯说,"我们不允许任何作家进入监狱。"

"呃,吉尔摩要求见我,是他叫牧师把我找来的。"

史密斯摇摇头。丹尼斯断定,这一切都是典型的狱长作风。层层设防,以备不测——不允许任何可能影响他们的控制权的事发生。

"这是什么意思?"丹尼斯有点火了。"这个人马上就要死了,可谁也不能见他。他要见我,他有话要说。"

"我就是不允许任何作家进去。"史密斯说。嘿,他的身体绷得紧紧的。虽说个头很大,可他行动还算敏捷,不过毫无疑问,他的自制力很强。丹尼斯不喜欢他,不喜欢他坐在椅子上的那副样子,冷漠、忧虑、没有一丝笑容。

萨姆·史密斯坐在那儿沉思了很长时间。他接下来说的话使丹尼斯吃了一惊。"喂,"狱长说,"你是个律师吧。"

丹尼斯想,他对我的了解肯定比他到现在为止所透露的要多得多。

丹尼斯告诉他,自己从加利福尼亚来。好吧,萨姆·史密斯咕哝着,我们不能剥夺吉尔摩见律师的权利。

博亚兹这才渐渐明白了。是不是史密斯想叫他代替埃斯普林和斯奈德?尽管他们已经被辞退,他们仍然是吉尔摩现在仅有的两位律师。他们已经设法推迟了行刑日期。当然是这样的了!狱长希望按期执行死刑判决。

萨姆·史密斯的态度仍然不怎么友好。事实上,你可以说他在用自己那大块头吓唬别人。现在,他看也不看博亚兹一眼,用平静的口吻说,博亚兹先生只能以法律顾问的身份进入监狱。必须就这一点先写一份书面材料。

丹尼斯草草写了个便条,说他不会为哪家杂志或报纸写文章的,他是作为一名律师进入监狱的。但他又补充道,他是应狱长的要求写下这番话的。他强调指出:"我们之间的协议是不合法的。"狱长被激怒了,怒火像烧红的铁锅辐射出来的热气那样从他身上散发出来。很明显,这些手续对萨姆·史密斯来说非常重要,他是想要证明点什么。

博亚兹被放进去了,但没让他带录音机。一名警卫把他带出行政大楼。他们在十一月的寒气中走了大约一百码,来到一级警戒牢房区。这是一幢孤零零的低矮而丑陋的建筑。博亚兹被带进一间相当大的探监室,这间房子约有四十码长、二十五码宽。防弹玻璃间里只有一个警卫,他不时抬眼看看博亚兹。这个警卫控制着那扇供人进出的门,不过坐在那个小间里,他大概不太能听到什么动静。他已经快睡着了。历经苦难后的麻木不仁,这就是一级警戒牢房区在丹尼斯心中引起的可悲的震颤。

四

丹尼斯的第一印象是,一个智者走进了这个房间。吉尔摩的面孔显得安静而内向。丹尼斯想,要是在大街上,除非他俩的目光相遇,他很可能不会注意到他。吉尔摩有一双像是蒙了一层烟雾的蓝灰色眼睛，目光炯炯有神。令人吃惊。他那清澈的眼睛直直地盯着别人。他穿着一级警戒牢房区的宽大的白色囚服，光着脚走进来，在丹尼斯的眼里，他简直像个新德里的圣人。

他们有一个好的开端。博亚兹以极快的速度侃侃而谈。他讲了自己的法律背景，他是在伯克利的博尔特学院学的法律——加里点了点头，这说明他知道这是很值得一提的学历——他谈到他在位于旧金山西北不远处的康却克斯塔县地方检察官办公室里当助理检察官的那段时间。他特意告诉加里，他自己曾是个吸大麻的检察官。虽然他的任务是依照法律惩办罪犯，他本人却更同情被告一方。五十年代末他还是大学一年级的学生时听过金斯伯格①和凯鲁亚克②的演讲，他的这种同情态度很可能由此而来——他和吉尔摩都认为他们应该是同龄人——后来他又对马里奥·萨维奥③和吉里普宾④之类和作为一个整体的伯克利运动表示了同情。他特意用这些名字来突出自己的经历——吉尔摩知道这些名字。

博亚兹说，后来他脱离了法律这一行。太受约束了。他更感兴趣的是意识活动，交心治疗小组啦，反省啦，苏菲主义⑤啦。还有被称为费希尔—霍夫曼意识的某种理论。当他经历了这样一个过程之后，他为自己的转变而深受感动，结果成了个费希尔—霍夫曼理论顾问。不过，他渐渐觉得这也太受约束。于是至少在思想上他又转向了芬德角⑥。他喜欢想像在苏格兰的一个什么地方，在

---

① 美国诗人，"垮掉的一代"的代表作家之一。
② 美国诗人兼小说家，"垮掉的一代"的代表作家之一。
③ 美国六十年代反越战活跃分子，加州大学哲学系学生。
④ 一九六八年民主党在芝加哥召开全国代表大会时因在会场外示威反战而被捕的七人之一。
⑤ 一种伊斯兰神秘教义。
⑥ 苏格兰高地一城市。

一英寸厚的土层上竟长出了重二十磅的白菜,而在冬天,如果你对植物加以改良,如果你能对能源加以控制,你就能让鲜花盛开。

这一切吉尔摩全都领会了,而且他提出了几个颇为深刻的问题。博亚兹着实吃了一惊。和吉尔摩的谈话是他来到盐湖城之后所进行的最充满智慧的谈话。太奇异了。

他们谈论书,谈到许多本书,谈得很深。加里谈到赫尔曼·黑塞①的《德米安》、《第二十二条军规》②、肯凯西③、艾伦·沃茨④和《威尼斯惨案》。他把这后一本书的作者叫作汤姆·曼,说:"这个漂亮的家伙使我大吃一惊。"最后,他说:"那个爱尔兰疯子J. P. 唐利维写的所有东西我都喜欢。"这与其说是一场讨论倒不如说是共同欣赏。他还喜欢欧文·斯通⑤的《悲痛与狂喜》和《渴望生活》。

丹尼斯并没有听到什么新颖的观点。见鬼,和大多数人相比,他本人在这些方面颇有造诣,不过他总认为自己是个半瓶子醋的业余文学家。然而,他的知识的确非常丰富,所以,吉尔摩对意识方面的东西这么熟悉给他留下了深刻的印象。虽然,从本质上讲,吉尔摩没有什么独到的见解,可他的确认真思考过这方面的问题。"你无法逃避你自己,"吉尔摩说,"你必须面对自我。"

丹尼斯完全赞同这个观点。一个人要对自己的行为负责。但

---

① 瑞士籍德国作家。
② 美国作家约瑟夫·海勒的代表作。
③ 美国作家,《飞越疯人院》的作者。
④ 美国宗教哲学家。
⑤ 美国作家。

是他认为吉尔摩对灵魂转世的看法有点认死理。在这个问题上，博亚兹自己没有什么坚定的信念——灵魂转世不过是许多种可能性中的一种。"喂，加里，"他说——他打定主意吹毛求疵跟他争一下——"我曾认识一个人，他说能使我回到前世的生活中去，我们就玩了玩。现在我还能玩那种把戏。假设我在十四世纪死于肢刑架上，死后我成了另一个时代的潘神①。我低下头，看到了自己的分趾蹄——对吗？也许那不过是我的创造性想像罢了。我不知道。我没有偏见，可我发现根本不对头，我认为不相信灵魂转世一个人也可以具备伦理观念。"

吉尔摩摇摇头。"灵魂转世是有的，"他说，"我知道。"

博亚兹没再争论下去。不管你多么喜欢辩论，你都得知道应该在什么时候作出让步。

他们开始算卦。吉尔摩的生日日期加起来是二十一。在算命的纸牌中，二十一这张牌表示天地万物。二和一加起来又等于三，是一个吉祥的数字，代表皇后。而博亚兹的生日这样加起来则分别代表皇帝和小丑。

"我们俩是半斤对八两。"博亚兹格格地笑着说。

"是的，"吉尔摩说，"我们是一对很好的搭档。"

但如果把名字中的字母和数字对应起来的话，"加里"算出来是七，"吉尔摩"是六。十三这张牌代表死亡。博亚兹能够感觉到吉尔摩全身一阵颤动。他想，多么遗憾，多么可惜啊，他已经走到了生命的最后一星期了。只有为数很少的几个人意识到吉尔摩决意带着尊严去死，博亚兹就是其中之一。对此他感到很难过，他也这样对他说。

---

① 希腊神话中的牧神。

吉尔摩点点头。"我愿意接受你的采访。"接着他又补充说，"我需要帮助。你愿意做我的律师吗？"

丹尼斯暗想，如果他同意，肯定会有很多人感到不可思议的。从职业角度而言，这是一件非常棘手的工作，然而这将会是一种什么样的经历啊！

"上帝啊，"丹尼斯说，"你知道我这样做会得到什么样的名声吗？"

"你能对付。"加里说。

博亚兹点点头，他是能对付。不过他还是不得不说："帮你去死使我觉得自己像犹大。"

"犹大是历史上最受冤枉的人。"

吉尔摩说，犹大知道会发生什么事情，犹大是在帮助耶稣实现他的预言。

既然他们已经同意合作，博亚兹便开始琢磨加里坚强的一面。在一定程度上，他是个男子汉大丈夫。当然，他不得不借助枪来证明自己的力量，而且他在极端状态中生活。过去他肯定是个非常敏感的孩子。

这时，加里说："好像我是方兹，而你是里奇[①]。"这使丹尼斯想起自己在弗兰斯诺上八年级时的情景，学校里有些男生搞姑娘，吸烟，看色情照片，违禁喝酒，可当时他还未省世事。

走出去时，吉尔摩说："希望你天天来。"

博亚兹答应了。他已经在这儿坐了将近三个小时了。

---

① 一电视系列剧中的两个人物。

萨姆·史密斯想知道他们谈话的情况。他在走廊里迎着丹尼斯，冲他笑了笑。"喂，博亚兹先生，"萨姆·史密斯问，"你真的是站在我们这一边吗？"我们这一边？

这话产生了效果，丹尼斯脸上出现了笑容。这位辩护律师和狱长套起近乎来："是的，我站在你们一边，狱长。"是的，一直都会是。

五

尽管博亚兹一家是在俄克拉何马州干旱尘暴区的流动农工拥入加州许多年之后才搬到加州去的，他们对自己来自俄克拉何马一事还是非常敏感。在整个大萧条及二战期间，流动农工在弗兰斯诺一直是个招人白眼的称呼。虽然丹尼斯的继父是军队里的一名参谋军士，但他还是摆脱不了那个污名。小时候丹尼斯常常说："我兄弟，他……"之类不合文法的句子，所以在小学他们叫他先上英语补习班。后来上中学时，他门门成绩优秀。他在遣词造句上狠下了一番功夫，并且专找中产阶级出身的孩子交朋友，这才弥补了这方面的缺陷。他要使自己成为一个加州人。

然而，长大之后，他才逐渐意识到自己身上的烙印。他性格中的某些东西一直保持着，没有被那种中产阶级气质所同化。但他的确想把它们克服掉。上九年级时，他曾被选为学生会主席，他喜欢打篮球，而且还是中学网球队的队长。他一直很清楚，自己是个幸运儿。上大学和上法学院期间，他内心一直处在一种激烈的矛盾之中。应该到康却克斯塔县去当地区检察官的助理呢，还是应该从事激进的地下活动、去为权利和幸福而奋斗？

康却克斯塔县地区检察官办公室里的检察官有三分之一是年

轻人，他们一方面嗜毒如命，另一方面却又效力于观念偏狭、具有联邦调查局心态的上司——他们总是身着白色短袖衬衫，系着一根细细的黑色领带。

有一次他们在一座两层楼房里举行聚会时，六七个年轻的检察官，包括丹尼斯在内，溜到顶楼上去吸毒，而他们的上司却坐在楼下的起居室里一杯接一杯喝着烈酒，这真是烈酒和毒品的完美结合。上司们——你可以说酒鬼们——坐在楼下的地狱里，丹尼斯和他的同事们则在楼上进入了天堂[①]。

不久，丹尼斯和一个漂亮的女人结了婚，并且帮她抚养儿子。丹尼斯是由继父抚养大的，现在他本人也成了继父。由于有这种经历，他和孩子之间的感情很融洽。这桩美满婚姻持续了一段时间。他离开了地区检察官的办公室，改做刑事辩护律师的工作。他喜欢这项工作，在法庭上为一个人的自由而战比努力保护他人的钱财更富于戏剧性。此外那一段时间里，他和妻子艾里埃得妮沉溺于感官方面的享受，购买奢侈品，坐豪华车，吃法式菜肴，到欧洲旅行等等。

后来他和艾里埃得妮分道扬镳了。离婚对他是个沉重的打击，他对当律师不大感兴趣了。法律处理的是财产问题，而他面对的是心理问题。他转而研究如何唤起意识，并与一个名叫哈里斯的印度教徒挂上了钩。在印度教宗师周围的圈子里有物理学家、诗人、艺术家、医生、音乐家和戏剧界人士，他们中的一部分人组成了一个"空幻境界调节者会社"。这帮人集资到印度去拍摄一部有声电影，不料其中一个人死在那儿了，于是这个组织也就这么瓦解了。

[①] 指吸毒后产生的幻觉。

到一九七五年，丹尼斯已经一贫如洗。他决心靠写作谋生。他和一个从前的手球球友以及一个蔫乎乎的疯子一起住在东奥克兰的艾里埃得妮街上。那座房子被跑鞋和臭袜子熏得臭烘烘的。丹尼斯在前厅的沙发床上睡了六个月。艾里埃得妮街上的这座房子里里外外全是狗毛，可不管怎么说，那条街和他的前妻同名，这又是一个同步现象。他有两三个女朋友，她们很同情这个苦苦挣扎的作家，常常给他送些吃的来。

但到了一九七六年，他的生活中又出现了波折。他先在母亲家里白吃白住了几个星期，这意味着成天听母亲发火，她说一个功成名就的年轻律师怎么会落到这种田地。随后他跑到一个朋友那儿住了几个月，那家伙是开俱乐部的。在那儿住意味没法睡觉也没法写东西。后来，他给他的生父油漆了一座房子。丹尼斯主要靠自己的才智过活，当然，他也喜欢干些杂七杂八的差事。

但最后他决定重返法律界。他还是个具有责任感的人。他的生父是个管子工，丹尼斯从来没起过抛弃自己劳动阶级本色的念头。实际上，他上大学时当过卡车司机，眼下他是盐湖城公共汽车司机工会的律师，正准备代表他们跟公共汽车公司打官司，因为公司方面不允许司机们使用私人波段对讲机。就丹尼斯所知，私人波段对讲机在危急时能够保住性命。因此，他天天驾驶着他的萨博车穿梭来往于加州和犹他州之间。在最近的一次旅行中，在他返回盐湖城为卡特投票的路上他看到一个人死在公路上。

六

现在，一个星期之后的这一天，他的生活即将发生天翻地覆的变化。他正拾级而上，朝着位于一座小山包顶上的州议会会堂走去。以前他常常举目远眺会堂那漂亮的圆屋顶,这个屋顶在山下盐湖城的任何一个地方都能够看到。当然,眼下他感到非常得意。今天,他要把名片放到首席检察官的桌上,向他宣布吉尔摩要求丹尼斯·博亚兹明天以律师的身份站到犹他州高级法院的法庭上,为他拒绝推迟行刑日期的权利辩护。这样的会见非同一般,丹尼斯不慌不忙地在大楼里走着,竭力摆出一副老摩门教徒的架子来。这里面那种虔诚的气氛你在任何法庭和政府大厦里都能感觉到,不过这儿没有烟草的恶臭味,也许这儿的虔诚气氛中没有那么多的铜臭气吧。这种气氛使人不由得肃然起敬,就好像我们大家都在恭恭敬敬地等着上帝显灵似的。

丹尼斯参观过圣殿广场,在摩门教大会堂里观看过唱诗班颂唱,在游客中心听导游讲过那个上帝带着莫罗尼天使的金盘子在约瑟夫·史密斯[①]面前出现的传说。丹尼斯的内心不由自主地产生了一阵强烈的震颤:摩门和莫罗尼两个天使直接听命于上帝,它们的重要性不亚于摩门教领域内的彼得和保罗,他们的名字本身对他来说就具有某种意义。

这一切都是在他登上议会会堂、站在台阶上俯瞰山下的盐湖城时才想到的。如果风和日丽,从这里你可以看到半个犹他州,可惜今天不是晴天。盐湖城上空再也不会出现晴朗的蓝天了。从前,犹他沙漠像《旧约》中描写的巴勒斯坦沙漠一样美丽,但现在它看上去却不比洛杉矶郊区好多少。透过烟雾你可以朦朦胧胧地看见远方一处处简陋的牧场农舍,西边肯尼科特铜厂的冶炼炉向天空喷吐着浓烟黑雾。此时丹尼斯终于明白了,摩门和莫罗尼这样的天使意味着更多的钱,怪不得摩门教会现在快要成为美国

[①] 摩门教创始人。

最富有的教会了呢。教会所有的法令都是以捞取更多的钱财为目的的。丹尼斯格格笑了起来,现在他的意识被唤醒了,可以对付首席检察官了。

新当选的首席检察官罗伯特·汉森和前任首席检察官犹他州著名刑事律师菲尔·汉森正巧同姓。这引起丹尼斯的兴趣,不过他很清楚,这两位检察官并不沾亲带故。这位汉森,即罗伯特·汉森上个星期才由首席检察官助理升任首席检察官。

在丹尼斯看来,他的模样并不难看。他讲起话来简明扼要,态度还算友好。他体型匀称,相貌英俊,黑头发,戴着眼镜。他是个右翼分子,可以做共和党内阁成员的候选人——是个克拉克·肯特①类型的人。他们首先谈起法学院。博亚兹看得出来,当自己提到博尔特学院时,汉森对自己产生了好感。汉森说,他是在哈斯丁斯上的学。是吗,我听说过。在这间铺着蓝地毯、挂着深蓝天鹅绒窗帘、并有胡桃木护板墙的大办公室里,这样开始谈话真是太妙、太郑重其事了。

汉森解释说,新闻界认为,他的办公室不仅赞同吉尔摩死的要求,而且怂恿他这样做。然而,首席检察官办公室坚持认为,处死吉尔摩并不是因为他想死,而是因为这是法律对他所犯罪行作出的公正判决。

讲过这番话之后,汉森变得热心起来。他解释说,博亚兹将需要一个犹他州的律师作为他在州高级法院出庭的保证人。当时,副首席检察官麦克·迪莫的一位名叫汤姆·琼斯的同学碰巧在他的办公室里。首席检察官把汤姆·琼斯叫了进来,他一口答应。这件事充满着合作精神,进展得很顺利。

---

① 电影《超人》中的主人公。

那天晚上为这个案子做准备时，丹尼斯认真考虑了自己即将面对的犹他州高级法院的情况。犹他州高级法院的法官们以比巴里·戈德华特①还要右而闻名。他们大概都是摩门教徒，你在法官席上可能再也找不到比他们更接近神权的法官了。因此，丹尼斯断定，如果他能使自己的辩护略带感情色彩，那将是最有效的。自一九七四年春以来，他从未参与过任何刑事案件的审判，所以他心里并不轻松。然而，他觉得自己能力很强，反正在这里又不需要做什么研究工作。在审判开始之前的最后时刻，汉森和他的助手掌握的材料很可能比他手中的材料多五六倍。所以，丹尼斯决定，他必须全力以赴赢得法官对吉尔摩带着尊严去死的愿望的同情。

七

汉　　　　森：犹他州在此不是要强调吉尔摩先生的权利，而是要强调人民的权利……我认为，暂缓行刑……与受害者及其家属的权利相悖，与本州法律确认的公众利益相悖。

汉瑞奥德法官：谢谢。你们中哪位先生要求发言？请吧。

博　亚　兹：阁下，犹他州高级法院……我已经阅读了由首席检察官审定的此案的卷宗，我和他们的意见一致……在这个案子里，我的当事人并没有和州政府达成某种自杀协议，也没有持有某种变态的死亡愿望。他是一个愿意对自己的行为负责的人，他请求迅速地、公正地处死他……他反对推迟行刑日期，因为这将导致强制性的、自动生效的上诉，而上诉的时间将会拖得很久，几天，几个月，

---

① 美国右翼政治家。

甚至几年。这种事情不应由我们来裁决。我们中间没有任何一个人成年后百分之九十多的时间是在关动物的笼子里度过的。在继续活下去还是被处死这个问题上，他作出了明智的选择。他是以一个神志清醒、具有责任能力的人的身份作出此项决定的，他已经接受了人民的判决，他的内心十分平静，他希望像一个男子汉那样带着自尊和尊严死去……这就是他对法庭的全部要求：驳回上诉申请，取消暂缓行刑的决定，允许他下个星期不失尊严地死去。现在，我有几个问题想问吉尔摩先生……加里·吉尔摩，你是否认识到你完全有权利对此案的定罪与判决提出上诉？

吉　尔　摩：是的，先生。

汉瑞奥德法官：吉尔摩先生，你能否尽量放大声音说，好让大家都能听清楚。我本人几乎听不见。

博　亚　兹：你以前是否向你的律师表明，你不想就此案提出上诉？

吉　尔　摩：在审判期间，我告诉过他们，审判前好像也告诉过，如果我被定罪并被判死刑的话，我宁愿毫不迟疑地接受。我估计，他们大概没有完全理解我的话，因为当判决已成既定事实……我仍然怀有那种愿望，他们试图说服我……对我说，他们将不顾我的反对提出上诉。嗨，我无法当着一位法官的面辞退他们并将此事列入记录，这完全是因为我被关在狱中，因为我无法见到法官。但我把他们辞退了，他们也理解这一点。

博　亚　兹：加里·吉尔摩，此刻你真的愿意接受死刑处决吗？

吉　尔　摩：并不是此刻，不过我愿意接受……下星期一上午八点整，那是规定的行刑时间，到那时我愿意接受死刑处决。

汉瑞奥德法官：出于公正的考虑，我认为我们应该请斯奈德先生陈述一下他的立场。我希望他的陈述简明扼要。

斯　奈　德：为了写诉状，我和吉尔摩先生进行的谈话比博亚兹先生次数多，时间也长。我的看法是，由于吉尔摩先生面临着这种抉择，因而他在感情上承受了巨大的压力……据我看，在这个案子里，吉尔摩先生试图做的事无异于自杀。他不一定非死不可……我认为，法庭如果此刻不对审判定罪过程中和随后进程中出现的实际情况加以详查和考虑就撤销暂缓行刑的决定，并允许于十一月十五日处死吉尔摩先生，那将是个极大的遗憾。

汉瑞奥德法官：谢谢。

莫　根　法　官：……那么根据我的理解，你的主张是应当坚决按照适当的、合理的程序进行下去……

斯　奈　德：完全正确……法庭委派我们担任律师，是为了保证吉尔摩先生得到公正的审判以及在审判过程中不出差错。审判程序应当由法庭来审定。

埃利特法官：你已经退出此案。你已经被辞退，你已经被人取代了……

斯　奈　德：我明白……

埃利特法官：你为什么就不能欣然接受解聘，就像他欣然接受法庭的判决一样？

克罗克特法官：我认为，辩护律师已经做了他们凭良心认为自己应该做的事情，我们不应该对他们的行为横加指责。但是，我们面临着不同的情况，对此我们都很明白。

汉瑞奥德法官：吉尔摩先生，现在不再向你问问题了，你还有什么要说的吗？

吉 尔 摩：阁下，我不想讲太多占用你们的宝贵时间。我相信，对我的审判是公正的，我认为对我的判决是恰当的，我愿意像个男子汉那样接受这个判决。我不想上诉。至于埃斯普林和斯奈德先生的动机，我知道得不太清楚……我知道他们要考虑他们自己的职业生涯——现在他们也许受到了一些他们不希望受到的批评，我不知道。但是，我要求按期处死我，我只想带着一个男子汉的体面和尊严去接受死刑。我希望你们将允许我这样做，这就是我要说的全部。

八

宣布裁决结果时，加里正和丹尼斯一起坐在一个房间里。犹他州高级法院以四票赞成、一票反对通过了撤销暂缓行刑的裁决。死刑将于十一月十五日（星期一）执行。

加里对这个结果非常满意。"这给他带来了平静，"丹尼斯在心里说，"他知道自己可以摆脱所有这一切了。"他打算在几分钟之后开始的记者招待会上也这么讲。

这时，加里说："你写东西所得的收入全部归你。""不，不，"丹尼斯笑着说，"我想平分，只有这样才公平。"

这是他们第一次讨论报酬的事，平分。他们甚至没有费神起草个文件，仅仅握握手就算成交了。

《德塞瑞特消息报》

盐湖城十一月十日讯——戴着手铐脚镣的吉尔摩被带进设在

州议会会堂内的法庭,保安措施非常严密。当他离开时,大批旁观者、全国性和地方性报纸的记者以及摄像人员蜂拥而上围住了他。

那天晚上吃晚饭时,鲍勃①·汉森的妻子和孩子们都想打听一下有关吉尔摩的消息。汉森当律师时从来不私下议论案情,可首席检察官办公室参与的案子常常是公开的。这简直就像是在鱼缸里执法。所以,汉森的孩子们不仅好奇,而且消息灵通。实际上,报上登出来的经他手的案子他们都要研究一番。

现在,他在饭桌上告诉全家,博亚兹很有口才,甚至可以说很会打动人心。吉尔摩给他的印象是在智力上和法官们不相上下。说句实话,汉森真想不起来有哪个案子的被告能够把自己看成和律师及法官平等的人并从这一点出发去揣摩他们、与他们打交道。不过,吉尔摩从来没让自己摆出律师的架势。汉森以为,这一点也是很感人的。你丝毫没有感觉到他蔑视法官、蔑视律师为他辩护或者指控他的权利。这一切又增加了他的尊严。说句实话,汉森认为,他的举止一点不像个迷惘或者消沉的人。恰恰相反,他的神志似乎完全清醒。他说,这一点给他留下了深刻的印象。他们家的这顿饭是在沉思中吃完的。

亲爱的吉尔罗伊②:

我们曾说过"他还是个孩子!"我一直拿不准该不该写这封信,但我决定就写几行字并随信寄点钱。我相信你会把钱用到正处的。

我在新闻广播里听到许多关于你的消息。要知道,你是我所认识的人当中最时髦、最出众、最有勇气的人。

有句话我要讲出来。你也知道,我不像你那么会说话,我只

---

① 罗伯特的昵称。
② "吉尔罗伊"似乎是吉布斯对吉尔摩的昵称。

能这样直通通地说出来。

我不知道你家、你亲戚还有尼科尔为你安排了什么样的葬礼，但如果在钱上需要我帮忙的话，只管告诉我该把钱寄给谁以及往哪儿寄。

吉布斯

十一月十日

《德塞瑞特消息报》
吉尔摩的消息上了头版

盐湖城十一月十一日讯……犹他州高级法院批准由监狱行刑队枪决，加里·马克·吉尔摩，这一裁决今天登在《纽约时报》《纽约每日新闻》和《华盛顿邮报》的头版上。

《纽约时报》

一九七六年十一月十一日讯——普罗沃警察局的刑警格拉德·佩里是报名参加行刑队的志愿者之一。"这事总得有人干，"他说，"我们每天都要面对死亡，已经很有胆量了。"

一位拒绝说出名字的花白头发的老人说："应该把枪毙吉尔摩的机会给予那些儿子被他杀害了的父母们。"

奥格登的艾德·瑞安警长说，过去的几天里他收到数十份报名参加行刑队的申请，但他又补充说："但到了真要动手的时候，他们会怯场的。近二十年前，我手下的一个警察参加过一次行刑队。他发誓，为此他一辈子都会后悔的——至今每天深夜他仍然心神不定。"

《洛杉矶先驱检查者报》

盐湖城十一月十七日讯……吉尔摩宣布，对于传统上死刑犯享用的最后一餐他的选择是一箱半打装冷啤酒。

"加里在生命的最后旅途上确实是个男子汉,"博亚兹说,"但他并不是冷血动物。他相信因果报应,相信将为自己的所作所为承受苦难。他也相信灵魂可以净化,相信灵魂转世,相信他死去的方式可以为他人提供经验教训。"

第三章 感伤的女记者

一

记者们渐渐发现,那些该死的狱规堵死了他们采访加里的道路。而大约就在这个时候,《德塞瑞特消息报》的记者塔默拉·史密斯注意到,人们开始对尼科尔·巴雷特产生了浓厚的兴趣。有消息说,尼科尔天天探视加里,所以人人都在设法和她交谈。没人成功,只有第五频道的一个记者例外,他在一次晚间节目中和吉尔摩的情人谈了几分钟。塔默拉觉得,当时尼科尔并非处于最佳状态。说句实话,她显得面容憔悴,忧心忡忡,就像一只被雨淋透了的小鸟。

有一回,她的同事、《德塞瑞特消息报》一位名叫戴尔·范·阿塔的记者碰巧正在抱怨接近尼科尔有多困难,塔默拉说:"我以前和她认识,你愿不愿意让我试试?"

范·阿塔看看她那副模样,觉得她不过是个刚出校门的女记者,便说:"我认为这对你没什么好处。"但她还是给监狱打了个电话,尼科尔碰巧正在一级警戒牢房区的探监室里。塔默拉没有料到这么快就能跟她说上话,所以几乎不知道该说什么好,幸亏尼科尔马上记起了她是谁。塔默拉说:"不知道你想不想和我聚一聚,谈一谈。"

甚至在电话上,塔默拉也感觉到她在思索。你和尼科尔讲的所有话她都会认真对待的,就连那些最漫不经心的议论,她也要在心里思量再三。似乎她觉得,只有当她完全理解了你对她说的话之后,她才相信自己能作出正确的回答。沉默片刻之后,尼科尔说,她实在没心思谈话,不过听她答话的口气似乎还有点希望。于是塔默拉又问,她们可不可以进行一次不供发表的谈话。尼科尔又沉默了一会儿才说,不供发表,那么好吧。这就好像有只手把唱片从唱盘上拿走了。塔默拉说,她会到监狱去接她的。

在监狱外面的停车场上,塔默拉在十一月初的雪地里冻得直发抖,只好边跺脚边转圈。就在这时,尼科尔沿着通向一级警戒牢房区的道路走过来了。看见塔默拉,她微微一笑走上前来。然而在车上,尼科尔又显得忧郁起来。过了不一会儿,她说,她的外祖父死了,两天后举行葬礼;还有她以前的男朋友基普两三天前也死了。眼下吉尔摩很兴奋,因为就在今天早上,他在犹他州高级法院打赢了官司,下星期一他很可能面对行刑队。叫塔默拉吃惊的是,尼科尔并没有显得心烦意乱。她一动不动地坐着,神色安详,一支接一支默默吸烟,就像是一个正在一心一意欣赏吸烟乐趣的人。

在普罗沃,塔默拉停下车请尼科尔吃午饭。她们坐在中心路上的 J. B. 咖啡馆里,一边吃汉堡包,一边喝奶昔,聊了足有两个小时。平时 J. B. 咖啡馆里挤满了大学生,但现在正值午后,里面很空。塔默拉能够感觉出来,尼科尔越来越喜欢和她谈话了。

二

还是在八月份,她们在加里的第二次预审听证会上初次相遇。

当时，塔默拉是《德塞瑞特消息报》的普罗沃特约记者。她之所以得到这个职位，是因为她在布里格姆·扬大学时曾经有过为《每日世界》工作的经历。在大学里当记者时，她对做警方新闻已经习以为常，不过那次在法庭上，尼科尔真的引起了她的注意。

当他们把拖着脚镣走路的吉尔摩押进审判室时，这个姑娘正坐在前排。他在她的面前停住步，吻了吻她。塔默拉猜到这姑娘是他的女朋友。她还听到他说"我爱你"。突然间，塔默拉发现自己和这个姑娘的感情产生了共鸣。当时，吉尔摩看上去并不强悍，不过是个普普通通的罪犯，模样冷酷，而且有点邋遢，不过他有一张极有特征的脸。看到他拖着脚镣、像个跛脚魔鬼似的迈着小步一步一步往前走，塔默拉真替他感到羞耻。可事实上，吸引她，甚至使她入迷的是那位姑娘的神情。塔默拉觉得，她周身带着某种神秘性，一种天上的光芒，就好像她过去曾是一位电影明星。这种戏剧性的联想在塔默拉心中闪现，她在心里说，在这个故事中，除了那两位寡妇，还存在着另外一个女人。

预审听证会结束后，塔默拉站在远处看着加里和尼科尔吻别。接着，在大街上，她看到尼科尔向他招手，直到看不见他为止。你可以看出，她一门心思全在他身上，因为她穿着一件老气的样式过时的长外衣。看着她，塔默拉渐渐觉得自己怎么那么高，而且灰不溜丢，有些笨手笨脚，她在心里不断地感叹着，唉，尼科尔是多么漂亮啊。她一直看着尼科尔钻进汽车。这时，她再也忍不住了。就是有那么一种无法抑制的谈话欲望，她拔腿跑过街道去找她。

当时，这事与专题报道毫无关系，吉尔摩的案子不过是件普通的新闻。塔默拉不过是想让尼科尔知道有人关心她。在普罗沃这个地方，人人都站在受害者一边。

在汽车旁，她说："我叫塔默拉·史密斯，是为《德塞瑞特消息报》社工作的。我想和你谈一谈，不是为了报道，而是作为朋友聊聊。你愿意喝杯咖啡吗？眼下你心里一定有很多感触。"尼科尔迟疑了一下说，是的，她想谈谈。于是，她们上了尼科尔的汽车。这车开起来很不顺手，你根本不知道开的是哪一挡。尼科尔说，两天前这车出过一次事故。她们来到桑宝餐厅，坐下来开始谈话。

她们互相介绍了各自的情况。塔默拉不由自主连珠炮似的唠叨个没完，这一点连她自己都感到吃惊。过了不一会儿，她就告诉尼科尔，她的父亲多年前就去世了，从那以后，她内心一直怀有这种对亲人的渴望，这种可怕的空荡荡的感觉弄得她终日心绪不宁。接着她告诉尼科尔，过去她常常给一个蹲监狱的家伙写信。为了这个，她的兄弟姐妹一个个气得要命，因为他们全都是你能找得到的最积极的摩门教徒。但那个家伙非常了不起，她甚至到肯塔基的一所监狱去看过他。肯定是这一点使尼科尔敞开了心扉。

塔默拉一直着迷地盯着尼科尔，这并不是因为尼科尔具有惊人的美貌——不过，她确实很美，而且神态安详——而是和她在一起就好像七月里一个炎热的下午坐在后走廊上乘凉似的，那种沉静的感觉久久留在你的心中。塔默拉想，从尼科尔讲的那些事来看，她一定是火暴脾气，然而那天她却是那样的安详。

告别时，塔默拉把自己的电话号码交给了她，说："如果你需要帮助的话，我愿意为你效劳。"事情就是这样。报社并没有派她去采访十月份的审判，她和这个案子也就没有关系了。她去干她自己的事，几乎把这事给忘了。

三

现在,在 J. B. 咖啡馆,尼科尔周围的人也许没有一个能够信任,然而她还是打开了话匣子。喝奶昔时,她对塔默拉说,她打算自杀。她直率地谈到那些总是萦绕在她心头的人,死去的基普和她的外祖父,还有即将死去的加里。塔默拉看出,她很害怕。

叫塔默拉伤心落泪的是,尼科尔和吉尔摩一样,正在等待自己的死期。尼科尔说,她和加里在一起时一切正常,并不感到害怕,因为加里知道死后的生活是什么样子的。但只要一离开他,恐惧便又回来了。塔默拉想,这种反复一定很可怕。加里每推迟一次死期,尼科尔也要跟着推迟。

这一切深深地打动了塔默拉。她的朋友们总是笑话她是个感情用事的人,她也一向认为自己是世上最自相矛盾的人之一。一方面她是个那么活跃虔诚的摩门教徒,另一方面她又具有那么多疯狂的冲动。唉,除了她自己,人人都觉得她有些乱七八糟的。她是在誓约教义的熏陶下长大的,至今仍对这些教义坚信不疑,可她竟疯狂地迷恋滚石乐队。上布里格姆·扬大学时,她的舍友常常说,她的内心充满熔岩,即使不迸发,也会溢出来的。现在,她又接手报道这件事。这是她所听到过的最了不起的一个故事,但同时她又很为尼科尔担忧。

塔默拉本来不想乱打听的,可现在她忍不住发问:"孩子们怎么样了?"她想知道他们的情况。

尼科尔看上去快要哭出来了。她承认,她待孩子们没有像她自己希望的那样好。塔默拉问,她和加里是否经常谈到自杀的事,尼科尔说:"我们一直在谈这件事。"

塔默拉恨不得马上把这一切写成一篇报道。

在尼科尔住的那座小公寓楼外面的街道上,她们看到一辆盐湖城电视台的汽车。果然,她们刚刚走上通往二楼的楼梯,一个记者就从一辆等在那边的汽车里冲了出来。"你是尼科尔·巴雷特吗?"他问。"我是她妹妹。"尼科尔说。"不,你就是尼科尔。"记者坚持着。她冷静地转脸看了一眼。"我是她的妹妹,尼科尔在监狱呢。""我认得你。"记者说。"不,我是她妹妹。"她和塔默拉转身走开。她们穿过阳台,走进她的公寓。一关上门,她们便大笑起来。这事给塔默拉壮了胆。过了一会儿,她问自己是否可以写一篇报道。

提出这个要求是在尼科尔拿出几幅加里的画之后。塔默拉认为,这些画表现出极高的天赋。尼科尔说,应该让人们更多地了解加里的生活,她相信这些画将很有说服力,塔默拉表示相信。那些画是那么凄惨,那么压抑,说句实在话,看到它们,塔默拉觉得加里肯定具有情感强烈的内心世界。

她坐在那儿,给尼科尔讲那个曾是她男朋友的犯人的故事。还是在布里格姆·扬大学上学时,塔默拉曾经到普罗沃市监狱去采访过他。她走进去,看见那家伙被关在一间小牢房里,他和气热情,相貌英俊。其实,他不过是偷了几张信用卡和照相机什么的。她一下子就爱上了他。等到他被押送到肯塔基州时,她已经完全迷上他了。他的那些情书写得非常动人。他俩通了一年半的信,有时她甚至一天收到他七封信。这段恋情几乎填补了她父亲的死留下的空白。他每次写信都要说,啊,你真美,我从没遇见过你这样的人,你的理解、你的耐心征服了我。啊,啊,啊,他的信就是这样写的。

她告诉尼科尔，接到他寄来的钱后，她竟然搭上一辆公共汽车前往肯塔基。她在那儿住了一个星期，每天花六个小时到监狱探望他。她家里的人以为她疯了，然而那是一段多么宝贵的时间啊。

那是所三级警戒监狱，他们一起坐在草坪上读书。她一生中还从来没有和任何一个人这样亲近过。她回到大学时她的舍友们兴奋极了。她们为她找了一个很不错的家伙庆祝她的生日，可那天她回到公寓，向那位男伴道过晚安之后，她的七位舍友一起从卧室里跳出来，每个人都穿着T恤衫，上面别着她男朋友的囚号。她们用喷水枪向她喷水，连推带拉把她带到外面的一家餐馆里。她想，在布里格姆·扬大学她大概成了个传奇人物了。她的舍友们颇为得意，因为她们懂得该怎么应付这件事。"谁也不知道塔米①今后的生活中还会发生什么事。"她们得意洋洋地说。

那位男朋友出狱后回到普罗沃，当了个木匠。大约三个星期后，他把他能拿得动的她房子里的所有东西以及留他住宿的那人家里的东西全装上塔默拉的汽车，然后开着车溜之大吉了。塔默拉从此再也没有见过他。

这样的结局弄得她不知所措。她很吃惊，自己怎么会和这么一个人那么亲近呢。他这一辈子都是个囚犯。使她百思不解的是，他说了那么多谎话，自己竟然还和他那样亲近。她对尼科尔说，其实他们之间从没有过什么真正确实的东西存在过。然而，她最终说不管怎样，这件事里面总还包含着某种真实性吧。

---

① 塔默拉的昵称。

四

此后,她们沉默下来,后来塔默拉再也忍不住了,她太兴奋了。"求求你,"她说,"就让我……"她都快喘不上气来了,"哎,我想找部打字机,写篇报道,拿回来给你看看。如果你不喜欢我的做法,就让我们忘了这件事,因为,毕竟……我说过这次谈话不供发表的。"接着她又说,"如果你仍然坚持反对这么做,那就算了,但我还是想试一试。"

她跑到一位从前舍友的公寓里,把正在发生的事告诉她,随后便坐下来动手写报道。真是离奇古怪,她太紧张了,花了一两个小时才写出几页东西来。当她拿回去给尼科尔看时,她细细地读了一遍,抬起头来说:"不行,我觉得不好。"塔默拉只好说:"好吧,那就算了。"

她很失望,但这是桩大买卖——她得耐心等待。她不能违反她们的约定。

她的失望心情肯定当时就在脸上表露出来了,尼科尔也显得不太自在。塔默拉说:"没关系,这是我们的约定。"尼科尔起身走到一个柜子前面说:"我给你看一件东西,这东西以前我从没给人看过。你想不想读加里的信?"

这无疑是那肯定重要的一天里的又一件重要的事件。塔默拉说:"当然喽。"尼科尔拉出一个装得满满的抽屉,把它翻扣在桌子上。信真多呀,塔默拉随便拿起一封读了起来。简直令人难以相信,在她读的第一封信里就有好几段漂亮的引文。"尼科尔,"她问,"我抄几句你不会介意吗?"

她们达成某种约定:塔默拉现在不写报道,但在尼科尔死后她可以随意写。于是她们俩坐在厨房餐桌旁,一起读那些信。塔默拉边读边以最快的速度抄着引文。她们从中午一直读到晚上,直到八点左右她才离开。

从普罗沃到盐湖城去时,塔默拉总是把车开得飞快,并且把收音机开到最大音量。因为这个,她收到过许多张违章传票。但这天晚上,她把车速保持在每小时五十公里,集中精力思考。她不知道该做什么好,连觉也睡不着。到了早晨,她决定把这事告诉编辑。这简直是件爆炸性新闻。在编辑的私人办公室里,讲定不供发表之后,她告诉他尼科尔准备在吉尔摩死后自杀。编辑说,他已经从其他记者那儿听到过类似的消息,现在外面谣传很多。不过,这一新消息使他确信,应该提醒一下有关当局。谈完话,塔默拉觉得好受多了。

她转而想到,此刻尼科尔最需要的是一个朋友。她打算去充当这一角色。她要劝尼科尔走出家门干些事情。她在心里成天和吉尔摩生活在一起,这对她已经成为一个巨大的负担。她应当摆脱这个负担。

五

今天你吻了我的眼睛,赐给了它们无尽的幸福。我现在只看到美。啊,美丽的尼科尔·凯思琳·吉尔摩,你是一个小精灵,甜蜜、清新、含在嘴里真叫人心醉。我不是个诗人——但如果我能够让你赤裸着躺在床上或者躺在星光下的草地上,我会用我的舌头我的手我的双唇在你那娇美的长着雀斑的躯体上写满情歌；我要柔声细语赞颂你的美，使你觉得自己在飞翔、在遨游，使你向着太阳和月亮歌唱、起舞，觉得我们融为一体了。来吧，来吧，你轻柔地呻吟、感叹，你的眼睛疯狂地转动着，我们纵情欢娱，热汗淋漓。我们的嘴唇紧紧贴在一起，沉浸于甜蜜湿润的亲吻，亲吻，亲吻——看着你赤身裸体。喜欢看你赤身裸体或者只穿着丝袜，喜欢看你一丝不挂在房间里走来走去……性感的精灵姑娘，我爱你——你的加里。

同一天，吉布斯收到一封短信：

到目前为止，我收到了一封拿破仑的信，一封圣诞老人的信和几封撒旦的信。你肯定不敢相信，信封上有那么多邮戳，那么多耶稣基督本人使用的回信地址……人们都以为我疯了，哈，哈，哈。

你永远也猜不到我收到了谁的信，布伦达的！她先是帮助他们抓住了我，然后又帮助他们判我罪。现在她又给我写信，还想来探监。她真比头公象还有胆量。

第二天是星期四，塔默拉刚开始工作，就接到《时代》杂志一位记者打来的电话。他听说她曾和尼科尔在一起，想知道她能否透露一点新消息。她的编辑们也受到了同样的压力。他们只好对那些报界老同行搪塞一番。塔默拉第一次发现，报业就跟做易货交易差不多。"如果你明天给我点好处，我今天就把我这个故事告诉你。"本来她认为，干这行更像是在演电影：你单枪匹马闯出去，带回一个新故事。

这时，新闻编辑取消了塔默拉的其他工作，说："你盯住尼科尔，该怎么干就怎么干。"她感到茫然，他又补充道："哪怕你把她带到盐湖城来，叫她住到你家去，我也不管。如果有必要的话，你可以带她出去吃饭,花多少钱我都不在乎。什么都可以做,但可别失去这个报道的机会。"嗨,这更像她原来想像的那样。随后,《时代》杂志的那个记者又打来电话,说他想要那些引文。她说:"这是我和尼科尔两人的秘密。"他说:"她刚刚接受了《纽约时报》的采访。"塔默拉大吃一惊:"什么?"

那天上午晚些时候,塔默拉在监狱外面一直等到尼科尔出来。她刚向她提起《纽约时报》那件事,尼科尔就说:"真可笑,我没跟任何人谈话。"

塔默拉说:"我只是想让你理解我的立场。只要你保守那些你告诉我的秘密,我也会这么做的。"她紧紧盯着尼科尔。"但是,如果你开始和别的新闻界人士谈话,我也就没有遵守我们之间约定的义务了。如果你想利用这件事赚点钱,你完全有理由这么做。有人愿意付钱,好极了。但我希望你明白,一旦发生那种事,我也会写篇报道的。"

尼科尔只说了一句话:"同意。"她那副样子好像是说,她们仍然是朋友。塔默拉的怒气消散了,她又喜欢上尼科尔了。星期六那天她休息,她们开始商议她们的活动计划。也许可以去爬山。出门玩玩是个好主意,尼科尔同意了。

六

随后,两人开车来到凯思琳家里,一边吃全麦吐司一边谈话。在这中间,尼科尔悄声说道,她希望由塔默拉来保存加里的信件。她不希望自己死后她母亲看到这些信。

接着,尼科尔和凯思琳开始了一次最最不能让人相信的谈话。

尼科尔说:"我打算星期一去看执行死刑。"凯思琳说:"茜茜,我不让你去那儿。"

"听着,"尼科尔说,"我要去。"

"如果你去,"凯思琳说,"我也去。"

"加里没邀请你去。"

"我才不管他邀请没邀请呢。我不是去看他,而是去那儿等你。"

"不行,"尼科尔说,"我自己去。"

"孩子,就这么定了,"凯思琳说,"我带你去。"

随后,收音机里播出了新消息,这消息他们谁都不能相信。加里的行刑日期又被推迟了,拉姆顿州长刚刚宣布了暂缓行刑的决定。播音员用激动的声音一遍又一遍地播送着这条消息。

塔默拉很高兴,幸亏她的编辑叫她盯住尼科尔,要不然她得赶快回报社看看他们有没有需要她的地方。可现在,她可以主动提出送尼科尔去监狱。在路上,尼科尔把斯普林维尔那所公寓的钥匙交给她,对她说,她可以去拿信并把它们收藏起来。

在去监狱的二十分钟旅途中,尼科尔显得非常冷静,但塔默拉知道她是被惊呆了。这个消息意味着什么是再清楚不过的了:加里现在只好自杀了,这使得尼科尔也走到了死亡的边缘。

她对塔默拉谈起她的婆婆玛丽亚·巴雷特。她说,她非常喜欢玛丽亚,她喜欢她远远甚于喜欢吉姆·巴雷特。玛丽亚是个好人,她很爱森妮和杰里米。尼科尔说,要不是玛丽亚管家太严,她肯定会一直和她和睦相处的。尼科尔喜欢使房子保持清洁,但她婆婆却另有一套管家的规矩。除此之外,她是个大好人。尼科尔几乎已经作出决定。她死后,森妮和杰里米应该由玛丽亚带大。

然后她对塔默拉讲了自己最后一次见到玛丽亚时的情景,那是在基普死后不久。

"现在,加里很快也要死了,"尼科尔对玛丽亚·巴雷特说,"我不知道等待我的是什么。"

她难过极了。玛丽亚说:"尼科尔,也许下一次你找到的那个人能跟你和睦相处。只是要更细心一些,结婚前多考查他一段时间。"

尼科尔说:"不再会有下一次了。"

"你不再找男人了?"玛丽亚问。

尼科尔说:"我也不知道我这是什么意思,但不再会有下一次了。"她差点泄露了自己的秘密。"如果我出了什么事,"尼科尔说,"你愿意收养这两个孩子吗?"

"我当然愿意,"玛丽亚说,"你知道我愿意,不过你不会出什么事的。"

"后来,那天下午,"尼科尔对塔默拉说,"几个警察来到斯普林维尔敲开我的门,打量了我一番。"他们站在门口和她客客气气地谈了几句话。她明白,是玛丽亚把他们叫来的。尽管如此,尼科尔还是决定把孩子托付给她,不过她拿不准怎么把这事当面告诉她。塔默拉把这一点作为一条消息记下了。

塔默拉把她送到监狱后,立刻开车来到尼科尔的公寓。她找出那些信件,把它们放到一只食品袋里,然后搜查了一下房间,想看看房里有没有枪或者安眠药。虽然她不知道如果真的发现了什么该怎么办,但她还是搜查了一遍。

《普罗沃先驱报》

合众社盐湖城一九七六年十一月十一日讯——犹他州州长加尔文·拉姆顿请求犹他州大赦委员会在十一月十七日(星期三)

举行的下次会议上重新复审对吉尔摩的定罪,以决定死刑判决是否合情合理。

吉尔摩说,他对州长的决定"感到失望和气愤。显然,州长在社会各界的压力下屈服了,那些人或者是想哗众取宠,或者是出于某些自私的动机,他们并没有考虑我的'利益'。"

第四章 记者招待会

一

在菲尼克斯,人人都在向厄尔·道罗斯打听消息。无论谁在门厅里见到他都要问:"犹他州那边现在怎么样了?"厄尔觉得这次会议全让自己给搅和了。他什么也听不进去,一趟又一趟往自己的房间跑,唯恐错过什么新消息。他不是打电话,就是把电视频道换来换去。"你对州长的决定有什么看法?"人人都这样问他。"我还没来得及考虑呢,"他总是这样说,"但我觉得这个暂缓行刑的决定是不合适的,因为它是应外界各方的要求作出的。"

他意识到此刻自己更应该待在办公室里而不是在这个会场上。他决定退出菲尼克斯的会议,回去工作。

二

《盐湖论坛报》

一九七六年十一月十二日讯——博亚兹与犹他州监狱的狱长塞缪尔·史密斯达成协议,他将仅仅以律师的身份为吉尔摩效力。但后来在闲聊中他说,他的目的"首先是作为作家为他效力,其次才是作为律师"。

"我们无权指责他,因为他不是犹他州律师协会的会员。"犹他州律师协会执行委员会的一位成员解释说。

《普罗沃先驱报》

普罗沃一九七六年十一月十二日讯——博亚兹说,他的计划是利用吉尔摩的故事"赚些钱",这笔钱他将与死囚犯的家人以及死囚犯所选中的任何慈善机构平分。

丹尼斯刚一走进监狱,萨姆①·史密斯就把他叫过去说:"我听说吉尔摩今天早晨接受了伦敦一家报纸的采访。你知道这件事吗?"

此刻,丹尼斯的心情非常激动。戴维·萨斯坎德刚才从纽约打来电话,说他对拍摄一部有关加里生平的影片很感兴趣。这样,在另一头也可以得到一大笔收入。丹尼斯的头脑急速运转起来。

"伦敦的一家报纸?"他对萨姆·史密斯说,"哦,对,是我安排的。"

狱长的脸一下子涨得通红,这在他那张苍白的脸上是很少见的。他大声嚷嚷起来,走廊那头的人们全都从办公室里探出头来。丹尼斯也被他吓了一跳。以前从没有人听见萨姆·史密斯大喊大叫过。

史密斯说他要去控告。丹尼斯说:"我才不在乎呢,狱长。"他很想找几句话刺刺萨姆·史密斯,给自己寻寻开心。你要是看见萨姆那副德行,肯定也想刺他两句。

---

① "萨姆"是"塞缪尔"昵称。

当他们为了报复，对他进行搜身时，丹尼斯甚至大笑起来，这简直像幕喜剧。看守们连他的胳肢窝都搜到了。哼，可就在两天前他们还曾为他在犹他州高级法院的表现赞叹不已，甚至允许他带着打字机进去和加里谈话。

搜身之后，博亚兹看到了尼科尔。探监室的南墙上有一个长条形的窗口，她正坐在加里的大腿上，两人一起从窗口眺望着远处的山口堡。她正全神贯注地和加里亲吻，没怎么注意到丹尼斯。

不过，当她从里面出来时，丹尼斯觉得，她的脸庞比自己料想的更甜美、更纯真。她面带倦容，甚至有些筋疲力尽，他很喜欢她那种悲哀沉思的表情。但是，加里却阴沉着脸。无论尼科尔有哪种哪怕是处于萌发状态的友谊他都不能容忍。她不过是在说，她外祖父的葬礼再过大约一个小时就要开始，他却好像认为她是在调情。

她走了，屋里只剩下丹尼斯和加里。加里几乎没给他详谈萨斯坎德建议的机会，他对拉姆顿州长的火还没消呢。这个话题很有感染力。加里有本事把自己的怒气传导给你，丹尼斯很欣赏这一点。说句实话，丹尼斯觉得自己像个锅炉，正因即将出口的那几句指责州长的话而熊熊燃烧呢。

三

丹尼斯从一开始就急于向人们表明，他们应该正视他们以前从没考虑到的事情。他还打算就公开执行死刑一事发表一番令人震惊的言论，促使人们去思考，去扪心自问："我们为什么要关起门来处死人呢？是什么使我们感到羞于见人呢？"就在当天上午，他的一句激烈言辞见了报：

《普罗沃先驱报》

普罗沃一九七六年十一月十二日讯——"我认为电视台应当在黄金时段播放执行死刑的镜头，"博亚兹说，"这样可以起到某种威慑作用。"

自从他和加里在犹他州高级法院获胜后，他几乎每天举行两次记者招待会。他一而再、再而三地对新闻界说，他代理的是一件自愿和光明正大的交易，他将像打开一本书那样把自己的生活暴露在公众面前。也许有人会挖苦他，但他的责任感来自大同新纪元①，他甚至会把他自己或者他感情中那些看似奇怪的东西也公布于众。至少，他会光明正大地对待世人，而不是随意操纵。新闻界也许会误引他的话，曲解他，张冠李戴，断章取义，不过那无关紧要。他不想压抑自己的个性。事实上，他一跨出犹他州高级法院的大门就对记者们说，他来盐湖城是因为这儿的漂亮女人比他所去过的任何城市都多。他告诉新闻界，另外还有一个原因，那就是不少漂亮女人喜欢结交加利福尼亚人。为了尝尝邪恶的滋味。他说，借助于输入加利福尼亚意识，在这里可以成百万成百万地赚钱，真的。当然，这番话没有一家报纸登过一个字。

新闻界反过来询问他的经济状况。"我没有什么可隐瞒的，"他告诉他们，"事实是，我欠了一万美元。事实上如果把欠朋友的钱加在一起，一共是一万五千美元。我并不为此而感到羞耻。有一次我投资失误，紧接着就发现那项目整个破产了，钱全没了。"

他很快得知，人们对他的话的反应是，他正企图在吉尔摩身上赚一笔钱。他才不在乎呢。当人们认识到事实并非如此后，这

---

① 星象学家所谓的自由博爱的新时代。

种看法会不攻自破。

"你是否认为,"一位记者问,"当地区副检察官的那一段经历使你产生了某种要吉尔摩偿还血债的欲望呢?"

"坦率地说,"丹尼斯回答道,"在地区检察官办公室工作赋予我更多的帮助他人的权利,而不是仅仅做一名公众的辩护人。我可以减轻指控,接受申诉。在我离职前,我借助于测谎器先后洗清了九个人的罪名。你瞧,这也是我们工作的一部分。"记者们听着这一切。多年来,丹尼斯一直认为,新闻界贪得无厌,他们根本不会满足于公开发表的声明和敷衍之词。即使是一个诚实的人,如果不在自己的冲动和舌头之间设一道岗的话,也很可能把这个世界翻个个。

"我参与此事部分是由于占八卦的结果。"丹尼斯说,"当然,我不是个八卦迷,因为我信奉自由意志论。不过占八卦可以使你对格局保持敏感。说到底,每一条精神戒律都能揭示出一个格局。你可以在这些格局中选择你自己的道路,这样自由意志就可以发挥作用了。"

"你说你欠下很多债务?"

"我债款公开,"博亚兹说,"我的万事达卡透支了两千一百美元,但我不会还这笔钱的。我的一个朋友用我的万事达卡盗取了这笔钱,那是发卡公司的事,不是我的事。"

他们想知道他发表过什么作品。他说,他尚未发表过任何作品。他写作是否署真名?他写作署名 K. V. 基蒂,或里约翰·马兹,他的另一个笔名是 S. L. Y. 福克斯。他对他们说,福克斯代表666,是野兽的象征。当然他们从未听说过艾勒斯特·克劳利这个名字。

他们又回到原来的话题上。他对拉姆顿州长的决定有何看法？荒谬之极。他们可以引用他的话。以前他们很少引用他的话，他一直感到非常惊奇。

他接下来说的话他们也不会刊登的，然而他还是对他们说了。"加里住在一间小牢房里，"他说，"那牢房窄得伸开手就可以触到两边的墙壁。电灯一天二十四小时亮着。看守们猛敲铁栏，噪声搅得人头昏脑涨。加里在铁栏上挂了一条毛巾想挡一点光线。'拿下来，'他们命令他，'否则我们就进去把你的床垫拿走。'"

他的话他们只听进去十分之一，不过没关系，让他们漏掉那些冷嘲热讽吧。当你要打开一扇门时，一开始你得用最大的劲，而门却移动得最慢。"加里被关在狭小的牢房里，"他说，"这就是为什么他们必须要给他服用菲奥瑞纳。大多数犯人都是靠药物活下来的，药物可以减轻压抑感。"他们问他，狱方是否了解此事。"当然了解，就是他们要犯人们服用药物的，那样犯人就不会闹事了。"

丹尼斯能感觉到记者们的反应。他听到一个记者低声说："这家伙是个彻头彻尾的骗子。"

他到这儿来不是为自己辩护的。这是个进攻的机会。"狱长打算关起门来执行死刑，"他说，"而我们要求公开执行。在中东，阿拉伯人执行死刑时，欢迎大家来观看。一大群旁观者可以对受刑者起到鼓舞作用，使他觉得大伙是聚到那儿举行仪式的。那种方式提醒大家，我们都是上帝的祭品。然而在这里，死囚犯在他生命的最后一刻除了刽子手谁也看不到。我认为这种做法是错误的。"

"你和加里都谈了些什么？"

"我们谈到灵魂的进化,"博亚兹说,"加里对埃德加·凯斯[①]和阿卡西克名册知道得不少。我们讨论因果报应以及对自己行为负责的必要性。男女诸神因为负有全面责任,所以具有绝对自由。"这番话他们从没发表过一个字。

一名记者大声宣读了克雷格·斯奈德的一份声明:"博亚兹从未与我们接触过。我出席了犹他州高级法院的审判,法庭辩论时我们各执己见,但没有人把我介绍给他,我也从没与他说过话。据我所知,他从来没有仔细查阅过档案,也不了解审判中发生了哪些事情。他所发表的与吉尔摩的协议从根本上违背了道德准则。""他是在什么地方发表这份声明的?"丹尼斯问。

"在普罗沃艾戴菲大厦他的办公室里。"

"那地方铺着黄色的粗毛地毯,墙壁是棕色和黄色的,对不对?"丹尼斯问。

"你见过那地方?"记者问。

"没有,"博亚兹说,"但我了解秘密社团组织的氛围。"

"得了,丹尼斯,"记者说,"你为什么不与埃斯普林和斯奈德联系呢?"

"吉尔摩不愿意上诉,你明白吗?我代表的是吉尔摩,不是什么该死的上诉制度。"

"但是,你要是读过副本怎么办?"

"没有副本。"

一位记者说:"没有人要过副本,副本是很容易搞到的。"

"我没钱买副本,"丹尼斯说,"此外副本也没有什么用处。吉尔摩不想把死刑减为无期徒刑。"

"但是,"记者问,"如果发现没有向他宣读过米兰达原则,或

[①] 美国一心灵术研究者。

者法官所作的要点说明是错误的,那会怎么样呢?如果他获得了重新审理的机会,那就是另外一回事了,对吗?"

"不对,"丹尼斯说,"加里已经死定了。他已经第二次被判有罪。喂,你们必须理解吉尔摩,"丹尼斯说,"他也许是个凶恶的杀人犯,但他是公正的。"

记者说:"他对那两个被他杀害的人可不太公正。"

"是的,这毫无疑问。"丹尼斯说,"但他确实是公正的。"

记者对他的采访就是这样进行的。就在这一天,记者们刚刚听说了史密斯狱长勃然大怒的谣传,他们在台阶上提问丹尼斯,他怎么会把狱长气成那个样子的。丹尼斯便在监狱的台阶上举行了一场即席记者招待会。

这个嘛,他说,萨姆·史密斯发火是因为他出售了两次采访机会。一次是卖给《伦敦每日电讯报》的,价格是五百美元。另一次是卖给一家瑞典劳联报纸的,价格也是五百美元。丹尼斯暗示说,瑞典人也许是因为历史的巧合而对本案发生兴趣的。一九一五年,一位叫乔·希尔[①]的瑞典移民在犹他州被处死。此人颇有名望,就是他组织了世界产业工会。他们难道记不得"昨夜我梦见乔·希尔还活着,就像你我一样"这首歌了吗?嗨,乔·希尔甚至叫他最要好的伙伴把他的遗体送到怀俄明州去。"我不想在犹他州再多待一夜。"他说。

"另一桩买卖如何?"他们问。

"是卖给《伦敦每日电讯报》的拜伦·瓦因的。他打算以'我和一个杀人犯的谈话'作为报道的标题。他是第一个提出给我钱的人,"丹尼斯说,"开门见山,直截了当。"

[①] 乔·希尔,生于瑞典,一九〇五年移居美国,成为工人领袖。一九一五年被诬陷犯了谋杀罪,于十一月十九日被枪杀。

"你捞到多少钱?"

"我告诉过你,五百美元。"

"你不认为太便宜了吗?"

"我不想要价太高,那样会使我显得太贪婪。十分钟采访五百美元,这是个好价钱。"他就这么讲着,他们记着。紧接着新闻报道就出笼了。丹尼斯觉得,在报纸的报道中,他们把他描绘成一个比较有责任心的家伙,有点像个有自制力的疯子。

四

塔默拉早上五点钟开始工作,花了六个小时复印加里的信。她知道,自己这样保守这些信的秘密,有几个记者已经在扬眉毛表示吃惊了。尽管如此,她还是不允许任何人在自己的背后偷看,发那种人们常有的玩世不恭、漠不关心的议论。不过,并没有任何人显得非常激动。

事实上,在星期五下午的会议上,总编说:"我认为我们对情书不感兴趣。"他就这样轻描淡写地把这事一笔勾销了。

当然,这家报纸作为摩门教会在世界范围内的一家主要日报而颇负盛名。它归教会所有,所以有些古板。塔米已经在报社里的非摩门教徒那儿听到不少抱怨。作为一份报纸,《德塞瑞特消息报》的某些规定简直叫你难以置信。报社是设在一幢教会所有的建筑物里的,所以在编辑室里你不能吸烟,也不能坐在办公桌旁喝咖啡。要做这些事必须到餐厅去。许多记者一天到晚不知要急急忙忙地往卫生间跑多少趟。所以,这些情书在《德塞瑞特消息报》的编辑部里是不可能引起轰动效应的。不过,两天前他们确实迫不及待地想把这些信弄到手。现在,有关此事的报道已经被搁置到一边了。就连塔默拉也觉得信心不足了。也许,这件事的最后结局不过是又一篇有关一个罪犯和他女友的报道罢了。随着行刑日期的又一次推迟,加里的死可能是遥遥无期了。

博亚兹激动万分,因为一位名叫戴维·萨斯坎德的电影制片人和著名记者为了购买这该死的故事已向他提出现付一万五千到两万美元现金——加上电影版权总额的百分之五——博亚兹说,一共可以拿到几十万美元。

宝贝,我不喜欢这种事——此事正在变得无法控制。

博亚兹是我的律师,但他现在扮演的角色倒更像是位代理人,新闻代理人。

这一切变得活像一场马戏表演。

唉,宝贝,要是我们现在能回到斯班尼西福克镇,去照管你的小花园,我们一起做爱,那该多好啊。

十一月十二日

尼科尔没有准时参加外祖父的葬礼,稍微晚了一会。凯思琳认为,尼科尔和全家一起站在前排时,脸上流露出了真诚的悲哀。她还注意到,尼科尔没有走到灵柩前去最后看上外祖父一眼。凯思琳心里总是转着一个念头,"唉,上帝,她想的是加里和他的命运"。后来,尼科尔问凯思琳可不可以用用她的车,说她想再去看一趟加里。凯思琳试探地抱怨说,尼科尔今天已经去过那儿了,再说她也没有驾驶执照,可得到的回答总是那么一句话:"我不会出事的。"最后凯思琳只好同意:"唉,我的上帝,把车开走吧。"

直到晚上尼科尔才回家,一进门凯思琳就训了她一通。她说:"你根本就没去监狱。"尼科尔说:"是没去。我打了个电话,他们说我不能进去,所以我只好开车兜风去了。出去四处看看使我觉得好受些。"

五

此刻，戴维·萨斯坎德又在给丹尼斯打电话，正式谈起订合同的事。丹尼斯喜欢萨斯坎德的办事作风，他讲起话来既温文尔雅又富于鼓动性。他周身精力焕发，但又很善于克制自己。

随后打电话来的是这个叫拉里·希勒的家伙，他自称从前是《生活》杂志的摄影记者，现在是制片人，专门制作供剧院和电视放映的电影。丹尼斯不喜欢他的嗓音。为了使对方理解自己意图的重要性，他有点太热切了。这是一位奉行强行推销术的超级推销员，一个地道的行家里手。丹尼斯感到很不自在。

他们在犹他饭店咖啡厅里见面时，谈得不怎么投机。丹尼斯总有一种不信任感。咖啡厅设在地下室里，又大又空又阴暗。

希勒蓄着一大片黑黑的络腮胡子，与上唇的八字胡几乎连为一体，满头鬈发又浓又黑，头形非常优美。丹尼斯觉得，他长得有点像菲德尔·卡斯特罗，不过个头高多了，就好像你把菲德尔·卡斯特罗的头安放在一个庞大的躯体上似的。由于丹尼斯对希勒不太了解，所以事前他向几个记者打听了一下，得知这个人曾在查尔斯·曼森一案中搞到了苏姗·阿特金斯[①]生平故事的专有权，此外他还获得过最后一次采访杰克·鲁比[②]的机会。有人告诫博亚兹，和这个家伙打交道你得处处留神。他总是在人要死的时

[①] 与下文中的鲁比均为此案中的杀人犯。
[②] 此人因枪杀据认是刺杀美国总统约翰·肯尼迪的凶手奥斯瓦德而被判死刑，在上诉过程中死去。

候插上一杠子。

尽管如此,这次谈话还是使博亚兹感到很愉快。一个原因是,希勒出的价比萨斯坎德的高。他喋喋不休地谈着他已经完成的所有那些项目,博亚兹却故意贬低他。"加里可不是苏姗·阿特金斯。"他一次次地说。这些天博亚兹一直趾高气扬的。即使希勒讨厌他的无礼,那又有什么关系呢?对加里的竞价决不会因此而下跌的。

"你最好找位代理人。"希勒最后说。

这下丹尼斯不说话了。他得承认,带着一个更高的要价回到萨斯坎德那儿使他心里十分得意。这和他的本性有什么联系,是不是国王与弄臣之间的那种联系?他能否接住抛到空中的所有骨头呢?

六

星期六上午,尼科尔打来电话,用一种不信任的口气说,她需要收回那些信。塔默拉感到茫然,她们分手时不是十分友好的吗?她怀疑大概是加里或者博亚兹叫她索回这些信件的。不管怎样,塔默拉还是告诉尼科尔这不成问题。确实不成问题,她手里有复印件。于是,那天晚上她让和她约会的那个人开车送她去斯普林维尔。当他们赶到那儿时,尼科尔对这件事引起的麻烦表达了歉意。

他们在一起愉快地度过了一两个小时。塔默拉带来的那个男朋友来自费城,是个意大利人,不是摩门教徒,在布里格姆·扬大学是个真正的角色。他的姓是米利巴姆毕尼,没人知道他的名字，因为他把他的姓译成"一千个杂种"，说这就是他姓氏的真实含意。这在学校里引起震惊，他们竟在地板上打起滚来。有些学生便把他叫作菲利来的米利。真是乱套了。后来这真的成了他的名字，菲利来的米利。他为人很热情，又经历过许多离奇事，满肚子滑稽故事。塔默拉真的很喜欢他。

那天晚上，尼科尔被米利迷住了。塔默拉事先告诉过他，不要提吉尔摩的事，设法让尼科尔开心。米利果然逗得她笑个不停。塔默拉开始意识到，尼科尔有点闭塞，对生活的某些方面不甚了了，例如音乐、在俄勒冈州徒步旅行甚至眼下这种漫谈，这事有点奇怪。整整一个晚上，尼科尔就那么听着，就好像他们在给她喂饭似的。塔默拉离开时感到很乐观。在回去的路上，她对米利说："如果我们经常和她来往，也许能够稍微改变一下她对生活的态度。"塔默拉认为，即使真的处死吉尔摩，也还会有一段时间。她差不多可以肯定，尼科尔自杀的可能性不大。

第五章　遗嘱

一

《盐湖论坛报》
教会领导人谈极刑

一九七六年十一月十三日讯——麦克杜格尔主教阁下说，大多数现代神学家都反对极刑，他们相信，死刑往往是针对那些社会和经济地位低下者的。

东十七街1626号的瓦塞切长老派教会牧师杰伊·康弗尔说："《旧约全书》中'以牙还牙'的观念已经为《新约全书》中的爱

与改造的观念所取代。"

但是,康弗尔牧师说,吉尔摩的案子提出了一个不同的问题。"这个人要求死,他不愿意被改造。"他指出,这好比一个住在医院里靠机器维持生命的人想把"插头拔掉"一样。

此间虽然有许多人说他们相信死刑是必要的,特别是对吉尔摩那种凶残的罪行。但他们又说,目睹行刑过程是他们无法承受的。

"你不能硬把我拖到那儿去,"诺亚尔·伍顿说,他是负责起诉吉尔摩的县检察官,"我已经做完了我的工作,我提出判处他死刑,并且获得了批准——我相信有判死刑的必要性。然而,处死人是件肮脏的事情,我不想参与进去。"

《盐湖论坛报》
如有必要可随时再次使用的老枪

一九七六年十一月十三日讯——一支以前曾在犹他州用于执行死刑的枪目前正摆在一家枪械商店里。如果已被定罪的谋杀犯加里·马克·吉尔摩被处死的话,这支枪将连同另外四支枪一起被借给盐湖县行政司法长官办公室。

枪械商店的合伙经理人之一利奥·加伦逊估计,这支尚未出售的枪用于执行枪决的次数在六至十二次之间。

《洛杉矶时报》
犹他州杀人犯的前雇主
要求加入行刑队

犹他州普罗沃一九七六年十一月十四日讯——斯潘塞·麦格拉思给加里·马克·吉尔摩提供了一份很好的工作,并且每周自掏腰包额外付给他十至二十美元。他修好了吉尔摩的汽车,甚至当这个假释犯开始酗酒、上班迟到时,他仍继续付给他工钱。

麦格拉思是位和蔼可亲的人,他拥有一家绝缘材料装修厂,以前曾经帮助过许多犯过罪的人。他说,他将很愿意参加应吉尔摩要求组成的负责处死他的行刑队,"以向加里表明,法律也是适用于他的。"

宝贝,我现在越来越出名了。

我不喜欢这个——不喜欢,这不对劲。

有时我觉得我明白什么是出名,并且知道出名是什么滋味,因为我在前世生活中出过名。我好像十分理解这个。但我不愿意出名到那种地步,以至只顾享受盛名,而丧失了自我。我们是加里和尼科尔,这一点我们一定要记住。

十一月十四日

吉布斯,你好。

"他还是个孩子。"

收到你的信很高兴——你知道吗,你有点风度了。

如果什么时候你发了财,有几块花不掉的美金,我相信我母亲会替你花的。她年纪大了,腿不好使,靠救济金过日子。或者不知你愿不愿意现在写封信给她,帮她喘口气。

谢谢你寄给我的十块钱。

友
加里
十一月十四日

吉布斯在心里说,你该怎样写信给某个人,那位你从未见过面的母亲?

亲爱的吉尔摩太太,一切都会好的。五支枪里只有四支真的装着子弹。

吉布斯请大个杰克给他买了一张漂亮的明信片,连同三十美元一块寄给了她。

《洛杉矶时报》
死囚犯律师朝气勃勃的生涯

十一月十四日讯——早在今年一月,博亚兹就以十字军骑士自诩,向他所谓"社会制度的虚伪性"宣战。为了使自己被逮捕,他在这里联邦大厦的门厅里吸大麻,但他的企图没有实现。

此刻他出现在位于德雷珀的犹他州监狱,他是以已被判死刑的加里·吉尔摩的律师和他的传记作者的双重身份出现的。

克雷格·斯奈德宣称,他不可能既扮演这个双重角色同时又遵守犹他州律师协会的章程。章程规定,律师应当为自己的当事人办事,不能光盯着自己的钱袋。"如果执行死刑的话,"斯奈德说,"博亚兹会获得很大一笔收益的。"

在这件事上,博亚兹因剥削他的当事人而遭到非议,不过博尔特学院的副系主任詹姆士·希尔回忆起他时却感觉非常亲切。

"他是个腼腆、谦虚、和善的家伙,是个非常好的人。"希尔回忆说。他说,博亚兹毕业之后,他们曾经见过几面。

《盐湖论坛报》

犹他州一九七六年十一月十五日讯——已被判死刑的杀人犯加里·吉尔摩本来要求于今天上午八时处死他。然而,他大吃了一顿甜面包卷、麦片粥、橙子、牛奶和咖啡之后,又回到了死囚牢房。

今天下午,尼科尔·巴雷特将去探望吉尔摩。她现年二十岁,离过婚,是两个孩子的母亲。

"他非常想念那个姑娘,她肯定也想念他,否则,她就不会像现在这样做(指探望吉尔摩)。"死囚犯的姨父弗恩说。

星期天晚上博亚兹和吉尔摩一起度过三个半小时之后说,他的当事人希望能见见歌星约翰尼·凯什。

"没有比他更狂热的约翰尼·凯什迷了。"博亚兹说。他已经给这位歌星拍去一封电报,向他转达了吉尔摩的愿望。

二

从审判结束那天到现在快六个星期了,弗恩一直没有见加里。去探望他使弗恩觉得有些尴尬。前不久弗恩那个有毛病的膝盖动了手术,刚刚出院,现在走路时即使拄根拐杖,还是疼得好像往骨头里钉钉子似的。他在监狱大门外停下车,忍着疼痛一步一挪地朝一级警戒牢房区走去。这段路有一百多码远,路两旁是带刺铁丝网,每往前走一步都好像是被老虎钳夹了一下似的。

可坐在探监室里的加里看上去却比以往弗恩见到他的任何时候都健壮。他一见面就把艾达写的那封怒气冲天的信拿了出来。

弗恩说:"喂,是你先写了一封措辞不当的信。你说你不想再和我们有任何来往。"

他们互相逼视着。弗恩说:"加里,我们没生气,我们想帮助你。"

"好吧,"加里说,"给艾达写了那么封信,我很后悔,我愿意道歉。"

"艾达也向你道歉,"弗恩说,"她叫你把她那封信撕掉,就像她撕掉你那封信一样。把碎片扔到马桶里冲走吧。"这事就这样了结了。加里显得十分宽慰,他们东拉西扯地聊了一会。这次探视总算还不错。

星期一早晨丹尼斯来到监狱时，弗恩已经走了。博亚兹很快就看出来了，老弗恩姨父又出现在画面上了，好吧。加里谈到他姨父时，用了一大堆赞美的、充满感情的词。

丹尼斯以前从没听他用过这些词。他总是满嘴牢骚、怒气冲冲，可现在，加里对他姨父的态度突然间来了个一百八十度的大转弯。丹尼斯看得很清楚，加里一心想得到他家里人的爱，所以对以前发生的事不再计较了。

昨天，丹尼斯和他之间发生了一场很有趣的争吵。星期六那天，加里一再劝说丹尼斯给他偷带进五十粒速可眠[①]来。起先，丹尼斯甚至已经答应了，但后来却因此而睡不着觉。第二天，他只好对加里说，他无论如何不能干这种事。过后，他仍然心绪不宁。星期天晚上回到爱弗逊家里后，丹尼斯简直能够闻到那一天的自杀气味。他打开收音机，里面立刻传来蓝牡蛎崇拜节目。这个节目他们已经发疯似的连续播送两天了。此刻他竟然听到了这样的词："别害怕死神。"这话简直能把你的神经突触冻住。"来吧，宝贝，别害怕死神，"丹尼斯听到自己跟着哼哼，"罗密欧和朱丽叶永生永世不分离。"我的上帝，你简直能让同步性给逼疯。丹尼斯觉得，现在许多小事情全部连在一起了，真可怕，人的心灵居然能像水母那样波动起伏。

星期一弗恩探监后，布伦达接到加里的一个电话。他问正在给她女儿看病的医生叫什么名字，说他打算要求那位医生作出保证，在他死后把他的脑垂体移植给克里斯蒂。约翰尼和布伦达手头一直十分拮据，因为克里斯蒂的生命全靠脑垂体提取物维持，

[①] 一种安眠药。

而这玩艺是天底下最昂贵的东西。现在，加里突如其来打电话告诉布伦达，他要求医生在他死后把他的脑垂体交给约翰尼，这就像一下子送来一千美元一样。这次谈话太叫人激动了，布伦达拿不准他们现在是不是又是朋友了。"照顾好你自己，加里。"她最后说。他却二话没说把电话挂了。

三

同一天上午，塔默拉走进编辑室时，编辑对她说："好多人来电话打听尼科尔的事，你的报道不能拖到加里死后再发。我要你去征得尼科尔的同意，马上把这篇报道发出去。"

驱车去斯普林维尔的路上，塔默拉想来想去想不出该怎么开口。然而，当她把自己的困境向尼科尔说明时，尼科尔却笑着说："嗨，我也想跟你说件事。我决定接受一次采访，报酬是两千美元。"全国广播公司驻波士顿的一个分支机构——至少尼科尔是这样认为的——派来了一个叫杰弗·纽曼的家伙。这人高高的个子，相貌英俊，鬈发，蓝眼睛，蓄着络腮胡。他说服了尼科尔，她决定这个星期五接受采访。后来塔默拉才搞清楚，那根本不是什么全国广播公司驻波士顿的分支机构，而是《国民问询》周刊。可此刻她唯一的反应是，尼科尔是在告诉她要抢在前头。所以，塔默拉非常友好地向她告别。回到办公室后，她花了整整一夜写那篇报道。

上星期整整七天中，尼科尔拜访了好几个她在电话簿里随便挑出来的医生，对他们说她来自另一个州，患有失眠症。对她唯一有效的药物是安眠药，速可眠就可以。

她设法弄到了五十片速可眠和二十片带尔眠。现在，考虑到加里和她的情况，她认为星期一早上是把药带进去的合适时间。

于是，她把那些药片一分为二，她和加里每人二十五片速可眠、十片带尔眠。她把加里的那份装进小孩玩的气球里，实际上是两个气球，都是黄色的，一个套在另一个的外面。然后，她把这两个气球深深塞进自己的阴道里。

到监狱去的那一路上，她一直担心加里会责怪她。他对她说过多次，要多弄点药，一再催促她多找几个医生。但她觉得没有一个医生信任她，只要她再多找一个医生，这件事也许就整个地吹了。那些医生很可能开出药方十分钟之后就给警察打电话。星期天一整天，她一直急得浑身冒汗。不过，眼下她已经来到一级警戒牢房区，身体里藏着那两只气球。

他们对她进行了搜身，不过那位女看守哪儿也没用手指头摸索，只是看了看她的腋下和口腔，拢了拢她的长发。这算不上一次不礼貌的搜身，再说，那位女看守的手指非得很长才行，因为那两只气球在她的阴道里塞得非常深。

探监室里碰巧别的什么人也没有，只有玻璃隔间里的一个警卫。她和加里走到窗前的椅子那儿，她坐到了他的大腿上。有时候他们允许你这样做，有时候则不允许，但这一天警卫懒得管他们，因而他们可以做些非常亲昵的动作。真太走运了。有时探监室里有四五个人，或者一两个律师，但这一次只有她和加里在里面。

她坐在他的腿上，他伸手进去取那只气球，可是够不着，塞得太深了。最后，尼科尔只好站到窗前，让加里从背后紧紧抱住她，这样那个警卫就看不见她的身体了。他们就那么站着，加里用双臂搂住她的肩膀，她把手伸到裙子里边去取气球。太费劲了。

她把手指伸得那么深，但还是什么也没碰着。她像生孩子似的用力把气球往下挤。事实上，她一只手使劲挤压自己的肚子，另一只手的手指拼命往里掏，等到她终于够到气球时，她的头疼得要死，两眼直冒金星。事实上，她觉得自己的脑袋要炸了，或者不知哪根血管已经迸裂了。加里一个劲地说着那些甜言蜜语给她打气，根本不知她受了一场什么样的罪。

她把气球给他后，加里坐下来，把手从前面伸进自己那又肥又大、大口袋似的宽松裤子里，再把气球塞到肛门里。干这事可不容易，要慢慢地、装模作样地才行，他花了足足一分钟。藏好之后，他说："好了，我把它们放好了，我知道在哪儿。"于是，她又坐到他的大腿上和他亲嘴。

她觉得很惬意，这才意识到自己刚才多么焦急不安。尼科尔原来以为狱方肯定已经从医生们那儿得到消息，会仔细检查她的。所以现在她为自己干成的事而感到非常得意，加里也为她感到骄傲。探监持续了至少一个小时。他们狂亲乱吻，这是每次探监时最美妙的事情。不接吻时，他们就唱歌给对方听；他们两人都不会唱歌，但仍感到很快乐。在她的一生中，她从没像现在这样接近一个人的灵魂。

四

同一天晚上，玛丽亚·巴雷特接到尼科尔打来的电话，说她想带森妮去做客，问她是否愿意开车来接她。她们坐在起居室里看电视剧《西比尔》，尼科尔说，剧中的姑娘无疑使她联想起艾普丽尔。她走进卧室，给森妮读故事听，并听她祈祷。然后，她和玛丽亚以及自己从前的公公汤姆·巴雷特一起来到前屋。尼科尔也很喜欢汤姆。最后,她有点恋恋不舍地向他们告别回家了。

随后,她和邻居凯瑟·梅纳德一起外出购物。购物中心晚上九点钟才关门,尼科尔大手大脚起来,给凯瑟的每个孩子都买了漫画和蜡笔。回到家时,她递给凯瑟十美元,说:"拿着,如果你不要的话,我可要生气了。"凯瑟呆呆地看着尼科尔。凯瑟的个头不高,淡褐色的头发,圆圆的眼睛,有一张纯朴、讨人喜欢的脸。这时候,她看上去满脸困惑。尼科尔说:"你拿去花吧。""明天早上见。"凯瑟说。"早上见。"尼科尔说。

杰里米已经睡熟了,尼科尔一个人坐在公寓里,等待着午夜的来临。那是她和加里一起选定的服药时间,可时间过得太慢了。加里担心药量不够的那几句话老是响在尼科尔的脑海里。他解释说,如果你服用的剂量使你昏迷、但不足以使你死亡的话,你可能会变成一个植物人。这真让人担忧。可他们还是约好干这件事。要么有效要么无效,随它去吧。这时候,尼科尔拿出自己的遗嘱,这是她星期天花了整整一天时间写成的。她仔细读了一遍,看有没有什么拼写错误。事实上,她敢肯定有几处拼写错误,但这份遗嘱很长,有些错误她可能没有注意到。但她还是认为这份遗嘱写得还不错。

五

致有关各位:

我,尼科尔·凯思琳·贝克,有些个人的请求——如果在某个时候发现我死了——希望能得到满足。

我认为我此刻身体健康、思维清晰,精神完全正常,因此,我写的东西应在各个方面得到认真的对待。

写这个东西时，我正和一位叫史蒂夫·赫德森的男子办理离婚手续。

依照我自己的标准——死亡将解除我和这个人的<u>一切关系</u>，并使得离婚**无论如何**都将得以完成。

我希望能合法地恢复使用我娘家的姓"贝克"，并不再让任何人用任何其他名字来称呼我。

我女儿出生证上的名字是森妮·玛丽亚·贝克，虽然在她出生时，我是她生父詹姆斯·保罗·巴雷特的合法妻子。

我儿子出生证上的名字是杰里米·基普·巴雷特，因为当时我仍然是詹姆斯·保罗·巴雷特的妻子，不过他不是杰里米的生父。

杰里米的生父是已故的阿尔弗雷德·基普·埃伯哈德。

所以，杰里米有合法的祖父母，他们姓埃伯哈德。他们也许希望知道他的下落。我想，他们现在住在宾夕法尼亚州的波奥利。

至于我两个孩子的监护和福利事宜——我不仅希望而且<u>强烈要求</u>由犹他州斯普林维尔的<u>托马斯·贾尔斯·巴雷特</u>或<u>玛丽亚·巴雷特</u>直接担负起这一职责，并由他们作出任何事关两个孩子的决定。

如果巴雷特家希望收养我的孩子——我将欣然同意。

如果他们选中其他有责任心的人，请他负责抚养我的一个或两个孩子——我也将欣然同意。

当然这一切将一直延续到我的孩子长到能自己作出选择的法定年龄为止。

我有一枚珍珠戒指典押在斯普林维尔的滚木球巷里。我希望有谁能够把它赎出来，交给我的小妹妹——艾普丽尔·L.贝克。

此外，为了解决艾普丽尔的精神健康问题，我筹集了一笔钱。这笔钱我母亲只能用于把艾普丽尔送进一家好的精神病医院，使她尽快恢复理智，不可挪作他用。

哦,至于如何处理我的尸体——我要求烧掉,并且我希望在征得贝西·吉尔摩太太的同意之后,将我的骨灰和她儿子——加里·马克·吉尔摩——的骨灰混合在一起,以便——在将来任何一个方便的日子,将我们的骨灰撒在俄勒冈州和华盛顿州的某片青翠的山坡上。

如果我自己的父母——查尔斯·R.贝克和凯思琳·N.贝克不同意此项要求——那么就听他们的,由他们决定怎么办吧。

我请求他们在我的葬礼上至少安排唱三首歌……

一首是约翰·纽曼写的《惊人的格雷斯》,另一首是克里斯·克里斯托芬森写的《为什么是我》,最后一首歌的作者我不知道,歌名是《泪谷》。

如果还有其他什么人,朋友或亲戚,愿意在我的葬礼上唱或者请人唱其他歌,不管他们是为我唱的,还是为那些对我的离去感到悲哀、厌恶或者无所谓的人唱的——唉……我都表示感谢。

尼科尔·K.贝克

一九七六年十一月十四日,星期日

读过一遍之后,尼科尔觉得还有话要说,就那么几句话。她还没有处理她的财产呢。在寂静的公寓里,她坐在桌前开始往一张纸上写:

我今天不太想写东西,不过我觉得还有几件事应该处理一下。

不,只有这一件。

当然,我公寓里的一切东西——我母亲有权决定如何处置。

我这里没有什么很值钱的东西,除了一幅两个小男孩看月亮的画,这幅画现在归森妮·玛丽亚·贝克·巴雷特所有,请将画挂在汤姆和玛丽亚·巴雷特家中她的房间里,直到或者除非她要求把画拿走——我希望她永远不要卖掉这幅画——但当她到了十八岁时，这件事由她自己决定。

我再次重申，那幅加里·吉尔摩画的两个小男孩看月亮的画——现在归森妮·玛丽亚·贝克·巴雷特所有。

我的母亲可以拿走我信件的全部或是其中任何一封，她可以随意处置它们。如果这些信件能以什么方式为她换点钱的话——那么我会感到更高兴。但是，我希望她能以她认为公平的方式与我的所有兄弟姐妹以及我的姨母——凯西·坎普曼分享这笔钱。

鉴于许多人想靠写关于加里·吉尔摩和我的报道而发财，并且有人已经发了财，我宁愿某一个我热爱、关心并信任的人也能发点财。所以……这些信件属于我的母亲凯思琳·N.贝克。

如果她想把这些信件烧掉——就烧吧。

我的生活用品——都是些一文不值的东西——也许对我母亲没有什么用处，我诚心诚意希望我的好朋友凯瑟·梅纳德随意挑选一件家具或者墙上挂的一件东西——但这仅限于这套公寓里的那些我母亲舍得送人的东西。我衷心希望妈妈对此理智些。凯瑟·梅纳德帮助我度过了许多漫长而艰难的日子——她没有几件家具或者类似的东西……

完了。

尼科尔·K.贝克
一九七六年十一月十五日，星期一

六

她面前放着一大把药片，她慢慢地吃着药，一次吞下去一片或两片，以免噎住。如果她呕吐，一切就都前功尽弃了。服药时，她记起很多事情。她记起了那个从波士顿电视台来的要付给她两千美元的家伙，不知自己死后他会不会如数支付。没有这笔钱，艾普丽尔上哪儿弄住院费呢？她又想到，那人说明天早上来这儿，

如果他按门铃她没有回答会怎么样？他会不会闯进来呢？如果到那时她还没死，他们也许会救活她的。所以，她必须考虑好是否从里面锁上门。

她不希望任何人能够进来。然而，如果他们不得已破门而入的话，响声会吓着杰里米的。另一方面，如果不锁门，明天早上，杰里米可能会毫不费劲地打开门溜出去。凯瑟·梅纳德也许会看见他，把他带回来，这样一来，就会过早地发现她。最后，尼科尔还是锁上了门。但是，想到第二天杰里米会在自己的周围爬来爬去看着自己，她感到非常难过。

现在，她每次喝一口水，吞下去三到四片速可眠。她仿佛觉得加里坐在自己身边。这几天，她无时无刻不在想着他，但现在他离自己那么近，她开始想到自己很快就能和他在一起，自己完全可以信赖他，一点也不害怕。接着她又想脱去衣服躺下，可又不知该不该这样做。她不想穿着衣服死，这是肯定的。但一想到脱光衣服她又觉得很别扭。早上记者们也许会一拥而进看到她的裸体。

她拿着加里的一张照片上了床，把照片塞到枕头底下，又伸进一只手攥住照片。今晚，她觉得自己比以往更加赤身裸体。后来，药开始起作用了，她觉得药劲上来了。她下了床，在地上走了一圈，为的是获得那种双腿轻飘飘轮流移动的快感。太舒适了，就像第一次学走路一样。她的双腿开始变得沉重。她躺下来，重又攥住加里的照片。她想起服药前十分钟自己写的那封信。刚才，读完自己的遗嘱和如何处理家具的那封信之后，她觉得还没给母亲和家人写几句实实在在的贴心话。所以，她又写了一封信。此刻她想起那封信，想起凯瑟·梅纳德，她是自己最好的邻居，是一位天使,一位正直的邻居。渐渐地,这最后一封信在她脑海里漂浮起来,她睡着了。

妈妈、爸爸、瑞基、艾普丽尔、迈克、安吉尔:
——每个人都知道我爱你们,关心你们。
请不要因为我的轻生而讨厌我。
我不想伤害任何人——如果我能够使你们免除一切痛苦,我肯定会这样做的。
但我就这么离去了,因为我太想这么做。
想这种事——又不允许自己干这种事——肯定会把我变成一个痛苦、丑陋的老姑娘,这一切不过是时间问题而已——或许我可能会精神失常。
我认为,你们都非常理解我和加里。如果你们不理解——唉,时间会告诉你们一切的。
我爱他,胜过爱我的生命,胜过爱一切。

我非常爱你们大家。我从没想得到过一个更好的家庭。我们曾经有那么一两次不太和睦——但我希望你们能原谅我对你们任何一个做过的错事,就像我轻轻松松地原谅了你们一样。
我不想再说什么了。我真后悔,我应该早点写这封信。我有那么多话要说。
唉,只要你们知道我不仅今天爱你们而且永远爱你们,一切最终都会清楚的。
也请你们不要为我悲伤——不要怨恨加里。

我爱他。
这是我自己作出的选择。
我不会后悔。

请永远爱我的孩子，因为他们是我们家的成员。

不要向他们隐瞒真相。

当你们中的任何一个需要我时，我会听到你们的召唤的，因为我和加里——还有你们——都是上帝的一部分，都是那位了不起的、仁慈的、宽容的上帝。

愿我的离去会使我们更加相亲相爱，相互理解，相互思念。

我爱你们大家
茜茜
一九七六年十一月十五日，星期一

第二部 专有权

第六章　苏醒

一

在凯瑟·梅纳德早上起来发现尼科尔因服用超剂量的速可眠倒在床上人事不省四个月之后，记者们仍然提着录音机围着她转。他们感兴趣的是尼科尔，对凯瑟本人倒没有多少好奇心。但某些记者采访的方法却是在开始时先问每个目击者许多有关他们生活的问题，不管这些问题重要与否。

记者：你多大结的婚？
凯瑟：十六岁。
记者：你为什么十六岁就结婚？
凯瑟：因为我的朋友都是这么大结婚的。
记者：和谁结的婚？
凯瑟：希伯市的蒂姆·迈耶。
记者：当时他多大？
凯瑟：（笑）十七岁。
记者：十七岁，哦，他当时干什么工作？
凯瑟：在一家木材加工厂工作。
记者：你是在哪儿认识他的？
凯瑟：在校园外面，在一片草坪上。
记者：结婚前你们来往了多久？
凯瑟：大约一个月吧。
记者：你们在哪儿结的婚？
凯瑟：在希伯市他的家里。

记者：为什么在他家而不在你家结婚呢？

凯瑟：因为我妈妈住在一家汽车旅馆里。

记者：你母亲对你结婚高兴不高兴？

凯瑟：不高兴，她被弄得心烦意乱——她不想让我结婚。

记者：他在拿花生酱瓶子，没事吧？（指凯瑟的孩子）

凯瑟：凯文，把花生酱瓶子放下！快！

记者：你们的婚姻持续了多长时间？

凯瑟：噢，噢，让我想想——三个月。

记者：你结婚前和他睡过觉吗？

凯瑟：睡过（笑）。

记者：好，唔，你们的婚姻发生了什么事？

凯瑟：他自杀了。

记者：他自杀了？

凯瑟：嗯。

记者：当你们还是夫妻的时候？

凯瑟：嗯。

记者：为什么——我是说发生了什么事——这中间有什么缘故？

凯瑟：唉，他喝酒，我们要去普罗沃为圣诞节采购……他在普罗沃城外停下车，买了一把猎刀，对此我没在意……

记者：说下去。

凯瑟：回来时，我们俩一直在争吵，因为他老是把车窗摇下来，外边很冷。我们回到妈妈家后……他又开始和我吵。我妈妈当时正在睡觉，她在墓地工作。我就叫他安静一点，你知道吗……如果他把嗓子压低点，就不会吵醒我妈妈。他气疯了，转身走出门去了。我上了床。后来他又转回来，"啪"的一声打开灯，拿出刀说："看着我。"说着便戳了自己一刀。

记者：当着你的面？

凯瑟：哦，是啊，凯文，把花生酱瓶子放下！

记者：你知道他为什么这样做吗？

凯瑟：我不知道——有一次他曾经朝自己的脚开枪。

记者：在你们婚后？

凯瑟：在我们婚前——因为我和另一个男人来往。

记者：是这样。

凯瑟：凯文，出去玩一会。

记者：你是否责怪你自己？

凯瑟：嗯，有好长一段时间我都在责怪我自己，因为这件事把我吓坏了，我想，哦，要是我没和他争吵……

记者：噢，是这样。

凯瑟：我不清楚，在和好几个人谈过话之后，我才意识到他有病，需要帮助。

记者：他刺在自己身上的什么地方？

凯瑟：哦，胃部，他们无法扎住主动脉，所以血流不止。他休克了，失血……

记者：他死在……公寓房间里？

凯瑟：噢，不，他死在犹他州立大学……盐湖城……两天之后。

记者：两天之后？

凯瑟：是啊。

记者：噢，那么，你当时怀孕了吗？

凯瑟：是的，我怀孕了——我的那对孪生子是蒂姆的。

记者：你当时知道自己怀孕了吗？

凯瑟：不知道！

记者：他死后多久你才发现自己怀孕的？

凯瑟：这个嘛，把花生酱瓶子和盖子拿给我，好吗？嗯，是这么回事，我有一个月没来月经，但我没有担心，因为以前我经期也紊乱过……

记者：所以直到两个月之后你才发现？

凯瑟：是的。

记者：你说这话时叹了一口气——

凯瑟：唉，我真是乱了套了。听我说，蒂姆死后两个星期我就和莱斯·梅纳德结了婚，所以……

记者：你是说，蒂姆一死你就结婚了？

凯瑟：我是在蒂姆的葬礼上遇到莱斯的。

记者：以前你是否认识莱斯·梅纳德？

凯瑟：我甚至不知道他是谁。

记者：他怎么会参加葬礼的？

凯瑟：他是蒂姆的朋友，他认识蒂姆。

记者：是这样，就是说你是在葬礼上认识他的？此后又发生了什么事？

凯瑟：嗯，这个嘛，（停了一下）这个，我当时在我的表姐和表姐夫那儿，莱斯来了……蒂姆死后的那两个星期里，我天天喝得醉醺醺的……

记者：喝得醉醺醺的？

凯瑟：是的（笑）。

记者：哦，是啤酒、威士忌还是别的什么酒？

凯瑟：噢，你说什么我们就有什么。我把应该用到蒂姆葬礼上的钱全花在买酒上了。莱斯搬来和我一起住了两个星期，后来我们就结婚了……

记者：你为什么要嫁给他？

凯瑟：孤独，我想我当时很害怕。

记者：他为什么要娶你？

凯瑟：我不知道——也许是因为他同情我吧。

记者：你从没和他谈过这事吗？

凯瑟：没有。

记者：你和他的婚后生活怎么样？

凯瑟：糟透了。

记者：一开始就是这样吗？

凯瑟：嗯，在我冷静下来并意识到我干了些什么之后，他碰我一下我都受不了，我——我经常久久地坐在蒂姆的墓旁，我把我的结婚戒指扔到蒂姆的墓上。所以，我的心里乱极了——有一段时间，我吸了一两个月的毒品，因而惹了不少麻烦，挑起争风吃醋什么的……

记者：你吸毒时，是否和其他男人来往呢？

凯瑟：噢，不。

记者：你吸毒仅仅是要一个人待着？

凯瑟：是的。

记者：就是说你从没爱过他？

凯瑟：没有爱，不可能有爱。但我觉得后来慢慢地有了爱，在我们有了孩子之后。

记者：头两个孩子？

凯瑟：唔，唔，是的。

记者：你和他一起生活了多长时间？

凯瑟：几个星期吧。

记者：你和莱斯也仅仅生活了几个星期？你最后一次见到他是什么时候？

凯瑟：莱斯？哈，哈，前天还见过他呢。

记者：就是说你定期见他？

凯瑟：唔，唔，他现在和我最好的一个女朋友在一起。

记者：他回来看你时是否和你做爱什么的？

凯瑟：噢，不。

记者：你和莱斯离婚了吗？

凯瑟：正在办手续。

记者：他现在干什么工作？

凯瑟：在斯班尼西的一个加油站工作。

记者：是斯班尼西福克镇吧？

凯瑟：是的。

二

那阵子凯瑟天天早上来把尼科尔叫醒。为了让她早点出门去看加里，凯瑟有必要天天来。在大多数情况下，尼科尔自己醒不了。

就在出事那天的日出时分，凯瑟端着一壶咖啡走过来敲敲门，又按了按尼科尔的门铃。透过窗户，她看到尼科尔仍在睡觉。她俯卧在长沙发上，能看到一点她裸露的后背。凯瑟按了会门铃，又去推门，门锁着，这使她有点不安了。她连忙把咖啡送回家，跑回来大声喊叫杰里米的名字，直到那孩子醒来，走出卧室。他依然迷迷糊糊的，扑通一声又躺到长沙发上尼科尔身旁了。他穿着一身短小的绿睡衣，看样子只想再接着睡一会。她用了整整十五分钟终于使杰里米打开门。凯瑟走进屋，摇摇尼科尔，把她的身体翻转过来，她却毫无反应。

尼科尔是枕着一幅镶着金框的加里的照片睡着的。那是张彩色照片，加里穿着蓝色的囚服，不过显得很帅。照片旁是一封信。凯瑟一眼便看出来，那是一封过去的信，是八月初写的。她注意到这个日期是因为尼科尔常常谈起他的第一封长信对她是多么的重要。然后，凯瑟又试着叫醒尼科尔。刚才这一阵子，杰里米一直在看着她俩。

最后，凯瑟叫来另一位邻居谢丽，两个女人一起上前摇晃尼科尔。她们赤着脚、穿着牛仔裤站在阳台上，急得不得了。她们刚决定打电话找医生,那个叫杰弗·纽曼的记者就来了。他径直闯进尼科尔的门,凯瑟对他吼着:"她还在睡觉,尼科尔还在睡觉。"

杰弗·纽曼颇为滑稽地盯着她们说:"她没事吧?今天上午我要带她去监狱。"凯瑟说:"没事,她不过是累了。"他说:"我半个小时后再来。"说着便走了。她们打电话给谢丽的医生。他一听到尼科尔的名字就叫她们快给医院打电话。

警察们在公寓里跑来跑去,想找到装药片的瓶子。救护人员的行动非常迅速,他们先给尼科尔检查了一下,然后把她放到了担架上。凯瑟去找杰里米,他到她公寓里去和她的孩子们一块玩了。他们全都在那儿吃从冰箱里拿出来的果冻。这时,杰弗·纽曼回来了,凯瑟说:"我不知道尼科尔愿不愿意你来这儿。""哼,我不走了。"他对她说。

凯瑟认定,有杰弗这种人在这儿四处转悠,她最好把尼科尔的信全拿走。于是,她拿来一个棕色纸袋,把几封信全塞进里面拿回去了。这时,莱斯正巧来串门。凯瑟出去给孩子们取牛奶的工夫,几个警察进了她家。他们对莱斯说,他们要那些信件。也许他们一直在监视这所公寓吧。他们告诉莱斯,凯瑟可能会惹下大麻烦的。莱斯只好说:"好吧,都拿去吧。"那天晚些时候,凯瑟到医院去看望尼科尔,但除了她家里人,警方不让任何人进去。事实上,从那以后,凯瑟再也没能见到尼科尔。

三

周末和加里的谈话涉及监狱的本质,全是些有关文学和哲学的问题。星期二早晨,丹尼斯准备和他谈谈凶杀的问题。自然喽,

663

他对此非常好奇。当有记者打来电话问博亚兹先生对加里和尼科尔双双企图自杀的消息有何看法时,他简直被打蒙了。丹尼斯早把"别害怕死神"忘得一干二净了。他对自己说:"我什么事都不知道。"对那个记者他则问:"他们还活着吗?"

"还有一口气。"那记者说。

就在昨天,有一位朋友向丹尼斯建议说他应该和加里签一份书面协议。他没有这个打算。在眼下这种非常情况下,任何一种人与人之间存在体面关系的可能性都会由于一份合同而被毁掉。然而,必须承认,加里变得越来越像个商人了。昨天,他对萨斯坎德流露出了一点兴趣。他还谈到了希勒,后者曾经给他发过一封电报。丹尼斯听得出来,加里的口气中带着一种新的兴趣。这就是为什么他的自杀企图使他吃了一惊。

随后,这一天变得越来越糟。另一位记者打来电话说,博亚兹先生,萨姆·史密斯已经把你列入偷带药片给吉尔摩的嫌疑人名单中了。丹尼斯感到一阵晕眩。要是在他不知道的情况下,狱方把他和加里的谈话录了音,那该怎么办?要是他们把他和加里的那次关于带五十片速可眠进来的谈话录了下来,而却没有把下一次的谈话录下来,那可全完了。在这下一次的谈话中他告诉过加里,他绝不愿意也不可能干那种事。就在那一刻,丹尼斯有几分体会到了被一只阴冷潮湿的恐怖之手抓住五脏六腑时的感觉。这绝非陈词滥调。他眼下正处在一种外来力量的掌握之中。

在医院那儿,《新闻周刊》的一个记者告诉他同一内容的消息,博亚兹是狱长的头号怀疑对象。后来,美国广播公司的杰拉尔多·里弗拉也说了类似的话。丹尼斯想,我可一点也不需要听这样的话。

这一天成了丹尼斯的宣泄日,他大大发泄了一通情感。一想到加里或者尼科尔会死,丹尼斯就有一种怅然若失的感觉,以至于他开始怀疑自己是否还能心安理得地要求将加里处死。

就在这时,杰拉尔多·里弗拉提议采访他。于是他们来到了他的旅馆房间里讨论这个问题。为了保护加里,丹尼斯上周一直没吸大麻,身上也没带着大麻。他估计里弗拉也许认识某个能给他点大麻提提神的家伙。果然,住在这家旅馆里的一个记者那儿有高质量泰国大麻。丹尼斯像接受爱似的把大麻深深吸到肺里。不过,一直有一种合理的假设,上帝把他的一部分爱赐给了大麻烟草。当然,丹尼斯曾经遇到过一个家伙,他持有一种相反的假设,即作为爱进入我们肺里的东西实际上是魔鬼提供的爱的翻版,这真是一个有趣的论点。但眼下丹尼斯所知道的仅仅是那上等大麻影响了他的情感,一直钻到了他的心里。

坐在旅馆房间里和杰拉尔多·里弗拉谈话时,他产生了这种有关自己目前处境的不可遏止的绝望心理,不禁哭了起来。丹尼斯实在是忍不住了,他就这么当着杰拉尔多的面大声抽泣。他哭得比自己所想像的要伤心得多。

四

后来,塔默拉总是开口就说,这话听起来很傻,可当时她压根没想到自己的报道会登在头版上。

几个月之前,在她刚开始为《德塞瑞特消息报》写稿时,倒也曾真的在头版登过一篇署名文章。那是一篇关于泰顿大坝决口的报道。对于一个初出茅庐的记者来说，这已是很了不起的了。她原以为泰顿大坝决口的那篇报道是自己唯一的一篇头版报道，甚至想像不出还会有什么和那同样重大的事情可写。星期一下午和尼科尔分手之后，她回到报社，翻阅了一下那些信件，便动手写那篇报道。当时，她写了整整一个通宵，根本没有考虑登哪一版的问题。可早上七点钟写完时，她已经意识到这一点了。这时，和她一起工作的还有一些人，包括几名编辑。她说，她以为这篇报道也许能引起读者的注意，于是他们要看看。大伙聚集在她的桌旁，帮她作最后的修改，就好像文章一从打字机上拿下来立刻就要送去印刷似的。早上八点钟他们开印，塔默拉留在旁边帮着写图文说明。大约在八点半到九点之间，她很想去睡一觉，但又想先看看她的报道印出来是个什么样。于是，她走出来散会步，等待着印出来的第一张报纸。

塔默拉一直走到坦普尔广场上的游客中心，信步爬上斜坡。这是一条宽阔的螺旋式走道，它一圈一圈向高空延伸着，使你觉得自己好像正在向银河系或者河外星系攀升。走道的天花板是深蓝色的，最高处是一座耶稣的雕像。这地方很漂亮，塔默拉以前也到这儿来过几次，是为了独自一人思考问题。这儿的气氛柔和而宁静，你几乎感到某些强大的天体在你周围盘旋。她祈盼自己的报道能起点作用，能促使尼科尔的处境出现某种转机。

随后，塔默拉回到报社，发现编辑室里有一种她从没见过的紧张气氛。她意识到，在开印的最后一刻肯定出了什么大事。他们急急忙忙拼凑出一篇报道，送进计算机终端去排版。真是疯了。她的编辑走到她跟前，说："尼科尔和吉尔摩企图自杀，他们现在正在接受特别护理，快写篇小报道。"塔默拉"啊"了一声，立刻坐到打字机前,可她甚至不知道该写些什么。

塔默拉是这样开始的:

在已被定罪的杀人犯加里·马克·吉尔摩和他的女朋友尼科尔·巴雷特双双企图自杀之前的一个星期里,死亡和自杀一直是他们谈话的主题。

尼科尔把他们的这些谈话透露给了我。在这个充满紧张气氛的星期里,我们进行了一系列亲密无间的谈话。她给我看了许多封吉尔摩写给她的信,她谈到他是如何鼓励她,消除她对自杀的顾虑。她还和我坦率地讨论了她自己对死的想法。

现在我的朋友正奄奄一息地躺在普罗沃一家医院里,全世界都在注视着她……

她一页接一页地写着发生在她和尼科尔之间的一切。

我的消息来源是任何人都无法接触到的。我的感情很矛盾。我把她当做一个人来关心,同时我又像任何一个干我这一行的人一样,想从她那儿得到些什么。但我不想对她施加压力,或者违背她的心愿,把她逼入困境。

那天,我看见她走出监狱,身穿牛仔裤,手中拎着件毛衣,嘴里叼着烟,便向她询问探监的事,我们的谈话就这样开始了。我们坐进我的大众车。我把收音机关上,这样如果她想交谈,汽车里是非常安静的——她看上去很想跟人说说话。

"我第一次去看他时,心里揪得紧紧的。"她说,"但后来好多了。他那样坚强,比我坚强得多,他总是给我带来安慰,使我心情舒畅。"

塔默拉像个机器人似的写完了这篇报道。说句实话,直到她把报道送进终端、开始往里输入时，她才开始有了一点感觉。又过了一会，她真正百感交集了。她根本没想到尼科尔会在今天自杀，做梦也没有想到。

等到她终于在尼科尔这件事上平静下来，她又开始对加里冒起火来。他真是个最可恶的操纵者。塔默拉心里想，说服一个人和你上床是一回事，但诱使她和你一起死可就自私到极点了。在所有那些信里，他那种神经质的嫉妒是那样的强烈，他甚至连她和别的男人见一面的想法都不能容忍。可恶，塔默拉想，真太可恶了！

就在这时，她的哥哥卡德尔走进编辑室。他也在市中心工作，不过这却是他第一次来这儿找她。从广播里听到那个消息后，他估计塔默拉会需要他的。她扑到卡德尔怀里，哭了起来。也许，他们俩都想起了她过去的男朋友，那个罪犯。那天深夜，她那个住在华盛顿州温哥华市的哥哥也打来电话，向她表示祝贺，告诉她他和他妻子多么为她感到骄傲。他们把她的那篇报道复印了几份，寄给家里的其他人。后来她发现，她的报道通过报业辛迪加在许多家报纸上刊登出来了。美联社大段大段地引用她的话，《伦敦观察家报》、一家斯堪的纳维亚电讯社、南美的一家报纸、巴黎的一个报业辛迪加、《新闻周刊》和西德的报纸也纷纷转载她的报道。她的报社以七百五十美元的价格向各家出售这个报道的转载权，塔默拉为此受到了加薪奖励，真是棒极了。

五

诺亚尔·伍顿办公室的韦恩·沃森和布伦特·布洛克接到警方打来的关于那批信件的电话之后，立刻从办公室赶到尼科尔·巴雷特的公寓。他们原以为加里在这些信件里会对马克斯·詹森案有所供认，那么如果将来他们要就此案审判加里，这些信件也许会有用处。

回到诺亚尔的办公室后，沃森和布洛克把这堆信一一过目。但看了头十封信他们就觉得没劲了。这个家伙显然很聪明，不过从寻找新证据的角度看，这些信索然无味。韦恩·沃森确实看到了这么一段话，这段话你得懂得押韵俚语才能看懂，因为在这段话里，安眠药被叫做"杰克"和"吉尔"。沃森和盐湖县行政司法长官办公室的一个人取得了联系，此人正在监狱里调查药品是如何偷带进去的。他告诉他，也许尼科尔就是偷带药物进去的那个人。

实际上，整个事件的最精彩部分是，布伦特·布洛克和韦恩·沃森在尼科尔那间小小的起居室里时，一家新闻社的摄影记者拍了一张他俩的照片。照片上，两个人都是单膝跪在地上看着地板上的信。两个人的个头都显得那么大，就像职业橄榄球运动员。布伦特那两撇六英寸长的翘八字胡简直绝了。照片刊出后，他们的妻子和朋友们拿他们大大地开了一通玩笑，说他们活像超级警犬什么的。

六

凯思琳正在理想家具店上班，突然接到她母亲斯特朗太太打来的电话。"你听收音机了没有？"她问，"你那边收音机开着吗？"接着她脱口喊了一声"尼科尔！"

凯思琳的精神一下子崩溃了，她尖声叫了起来："不！不！不！"她以为发生了最坏的事情。店铺后房里的立体声大收音机正开着，不过音量很低，而且她刚才也没有注意听。现在她竖起耳朵,听到了"吉尔摩的女朋友……自杀"几个字。凯思琳歇斯底里起来。她的母亲只得在电话里一个劲大声叫喊,最后她终于听清了母亲的话。"她没有死,你明白吗,"她母亲说,"她被送到犹他山谷医院去了。我马上过来接你。"凯思琳好像得了脑震荡,呆呆地坐在那里挨着时间。过了一会,她母亲开着那辆旧林肯车来到店铺门外接她,她家里人老是开玩笑地把这辆车叫做醉汉林肯。一转眼她们就到了医院的急诊入口,办公桌旁的那位女士把她们送上二楼。凯思琳一走进尼科尔的病房便被吓得目瞪口呆,又是那台可怕的机器。就在六七天前,她父亲身上也用过同样的机器。现在他死了,他们又把它用到尼科尔的身上了。

护士们给凯思琳服了一点安定,一位医生走了过来,他的嘴巴很小,讲话时嘴唇绷得紧紧的。他说,尼科尔活下来的可能性甚至不到百分之五十。"她可能死,也可能活,"然后又补充道,"我们不知道她的大脑是否受到了损伤……问题是,即使这机器能对她的肺起作用……也不能保证那一点。"当然,他没说还有希望。"在所有的药物从她体内排出来之前,我什么也不能保证。"门外坐着一个警官。

凯思琳在尼科尔的病房里待了十五分钟,然后走出来坐在门厅里,换她的母亲进去,然后她再进去。就这样,她俩整整轮换了一个下午。从怀俄明州赶回来参加她父亲葬礼的瑞基还没有走,眼下他守在特护病区的候诊室里,把那帮记者挡在外面。所有的记者都被拦在楼下,但有一个姑娘却偷偷溜进了特护病区,把一个织毛线用的手提袋放在地板上,在那儿坐了一整天。大家都不知道她是个记者。三个小时之后她才问凯思琳:"你是尼科尔的母亲吗?"凯思琳瞥了她一眼,根本没理她。她又转向凯西·坎普曼:"你和尼科尔是一家吗?"凯西说:"请不要打扰我们。"可她还是继续问:"尼科尔有没有兄弟姐妹?"这时凯西才明白过来,她说:"你是电视台的记者。"她已经注意到,每当她们中哪个人说话时,那姑娘就弯腰到那只袋子里旋动着什么。凯思琳气得暴跳如雷,他们马上把那姑娘撵了出去。

起先,查理没打算来。可是使凯思琳吃惊的是,下午三点多钟她去尼科尔的公寓那会,他却到医院去了。护士说,贝克先生来过了。当他看到尼科尔时,他的精神一下子垮了。后来凯思琳才得知,查理去了快活林镇,和安吉尔、迈克一起度过了这一天的其余时间。

凯思琳坚持守在医院,也不记得自己有没有吃过东西。午夜过后,她打电话给几位她认识的教会长老。他们赶到医院,和她一块在尼科尔的床前祈祷。他们在她头上涂上油膏,把手放在她的额头上,恳求上帝救活她。因为她企图自杀,所以他们不能以教会的名义为她祈祷,不过他们祈求上帝,看在她家庭其他成员虔诚信仰的分上,救救她吧。

大约在凌晨四点钟,凯思琳的母亲把她送回家。她和查理一起坐到十点钟,他又把她送回医院。在那几个小时里,她根本没有休息,隔一会就给医院打个电话,询问有什么变化。

第二天,楼下聚集了那么多的记者,凯思琳进出时只好戴上长长的金色假发。

《德塞瑞特消息报》

美联社田纳西州纳什维尔市十一月十六日讯——乡村音乐歌星约翰尼·凯什说,他曾想打电话给关在犹他州监狱里的加里·吉尔摩,鼓励他"为自己的生命抗争"。但在他要打电话几分钟前,人们发现这个已被定罪的杀人犯在一次明显的自杀企图中失去了知觉。

"我不知道该对一个存心结束自己生命的人说些什么,"凯什说,"劝说有时有用,有时没用。但我本可以试着劝他放弃这一企图的。"

这位歌星说,他的第一个反应是不要卷进去。"我对他(律师)说,我不想引人注目,我想我还是管好自己的事吧。谁愿意那样引人注目呢?"

凯什说,当博亚兹一再强调说,他的当事人想见见凯什或者拜访他时,他决定往监狱打个电话。

七

布伦达一听到这个消息,便每隔一个小时往盐湖城加里住的医院打一次电话,可她得到的回答总是一句话,他还活着。布伦达问:"如果我去的话,你们让不让我看看他?"他们回答道:"你要是想进来的话,最好和州长一块来。"她问她能不能和什么人谈谈,哪怕是看护他的护士也行。最后,他们叫一个妇女来接她的电话。"能否请你转告加里,说布伦达来过电话,说我非常想念他,"她说,"我爱他,希望他为自己的生命而奋斗。"这些话是很感人的,不过她不知道那位护士是否转达了她的话。

在医院里,他们几乎已经断定,加里并没有真的打算杀死自己。据他们测定,他仅仅吃了二十粒,大约两克,这个剂量离致命剂量还差一半呢。服用三克有百分之五十的致死可能性,即服用这一剂量的人有一半会死亡。吉尔摩个子很高,加上他仅仅服用了两克,所以死亡的可能性极小。此外,他刚好是在早晨例行检查之前服用的,这很值得怀疑。尼科尔似乎服用了同样剂量的药,不过时间要早好几个小时,因而她的情况也严重得多。毕竟她的体重不足一百磅,而他的体重是她的两倍。

萨姆·史密斯狱长正在接受采访。

记者:对于他是如何搞到药的,你有什么看法?
狱长:这个嘛,有几种可能性。他可能把自己的药积攒起来,一次吞下去;他也可能从一级警戒牢房区的其他犯人那儿搞到药;还有一种可能,他是从那些前来探望他的人那儿搞到药的。
记者:把药品带给牢房里的人很容易吗?
狱长:这个嘛,要想杜绝外人把药品这类小东西藏在身上的什么地方带进来,实际上是不可能的。
记者:但当有人进来探望他时,不是要搜身的吗?
狱长:是的,是要彻底检查。但那并不意味着可以检查人体的所有部位以确定他们身上没有藏着药品。
记者:作为一个对吉尔摩的健康和安全负责的人,你对今天发生的事情有何感想?
狱长:我当然感到很不安,但现实地讲,我认为如果一个人想自杀的话,要在很长一段时间内防止他那样做是很困难的。
记者:谢谢,萨姆。

这次采访之后,舆论哗然。有一个记者甚至说,听了萨姆·史密斯的这番话,你连速可眠都不需要了。

新闻界流传着一个笑话,在犹他州任何一个城镇里找一条街的地址,都像在地图上标出炮击目标的坐标一样,北2575西1100。"是的,先生,"巴里·法雷尔在他的笔记里写着,"你的地址没错，可你把城市搞错了。"巴里·法雷尔到此地来是打算为《新西部》撰写一篇文章的，可眼下他四处碰壁，只好以记笔记作为消遣。他讨厌盐湖城。"这个地方有一股瑞士人的气息，"他写道，"从太平洋沿岸地区来的人很容易被这里那种自鸣得意的气氛所激怒。酗酒在这里就好像签约进行美沙酮治疗①似的。"他又补充写道，"一点钟之后，在闹市区能听到的唯一声音是霓虹灯广告发出的噼啪之声。"

要掌握这个题材很不容易，一切消息来源都被切断了。在法雷尔的记忆中，某个题材的精彩部分被封锁住的时候还真是不太多。多年来，作为《生活》杂志的撰稿人，没有几个地方他进不去的。他经常能获得别人得不到的采访机会。但是在这儿，他却谁也采访不到。法雷尔在笔记里写道："人们尽可以想像吉尔摩所感到的令人窒息的气氛……当一个人发现自己连犯罪的机会都没有时，随之产生的必然是幽闭恐惧症。"

厄尔·道罗斯当然也十分关心吉尔摩是如何把药搞到手的。他打电话问狱长。萨姆·史密斯告诉他，几个主要的怀疑对象是尼科尔·巴雷特、丹尼斯·博亚兹、弗恩·达米科、艾达·达米科和布伦达·尼科。道罗斯就这一消息向他表示感谢。

吉布斯听说这件事时，回想起他和加里讨论过怎样把药品偷带进一级警戒牢房区。他记得他曾提议用气球。

那天晚上是大个杰克值班，他对吉布斯说，监狱里那些当官的都是蠢货。哼，普罗沃警察局早就通知狱方，尼科尔在他们俩企图自杀的前一天开了两张速可眠的药方，可他们竟没有仔细搜

---

① 一种戒毒疗法。

查她。大个杰克看了一眼吉布斯,又说:"我敢打赌,是你教给她怎样把那玩意弄进去的。"他咧开大嘴笑了笑,走开了。

《德塞瑞特消息报》
大多数来信要求从宽处理

十一月十六日讯——一位明尼纳波利斯人问,为什么单单处死吉尔摩而让其他已定罪的杀人犯活着。

"前少尉威廉·凯勒[①]曾被判定蓄谋杀害过至少二十二名东亚人,可现在他却在自由自在地逛大街。"他写道。

具有讽刺意味的是,有权决定吉尔摩命运的大赦委员会主席乔治·拉蒂默正是凯勒的首席民事辩护律师。

《德塞瑞特消息报》

十一月十六日讯——康涅狄格州利奇菲尔德市的"智慧女儿"协会在谈到吉尔摩时说:"我们相信他的本意是为人类做点有意义的事情。要他弄清楚他应该干些什么事是需要时间的。"

《德塞瑞特消息报》

十一月十六日讯——马克斯·詹森的父亲戴维·詹森是爱达荷州的一位农场主,也是后期圣徒教会的总教区主教。他说:"马克斯的死使我们感到很难过,但这件事我们已经接受下来了。我们当然不希望吉尔摩的父母也处在我们的位置上。"

《德塞瑞特消息报》

十一月十六日讯——新年后不久就要临产的布什内尔的遗孀

[①] 美军少尉,曾因在越战中指挥血洗越南广治省美莱村、杀害手无寸铁的村民而被判终身监禁,但三年后即获释。

已经到加利福尼亚去和她的婆婆住在一起了。她家里人说,她一听到人们提起她丈夫的名字就悲痛欲绝。

第七章 感受

一

星期一晚上,就在尼科尔修改自己遗嘱的那个时候,拉里·希勒驱车来到洛杉矶国际机场,买了一份《新闻周刊》,上面有一篇关于加里·吉尔摩的封面报道。希勒知道,机场通常比一般的销售点早一天收到杂志。有时候,在写一篇报道时,为了赶在竞争对手前面搞到一份新闻杂志,他甚至去找当地报刊批发商。

星期一晚上,希勒花了不少时间仔细阅读了那篇封面报道。这篇报道告诉他,至少要购买五个当事人故事的专有权。显然,第一是加里的,第二是尼科尔的。但在这个星期一的晚上,他第一次听说了艾普丽尔·贝克的名字,决定最好把她也算上。接着他在文章里读到布伦达·尼科的名字,并且得知是她把加里保释出狱的。这可是他的报道里不可缺少的一环,一定要买到她的故事。他名单中的第五位是弗恩,可当时他并不知道布伦达就是弗恩·达米科的女儿,他甚至不知道她和弗恩有亲属关系。

星期二早上,他做的第一件事是给美国广播公司的卢·鲁道夫打电话,告诉他自己对制作这个节目怀有极大的兴趣。希勒说,制作的方法很多,并且随即摆出了几种可能性。很久以前他就懂得,要制作某一题材的电视节目,你首先得说服那些决策者。要使他们相信，即使你无法获得报道全部当事人故事的专有权，你仍然可以制作出真正的电视节目来。比方说，假如他征得了吉尔摩的同意，但尼科尔却反对，这时仍然可以写出一个节目脚本，叙述一个家伙出狱后努力克服自己那些罪犯的老毛病，可最后还是杀了一个人。这样一个故事是对一个人出狱后所经历的那些痛苦的真实写照。这样，他们就可以涉及极刑问题和人有无死的权利的问题，而无需编进去一段爱情故事。

另一方面，希勒说，如果他们征得了尼科尔的同意，可吉尔摩不愿签约的话，他们可以表现一个妙趣横生的爱情纠葛，主要描写同时爱上一个罪犯的两姐妹。他们将不得不虚构出一个罪犯，不过可以在三角恋爱上大做文章。或者，他们可以以尼科尔为主角，写一个结过几次婚、拉扯着几个孩子的年轻女人后来爱上一个罪犯的故事。对杀人罪行不必大加渲染，只需着重描写和一个为社会所不容的人在一起生活的浪漫而又艰难的经历就行了。

希勒对鲁道夫说，他不想就这些不同脚本各自的长处发议论。他只是想表明，你完全可以绕过吉尔摩单写一个女人的故事，而且这仍不失为一个有价值的节目。

他刚放下电话，就听到收音机里广播说，吉尔摩和尼科尔企图双双自杀。他马上订了一张去盐湖城的机票。在机场，他又给鲁道夫打了个电话，向他提出了另一个方案。如果他们得不到报道吉尔摩故事的专有权，就可以做这么一个节目：一个姑娘想死，于是她和一个罪犯商定一块自杀，想以这种震惊世界的方式解决一个令人无法忍受的难题。

希勒一再声称，他对这个节目的成功很有把握，所以希望美国广播公司能以实际点的方式给他以赞助。他说，他需要的不是住宿费或者机票钱什么的，因为，瞧，他可以用自己的信用卡支付这一切。不，希勒是希望在他到那儿去做吉尔摩这笔交易时有人给他撑腰。他会从盐湖城再打电话回来的。

他已经猜到几分了。从吉尔摩企图自杀的消息向媒体披露的那一刻起，不仅仅他拉里·希勒坐上了飞机，而且每个人都在朝盐湖城奔去。他们全都打算住进希尔顿饭店，这个饭店眼下简直就像个关着一大群新闻界猴子的动物园，每个猴子都在密切注视着其他猴子的一举一动。

希勒从一些传到他自己耳朵里的故事中得知，他在新闻界以急躁和精力充沛著称。每当他听到这种传闻时，都和善地一笑置之。这种传闻掩盖了他的秘密武器：他是很有耐心的。他没有把这一点告诉别人，而存心为自己树立起了一个相反的形象。其实在某些情况下，当他不得不坐着等待时，他也并不在意——不管是坐飞机旅行，还是坐在候诊室里，十四岁时，他就已经是刹车滑痕方面的专家了，并开始利用这个赚钱。据他自己估计，从那时到现在，他已经发疯似的奔波了近二十五年了。因此，偶尔坐一会儿他也不在乎。

他的父亲曾经是时代广场上那家达维加商店的经理，他懂得如何抓住机遇干一番事业。希勒还是个小男孩时，他父亲就给他买了一部禄莱科德[①]相机和一台能收听警察通话波段的收音机。希勒每回从收音机里听到发生车祸时，立刻骑上自行车赶赴现场。如果路很远，他赶到时出事的汽车已经被拖走了，他就给刹车滑

[①] 禄莱科德（Rolleicord）是禄来福来（Rollei）在1933年至1976年间制造的中画幅双镜头反光相机，是高端Rolleiflex的更简单、更便宜的版本。

痕拍照，然后把照片卖给保险公司。这段时间是他登上人生舞台的学徒期。

二

希勒作为《生活》最年轻的摄影记者之一打入了新闻界。他在联合国现场采访过赫鲁晓夫，在一个修道院里采访过胡夫人①，教皇死的时候他去过梵蒂冈，尼克松竞选败给肯尼迪后失声痛哭时他给他拍过一张照片，这张照片非常有名。他懂得如何不带行李就去旅行。还有，他通过报业辛迪加发表过弗舍尔五胞胎的报道，拍摄过阿拉斯加地震、达拉斯②、沃兹③和奥运会，现场报道过对西尔汉·西尔汉④的审判。二十四岁前他自报的收入已经超过六位数，而且他已经对在同样的躯体上给不同脑袋拍照厌烦透了。他可以说是世界上最优秀的独眼摄影师——他的一只眼睛五岁时在一次车祸中瞎了——但他却对走进人们的生活、和他们握手、给他们拍照、然后退出来这样一种程式感到厌倦了。他辞去了《生活》的那份工作，开始从事出版书籍、制作电影等工作，或者为临时性期刊辛迪加报道重要事件。他本想深入挖掘人的本质，然而由于他采访报道过临终时的杰克·鲁比和曼森案中的苏姗·阿特金斯，结果落得声名狼藉。为了改变这一形象，希勒做出了很大努力。他出版了一本有关日本汞中毒情况的书，书名为《水俣市》⑤；在《屠夫卡西迪与拜日舞小子》⑥和《唱布鲁斯的女士》⑦中

---

① 越裔歌星。
② 美国总统肯尼迪遇刺的城市。
③ 洛杉矶的一个区，1965年此地曾发生种族骚乱。
④ 刺杀罗伯特·肯尼迪的凶手。
⑤ 日本一城市名，汞中毒最先发现于此地。
⑥ 电影名，屠夫卡西迪和拜日舞小子是美国西部传说中的两个不法之徒。
⑦ 电影名，以一黑人女歌星为女主人公。

首创了定格蒙太奇；与丹尼斯·霍帕携手制作了《美国梦幻者》；为阿尔伯特·古德曼写作有关兰尼·布鲁斯[1]的一本书提供过材料；后又因《飞落埃佛勒斯峰[2]的人》获得一项特别的学院奖[3]。这一切都无关紧要，他是个与死亡打交道的记者。

坐在飞机里，总算可以从二十五年马不停蹄的奔波中脱身休息一下了。从爆炸事件到封面肖像，从暴乱到竞选，这二十五年的辛苦劳累在他四肢上留下了刹车滑痕般的痕迹。眼下坐在这个地方，坐在这架满载新闻界猴子向盐湖城飞去的飞机里，希勒回忆起这一切。关于吉尔摩的这部片子并不会帮他赢得盛名，不过他不能放过这个机会，他那从不退却的神经已经振奋起来了。

到目前为止，他已经匆匆去过两次盐湖城，回来时都是两手空空。这种可怜的结果在他的经历中是很少见的。在吉尔摩声明不上诉的十天后，他出于直觉去过一趟盐湖城，可是却一无所获。博亚兹控制着局面，那家伙当时正和戴维·萨斯坎德打交道，对他没什么兴趣。

希勒又读了一遍自己两天前发给吉尔摩的电报。

犹他州德雷珀　　84020
加里·吉尔摩　犹他州监狱250信箱
　　我代表美国广播公司电影部、新英格特公司和我的合伙人，表示希望从你或由你选定的代理人那儿购买有关你生平的电影的

---

[1] 美国喜剧演员。
[2] 即珠穆朗玛峰。
[3] 即奥斯卡奖。

摄制及发行权。我们有十四年从事重大题材电影摄制和出版六部畅销传记作品的良好信誉。最近我们刚刚制作了一部大受欢迎的电影《嘿，我还活着》，这是有关一位叫拉尔夫·弗洛里斯的摩门教非神职传教士和一位年轻姑娘的真实生活故事，他们所乘坐的轻型飞机在育空河上空坠毁，而他们连续四十九天没吃东西却活了下来。这部宣扬笃信上帝的电影深得摩门教会赞赏，观众达三千多万人。我们的另一部佳作是《阳光》，描写的是科罗拉多州丹佛市一位叫莱恩·海尔顿的年轻母亲，她为了和女儿共度一段时光而献出了自己的年轻生命。这部片子的观众超过七千万。记述她言谈的书也拥有八百多万读者。我将另外给你寄上一册。我已见过博亚兹先生并告诉他我要和你通信。我期待着你或你代理人的回音。你可以在任何时候回电话，费用由受话人支付。

> 你真诚的
> 劳伦斯·希勒
> 十一月十四日

电报发出后一直没有回音。也许它已经被扔进邮电局的死信柜里了。

他赶到普罗沃弗恩·达米科的鞋铺，可弗恩不在。在盐湖城，他碰上几位当地的记者。他对他们说，我来这儿不是和你们竞争的，请你们告诉我谁是这城里的关键人物，你们怎样才能进去见吉尔摩？他们自己也没进去过。希勒听说过尼科尔，不过人家告诉他她不愿意和任何人谈话。他在监狱那儿总也见不到她。

那两回去盐湖城，希勒四处碰壁，什么题材也没有搞到。他钻进租来的汽车，从普罗沃朝盐湖城机场开去。一路上，他两眼凝视着州际公路，对自己说，如果连我都搞不到题材，那么就没人能搞到了。可反过来讲，如果没人能搞到题材，那么肯定存在着极有价值的题材。这种想法老是在他的脑子里转悠。

希勒一听到他们企图双双自杀的消息之后，立刻对自己说，有题材了，真有题材了。既然真有，那么在目前这种情况下一定是爆炸性新闻。

希尔顿饭店里的记者好像一下子从五十个变成了五百个。外国通讯社也开始挤进来，光英国就来了好几家。英国人一旦成群结队拥进来，这事马上就会传开。这个故事将具有最广泛的世界范围内的吸引力。

希勒打了几个电话。他好像突然时来运转，电话铃刚一响，弗恩·达米科就来接电话了。他们谈得很愉快。他问达米科先生，尼科尔可能会在什么地方，达米科认为她大概在普罗沃的医院里。希勒和他约定以后再谈一次。打完电话，希勒钻进那辆租来的汽车。让那些猴子们待在希尔顿饭店里互相交换犯罪学理论吧，他却要到普罗沃的医院去了。

候诊室很小，里面有不少人。希勒走到桌前，问尼科尔·巴雷特在哪个病房。他们摆出一副从没听说过她的样子。希勒绕过拐角，给医院的头头挂了个电话，问能不能很快找到尼科尔的哪位亲属。那个女人说，尼科尔的亲属一直在进进出出。她告诉希勒，尼科尔的母亲一直在这儿，眼下刚刚走。希勒穿着那件厚厚的棕色外套坐了下来，打算等下去。候诊室很热，不过他觉得挺舒适。吉尔摩在医院时有警卫监视，出了医院你又别想见到他。盐湖城的那帮猴子东奔西跑，互相交换消息，可如果见不到吉尔摩和尼科尔，就搞不到任何有价值的题材。既然不能见到吉尔摩，他就得等着和尼科尔联系上。这一点在希勒看来再简单不过了。

他在那儿坐等了几个小时，一点也不着急。其他记者正守在电话机旁，千方百计打听正在发生的事情，可希勒却悠闲地坐在那儿，任凭屋里的热浪冲击自己。二十五年的疲劳慢慢消散了，从那深不可测的疲劳的渊潭里一滴一滴挥发掉了。他坐在那儿静静地思考着、回顾着、反省着自己的罪过和错误。他认为，如果一个人不能从经验中汲取教训，那就太可怕了。

三

他自己通常认为，那篇关于苏姗·阿特金斯的报道是他最大的罪过和头号错误。塔特-拉比安卡谋杀案发生时，他还远在南斯拉夫。可六个月之后的一天，他正在沿着桑塔·莫尼克高速公路行驶时，收音机里传来新闻，一位叫苏姗·阿特金斯的姑娘在监狱里向她的狱友透露了有关塔特-拉比安卡案的消息。第二天，希勒又获悉她的一名律师叫保罗·卡鲁索。一九六三年希勒把玛丽莲·梦露的一张裸照卖给休·赫夫纳[①]时，就是卡鲁索起草的契约。那份契约使他获得了到那时为止一张照片的最高价格：二万五千美元。希勒当即给保罗·卡鲁索打了个电话，说苏姗·阿特金斯的故事肯定在全世界都是抢手货，他愿意帮助支付她的辩护费用。

于是，在苏姗·阿特金斯两次出庭接受大陪审团审判中间的那段时间里，希勒被带进去见她。他先后采访了三次，她把谋杀案详情全告诉了他。他确实把她的故事卖遍了全世界，后来又在美国重印。于是突然间，苏姗·阿特金斯不再是州政府的主要证人了，因为她现在对自己的故事享有既得利益。希勒的所作所为

---

① 休·赫夫纳是《花花公子》杂志的创办人。

部分地破坏了州政府的公诉。

这事弄得他倒霉透了，但他是经过一段时间，才一点一点地意识到这一事实的。一天晚上，一位著名律师请他吃饭，他不知道这是为什么，直到看见在座的六位名望卓著的法官时，他才明白过来。他们想要听听，为什么一个记者要做他干的那种事。这顿饭使他长了不少见识，和这样一些优秀而严肃认真的人坐在一起，他很高兴。但一想到是自己把他们的事给搅了他又深感不安。

此前，他以一万五千美元的价格把苏姗·阿特金斯的故事卖给了新美洲文库出版社。他之所以匆忙地把这本匆忙写成的蹩脚书出手，是因为想尽快脱身出来。但他不仅没脱身，反而惹上了更多的麻烦。《新闻周刊》就此书采访他时，他说："你瞧，我把苏姗的话公布于众，我不知道她说的是真话还是假话。"《新闻周刊》在其报道的结尾引用了"我不知道她说的是真话还是假话"。一想到这件事，他的额头就直冒汗，这给他上了他永远不会忘记的一课，和法官们一起用餐的那天晚上他又想起了这件事。那些出类拔萃的人的秘诀就是严格忠于事实。希勒把这称作历史。你要正确地记载历史，如果你这样做了，最终就将会成为一个富有的人。

所以，《乱七八糟》一书出版后，他在心里对自己说："希勒，你真是胡来，用你最初卖书赚来的钱，你本来能够扎扎实实地研究一下整个曼森家族的。你本来可以写成一本很重要的书，可这机会却叫你给毁了。"一想到这些他就羞愧难当。他甚至不得不出庭作证，讲述自己是如何采访苏姗·阿特金斯的。法官问："希勒先生，你认为你职业的性质是什么？"他回答道："我认为我是一个信息传播者。"审判室里哄堂大笑。这回在吉尔摩这件事上他决不能重蹈覆辙。故事的每个细节都必须确凿无疑。他穿着厚厚的棕色外套坐在闷热的候诊室里等候着。时间一小时一小时地过去了。

在房间的另一头有个蓄着小胡子的家伙。希勒的胡子是黑色的,那人的胡子则是鲜棕色的,他们互相看了几眼。过了大约一两个小时,一位记者模样的姑娘进门走到这另一位胡子的跟前,没讲几句话就把他骂了个狗血喷头。希勒从听到的只言片语中得知,那人叫杰弗·纽曼,是《国民问询》的记者。那姑娘说:"你明明知道她要自杀,却坐视不救,你这该死的家伙,还有你那该死的报纸。"纽曼给搞得非常难堪,只好起身走出去了。这时,希勒走到姑娘面前,说:"我叫拉里·希勒,是美国广播公司电视部的代表。"她像一只伸着利爪的鹰似的,又朝他扑了过来。她说:"你也不是东西。"希勒连她的名字都不知道。她是当地的一名记者,不过她显然动了感情。她说,男人根本不把女人当回事,可女人却可以为了男人而自杀。希勒点点头,赶快躲到一边去了。

后来,走进来一位个子非常高的年轻人,他那长长的黑发一直垂到肩膀上,他的指关节上刺着一个姑娘的名字。他显得非常心神不定。希勒猜想,他大概是尼科尔的兄弟,如果她有的话。希勒走上前去,作了自我介绍,可这家伙显然不想交谈,希勒只好又坐下等候。又过了一两个小时,他看见一位妇女站在候诊室门旁的糖果柜台前。她的身材单薄,骨架很小,头发在脑后面挽成个圆髻,看上去像个能徒步穿越广阔平原的吃苦耐劳的西部妇女。从她阴郁疲惫、强忍悲伤的表情看,希勒断定她是尼科尔的母亲(尽管后来他才发现这是她的祖母,尼科尔的母亲还不到四十岁呢)。于是,他写了个纸条,说自己是劳伦斯·希勒,来此是想讨论一下发生在他们生活中的一些事件,以及购买有关这些事件的电影摄制权和书籍出版权问题的。他写道,如果自己能会见她或者她的指定的代理人或者律师的话,将不胜感激(在说

"律师"之前,最好先说"代理人",这样他们就会明白你不是要打官司的)。在纸条的末尾,他提到愿意至少出价二万五千美元购买尼科尔故事的专有权。他把纸条封在一个信封里,写上贝克太太收。

他把那个信封递给了那位妇女,说:"我是美国广播公司电视部的劳伦斯·希勒。我知道现在的时间和地点都不合适,但在合适的场合,希望您能拆开信封,读读信,那样我将不胜感激。"说完,他转身走出了医院。联系已经建立起来了。

四

十一月八日,吉尔摩的故事刊登在《纽约时报》的头版,戴维·萨斯坎德一下子被吸引住了。作为一篇头版报道,此文堪称佳作。它生动地描述了杀人过程、对罪犯的审判以及犯人不上诉的决定。如果再加上吉尔摩以前的犯罪经历,完全有可能写成一部极富吸引力的电影剧本。

看过这篇文章后不久——事实上可以说是一看到它之后——萨斯坎德的老朋友和合伙人斯坦利·格林伯格就打来电话,两人作了一番愉快的谈话。十五年前,斯坦利曾经写过一个电视剧本,讲的是一个人等待被处死的故事。这个人在死囚区里关了那么长时间,性格大大地改变了。最后的问题竟是:"谁该被处死?"萨斯坎德把这个剧称作《变形记》。他一直认为该剧对在纽约州废除极刑起到了一定作用,也许它还与最高法院赦免许多死囚犯的决定有点关系呢。"当然,"斯坦利对戴维说,"永远不受侵犯的规定仅仅在一代人的时间内有效,在那之后你得全部从头做起。"

格林伯格有点正人君子的味道,不过萨斯坎德敢肯定他有点动心了。"吉尔摩这个案子使我感兴趣的地方在于，"他说，"它向公众揭示了我们监狱制度在改造罪犯方面的彻底失败。你瞧，那家伙这倒霉的一辈子就这么被关进去、放出来，变得越来越坏，竟从偷汽车发展到持枪抢劫。这是强有力的批判。其次，这件事是对极刑的一个绝妙的驳斥。以牙还牙，这是多么可怕的政策。我甚至认为，把此案公布于众也许能够保住这家伙的性命。吉尔摩说他想死，但显然他是在说胡话。我觉得，我们的作品也许会成为使他幸免的一个因素。"萨斯坎德被这些话吸引住了，"他们不能处死这个人。"他对斯坦利说，"他的精神错乱，他疯了，他们早就该明白这一点。"

他们谈了很长时间。最后，萨斯坎德向格林伯格提议说："你为什么不去一趟犹他州呢？我觉得这个故事有好几层重要性和趣味性，是个激动人心的戏剧性很强的素材。如果它经过调查得到证实，并且我们能得到我们所需要的转让权的话，就会有所获。"

格林伯格和环球电影公司签有合同，不能马上就动身。不过他们每天都交谈几句。萨斯坎德开始了和博亚兹的对话。他很快发现，丹尼斯不是你所需要的那种律师。

博亚兹吹嘘说："我已经从所有的人手里搞到了转让权。我全弄到手了。"他大谈特谈他是如何封锁一切消息的。萨斯坎德打电话给斯坦利·格林伯格说："这是个非常古怪的律师。他掉到钱眼里去了。"

丹尼斯说："听着，如果你们不能马上拿出证据证明你们对此事有充分信心的话，我是不会合作的。至于钱嘛，"丹尼斯说，"也不能不把它当做关键因素考虑。"他格格笑起来。"你想要什么？"萨斯坎德问。"这个嘛，"丹尼斯说，"现在这个案子全世界都知道了。"萨斯坎德又问:"我怎么才能确认你已经获得了你所说的所有转让权了呢?"丹尼斯说:"你干什么都得有个起点。你最好从信任我开始。我对你说我有什么我就有什么,如果你不相信我,外面还有十个人想干呢。我让你干只是因为我看中了你的名声,萨斯坎德先生。我想让你第一个试试。"他需要一大笔钱,要想从与此案有关的所有主要人物那里购买专有权,这大约需要五万美元。他让萨斯坎德把这些写成一份电报,戴维照着写了,而且发了出去。

萨斯坎德还附上了一个法律文件袋,里面有份合同和一份转让权表格。博亚兹那句搞到全部转让权的话也许是真的,不过当萨斯坎德问他转让权的契约是什么形式时,他说:"一两句话的转让声明。"

"喂,听着,"萨斯坎德说,"那根本不会有效。你得采用已确认的法律形式,放弃报酬的弃权声明书等等。这必须依照我们影视业的常规办理。"

丹尼斯说:"我不明白你为什么非要那一堆废纸不可。"

"这不是废纸,"萨斯坎德说,"这可是至关重要的东西。人们会改变主意的。一两句话的转让声明在语言上可能会漏洞百出,是经不起推敲的。对不起,我得给你寄转让权表格。"他的确寄了。萨斯坎德找到他的律师,他们一起把文件袋寄了出去。

五

斯坦利·格林伯格是在他们双双自杀的那天下午,也就是十六日下午,抵达盐湖城希尔顿饭店的,这纯粹是巧合。这一天对新闻界来说是这个月中最忙的一天。前一天晚上,斯坦利从加利福尼亚州旧金山北面的坎森顿他自己的住处给博亚兹打了个电话,商定了见面的时间,可眼下他们双双自杀的事件把希尔顿饭店搞了个天翻地覆，他根本没想到在这种情况下那位律师还会信守前约。然而，叫格林伯格吃惊的是，丹尼斯真的来了，只不过晚了一点。斯坦利正巧有足够的时间仔细观看了六点钟的新闻。他刚刚看完，门外就响起了博亚兹的敲门声，他不禁大吃一惊。

格林伯格觉得，要不是今天发生的这个戏剧性事件，他们很可能早已以对手的身份见过面了，或者至少，他得把博亚兹当做一个总想戕害自己当事人的古怪型律师来对待。可现在，博亚兹看上去似乎已经在极度匆忙之中大幅度改变了自己的看法。因此，他们的谈话比斯坦利预料的更有成果。

斯坦利一边陪博亚兹喝酒一边向他解释，大约一个星期前，当吉尔摩明显处在被处死的危险之中时，他满腔怒火。斯坦利说，他本人非常憎恶极刑，对这种事他不能袖手旁观并任其发生。这也许像是一种罗曼蒂克式的反应，然而他还是觉得有责任集聚起自己的力量，和戴维·萨斯坎德携起手来，后者正是这一努力所需要的合适的制片人。

他们互相取得信任之后，格林伯格便开始讨论案子本身了。他开口便说，他就是不明白，罪犯怎么有权利要求社会对他做什么或不做什么。他认为，一个罪犯既没有要求马上获释的权利，也没有要求死刑的权利。说到底，决定应该由社会做出。

丹尼斯神色有点古怪，看上去一直在克制自己。听完斯坦利的先入之见后，他似乎激动起来。他回答道，加里没有提出什么要求，他不过是不想上诉罢了。上诉法是基于没人愿意被处死的假设而制订的，它向人们提供了种种获救的可能性，但加里不想寻求这些可能性。

格林伯格反驳说，事情没那么简单。犹他州高级法院已经申明，死刑可以恢复，不过必须在履行了某些法律程序之后。如果你要处死人，一定得在警卫森严、与外界彻底隔绝的环境中进行，这是至关重要的。

说到这里，丹尼斯又显得垂头丧气了。他说，他不敢保证自己干得很称职，但不管怎样，他的感情正处在剧烈变化之中。到目前为止，他之所以支持吉尔摩的请求，是因为他认为一个人有权决定自己的生死。可现在，紧急关头已经到来，他却才第一次意识到加里真的想死。这把他搞得心烦意乱，他拿不准自己愿不愿意在这一进程中扮演一个角色。

格林伯格对丹尼斯的印象是，他有点迷迷糊糊的。当然，随之而来的感觉是他不称职。可格林伯格发现自己比预料的更喜欢博亚兹。在某种程度上，他是个富于自由精神的人，的确很吸引人。当然，他的思维显然混乱到了极点。格林伯格可不愿意把自己的命运或未来托付给他这种律师。尽管如此，他还是讨人喜欢的，非常讨人喜欢。"你是否和当地的美国公民自由联合会取得联系了？"斯坦利问。

博亚兹感情的闸门一下子打开了。不，他没和他们搅到一块。那是违背他当事人的意愿的。他的当事人是个右翼思想和左翼感情的奇特的混合体。例如，加里憎恨黑人，但是，博亚兹解释说，那是因为在监狱里黑人占大多数，他们全是些危险分子。所有白人囚犯都面临着被黑人强奸的危险。加里也憎恨美国公民自由联合会。他们鼓吹个人自由，却又不给吉尔摩选择死的自由。因此，博亚兹没有和他们取得联系。但仅仅一个小时前，他和杰拉尔多·里弗拉谈话时，突然产生了一个绝妙的主意，不过必须有人在文字工作方面帮帮他的忙。有许多动议必须备案，因而他需要一名犹他州的律师。所以，现在他想和美国公民自由联合会取得联系。格林伯格对此表示赞同，博亚兹便打电话给一个叫朱迪[①]·沃尔贝奇的代理人，她答应过来喝一杯。

谈话尚未结束，格林伯格便得出结论，这是一场空前绝后的奇特谈话，是一场妙不可言的戏剧表演。你绝对想像不出比这更好的表演了。一方面，这位瘦削、充满活力、聪明机智的妇女既紧张又随和，并且对博亚兹怀有深深的戒心；另一方面，丹尼斯滔滔不绝地向她诉说自己的心事，法律界不光扰得他心神不宁，而且把他看做往监狱里偷带速可眠的头号嫌疑分子。

博亚兹的眼睛里不时滚动着泪花，谁也说不清，他是在为自己担心——"我要去接受测谎测验"——还是在为说不定此刻就要死在盐湖城的可怜的吉尔摩伤心，还是为不知在什么地方的尼科尔——她是不是也快死了？格林伯格心想，一边是这位疯疯癫癫、絮絮叨叨的年轻律师，而另一边是这位把丹尼斯当成一个标本死死盯着的朱迪·沃尔贝奇，她都不相信。在这种情况下，甚至连房间角落里的小食品柜在她看来都是邪恶的。

斯坦利认为这不能怪她。读了报上那些关于丹尼斯的报道，她肯定把他看成某种嬉皮骗子。现在在她面前，他时而焦虑不安，时而又满面笑容，时而趾高气扬，时而又和蔼谦恭，先是显得垂头丧气，接着又对她高谈阔论。斯坦利简直不能想像，在他不太焦虑的时候他会是一副什么样子。

[①] "朱迪"为"朱迪丝"的昵称，即后文出现的"朱迪丝·沃尔贝奇"。

丹尼斯几乎马上就提出了他那个具有令人难以置信的吸引力，但又根本无法实现的想法。他想把加里转到某个州的允许配偶探访的二级警戒监狱去。

他大声说道，喂，这会起作用的。尼科尔可以在当地的城镇找个工作，抚养她的孩子。周末他们可以过夫妻生活，每周两个晚上。这样也许会使加里产生求生欲望的。唉，如果法庭真的了解了加里是个多么好的人，他们会同意这样做的。加里能写会画。他一直在谈单独监禁。

格林伯格注意到，博亚兹又高兴起来了。很明显：给他一个什么新奇的想法，再加上一点实现这个想法的遥远的可能性，他就会高兴得不能再高兴了。至于条件是否具备他不在乎——只要给他一条寻求幸福的新途径，他就成了幸福的化身。

但朱迪·沃尔贝奇似乎并没有被打动。丹尼斯在结束他的慷慨陈词时说，美国公民自由联合会应该为这一法律行动提供服务。朱迪·沃尔贝奇讲了一大通反驳他的话，他不知道吧，犹他州美国公民自由联合会的资金非常紧张。

"难道你们不想让他活下去吗？"博亚兹问。

她问，你是否已经深入研究过确实能拯救他生命的种种方式？她谈起与最高法院案例有关的法律条文以及联邦法律和州法律规定的民权程序。当博亚兹承认他对这类案例没有多少研究时，她摇了摇头，又问，他是否了解吉尔摩的精神病诊断鉴定。博亚兹答话时有点愤愤不平。她为什么不愿伸出援助之手呢？为什么她只强调法律而不顾及人道呢？格林伯格简直不敢相信自己有这样的好运气：目睹这场表演！

这时，博亚兹说，他认为自己是一个有文学头脑的人而不是一个陷在法律程序堆里的律师。"在文艺复兴时期,人们认为一个人既可以是诗人又可以是律师。"

"好吧,"朱迪·沃尔贝奇说,"好好想想你到底准备戴哪顶帽子。和我保持联系。"

送朱迪穿过门厅时,斯坦利·格林伯格觉得很想发句议论,"我认为让博亚兹做吉尔摩的代理人根本不合适。"

第二天早饭时,他在《早安,美国》节目中看到了丹尼斯。

杰拉尔多·里弗拉:这是丹尼斯·博亚兹。到目前为止,他一直支持自己的当事人争取死的权利。欢迎你,丹尼斯。在法庭上,当你谈加里·吉尔摩应该获得死的权利时,你的辩论有时很有说服力。你仍然这样认为吗?

丹尼斯·博亚兹:(沉默许久)我认为他有权决定自己的命运。而我不再支持州里对他的死刑判决了。

杰拉尔多·里弗拉:你是说,你已经改变立场了,丹尼斯?

丹尼斯·博亚兹:是的。

杰拉尔多·里弗拉:为什么?

丹尼斯·博亚兹:(沉默许久)这个嘛,昨天有一刻我领悟到了真理,我反省了我体验到一种不可名状的感情,并且……

杰拉尔多·里弗拉:你是在说你逐渐意识到……是什么,请告诉我……

丹尼斯·博亚兹:哦,我认识到有某种可能性让……尼科尔和加里(他嗓音有些颤抖)也许可以住在一起。在我看来,这种可能性是存在的。我知道,加里想活下去，尼科尔也想活下去。

杰拉尔多·里弗拉：昨天我们一起讨论了很长时间。谈话结束时，你甚至没给我留下你是个极刑信奉者的印象。我想知道你为什么要参与这种可怕的游戏呢？

丹尼斯·博亚兹：我参与这个案子并不是因为我拥护极刑，而是因为……他需要支持。当时在某种意义上，我确实支持了他要对自己的生死负起更多责任的愿望。并且他是以接受判决的方式来承担责任的。

杰拉尔多·里弗拉：但现在你认为由于出了事，情况发生了变化，是吗？

丹尼斯·博亚兹：哦，我的情况当然发生了变化……

插　　话：博亚兹先生，我是纽约的戴维·哈特曼。博亚兹先生，你说你昨天体验到了某种感情。在过去的二十四小时中，你的想法到底是怎样改变的？

丹尼斯·博亚兹：这个嘛，它跟我的感情发生了共鸣。

戴维·哈特曼：请说得详细点，丹尼斯。

丹尼斯·博亚兹：我就是不能继续坚决地支持这一死刑判决。我知道，如果加里认定自杀是他想要做的事情，我们是无法阻止他的。我再也不能是要处死他的官方程序的参与者。

杰拉尔多·里弗拉：如果有必要的话，你会退出此案吗？

丹尼斯·博亚兹：我将尽快和加里谈谈，我们一起作出决定。

杰拉尔多·里弗拉：他也许会再次企图自杀的。

丹尼斯·博亚兹：我不知道。

戴维·哈特曼：杰拉尔多，我们只剩下不到一分钟了。下一步会发生什么事，你认为在今后二十四到三十六小时内会发生什么事?

杰拉尔多·里弗拉：哦，一旦吉尔摩身体康复到足够的程度，大概会举行大赦委员会听证会的。这要等他恢复知觉。他们不能处死一个处在昏迷状态的人。戴维……我觉得我们的报道要暂停一段时间，至少要等到这两个人恢复健康。

戴维·哈特曼：谢谢，杰拉尔多。谢谢你，博亚兹先生，非常感谢你来参加我们今天早上的节目。

那天接近中午的时候，格林伯格和丹尼斯一块驱车到普罗沃去拜访弗恩·达米科。事后格林伯格对丹尼斯说，他很喜欢弗恩，他是个强悍的人，看上去有点像个靠个人奋斗成功的小企业家，可以这么说，在他住的那个地方，他是个举足轻重的人物。

他们在鞋铺附近一家颇有名气的快餐店里吃了饭。有汉堡、奶昔——遗憾的是没有酒，弄得这顿饭很难下咽——尽管如此，他们交谈得很愉快。斯坦利增长了不少他认为很有用的见识，特别是在犯罪艺术方面。他不由得注意到弗恩的家和街上的汽车旅馆及加油站在地理上的联系。就电视而言，这是精彩的细节。吉尔摩下午来敲他姨父的门，说身上脏了，想冲个澡，可是被他姨父拒之门外。于是那天晚上，他拿着枪从那扇敞开的窗户前走过，当时他姨父正坐在窗户里面电视机前——这一切不需要多少弗洛伊德的天才想像力就能设想出来。

格林伯格一回来就打电话给萨斯坎德："又迷人，又丑恶，又复杂。"萨斯坎德问，他是否该亲自去一趟犹他州。斯坦利回答说："事情乱糟糟的，我眼下可不会提这个建议。有关的主要人物正从各个方面受到围攻，眼下我们见不到吉尔摩，也见不到他的未婚妻。除了达米科,哪个主要人物你也别想见到。"

萨斯坎德表示同意。这个故事毕竟要以吉尔摩过去的所作所为为基础,斯坦利正是为了搞到这个基础才去那儿的。因此,没有必要认识达米科和别的什么人。呃,当初争取乔·拉什的《埃莉诺和富兰克林》一书的专有权时,他碰巧认识了罗斯福家的几个成员,艾略特,詹姆斯,特别是小富兰克林,但他并没有四处乱转,去找别的什么人。他没有亲自出面交涉说:"我是戴维·萨斯坎德,请听我讲一讲我为什么应该得到专有权。"这种事情如果有必要,派个律师去干就行了。

《德塞瑞特消息报》

盐湖城十一月十七日讯——今天原来是加里·吉尔摩和犹他州大赦委员会约好的日子,但这个已定罪的杀人犯却戴着镣铐在医院的病床上度过了这一天,他的神志完全清醒……

与此同时,尼科尔·巴雷特,吉尔摩的女朋友,也是他自杀企图的明确无疑的同伙,却躺在犹他山谷医院里尚未脱离危险。

等到吉尔摩回到监狱后,他将被转移到一个看守更加严密的牢房里去。他与外界的联系将受到严格限制,将禁止他与外人有任何身体上的接触。这番话是萨姆·史密斯狱长说的……

第八章 进取

一

那天晚上的新闻节目里提到,塔默拉·史密斯的报道已经通过报业辛迪加传遍全世界。她的电话开始铃声不断。连多年来她想都没想过的人也纷纷打来电话。朋友们一遍又一遍地对她说，国内最有名的几个记者眼下正在盐湖城，可她竟抢在了他们的前头。第二天，《纽约时报》的一个家伙要求采访她，随后又是《时代》和《新闻周刊》的记者。结果这差不多成了惯例：新到盐湖城采访这方面消息的记者一住进希尔顿饭店，马上就给塔默拉打电话。他们全都急于了解尼科尔的背景。那个星期，她吃过好几次免费午饭。

这当然是令人振奋的，可她却隐约产生了抽身退步的念头。菲利来的米利出城到山里远足去了，那正是她想去的地方。远离这一切，把世界远远地留给山下的盐湖城吧。

二

加里入院二十四小时后，吸管才从他的肺里取出来。他醒来已经好几个小时了，但直到确信他能够吞咽东西之后，他们才把它取出来。接着，他们给他戴上了氧气面罩。据记录，他咳出的痰液已达相当数量。他们检查他的喉咙时，他说："你们侵犯了我的隐私。"

随后，他要求知道他未婚妻的情况。突然，他警觉起来，显得焦虑不安，拒绝接受护理，叫护士滚出去。他们只好给他穿上约束衣。他拒绝吸氧，直到把脸憋紫了，才不得不张开嘴。他开始骂一些很难听的话。当护士要给他打针时，他竟朝她脸上吐唾沫。接着，他又要求把心跳监护仪从他胸部拿走，要求服用菲奥瑞纳。护士对他说话，他拒绝回答。在他的病情记录上，她们写下了这样的话："心怀恶意、充满仇恨、下流透顶。"在实习医生把吸管取出来后，吉尔摩坐了起来，唾沫飞溅地骂道："我操你们这群混蛋。"

大多数服药过量的人醒来时都和吉尔摩不一样。他醒来后力气大得惊人,接近他是很危险的。一个护士说:"他看上去活像《驱魔师》中那个附在琳达·布莱尔身上的魔鬼。"还有一些自杀者活过来时情绪低落,说到底,他们过量服药的最主要原因是不想活了。而吉尔摩看上去更像是非死不可。

《盐湖论坛报》
尼科尔的母亲称杀人犯为
"曼森型的人"

十一月十七日讯——巴雷特太太的母亲星期三说,加里·马克·吉尔摩是第二个"查理·曼森"。

三

尽管凯思琳一天到晚忙于和查尔斯一起在特护病区与快活林镇之间来回奔波,她还是开始陷入对往事的回忆之中。无论是她还是查理都不大讲话,不过她却觉得与他亲近起来。毕竟他们曾共同生活过许多年。她的这种心境使她想起了与查理相识、约会的那个夏天。当时他十六岁,在巡回游艺团工作,而她才十四岁。两个人来往了三个月,却从没接过吻。但有一天,他们竟然决定结婚。凯思琳觉得,这事就和看电影一样,想去就去,而且从此不必受自己家人管束了。于是她说服母亲开车把他们送到内华达州的埃尔科。当地的治安法官不相信查理有十八岁。他说:"我要是给你们家里人挂个长途,孩子,他们会怎么回答我的问题呢?"查理支支吾吾说不出话来。"哼,"治安法官说,"你最好告诉你母亲我要打电话。"显然,他是在暗示他们叫她隐瞒真相。

然而,维娜·贝克回话时却尖叫了起来。最后查理大声说:"别叫了,妈妈,你告诉他我十八岁。"在凯思琳的记忆里,他们就是这样结的婚。

同一天,他们驱车回到普罗沃。凯思琳的母亲说:"查理可以睡在长沙发上。"新婚第一夜他就是这样度过的。

第二天早晨,查理和他的朋友乔治一块过来,他们开着乔治的车兜了一天风,直到晚上十点钟凯思琳叫查理送她回家,他照办了。下一天的晚上,乔治和他又来了,但这回乔治最后开车把他们带到一家名叫"松树背"的汽车旅馆里去了。查理下车去订房间,凯思琳开始拿起劲来。乔治说:"下车,你已经嫁给他了。""我没有,"凯思琳说,"你送我回家。""听着,尼基,"乔治说——他们常常把凯思琳叫作"尼基",因为她中间的那个名字是"尼科尔"——"你可以跟我走,也可以跟他走。"凯思琳没有别的办法了,只得走进去向查理说声"嗨",上帝啊,他们还是孩子呢。

他们一会争吵,一会和好,一会又争吵,一会又和好。后来,一次争吵之后,他一怒之下应征入伍。几个月之后,他们才发现她怀孕了。她经常不来月经,所以根本没觉察到自己怀孕。当她开始感到自己肚子里长了个东西并且越来越大时,她想,我敢打赌我长了个瘤子。她害怕极了,一个人跑去看医生。当她得知是怀了孩子时,差点没有羞死。医生问:"你结婚了吗?"那时她没戴结婚戒指。查理给她买的戒指太大,只好放起来等她长大点再戴。所以当她说她当然结过婚时,她看得出来,医生根本不相信。医生问她丈夫可能在什么地方,她说,他刚刚完成基础训练。他又问查理的驻地在什么地方,可她连那个基地的名字都记不起来,只得说:"他在军队里。你知道吗,反正是在什么地方。"那医生更加确信她没结婚。所以,几个星期后,查理回家时,凯思琳硬拖着他陪自己到那个医生那儿去做第二次检查。

在查理看来,他和凯思琳做了那么多年的夫妻,他们俩无论谁只要一回忆往事就得联想起另一个。犹如套在一套挽具上的两匹骡子。现在想想他们是怎么结的婚,查理根本说不清那时是什么迷住了他。凯思琳告诉他,她怀孕了,他们非得结婚不可。直到现在一想起这件事,他的气就不打一处来。呸,呸,她一直装出一副不想结婚的样子,可她的母亲叫他俩坐下,查理说:"哦,我无所谓。"等到他发现她当时并没怀孕时,天哪,她却真的怀上了孩子。

多年来,几次请律师打离婚官司,他肯定花掉了足足五百美元。她每次都要大哭大闹:"我可怎么过啊?我一个人可养不起这几个孩子。"每次都以他的让步告终:"好了,把这事忘了吧。"就这样把预付款白白送给律师了。一想到这些事,查理就会陷入极度的忧郁之中。他一生的运气实在是太糟了。他们赶到医院时,他甚至连坐都不愿坐。他老是想着尼科尔,想着自己过去是多么爱她。真该死,他要是没看见那个李叔叔喝醉该有多好。真想一刀宰了他,那个贪得无厌、连个孩子都不放过的杂种。

他们一走进医院的大门,查理就开始焦躁不安地四处乱转。他看着周围的人,就好像他自己也弄不清是应该怒气冲冲、横眉冷对呢,还是应该破口大骂。最后,他只得回去,凯思琳则留下守了一个通宵。突然,有个家伙走上前来,自称是《国民问询》的记者,是杰弗·纽曼的同事。他说他的报社想要一张更好一点的尼科尔的照片。他们见到过的她那些静态照没有一张好的,所以他们想要张好点的以便为她鸣不平。凯思琳记起茜茜怀着森妮时曾在中途岛照过一张相,便说:"你只能用她照片的头部,不能用全身。"那张照片上，尼科尔穿着游泳衣，肚子挺得高高的。她的脸很美，可凯思琳绝对不想让她那大肚子在报上登出来。那家伙把照片拿走一个小时后，杰弗·纽曼来了。凯思琳这才发现前面那家伙根本不是《国民问询》的记者，而是她从没听说过的一个什么报社的。那张照片就这样叫他们白白捞去了。

四

下午，有人传口信给厄尔·道罗斯，叫他四点钟到里特法官的法庭去一趟。这个口信是厄尔非常尊敬的一位律师唐·霍尔布鲁克捎来的。霍尔布鲁克说，他正代表《盐湖论坛报》向联邦法庭提出诉讼，要求获得进入犹他州监狱采访加里·吉尔摩的权利。厄尔只有一个小时的时间做准备，然后就得到威利斯·里特面前去进行辩论。里特可是犹他州最不好对付的联邦法官，甚至可以说在全国范围内也是如此。他今年七十九岁，无疑是年龄最大的法官，也是个性情暴躁，甚至顽固执拗的老头子。他身材魁梧，挺着个大肚子，满头银发。想到要在没有充分准备的情况下当着里特的面进行辩论，厄尔的脊梁骨不禁直冒冷气。他甚至来不及给狱长打个电话。

里特对首席检察官办公室的厌恶不下于他公开宣称的对摩门教会的厌恶，加上他认定萨姆·史密斯是摩门教会的代理人，是个骗人的家伙，所以，厄尔对即将到来的这场较量不抱太大的希望。局外人倾向于认为后期圣徒教会的教徒们是庞大的、组织严密的摩门阴谋集团的一部分，可事实绝非如此。但这话根本别想讲给里特法官听。厄尔拿起他的法学书籍，迅速浏览了那本破旧但极有用处的《佩尔对普罗坎尼案》，努力让自己做好思想准备以应付在里特那儿可能发生的一切。他不住地提醒自己，一定要尽快摆出自己的论点。

里特法官不允许你长篇大论地辩解，所以明智的做法是把你通常用三十分钟讲完的话在五分钟内陈述完毕。"别把那个白头发老头惹火了。"这是他那些法律界同行一致采取的明智做法。

在法庭上，厄尔开门见山地申明，这个案子是有讨论余地的，因为吉尔摩并没有自愿要求采访。谁知道呢。《盐湖论坛报》在这方面没做任何努力，他们甚至没有给罪犯去封信。使厄尔惊讶的是，里特法官好像对此不持异议。他说，既然正在医疗中心接受治疗的吉尔摩仍处于昏迷状态，他认为并没有出现需要发布针对狱规的临时约束令的紧急情况。因此目前他将驳回《盐湖论坛报》的诉讼请求。待吉尔摩恢复健康后，他们可以重新提起此案。厄尔回到办公室，觉得自己体内产生的肾上腺素已经全部消耗完了。

五.

拉里·希勒在达米科的起居室里和他见了面。希勒来之前已经准备向他出个价。他知道达米科不是加里的代理人，可他还是想这么干。向达米科出价，就可以使他成为事实上的代理人，加里也就不得不和希勒做交易。这比通过博亚兹要好得多。

所以，希勒要为这次会见制造一种合适的气氛。他外面穿一件深褐色的冬季大衣，里面是一件颜色跟驼绒外套差不多的猎装，系着一条褐色条纹领带。自从他在《生活》任职以来，每次外出采访他都穿同一颜色的套装，要么是褐色，要么是蓝色，这样就不必为服装颜色的搭配而烦心了。今天，褐色最合适。蓝色显得太冷漠，有点法庭的味道。褐色暗淡、温和、一本正经。作为摄影师，希勒希望自己衣服的颜色使人想起在五颜六色的家庭聚会上吸雪茄烟。

他们刚开始谈正题，他就告诉弗恩他愿意总共出价七万五千美元购买全部专有权。其中的三分之一是给尼科尔的，因为少了她就没戏唱了。他说，确切地说，他准备向加里出价五万美元。他又补充说，多一分他也不给，只能这么多，不容讨价还价。

希勒心里当然明白，这已经远远超出美国广播公司给他定的四万美元的价。可看眼下的行情只拿四万块钱根本不行。过后他会设法向美国广播公司解释的。

接着，希勒着重解释了为什么出价七万五千美元。他对弗恩说："这个出价是由电影经济学决定的。"他随身带来了一些材料的复印件：摄制弗朗西斯·加里·鲍尔斯故事的合同，摄制格斯·格里索姆故事的合同和摄制玛丽娜·奥斯瓦德的故事的合同。他把这些样品在弗恩面前摊开说："你可以随便挑一份，仔细看一看。这些合同都是由我国最优秀的律师经过谈判达成的。"希勒接着说，"当然，玛丽娜·奥斯瓦德能够请到最优秀的律师，弗朗西斯·加里·鲍尔斯也是如此。我说这话不是在贬低你，达米科先生，而是想告诉你，为格里索姆、鲍尔斯和奥斯瓦德起草合同的律师们对于分红、百分比以及拍一部片子能赚多少钱这类事情比你或者丹尼斯·博亚兹要内行得多。我现在要告诉你的是，不管什么人向你出什么价，你只需看看这些合同上的数字就行了。这些价格才是真正公平合理的。萨斯坎德也许会对你说，这笔财产最终将值一千五百万美元，但我郑重地告诉你，你一个子儿也见不到。他现在出低价，却告诉你路那头还有一大笔钱。你很可能永远也见不到那一大笔钱。另一方面，我却愿意当场付钱。我出价所依据的不是从现在起两年、三年或四年之后才正式开拍的片子，我只想把赌注压在现在。冒风险的是我，而不是你。"弗恩·达米科用他的大手拿起一份合同，神情严肃地看了起来。见此情景，希勒又补充道："我今天来访想谈三件要事。第一，正如我已经申明的那样，我随时可以付现钱；第二，我向你保证我将留在这里制作这个故事，绝不会专有权一到手就溜回纽约去。我并不富有，我和戴维·萨斯坎德不一样，他已经腰缠万贯了，而我仍然在沿着阶梯往上爬。"拉里·希勒说，"因此，我要留在这里工作，给你出主意。哪一天我不再给你出主意了，哪一天你就可以不再信任我。"

"第三点是什么？"弗恩问。

"第三点是，"拉里·希勒说，"你是否真的愿意把这笔钱的百分之五十拱手送给一个陌生人。血浓于水，这我很清楚。但我不清楚加里对赡养他母亲是怎样打算的。如果钱被博亚兹分去一半，那么加里的母亲只能拿到她本应得到的一半。此外，我觉得应该给受害者的家属一笔钱。"

希勒滔滔不绝地对弗恩·达米科讲着，他渐渐改变了弗恩对加里·吉尔摩的印象，就好像他看到了另外一个加里似的。弗恩回忆起加里在鞋铺里的那些日子，若有所思地说："他是个干活卖力的好帮工，但我就是不懂该怎样把他的优点发挥出来。"希勒被这话逗乐了。如果吉尔摩不仅仅是一个滥用大家好意的狡诈罪犯，这个故事将会更加精彩。后来，当希勒意识到弗恩有他自己独特的幽默感时，他更加高兴了。他一定要把这个故事搞到手，这是最紧要的。他从心底想搞到这个故事，他甚至认为，这是最适合自己的一份奖赏。和弗恩坐在一起的每一分钟都使他感到博亚兹正在一个一个地输掉棋子。"如果我是你，"希勒最后说，"我就请一位律师。说句实话，我打算在你请到律师之后再正式向你出价。那时，一切由我和那位律师来安排。听我一句劝告吧，你要按小时付钱给这个律师；在这种事情上，我见过不少律师把钱全部捞走了。"

希勒离开的时候留下了电话号码。他没有告诉弗恩，这只是沃尔格林连锁店里一个电话间的号码。这家药店位于普罗沃的主要十字路口旁。连锁店冷饮柜台的那个姑娘是他的临时秘书，他已经和她商量好叫她替他传递口信。当然，他可以留下自己在盐湖城希尔顿饭店的号码，可是在那儿，人们会把这种口信记下来丢在他的信箱里，而你永远也不知道这饭店里成百个记者中的哪个说不定会把它偷走的。他也可以让人们通过他在洛杉矶的秘书来和他联系，不过，那样未免有点舍近求远了。使用沃尔格林连锁店的号码，当地人打个市内电话就能毫不费力地跟他联系上；而有些头脑简单的当地乡巴佬嫌麻烦，不愿意先查区号再要接线员打通对方付费的长途电话。

《德塞瑞特消息报》

十一月十八日讯——加里·马克·吉尔摩自杀未遂后，身体已经康复。今天他被送回犹他州监狱等候对他的死刑要求的判决结果。

当这个戴着手铐、头发蓬乱的家伙走下轮椅、钻进褐色的囚车时，大约三四十名记者和十几名医院工作人员在旁边观看。

吉尔摩脸色灰白，看上去十分虚弱。他坐进囚车的后座上时，对围观者怒目而视。他朝记者们做了个下流的手势。

由三辆囚车、两辆执法汽车组成的车队押送吉尔摩回到德雷珀的犹他州监狱。

他到达监狱时，其他囚犯从狱墙里面发出欢呼和口哨声以示欢迎。吉尔摩被直接送到监狱病房。在那儿，他将受到严密的看管。

他们把加里带离医院时,希勒也在场。押送车队一开走,记者们各自冲到自己的汽车里,沿着公路向监狱方向追去。希勒没有去追。在那边弄不到什么东西,再说他已经搞到了自己想要的东西。

他面对面看见了吉尔摩。当然,两人中间隔着二十英尺,不过这种近距离已足以增加他对吉尔摩的兴趣。在电视新闻里加里看上去一点也不像个杀人犯,但今天早上当他坐在轮椅里被推出医院时,他那凹陷憔悴的面孔却充满着仇恨。那是一张心灵残缺者的脸,铁青铁青的,燃烧着复仇欲。这种人仅仅由于生活毁了他的机会就会一怒之下对你下毒手。事实上,吉尔摩钻进汽车后,转过头来望着窗外,对记者们龇牙咧嘴地笑了笑,露出一副可憎而冷酷的神情。接着,他慢慢向上竖起中指,好像要把它永远地插进每个围观者的屁股里去似的。希勒对自己说,这个人把刀插进你的胸膛时都会面带微笑的。

六

加里回到监狱后,克莱因·坎贝尔到病房去看望他。他进门时,加里正坐在地板上阅读信件。

他说了声"帮帮我",算是打了个招呼,又随手扔过来几封信。他身穿白色囚服,盘腿坐在地上。坎贝尔瞅准了时机,对他说:"在某种程度上,我为这事没能成功感到遗憾,因为那本来会结束你这场无尽的磨难。不过你又回来了,我还是很高兴的。"吉尔摩说:"我迟早会干成的。"

坎贝尔说:"是的,我知道你是认真的,但最好还是别自杀。"

"为什么?"吉尔摩问。

"因为,"坎贝尔说,"你可以考验法律。如果你自杀了,什么也解决不了。你要迫使他们解决这个问题。"

"牧师,法律对我来说毫无意义。"

"哦,"坎贝尔说,"那么,现在普罗沃有两家人无依无靠,如果你想做好事,你就应该弄到足够的钱捐赠给那些孩子。"

吉尔摩点点头。坎贝尔拿不准他是否赞同自己的话,因为加里换了个话题。"喂,"加里说,"如果有上帝的话,我相信是有的,我愿意去见他。"他又点点头。"我知道上帝创造我们这些生命不会毫无结果的。在那边肯定会有点什么。"他又补充道,"我下辈子一定做个层次高一点的人。"

坎贝尔说:"如果你下辈子是个监狱的警卫,怎么办?"

吉尔摩骂道:"呸,你这个狗杂种。"

他们大笑起来。坎贝尔一边笑一边想:"我和其他人在一起时从没像和这家伙在一起时笑得这么开心。"

为了弄清是谁把药带给加里的,狱方一直和厄尔保持联系。现在,他们认为很有可能是尼科尔·巴雷特干的。正是因为这个,他们打算把这事搁置起来。要对一个自己差点死掉、并且很可能会被送进精神病院的姑娘提出起诉,是很困难的。另一方面,因为狱方并未掌握确凿的证据,所以没有理由结束调查。只要让这事悬在那儿,他们就能对博亚兹施加压力,并且把吉尔摩隔离起来,不让他和探监者有任何身体上的接触。

七

尼科尔觉得自己好像完全处在美妙柔和的黑暗的包围之中。她甚至感觉不到自己躯体的存在。一切都在黑暗中。随后出现了一个亮洞,一个小小的洞。她试图把它堵上,可它却越开越大,越来越亮。现在她能够看清那些医生的脸了，他们的额上全都戴着小镜子。就好像她仍在梦中，她使劲挣扎着，想把那个该死的洞堵上。

凯思琳和瑞基到外面吃东西去了，苏·贝克正在特护病区的候诊室里打盹。突然，苏听到尼科尔的尖叫声："我不要在这儿，我不应该在这儿。"

门突然被撞开，一位实习医生边喊边沿着走廊跑了过来。此后大约一个小时里，医生和护士匆匆进出尼科尔的病房。苏觉得自己就像是在产房外边等着听新生婴儿的第一声啼哭。

过了一会，她听见尼科尔喊："滚你妈的，我要我的烟。"接着又是一阵胡言乱语。她听见那位实习医生耐着性子对尼科尔讲话，可最后他走出来对苏说："去看看你能做点什么。"

尼科尔对她说："我应该死的，我不应该在这儿。"苏还没来得及抓住她的手，那位实习医生就带着帮手回来了，他们把苏赶出了病房。

她第二次进去时，他们肯定已经告诉了尼科尔加里还活着。她的情绪完全变了。她对苏说："咱们说点叫人高兴的事吧。""好吧。"苏说。这时尼科尔要求下床走走，实习医生同意了。苏陪着她在走廊里来回走了几趟。尼科尔摇摇晃晃的，两条腿好像已经疲乏得抬不起来了。可她还能说话："苏，我这副样子是不是使你想起了我喝醉酒的那个夜晚？"她们回忆起在一起喝酒的那几个晚上。尼科尔能站起来，能讲话了，苏总算把一颗心放下了。她说："姑娘，听着，你怎么能干这种事？我非常需要你，你知道吗？"

尼科尔说:"我也需要你,但我想和加里在一起。"苏说:"好了,你现在在这儿了,再也别想离开了。"尼科尔叹了口气:"唉,我不离开了。"她又走了几步,眨眨眼睛说,"如果有必要,我还要试一次。"

等到尼科尔的母亲赶回医院时,她又睡着了。不过,尼科尔第二次睁开眼睛时,凯思琳正坐在病房里。尼科尔说:"我给他的剂量不够,我知道我给的不够。""他很好,茜茜。"凯思琳说。尼科尔使劲捶起床罩来。"我本来就知道,对他那种身材高大的人来说,药量根本不够。我为什么没好好想想?"

"茜茜,听着,"凯思琳说,"如果上帝要召你去,你早已去了。你知道吗,这是你此刻命不该死。上帝还不想要你呢。""我不想活了。"尼科尔说。"听着,孩子,"凯思琳说,"在你死之前上帝还有很多事情要你去做呢。"尼科尔笑了两声,接着哭了起来:"天哪,妈妈。"

八

吉布斯收到盐湖城负责他这个案子的刑警寄来的一封信。他打开一看,里面只有一张从报纸上剪下的漫画,画里一个人躺在病床上,护士在旁边说:"吉尔摩先生,醒醒吧,到枪毙你的时候了。"病床的床脚处站着五个行刑队队员。

吉布斯知道加里很有幽默感,他决定把漫画寄给他。就在这个时候,收音机里广播说:"格兰特·克里斯琴森医生说,如果吉尔摩的病情继续好转,他就可以出院,回到死囚室去。"

吉布斯差点没把肠子笑出来。他真希望此刻加里正和自己一起放声大笑。

九

在监狱的病房里,弗恩和加里分坐在一扇厚玻璃板窗户的两侧,通过电话机交谈着。这样对一个人讲话可很少见,不过弗恩的腿有毛病,一路走到一级警戒牢房区是很不容易的。

加里开门见山地说:"弗恩,我要是辞退博亚兹,你愿意接管这一摊子事吗?"

弗恩回答道:"我是个鞋匠,我不知道我还能干什么。我不是律师。"

加里说:"你经商的能力加上我的智慧"——他边说边露出笑脸——"我们能干好。"

关于这事他们就说了这么多。弗恩准备离去时,加里说:"知道怎样隔着玻璃握手吗?"说着他摊开手掌按到玻璃上,弗恩把手掌按到另一侧,两人来回晃动着手指头。这是个监狱式握手。

那次探监布伦达也在场,她情绪激动。她想,加里看上去很虚弱,就好像经历了许多场战斗。然而,布伦达还是决心插几句话。她通过电话说:"加里,你这个讨厌的老混蛋,你好像熬过来了。"

"你一点没变。"他说。

布伦达问:"还生我的气吗?"

"这个嘛,我不喜欢你干的事情。"他说。布伦达回答道:"我才不在乎呢。我只干了我必须干的事,我想你也干了你必须干的事。"她喘了口气,又说,"我爱你,我很高兴你活过来了。"她又补充道,"你还会再干这种蠢事吗?"

"不会了,"加里说,"我想不会了。我头痛得要命。"

旁边站着一个警卫,他吓坏了。布伦达把话筒递回给她父亲后,他走过来对她说:"我可不敢像你那样骂他,他狠毒透顶。他看你一眼就会把你杀掉,像你那样对他讲话会把我吓死的。"

"上帝啊,"布伦达说,"他不会伤害你的。你看看他,他被锁在门里面,身体又那么虚弱,连一只小猫他都伤害不了。"

那警卫说:"哼,我可不敢打赌。"

警卫的话好像给她打了气,布伦达走回到窗前,实在忍不住问道:"喂,加里,你既然想干那种事,怎么不服足剂量呢?"

"你怎么知道我的剂量不够?"加里反问道。

"如果够的话,"布伦达说,"你早就死了。"

"你到底是什么意思?你知道吗,我是真心实意想死的。"

布伦达说:"你对药物很了解,不会不懂剂量的。我认为,你自己清楚你要干什么。"

加里咬起嘴唇来。过了好一会他才解嘲似的笑笑,说:"唉,我也许应该知道,我的哪位表亲会抓住这件事的。"

然而,他说话时的表情却使她困惑不解。他完全有本事让她在自己错的时候还以为自己是对的。加里喜欢拿她的智力寻开心。

布伦达火了,说:"我认为你是个自私的情人,那两个孩子怎么办?"

"噢,"加里说,"会有人照料他们的。"

"你这个冷酷的混蛋!你就是这种东西。你要让自己清醒地活着,以便弄清楚她真的死了,然后你就不必担心她再找情人了。"

加里说:"我嫉妒。"

"你难道不知道,她的大脑很可能会受到损伤吗?"

"不可能,这一点我连想都没想到过。"他说。

"喂,加里,这难道不就是你的目的吗?如果她的大脑受到损伤,就不会再有人要她了。"

"你太尖刻了。"加里说。

"而你是个王八蛋。"布伦达骂道。这时,她意识到自己有点过分了。

加里说:"你那张嘴真臭。"

他们互相怒目而视,好像是在比谁更厉害。虽然隔着两层玻璃和十英尺宽的走廊,布伦达仍然能够感觉到他眼睛里喷出的怒火。她暗想,这次我决不能让他给压倒,特别是现在,他半死不活的,我们之间又有那么牢固的防护设备。但是,他们互相凝视许久之后,她想起了他特别喜欢一句话,便通过电话说给他听:"诚实的人会看着你的眼睛,但一个人的灵魂却试图使你相信他的谎言。"听了这话,加里大笑起来,说道:"上帝啊,布伦达,你是个十足的傻瓜。"

他们互相告别时,他向她眨了眨眼睛。出去前,她把手按在玻璃上,说:"我爱你。"他在那一边也晃了晃他的手。

十

《德塞瑞特消息报》
一个虚度一生的人的侧影

十一月十八日讯——……笔者是专攻精神病诊断学的。通过此项研究,笔者发现,一个人在艺术创作上所作的努力可能会提供一些有关此人个性的线索。有时,脑部损伤、精神病或者至少焦虑症会通过这种艺术创作表现出来。

在吉尔摩的身上,没有发现这类迹象。他的一幅幅画作表现出惊人的连贯性,结构严谨,笔法娴熟。据笔者判断,这些画不可能出自一个疯子或精神病患者之手……加里·吉尔摩的头脑极其敏锐。

《盐湖论坛报》

作者：保罗·罗利

《盐湖论坛报》撰稿人

普罗沃，十一月十八日讯——……克里斯琴森主教说，本尼·布什内尔曾经在第五教区当过家庭教师，那个教区的成员对吉尔摩日益增长的名气"感到恶心"，"觉得不可理解"。

主教说，本尼的妻子黛比仍在给他写信，询问他的意见。

"当然，我们坚持我们的宗教信仰，相信我们来世会见面的。我力图使她确信这一点，但是她不听，有时很难说服她。"他说。

一名警官找到爱弗逊家里盘问丹尼斯。他肯定已经成了狱方的怀疑对象。丹尼斯去找萨姆·史密斯的顶头上司，欧尼·赖特先生，他是管教委员会的主席。赖特是个大块头，戴着一顶白色的得克萨斯牛仔帽。丹尼斯说："你瞧，萨姆·史密斯在对我报复。"那位主席先生盯着他说："坦率地讲，博亚兹先生，我们不信任你。"他盯着丹尼斯，就好像后者是一只刚被拍死的苍蝇。随后他又补充说："狱长干什么我不管，他可以继续干下去。"

现在，丹尼斯不仅只能隔着走廊通过电话和加里交谈，而且据他所知，有人窃听电话。此外，加里的态度变得很不友好。"你是不是在里弗拉主持的节目中说过，你不再想为我的死刑尽力了？我可不喜欢这个。"加里的这满腔怒气使丹尼斯感到很过意不去。"这个嘛，我很抱歉，"他说，"你知道吗，我觉得我仍然能够帮助你。"他死也不会说，加里，请吧，请辞退我吧。

这时，加里开始就经费问题盘问丹尼斯。他已经发现，《伦敦每日快报》付过五百美元，一家瑞典通讯社也付了五百美元的采访费。他想知道为什么丹尼斯告诉他他该分得的那一半是二百五十美元，而不是五百美元。丹尼斯试图解释。"你说过你不会管钱，让我充当你的理财人。所以英国那家报社付的钱我留下了两百五十美元，只给你一百二十五美元。后来，你又叫我给尼科尔一百二十五美元，你那一半就是这么分掉的。"

"那么，那家瑞典通讯社付的五百美元呢？"

"加里，"丹尼斯说，"那笔钱全都用在必要的开销上了，要做的事情多得不得了，我没骗你。"他和加里的关系已经不那么友好了。

走出监狱，丹尼斯从没像现在这样想对新闻界讲话。"我是我写的东西中的一个人物，"他对记者们说，"所以，我做的一切都不是事先计划好的。我的所作所为不过是受这些事件的真正作者的指使。谁知道这个作者是谁，或者是什么东西呢。说句实话，今天我差点被解雇了。唉，快完了。"

"现在你对自杀怎么看？"

"是非暴力，"丹尼斯说，"好极了，就像罗密欧与朱丽叶，他们吃了毒药。"丹尼斯想，如果这种悲剧性方面的联系能够被恰到好处地表现出来的话，加里和尼科尔也许能够上升为民主化的罗密欧与朱丽叶。那样一来，他打出的每一张牌都会更有分量。他也许还会为他们争得过夫妻生活的权利呢。

"你不认为，"巴里·法雷尔说，"如果不处死吉尔摩，他会和其他四百二十四个男女死囚犯一块卷土重来吗？他们当中许多人的悲剧故事比吉尔摩的还要多。"

博亚兹说："加里是唯一一个有勇气面对自己行为后果的人。"

另一个记者问："萨斯坎德打算怎样制作他的电影？"

"萨斯坎德，"丹尼斯说，"选中斯坦利·格林伯格写剧本，那是位敏感而高尚的电影剧本作家。你去问他们好了。"

"希勒先生仍在竞争吗?"法雷尔追问道。

"希勒,"博亚兹说,"绕过我发出了一封电报。现在,加里认为,我没有告诉他所有的出价。这些不谐和音来自哪儿,我心里很清楚。"

"丹尼斯,"另一名记者问,"你过去拼命帮加里争取被处死的权利,现在你又想挽救他的生命,你能否对此作出个现实的解释?"

"《独立宣言》保证人有生存的权利,但必须在不受制度的残酷虐待的条件下。加里受到了虐待,所以他想死。不过这仅仅是因为得不到尼科尔,如果能和她在一起,"博亚兹说,"加里会热爱生命的。把他送到一个他们能生活在一起的地方,岂不要好得多?"

"请说出一所允许犯人享有过夫妻生活权利的美国监狱的名字来。"

"既然他们的故事已经传遍了全世界,"丹尼斯说,"把他们送到墨西哥去好啦。唯一的真正障碍是说服加里活下去,他目前非常忧郁。但如果我能够继续杰拉尔多·里弗拉和汤姆·斯奈德的工作,并设法使人们从一个新的角度考虑问题,他们也许会要求让加里活下去。议员们将不得不听从他们的要求。"

"吉尔摩会听从吗?"

"如果他知道最终他会和尼科尔在一起,他会的。在这个案子里,我们正在赢得人心。你一旦抓住人们的感情,你就算是赢得了他们的支持。肯定没错肯定会赢得,肯定。感情这一点很重要。"

"你的意思是说,将让加里和尼科尔一起住在三级警戒监狱里?"

"或者住在二级警戒监狱里,"丹尼斯说,"或者在外面住上一年,他还可以用出售他自己故事赚的钱过他自己的日子。对此,纳税人会高兴的。你们要明白,这并不像你们认为的那样荒谬。

看看今天的新闻吧。帕蒂·赫斯特的父亲为她在诺布山买了一座私人监狱。也给加里一小块那样的地方吧。"

"你在做梦吧,丹尼斯。"巴里·法雷尔说。

"你走着瞧。"

"我会走着瞧的。"法雷尔说。

"你对希勒究竟是什么看法?"法雷尔又问。对丹尼斯来说,这是个不好回答的问题——不管怎么回答都没有好处。然而他又不想使巴里·法雷尔失望。博亚兹对他印象不错。法雷尔有一个爱尔兰人的名字,外表却长得很像苏格兰人,又高又漂亮。他的个头和丹尼斯差不多,所以和他交谈丹尼斯觉得很舒服。他身着花呢服装,小胡子修剪得整整齐齐,是这帮记者中最像英国绅士的一位。还有以前在《生活》工作过的资历。丹尼斯隐约记得在《生活》杂志上读过巴里·法雷尔的专栏文章,这个专栏是由法雷尔和琼·迪丁按星期轮流主办的。从他们的专栏看,《生活》一定是想给读者上几节文学课。

他决定把法雷尔当做一个超级传送管线。于是他说:"希勒是个拣破烂的,是一条蛇。"

十一

萨斯坎德刚刚接到斯坦利·格林伯格打来的一个电话,他说他决定离开盐湖城。

"事情越来越糟了。"斯坦利说。

博亚兹接着也打来电话。"听着,"他对戴维·萨斯坎德说,"有很多人都在求我,我认为我不该那么轻易地答应你。从钱的角度讲,和别的人我能做得更好。你不想重新出个价吗?"萨斯坎德说:"不,我不能。但你在和谁谈交易?"博亚兹说:"一个叫拉里·希勒的家伙。""哼,"萨斯坎德说,"我知道希勒先生是个中间商,他东拼西凑搞了一个项目。最后出了一本关于玛丽莲·梦露的书,我就知道这一点。我不知道他还是个影视制片人。但如果他显得比我好的话,你就和他干吧。我不会再提价了。"在萨斯坎德看来,这个故事将成为一个耸人听闻而又充满铜臭气的大杂烩。

然而,他给希勒打了个电话。萨斯坎德并不想和这个人合作,但他还是打了个电话,说:"你在瞎花钱,乱出价,博亚兹那个可怜的家伙已经眼花缭乱。我真不明白,你现在干电影这一行了吗?""是的,"希勒说,"不错。"

"听着,"萨斯坎德说,"你不是制片人,某个人会在某一天拍成这部电影的。但你没这个本事。"

"我是制片人,"希勒说,"我并不把自己看成你那一伙的,但我已经制作出了几部片子,这你恐怕知都不知道吧。"

"这个嘛,我认为眼下你有点不现实。"萨斯坎德说,"当然,也许你会走运的,也许你会得到一切的。"

"我当然希望如此。"希勒说。

当萨斯坎德再次和格林伯格通话时,斯坦利说:"我不会特别难过的。事情不像我们所希望的那样。"萨斯坎德表示同意。"我不想继续竞争了,那儿的人全都有点疯了。这已经不再是一个关于刑事司法体制故障的故事,而是一出闹剧,它的主要内容是一个姑娘的自杀以及往监狱偷带毒药。"他俩一致同意,他们不喜欢这个故事的气息。斯坦利说:"我认为,不管是谁在写这个故事,他都是在一具腐烂的死尸上跳来跳去。这件事既反常又令人恶心。"他们一致同意这一点。这是许多次"叫他们见鬼去吧"的谈话中的一次。

然而，他们并不真的想放弃这个机会。尘埃一旦清除，这个故事也许仍能帮他们大赚一笔。他们决定，斯坦利设法继续保持接触，一旦到了可以做出合适安排的时候，立刻卷土重来。

第九章 谈判

一

第二天，加里又一次提出他的建议："弗恩，你是否愿意接替博亚兹？"

"我不知道，"弗恩说，"我应该愿意吗？"

加里说："我要把一切全部推翻重来。"他点点头。"我只需要几千美元还几个人的债，此外还想帮帮几个人。"

"我也不知道跟谁做交易好。"弗恩说，"近来有许多人给我打电话。"

"一切由你决定，弗恩。"

"好吧，如果你认为我能干好的话。"弗恩说。

"作为城里的一个生意人，"加里说，"你知道该怎么办。"

"这可是一笔完全不同的生意。"

"见鬼，"加里说，"我见过你在自己的鞋铺里管理生意，你肯定会比博亚兹干得好。"

下午，弗恩接到丹尼斯打来的电话。"你知不知道加里要辞退我？"他问。

"这个嘛，他为什么要那样干？"弗恩说，"你是说，他直截了当地说出来了？"

"请不要传出去，"丹尼斯说，"你认为你能接替我的位置吗？"

弗恩轻声说："我认为我可以干得和你一样好。"

这次谈话之后,弗恩考虑了好几个小时。然后,他打电话给普罗沃的几个朋友,请他们推荐一名律师。他们一致推荐了一位名叫鲍勃·穆迪的律师。当晚十点左右,他给鲍勃家打了个电话。弗恩甚至可以听出穆迪在考虑这个建议。后来他回答说:"我很高兴接手这个案子,我将尽力帮助你。你是想今天晚上见面呢,还是明天上午,或者是星期一?"

"星期一挺好。"弗恩说。

他觉得自己好像在肩背重负往前走。不过从此这一切都将不一样了。

二

尼科尔的烟瘾成了个大问题。特护病区里有许多氧气罐,护士们不让她擦火柴。她一天到晚嚷嚷:"我要抽支烟。"护士们拿她没有办法,她们对她说:"你几小时前抽过一支了。""我还要抽一支。"

最后,她们只好叫凯思琳把她带到杂品存储室去,陪她坐在那儿抽烟。那儿有几个洗衣池,水盆里面泡着又破又脏的拖把。在那儿她们觉得轻松了些。有一次,尼科尔甚至说:"也许我很高兴在这儿。我不知道。"凯思琳确信,尼科尔根本没有真的想死,尽管她自己从没明确承认过这一点。她只不过是想向加里证明她是多么爱他。最后尼科尔终于说出了真心话。"我认为结束自己的生命是错误的。如果上帝也这样认为,那么我愿意活下去。但如果死不是罪过的话,我愿意死。"此刻凯思琳觉得与她更亲近了。

自然,紧接着这件倒霉事就开始了。医生们要求凯思琳在送尼科尔进犹他州医院的文件上签字。在院长办公室里，凯思琳试图争辩，可那人说："争也没有用，已经有两位医生签字证明她生活不能自理并有自杀倾向。尼科尔本人也签字了。"凯思琳不知如何是好了。她也清楚，尼科尔不能回家。到哪个家去？另一方面，她担心尼科尔一旦被他们送进精神病院，也许就别想再出来了。凯思琳害怕州医院。没有办法，他们取出文件，凯思琳在尼科尔的名字下面写上了自己的名字。她的手微微颤抖着。

尼科尔刚在文件上签完字就意识到自己犯了个可怕的错误。"我干吗不从这个鬼地方走出去？"她问自己。在到救护车去的那段路上，她不断地对自己说："姑娘，你不出去的原因是，除了医院的睡衣和一条毯子，你身上什么也没有。"护士们把她捆得结结实实的，胳膊腿一点都不能动弹，一只被捆扎起来的大甲虫。他们开着车，她看不到救护车外面的景物。不过，当救护车沿着一段长坡往上行驶，排挡发出呜呜的声音，听起来好像到了旅途终点时，她意识到了什么。她正在通向犹他州医院的那条长长的路上。啊，上帝啊，这正是关过加里的那所精神病院。

她对这个医院很熟悉。同样的感觉，甚至是同一个病房。医院的建筑是"U"字形的，男病员住在一侧，女病员住在另一侧，中间相连处是聚会的地方。走廊又长又窄，地上铺着色彩鲜艳的油地毡，两侧是卧室和病房。这儿到处是那些乌七八糟的下流图画，还有那些愚蠢透顶的标语，比如，"我们是个群体！"水彩颜料已经凝结成一块一块的，开始剥落。橙色的沙发，黄色的墙壁以及塑料餐桌椅，这一切憋得她透不过气来——就好像已经判决她在探监室里住一辈子了。所有的人看上去都像是吃了镇静剂。你得住上一百五十年才会死，一切都他妈的既叫人兴奋又使人感到虚假。

三

头一天夜里,约翰·伍兹的胃病又犯了,咳出了几口血。他想,耶稣啊,我要得胃溃疡了。他决定呆在家里,不去医院上班。可病房打来了一个紧急电话:"尼科尔·巴雷特正在来我们这儿的路上。"
"怎么会是她呢!"伍兹说。

他来到医务总监办公室。吉格一见他就说:"我把她送到你那个病区去了,那正是我想让她待的地方。"
伍兹说:"尼科尔不应该住在一级警戒区,这样做无非是又一次表明,医院的其他部门无力承担他们的责任。调节疗法病区应该能够接受她。"吉格表示同意。他想打断他的话,但伍兹正在气头上,他嚷嚷着:"让我说完。"他尊敬吉格,认为自从人们造出精神变态这个术语以来他是唯一一个对治疗这种疾病有独到见解的人。所以,每当他觉得吉格做事是出于某种并非最高尚的动机时,他就大动肝火。

当然,只有伍兹病区的保安条件足以使尼科尔避开新闻界的追踪。正如吉格所说:"从新闻角度讲,这事很棘手。"每家电讯社、每家主要的报纸和杂志都在想方设法采访尼科尔,这意味着将有很大的压力。媒体将向政治家们施加压力,政治家们再对医院施加压力。如果尼科尔再一次企图自杀,他们可要吃不了兜着走了。这件事对病区里其他病人的治疗将会产生很大的干扰作用,伍兹一想起这个就头疼得要命。现在他的工作改变了,他的任务是看着尼科尔,别让她死了。

现在的工作重点不再是治疗每一个病人的那种与群体利益

相冲突的反社会冲动,不再是采用小组疗法向每一个病人的个性中多注入一点社会责任感,而是把尼科尔包围起来、隔离起来,切断加里对她日复一日的影响。这样一来,加里便无法给她洗脑——啊,美丽的宗师——使她相信他们的灵魂注定要在另一个世界相遇。伍兹将下达指示,任何助手或病人都不许提起吉尔摩的名字,永远不准提。如果想让尼科尔活下去,他就必须瓦解他们之间的关系。伍兹清楚地认识到,即使大家都不向尼科尔提起加里,她也会一直想着他的。这一点伍兹无法阻止,他只是不想让吉尔摩继续影响她的思想。

然而,这样做使伍兹非常苦恼。这与他的治疗思想格格不入。仅仅为了一天二十四小时看住尼科尔,他们将不得不放弃许多治疗方案。

管理一所医院的理想方法是让你在自杀问题上冒风险,这是任何一种革新疗法的一个组成部分。可现在,他们却不能冒这种险。不管怎么说,吉格的想法是违反常规的。如果他们看不住尼科尔,他的方案就将遭到毁灭性的打击。然而,这正是最难办的。

四

尼科尔非常想睡觉,就好像她以前从没睡过觉似的,可她刚一闭眼,马上就有一个老板模样的女人出现了,也许她也是个病人,可是却非常蛮横,非常傲慢,那架势既做作又令人作呕。她对尼科尔说:"白天不许躺在床上。""洗澡去!""取下你的首饰。"他们一起上来抓她,她则奋力挣扎。正是在这个时候,尼科尔意识到,要想从这里出去只有一条路,那就是一路打出去。这就像一场落到她身上的大病,一场永远打不赢的战争。"我会被这些该死的绵羊勒死的。"她对自己说。是的,这就是加里说的那个人人都在互相告发的地方。

她想方设法睡一会,可他们就是不让她睡。她躺在地板上,他们把她叫醒,她马上又躺回去睡着了。然后,诺顿·威利的老婆拼命摇晃她,那女人叫梅瓦因,她从小到大一直住在尼科尔祖母的隔壁。尼科尔简直不能相信,诺顿竟会娶这么个巫婆,这个万恶的大马屁精。眼下,她在这儿帮忙管理这个地方。他们一次又一次地把尼科尔叫起来,又不许她躺在沙发上。在这儿,她觉得自己比在其他医院里虚弱好几倍。她一心只想一个人待着,思念加里。

五

希勒赶到了机场。他的女朋友斯蒂芬妮马上就到。以前她曾经当过他的秘书,所以希勒心里有数,即使自己一见面就向她宣布他们必须马上前往厄伦姆附近的快活林镇,她也不会感到意外。快活林镇离机场整整四十英里,他们要到那儿去拜访凯思琳·贝克。

希勒原以为房子外面会有很多记者,但实际上这所房子很难找。在快活林镇按罗盘方位给街道命名根本不可能。那儿有那么多古老的乡村小道、平展展的牧牛场和干涸的河床,北四百街竟会弯弯曲曲地插到北九百街上去,东二百街又竟会和西六十街交叉。如果一位记者必须在五点钟以前完成采访任务的话,那么他绝不愿意花上半天时间找这么个地址。

然而,希勒有充裕的时间和贝克太太作一次长谈。他觉得这房子里里外外乱糟糟的。前院堆着一些破轮胎,草地上到处是生锈的铁皮——谁知道这些玩艺是从废汽车上还是从旧洗衣机上拆下来的。厨房的桌上洒着星星点点的果酱,家什上不是落着一层灰就是沾着污垢或油脂,就像抹了一层发乳。家里的孩子也多得叫人吃惊——他看到瑞基和苏·贝克的几个孩子、邻居家的孩子和凯思琳·贝克的小女儿安吉尔滚成一团。安吉尔大约有六七岁,漂亮得出奇,长得很像波姬·小丝①。尽管这里的吵闹声搅得人心烦意乱,但希勒却具备一种既能在宫殿里也能在赌场里兜售自己建议的能力。和跟弗恩谈话时一样,他开门见山挑明自己的来意:"我认为,能否由我获得制作你女儿生平故事专有权这个问题应该由你们来决定。"他一开始就使凯思琳确信,他非常理解她面临的问题。他劝她换个电话号码,把孩子们托付给亲戚,那样一来,记者们就找不到她了。"你应当设法不让孩子们感到这是一段永远抹不掉的可怕经历。"他很清楚,在整个谈话过程中,他给她印象最深的是,他不是坐在那儿一边提问题一边记下她的回答,就好像他在偷偷摸摸采访她,而是一个劲地劝她:贝克太太,去找位律师吧。凯思琳说:"我一个律师也不认识。""谁是你的老板?"希勒问。得到回答后,希勒又说:"给你的老板打个电话,问问他的律师是谁。"他看得出来,凯思琳听到他建议自己去找个负责维护她权益的代理人,感到既高兴又吃惊。他知道以前没人这样跟她谈过。

拍摄《阳光》时的那笔交易使希勒懂得,如果你想在拍电影和出书方面做成大买卖,如果你想跟制片人和出版商周旋,你就必须打下恰当的基础,必须第一天就签好恰当的合同,否则,到头来你会竹篮打水一场空的。拍《阳光》时,他没能和那个快要死了的女人的丈夫单独签一个合同,结果环球公司后来只得出大价钱购买那家伙的专有权。这件事一直萦绕在希勒的心头。所以

---

① 美国影星。

现在他一开始就对贝克太太挑明了:"给你自己找个律师,在此之前我们不要谈钱的事。"

从那儿回来的路上,他头一回和斯蒂芬妮大吵一场。她的父亲是经营服装的。在希勒的眼里,她父亲整天陷在他的买卖里,就好像一只裹在厚厚的羊毛里的绵羊。不过,斯蒂芬妮是她老爹的掌上明珠,她老头一直在尽力保护她。斯蒂芬妮·伍尔夫是个讨厌看人做买卖的漂亮公主。虽然她当过秘书,可这一点始终没改变。她憎恶买卖。

这时,斯蒂芬妮对他说,他是在用不正当的手段操纵摆布凯思琳·贝克。她说:"你怎么竟敢在眼下她这么悲伤的时候和她谈生意,占她的便宜?她的女儿昨天才被送进医院。"希勒试图向她说清楚这一切:"对你来说,去不去参加美国广播公司的鸡尾酒会是无所谓的。但我不一样。可他们一点儿也不在乎拉里·希勒能不能参加他们下周的聚会,我不过是在尽力为美国广播公司干活罢了。真该死,"他说,"如果你对我感兴趣,你就必须把我这么个人全部接受下来。你爱我身上的某一部分,可如果有一部分你并不爱,你也得学会接受它。你不能在我走出起居室的那一刻就因为我刚才在里面讲的话就对我大喊大叫。"他们大闹了一场。话说回来,对希勒来说,为了斯蒂芬妮这个姑娘,他随时准备解除他那已经延续十六年的婚姻。但他能够看出,在吉尔摩这桩买卖中,他们的关系将要经受各种严峻的考验。他脑子的一部分已经开始考虑把斯蒂芬妮送到欧洲去处理涉外版权的可能性。如果让她留在身边,他也许会失去吉尔摩这部片子。他们俩在这件事上发生的争吵差点把他气得中风。

那天夜里,希勒翻来覆去睡不着。凌晨两点钟他爬起来,向盐湖城一家法律机构口授了一份有关吉尔摩专有权的合同。他的话通过电话记录下来,明天一早就会有个姑娘把它打印出来。然而,他不希望合同的条款被哪个陌生人听到。那样一来,合同很容易被泄露给哪家报纸。希勒知道,如果他正在为当地一家报纸工作的话,他也会想办法在这种地方安插一个内线的。用这种方法你搞到消息。

尽管如此,他还是得准备些材料拿给弗恩和贝克太太各自的律师看。于是,他装成一个来自加利福尼亚的牛羊贩子,口授了一个需要多少待出售羊羔和奶牛才能获得这批牲畜的全部转让权的合同。凌晨两点钟,这件事的幽默之处使他感到很得意。

明天,他将把这些牛和羊改成具体的人名。世界上有很多好生意人,也有很多好记者。希勒认为,能同时干好这两种行当的人为数甚少,不过,他本人也许就是其中之一。

六

巴里·法雷尔周末在洛杉矶采访了拉里·希勒。几年前,他们俩曾在《生活》杂志社共事,但近来法雷尔对希勒却没有好感。一年多以前,拉里预备出版一册穆罕默德·阿里摄影集。他打电话找到巴里,说想让他写说明文字。法雷尔为此专门和自己的出版商商量过。可后来希勒竟和威尔弗雷德·希德签了约。这使法雷尔觉得自己在希勒眼里不过是个候补人选,真他妈的气人。

但是,他喜欢在每年的十二月将往事一笔勾销。所以,他给希勒写了一封信,大意是:"我的气已经消了。我们过去曾一起干过几件好事情,也许我们还可以再干一次。"这封信消除了法雷尔心中的芥蒂,他想,如果以后再出什么事,自己去找拉里谈话时不会怀有成见的。

不过,一听说希勒正在犹他州争取制作吉尔摩故事的消息,法雷尔便带着自己那犀利的笔上路了。拉里将面临的正是那种过去一直给他招来非议的事情。观看希勒如何为吉尔摩的尸体投标,这可是一次大好的机会。

就这样,法雷尔答应为《新西部》写一篇稿子。他先后与狱长和萨斯坎德谈了话,最后,到了周末,他终于在洛杉矶和希勒见面了。此时,法雷尔对丹尼斯·博亚兹颇为反感,他在想,这个该死的嬉皮士对一些有重大利害关系的事情总是不能理解。此外,法雷尔对希勒也产生了一点敌意。而萨斯坎德呢,一边吹嘘说将来可以赢利一千五百万美元,一边又只肯出一笔很小的数目。法雷尔的想法渐渐有点悲观了——圣诞节以来,不管下没下决心,他一直盼着能干几件挫败希勒的事情——对于你当众毙命时会出现什么情况,这个人也许是唯一对此持现实观点的。以前希勒干过这种事,看望死者亲属啦,跟他们握握手啦,等等。他比博亚兹更难对付,后者总喜欢装出一副比你更纯真的样子。

上帝啊,吉尔摩需要保护。电视最喜欢实况报道当众毙命之类的事情。法雷尔听丹尼斯谈过他的设想,让加里和尼科尔一起住在一处别墅式监狱中,在后院栽上几盆植物。法雷尔对此非常反感。加里的生命很快就要结束了,在犹他州已经没有什么能阻止处死他的办法了。因为,如果不处死吉尔摩,也许会引发一个更大的要求实施死刑的浪潮。美国所有的保守派都会抱怨说,对这个自己要求被处死的家伙,他们都不肯枪毙,那么我们还会惩罚谁呢?

希勒的做法至少是能站住脚的。打好基础,用那些合同筑起一道道墙,让大家都了解他们自己所处的位置。

法雷尔发现,在为《新西部》写的那篇文章中,自己对希勒还是友好的。

七

广播里连续提了几次希勒的名字,他那些电话的性质也正在发生变化。他能够感觉到,新闻界离他越来越近了。他决定和《洛杉矶时报》的埃德·格思曼建立联系。"埃德,"他说,"我需要一个对外的窗口。如果你愿意让你的哪个第一流的刑事案件记者给我出出主意,我将给你的头版提供一篇两千字的文章,并且在行刑前的某个时候给你一篇吉尔摩的独家采访报道。"格思曼手里有一个很出色的记者,名叫戴夫①·约翰斯顿,他正好有一天的空闲时间。希勒和他一起设想了可能出现的问题。例如,如果你只能获准采访吉尔摩一次,那么应该问些什么问题呢?

此外,希勒下一两个星期还需要一篇关于他自己的报道。这不是那种大造声势的报道,而是登在星期一版上的不引人注目的文章。他要设法降低自己出现在此地的重要性。他不希望大家的注意力一下子全集中到他身上来,弄得人人都在指责他:吃腐肉的黑兀鹫飞来了。为了这个目的,约翰斯顿将写一篇关于记者们如何从世界各地云集盐湖城的报道,希勒的名字则在第三或第四段中一笔带过。

这种低调的宣传使希勒和弗恩·达米科及凯思琳·贝克新聘的律师打交道时处于不利的地位。他费了很大劲分别向他们说明,

---

① "戴夫"是"戴维"的昵称,即后文出现的"戴维·约翰斯顿"。

目前的报道对他有好处,能够使他不引人注目。接着他说,在和新闻界打交道的过程中,他有时可能会犯错误,但是,"我看到白热阶段已经来临,我将尽一切努力保护你们的信誉。我们将协同作战,由我来抵挡子弹。"他一而再、再而三地说:"我也许会做一些使你们不快的事情,我们之间也许会出现分歧,但所有曾和我共过事的人现在都仍然是我的朋友。这样吧,"他会说,"你们给科罗拉多州丹佛市的谢利·邓恩打个电话。他是《阳光》那部片子的律师。他会告诉你们,我和他现在还是朋友。他还会告诉你们,一般来说,我对新闻界的看法是正确的,尽管不是在每件事上,但常常是这样。"然后,希勒会提起保罗·卡鲁索的电话号码,并提醒他们注意,他是苏姗·阿特金斯案的律师。"在那个案子里,我们之间产生过很多矛盾,"希勒说,"有很多分歧,但你们尽管给他打电话好了。"他还提到其他几位律师的名字。

事实上,希勒既不清楚也拿不准这些律师会对他发表些什么看法。但是,根据他的经验,没有几个人会真的去打这种电话。

八

弗恩星期一上午会见了他的律师鲍勃·穆迪。他认为穆迪是个文静、自信、机智的人。穆迪体型匀称,半秃顶,戴着眼镜,看上去能力很强。他讲起话来总是字斟句酌的。弗恩注意到,鲍勃·穆迪说话从不重复第二遍。他以为你都听懂了。在弗恩眼里,他是属于上层社会的。他肯定是市郊俱乐部的成员并且在普罗沃山脚下有一幢豪华住宅。弗恩把这些住宅称作"抵押高地"。

在穆迪看来,弗恩·达米科好像是一位热心的亲戚。他真诚地希望能得到善意的忠告,做成一笔他以为是最合算的交易。他反复说明，他要让加里实现自己的愿望。如果可能的话，他要为自己的外甥保住几分尊严。

穆迪对他谈了同时代理加里的刑事利益和文学财产时所面临的困难。鲍勃·穆迪认为，一边为出书、拍电影的合同进行谈判，一边又为加里的法律事宜出谋划策，这是行不通的。假如，在某一个时候，加里突然改变主意，愿意上诉了，那么他生平故事的专有权就会大大跌价。正是在这一点上潜伏着利益冲突。你当然不愿意出现这种情况，一个律师也许会在心里问自己，他当事人的死是不是会使他更加有利可图。弗恩频频点头，有必要再找一个律师。

鲍勃推荐了一个名叫让·斯坦吉的当地人，以前鲍勃曾经和他共过事。与他合作过，也当过他的对手。他觉得让是个合适的人选。

事实上，穆迪周末已经给斯坦吉打过电话。他开玩笑地问："从丹尼斯·博亚兹手里把这事接过来，你觉得怎么样？"他们一致同意，那将是很吸引人的，既可以大出风头又涉及重大法律问题。事实上，跟吉尔摩这样一个使犹他州大伤脑筋的家伙接触这件事本身就很有意思。

当然，他们也在想，这会不会又是一场你将一无所获的圣战。穆迪向斯坦吉告别时，他们已经达成了一个默契，他们要考虑许多事情，其中之一就是死刑。当然，你可以假设事情不至于糟到那种地步，也许这个犯人不过在吓唬人。真的到了最后一刻，他说不定会上诉的。

就在一个星期前，穆迪和斯坦吉碰巧一起从法庭出来，看到斯奈德和埃斯普林正在审判厅外边的草坪上接受一家地方电视台的采访。他们开车从旁边经过时，故意发出嘘声。克雷格和迈克在摄像灯下的那种样子实在令人发笑。在这之后不久，他们在咖啡馆里把斯奈德大大地嘲笑了一通。"在当事人不同意的情况下提出上诉，你的感受如何？""你们干得真不错。"他们咧着嘴边笑边说。斯奈德也朝他们咧嘴笑笑。

即使在自杀未遂事件之后，穆迪和斯坦吉也感到很难以认认真真的态度接受这个案子。当时，法庭上流传着一句话，"斯奈德，你真是枉费心机，你的当事人在自己执行死刑呢。"但在那时，律师们只好学着外科医生的样子，一边洗手，一边开玩笑。所以，那个星期天的晚上，当穆迪打电话告诉斯坦吉他很有可能被聘用时，斯坦吉回答道："我们只需接受电视台的采访，让克雷格·斯奈德从旁开车经过就行了。"

现在，星期一上午，和弗恩商量之后，鲍勃·穆迪在电话上说："让，来吧，认识一下弗恩，看看他如何评价你。"他总是用这种方式告诉斯坦吉他有差事了。

弗恩惊讶地注意到他们之间的差别。让是个干劲十足的家伙。事实上，他的外表使弗恩顾虑重重。他看上去像一个刚刚走出法学院的毛头小伙子。弗恩寻思着："这么年轻的一个人能做到加里要求的事吗？"因为他是穆迪推荐来的，弗恩决定聘用他，可他还是忍不住对斯坦吉说了一句："我看你挺年轻的。"

"其实不年轻了，"斯坦吉指着穆迪说，"我实际上和这个秃头的年龄一般大。"弗恩拿不准自己是否喜欢他。斯坦吉的双眼闪闪发光，仿佛他正甩开蹄子在空中飞驰似的。他的眼神好像在说："咱们快干吧。"对一个律师来说，这也许是个优点，但弗恩这个人要在对别人做出许多判断之后，才能决定自己可以在多大程度上信任他们。他可不认为这是件轻松愉快的事情。

九

如果你不得不利用工作时间探究一个人的感情世界，而且又得不到报酬的话，那么其代价是非常昂贵的。但这个工作从一开始就使穆迪比以往多动不少脑筋。他以往的工作大多是处理诸如家庭成员关系、人身伤亡和地方商店等等和人打交道的事务，他喜欢走出办公室工作。与关在室内验证遗嘱、进行无休止的簿记相比，外出旅行调查则惬意得多。因此，如果有可能的话，他通常喜欢处理刑事案件。当然，他从来都不认为一身兼做刑事案件律师和摩门教高级成员有什么不相容的地方。眼下这个案子无疑使他又高兴又激动，不过他很清楚，吉尔摩打算滥用各种感情。许多人对他现在这样做是否具有道义上的权利将会提出质询。

有时候，虔诚的宗教信徒很难理解，为什么律师要出面替某些被告辩护。他们不明白，辩论制度的出发点就是赋予被告在法庭上尽可能讲清楚自己情况的权利。因此，他们永远也无法理解，为什么两个在审判室里恨不得互相掐住对方喉咙的律师事后竟会坐下来一起用餐。其实，这是很自然的事情。

几年前，穆迪还是一名县助理检察官时，曾负责起诉一桩吸毒案，而为这个案子辩护的就是让·斯坦吉。让那天使用的方法完全是侮辱性的。最后穆迪气得暴跳如雷，法官只好把他和斯坦吉叫到法官席前，坐在一边的陪审团可乐坏了。两个律师吵了个你死我活。在结案陈词中，让使出了最厉害的一招。他对陪审团说，如果穆迪先生真想证实他的起诉，就必须拿出起诉书上说的那张用来支付毒品的十美元钞票来,给大家看看上面的指纹。鲍勃本来可以回答说,在一张十美元钞票上至少有一万个指纹,可那是结案陈词,他没有反驳的机会。这件事差点把他气昏过去。干这一行的一半乐趣在于打赢官司——你非常希望赢——但让的手段太恶劣了,真不够朋友。

然而,等候陪审团的裁决时,虽然他们彼此在感情上别别扭扭的,但他们还是在一块吃了午饭。陪审团经过咖啡馆时看见他们边吃边笑,觉得很可疑,竟派了几个代表去对法官说,这两个律师办案不严肃。所以,鲍勃很清楚将会出现什么结局。与眼下这个案子里可能发生的事情相比,那段插曲可真是小巫见大巫了。

十

弗恩从穆迪的办公室和斯坦吉的办公室拿走了一些印有姓名地址的信笺。第二天他把它们拿给加里看。"这两个律师是当地人,"他告诉加里,"我确信你的事不会出错,他们会为你的权利而战斗的。"

加里问:"他们赞成死刑吗?"

弗恩说不准——他突然想起来他甚至连问都没问穆迪——但他说:"不管他们是怎么想的,他们会捍卫你的权利的。"

不一会,穆迪和斯坦吉来到监狱。加里想当面考察他们,于是他们就见了面。双方坐在玻璃的两侧,通过电话交谈。这是次非常冷淡的会面。"你要我们做你的代理人吗?"他们问。加里回答说:"请让我跟我姨父谈几句。"

吉尔摩和弗恩谈了很长时间。穆迪听见了弗恩的几句话,其中一句是,"我觉得有信心"。但吉尔摩显得很古怪,说话吞吞吐吐的。他看上去非常憔悴，脸色苍白。他一遍又一遍地嚷着头疼。显然，他正在忍受着安眠药副作用的折磨。后来他们得知，他正在绝食。他说，只有当获准给尼科尔打电话时他才会结束绝食。说完他又沉默了，两眼盯着他们。

这时，加里提出了死刑问题。穆迪本想说，他不赞成死刑，但是正当他考虑如何表达这个意思时，让通过另一个话筒说，他本人反对死刑。

"那么，你们还愿意执行我的指示吗？"加里问。

"愿意，"让说，"我将做你的代理人。"

这时鲍勃插话说，律师习惯于进行违背自己意愿的工作。如果你总是按自己的信念行事，那么你能为之辩护的人也就寥寥无几了。

尽管如此，吉尔摩这一天的情绪始终很低落。回答问题时他总是说："不知道，写下来让我看看我才能回答。"他对整个人类都持怀疑态度，特别是对律师。"我对你们个人没什么成见，"吉尔摩说，"我就是不喜欢律师。"说完他打了个嗝，从他那空空的胃里发出的这个声音通过话筒传了过来。

虽然场面很冷淡，穆迪觉得还是弄清楚他们所处的地位为好。于是，他提到了丹尼斯·博亚兹。"你和他的关系是不是已经正式断了？"他问。

加里回答道："丹尼斯是唯一一个真想帮我一回忙的人，我欠下了他的情，不过一切都过去了。今天下午我就要辞退他。"

他打了个哈欠。穆迪曾听人说过，绝食的头几天是最难熬的。如果事实果真如此，那倒也无妨。他感到吉尔摩这个人异常倔强，他说他的绝食要持续很长时间。

十一

丹尼斯说:"我和弗恩谈过了,他暗示你要辞退我。"

"嗯,是的。"吉尔摩说。

"我认为这是个好主意。"丹尼斯说。

这话使加里大吃一惊。透过玻璃丹尼斯看到,他不住地轮流抬起两只脚,就好像本来想朝一个方向走,现在却又要寻找一个新的落脚点。

"我不喜欢你在电视上对杰拉尔多·里弗拉讲的那番话,"加里说,"我也不喜欢你说狱长愚昧无知。你把我的事弄得更难办了。"他使劲打了个哈欠。

"加里,"丹尼斯说,"我觉得我们之间好像完全中断了联系。"

吉尔摩说:"这无关紧要。"接着,他点点头,似乎自言自语地说,"丹尼斯,你有权得到报酬,你想要多少?"

丹尼斯回答道:"我只有一个要求,就是把这一切写出来。"他在想,也许他可以给他的主人公起名叫哈里·基尔摩,而不是加里·吉尔摩。为了保持平衡,他可以在这本书里写两个主题,一个关于谋杀案,另一个关于他自己为公共汽车司机所做的工作:两个官司,一件是要求保障人身安全的诉讼,另一件则是寻求死亡的。这也许会是一本精彩的小说。

他感觉得出来,他这种对钱不屑一顾的态度给吉尔摩留下了深刻的印象。

"我们之间有些小的意见分歧,"吉尔摩说,"但是,我告诉你,丹尼斯,我要邀请你参加我的死刑。"

丹尼斯被惹火了。突然间,他就这么被人撵走了,真他妈的把人气疯了。"我不想观看你的死刑。"他说。这话会让加里难受的，他希望有朋友在场。然而，他只是又点了点头。告别时，他们互相轻声叮嘱对方："好吧，再见，多保重。"最后丹尼斯终于忍不住了，他说："听着，如果你一定要我到场，我会来的。"

但走出监狱之后，他的火又上来了。他打电话给巴里·法雷尔说道："我要收回以前对你说的希勒是条蛇的话，那样说太小瞧他了。他是条鳗鱼。我中间的名字是李，这个词倒过来拼就是鳗鱼，所以我很清楚鳗鱼是什么东西。希勒已经从蛇升级到鳗鱼了。"法雷尔大笑起来。"你们这些家伙也许可以商量出某种妥协的办法。"他说。丹尼斯说："那事我连想都不愿意想。但我要告诉你最叫我恼火的是什么。"

"是什么，丹尼斯？"

"你的生活怎么会这么快就进入新阶段呢？"

法雷尔打电话给希勒，询问他的看法。"这事与我无关，"拉里·希勒说，"听到这个消息我也很吃惊。"

"看来你好像要得手了。"巴里说。

"没影的事，"希勒嗓音忧郁地说，"障碍还多着哪。"

"但你仍热衷于制作这个故事，是吗？"

"请不要告诉别人，"希勒说，"我有一个大问题，上哪儿去找那些叫人同情的人物呢？"

"你手头有个爱情故事。"巴里说。

"我没有把握，"希勒告诉他，"我还没有见到尼科尔。你的问题我不能百分之百地回答。"

法雷尔走出房门，来到十一月寒冷的阳光下。沙漠对面的山谷里，一股股有毒的浓烟从厄伦姆的日内瓦钢铁公司喷出来。虽然法雷尔的眼睛早已习惯于洛杉矶的烟雾，可现在看到这股刺眼的浓烟他还是有点受不住。他觉得自己就像一只食腐肉的黑兀鹫，正和城里其他兀鹫一起虎视眈眈地等待着加里·吉尔摩的死亡。它们在州际公路上穿梭往来，从一个新建的城镇来到另一个城镇，朝南穿过烟雾弥漫的山谷，最后又转回北方。再见了，丹尼斯。巴里·法雷尔说不清楚自己是喜欢他呢，还是认为他不是吉尔摩所要求的那种过分开化的人。

第十章　合同

一

希勒决定离开盐湖城搬到普罗沃的旅游大酒店去。从他的房间朝大学路那一边望去，可以看见莽莽群山。山顶上的积雪一天比一天增多，其中一座山峰上用白色石块镶成的"Y"渐渐地被雪盖住了。

他立即着手安排与贝克太太的律师菲尔·克里斯坦森和罗伯特·穆迪[①]进行会晤。三点钟会见克里斯坦森，四点钟会见穆迪。他估计，第一个会见只需要半个小时。会见结束后他将步行到另一个律师的办公室去。这两个人大约在同一个地区。在对普罗沃司法界做了一番调查之后，他获悉，这里的法律事务所全都聚集在法院周围。希勒甚至没有费神去查找穆迪的地址，肯定在拐角处。所以，当他走进克里斯坦森事务所所在的大楼时不禁吃了一惊，楼下的招牌上写着："克里斯坦森，泰勒和穆迪。"原来他妈的是一家子，希勒笑了起来。

[①] 即鲍勃·穆迪。

这个事务所一副小城镇的模样，三合板做的镶板，橘黄色地毯，小小的深褐色皮革椅，一切一切。这些东西你通常又在预先布置好家具的小型度假住房里才能看到。真是尽善尽美。当同一事务所的两个合伙人在同一案子中为两个不同的当事人担任代理人时，这两个律师必须想方设法避免由于利益冲突而退出审理。由于已经有加里拿五万美元、尼科尔拿两万五千美元的提议，这两个律师当然不会打退堂鼓，放弃一次捞钱的机会。

希勒发现，满头白发的菲尔·克里斯坦森是一个出类拔萃的老手，可没出五分钟希勒就觉得自己让克里斯坦森明白了，自己丰富的法律知识与他不相上下。他一开口就说："我希望不要从我提议给尼科尔·巴雷特的那笔钱中扣除诉讼费，因此我想问问给你多少合适？"克里斯坦森告诉他，一千美元足够了。希勒说："那咱们定个价，就给尼科尔·巴雷特两万六千美元吧，不过我要告诉贝克太太，你的律师费从这笔钱里出。"希勒是用这种方法向克里斯坦森表明，他是尼科尔母亲的律师，不是他希勒的律师。这一招的确对克里斯坦森触动不小。接着希勒又说："当然，大家都知道，这一切必须获得法院的批准。"在克里斯坦森找到一个法定监护人之前，他不想采取进一步的行动。希勒说，他认为尼科尔的母亲应当被指定为资产监护人，而法庭则自然成为人身监护人。克里斯坦森看了他一眼，问："这些事你是怎么知道的？"这是希勒耍的另一个花招，是为了进一步博得克里斯坦森的尊重。

过了一会，凯思琳·贝克赶来参加会面，克里斯坦森竟对她说："我们还没有解决所有的经费问题，但我可以告诉你，和希勒先生在一起我感到很舒畅。"事实上，克里斯坦森的确多要钱了。他要了五千美元支付艾普丽尔的医疗费，希勒同意分几次付清。希勒还要求艾普丽尔和她外祖母斯特朗太太的故事的专有权也归他。所以，会谈进行得既融洽又专业。到了和鲍勃·穆迪约定的会面时间，希勒穿过大厅来到他的办公室。克里斯坦森跟过来参加了会面，让·斯坦吉也在场。希勒把自己的打算摆了出来。他发现自己和斯坦吉谈得很多。斯坦吉的话很多，思维敏捷，足以胜任电视谈话节目的主持人。

希勒一开始就拿出合同书，谈起钱的问题。他没向他们提起他曾打电话给美国广播公司，说四万美元不够，得五万才行。他早就知道，最后的定价要比这高得多，但他计算过，眼下有六万现金他就可以对付过去。加里那边必须预付五万美元，可尼科尔正在精神病院，他可以给她订个合同，现在先给她一万，待她可以接受采访时再付给她一万，电影拍出后再追加五千。除了美国广播公司出的五万外，另一万他总归会找到着落的。

第二天，拉里想把事情再往前推进一步。他对弗恩说："瞧，我对你说过，我签合同并不要你们去搞什么转让权。不是那么回事，不过我们要设法避免可能出现的障碍。能否请你去把布伦达和她的丈夫约翰尼找来签个字？我也需要你的签字，还有艾达的。请转告每个人，我要的合同并不是那种禁止你们与别人谈及此事的排他性合同，而仅仅是一个单纯的权利转让协定。"弗恩很高兴，他开上汽车转了一圈，把他们都找了来。全部费用加起来又是四千美元。

弗恩告诫他，只有在亲眼见过签合同的人之后，加里才会同意的。希勒点点头，对，这才是应有的做法。弗恩说："可是，你根本没有办法见到他。"

"这个嘛，"希勒说，"给我讲讲监狱里的那些例行公事。以前也有人曾告诉过我有些地方我进不去，可我全进去了。给我画张地图。告诉我，他们搜身吗？一天的不同时间里做法是不是也不同？他们让你白天进去还是晚上进去？在不同的时间都是些什么样的警卫？"希勒心里在想：加里在里边一定有帮手，虽然他进这所监狱的时间不长，但他在犯人和警卫中间很有地位。"弗恩，"希勒说，"让加里告诉我们怎样进去。他知道什么时候合适。"

二

萨斯坎德接到穆迪和斯坦吉打来的一个电话，通知他丹尼斯·博亚兹已经被辞退。在萨斯坎德看来，这两个新律师很坦率，很可靠，具有小城镇的美德。他断定他们是正直的人。

他们声称，这件事一直办得很糟糕，他们根本不指望能得到博亚兹的合作，因此，他们想直接了解一下萨斯坎德的出价。戴维不想再提价了，但这并没有妨碍他参与讨论可能获得的钱数。他指出，他们一共可以获得十五万美元。萨斯坎德的兴致又上来了。问题是这么晚了还能不能造出什么声势来。

十一月二十三日，星期二，原定于十一月二十九日出版的那一期《新闻周刊》提前于这天上午出版了。周刊的封面上是加里·吉尔摩的照片，在他的胸部用大号字母印着"要求死亡"几个字。穆迪觉得这对出价是个巨大的推动。

随后他又和萨斯坎德进行了几次谈话，后者想知道鲍勃是否听说过路易斯·奈泽，后来他又提到其他几个大律师，如爱德华和贝内特·威廉斯。真是活见鬼，刚结束谈话，穆迪就接到一个电话。

"穆迪先生，我是路易斯·奈泽。我的朋友戴维·萨斯坎德叫我打个电话告诉你，他正是他自称的那种人。我认为你和他打交道将会感到很愉快。我曾经和他共过事,我知道。"

鲍勃回答道:"跟你谈话我很高兴,奈泽先生。但事实上你不必费神向我兜售萨斯坎德先生。他的工作我们全看见了,我知道他是个很有才干、很有能力的人。"这件事根本不合鲍勃·穆迪的口味,他不喜欢别人把他当作乡巴佬对待。

穆迪曾经跟旧金山和洛杉矶的许多律师打过交道,他们中很少人对他摆出屈尊俯就的架势。他们全都住在离盐湖城很近的地方,能够估计到犹他州正在发生的一些相当重大的事件,但是,和来自纽约或华盛顿特区的律师打交道时,你总觉得他们像是在对古老淳朴的普罗沃进行启蒙教育。

于是穆迪对萨斯坎德说,他也许应该考虑退出来。穆迪解释说,希勒正日益博得弗恩·达米科的好感,而只有弗恩的话加里才听得进去。

萨斯坎德把拉里·希勒大大地贬低了一通。"先生们,"他说,"我不是在吹牛,我和希勒都是制片人,可我们之间有天壤之别,就像达拉斯牛仔队①与一支高中橄榄球队之间的差别一样。"穆迪把这话学给希勒听时,他咧开嘴笑了。他的嘴咧得那么大,隔着他那把黑胡子你也看得清清楚楚。他说:"萨斯坎德说得对,他是达拉斯牛仔队的,而我不过来自一支高中橄榄球队。但我来了,我已经一切准备就绪,随时可以开球,可那些达拉斯牛仔在哪儿呢?他们还没进体育馆的门呢。"

此外,穆迪发现萨斯坎德在下面这一点上非常固执。在你从

---

① 美国一支一流的职业橄榄球队。

尼科尔、贝西以及其他几个人那儿弄到专有权之前，你别想从他那儿得到一分钱。他要让律师们做一笔一揽子交易，让他们劳心费神。实质上，是他把拉里·希勒推给他们的。既然希勒事实上已经使尼科尔签约，并且菲尔正在承办此事，穆迪根本不希望出现这样一种局面：他和他的老搭档不得不分别为有重大利益冲突的人做代理人。

有一回打电话时，希勒邀请让、菲尔和鲍勃到犹他饭店的一处套房里坐坐。他们举行了一个安安静静的聚会，没有酒，却有不少摩门式攒奶油馅饼。斯蒂芬妮被介绍给他们，他们对她印象非常好。她长得那么美，身材苗条，五官好像是精雕细刻出来的。她的表情使人觉得她对自己感受到的事物异常敏感，对自己不喜欢的东西则随时准备作顽强的抵抗。"万能的主啊，"斯坦吉事后说，"那个姑娘和纳芙提提[①]一样迷人。"他拿拉里开起玩笑来："斯蒂芬妮这样一个漂亮的姑娘跟一个胡子拉碴的胖家伙在一起能干些什么呢？"接着又补充道，"喂，希勒，能搞到这样一个姑娘的人肯定不坏。"斯坦吉想，尽管如此，你还是会得到这样一种印象，这简直像狗和小马驹在一起。

接着，环球电影公司出场了。在霍华德·休斯遗嘱争执案中代表梅尔文·杜马的那帮律师来到普罗沃，与鲍勃在办公室里谈了几个小时。其中一个曾是鲍勃在法学院的同窗，现在是个税务律师。他施展出自己的专长，制订出一份对吉尔摩和弗恩极为有利的合同文本。穆迪被吸引住了。再说，这帮人都是虔诚的摩门教徒。看来一切顺利，可是到了晚上，他们说："有件很难启齿的事，就是这个合同只有在行刑之后才能生效。"

---

① 公元前十四世纪埃及一王后。

穆迪和斯坦吉把这件事告诉加里时,他在玻璃窗的他那一边大笑起来。他通过电话说:"你们两个家伙认为那个合同不行,是不是?"他呷了一口咖啡——绝食期间他只喝加糖的咖啡——说,"他妈的,死刑肯定会执行的。"穆迪回答道:"这个嘛,加里,也许这不是你能决定的。"听了这话,加里发起火来。"那些狗娘养的,那些狗娘养的。"他一个劲地骂着。他的脸色苍白得可怕。

与此同时,拉里·希勒在电话里告诉斯坦利·格林伯格,他已经说通了达米科和尼科尔的母亲,他现在唯一缺少的就是作者了:斯坦利·格林伯格。

随后,戴维·萨斯坎德也给斯坦利打来电话。他说,希勒的事根本没办成,新来了几个摩门教律师,抢了他的位置。斯坦利的脑海里出现了这样一幅画面,十四辆救火车在盐湖城和普罗沃周围你追我赶地飞驰。看来每个人都想在可怜的加里·吉尔摩身上捞一把,真叫人恶心。斯坦利不想加入到这场争夺骨头的混战中去。他要做的是就死刑对公众的影响写点东西,而不是这个以救护车互相追逐为主题的剧本。

希勒再次打来电话时,斯坦利·格林伯格回绝了。并不是他对希勒先生个人有什么成见,不是的。他在生活的道路上已经走到了这一步,他不愿意和一个自己不认识的制片人共事,他不愿意。斯坦利想,这样做他妈的太危险了。

三

如果格林伯格同意写剧本,希勒也许会从美国广播公司那儿再敲出一笔钱来。现在他们肯定想要一份出书的版权,而这是他不愿意放弃的。他必须另想出一个办法来。或许可以把加里写给尼科尔的信卖掉。他在塔默拉·史密斯的报道中读到的那几封信很不错。但做这样一笔交易他得有个替身。于是,他打电话给纽约的斯科特·梅雷迪思,打算请他做代理人。

梅雷迪思竟说:"拉里,你敢保证你会获得信的专有权吗?""萨斯坎德今天来过,他说专有权在他手里。"希勒被他吓了一大跳。

"没有哪笔交易已经做成,"希勒说,"我还没签约,萨斯坎德也没有。斯科特,现在你得决定到底相信谁。我告诉你,还没人签过约。""那么,"梅雷迪思说,"你在用谁的钱?""我现在代表美国广播公司,"希勒说,"但我有杂志和书的版权。"听声音,梅雷迪思很不高兴。"萨斯坎德刚才在这里告诉我,他代表美国广播公司。"

"什么?"

"是的,"梅雷迪思说,"他向我保证他代表美国广播公司。"

希勒打电话给洛杉矶的卢·鲁道夫。"你们在搞什么名堂?"他喊道,"太不守信用了。""拉里,"鲁道夫说,"我发誓萨斯坎德不是在为美国广播公司工作。"停了一下他又说,"等等,我问问纽约。"消息很快传了过来,萨斯坎德果真跟纽约的办事处做了一笔交易。纽约从没把此事通知洛杉矶,洛杉矶也从没把他们的事通知纽约。唉,真气死人了。

希勒难过极了。萨斯坎德刚刚拍过《埃莉诺和富兰克林》,此时没人会比他更受美国广播公司的青睐了。

他对卢·鲁道夫说:"萨斯坎德什么时候做成的这笔交易?哪一天?我要知道是哪一天。哪个先和你们做成交易,哪个就应该得到美国广播公司的赞助。"

他们很快得知了日期。在十一月九日,也就是《纽约时报》首次在头版刊登吉尔摩消息的那一天之前,萨斯坎德没跟哪个制作室的头头签过合同，而希勒早在十一月四日就和制作室讲好了。

"是我先申请的，"希勒说，"我要得到赞助。"制作室一口拒绝了。在纽约、洛杉矶和普罗沃来来回回许多次电话交谈之后，最后的决定是：美国广播公司对他俩都不予赞助。无论是萨斯坎德还是希勒，现在都不许说自己制作的是美国广播公司的节目。另一方面，他们俩谁先搞到吉尔摩的合同谁就可以拿到钱。希勒气得差点中了风。美国广播公司一门心思只想保护自己的利益。他们就是不想让外界知道，他们是一群精于此道的流氓。

这时，萨斯坎德又给他来电话了。希勒站在沃尔格林连锁店的电话间里，听着萨斯坎德提出的一个建议。

"我们为什么要互相争斗呢？我们为什么把价抬上去呢？"萨斯坎德说，"你在现场，而我却远在纽约，咱们合伙吧。"希勒全神贯注地听着。萨斯坎德又说："我要在洛杉矶开办一个制片公司，让我们利用这个项目来考验一下我们的关系。事后你也许愿意替我们拍电影。""我很高兴和你一块拍电影，"希勒说，"但那是另外一回事，戴维。"

希勒动心了，他甚至能够感觉到自己的鼻孔在呼哧呼哧地响，那感觉就和你年轻时的性渴望一样。但这事也许还意味着萨斯坎德要制作电视节目。希勒可能会把这个项目搞到手，但那永远也不是他的。希勒犹豫起来。

他一挂上电话心里就明白了。萨斯坎德要求联手干，这正好说明了没有他萨斯坎德就搞不到专有权，也就是说专有权非他莫属。只要他愿意劳心费神，他肯定能把专有权搞到手。唉，现在这种对加里·吉尔摩故事专有权的渴望在他以前所从事的经济和创作活动中好像从没出现过。不知道为什么，只知道这一点。

这意味着从此刻起他分分秒秒都要为钱操心。

希勒准备和斯蒂芬妮一块回西海岸去度感恩节周末。他已经有好一段时间没见到自己的孩子了,他很想带他们到圣地亚哥的拉科斯特去玩玩,这将是妻子米迪不在的情况下他和孩子们一块过的第一个感恩节,破天荒的第一次。他感到,孩子们越来越喜欢斯蒂芬妮——考虑到孩子们对他们母亲的忠诚——这将是一个带有阴影的感恩节。阴影,加上他那一堆该死的问题。

所以,去拉科斯特的时候,他满脑子都是对经费的忧虑,它们像棱角尖锐的砖块一样在他脑子里互相撞击着。到达那儿不到一天,也就是二十六号,星期五的晚上,他接到了穆迪的电话。"我们认为明天下午可以设法让你进去见一见加里,"这位律师说,"如果有什么机会的话,那么现在机会来了。"

四

吉布斯,你简直不能相信我每天收到多少信件:三十封到四十封。其中有很多是十五六岁的少女寄来的。当然,在她们眼里,我永远是个英俊的小妖怪。你也不会相信这个世界上有多少基督徒和宗教狂热分子。我收到的《圣经》简直够开一个教堂的了——需要《圣经》吗?有一个人写信给我说,如果可能的话,他愿意和我交换一下位置。我打算回信告诉他:"兄弟,星期一阳光灿烂的早晨他们会去接你的。"我敢打赌,他们要想找到他可不那么容易。

喂,我已经获准邀请五个人观看我的死刑。我想请你来,以便能当面与你告别。请告诉我……

吉布斯心想，这可是破天荒第一遭，我应邀出席过婚礼、生日宴会、毕业典礼，但还从没听说过邀请人参观死刑这种事。

他在回信中说："如果你要我去，我就去。"

五

穆迪和斯坦吉一直在为希勒想办法。他们对狱方官员解释说，他们正在处理一些他们专业领域之外的技术问题，例如，以加里可能从其生平故事中挣多少钱为依据确定他的纳税额，并且把这个写进遗嘱，这些在合同中构成了许多复杂的因素。他们打算从加利福尼亚请一个叫希勒的人来和加里讨论此事。"他以你们顾问的身份进来吗？"他们问穆迪和斯坦吉。"是的，"他们说，"以我们顾问的身份。"他们讲的是实话，只不过措辞谨慎罢了。

星期六下午希勒乘飞机飞回盐湖城，接着便开车来到山口堡。他兴奋极了，同时又生怕出什么差错。

警卫拿起电话讲了足足有十分钟才让拉里进去。使希勒吃惊的是，他仅仅穿过两道滑动栅门，就看到前面走廊里不到二十英尺远的地方，靠右侧有一间锁着门的小屋。吉尔摩正从里面透过窗户往外看呢。走廊的另一侧有一间敞着门的屋子，弗恩、穆迪和斯坦吉都在里面，他们全都对他咧嘴笑笑。他看见吉尔摩也在微笑。他们成功了。

弗恩作了介绍。拉里穿着大衣坐到弗恩刚才一直坐着的椅子上，屋门依然敞开着。他朝十英尺宽的走廊对面看了看，加里正站在一扇小窗户后面，他们的目光相遇了。希勒一下子就看出来了，这个人喜欢盯着你看。你和他谈话时一定得把他看做是现存的唯一力量才行。

这种挑战希勒并不在乎。他一直感到自己占有某种微妙的优势。他只有一只好眼睛,另一只眼睛呆滞无神,别人看久了就会感到无聊。

然而,站在小窗后面的吉尔摩可以随意变换他自己的位置。如果希勒向左边靠,他也可以向左边靠,这样窗框与他俩之间的相对位置将保持不变。就好像他是在通过观测器观看。希勒离玻璃窗比吉尔摩远得多,所以他开始觉得蹲监狱的倒是他自己,而吉尔摩则正自由自在地从外面向里窥视着。

不管怎么说,希勒开始了谈话。他以一种正式的口吻说:"你很清楚我到这儿来的原因。"说着他眨了一下眼,意思是说,我们俩都明白有人在窃听我们的电话。"鲍勃和弗恩肯定已经告诉过你,我是来当顾问的。"他微笑了一下,对自己选用这个词颇为得意,"你知道,我来和你讨论你的资产和财产之类的问题。"他们互相微微对笑了一下。这时,一个警卫走进来,坐在走廊里不远处的一条长凳上。当这个警卫拿起一份杂志看的时候,加里说:"不必担心,不管我是在牢房里,还是在外边,这两个家伙中总有一个一直跟着我。他们都是好小子。"他说这句话的口气就好像他是一支球队的头头,他知道他的队员为能跟他干而感到骄傲。希勒吃惊地发现,他的长相很一般。自从他上次看见他离开医院到现在已经一个多星期了,今天他的外表与那时肯定大不一样。弗恩事先告诉过希勒,加里正在绝食,可在他身上连一点绝食的影子也看不出来。他看上去比上回健康得多,而且也冷静得多。

听了弗恩、穆迪、斯坦吉和博亚兹所作的描述,希勒原以为自己将要看到一个智慧超群的人呢。可眼前这家伙看上去却使人觉得他在铺有台布的餐馆里都会感到不自在的。

希勒估计至少需要十五到二十分钟才能讲清楚自己的意思，所以他讲得又快又刺耳，他的眼睛一刻也没有离开过吉尔摩。在最初的十五分钟里，对方一个问题也没提出，后来希勒只好说："如果你有什么话要说，只管打断我好了。"可吉尔摩说："没有，没有，我听着呢。"接着，希勒把话题转到了他对凯思琳·贝克和弗恩讲过的话上去了。不过这回他用了些粗俗的字眼，说了好多次"放屁""滚蛋"等等。隔一会他就要说上一句："总他妈的有人跟我说瞎话。"他自始至终一直观察着吉尔摩，心里真纳闷，这家伙的高智商哪儿去了？那事先准备好的十五分钟的话，希勒早就讲完了，他只好又信口胡扯了一通，这时吉尔摩才插进了第一句有分量的话："谁将在电影中扮演我？"

希勒进来已经半个小时了。"谁将在电影中扮演我？"这句话对他来说意味着：你在和我斗智。"你瞧，"加里慢吞吞地说，"有一个演员我很喜欢，他的名字我记不得了，但他主演过一部叫《把阿尔弗雷多·加西亚的脑袋给我拿来》的片子，他还和萨姆·佩金帕合作过另一部片子。"希勒说："你说的大概是沃伦·奥茨吧。"

"噢，"吉尔摩说，"我真的很喜欢那家伙，我要他来扮演我。"他点点头，仍旧目不转睛地盯着希勒说，"作为我们协议的一部分，我要求让这个演员在电影中扮演我。"

希勒仔细琢磨了好大一会。"加里，"他说，"你一直在听我讲话，但我对你还不太了解。眼下故事还没有写出来呢，我们还是先搞出个像样的电影剧本，然后再谈别的事吧。"

"我觉得，"吉尔摩说，"我想要沃伦·奥茨来扮演我，我要求把这一条作为协议的一部分。"

希勒说："我不能把这个作为协议的一部分。我不能让我们大家卷进束缚我们手脚的局面中去。沃伦·奥茨也许请不到，我也许不想要他，也许还能找到更合适的演员。或者如果能请到另一个演员，我们也许会赚大钱。总之，我这边的事你不要插手。对把请沃伦·奥茨作为我们协议的一部分这个主意，我的回答是'不'。"

吉尔摩笑了笑说："拉里，我讨厌沃伦·奥茨。"

"好吧，"希勒咧开大嘴笑了，"你到底想要哪一个演？"

"加里·库珀，"加里·吉尔摩说，"我的名字就是照他的取的。"

这使坚冰裂开了一条缝。看样子吉尔摩准备谈他自己了。

希勒问："小时候，你想干什么？"

"当个强盗，"吉尔摩说，"当个暴徒。"他开始叙述自己小时候是怎样成为一个坏小子的。偷呀，抢呀，什么都干。有一回，他和一个朋友发疯般地开车横冲直撞，警察花了半个小时才抓到他们。讲述这些往事时，他兴奋得满脸放光，就好像是在向你讲述他是如何把漂亮小妞一个个搞到手的。

交谈四十五分钟之后，希勒说："我已经向你作了自我介绍，你也向我讲了一点你自己的经历，我想我们还会有机会再交谈的，到时候我们再决定我是否能为你效劳。"

吉尔摩问："你还要去什么地方吗？"

"不，"希勒说，"但他们不会让我永远坐在这儿的。"

"为什么不？"吉尔摩说，"你就在这儿坐一夜好了。"

"真的吗？"

"哦，当然，我和弗恩高兴的时候可以一气谈上六个小时。"

希勒现在才感觉到，吉尔摩在这儿多么有势力。他一会转过头问警卫，我的药在哪儿？一会又说，把我的咖啡端来。听他讲话的口气，他不管要什么都能要得到。把我的咖啡端来，就好像是说，把阿尔弗雷多·加西亚的脑袋给我拿来。

然而，过了一会，咖啡还没有送来，吉尔摩突然大吼起来："咖啡在哪儿？"希勒的眼睛很锐利，任何一点恼怒的迹象都逃脱不了他的注意，但吉尔摩的愤怒爆发得太突然了。在希勒看来，这阵尖利刺耳的嚎叫表明，吉尔摩非常迟钝，他根本没想到这会给弗恩或者两个律师留下多么恶劣的印象。这就像你正在对一个女人讲话，她却突然对她的孩子吼叫起来一样。

最后，一个身穿白制服的服务员终于把药拿来了，加里把那家伙骂了个狗血喷头。"你让我足足等了一小时十五分钟，"他说，"你他妈的难道不知道我要药的时候，必须马上拿来吗？这是规定，你们这些家伙作出了规定，可你们又不遵守。"他是那样粗暴，事实上，叫希勒吃惊的是，他们竟没把他强行扭送回牢房。吉尔摩到底想干到什么地步呢，这真令人惊奇。

很快，他的咖啡装在一只纸杯里送来了。他又骂了起来，说不应该用纸制器皿给他送食品。按照规定，应该用陶瓷器皿。然后，他对希勒说："这些家伙要我按照规定生活，按照规定服刑，按照规定睡觉，按照规定被处死，可他们自己却任意改变规定，想什么时候不遵守就什么时候不遵守。"他大叫大嚷了十分钟，希勒突然想到吉尔摩像一个人：大发雷霆时的穆罕默德·阿里。阿里就常常突如其来地发出这种尖利、激烈、野蛮的声音。有一次，希勒坐在马尼拉希尔顿饭店阿里下榻的房间里，听阿里发了一个小时的脾气。吉尔摩的腔调和他的一模一样，他才不在乎别人怎样看待他呢。希勒问："你真的杀了那两个人，是吗？""当然是我杀的，"吉尔摩说，他显得有点恼火。"你是知道这一点的，"希勒接着说，"你杀了他们。"他这句话的意思是说，狂怒之下杀人的罪犯和杀人不眨眼的冷血杀人犯之间有区别。吉尔摩属于第二种人，仅仅因为你把咖啡装在纸杯里递给他，他就会杀了你。

这使谈话的气氛冷淡了不少。希勒知道该收场了，便说："弗恩，你有什么话要说吗？"弗恩在电话里讲了几分钟。这时希勒估计气氛已经缓和了一点，就问："喂，加里，到吃饭时间了，饭后还要我来吗？"吉尔摩说："来吧，来吧，我们坐这儿谈一夜。"他的那种冷漠消失了。出去的时候，希勒想，天哪，我该拿这个家伙怎么办呢，他可是个再好不过的采访对象。

六

在这次采访过程中，穆迪和斯坦吉渐渐担起心来，万一被人发现，他们将在职业道德方面陷入难堪的境地。他们一再催促希勒快点离开，可加里却想谈下去。显然，这次谈话使他很开心。至于谈话内容，两位律师只能听到希勒说的话，加里讲了些什么，他们并不知道。

后来他们又开始担心另一件事。他也许会在合同尚未签订之前就把自己的故事一古脑全讲给希勒听了。加里讲得眉飞色舞。穆迪还是第一次看见他对某件事表现出这样大的热情。这进一步证实了他的感觉，选希勒选对了，但是，希勒极有可能绕过他们。如果希勒能够获取大量的材料，他也许会欺骗他们的。

在餐馆里，希勒一再问加里以前的举止是不是一直这样。大家都说："伙计，他从来没像跟你讲话时那样跟别人讲过话。"希勒拿不准他们是不是在恭维他，但弗恩轻声说："我认为他确实很喜欢你。"这下希勒的信心增强了。回到监狱后，他和加里谈起另外几个话题，可谈话进行了不到十五分钟电话就断了。穆迪和那一头的一个什么人谈了很长时间，狱长或者副狱长吧。他命令希勒立即停止谈话。

加里非常恼火，他一遍又一遍地问:"谁说的？谁下的命令？他是我的律师小组的成员，他来这儿是经过批准的。"希勒说:"不要担心，加里，我们的时间多着哪。"然后穆迪站起来说:"加里，这是我们讨论过的那份合同。"他们拿着这张长长的纸片，通过电话把钱的数目读给他听。加里说:"好吧，把它打印出来，我看一遍之后就签字。"

两个律师和希勒先走了。加里问弗恩:"你认为这个家伙合适吗？"弗恩说:"我还拿不准，但我觉得他很合适。"
"萨斯坎德怎么样？"加里问，接着又自己回答道，"我觉得希勒先生合适。我喜欢他做事的方式。"

那个星期六的晚上和星期天的上午，希勒一直和穆迪、斯坦吉制订、修改合同，找秘书、用那架该死的电脑打字机打字。两个律师都没有去教堂，为此他们开了不少玩笑。到了星期天的晚上，合同终于拟好了。希勒回到汽车旅馆等待签字。

大约在这个时候，博亚兹给萨斯坎德打了个受话人付费电话。他总是打这种电话。萨斯坎德问:"你连个电话机都没有吗？"丹尼斯嘿嘿一笑。萨斯坎德说:"喂，听着，你走得太远了，你干了些什么我不清楚，但你仍在外面，而别人却进去了。在这件事上，你不再有什么权利了。""噢，是吗？"博亚兹说，"这事没我不行。"

"哼，"萨斯坎德说，"现在没你行，将来没你也行。但这事不会由我来干了。""听着，"丹尼斯说，"也许我不再担任这个案子

753

的律师了，可我手头有几份文件，我得到……"萨斯坎德确信这家伙在信口雌黄，便说，"你是个装腔作势、满嘴谎言的怪人。我认为你是个下流坯。别再给我打电话，不管是不是受话人付费的电话我都不接。"无疑，一切都以一个极其刺耳的音符结束了，真叫人恶心。

七

星期天下午，穆迪和斯坦吉休息片刻之后便赶到监狱。他们通过电话隔着走廊把合同条款讨论了一遍。加里没作多少改动，只是在讨论是否可以动用他的信件时发起火来。他用钢笔把这一款划掉，并在合同上写道，在他和尼科尔商谈之前不准任何人动用他的信件。两个律师还想争一下。"对此你没有发言权，"穆迪对他说，"现在这些信归尼科尔所有。"

"哼，去你妈的，"加里骂道，"不经我同意，谁都不许看我的信。"

在这整个过程中，希勒一直在自己的房间里等着。为了等他们的电话，他在汽车旅馆里坐到星期一凌晨三点钟。他往监狱里打了个电话，这才发现他们已经走了。于是他打电话到穆迪的家里，把他喊醒。他们回来已经好几个小时了，事实上，昨晚八点半他们就回来了。他们压根没想到他会一直等到这会。而他在等待的过程中一直在脑海里回忆着他那些令人震惊的电影剧本。

八

大个杰克带着一大罐速溶咖啡、一大罐果珍和一条吉布斯最喜欢的超长总督牌香烟来到牢房。他对吉布斯说，这些东西是加里叫弗恩·达米科送到监狱来的,另外还有一张纸条:吉布斯,一夜之间我成了暴发户——你如果需要<u>什么东西</u>,只管向我要。吉布斯想,加里已经把他自己的生平故事卖给了什么人吧。他坐下来冲了一杯果珍。

博亚兹给萨斯坎德打了最后一次电话,不是受话人付费电话。"我告诉过你,"萨斯坎德说,"我不想和你讲话。"博亚兹说:"我想出了一个全新的主意,我要写我自己的故事。""博亚兹,"萨斯坎德说,"你疯了。""没疯,"丹尼斯说,"真正精彩的故事是我自己的,精彩极了。我作了很多笔记。""请吧,请吧,"萨斯坎德说,"去找希勒先生吧,我肯定他会很乐意写你的故事的。"

第二天,吉布斯收到一张装在信封里的索引卡片。
加里在卡片上写了一封请柬。

砰!砰!
真枪实弹的杀人!
俄勒冈米尔沃基的贝西·吉尔摩太太恭请阁下光临她三十六岁的儿子加里·马克·吉尔摩的死刑仪式。
地点:犹他州,德雷珀,犹他州监狱
时间:日出时分
届时将提供耳塞和子弹

信封里还有一封信:

我近期要送出去许多钱。我准备给你两千美元。请不要客气,请接受我作为朋友送给你的礼物。我还是把钱给你为好,因为不给你也得给别人。

第三部　绝食

第十一章　赦免

一

厄尔·道罗斯卷进了一件非常棘手的事情里。狱方问他们能不能中断吉尔摩的绝食，强迫他进食。在那个时候，强迫进食和强迫治疗在法律上已被认为是同一回事。一九七三年联邦最高法院曾作出裁决，对此你得征得犯人的同意。

然而，众所周知的例外也是有的。厄尔写了一封信给史密斯狱长，强调指出，监狱必须有令必行，有禁必止，不能成为犯人自杀企图的帮手。"让一个犯人饿死将是严重的不谨慎行为。"厄尔最后写道，狱医"在法律上有权命令强迫进食"。

厄尔通知新闻界和一些地方新闻电台，自己刚刚发表了上述看法。他满心期望这封信成为这一天有关吉尔摩的头号新闻，并且一直殷切地等待着它引起的轰动。他做了大量的研究工作之后才写成了这封致萨姆·史密斯的信，并自以为理由充足，不料各方面的反应极为冷淡。当天下午，《盐湖论坛报》的记者霍尔布鲁克打来电话，提前一小时通知他：《盐湖论坛报》将去里特法官那里，再次请求发布临时约束令，取消不能采访吉尔摩的规定。

厄尔感到灰心丧气。他本来打算找到一些比老掉牙的《佩尔对普罗坎尼案》更新一点的资料，可强迫进食问题却占用了他的工作时间，而此间《盐湖论坛报》却做好了充分的准备。里特法官发布了临时约束令。《盐湖论坛报》当天就可以派一名记者去和吉尔摩面谈。

二

记者到的时候，希勒正巧在狱里，一下子被打了个措手不及。他正在采访加里，刚谈到《新闻周刊》的那篇封面报道。希勒觉得谈谈这件事也许有助于了解加里是不是真的想出名。于是，他谈起《新闻周刊》引用的加里写的几句诗，说那诗写得很棒。加里大笑起来。"那是雪莱的诗，题目是《含羞草》。"他说，"《新闻周刊》真他妈的愚蠢透顶。任何一个知道这首诗的人都能看出来我是故意假装这诗是我写的。"

事后希勒认为，自己肯定预感到和加里谈不了几句了，因为，尽管他的宗旨是把那些棘手的问题放到最后去谈，但他还是提起了一个敏感的话题。在采访中突然提一个不着边际的问题并没有什么好处，可希勒常常控制不住自己的急性子。这次他不由自主地冒出一句："你为什么在合同上规定不让我看你给尼科尔写的信？她在住院，你很清楚我见不到她。"

"希勒，"加里说，"那个混蛋伍兹医生不让我给她打电话，甚至给她写封信都不行。我绝食就是为了让公众注意到，他们现在把我和这个世界上我唯一挂念的人隔绝开了。因此，我把那个条款写进了合同。"他直视着希勒。"我看得出来，你是个很能干的人，你有办法让伍兹允许我和尼科尔通话。你贿赂不贿赂他与我无关，但是，老兄，我要是不能和她通话，你就别想看到信。怎么样？这就算是我给你设的一个圈套吧。"

希勒并没有感到非常意外。从一开始他就认为，吉尔摩的绝食并不是出于绝望，而是想以此作为一个筹码。他精于此道，这一点希勒早有所闻。还是在俄勒冈州州立监狱时，他就曾不止一次煽动犯人闹事。当然，他在那儿关了十二年，那么长的时间足以使他成为这个或那个犯罪团伙的成员。而在这里，虽然他很有名气，但要想争取十个或五十个犯人和他一起绝食，恐怕不太可能。加里是个杀人犯，甚至被认为是个疯子，但在死囚区里他一无关系、二无忠实的朋友，谁会怕他呢？希勒怀疑金钱和名气是不是削弱了加里的判断能力。到目前为止，还没有人加入他的绝食行列。

就在这时，警卫进来通报，《盐湖论坛报》的格斯·索伦森带着里特法官的命令到了门外。狱方只好让他进来，索伦森可以采访加里·吉尔摩。

希勒的脑子里轰的一声，但他的眼睛却眨都没眨一下。"好吧，"他对穆迪和斯坦吉说，"让加里讲吧。这也许有助于我们在公众面前的形象。我们的立场是，我们到这儿来不是要看着一个人死，而是要理解他。"他沿着走廊走到大门口，正好和刚进门的索伦森打了个照面。他介绍了一下自己，说："索伦森先生，我可以让吉尔摩不跟你讲话，但我不想这样做。"希勒当然不想这样做，他可不想疏远《盐湖论坛报》。打进当地最大的一家报纸可以帮他左右美联社和合众社的新闻报道。此外，索伦森被认为是犹他州最有影响的刑事新闻记者，他能够提供很有用处的监狱背景材料。

尽管如此，希勒还是要设法避免某些危险。他怎么能知道吉尔摩会透露些什么消息呢？如果这个家伙决心要自杀，那么随便哪一次采访都可能是加里·吉尔摩的最后一次谈话。所以必须制定某些基本规则才行。

他能够听见索伦森在电话里说："那个家伙买了吉尔摩的专有权。他不让我讲话，除非他在场。"希勒急得直冒汗。那天上午他给弗恩送去了一张五万两千美元的支票。如果加里今天下午想要出卖他，把一切都告诉索伦森的话，他并没有多少办法可想。希勒心里一个劲地打鼓，吉尔摩也许不会一时高兴把一切全搅黄了吧？此时，他能够听见索伦森在说："这个嘛，不清楚，我听到的关于希勒的话有好的也有坏的。"拉里一把抢过电话对索伦森的编辑说："听着，我无意干涉新闻自由，我也不反对让索伦森先生与加里谈话，我只是希望你能保证，索伦森先生的采访权将会归我们所有，因为我们持有专有权。"这话无疑会逼着这位编辑去找《盐湖论坛报》的律师。在这个过程中，希勒打电话给加里说："这样会对我们有利的。你和索伦森谈话时，不要谈谋杀案的事。跟他讲讲目前监狱的日常状况，或者你绝食的原因。如果我发现你在对他泄露某件对你来说很有价值的事情，我就摸摸下巴。在我没这样做的时候，你可以随便回答他的问题。重要的是，你的私生活不要对他谈得太多，那是全世界都感兴趣的事，加里。"

采访过程中，希勒坐在索伦森身旁，但那儿只有一部电话。吉尔摩说的什么他听不到。不过，在索伦森提出头几个问题之后，希勒便得出结论，他是个传统的报社记者。他不想深入了解加里的内心生活，只想随便写上几段，再让编辑室的标题作者加上几个哗众取宠的词就行了。此外，你也许可以信任加里，那家伙一直注意着希勒的手势。

采访结束后，索伦森和希勒一块走出二级警戒牢房的铁栅门，来到行政大楼的门厅。这儿又脏、又小、又挤，亮着一盏盏荧光灯，好像盐湖城所有的记者都他妈的拥到这儿来了。一看到他们熟悉的索伦森，他们一起喊了起来。索伦森刚刚采访了吉尔摩，但希勒却叫他们费解。"你是谁，你是谁？"他们一个劲地追问。格斯·索伦森——希勒要感谢他——当场对他回报以忠诚，一个字也没说。然而，希勒明白自己真要陷入麻烦了，人群中肯定有人认识他。他听到众人在交头接耳。最后，一个记者问："喂，拉里，你买下了吉尔摩的故事，是不是？"希勒紧张地考虑着该如何回答这个问题。如果他矢口否认，那么明天他就会被揭穿。记者可不是好惹的，他们活像一群猎狗，二十四小时之内准能弄清真相，那样他们永远也不会原谅他。看来还是应该像跳足尖舞那样，尽量避开为妙。

希勒暗自决定，照大象邓姆伯[①]那样，踮起脚尖，一会向左躲，一会向右躲。"你来此有何贵干？"他们问。"我是资产事务顾问。"他回答道。认识他的记者们发出一片哄笑声。

希勒确信，他非得透露点实情不可了，不过要讲得含含糊糊、模棱两可，在报上不会引人注意。"噢，是这么回事，"他终于说，"我已被授权制作一部剧场专映影片。"这句话也许够得上含糊其辞，他们大概不会把他看成吉尔摩生平故事的独占者了。但是，他脑子里有一个声音在说："本来应该对他们说'无可奉告'的。"他那计算机般的大脑里的所有警铃一齐响了起来。

穆迪和斯坦吉吓呆了。"不好，"穆迪低声说，"希勒把我们出卖了。"这个又是"资产顾问"又是"好莱坞制片人"的家伙没出监狱门就准备耍弄他们了。斯坦吉说："这个狗娘养的骗了我们。他一心只想着这么蒙混过去。"

《德塞瑞特消息报》
狂欢节气氛笼罩着吉尔摩
权衡电影买卖利弊
十一月二十九日讯——星期一夜里犹他州监狱处于一种马戏

[①] 一卡通人物。

表演的气氛之中。新闻媒体、律师、文学代理人和电影制片商就采访、电影和生平故事等问题进行了协商。大家互不相让,乱成一团。

三

道罗斯在晚间电视新闻中看到希勒时,气得暴跳如雷。他立即往犹他州监狱打电话,把一个副狱长骂了个狗血喷头。"我在这儿使出吃奶的劲想把《盐湖论坛报》挡在外边,"他说,"而你们却把一个好莱坞制片人给放了进去。"

厄尔预见到自己要陷到无穷无尽的麻烦中去了。报纸、电视台和电台将会一窝蜂地提出上诉的。里特也许只得把监狱的大门向所有人敞开。道罗斯当然可以就里特的每一项裁决向丹佛第十巡回上诉法庭提出上诉,但即使那样,恐怕也要等好长时间之后上面才能审理,或许要等上一年呢。而在此期间,穿梭来往的记者大概已经把监狱的门槛踏平了。谁也不敢保证,吉尔摩一旦发现自己能够跟新闻界对话时会讲些什么。

道罗斯开始在办公室打听,谁能尽快把里特搞掉。有人建议申请下达书面训令,这样第十巡回法庭就不得不立即审理此案。道罗斯不是那种盲目接受他人建议的人,可申请弹劾里特法官的书面训令已经是势在必行了。这等于是指控一贯以犹他州最优秀的法官自诩并且曾和博学的汉德法官共过事的里特在这个案子中却显得对已经确立的法律原则一无所知,所以只好以这种极为罕见的方法加以补救:由道罗斯提出诉讼指控里特法官。由一个像他这样的年轻律师指控一位联邦法官——这无疑是一个惊人的激烈动作。里特大概不会很快饶恕他的。

四

《德塞瑞特消息报》

犹他州，山口堡，十一月二十八日讯——已被定罪的杀人犯加里·吉尔摩在写给犹他州大赦委员会的一封信中说："动手吧，你们这群胆小鬼……"

吉尔摩要求立即对他执行枪决。"我不寻求也不想得到你们的怜悯。"他写道，在"不"字下他画了三道杠。

在大赦委员会的听证会上，希勒一直纳闷，那个胡子修剪得整整齐齐、衣着整洁、体型匀称的小个子究竟是谁。他的举止庄重大方，看上去好像是预科学校的年轻教师。他究竟会是谁呢？那个家伙一个劲地盯着希勒看。

他是那种年纪轻轻就已功成名就的律师，或者是犹他州一个年轻的官僚吧。这种人一般不太瞪眼睛，但他一旦瞪起眼睛来，瞧着吧，液态的火焰就仿佛立刻喷射出来。希勒耸了耸肩。他已经习惯于和那些与他斗心计的人打交道了。不过在这种时候脂肪越厚越舒服——多了一层挡住烈焰的石棉。

希勒感到这家伙非常不喜欢自己，他得打听一下这人是谁。他连问了好几个记者才有人知道："那是厄尔·道罗斯，是首席检察官办公室的。"后来，希勒又看到他和萨姆·史密斯讲话。那两个人站在一起显得非常可笑，萨姆·史密斯比他高出足足十英寸。

希勒觉得狱方的行为不可理解。他们再三说不想引起公众的注意，可他们却在行政大楼主走廊一侧的会议室里举行大赦委员会听证会，而且对新闻界发出了邀请。这等于是把一小块肉扔给了一大群狮子。会议室里到处是电视摄像机、麦克风、摄影师、闪光灯、支在三脚架上的光源和高架上的顶灯，简直像个马戏场。这是他很长时间以来见过的最热闹的房间。

当戴着脚镣的吉尔摩被带进门时，大家全都站到椅子上以便能看得更清楚一些。希勒在一部有关中世纪的电影中看到过一个穿着白罩衫的家伙艰难地走向火刑柱，眼前的情景跟那差不多，只是在这里加里穿的是肥大的白裤子和长长的白衬衫，然而效果却是一样的，犯人看上去好像是一个扮演圣徒的演员。

希勒对吉尔摩的形象又有了新看法，就好像吉尔摩取下面具挂在墙上，又从墙上摘下另一个面具戴上一样。加里今天看上去不像看门人，不像走门串户的推销员，也不像冷血杀人犯。十天的绝食使他脸色苍白，脸上的麻点和伤疤全都显露出来了。他的样子并不难看，只不过显得虚弱而憔悴罢了。他看上去既不像鲍勃·米切姆，也不像加里·库珀，倒有点像罗伯特·德尼罗[①]。同样的死气沉沉，在死气沉沉的背后又同样蕴藏着巨大的力量。

周围那些哥伦比亚广播公司和全国广播公司的工作人员在交谈着，他们言谈话语中流露出的那种对吉尔摩的轻蔑使希勒感到很不高兴。听他们的口气，好像把他当做一个下三流的监狱律师，不过略有些手腕而已。一个当地记者咕哝着："这么个蹩脚的家伙竟会引起这么多人的注意，你能相信吗？"

希勒想起来了，凯勒少尉因在美莱村用机枪扫射越南村民而

---

① 均为美国影星。

受审时，担任其辩护律师的正是大赦委员会主席乔治·拉蒂默。在希勒看来，拉蒂默是一个长着牛头犬似的大脑袋、戴着眼镜的红脸摩门教徒，傲慢，自命不凡，脾气暴躁。这屋子里都是些什么人呀。他看到的唯一一张讨人喜欢的面孔是斯坦吉。希勒不知道他们以后是否能合得来，因为让·斯坦吉给他的印象是一方面太无礼，另一方面对一些重要细节又太大意。但是此刻，让那张略带孩子气的中年男子的脸上却充溢着友善的情感，他正在为加里担心呢。

事实上，此情此景使斯坦吉很开心。直到那时，加里一直对他持一种极为怀疑的态度。斯坦吉对此很坦然。他既不赞成死刑也不相信吉尔摩真的想死，他感兴趣的不是吉尔摩所持立场的是非曲直而是诉讼案件本身。这个案子太吸引人了，每天都有新情况出现，非常有趣。既然吉尔摩总有一天要死掉——尽管斯坦吉不相信这一点——他也就不想和他的当事人太接近。

但是，如果你不得不天天和一个人打交道，那么你和他的关系必然会越来越好。因此，斯坦吉答应帮吉尔摩办几件小事，并且设法办到了。他要铅笔，他给他带来了；他要画纸，他也给带来了。然而今天在法庭上，他才第一次为能替这个人辩护而感到自豪。直到现在他才知道，吉尔摩在压力下是个什么样子。在斯坦吉看来，他今天的表现真是绝了，他简直聪明到了极点。

在讲台的后部有一面蓝色的旗帜，四个人坐在一张长长的会议桌旁，他们都戴着眼镜，穿着蓝色套装。在希勒看来，他们大约都是摩门教徒。希勒正在尽可能多记住一些细节。他不断在心里对自己说，这是历史。但在主席叫吉尔摩发言之前，他却无聊得要命。也就在这个时候，加里开始吸引住拉里·希勒的注意力。

如果吉尔摩没有穿着那一身一级警戒区的白色囚服的话，你也许会认为他是一个正在接受面试的研究生，这个研究生对自己的这帮主考有点瞧不起。

"我在想，"他一开始便说，"贵委员会有权恩赐赦免，我早就知道许多人谋求、渴望并获得了赦免，他们应该获得。但我不想、更不渴望从你们这儿得到什么。我没有从你们那儿获得过什么，我也不配。"

在这个拥挤不堪、热气腾腾、处于白热化状态的会议室里，大家全都盯着吉尔摩。他吸引了所有的眼睛，所有的摄像镜头。希勒现在双倍地感到吉尔摩是个演员。他不是个只会应付这种场面的蹩脚演员；他把周围的一切全抛在脑后，全神贯注地表达自己的观点。他讲述自己的观点时表现出绝对的自信，他的口气是那样的平静，就好像他仅仅是在对一个人说话似的。这正是那种能使你忘记自己是坐在戏院里的表演。

希勒想，这个家伙将会是个多么了不起的影星啊。想到自己拥有这个人生平故事的专有权，他心里甜滋滋的。可紧接着他又强咽下一阵苦涩，他已经被剥夺了和加里当面交谈的机会了。从现在开始，他也许只能通过中间人向他提问题了。

五

吉尔摩：我已经得出结论，我今天之所以到这儿来完全是犹他州
　　　　州长拉姆顿的过错，因为任何一点压力都可以使他屈服。
　　　　　　我个人已经确认，他这样做说明他在道义上是个胆小
　　　　鬼。我已经完全接受了对我的判决，我一生都在接受对我

的判决。在这种事情上,我不知道还有什么别的选择。

但当我真的接受判决时,人人都跳出来和我争辩。看来人民,特别是犹他州的人民,赞成死刑,却又不想执行死刑。当现实迫使他们去执行一项死刑判决时,嘚,他们又打起退堂鼓来了。

他们判我死刑时就像判我在县监狱蹲十年或三十天那样轻松,我却认为他们是认真的。我觉得你们在这件事上是应该认真的。可我不知道这是个玩笑。

美国公民自由联合会的雪莉·皮特勒女士想插手此事,但美国公民自由联合会的那帮人不过是什么事都想插手而已。我不认为他们这辈子真的干过什么实事。我倒希望他们全都滚出去,包括那帮盐湖城来的牧师和拉比——这是我的生死大事,法庭判决我死,我接受了……

主 席:现在,不管你对我们有什么看法,你可以放心,我们不是胆小鬼。你还可以放心,我们将依照犹他州的法律而不是你个人的愿望来判决此案……理查德·吉奥克在吗?

下面我们将请要求发言的人讲话。

理查德先生,我们收到了你写的一篇辩护状,顺便说一句,你的状文写得很好。我也许不同意你的某些观点,但无论如何状文写得确实很好。

这时,希勒看见一个身材瘦削的金发男子站了起来。他高高的鼻子,小下巴,神情相当优雅。希勒想,这人一定是美国公民自由联合会或其他类似团体的律师。他在心里记下了这个人,打算有机会一定要见一见这位叫人感兴趣的先生。吉奥克的一举一动都流露出一种优越感,大概他以为自己比所有听他发言的人都更有头脑。也许正是出于这一原因,他看都不看吉尔摩一眼。加里倒是相当专注地盯了他好一会。希勒能够体会到吉尔摩气愤的原因——谈论他的那个人是来自另一方的。

吉奥克：主席先生，首先我想就大赦委员会的权力问题简要地说几句。我们请求委员会维持暂缓执行死刑的裁决，一直等到那些我们认为你们无法解决的问题由法庭解决为止。

　　整个社会全然不顾吉尔摩先生的愿望一致赞成这样做，我认为这里有几个事实值得我们研究。其中一个是，他是否自愿地放弃了自己的法定权利，或者他是否是在要求州政府做一名纯粹的帮凶……这里重要的不是吉尔摩先生的愿望，主席先生，我仅仅请求……是否行刑不应该由吉尔摩先生来决定，也不应该由这个委员会来决定，而应该由法庭来决定。

主　席：嗯，我准备回答你……我们不打算让这个案子拖下去，一直等到由别的什么人来决定什么是合法的、什么是不合法的……我们来这儿的目的就是不让这个案子无限期地拖下去。在有关死刑的法律方面，我们支持大家的意见和犹他州政府的意见。从我个人的观点出发，我不赞成继续延期。

又过了一会，听证会第一次休息。吉尔摩被带了出去。大赦委员会的成员们也离开了会议室。离席的记者寥寥无几。即使有几个离席的，也是为了寻找更好的坐位。

这时，厄尔·道罗斯心里的火直往上蹿，他从没像现在这样想发火。他还没有准备好要向第十巡回法庭提交的书面训令申请，可这个糟糕透顶的听证会却浪费了他整整一个上午的时间。他简直不明白萨姆·史密斯为什么会允许这样做。这段幕间休息时间——你只能把它称作幕间休息而不是休庭，因为这儿简直成了电视剧场——他竟看见希勒坐到首席检察官办公室工作人员的椅子上去了。那椅子看上去像把导演椅，椅罩上清楚地标着比尔·艾文思的名字。道罗斯一遍又一遍地小声对艾文思说："去把那把椅子从他屁股底下拖出来。"这种话在厄尔的记忆中可从来没说过，以前他连叫一个人把手放在另一个人的身上这种话都没说过。可眼下这个地方的情景，还有新闻界对这种情景的漠视实在叫他恶心。

安全措施之松懈也使道罗斯感到惊讶。门口没有电子扫描器，也没有搜过任何人的身。面孔陌生的摄影记者带着大包大包的仪器一个接一个走进来。我的上帝！任何一个人都可以带一把马格南左轮进来，在加里身上穿个洞。不让记者进来本来是狱长的基本权力，但看来有个官比他大的人不反对对新闻界公开。道罗斯对自己的当事人也厌恶起来。如果他们非拍电视不可，看在老天的分上，狱方为什么不在具体事宜上制造点障碍，例如只让一台摄像机、一名电台工作人员和一个记者进来？让所有的人都挤进来，简直是疯了。尽管如此，有一件事给厄尔留下了深刻的印象，吉尔摩这家伙实际上很有可能不喜欢炫耀卖弄。

六

在县监狱里，他们把吉布斯带到前面的办公室去，和几个警察、看守一起观看听证会的电视转播。他们全都目不转睛地盯着电视屏幕。吉布斯觉得，这简直就像一部肥皂剧。当加里对法庭说，他们都是胆小鬼时，吉布斯大笑起来，他的声音那么响，警察们古怪地瞅了他一眼。

加里以三比二的票数获胜。电视上说，他的死刑日期可能定在十二月六日，因为判决是在十月七日作出的，正好时隔六十天，

771

符合有关规定。吉布斯想,加里·吉尔摩也许只能再活一个星期了。

《德塞瑞特消息报》

盐湖城,十一月三十日讯——由四十多个民族、宗教、法律、少数群体、政治和职业团体组成的全国抵制死刑联合会于上星期二就犹他州大赦委员会的决定发表了一项强硬的声明。

"这有可能是美利坚合众国十年来第一个由法庭批准的杀人行为。"声明指出。

参加该联合会的组织有美国公民自由联合会、美国伦理学会、美国友人服务委员会、美国行为精神病学协会、美国犹太教士中央联合会等。

第十二章 政府雇员

一

在大赦委员会听证会期间,厄尔确实开始对吉尔摩的举止产生了较好的印象,尽管他很明白这绝非敬佩之情。这个人正在绝食,可他的脑子非常灵活。道罗斯为自己能产生一点正面的印象而感到高兴。当初吉尔摩企图自杀时,他对他的敬重感减少了许多。此人刚刚就司法问题发表了一番激动人心的宏论,紧接着便选择了一条胆小鬼的道路。在道罗斯的眼里,吉尔摩是在为自己赎身。

厄尔意识到这具有多么大的讽刺意味。他和吉尔摩唯一一致的地方是:两人各自出于自己的理由都希望尽快执行死刑。你很难把这叫做默契。还有，在这次听证会上，他全力支持这个人的要求，就好像他们是一伙的。不过，当这个家伙完成一场精彩表演时，你不得不为他喝彩。当然，厄尔知道自己在感情上有些自私。吉尔摩这个案子也许是他所参与过的惟一一件五十年之后还有人为之著书立说的案件。唉，吉尔摩死后，我的生活就要走下坡路了。说句实话，至于他以后能否再这样积极地参与一桩为全国和全世界所瞩目的案子，还很难说。那些他多年前在英国传教时结识的人现在又开始和他通信了。七八年前是他使他们皈依了后期圣徒教会的。因此，厄尔感到庆幸，他是这个办公室里第一个认识到此事重要性的人。

他以为，现在自己之所以为吉尔摩感到得意，是因为这个犯人对他自己的处境毫无怨言。假如办理这样一件重大事宜，同时又觉得处在此事中心的那个人不过是个居心不良的囚犯艺术家，那可就麻烦了。如果吉尔摩的愿望是真诚的，它倒与厄尔的某些目的相吻合。

近年来，联邦最高法院的几个法官一直在抱怨，目前国内最不受保护的当事人就是国家和各级地方政府。就个人而言，这一点让厄尔恼火透了。他要改善一下政府工作人员的形象。他不想投身政治，也不想跻身名流，如果他还有什么雄心壮志的话，那就是在犹他州高级法院面前成为公认的最优秀的辩护人，成为监狱法的权威。他要以透彻的研究和超人的能力来博得赞誉。事实上，如果他对自己的工作有什么建设性批评的话，那就是他倾向于研究死亡这个课题。最叫他受不了的是敷衍了事的工作作风。因此，在负责办理加里·吉尔摩的案子期间，他每天都要干上十四五个小时。连他的孩子都能理解他的工作对他们家庭生活所造成的影响。现在，孩子们拿起听筒接电话时，多半会预料到电话是陌生人打给他们爸爸的。

他和妻子每次去参加聚会时，大家总要不厌其烦地追问各种详情细节，厄尔也愿意对别人讲这种事。在繁重的工作之余，告诉人们一些他正在从事的工作，正好能开开心，也解解乏。不过，他还是尽可能有条有理地对大家解释清楚，首席检察官办公室里的他们这帮人并不是没有头脑的傻瓜，他们事实上正在从事一项他们为之感到自豪的事业。

厄尔很聪明，从不公开宣布他对自己的工作心满意足，也从不炫耀他的工作给他带来了他梦寐以求的安定生活。在法学院上学的那几年，为了维持他那新建家庭的生计，他不得不在下午和晚上去做兼职书记员。一直有一种力量支撑着他熬下去，有一个梦想激励着他去传教、上学、结婚和攻读法律。这个力量和梦想就是，他最终能够在某个地方定居下来，干几件轰轰烈烈的大事。现在他有了自己的家，不再住公寓了。他是一个越来越大的家庭里的父亲，他热爱自己的工作，为自己的妻子而骄傲，经常和孩子们在一起玩。他非常清楚，这可以看做是对他年轻时代颠沛流离生活的一种反抗。

厄尔的父亲有点不合群——他这样说绝无指责之意，而仅仅是准确陈述事实。他父亲的娱乐就是拿上自己的画架和画布独自出门，晚上回来时带回一幅漂亮的风景画。厄尔的少年时代是在弗吉尼亚、洛杉矶和盐湖城度过的，他父亲一直是五角大楼的一名律师，经常带着他们四处迁徙。厄尔没有兄弟，唯一的姐姐在他十三岁那年就出嫁了，所以他实际上是个独子，内心生活非常古怪。例如，上五年级时，他成为全校最优秀的漫画家。他写信给沃特·迪士尼，询问他们是否愿意在重才不重年龄的条件下雇用他。

然而，在弗吉尼亚上中学时，他确实曾经名噪一时。他是舞会乐队的一名演奏员，又是中学体育活动的积极分子，经常打篮球，跑步，直到在一次体操表演时摔断了一条腿。这从此结束了他的运动生涯，但他却被选为三年级学生会的主席。他打算竞选校学生会主席，甚至开始和啦啦队队长约会。唉，他家却突然搬到洛杉矶去了。他父亲重新安置下来，厄尔却又一次脱离了自己习惯的生活圈子。

在西洛杉矶上大学附中时，他是个无名鼠辈。这里的学生太多了。他一个人吃午饭，谁也不认识。正是在这一段生活中，他变得不那么顺从了。他吵着要回弗吉尼亚，去和他叔叔住在一起，去与他的女朋友团聚。

看到他不愉快，他父亲很难过。也许让他父亲意识到这一点就足够了。厄尔说："对不起，我不走了。"他真的留了下来，但在中学上高年级的那几年是最不愉快的。

后来他的父亲又被调到犹他州，这一次情况并不是太坏。他的亲戚都是后期圣徒教会的教徒，所以他们在盐湖城一直保留着一块小小的避暑地。和东部那位啦啦队长的关系已经是不可能的了，于是厄尔便和他在盐湖城最好的朋友的妹妹好上了。一直到结婚，他们的约会从没停止过。

他认为，和大多数同龄人相比，他的生活要稳定得多，只是他了解自己的缺点，知道自己脾气不好。这些天他一直冲着电视机大喊大叫以解脱自己。"看那个笨蛋！"厄尔常常对着电视屏幕喊起来。但只有在没有外人时他才这样干。小时候父亲常常把他拉到一边，教导他，叫他文雅点，所以直到如今，当他在法庭上唇枪舌剑与人辩论时，从不朝对手喊叫。使自己显得威严当然是对的，不过厄尔努力不使自己的发言掺杂争斗的成分。正是出于这一原因，他才为吉尔摩在大赦委员会听证会上的表现而感到得意，就好像是他在心里不断告诫吉尔摩不要发火似的。

二

厄尔知道自己什么能干好，什么不能干好，盘问证人从来不是他的强项。他喜欢吉尔摩这个案子的一个原因就是在此案中只需要分析一些新出现的法律现象就行了，你不会因为证人的不合作而陷入困境的。他很清楚，自己不善于提问，不知道如何利用证人对第十个问题的回答来反驳他先前的回答。他喜欢开门见山，这也许是年轻时代的生活发生过许多次突变的缘故。但他知道，作为一名律师，自己那种通过提出一些有关的问题把对手引上歧途的能力并不是很强。他认为这是他知己太少的必然结果。甚至现在，他的社交圈子仍不超过妻子、妻舅、他们最亲近的朋友，几位邻居和办公室里的同事。他最亲密的朋友大多是在工作中结交的。

他和萨姆·史密斯的友谊就是个好例子。他几乎可以把这位狱长说成是自己的密友，然而他们从不在社交场合见面。他们之间友谊的建立主要是由于他们两人在一起学习过监狱法。萨姆刚当狱长时，厄尔也正好进入首席检察官办公室工作。通过结识萨姆，厄尔了解到许多监狱里的问题。他认为，狱长比大家所认为的还要开通。例如，他允许对一级警戒牢房接触性探视。正因为如此，吉尔摩的自杀企图才成为可能。如果他们把吉尔摩与他人隔离开来，安眠药也许永远送不进去。厄尔曾提到过这件事，但史密斯却说："噢，是这么回事，如果这些家伙和外界没有任何身体上的接触，那对他们的改造将大大不利。"在厄尔看来，狱长如果有什么错误的话，那就是在施仁政方面，正是因为这个他才落到被人指责为无能的地步。

厄尔认为，史密斯狱长的最大弱点是，他的心肠太好了。厄尔可以毫不苛刻地说，没有几个狱长会早早起床离开家人来到监狱和二级警戒牢房里的囚犯共进早餐的。正是出于这个考虑，厄尔才觉得自己应该在新闻界为接近吉尔摩而对萨姆提起诉讼时挺身而出保护他。

有一个问题你很难向新闻界人士解释清楚，也很难向法官解释清楚——对里特法官也是一样——那就是监狱里之所以气氛紧张，常常是由于注意力全集中在某个囚犯的身上了。结果，这个囚犯会变得像个棒球明星，连球队经理的话都听不进去了。向媒体新闻界敞开大门后，令人担心的远远不只是吉尔摩会信口开河——而是其他在押犯的反应。每当一名罪犯凌驾于监狱之上时，狱中总会发生许多起违反狱规的插曲。

三

十二月一日，厄尔向丹佛第十巡回法庭递交了要求颁布书面训令的申请。厄尔在申请中指出，在《盐湖论坛报》一案中，里特法官在没有任何证据的情况下作出了过分宽松的裁决。同一天早上，美国广播公司新闻部的勒鲁瓦·阿特斯兰给他打来电话。阿特斯兰将在第二天向州法院提交诉讼书，要求像《盐湖论坛报》那样获得临时约束令。要真是那样，美国广播公司也可以采访吉尔摩了。

第二天上午,《德塞瑞特消息报》加入美国广播公司的这一行动中。罗伯特·穆迪出庭为加里·吉尔摩辩护。拉里·希勒也到场了。那天反对厄尔的法律势力非常大,他对自己的表现很不满意。

在厄尔自己眼里,他的最大弱点又暴露出来了。他开始盘问劳伦斯·希勒,可是他的火气越来越大,最后再也冷静不下来了。就在几天前,希勒冒充顾问偷偷溜进监狱,可现在在证人席上他竟厚颜无耻地说,他采访过许多监狱里的在押犯,从没违反过监狱的规章制度。厄尔心里明白,应该通过冷静的盘问来击败证人,但他却气得只管自己在那里慷慨陈词。他若是稍微用点手腕的话,就能诱使希勒承认违反了犹他州监狱的规定。但想到狱方是多么的真诚,而他的对手为了获取他人的专有权却是那样的不择手段,他实在压不住心头的怒火,不管不顾地怒斥起那家伙,结果被马塞勒斯·斯诺法官打断了。

因此,斯诺法官批准临时约束令时,厄尔并不感到吃惊。当晚就将对吉尔摩进行电视采访。

穆　迪:好吧,我们和希勒、美国广播公司电视部以及许多律师一整天都在法庭上。斯诺法官即将签署一项命令,允许新闻界今晚采访。拉里作为证人站到了证人席上,我认为正是他说服了法官让他继续干下去。
吉尔摩:哈,我知道这个家伙不管在哪儿都会干得很好,他知道怎样和别人谈话……我们什么时候接受采访?
穆　迪:九点钟开始。

吉尔摩：我希望不要再晚了。伙计，我累极了，就好像是早上五点钟就醒了……和美国广播公司这样的辛迪加谈话，你的精神必须处在最佳状态。……拉里要不要坐在一个能向我暗示的位置上？如果有什么问题他不想让我回答的话，只需摸一下他的下巴，这真妙极了。

四

厄尔一从斯诺法官的法庭赶回来，就立刻着手写另一份书面训令的申请。使他高兴的是，当他查阅州法律时，他发现其程序与联邦法律的一致。这样，他要做的只不过是把他写给丹佛法庭的文件中的名字划去，添上新名字。他叫秘书利用午饭时间把申请打出来，自己做好准备下午一上班就提交上去。

他来到楼上的犹他州高级法院办事处，对首席法官汉瑞奥德说，斯诺法官的命令要到近傍晚时才能准备好，所以，如果法院照常五点休庭，那就没有什么办法阻止记者今晚采访吉尔摩了。虽然这种做法很少见，但汉瑞奥德法官答应延长工作时间。道罗斯说："我将尽快从斯诺法官的法庭跑回来报信。"

他说到做到。但首先他必须克服几道障碍。斯诺法官提议的命令已经由新闻界的律师们起草好了。可正在厄尔就其中几点和他们争辩时，法庭办事员递给他一张字条。真该死，第十巡回法庭准备明天下午审理弹劾里特法官书面训令的申请，这样一来，当这儿正在进行辩论时，厄尔却要到丹佛去。

更糟的是，下午四点钟，斯诺法官决定转移到一间发布新闻的大房间去继续他的审理，在那儿他可以通过广播宣布他的决定。

这样一来，一点空余时间都没有了。最后，厄尔在心里对自己说："不管这个命令发出去没有，反正法官已经签署了。"他告诉一名助手尽快抢到一份签过字的副本，随后他一口气跑上山，跑进犹他州高级法院。

在场的有三位法官。他们读完那份文件，颁布了一条当晚暂缓执行这项命令的决定。他们说，这项命令可以推迟到明天辩论。这样一来，电视台今晚就不能采访吉尔摩了。

州议会会堂的走廊好像变成了政治集会的场所，除了麦克风、大理石墙壁和电视摄像灯什么也看不见。接受了几个采访后，厄尔匆匆跑到楼下的首席检察官办公室，向他的几个同事传授明天在犹他州高级法院如何行事的秘诀。到现在为止，他把这一切都处理得非常好。

五

当天晚上回到家里，道罗斯提醒自己，也许还有四天吉尔摩的死刑就要执行了。十二月六日。如果他们能够把新闻界再挡在外边四天，狱方就能作出适当的安排。记者们不会闯进某位银行总裁的办公室，说："把你知道的事告诉我们。"可他们没有认识到，一位狱长也许同样注重礼节。

他刚想到这儿，萨姆·史密斯就来电话了。他说他非常赞赏厄尔在强迫进食方面所做的工作，不过他还想再等等看。此刻，吉尔摩似乎没有生命危险。事实上，禁食反倒使他脾气更大了，他多次把饭盘扔到看守的身上。因此，萨姆·史密斯说，请他放心，如果有必要而且时机成熟的话，他们会强迫他进食的。处死一个一连两个星期没吃一顿饭的人毕竟不是一桩十分光彩的事。

睡觉时，厄尔想到，明天他将不得不跟唐纳德·霍尔布鲁克辩论。这位律师是厄尔家的好友，是他买下了厄尔双亲的房子。厄尔想，在他这一行里如果有什么人值得他推崇的话，那就是霍尔布鲁克。唐纳德在盐湖城享有很高的声誉，厄尔希望自己此次交锋不负使命。

第二天早上，厄尔接到自己办公室打来的一个电话。特号新闻：联邦最高法院刚刚裁决，暂缓执行吉尔摩的死刑判决。看来是吉尔摩的母亲通过理查德·吉奥克向联邦最高法院递交了一份申请，请求他们下达调取案卷令。在飞机上，厄尔反复考虑着这件事，他说不清自己对这一重大发展是否有思想准备。一天十二至十四小时的工作负担现在又加重了。霍尔布鲁克坐的是头等舱，有足够的地方摊开他的各种法律文件；而厄尔，一名政府雇员，却只能挤在经济舱这种窄小的坐位里，这怎能不叫他恼火？在整个飞行过程中，他一直设法把联邦最高法院从自己的脑子中驱赶走，以便集中注意力考虑今天在丹佛要做的工作。

第十巡回法庭上的气氛令人望而生畏，但厄尔很快便镇定下来了。他能够看出，由于《盐湖论坛报》宣称狱方偏袒希勒和博亚兹，今天在丹佛不会有什么结果。厄尔认为，对另一方来说，这是一个很大的错误。寻找事实依据就意味着拖延审判。此外，希勒进入监狱时对警卫隐瞒了自己的真实身份，所以，待到书面陈述收集完毕之后，《盐湖论坛报》的起诉将会被大大削弱。飞回盐湖城时，厄尔的心情舒畅多了，但同时也有点不安，他担心自己不能完成本周末在联邦最高法院抗辩的重任。看来他必须在疲惫中振作精神才行。

然而他走进办公室时,却发现他们已指派彼尔·巴雷特接替他的工作了。他们对他说,他应该休息,这是他应该享受的。是的,道罗斯知道自己需要休息一下了。一周工作了八十个小时之后,他已经没有精力应付哪怕一点点这方面的事情。尽管如此,他还是产生了遭人冷落之感,最高法院里正在轰轰烈烈地进行着那么重大的事件,他却无缘参加了。

六

斯坦吉:加里,你看到了你母亲递交的那份要求暂缓执行死刑的申请了吗?

吉尔摩:我是在收音机里听到的。

斯坦吉:你母亲的律师是理查德·吉奥克。你还记得那个金发的家伙吗?他来自那个代表所有牧师和拉比的美国公民自由联合会。你知道他是如何找到你母亲的吗?

吉尔摩:不知道。我想跟我母亲谈谈……我和尼科尔通话的事有什么新进展没有?

斯坦吉:没有。大约两个小时之前,医院的头头吉格打来了一个电话。你把他气得太厉害了,他不肯作任何让步。给他施加点舆论压力怎么样?

吉尔摩:这个主意好极了,我正是为此而绝食的。我一直希望医院会受到公众舆论的压力。

斯坦吉:是的。

吉尔摩:我真想一枪崩了吉格。

斯坦吉:他有点古怪。

吉尔摩:哈,所有的医生都古怪。你曾经遇见过铁石心肠的精神病医生吗?

斯坦吉:上帝,他比接受他治疗的病人还要疯狂。

吉尔摩：我今天买了一百六十美元的罐头食品和其他各式各样的点心和小吃，我把它们锁在隔壁的一间牢房里。只要和尼科尔一通话，我立刻就叫他们打开那间牢房。我买了一把罐头起子，我要用它打开罐头。这会儿我他妈的饿极了，如果你能想点办法帮我打成这个电话……我将接受他们附加的任何限制条件。但是，必须是直接通话，不是录音谈话，嗯，谈完话我就吃饭。

第十三章　生日

一

两天前的晚上，希勒曾作出安排与戴夫·约翰斯顿在盐湖城机场见面，他需要一个人协助自己拟出提问吉尔摩的提纲。十一月时戴夫曾经帮过他的忙，并且还在《洛杉矶时报》上发表过一篇相当不错的报道，所以希勒觉得他正是那种自己能找得到的赞同自己观点的第一流的行家。今晚约翰斯顿从旧金山赶来，以参加明天的听证会，希勒也要去参加。此刻，他对希勒咧嘴笑笑，算是打了个招呼。他手里握着一份新拟出的问题单子。

乘出租车前往希尔顿饭店的路上他们开始了谈话。显然，约翰斯顿对盐湖城很熟悉。希勒不禁好奇地问，这位来自密执安、现在为洛杉矶一家报纸写稿的戴夫到底从哪儿学来了这么多关于后期圣徒教会的知识。约翰斯顿坚定而友善地笑笑说："我自己就是个摩门教徒。"听了这话，希勒并没有感到非常吃惊。他已经浏览了一遍那张单子，其中一个问题特别引起了他的注意。"如果本尼·布什内尔复活的话，你是否害怕他会对你复仇？"这个问题带有浓厚的摩门教色彩。希勒灵机一动，添上了一个附加问题："你认为你死后会发生什么事？"

那天深夜，希勒一个人坐在房间里时，想起了几年前他所遭到的一场批评。当时，他刚和丹尼斯·霍帕合作拍摄了《美国梦幻者》。这是一部研究霍帕生平的影片。各家先锋派报刊以及《乡村之声》《滚石》等刊物都派员出席了为新闻界举行的放映仪式。《滚石》甚至用四个整版刊登了一篇批评文章。该文说，片子拍得很好，但制片人兼导演希勒对霍帕生平的一个重要方面却不甚了了，"希勒对丹尼斯·霍帕的那些更富神秘主义色彩的思想一无所知。"

被拉里称为丹尼斯·霍帕之光的灯至今仍在他的头脑里闪烁着。希勒不信神也不信鬼，对此他连想都不想。如果你死了，灵魂也就消失了。他只是偶尔考虑一下死的问题，但并没有什么进一步的想法。所以，当他再次浏览约翰斯顿列出的问题时，他一遍又一遍地说："还有一个重要的方面，就是加里·吉尔摩的死后的生活。这个家伙确信灵魂不灭。"希勒摇摇头。这是硬币完整的另外一面。他现在才第一次意识到也许吉尔摩真的想死。以前他一直认为，吉尔摩之所以接受对他的死刑判决是因为他过于高傲，拉不下面子。现在他明白了，吉尔摩也许是希望在另一面找到某种东西，为此他不仅愿意下赌注，而且赌什么他都愿意。希勒想，这和他有时掷骰子时知道自己能掷出七点的那种感觉肯定是一样的。是的，希勒确信这种感觉与吉尔摩的感觉很相似。有时候，就在投骰子之前，他能看到布上显出七点的影子。但这种想法使希勒有几分不安，他不喜欢讨论那些远远超出自己思想范围的东西，因为这样一来，他也许需要别人帮忙。他最初想雇用巴里·法雷尔，可又把这个念头撂下了。他想，等他看过巴里在

《新西部》上如何描写自己之后再作决定也不迟。

第二天，休庭之后，希勒听了穆迪和斯坦吉与加里谈话的第一盘磁带。录音并不令人鼓舞。穆迪和斯坦吉似乎是在和他们的当事人套近乎，可录音也许与新闻报道没什么关系。净是些有关法律问题的讨论以及男人间的玩笑，没有一点急于切入正题的迹象。于是，希勒决定，在律师与加里的下一次交谈里不口头讨论戴夫·约翰斯顿的十个问题和他自己的二十多个问题，而是请他作书面回答。从《德塞瑞特消息报》上登的那几封吉尔摩写给尼科尔的信来看，这家伙的笔头很有功夫。

二

你为什么杀死詹森和布什内尔？

詹金斯和布什内尔之间的相似点太多了：两人都是二十四五岁，都有家室，都是摩门传教士。也许这两人命中注定要被杀死。

对你问题的回答是：

我杀詹金斯和布什内尔是因为我不想杀尼科尔。

布什内尔是不是个胆小鬼？他说了些什么？

不，我认为布什内尔先生不是胆小鬼，他看上去也不像个胆小鬼。我记得他很愿意听从吩咐，但我只记得他叫我小点声，不要惊动隔壁房里他的妻子，别的话都不记得了。

他很冷静，甚至很勇敢。

你是否希望自己没有杀布什内尔？

是的。

还希望我连詹金斯也没杀。

詹森抵抗了没有，流露出恐惧了吗？
詹金斯没有抵抗。
他也没有流露出恐惧。
他那张友好、和善的笑脸给我留下很深的印象。

詹森和布什内尔死得像不像男子汉？就像你所希望的那样？
他们的恐惧和你能预料到的一个人遭到抢劫时的恐惧是一样的，仅此而已。
我几乎可以肯定，在我动手之前，他们并不知道自己会死。

你是否记得在什么电影或新闻片里看过行刑队处死人的镜头？
《神秘的斯洛伐克人》——
他多次呼喊万福马利亚，是不是？

如果你有权选择的话，你会让你的死刑实况上电视吗？
不。
太可怕了。
至于我死的时候愿不愿意让电视转播嘛……
其实从另一方面说，我一点也不在乎。

你认为你死后会发生什么事？
我不知道，但我能猜测——如果在我灵魂中深藏着对死的认识，正如我所相信的那样，我无法有意识地将其明确表达出来。
我只是认为死并不陌生……我必须让我的心灵保持强壮，与众不同——在阴间你可以作出在世间无法作的选择。死的时候你可能犯的最大错误就是害怕。

如果本尼·布什内尔复活的话,你是否害怕他会对你复仇?

我考虑过这一点——但我不害怕,去他妈的害怕。我也许会见到布什内尔——如果真有这种可能,我是不会躲避他的。我承认他的权利。

你为什么要杀人,如果你愿意克制的话,你是否能克制住你杀人的欲望?

被捕前那个星期里我的心情坏到了极点。我失去了尼科尔。这种心灵的伤害那么厉害,以至于变成肉体的了——我的意思是我几乎走不动了,我无法入睡,茶饭不思。我无法忘掉自己的忧伤,甚至连喝醉酒后也忘不掉。一个巨大的创伤,一个沉重的损失。这种情况越来越严重,我的心能够感觉到……我感到浑身的骨头疼极了,我只得拿起手枪以挨过这一天。

> 于是它变成镇定的狂怒。
> 我打开大门,让它冲出来。
> 但这还不够。
> 它要继续干、继续干。
> 更多的詹金斯,更多的布什内尔。
> 上帝……
> 这毫无意义——

加里在电话里对弗恩说:"有些问题完全是他妈的打听个人隐私的。"

弗恩答道:"如果你不想回答,就直截了当告诉他。他不会逼你回答的。"

"是的,我知道,"加里说,"但我还是讨厌这些问题。"

"喂,"读他的回答时,斯坦吉说,"是詹森,不是詹金斯。"
"我说的是詹金斯吗?他妈的,"加里说,"我可没想说错他的名字。"

"真是离奇古怪,"斯坦吉把回答拿给希勒看的时候说,"你不这样认为吗?"
"我说不准,"希勒说,"不知道他回答问题时是不是信手乱写的。"
最后一个回答挺有趣,可其余许多回答都无聊透顶。

当你得知对你的判决时有何感受?判决是否公正?
对我的触动大概比对法庭上的任何人都小。

你如何描述你自己的个性?
略微不够温和。

你最大的成就是什么?

这个问题他没有回答。这个问题下面的那一片空白好像在反过来盯着希勒。吉尔摩仍然做出一副死硬罪犯的样子,铁石心肠,冷酷无情,能克服一切障碍。希勒所要的远不是这种冷漠的罪犯式的回答。一个人在自己的生日这天竟是这个样子,太缺乏热情了。

三

《德塞瑞特消息报》
三十六岁的犹他杀人犯仍然要求死

山口堡讯,十二月四日——已被定罪的杀人犯加里·马克·吉尔摩今天在犹他州监狱里度过了他的三十六岁生日,他宣称他仍然愿意去死。

吉布斯请大个杰克给他买了一张明信片，寄给了加里。他在明信片上写着："我希望你还会过更多次愉快的生日。"他知道这话肯定会逗得吉尔摩哈哈大笑的。

布伦达和约翰尼前去探监，他们通过电话向吉尔摩祝贺生日。"喂，表兄，"她说，"你知道你是美国最有名气的犯人吗？他们昨天晚上就是这么谈论你的。"他用低沉而压抑的嗓音回答说："我倒希望他们赞赏的是我的艺术创造力和智力。"这是他那饥饿的胃在说话，听声音就好像是从空蛋壳里发出来似的。"这样的名气我可不欢迎。"他抱怨道。

布伦达在心里说："加里也许真的不喜欢出名，但他肯定越来越有名了。"

加里交给弗恩一张单子，上面写着人名以及他要给这每一个人的钱数。布伦达得五千美元，托妮得三千美元。加里还送给斯特林和鲁丝·安五千美元。他本想给那个钟点保姆劳雷尔和她的家人三千美元，但遭到弗恩的极力反对。

后来加里又谈到几个给他写过情书的夏威夷姑娘，说他想给她们寄几百美元去。弗恩嘴上同意，却从没拿出过这笔钱。他想，等到加里把这笔钱全分完了，他会很高兴地发现还剩几百美元的。不过，加里送给人钱的方式实在叫你讨厌。

在中西部有一个叫埃德·巴尼的犯人。有一天加里收到了他的一封信。加里告诉弗恩，他在俄勒冈州时就认识这家伙，他们曾在隔离牢房里一起度过很长时间。"埃德·巴尼是好样的，"加里说,"他是我最要好最亲近的朋友之一。我要你给他一千美元。"弗恩觉得加里讲话跟他母亲差不多。弗恩刚认识贝西时就发现,她每回谈论一个漂亮的男人或女人时总要陶醉在有声有色的描述中,而且最后她总是说"那是我见到过的最漂亮的男人"或者是"最漂亮的女人"。被她这样描述过的人大概不下一百个。加里谈论朋友时和他母亲一模一样。今天,斯特林是他最要好的朋友,而昨天却是勒鲁瓦·厄普,或是文斯·凯普坦诺,或是史蒂夫·凯恩勒,或是约翰·米尔斯,或是许多其他弗恩记不住名字的囚犯。明天不用讲你也知道,又是另一个什么家伙,也许会是吉布斯吧。因此,弗恩决定扣下给埃德·巴尼的钱。随着行刑日期的一再拖延,加里也许不知哪一天就一文不名了。留下的这几千美元可以使他在监狱里过上十分舒适的生活。

但是,由于加里的坚持,弗恩不得不给吉布斯送去两千美元。后来,他又提出一个名叫富古的家伙,说自己以前给那家伙文身时曾画了一样非常伤他感情的东西。他要给他一笔钱。弗恩和他激烈争论了一通,最后终于说服他放弃这个打算。

后来出现了一个神秘的受赠者。加里要送给他五千美元,分两次付清。弗恩必须到一个街角去见那个人,当面交给他两千五百美元。加里说这件事不容争辩。弗恩想出了个好主意。最后他在一家餐馆里见到了那家伙,把钱交给了他。这主意叫他厌恶透顶。纯粹是不负责任的浪费。但使他高兴的是,加里没有付第二笔款子。

现在,在加里的生日这天,他要送给玛吉·奎因五百美元。"玛吉·奎因?"弗恩不解地问。加里说:"就是艾达介绍我认识的那个小姑娘。""噢,你怎么想起来给她五百美元的?"弗恩问。弗恩说"噢"时嗓音非常轻柔,好像他要使你离他更近些似的。"噢,"

加里模仿着弗恩的嗓音说,"我碰巧把她汽车的挡风玻璃砸碎了。"

弗恩并没有感到特别吃惊。"我知道是你干的,你这个可恶的坏蛋。"他骂道。他记起来了,几个月前玛吉·奎因的母亲曾向他打听这事是不是加里干的,弗恩当时回答说:"我不知道,也许是他干的。"送这五百美元弗恩不反对。

加里不止一次地说:"千万要让我母亲有个照料。"可他却从不提钱的事。弗恩觉得,加里想要证实他母亲确实非常爱他,所以翻来覆去地琢磨证据。然而他又认为证据不充分,所以一直对她很吝啬。最后弗恩只得说:"你可以给一个钟点保姆三千美元,而你的母亲眼下却身无分文。""好吧,"加里说,"减少一点,拿出一千来给我妈。"说完他又犹豫起来了。"但不要寄去,"他说,"你和艾达姨妈一起坐飞机把钱送给她本人。"弗恩有点摸不着头脑了。如果加里担心钱会被什么人偷去,他完全可以请波特兰的一家银行派专人把钱送去。老天爷,叫他和艾达来回飞上一趟,光是机票就要花上那笔钱的一半。布伦达插进来问道:"只给一千美元吗,加里?""是的。"加里答道。布伦达看了她父亲一眼,好像是说:"别再跟他白费口舌了。"

弗恩原以为,加里对他母亲不满也许是由于她请求最高法院暂缓执行死刑的缘故,但后来他又想起,即使在他得知贝西的这一法律行动之前,他也从没把她列入赠款对象的名单中。

四

星期天,鲍勃·穆迪和让·斯坦吉接受了来自荷兰、英国以及其他几个国家的电视记者的采访。然后,他们去乡间俱乐部吃午饭。饭后他们赶到了监狱。

吉尔摩：喂，也许《盐湖论坛报》愿意登一封我给我母亲的公开信。

斯坦吉：我认为这没有什么问题。

吉尔摩：如果你愿意记下来的话，我可以说得简短一些。

斯坦吉：请吧。

吉尔摩：亲爱的妈妈，我深深地爱你，我一直爱你，将来永远爱你。（停顿）但请你不要和汤姆大叔的有色人种协进会来往。请接受我希望死这一事实。我已经接受了判决。我已经接受了判决。

穆　迪："我已经接受了判决"这句话，你想说两遍吗？

吉尔摩：请接受我想死，并且已接受了死刑判决这一事实。哪一种说法更好些，请接受这一点。

穆　迪：也许这样写更好些：请接受下面这个事实，我已经接受了法律对我的判决。你是不是想表达这个意思？

吉尔摩：是的，这样写很好。我不想说我渴望死，那样听起来就像是请求让我去死似的。

穆　迪：我只是接受了法律的裁决。

斯坦吉：执行法律。

吉尔摩：嗯，我想和你谈谈，我想见你一面，但是我不能。所以我通过报纸寄给你这封信。（长时间停顿）我们都会死的，这没什么了不起。

穆　迪：写进信里去吗？

吉尔摩：是的。（长时间停顿）有时候死是对的，是应该的。（停顿）求求你，别再和汤姆大叔的有色人种协进会来往了。我是个白人。他们竟敢把他们和我相提并论，他们竟敢干这种事，这真叫我恶心。好了，读给我听听，让我想想还有什么话要说……嗯，我可以对黑鬼们说几句刻薄话，但你们也知道，我有几个黑人朋友，嗯，只有几个。不过他们没参加有色人种协进会。我的意思是，这个协进会全他妈的是骗子,你了解有色人种协进会吗?

斯坦吉：是的,了解。

吉尔摩：我认识的黑鬼都讨厌他们。

穆　迪：是吗?

吉尔摩：是的,正像他们因为马丁·路德·金是个和平主义者而恨他一样。有色人种协进会是非暴力团体,他们逆来顺受。他们的头头是有钱人。

穆　迪：你认为一般的黑人应该是什么样的?

吉尔摩：应该像西瓜和酒一样。

狱方已经把加里转移回医院,今天他们不能见他,只能和他通电话。他的声音听起来非常尖刻。"黑人,"他说,"他们最合适的学习方法就是生搬硬套。你得把一件事做给他们看,他们才能模仿。"他停顿了一下,好像是在传递有价值的信息似的,"在整个非洲大陆上,他们从没找到过一只轮子,也没找到过比长矛更致命的武器。这就是我对黑人的看法,这绝非出于憎恨。事实上如果有个家伙很久以前和一帮微不足道的小东西干了点什么事,我不认为那有什么了不起的。"

在电话上,让能够感觉到加里空肚子里的咆哮和仇恨。吉尔摩黑暗的一面如同一股激流涌入他的耳朵。好家伙,当他乐意的时候,他那邪恶的本性就表现出来了。此刻,斯坦吉暗自庆幸,自己既不属于有色人种协进会,也不属于美国公民自由联合会。

五

探望尼科尔时,凯思琳一再对她说,加里的目的是让她而不是他自己死。尼科尔觉得这话也许是真的。加里一向不同意她和别的男人好。尽管如此,她的感情没有变。他这样做似乎不是出于忌恨,他肯定很快会跟着她死的。所以凯思琳的指责根本没使尼科尔感到气恼。她非常想见到加里。

不能打电话,也不能通信,这简直要把她逼疯了。有时她真想拿起一支枪对他们说,如果再不允许她和加里讲话,她就要打穿自己的脑袋。

肯·桑德伯格是凯思琳根据菲尔·克里斯坦森的建议聘请的律师。他给尼科尔带来了一封信。这是她服用安眠药后从加里那里收到的第一封信。他告诉她不要被这个地方所吓倒。他没谈到死或者等死之类的话题。仅仅写了些他如何如何爱她之类的话。后来尼科尔才发现,桑德伯格人倒不错,可他是个正直的摩门教徒。他同意传递信件,条件是加里只字不提自杀。

尼科尔看完后,在信下边写了几行字,又把它寄回去了。这时,她想起个主意。人人都知道她常常在日记本上写诗。在加里生日这天,她没有写诗,而是写了一封信。大家不注意时她把这张纸撕下来塞在鞋里,后来又偷偷把它交给肯。

在信纸的最上端她写上十二月二日,可又打上个问号,因为她记不清日期了。在这行字的下面,她写上"星期三夜里"几个字,后来她才知道那是星期四的夜里。

加里:
  我爱你,胜过爱我的生命。
  我时刻思念你,你一直在我的心里。
  收到你的信之前,由于不知道你的情况如何,我觉得自己像是个半死不活的人。在这儿,他们什么也不告诉我。我在犹他山谷医院苏醒过来时,他们只是告诉我你也醒过来了。后来我曾试图和你通话——再后来就只记得自己被押送到这里来了。住在这儿就像是被活埋一样,与生活、与你彻底分开了。啊,宝贝,我想念你——

一有机会我就读一遍你的信。你的话触动了我的灵魂。

我爱你。

正如你在信中说的那样,你不是为了自己才需要我的生命。

我的一切永远是你的,一切,永远。我在回想我们一起度过的那个最美好的夜晚……那是狂欢热恋的夜晚,那种柔情是无法用任何语言描绘的,我把那个叫做"甜蜜的忧惧"。

我讨厌这个地方,这个地方也讨厌我。这里正像你形容的那样,净是些绵羊和老鼠。

亲爱的,熄灯了,我很难看清我写的字。

请用你的真诚抚摩我的灵魂吧……

永远是你的
尼科尔

第十四章　代诉人和对手

一

自从四年前加里被加判九年徒刑以来,麦克尔一直没和他哥哥说过话。但近来他常常听到人家提起哥哥的名字。十一月一日以后,收音机里的播音员就像唱催眠曲似的拖着长腔一遍又一遍地念着加——里·吉——尔摩,在新闻报道开始时一带而过的加里·吉尔摩最后一跃成为头版上的大字标题。十一月还没过到一半,麦克尔就给犹他州监狱挂了个长途。

通话时,加里只简单讲了几句。他听起来大大咧咧的。麦克尔得知,加里刚刚聘请了一个叫丹尼斯·博亚兹的律师,明天早上他们将去犹他州高级法院出庭,并在法庭上提出执行死刑判决的要求。
"你是认真的吗?"麦克尔问。
"你看呢?"
"我不知道。"
"你从来都不了解我。"加里说。

麦克尔只能请加里叫丹尼斯·博亚兹给他打个电话。当天晚上,那位律师打来电话,向麦克尔透露了某些最新消息的细节,但那很难说得上是一次谈话。麦克尔问,犹他州高级法院作出裁决后,博亚兹是否愿意再打个电话来?
"我打受话人付费电话可以吗?"丹尼斯说。"我是个穷人。"

博亚兹根本没再来电话,麦克尔是从电视上得知结果的。当麦克尔打电话向博亚兹抱怨时,这位律师说他的电话多得应接不暇,根本没时间打。麦克尔问博亚兹,他以前在加利福尼亚的什么地方开业,丹尼斯回答说,他发现麦克尔的态度"很好斗"。那次通话之后,麦克尔不得不承认加里已经和家里断绝了关系。他决定等等看。

几天以后,一位名叫安东尼·阿姆斯特丹的律师打电话给贝西,说他对这个案子很感兴趣,想尽快和她儿子谈一次话。因此,麦克尔接到电话时已经有了思想准备。

二

他已经调查了阿姆斯特丹的资历,这个人似乎很有威望。他是斯坦福大学的法律教授,是个死刑问题专家。麦克尔有一个打算上法学院的朋友,他告诉麦克尔,阿姆斯特丹曾在最高法院打赢过一场很有名的官司,即福尔曼对佐治亚案。这个案子表明,死囚区里的黑人罪犯被处死的比例远远高于处于同等情况下的白人罪犯。正是这个案子促使最高法院裁决暂停死刑,这是个具有里程碑意义的裁决。

托尼·阿姆斯特丹[①]在电话里向麦克尔解释说,他和一个名叫"法律辩护基金会"的组织有联系。该组织有一个全国性的律师网,这些律师全都愿意在死刑案上合作。一旦发生这类案子,阿姆斯特丹通常会从好几个来源得知这一消息。在过去的几个星期里,犹他州这边的消息不断传入他的耳中。最早打电话给他的是克雷格·斯奈德,他向他"通报"了这件事。另一个传消息的是一位名叫理查德·吉奥克的律师,此人在盐湖城很有名气。前几天,六七个他一向很敬佩的律师也打电话找到他,对他说这个案子造成了极大的震动。所以,阿姆斯特丹认为,现在也许是和贝西·吉尔摩接触的时候了。

他说,那次谈话对他产生了相当大的影响。贝西·吉尔摩给他的印象是,这是一个身受剧痛折磨但却具有坚强力量的人。在这样一种严酷的形势下,一个人不得不承受相当大的精神和心理压力。他对麦克尔说,他相信,他的母亲是欢迎别人的一点帮助

---

① 托尼·阿姆斯特丹——即安东尼·阿姆斯特丹。

的，不过她拿不准自己应不应该在加里的案子中挺身而出。所以，她请他去和她的小儿子商量一下。

麦克尔知道他说得不错，因为贝西曾对他讲过类似的话，不过她对打电话来的陌生人总存有几分戒心。麦克尔反过来对阿姆斯特丹讲了自己的忧虑，那些呼吁废除死刑的人也许并不是出于对加里的关心，而是在意识形态方面另有所求。

阿姆斯特丹回答说，他不会让加里的利益服从意识形态的需要，他不是那种主张为某些抽象的概念牺牲个人利益的人。然而，他又说，电话交谈不方便，他不容易也不想在电话上说服一个人。如果麦克尔想深谈的话，阿姆斯特丹愿意见见他。

麦克尔有点动心了，但他说，这件事他得跟他母亲商量商量，自己也得仔细考虑一下才能做决定。他又问要付多少律师费。阿姆斯特丹解释说，他开业纯粹是慈善服务，不收费。事实上，他将在聘书上写明，一切服务全部免费。

他们商定两天后再谈。

在这两天里，贝西渐渐想通了，聘请阿姆斯特丹也许会是个好主意。她说她很喜欢这个人说话的声音，她感到他的声音充满信心。第二天早上，传来了加里和尼科尔双双自杀的消息。

几天之后，麦克尔打电话给监狱。加里的心情非常不好，他刚刚解雇了博亚兹，麦克尔觉得这事也许是个缺口，便说，他的自杀简直成了一场马戏，把加里自己所谓的尊严全丢光了，把他们家的脸面也丢光了。这最后一句话实在不该说。"我欠你们什么了？"加里厉声问，"我甚至没把你当做我弟弟。"

麦克尔说："你把好多人的生活都毁了。"

加里把电话挂上了。麦克尔把这件事想了很久。一两天之后，他决定授权安东尼·阿姆斯特丹代表贝西·吉尔摩提起诉讼。

三

阿姆斯特丹向麦克尔介绍了自己打算采取的步骤。他想请他们考虑是否提交一份代诉人申请书。他们打算宣称，麦克尔的母亲所代表的是一个无力保护自己利益的人。这样，他们便有权起诉犹他州。代诉人只是个法律术语，意味着代理诉讼的人与被代理人之间关系密切，不过不一定是近亲。但实际上是亲戚倒更好，因为如果代诉人不是个狂热分子或爱管闲事的人，而是个较近的亲戚的话，更容易获得法庭的同情。

在讨论他即将提出的那份辩护状时，托尼·阿姆斯特丹说，他不得不提出一个很微妙的问题。在他看来，加里是个病人，他无力采取有效行动。他的诊断书说他精神正常，可那不过是三个走走形式的精神病医生在写走走形式的结论时提交的三个走走形式的报告。这些报告不能说明什么问题。即使这样，医生们也不能忽视加里有自杀倾向这一事实。和克雷格·斯奈德交谈之后，阿姆斯特丹的看法是，一个人在被判死刑的情况下竟辞退了一位很有才干的律师，这本身就是一种自杀行为。加里一案向人们提出了自由意志和自我决定这个问题，但目前的情况不是和看到一个精神错乱的妇女正准备跳下旧金山海湾大桥一样吗？这些话当然有点说重了，他绝不会对贝西·吉尔摩这样讲的。但他要强调的是，加里在精神上是否健全这个问题至今没有令人满意的答案。

然而，这种无诉讼能力的现象不能作为诉讼的基础。此外，还有两个重要因素。在富于戏剧性的最近的日子里，给加里提供法律咨询的一直是丹尼斯·博亚兹，这个人准备写一本关于此案的书。如果吉尔摩成为十年来第一个被处死的人，博亚兹肯定会赚一大笔钱。弗恩·达米科姨父聘请的那几位律师也会大赚一笔的。单就这件事来说，那位姨父处于同样的地位。加里过去一直没有、现在也没有得到适当的忠告。就算他精神正常，在法律事务上他也是个门外汉，加上没有得到不带偏见的法律咨询，他便做出了自杀的决定。

还有第三点。联邦最高法院曾一再申明，如果被告打算放弃什么重要的权利，他必须遵循一定的法律程序。但当加里在犹他州高级法院出庭时，必要的法律程序并没得到遵循。

阿姆斯特丹说，他是经过深思熟虑后才提出这些意见的。这绝不是他的偏见或者一孔之见，而是深思熟虑的结果。犹他州高级法院的那些法官不是审判法官，他们没有提醒人们和作适当审判纪录的习惯。这个受理上诉的法院审理这个案子的方法大错特错，他们的审判程序与联邦最高法院的规定相差甚远。

这次谈话后，一切进展迅速。阿姆斯特丹需要在犹他州找一名律师以便向联邦最高法院提交一份代诉人申请书，他选中了理查德·吉奥克。紧接着麦克尔便得知，联邦最高法院批准暂缓行刑。这一切好像都是在一夜之间发生的。

四

整个周末，厄尔没有工作，他休息得很好。到了星期一，也就是十二月六日，他感到自己的精力恢复了，便赶往监狱，从放希勒进去的警卫那里搞到了书面陈述，然后带着这些书面陈述飞往丹佛。第二天，第十巡回法庭批准了弹劾里特的书面训令，媒体再一次被禁止与加里接触。尽管彼尔·巴雷特刚刚把首席检察官的答辩状送往最高法院，并且办公室里都在谈论这件事，但厄尔仍觉得这一天是他最得意的日子。在这场官司中，他击败了霍尔布鲁克。

现在该轮到彼尔·巴雷特疲于奔命了。给最高法院的答辩状必须在十二月七日（星期二）下午五点之前提交。他们只有四天零两个小时的时间来完成这项工作了。

四天前，即星期五晚上，巴雷特把所有能找到的书记员都叫到他的办公室里。他请他们坐下，说："咱们分一下工吧。"他把问题分成几部分，给每个人下达了一项任务，随后大家便拼命干了起来。刚开始时，事情有点不好办，因为他们尚未见到吉奥克的文件。不过他们都读过吉奥克在大赦委员会听证会上提交给乔治·拉蒂默的诉讼要点摘录，从那上面看，精神不正常是他们的主要攻击点。吉奥克在摘录中说：

"允许被告放弃法定的死刑判决上诉权，这件事本身就等于允许他自杀。《塔木德经》[①]、亚里士多德、奥古斯丁[②]和阿奎那[③]都认为，自杀对于个人和公众来说都是个严重错误。不成文法则把自杀看做一种重罪，处以没收财产、抛尸公路的惩罚……像吉尔摩这样的刑事被告，他拒绝履行可以拯救他生命的法律程序，事实

[①] 犹太人的口传律法集。
[②] 基督教哲学家。
[③] 意大利神学家。

上就是选择自杀。绝大多数精神病医生都把自杀看成是精神病的一种表现形式。"

巴雷特没计算那个周末究竟工作了多少个小时。他不敢算。整个星期六和星期天,别人都回家了,书记员们却全待在办公室。星期一夜里,有三位书记员干了个通宵才准备好最后的文本,星期二一早,他们把它分发给四个秘书打印。这时离最后期限已经很近了,他们只好找到联邦最高法院的书记官迈克尔·罗达克,告诉他他们来不及乘飞机把文件送往哥伦比亚特区了。

作为补救,他们和加恩参议员办公室商定,他们的书记员把一页页文件穿梭送往五个街区之外的参议员办公室,通过参议员的电传机发往华盛顿。他们几乎把所有东西都塞进这个答辩状中去了,甚至包括——巴雷特敢肯定——厨房洗涤池。不过他们着重强调了一点,贝西·吉尔摩无权代表她的儿子提起诉讼。这是她儿子的案子,不是她的。

但是,对方肯定会争辩说,加里在精神上没有上诉能力,所以吉尔摩太太有权插手。这一点很有力量,彼尔·巴雷特非常担心。自从十一月十六日吉尔摩自杀未遂以来,还没有精神病医生给他作过鉴定。因此,目前说这个罪犯精神正常也好,不正常也好,都没有站得住脚的证据。从十二月七日他们递上答辩状之日起到十三日(星期一)最高法院可能作出答复之前,他们的日子将很不好过。

然而,在这段等待的日子里,巴雷特重读了那份四天之内写成的答辩状,发现其中有几段写得非常精彩:

并不是所有的自杀都是由病态引起的,也不是所有的自杀者都没有诉讼能力。

联邦最高法院不久前审理德鲁普对密苏里案（联邦最高法院，第420号，第162页，1975年）时指出：

"……在精神病和自杀之间是否有实际上的联系尚不清楚。自杀企图并不一定总是表明'缺乏正确认识现实的能力'。"（联邦最高法院，第420号，第181页）

吉尔摩先生有足够的狱中生活经验，他能够估计到在狱中丧失活力对他意味着什么。历史上的、宗教上的和现存的文献表明，对某些人来说，在某些时候不惜一切代价避免肉体死亡是合情合理的。的确，借助于作出能够保持最伟大的尊严和维持心灵平静的选择，人性精华的火花是可以最大限度地发扬光大的。

第十五章 家庭律师

一

希勒算了一下账，发现美国广播公司提供的那笔赞助根本不够支付转让权费用、住宿费、速记费及办公设备等费用的。他还得需要六万美元。筹集这笔钱的办法只有一个，就是设法搞到加里给尼科尔的信，把它们卖掉。

就希勒而言，伦理道德不过是个权衡利弊的砝码。不管怎样，他还是信任吉尔摩的。他一次就给吉尔摩开了五万二千美元的支票。他想以这种戏剧性方式表明他出手大方。希勒这样做自有他的道理，他不想让大家心里老想着戴维·萨斯坎德。只要加里的律师给银行打个电话，问清支票是有效的，他们准会把他拉里·希勒当做一个大实业家，而不是个小商人。这是他明智的一招。他另外还有一招，他把那称做浪漫的一招。他历来欣赏浪漫主义作品，如歌曲《不可能的梦幻》、音乐剧《俄克拉何马》和《竞技》以及以阿尔卑斯山为背景的电影《音乐之声》。因此，他想给人这样一种印象，对一名犯人他无意以毒攻毒。相反，他要献出自己最美好的东西。他是在说："我不傻，不会每星期给你一百美元，弄得你老在心里算计我。老兄，我想和你做笔交易，钱不过是个手段而已。呶，这是钱，你现在就可以把我撵走，但你不会的，因为我信任你。一个坐办公室的正派生意人也比你更有可能会欺骗我。"

这是希勒没有明确说给加里·吉尔摩听的弦外之音。他每天都要在脑子里说上好几遍，他知道吉尔摩能够理解这种逻辑。

从他的角度看，吉尔摩对那些信的态度非常不合情理。这些信件本来是这笔交易的一部分，而且就希勒而言，还是他资本的一部分。所以，用什么手段搞到它们，他根本不在乎。十二月的第一个周末，他就找到穆迪和斯坦吉，向他们说明他想要什么。

他们说他们不知道怎样才能搞到这些信。

这时，希勒第一次对这两位律师发起火来。"不要这样回答我，"他喊道，"你们是加里·吉尔摩的律师，你们只需叫诺亚尔·伍顿把信交出来就行了。你们是不是想说，犹他州没有透露法[①]？公诉人手里掌握的所有对你们的当事人不利的证据，你们都有权获得副本。"

希勒觉得，特别是斯坦吉，什么事也没干。他不仅不去想法

---

① 规定必须透露事实真相或有关内容的法律。

把这些信搞到手，而且连加里的审判记录的副本也没搞来一份。斯坦吉回答说，加里不想要审判记录副本。

希勒解释说，这事与加里的辩护毫无关系，但却与写书拍电影有关。没有审判记录副本，审判那一场戏你该怎么写？此外，希勒指出，这也是他们应该履行的法律职责。万一加里改变主意，想要上诉该怎么办？如果他们没有审判记录副本，不熟悉斯奈德和埃斯普林的辩护内容，他们就可能浪费这关键的一个星期，一个人的生命就可能随之失去。他越说火气越大，变得歇斯底里起来。"我他妈的要你们两个马上打电话，"他说，"赶快把这件事办好。"他看得出来，他们很讨厌他的做法，但他们也明白，要想再干下去，钱只能从他那儿来。

这些律师的工作方式也着实让希勒难以容忍。伍顿从来不愿意费神去作什么审判记录，联邦最高法院万一需要记录怎么办？过了一会，穆迪的秘书打来电话，说法庭速记员认为这事值六百美元。"我来付，"希勒说，"不用担心。"更重要的是，伍顿同意转交那些信的原件，条件是他们要给他一套复印件。于是，斯蒂芬妮以穆迪信使的身份前去把信全拿了回来。

拉里翻了翻，估计这些信大概是加里在八、九、十、十一月到自杀之前的这段时间内写的，平均每天十页。其中好几封信是用大张的黄色办公用笺写的，每封长达二十多页。所有的信加起来一共有一千多页。他浏览了一下，发现吉尔摩无所不谈。在一封信里，他像在大学授课似的对尼科尔发表了一通关于米开朗琪罗和凡·高的宏论。而在另一封信里，他则净写了些污言秽语。这些信内容丰富、价值极高。希勒估计，起码需要六套复印件，一套给伍顿，一套留给自己，一套留给将来写书的作家，另外至少还需要三套送到各处去兜售。他给丹佛的一家大复印店打电话询问他们是否有快速复印机，如果他们没有，哪儿可能有。他正准备让斯蒂芬妮飞往丹佛、达拉斯、旧金山或者不管什么地方时，他们却告诉他普罗沃市的印刷出版公司就有这种复印机，就他妈的在普罗沃，是一家印制圣诞卡的公司。希勒摇摇头，这种事情常常发生。

当然他不会告诉这家圣诞卡公司，他是为加里·吉尔摩的事使用他们的机器的。他只是提出从夜里十一点到凌晨三点租用那台机器，穆迪和斯坦吉是他的介绍人。他和斯蒂芬妮以及公司的一个人一起干了六个半小时才干完。

工作量非常大，加里的信折叠得非常仔细，简直令人难以相信。在一个小小的白色监狱信封里往往装有十几页法定尺寸的信纸。不仅加里折叠得非常仔细，而且尼科尔精心保存了那些折痕。从这些信的拆开、装入、又拆开、又装入的方式上，希勒感到了加里和尼科尔之间的亲密关系。

后来，当希勒有机会再多读几封信之后，他渐渐产生了安全感。即使最高法院撤销暂缓行刑的命令，加里在大约一个星期之后被处死，这些信仍然可供写成一个爱情故事。他不仅掌握了这个人要求死的理由，而且还了解了一段罗密欧与朱丽叶式的恋情以及加里对死后生活的看法。就是写一个电影剧本，这些信也足够了。

随后的问题是到哪儿去卖掉这些信。《国民问询》已经向斯科特·梅雷迪思提出六万美元的确定数目，可希勒却仍在考虑是否卖给《时代》一套复印件。《时代》的出价也许不过是《国民问询》的三分之一，但即便如此，希勒还是更喜欢《时代》。这不仅是因为它名声卓著，而且是因为这家杂志实质上可以为他们在世界各地做广告。这样一来，吉尔摩将成为闻名全球的重要人物。光是这一点，就足以弥补那四万美元的差额了。

与此同时，他悄悄地与《国民问询》讨价还价。他们的出价已经提高到六万五千美元了。希勒就像一个没有拖拉机又需要拖拉机的农夫，一心想要更多的钱。但《国民问询》竭力贬低这批货的价值，这叫他很讨厌。在此期间，《时代》看来打算把出价提到两万五千美元。

然后他又想起个主意，他想把一份采访加里·吉尔摩的详细记录卖给《花花公子》。那份材料应该再挣来两万美元。把《时代》和《花花公子》的钱、已经花掉的美国广播公司的钱，还有在欧洲出售这些信件将会挣到的钱加在一起，总数将高达十几万美元，这笔钱足以支付过去和将来的一切费用。

二

然而，律师们现在却陷入了困境。希勒向新闻界承认他是好莱坞制片人之后，狱方来了个一百八十度的大转弯。萨姆·史密斯说，他不允许任何人利用加里·吉尔摩的死刑捞钱。"只要我还是狱长就不行。"他对探监增加了很多限制。

这些天里，他们和加里谈话时，总有一个警卫在场。他们放下话筒叫那家伙滚出去，否则他们拒绝谈话。有时候那家伙会走到房间的另一头，但仍然有人窃听他们的通话，他们简直要气疯了。和当事人谈话时，对方站在拐角的另一边，你根本看不到他的脸，真是活见鬼。一天，穆迪就他探视加里时是否有权录音这件事和萨姆·史密斯大吵了一场。"为了执行他的遗嘱，"鲍勃抱怨道，"我一定要把他的话录下来，以防他变卦。"他知道，这种争吵纯粹是浪费时间，不过他吵架是为了使自己在未经批准的情况下录音时不致承受太大的压力。然而就是这样，录音也是非常困难的。你得把录音机塞到衣服里面偷偷带进去，进去后还要时时提防着不让警卫看到偷偷安到电话听筒上的微型拾音器。一旦被发现，他们在职业道德问题上将要体面扫地。当然，律师协会还没有对博亚兹采取什么措施，所以很可能不会拿他们怎么样，但尽管如此，这样干你总是提心吊胆，担心声誉受损失。有时他们进去时，警卫要求检查他们的公文包，这时他们就得假戏真演，宣称他们是吉尔摩的律师，任何人不能碰他们的公文包！这一切都意味着，每回走进监狱大门之前他们都得做好充分的精神准备。

有一次，让也和萨姆·史密斯大吵了一场。"我要以我自己的方式和我的当事人谈话，"让对他说，"用不着你来教训我该怎么办。""听着，"史密斯说，"这个监狱我当家。"让喊了起来："呸，有什么了不起的。"史密斯试图使他安静下来，"嗳，让，"他说，"嗳，让。"让回答道："胡扯，用不着你告诉我该怎样谈话。我一定要录音。如果我的当事人被处死而另外有个什么人起诉的话，我就得需要这些谈话录音。我要以我自己的方式和我的当事人来往。""好吧，"萨姆·史密斯说，"你到联邦法庭去问问，看你是不是有这种权利。"让说："伙计，如果我非去不可的话，我会去的。"

那简直是一次毫无结果的嚎叫比赛。狱长从来不告诉你能干什么、不能干什么。如果问他，他就说，那样做违反规定。让还和州管教委员会主席欧尼·赖特发生过一次冲突。让是州建筑委员会的五名成员之一，这一职务使他说话颇有分量。和州里其他各机关一样，每当监狱需要增加一种新设施、哪怕是一间小棚子时，都必须得到州建筑委员会的批准。因此，有一段时间，让和萨姆、欧尼在日常工作中混得很熟。但是这一次，他却碰了壁。欧尼·赖特说："电影制片人别想从吉尔摩身上赚一分钱。这不公平。受气挨骂的是我们，不管是谁，也别想在这件事上赚一分钱。"他们都变得激动起来。

"违反了哪一条规定？"鲍勃问，"在哪一部法律里写着的？"

"噢，没成文，"欧尼·赖特说话的腔调和萨姆的一模一样，"是监狱自己的规定。"

穆迪和斯坦吉发现，和副狱长及其他副职官员打交道要容易很多。两名监狱牧师也很有用。摩门教的坎贝尔每天花一半时间和狱方作斗争，所以你常常看见他变得垂头丧气，脸色铁青，气鼓鼓地走来走去。但是，天主教的米尔斯曼神父却老于世故。他常对两位律师说："拍拍他们的马屁。不要问你们能干什么和不能干什么，能走到哪一步就走到哪一步。他们要是阻止你们，就换个时候再干。你只要说，'狱长，遵命，遵命'就行了。"米尔斯曼神父在监狱里工作了不少年了，和各方面的关系都很融洽。他面目和善，头发灰白，不高不矮，不胖不瘦，身体的各个部位都长得恰到好处。

当然，加里对米尔斯曼神父非常刻薄。有一天，他对穆迪和斯坦吉说："那位神父给了我一个特制的十字架，让我死的时候拿着。那玩艺正好能攥在手心里。那个天主教无赖真该去当旧车推销商。"

穆迪在摩门教圈子内也受到了一点压力。他是摩门教高级委员会的成员，是负责给普罗沃总教区主教提供咨询的十二位长老之一。但现在不时有传闻说，有人认为，应该把他从高级委员会中撑出去，因为他接受了沾有血污的钱。另一方面，有一些名望很高的教会成员对他说："你干得不错，我们很佩服你。"一半对一半。

穆迪对此不屑一顾，当初他为一个因酒后开车轧死人的罪犯辩护时也遭到过类似的攻击。"你怎么会干这种事？"有人责问他。"你是摩门教徒，你不喝酒。"有些教徒既不了解法律制度，也不了解他在其中起的作用。

话说回来，事情并不是太糟。到了这个时候，让·斯坦吉常常急不可耐地匆匆赶家欣赏自己在电视上的形象。他坦率地承认，自己比穆迪更喜欢出头露面。鲍勃对自己的秃头颇不满意，所以他并不急于赶回家去观看自己的形象，可他的孩子们却很喜欢看。"那是爸爸！"他们高声喊叫着。他们那副高兴的样子倒也挺有趣的。当然，无论是在法庭里，还是在大街上，人人都问他们，事情进行得怎么样了，人人都说在电视上看见他们了。偶尔碰见一些当年和自己同过窗、现在挣钱也许比自己多的律师时，穆迪总要和他们聊几句这件案子的事，这使他感到很舒畅。总体来说，他觉得很轻松。吉尔摩既破坏了他的事业，也帮助了他的事业，改变了他的事业。每当穆迪想到自己并不是一个因观念的改变而成为废物的人，他就感到很得意。

三

吉尔摩：你告诉拉里·希勒，我要和尼科尔通电话。我敢肯定只要希勒愿意，他可以对任何人施加压力。
斯坦吉：拉里确实是个实干家，好吧。
吉尔摩：你们两个人已经干了几件事，但还远远不够，我还没有

　　　　打成电话。
斯坦吉：是还没办成。
吉尔摩：老兄，我已经十六天没吃饭了，我永远也不吃。我要尽我的一切力量打成这个电话。如果需要贿赂的话，就给他们钱，给什么我都不在乎……我要和尼科尔通话。在此之前，我不会跟任何人合作的。这些话听起来大概像个最后通牒吧。我不知道我是否有权叫你们安排打一个电话以便解决这些问题，但我想，这正是我现在所做的。
斯坦吉：加里，你有权要求得到你所要求的东西。
吉尔摩：我要和尼科尔通话。

　　如果希勒在城里的话，两位律师带着磁带一回到普罗沃，他就马上赶到他们的办公室复制一盘。这样，他便有机会当着律师的面听一遍。当听到加里说"安排打一个电话"时，希勒转向穆迪，问："喂，他是不是想让我给什么人二十五美元？""加里认为要五千美元也得给。""给谁？谁拿这笔钱？"希勒问。穆迪回答道："加里说'找一个医生'。"希勒说："鲍勃，我认为，我们不该卷到这种事里去。我们要有长远观点。"

　　他觉得加里在考验他，看他到底能走多远。实质上，他们都在问：希勒口袋里究竟有多少钱？他能再拿出五千美元吗？拉里想，如果自己走不下去的话，那么最好在穆迪面前树立一个正人君子的形象。"我认为我们不该卷到这种事里去，"他重复道，"我给加里发个电报。"

十二月五日，下午一点三十分
犹他州监狱，250信箱
犹他州德雷珀84020

加里·吉尔摩

关于你想和第三者交谈的请求,现在时机尚未成熟。你提议的方法我认为不妥。我来这儿是想记录历史,不是要卷进这种事里去。祝好。

拉里

"实际上,"希勒心里想,"我已经成了这件事的一部分。一切都是围绕着我进行的,我正在成为这个故事的一部分。"

既然吉尔摩不愿回答他的问题,希勒决定最好作几次间接采访。弗恩曾对他说过,和他的女儿谈一谈是很值得的。于是他和斯蒂芬妮一块去拜访了布伦达和约翰尼。这次谈话虽然没有大收获,但和布伦达交谈使他感到很愉快。她很坦率,爱说俏皮话,如果上电视形象肯定不错。她相貌出众,足以和查理的那些天使般的姑娘相媲美。她的丈夫约翰尼也给希勒留下了深刻的印象,不过是在另外一个方面。他身体强壮、少言寡语,和他在一起,希勒有点不大自在。

整个谈话过程中,他一直暗自庆幸自己带了斯蒂芬妮来。她的出现使布伦达兴奋起来,她给这种令人尴尬的采访场面带来了一点——他不想用"高雅"这个词——一点必不可少的文明与柔情。她真是个宝贝,这意思是说,在他们离开那地方之前是个宝贝。"你只顾坐在那儿吃那些小点心,"出来后她说,"只顾吃火腿和菠萝。"希勒心里明白,这些话她是一定要说的。她进去时是个宝贝,出来后便成了个负担。她的指责是那样的粗暴,那一天他的心里一直很不痛快。

因此,周末他独自一人去拜访斯特林·贝克和鲁丝·安时,心里轻松了许多。他简直不能相信，斯特林竟是一个那样温柔的家伙。事实上，他非常腼腆，希勒只好把他带到一家餐馆去。要是没有食物之类的东西缓和气氛的话，这个人根本不会坐下来和你谈话的。不过斯特林揭示了加里的另一个侧面。眼前这个家伙性格那样温柔，正是他深深吸引住了加里。

四

穆迪和斯坦吉试图想出一个能使加里和尼科尔通话的方式。他们讨论了许多方案。

同时，为了让加里高兴，他们为他和尼科尔传递了几封信。自然，加里想知道肯·桑德伯格的长相如何，穆迪只好向他保证说，桑德伯格是一个年轻严肃的摩门教徒，他绝不会在他和尼科尔之间插一杠子的。

吉尔摩：我是否可以问你们一个个人问题？有时候，当事情成为现实的时候，人们本来应该认真考虑一下，可他们没有这样做。你们两个家伙是不是再仔细考虑一下？
穆　迪：加里，让我这样说吧，我认为我和让来到这里是尊重你，把你当做一个好朋友。我不愿想到你会被处死，然而可恨的是，我们必须照你的要求去做。我们会继续这样做的，尽管一想到这件事就叫人不舒服。
斯坦吉：确实叫人不舒服。
吉尔摩：要知道，我并没有要求你们喜欢我，我不是那种讨人喜欢的人。
斯坦吉：不管你愿意不愿意，我们都变得非常喜欢你了。
吉尔摩：我对你们的唯一要求是：尊重我对死亡的看法。

斯坦吉心里根本不相信吉尔摩真的会死。私下里反对死刑的法官大有人在。反过来说，斯坦吉又没有理由不尽最大努力帮助他达到目的。他很喜欢自己扮演的角色。不妨说，他这一辈子都在演戏。当然，在这个案子里，具有讽刺意味的事太多了。例如，他到那儿去探问吉尔摩的过去，吉尔摩反倒叫让谈起自己的生活经历来了。

让出生在伯特[①]，他常说："去掉词尾的字母'e'，你就能拼出这个词。"说罢就会忍不住放声大笑。他告诉加里，他小时候跟着两个哥哥卖报纸时常常被人揍得半死不活的。让总是先占据一个最好的角落叫卖，可很快就会有几个卖报纸的大孩子把他打倒在地。就在这时，他的两个哥哥会跑过来把他们打倒，重新占据这个位置。

四十年代的时候，冬天又冷又脏，拿着报纸四处转悠真是累极了。他常常跑到酒吧里面，那些喝酒的老姑娘们可怜他，会把剩下的报纸全买下来。就是在那时，他学会如何装出一副能叫人动恻隐之心的可怜相，那是他开业前收获最大的实习期。

后来，他们全家迁到俄勒冈州。城里没有几个摩门教徒。摩门教堂一度设在一家洗衣店的楼上。他所认识的人都认为摩门教徒是些性欲极强的公羊，因为他们都有不止一个老婆。斯坦吉当时还是个孩子，可他却说："我举双手赞成。"事实上，他自己的祖父就有好几个老婆。斯坦吉刚进布里格姆·扬大学时，在一次集会上有人问，有多少学生的祖辈是一夫多妻的，几乎所有人都站了起来。当然，让知道，那些一夫多妻的家庭并不特别幸福。"你让某某生了一个孩子，"一个老婆尖叫着，"你却不让我生一个。"

---

① 伯特（Butte）去掉词尾的"e"后，意为"屁股"。

如果你是第二房老婆生的,就像他父亲那样,那么你就会知道第一房和第二房之间的区别了。唉,让一个老婆高兴就已经很不容易了。

加里听得入了迷,一个劲地催促他继续讲下去。

让说,他是他们家第一个上大学的人,可他说不上来自己为什么选中了布里格姆·扬大学,那时他只知道该校所在地对摩门教徒习以为常。他刚进校门没几天,一个漂亮的金发姑娘对他讲了几件关于欧尼·威尔金森的事。让张开大嘴,惊奇地问:"这人是谁?"他以为这个欧尼是她的男朋友呢。他怎么能知道威尔金森就是他们大学的校长呢。那位姑娘狠狠奚落了他一通,把他气跑了。他对朋友们说:"我永远不会再跟她来往。"可现在他们已经结婚二十二年了,而且有一个很大的家庭。他们一共有五个孩子,全都十来岁,都是收养的。

让和维娃发现自己不能生育后等了五年,才通过教会提出了申请,然后又等了两年才得以收养第一个孩子。在这段漫长的时间里他们提出了一连串的申请。结果不出一年,家里又添了三个孩子,四个孩子都不到四岁。第五个他们坚持要个女孩,可当让和维娃听说在俄勒冈州的一个修女机构,他们可以马上领养到一个婴儿时,他们立即带着四个孩子跳上一架飞机,飞往波特兰去领这个最小的新成员。

一上飞机,他们便把孩子分给大家去照管。他们对陌生的乘客说:"我们的孩子太多,请帮忙照看一个行吗?"在回来的路上,一个小家伙在前面带路,一对蹒跚学步的双胞胎紧跟在后面,接下来是让,他怀里抱着老四,最后是维娃,她抱着老五。两个老太太走过来问:"我们想问个问题。你们是摩门教徒吗?"他们点点头,老太太接着说,"我们看出来了。要不怎么会有这么多孩子呢。"后来在飞机上,维娃说:"你要是对她们说我们两个都患有不育症,那该有多好玩呀。"

说罢,斯坦吉和加里一起哈哈大笑了很长时间。

第十六章 通向精神病院的桥梁

一

希勒搞到了巴里·法雷尔即将刊登在《新西部》上的一篇文章的样稿。这篇文章题为"推销,加里·吉尔摩的死亡之舞"。这个标题不怎么中听。文章叙述了吉尔摩与博亚兹、萨斯坎德和希勒的交易。使希勒高兴的是,关于他的那一部分,虽然是褒贬参半,总的来说还差强人意。

和萨斯坎德相比,拉里·希勒对弗恩姨父更有吸引力。希勒专程前去拜访他家,建议他们大家聘请一位律师。受聘的律师发现,他们和希勒颇有共同语言。他对法庭指定的监护人和受托人了如指掌。他整天随身带着一只公文包,里面装满了为购买故事专有权而精心制订的合同,有些故事甚至比吉尔摩的更富有轰动效应。

写得不错。法雷尔对他还算是比较认真负责的。但下面这一行却使拉里大为光火:

此人颇像食腐肉的黑兀鹫:和他做过交易的包括苏姗·阿特金斯、玛丽娜·奥斯瓦尔德、杰克·鲁比、胡夫人和布鲁斯的遗孀。

最初的恼火消失后,希勒对这篇文章就不太介意了。杂志撰稿人在其文章中必须写上几句尖刻的话。再说,法雷尔在那本关于穆罕默德·阿里的书上吃了亏,报复自己一下也是应当的。此外,文章的其他部分写得很出色,是一篇好文章。"食腐肉的黑兀鹫"这个绰号会被大家挂在嘴边的。但总体来说,文章对自己有利。他开始重新考虑是否请法雷尔草拟提问提纲。

希勒对穆迪和斯坦吉与加里的谈话非常不满,他们带回来的内容少得可怜,简直叫他难以接受。加里说,他不愿意再回答任何问题,不过他指的是书面问题。他们和他一谈就是几个小时,应该能够诱使他说出更多的东西来的。然而最气人的是,他们犯了不少技术上的错误。

一开始,他们不知道怎样使用录音机。有一次,斯坦吉拿着废电池进去谈话,希勒只好给他买几节新的。使希勒难以理解的是,斯坦吉对这种事竟然一笑置之。还有一次,磁带没有翻过来,他们在一面上录了两遍。他们肯定是坐在那儿,把磁带倒回去,不知不觉又录了一遍。让的态度似乎是:若是我们犯了错误,明天改过来就行了。另一次,希勒在离监狱一两英里路的一家小咖啡馆里与让和鲍勃见面。他们想马上听一遍刚刚偷带出来的磁带,竟在咖啡馆里放起录音来。希勒劝他们说:"我们还是回办公室去听吧。"但他们非要马上听听自己的谈话不可,就在那个该死的咖啡馆里听。他们为什么就不明白,这样做有多愚蠢,全部谈话内容都可能被周围的人偷听到,明天一切联系就都会被切断了。哼,瞧他们的那个样子,好像那所监狱是他们的。有时希勒使劲压住怒火,在心里对自己说,也许那所监狱真是他们的吧。不管怎样,这里毕竟是他们的家乡。

"把拉里·希勒这个商人忘掉吧,"他对他们说,"那只是我的一面,不过我们快要忘掉那一面了。我们来这儿是记录历史的,我们一定要了解真相。"可他们仍然表现出不合作的态度,最后他只好说:"我要把谈话的事托给弗恩。"他几乎是认真的。那样做起码不会更糟,加里有可能全都讲出来。眼下叫希勒生疑的是,这两位律师并不是每次去谈话都能带一盘磁带回来。他想,他们究竟讨论了些什么事情,为什么不愿意录音呢?他一再对他们说:"把一切都录下来,包括你们讨论法律事务的谈话。还有关于遗嘱的谈话,这些都是历史的一部分。谁也说不清,不知哪一天这些东西就会变得很重要。"有时候,他托他们给加里捎个口信,但谁知道捎没捎到呢?从磁带上听,肯定是没有。这时,他就会威胁他们说:"弗恩可没受过你们那种高等教育,不过他会听我的。"整整一个可怕的星期就这样过去了。他既没有时间去和美国广播公司周旋,去争取电影版权,策划故事,也没有时间为死刑作准备,更没有时间去研究那些信件。

最后他请他们告诉加里,谈话时把他们每个人都叫做拉里。他解释说,让吉尔摩心里时刻想着听他讲述生平故事的人,也许更好些。希勒想,那样一来,提一两个关键性问题也许更方便些。希勒真是算尽了机关。

希勒越来越想接近巴里·法雷尔。希勒至今仍记得在《生活》工作时的许多事情,所以,由于法雷尔在《新西部》上总的来说又对自己表示了敬意,他一直感到十分满意。在当年为《生活》工作的日子里,希勒一直无法摆脱这样一种感觉,即法雷尔对他表现出一种微妙的蔑视。而且,法雷尔的素质比他好。也许他不是什么罕见的人材,不过他肯定是个出色的人材。希勒和巴里第一次合作是在他先和蒂莫西·利尔瑞、后和劳拉·赫克斯利断断续续合作了六个月之后。当时《生活》打算登一篇关于麦角酸二乙基酰胺的大块文章。希勒进行了五十个小时的录音采访，给青少年和瘾君子、大学生以及曾随迷幻大师腾云驾雾的那些经历丰富的中年人拍了几千张照片。他开始考虑自己到底在多大程度上想当个作家，并且意识到，自己并不知道怎样才能做到这一点。返回纽约后，他才得知《生活》已经指派巴里·法雷尔写正文。那家伙正坐在他那该死的办公室里干着呢。希勒恼火极了。他问巴里，不到外边去实地考察，你怎么能写出关于吸毒的重要文章来呢？因此，他对巴里渐渐产生了敌意，甚至可以说是憎恨。不料，文章登出来后，这家伙竟成功了。写得非常好。那是一九六六年的事，当时拉里·希勒对巴里·法雷尔的态度一下子发生了大转变，从此把此人看做一名文坛巧匠。因此，希勒完全有理由相信，法雷尔在对吉尔摩的采访中会干得同样出色。

  当然，这仅仅是他对法雷尔看法的一部分。巴里不仅善于写作，而且善于搞女人。他是那种吃一顿午饭要花三个小时的人。他的服装和领带都无可挑剔。希勒坦率地承认，他非常羡慕这种人，他们一出去就是那么长时间，回来时喝得走路摇摇晃晃的，可仍能把活干得很漂亮。这时，希勒的模样就显得不太好看了，没蓄胡子，尖鼻子，小下巴，一副寒酸相。他不过是个干活的摄影师，见了谁都要龇牙咧嘴地笑笑，因为他背的摄影器材太重，恨不得一下子就拍十张照片。他知道自己的样子很古怪，可还是努力装成个木头人。一个摄影师越不被人当人看，他拍的照片也就越好。当人们仅仅把你看做墙上的苍蝇而对你一点也不在乎时，你的摄影机才能发挥出巨大的威力来。可是，法雷尔这个在女人堆里滚来滚去的人却颇有些魔力。希勒记得很清楚，巴里是怎样把一个在《生活》里担任调研员的黑姑娘搞到手的。唉，上帝，那真是个漂亮的黑姑娘。记得在六十年代，漂亮的黑姑娘往往是当明星的料。她温柔可爱,声音甜美,聪明伶俐,而且一点都不俗气。她一身兼备所有美好的东西,黑色、美貌和才智。现在她已经和巴里结了婚,生了一个孩子。希勒不想费神去想这件事了,他只是想看看有没有可能聘请到巴里·法雷尔,得到他就如同得到一份大奖。

他给巴里打了个电话,问他对此是否感兴趣。他开门见山地说,这回绝不是空头支票,绝不会像穆罕默德·阿里那本书那样。他既没保证会有巨额报酬,也没提写书的事,只是说将按劳付丰厚的报酬。修改《花花公子》的那篇采访的编辑费是五千美元。法雷尔对此很满意。他说,他还得回去写他自己的书。他们稍微争了几句,又反复讨论了各个细节。让希勒吃惊的是,法雷尔没有像他预料的那样激烈地讨价还价。最后,巴里同意先看看那些信和迄今为止的采访记录。大约一个星期之后他就可以作出决定了。

"我正在采取一个大胆的行动。"希勒对斯蒂芬妮说。

她不了解他们之间的相互影响,不明白法雷尔怎么能既把他叫做"食腐肉的黑兀鹫"又同时尊重他。她坚决反对这个协议。再说,她不赞成拉里把这次采访让给任何人。她说,很明显,他本来是打算亲自进行这次采访的。希勒对她讲了《美国梦幻者》那件事,总算把她给说服了。"'希勒对丹尼斯·霍帕的那些更富神秘主义色彩的思想一无所知'——你是不是想再听到这样的话?"他问她,"你难道看不出,我可能完全忽略加里的某一个侧面。我不懂因果报应之类的事情。"这番话说服了她。能够说服斯蒂芬妮就等于能说服全世界,因为她对别人的观点一向怀有抵触情绪。

巴里·戈尔逊飞往洛杉矶商谈《花花公子》采访吉尔摩的事宜。希勒能料到，这位编辑来的时候会带来两万美元的许诺，外加一笔别的费用。希勒认为，这次采访正好值这么多。很明显，他和戈尔逊之间将产生一些磨擦。戈尔逊把他看成一个十足的生意人。

希勒说:"我们需要一个优秀的作家来编辑这些采访材料。"他提出巴里·法雷尔的名字，看样子戈尔逊不知道法雷尔是谁。"他写过一本关于一个叫帕特·尼尔的女演员的书。"希勒说。他还向戈尔逊讲了法雷尔在《生活》工作的资历。戈尔逊还是显得无动于衷。也许他想用一个他自己的人吧，希勒想，以后大概会有麻烦的。但最后，他给这笔交易定价为两万二千美元。

希勒忍不住告诉法雷尔，《花花公子》的巴里·戈尔逊好像不认识他。"我从没听说过戈尔逊，这倒还说得过去，"法雷尔说，"但戈尔逊对我的名字竟毫无反应，我认为这种无知真是令人吃惊。"希勒大笑起来。几个星期后希勒才意识到，法雷尔这样说并不完全是开玩笑。这话甚至包含了几分恼怒，戈尔逊身为《花花公子》的采访编辑竟不知法雷尔多年前曾和巴克明斯特·富勒合作为他们写过一篇极为出色的文章。今天的巴里已经到了对自己的成就津津乐道、不容许任何人藐视它的地步。

巴里·法雷尔接受希勒提议的一个原因是，他想离开洛杉矶。他对自己作为一个专业作家的能力产生了以前从没有过的怀疑。近来，他常常不能按时完成任务，他妻子的情况又不大好。因为他没能按时交稿，一个出版商对他提出了高额索赔的起诉。他对自己享有的盛名已经习以为常了，所以近来在洛杉矶的处境竟使他产生了一种无所事事、一无所获的感觉。实际上，他很感激希勒，希勒信任他，帮他找了一份差事。

巴里一直在写一本关于内华达州野马牧场的书，书没写完却发生了一件意外的事。书中描写的那帮恶棍和娼妓突然起了内讧，前阿根廷重量级拳击运动员奥斯卡·邦纳维纳被杀了。结果，巴里的好朋友，书中的主角罗斯·布赖默锒铛入狱。

这对法雷尔的书不啻一个沉重的打击，他写不下去了。他生平第一次体会到"垮了"这个词的含意。不久，法拉、斯特劳斯和吉罗克斯出版公司向联邦法院提出诉讼。希勒的提议无疑使他得到了解脱。对他来说，能远离自己的这些烦恼长时间工作简直和到塔希提岛免费度假一样。

二

塔默拉眼下正住在盐湖城她哥哥卡德尔那儿。一天夜里，拉里·希勒不知从哪儿打来电话，说想和她谈一谈，也许她愿意与他合作。只是想讨论一下有没有这种可能性，能见面吗？

塔默拉建议他到她哥哥家来。卡德尔是个保险公司的推销员，比她年长十四岁，所以她对哥哥言听计从。而希勒在她所了解的记者圈子里却是个颇有争议的人物。

说到底，许多记者都在想尽一切办法弄到吉尔摩的消息。希勒只身飞来犹他，凭着一本支票簿把一切全抢去了。这件事把大伙全气炸了。尽管如此，她还是同意见见他。她自认为是个豁达大度的人，就算她有偏见，她也不愿意带着偏见生活。

希勒一开口，塔默拉的偏见顿时烟消云散了，连卡德尔这个精明的生意人也被他打动了。希勒就这么坐在那儿，平静地对他们说："我认为你们应该知道我是谁。"据他自己说，他的事业一帆风顺。她看得出来,卡德尔对希勒的那些合同颇有好感,它们面面俱到,尼科尔的孩子和受害者的继承人都从中得到一些实惠。看来他并不是光为自己捞钱。

介绍完自己,他便对塔默拉说:"我不想骗你说,你将在写书、拍电影或诸如此类的事情中起关键作用。"然而,她能够帮他许多忙,他也会付给她丰厚的报酬的。如果他们之间能建立一种合作关系,他将让她以助手的身份参加许多会面。她将会见到许多新闻影视界的名流,会见的方式完全不同于她以前和他们共进午餐或晚餐那种做法。共进晚餐或午餐对她来说也许有其乐趣,但他提议的方式将更实在。她将目睹一些重要的决定是如何在激烈的争吵中做出的,她也将了解到如何拼凑出一条耸人听闻消息的戏剧性内幕。这次合作结束时,她将学到很多东西。

希勒喜欢她,不过这不是主要因素。她不怎么美,但却很吸引人。她的面部特征不大规则,这影响了她的相貌。但她身材修长,一头漂亮的浅金色头发,精力旺盛,充满青春活力。当她感到困惑不解时,她喜欢用舌头顶起面颊;当她感到窘迫时,她又好把下腭撇向一边。希勒知道,对于这样的姑娘,他的提议远比送上一束假荆芥花更受欢迎。这种正派、严谨、在事业上雄心勃勃的年轻女士是绝不会放过任何一个机会的。

他说,他需要一份能一天二十四小时给他提供消息的报纸,因为他现在是在一个陌生的城市里,两眼一抹黑。他告诉塔默拉,他曾经在许多陌生的城镇里生活工作过个把星期或个把月,工作尚未结束,他往往已经比当地人更了解正在那个地方发生的事情,不管是在普罗沃,还是在丹吉尔斯,都一样。谁也弄不清他是怎样做到这一点的。他对她说,道理很简单,他总是设法在当地的

823

某家报社里找一个内线。她是否愿意做他在《德塞瑞特消息报》中的内线?

他向她保证,他要建立的关系她的报社肯定会理解的,并且他们也有利可图。他将向他们提供一些吉尔摩的零星消息。作为回报,她得向他提供盐湖城当地的新闻以及来自厄伦姆和普罗沃的新闻,让他随时了解——他用了一个当地的土语——"下来了"什么事,以及州长的打算和首席检察官办公室的情况。他要随时掌握他们的动向。

她脸上流露出几丝忧虑,好像是觉得他的胃口太大了点。他立刻回到了自己的主题上。"塔默拉,"他说,"就算你自己不喝酒,你也应该去看看那些大记者是如何喝酒、如何猎取消息、如何进行采访的。这些在那儿都能学到。"

他没有提及的是他的个人动机。他很担心尼科尔,也许有一天她会出院,那时他就得去找她。如果她出于某种原因把他当做一个挥舞着一份合同书的好莱坞式的人物,那么和塔默拉之间的友好关系可能对他至关重要。

就在卡德尔出去的那几分钟里,拉里和她敲定了关系。事后他对此非常得意。这仅仅是一种预感、一种下赌注的本能,但他料到,塔默拉和尼科尔关系那样密切,一定有某种内在的原因。也许两个姑娘之间有某种共同的东西。当只有他们两个人在屋里时,希勒说:"我敢打赌,你和一个犯人有来往,后来他和你睡过觉。"

塔默拉简直不敢相信自己的耳朵。她结结巴巴地说:"不是那种关系,不是性关系。不过我爱他,我告诉尼科尔,我从我男朋友那儿收到过绝妙的情书，于是她便让我看了加里的来信。"

希勒搭夜班飞机飞回洛杉矶。他和《盐湖论坛报》的索伦森有业务上的联系，和《德塞瑞特消息报》则可能建立起一种真正的关系。他从机场给巴里·法雷尔打了个电话。巴里说，行，没问题，他愿意与他合作。一切都准备停当了，在这种时候作一次空中旅行是多么愉快呀。

三

尼科尔在病房的头几个星期，他们叫她干什么她都不干，她总是叫他们见鬼去。把病人关起来完全违反有关规定，但他们却一天二十四小时把她置于监视之下。她告诉他们，他们违反了他们自己的规定。她是一只母狗，至少她那张嘴是母狗的嘴。

伍兹医生真叫她恶心。她常常问他一些单纯的问题，例如，"我是不是一定要把你们给我的每顿饭全吃掉？"他瞪着她，就好像如果你给个明确的回答你的屁股就保不住似的。她认为他像只大猫咪，这个身材高大、相貌英俊的家伙永远也不会明确表态的。

上次自杀未遂，她对自己非常恼火。现在她真的失去生活自由了。她的一切行动全由他们做主，连什么时候去卫生间也要由他们决定。吃饭时他们在旁边看着，闭眼睛要经过他们允许。白天他们不让你把头靠在椅背上，晚上八点钟之前你不能睡觉。这里有各种各样的病人，流氓，罪犯和少年犯，他们全是因为轻微违法到这儿来的。可他们对这些条条框框无所谓，就好像他们喜欢这些东西、把它们当成自己的生活准则似的。

病人们每天坐下来召开一次委员会会议——这种会一个接一个——讨论、修改他们的规则。但在贯彻执行新规则时又会遇到新问题。尼科尔花了很长时间才弄明白这个地方就该这样管理。许多病人变得越来越喜欢翻来覆去地制订规则。你可以把这些规则改得面目全非，利用它们和人们周旋，把他们统统捉弄一番，从中获得经验。当你回到现实世界中去时，你就知道如何行事了。这是一幕喜剧，尼科尔认为，这是炫耀权力的一个绝招。

她对此不感兴趣。每回她从二楼的窗口往外看时，都要产生哪一天从这里跳出去、跑到路上、跑到城外去的想法。但她心里明白，这样获得自由是不可能的。他们会真的把她关起来。她的最好机会是在下一次出庭的时候。她一定要设法使他们相信她没有自杀倾向。

尼科尔一直没有想好，获得自由以后她要到哪儿去。如果他们放了她，她也许会装出本分的样子。或者，她也许会沿着州际公路跑下去，直到被一辆大型双轮拖车碾碎。不管怎样，只要能出去就行。这个地方实在是乌烟瘴气，人人都在互相嚷叫着："你违反了规则！"他们不是扯开嗓子尖叫就是怒气冲冲地吵闹。一开始，尼科尔尽量避免卷进去，但过了一段时间她忍不住了，那些规则太他妈的愚蠢，你一定得改变改变。

后来，她发现有一条规则其他病人都知道，就是没有人告诉她，那就是谁也不准提加里·吉尔摩的名字，也不准把报纸带进病房。要是尼科尔提到加里，没人会搭腔。他们看着她，就好像她是在开玩笑。最后，他们告诉她，不准她再提加里的名字，可她根本不管那一套。和这些胆小鬼讲话实在叫人觉得不舒服。

有一次，她的祖父斯坦恩来看她，说了一点加里的事，保安队那帮家伙马上把他撵走了。她大发了一通脾气，他们立即对她进行沉默治疗。没人骂她，也没人发火，那群混蛋保安队就那么盯着她。她把他们骂了个狗血喷头，把他们叫做胆小鬼、耗子、挨千刀的。她告诉他们，她再也不去参加什么委员会会议了。他们一起动手拉她，但过了一会她自己起来走了。她不想蒙受肉体上的耻辱。一天晚上，他们举行舞会，她拒绝参加，他们又把她抬起来，沿着走廊往前走。她叫他们把她放下来，她要自己走。然后，他们开始放《路上的国王》那首歌。这首歌她很喜欢，最后她竟跳起舞来。

歌会上讨论的东西可笑得令人难以置信。她算不上有头脑，但她却不知比这些满嘴胡言乱语的蠢驴高明多少倍。她往往忍不住开口指点他们几句。看着这群家伙为了当领头羊明争暗斗，她怎能不哈哈大笑呢？当然，领头羊应该是管理他们的那个牧羊人。

上帝，他们竟会画出各种图形来说明屁眼是什么样的。如果你在哪儿坐着时撂下一盒烟，被什么人偷去两支，气氛立刻紧张起来。谁干的？我能信任你吗？于是他们投票表决，不准你再随身携带香烟。烟必须由其他什么人分发，好像是每个小时你可以得到一支。

尼科尔渐渐培养出一种能力，她可以自始至终坐在会场里，一句话也不往耳朵里听。她只能这样。她洗澡时，有三个女人站在旁边看着她，大概是担心她会钻进下水道吧。和伍兹医生谈话时，她总是想法骗他，说如果自己能出去一定会做什么什么好事。有些是真的，有些是凭空捏造的。不过她常常谈起她要离开犹他州，或者她要去上学。她告诉他，她要好好照料森妮和杰里米。

她表演得那样出色，以至于过了一段时间之后，连她自己也说不清自己是不是还想死，想不想活的问题倒退居其次了。如果你老是兴致勃勃地谈论着你出去之后要做的那些美妙的事情，你肯定会渐渐生出一些怀疑来的。平心而论，你并不总是觉得这种兴致是虚假的。

她试图使伍兹相信，她已经做好准备没有加里也要活下去。每回说这句话时她都在心里想："我这是在骗他。"然而，她也能听见自己心里在说："继续这样说下去，你自己也会相信的。"

他们有一条规定，睡觉必须穿睡衣。她讨厌这条规定。她向来喜欢光着身子睡觉。一天夜里，她偷偷把睡衣脱下来塞到床单下面，可三个该死的女人立即过来又给她套上了。整个夜间，总有一个女人坐在椅子里值班，监视尼科尔。

她觉得他们在慢慢地、但却实实在在地扼杀她的灵魂。有时在开会时，她会突然产生这种感觉。她和一排女人坐在一起，听着她们抱怨叫苦，把头伏在膝盖上，从不抬起来看一眼。她对周围发生的一切一切都无动于衷。开会期间她就这么一直把头伏在膝盖上哭泣。没人理会她。每次总有那么一两个女病人是这个样子。这是她所见过的最混账的政府，一半人在哭泣，另一半人却在制订法律，或者站起来废话连篇地讲个没完。许多人甚至连自己一开头说的是什么都记不得了。他们会为你怎么能第一个发言而吵吵闹闹，而实际上他们已经坐到了发言席上。他们还会互相出卖。一个女人说："你在给比利递眼色。"另一个女人说："没有。""操你妈的，你递了。"

尼科尔真想说："你们这群该死的白痴，你们干什么我才不在乎呢。你们这群笨蛋，竟会以为我有病。随你们怎么想吧。即使你们认为我疯了,我也还是这个样子。我不想改变了。"这时,她才意识到,她再也听不到加里的声音了。

第十七章 我是这里的房东

一

吉布斯写信给加里,说他将于十二月二十日前后接受审判,估计他届时会被释放的。他想知道在他离开这个州之前,加里有什么事需要他办,因为审判后他不会再在此地停留。吉布斯写道,他要像梅·魏斯特①离开田纳西州那样,拍拍屁股一走了事。

十二月十一日,大个杰克把吉布斯带出牢房,领到前面的办公室。那儿有一位留着八字胡的老先生正在等着他。这位拄着拐杖、拎着个公文包的先生自我介绍说他是加里的姨父,叫弗恩·达米科。他说加里要他来转交一件友情的纪念品。他打开公文包,递给吉布斯一张由一家地方法律事务所签发的面值两千美元的支票。

吉布斯问,加里的母亲是否有经济保障。对此达米科先生作了肯定的回答后,他们便握了握手。吉布斯把达米科先生介绍给大个杰克,说大个杰克是这所监狱里唯一一位受加里尊敬的看守。达米科先生说:"不错,加里很称赞你,大个杰克。"接着他说自己还有事,说了声祝大个杰克交好运便走了。大个杰克说:"我们应该问问他,加里是否会邀请我去观看他的死刑。"

---

① 美国影星。

几个警卫一直站在门口，眼馋地盯着支票。吉布斯笑了笑，给盐湖城的一位朋友打了个电话，让他来把支票拿去存入银行。那天晚上，吉布斯又给加里写了一封信，感谢加里给他钱。他在信中提到，一级警戒牢房现在人满为患，加上鲍威尔斯，一共是六个囚犯一间牢房。加里回信说："要是我在那儿，我会让他们像教堂的小老鼠那样统统躺在铺上，让鲍威尔斯用自己的舌头舔尽抽水马桶里的污垢。"加里在信中还告诉吉布斯，他仍然在绝食，"除非他们让我同心爱的姑娘尼科尔通话。"

"我一直在试图让思绪保持平稳，"加里写道，"但我逐渐变得易躁易怒起来。一想到他们把尼科尔送去洗脑了，我就控制不住自己。"

"我这话仅仅出于个人的好奇心，"穆迪说，"除了让你和尼科尔通话，是否还有其他办法能使你同意停止绝食？"

"没有，"加里说，"只有这个办法。"他停了一会，以示自己完全知道这话的代价。然后他又对着话筒低语道，"伙计，我他妈的快饿得受不住了。"

穆迪说："我赞赏你的勇气。"

加里说："他妈的，不过是顽固而已。"

穆迪对他说："没有多少汉子能有你这种力量和信念。"

"有一次我在隔离牢房里一连被关了十八个月，"加里说，"我觉得眼下这次与那相比算不了什么。"

让觉得加里是在炫耀力量。他坚持每天进行体育锻炼。他总是倒立在一张椅子上，以此说明他并不是在受苦受难。尽管这样，他不仅体重大幅度下降，而且最近思维似乎也受到了影响。他说话时常常结结巴巴。他的双颊开始凹陷。这时让才第一次发现加里用的是假牙。体重下降似乎使他的假牙和他的牙龈不相配了，他说什么都是慢慢吞吞、不慌不忙的，好像嘴里含着块石头，跟那些短舌头的演说者差不多。

二

就在这时，加里告诉弗恩他要弗恩和艾达一定去看看他的母亲，给她带一千美元去。弗恩把这事告诉了希勒，希勒马上抓住了这个机会。贝西和弗恩谈话后也许会同意接受一次采访的。

于是，穆迪拟好了文件。希勒说："我来付飞机票和电话费，此外我出一千美元购买贝西故事的转让权。如果你们还需要钱，只管打电话来。"弗恩说："我想会需要更多钱的。怎么样，希勒，你知道你会同意给加里母亲钱的。"拉里知道自己会再给钱的，但一出口就给一千美元也不算少了。

于是，弗恩和艾达从盐湖城乘飞机来到波特兰，租了一辆平特小客车，找到了位于麦克拉夫林大街上的活动房小区，敲了敲贝西的屋门。

起先，似乎没有希望进去了，他们站在门外窄小的走廊上等了好长时间，没人回答。天很冷，弗恩脚上的手术刀口隐隐作痛。贝西的第一句话便是："走开！我不会让你们进来的，我不是供人观赏的。"

他们不得不大声地说话，这样隔着门才有可能被听见。最后，他们说明了自己是谁，并告诉贝西他们是直接从普罗沃赶来的，有事要和她谈，是加里有事要他们转告。贝西这才让他们进去。

自近十八年前布朗姥爷的葬礼至今，他们一直没有见过她。贝西完全变了，已经不再是昔日的美人了。她看上去疲劳过度、虚弱不堪，显然常常忍受着病痛的煎熬，很少呼吸到新鲜空气。艾达简直看不下去了。贝西那双宝石般明亮的绿眼睛如今蒙上了一层灰蒙蒙的薄雾，暗淡无光。

艾达知道贝西为什么不让他们进来。贝西有关节炎，很少收拾房间。可当初贝西住在普罗沃等待弗兰克出狱的那阵子，她的小屋总是一尘不染。艾达很想动手帮她整理一下，但贝西的表情告诉她最好什么也不要干。

然而，弗恩还是打开食品橱和冰箱看了看。显然，贝西缺吃的。于是，弗恩开车去了趟食品店，买回大约值五十美元的食物。把这些东西放好后，他告诉贝西，说他带来了一些法律文件以及加里作为礼物送给她的一千美元。贝西连声道谢，弗恩说："我只不过是个邮递员。把钱交给你，我的任务就完成了。"他说，如果贝西愿意在拉里·希勒让他送来的文件上签个字，她就还能得到一千美元。

贝西看了看转让权文书，想了想，说："我想眼下我不会签字的。"

弗恩答应过拉里，他会尽全力说服贝西在文件上签字。第二天，他们再去贝西家时，弗恩又提出了这事。他能感觉到贝西对生意之类的事多么谨小慎微。就像一只顺风跑的鹿，不管你接近它时手里握着的是枪还是胡萝卜，它都不会听你的话。"在这种时候，"贝西说，"我得等等看。"弗恩没有向她施加压力，只是说："依我看，你应该签字。为了把这件事办好，我们应该同心协力，也许我们能干出点名堂来。我相信希勒是个有名望的好人。"

贝西只是说："不，我要等等看。"弗恩只好罢休。要让贝西违背自己的意志做点什么事，比登天还难。你去试试加里，也是一样。

他们起身告辞时，弗恩掏出一千美元的现金放在桌上。看到这些钱就好像看到了加里，贝西禁不住呜咽起来，她和艾达拥抱在一起。贝西说："嗯，我肯定会用这笔钱的。"他们还给她留下了一条手工织成的红围巾和一双屋内穿的绒拖鞋，穿着这双拖鞋，她的脚就不会感到冷了。但他们始终没能找到机会和贝西谈谈她向最高法院提交的那份申请。直到十二月十三日他们回到普罗沃后，弗恩才听说了华盛顿特区的裁决。

三

暂缓行刑的命令下达十天后，斯坦吉接到联邦最高法院书记官打来的电话，他说："我只是想告诉你，今天我们会作出裁决的。法官们眼下正忙得团团转呢。"让得到一张九位法官急得拧手套的照片。今天最高法院的法官们跟犹他州所有人一样，处于严肃的法律气氛之中。想到这一点，让不由得一阵激动。

首席检察官办公室从最高法院书记官那儿得到消息，表决正在进行。办公室里所有的成员围坐在一张大桌子周围，倾听着通过电话传过来的现场实况。每当书记官读出一位法官的决定时，他们就神情紧张地记着分。他们太激动了，算了两遍才发现他们以五比四取胜了。比尔·艾文思、彼尔·巴雷特、麦克·迪莫和厄尔·道罗斯全都欣喜若狂，暂缓行刑的命令已经被撤销，他们获胜了。

《德塞瑞特消息报》
吉尔摩说不要再缓刑

盐湖城十二月十三日讯——在星期一的一项决议中，联邦最高法院裁定，加里·马克·吉尔摩放弃上诉的权利是明智的有识之举。

听到这个裁决后，吉尔摩结束了持续二十五天的绝食。

穆迪和斯坦吉走进监狱，注意到前厅的两个警卫看上去兴高采烈的，这种气氛一直弥漫到大门外。加里停止绝食后，大家都觉得轻松多了。

见到吉尔摩时，鲍勃和让对他说："我们理解你为什么让步。"吉尔摩点了点头，说："这是我的决定。"就好像他是掌握局面的那个人。他们小心翼翼地避免提到吉尔摩并没有获准和尼科尔通电话。既然他们没办成此事，他们当然不想去引他发火。再说，由于最高法院的裁决，加里的情绪好极了。

事实上，这也让律师们松了一口气。

四

斯坦吉对希勒谈起吉尔摩结束绝食时说："加里证实了他的观点。"希勒忍不住问："什么观点？""现在大家都知道了加里是认真的。"斯坦吉回答道。这件事弄得希勒有点摸不着头脑。很明显，加里的绝食一无所获，他期待的结果全都不了了之。但吉尔摩对如何搞好公共关系有足够的认识，他之所以选择这一天停止绝食，是因为这一天有个能引起公众更大兴趣的新闻。

不过希勒那天也大有收获。加里通知斯坦吉，他愿意回答第二批书面问题,并且也十分乐意看一下拉里为他准备的另一套新问题。

然而,加里对第二套问题的回答却令人十分失望。看来绝食的时间越长,加里越喜欢耍滑头。好多问题的下面都是空白,并且都是那些最让人感兴趣的问题。

你为什么不付钱就拿东西——啤酒啦,枪支啦,格兰德中心啦等等?
并不是总有时间在收款台排长队的。

你是否想了解自己杀人时的潜意识活动?
如果能了解确切的真相,我大概愿意吧。
我不愿意由脑子里塞满乱七八糟东西的白痴来向我解释真相。

你和尼科尔到底为什么打架?告诉我你们都是怎么打的。
问她去。

一九七六年七月十三日发生了什么事?是什么原因促使尼科尔和你分手的?请详细回答。
问她去。

在普罗沃凶杀案发生之前你是否企图自杀过?如果是,你对自杀未遂是否感到不安?为什么?
……

请告诉我你和艾普丽尔一起在汽车旅馆的那段时间里发生的一切。
……

你为什么要把车停在加油站？发生了什么事？在去加油站之前，你和艾普丽尔谈了些什么？

……

在你杀人之前为什么要抢东西？为什么不是单纯杀人或单纯抢劫？

我想这是我的习惯。

我的生活方式。

我们都是受习惯支配的人。

不同背景的人也许会干得不同。

这个问题提得好，是个恰到好处的问题，也许我可以只杀人——但我是个贼，是个有前科的罪犯，一个抢劫犯。我只是重温一下老习惯——也许这让我觉得挺有意思。

希望我已经回答了这个问题。

拉里，我现在有个问题问你，如果你能直言相告，我将不胜感激。

你看过我写给尼科尔的信吗？告诉我。

这可把希勒吓了一跳。他得赶快征得弗恩和两位律师的同意，把那些信卖到海外去。如果他再磨蹭，加里也许会在这些信上找更多的麻烦。

希勒把这件事暂时搁到一边，继续看加里对下一批问题的回答。加里是在他开始进食的那一天回答这些问题的。令人欣慰的是，这次回答的内容要多一些。

你这次获假释出狱后是不是真想"开始新生活"？是不是当你认为事情越来越糟时你就放弃了努力？因为你到处碰壁，所以

你到底……

是的,真见鬼!但愿我能和你面对面交谈。希勒,我不喜欢写下来,这和当面谈话是两码事。你能得到毫无修饰的语言交流,因此,你也就能得到比较满意的回答。我担心你不能正确地理解我。

从你的问题中我能看出,你的确不知道我要对你讲什么。你提的净是些不着边际的问题。这种交流方式真让人憋得难受。

身在监狱你有何感想?

你可以毫不费力地把许多所监狱拆掉。

它们形同虚设,不但没能阻止犯罪,反而助长犯罪。

此刻,我是我自己的囚犯——

我陷于自身的囹圄之中——

这比监狱还糟!

在你被判死刑之前想到过死吗?

经常想。

想得很深。

很多。

是的,是这样的。

你是怎样结识尼科尔的?你们的关系是怎样开始的?

对于我们俩来说,都似乎是找到了曾经一度失去了的那一部分自我。我虽不能证明这一点,但我知道。

还想知道其他事情吗?从前我曾名噪一时——不是像现在这样臭名昭著,而是名声显赫、腰缠万贯。也许正因为这样我才对眼下的处境无所谓,眼前发生的这一切都是命中注定的。在我的内心——在那块指导我的宁静之地——我一直知道这一点。这并不离奇,没有什么值得大惊小怪的。

这似乎有点滑稽可笑、荒诞反常,好像是在作可怜的精神分析,但你是怎样看待你母亲的?她在你的童年生活中起了什么作用?

我爱我的母亲。她是个美丽坚强的女性,她对我怀有始终如一的爱。我母亲和我相处得很好。除了是母亲和儿子,我们又是朋友。她是摩门拓荒家族的一位好母亲。一个好女人。你是怎么看待你母亲的?

你很在乎人们对你的看法吗?

是的。

每个人都很看重这一点。

希勒想,是的,他的确很在乎。这样倒更多了一个把那些信卖出去、印出来的理由。这样公众也许不会对吉尔摩那样仇视了。

连同吉尔摩的那些回答一起送出来的还有一首他几年前写的诗。你既可以把它理解成一种友谊的象征,也可以理解成他只是想以这首诗改善一下自己的形象。希勒不知道该怎样处理这首诗,但转而一想,如果到时《时代》和《新闻周刊》非常想要一份的话,他不妨从中摘录几行送给他们。

这里的房东
——加里·吉尔摩的反省

感到一阵风吹过我的灵魂之屋

向我呼唤,我知道

我该走进去了

我爬进去四下里凝望

我确实回家了，我的种子

我之镜映出了我自己

从每一条曲线、直线和搁板

那儿的每一处表面、每一处裸露的机体

每一种色度和明暗　　每一个声音

骄傲　　憎恨　　虚荣

懒惰　　浪费　　疯狂　　贪欲嫉妒渴望

愚昧黑和绿

我感到每转一个弯

都会使自己的头脑燃烧

面对面没办法躲避

跌跌撞撞穿过这个栖身之地

我感到自我只遇到自我

一个红色的尖叫冲出来但我把

它揪回去检验了它的力量

它逐渐增强变成一个绝望的重量

在血液中然后倒下……

我感到并听到一阵翅膀的拍击

根本不像任何鸟类

在我头上我看到我自己扭曲成黑色

和棕色拧得很难看——高高升起

借着一只灰蝙蝠的翅膀——

是从我肩膀上长出来的……

有一件事特别清楚

这儿没人蔑视威胁

这正是那种

839

暴露到骨头的方法
我建造了这房子　我独自一人
我是这里的房东

第四部 假期

第十八章 忏悔的日子

一

审理加里案子的陪审员之一写了一封信给《普罗沃先驱报》。他问,犹他州高级法院在审理加里一案中并没有出任何差错,为什么要把此案提交联邦最高法院呢?

布洛克法官回忆起那位陪审员。他那封信给布洛克一种印象,好像某些陪审员对自己是否恰当地履行了职责表示怀疑。上诉的人一直那么多。这位法官想:"我要把那个陪审团召回来,也许我是在自讨苦吃,但我要解释一下法律程序。"

他让他的秘书与每一位陪审员取得联系。他不想使陪审员们觉得是法官杰·罗伯特·布洛克在给他们施加压力。所以,他仅仅让秘书通知陪审员们,法官很乐意会见他们,而且严格地讲,这种会见是非正式的,只是跟他们讨论一下他们在法律上可能持有的疑问。每一位陪审员都接受了这个邀请。他们全来了。

一天晚上,法院内空无一人时,布洛克会见了陪审员们。他请他们坐在陪审席上,自己则在他们前面坐下,向他们解释了上诉的权利以及为什么这个案子可能会拖上好几年。事实上,如果在很短时间内作出结论,倒成了异乎寻常的事。他指出,人们有权来法院为自己深信不疑的法律原则进行斗争。他说,有关极刑的法律尚未最后完成;自一九六七年以来,没有人被处死过,所以,缓刑完全是顺理成章的事。不过,他希望陪审团明白,他们所做的工作无可挑剔。

这正说到了他们的痛处。布洛克法官告诉他们,陪审团的裁决在任何情况下都不会遭到非议的。他说:"也许,我向你们解释法律时可能犯了错误,但你们没犯错误。你们做了你们应该做的事。"他感到自己的话帮助他们树立了自信心,现在他们的情绪好多了。

他再次强调,这个案子也许要花好几年时间。他说:"法律就是这么回事,我们不要和立法体制作对。"叫他吃惊的是,这次会见后不久,最高法院就撤销了暂缓行刑的命令。因此,十二月十五日他们将把吉尔摩送回他的法庭重新宣判。布洛克法官又一次陷入痛苦之中。

布洛克知道,法官们宁愿死也不愿意作出死刑判决。布洛克不赞成死刑,尽管他不是一个自觉主动地反对死刑的人。

在吉尔摩之前,布洛克从没受理过死刑案。他审理过各种各样的二级谋杀案,所判刑期从五年到终身监禁不等,不过他从没审理过一级谋杀案。受理此类案子比他预想的要困难得多。陪审团裁定吉尔摩有罪,因此他只能宣判死刑。但在十月的那一天,他的内心在战栗、在遭受折磨。尽管在外表上他竭力保持镇定和威严,但在他心里却涌动着强烈的情感,这是他从没料想到的。

现在他不得不再次给加里判刑,量刑相同,只是日期不同而已。可不管怎么说,判决要从他的嘴里说出来。这几个字将会再次撕扯、冲撞他的胸口,造成长时间的感情折磨,并且还会引起公众的抗议呐喊。如果这家伙想死,马上让他死得了。

不,布洛克对自己说,我可不愿意匆匆了事,必须遵循法律程序。那些想要上诉的人将会有充足的时间到法院去上诉。

所以，当他听说穆迪和斯坦吉根据吉尔摩的意见要求提前开庭审判时，他觉得自己不能同意这个建议。

二

走在法院的长廊上，吉尔摩看上去满怀希望。在希勒眼里，他似乎不像绝食时那样孱弱了。加里进食大概只有两天，但他很注意自己的仪态，虽然戴着脚镣，他的步履却颇有节奏感。他踩着碎步，趾高气扬，比在他身旁缓缓而行的警卫走得稍快一点，也更神气一点。他走路的样子颇为优雅，仿佛是在踩着发自内心的节拍走路。

当然，希勒知道其中的奥秘。今天早晨，加里正盼着与尼科尔通话。鲍勃·穆迪向拉里透露，今天他打算在法院里略施小技，满足加里的愿望。他和斯坦吉打算把他们的当事人带到布洛克的空房间里，在那儿用法官的电话打给医院，要求跟桑德伯格讲话，那时肯就可以把电话转给尼科尔。

鲍勃·穆迪许下诺言，这一招会成功的。鲍勃第一次看到吉尔摩是在这同一间审判室的外面，当时正在审理布什内尔一案。那天，鲍勃看到尼科尔冲过去拥抱吉尔摩，她表现出的那种非同一般的炽热情感打动了他。他在心里说："这是个正在热恋中的姑娘。"

一个年轻的罪犯被带出法庭——特别是如果这个年轻人英俊潇洒、蓄着两撇象征阳刚之气的小胡子的话——一个年轻女人冲上去吻他，这在穆迪的经历中并非罕见。事实上，这种场合下恋人之间的拥抱总会持续好一会儿的。但吉尔摩与他情人之间的这次拥抱却无疑是鲍勃所见到的时间最长、感情最深的一次，两人根本顾不到体面不体面了。鲍勃不禁想到，周围的人也许会觉得他们太过分了。

穆迪在教会中地位也许不算低，但他常常把自己看做是一个自由主义者。他常常对一些问题苦思冥想，例如，为什么年轻貌美的姑娘似乎总是倾心于罪犯。他知道自己的经历无法回答这个问题。他把自己列入那些生活拘谨刻板的人之中。这些人一生中最大的问题无非是应该当一名牙医，还是当个商人，或是当个律师。现在，他和他的妻子有五个孩子，他的家庭生活与你在法院走廊里所见到的真是大相径庭。

尽管如此，第一次见到吉尔摩的回忆使鲍勃对加里谈论尼科尔感到津津有味。有些人觉得，为了得到自己的情人不惜一切代价的男人不可思议，穆迪对这样的男人倒略怀恻隐之心。所以，他下决心要让加里和尼科尔通个电话。

三

可是今天，他们走进法院的大厅后，却被安置在一间没有电话的房间里，他们的计划一下子破产了。加里垂头丧气地走进了法庭。希勒注意到，连他的身体也开始紧张起来。他频频转动眼珠，近乎鬼鬼祟祟的。看那样子他是想找个适当的地方出口气。

加里低声说："那个法官看上去像菲尔·锡尔佛[①]。"
"像谁？"穆迪也小声问道。

---

① 美国喜剧演员。

"像比尔科警官。"

是有点像。同样的角质镜框,谢顶,有点下垂的鼻子,同样的似笑非笑的表情。如果加里看不起这个法官的话,那就意味着加里知道自己的事没指望了。

伍顿开始发言。他认为,根据第30/60号法令,从今天,十二月十五日算起,最早的行刑日期应该是一月十五日。匆忙执行死刑,从法律上说是不适当的。布洛克频频点头,表示同意。

希勒觉得加里看人的样子非常傲慢。就好像他周围的人全是些渣滓。轮到他讲话时,他要是不说这里没有一个人有胆量让他去死,那才真是活见鬼了。他说,他们这些人做的一切不过是在和他随便玩玩。说"随便玩玩"时,他做出一副下流相。他的声音在审判室里引起一阵窃窃私语。

布洛克装做没听见。你总不能判一个很快要被处死的人蔑视法庭罪吧?

"除非这是个玩笑,"吉尔摩说,"我希望……"他说,他希望自己的死刑能在几天后执行。"我想结束我的生命,我不是开玩笑。至少法官应该认识到这一点。"

布洛克把日期定在一月十七日。法官说:"我们可不想把你在这儿供养起来。"

闭庭后,吉尔摩恰巧在走廊里碰见伍顿,他抓住时机说:"你为什么不舔舔我的鸡巴,你这个婊子养的?"伍顿没答这茬。

四

既然离行刑那天还有整整一个月,希勒有非常充裕的时间把那些信卖掉。于是,闭庭后,他邀弗恩、鲍勃和让出去吃午饭。

他请他们挑一个好餐馆。在厄伦姆和普罗沃附近没有一家像样的餐馆，他们最后来到盐湖城山脚下一家巴伐利亚人开的大餐馆里。里面有许多商人正在扯着嗓门闲聊，他们等了半天才等到一个安静的角落里的一张桌子，因为希勒想为这次谈话找个适宜的环境。

希勒估计，说服穆迪接受这个建议比说服斯坦吉接受这个建议要难些，所以他让斯坦吉坐在自己的右边，让穆迪坐在自己的对面，这样他提出建议时视线就能直对着穆迪。吃饭时，他直截了当地把事情摊开了。他告诉他们，他想在死刑执行的前几天把几封信卖到欧洲去发表，但这笔交易必须秘密进行，不能让任何人知道谁是卖主。这些信其实已经在《德塞瑞特消息报》上登载过，至少有一套复印件在外面流传。

希勒说他不愿装出对加里的反应无动于衷的样子。希勒明确告诉他们，如果加里发现了这件事，他肯定会把事情搅黄的。不过，这事对他并没有害处。在自己的信中，加里比其他任何情况下都更显得富于人情味。再说，加里的隐私早已被公布于众。塔默拉在《德塞瑞特消息报》中引用的几段话已经通过报业辛迪加传遍了半个世界。希勒说，他要重复一遍自己从一开始就对他们说过的话：也许有好多事情他们并不喜欢，但他仍要把一切摊到桌面上来，绝不背着他们干任何事情。

随后展开了热烈的讨论。希勒能感觉到，律师们对他如此坦率感到很惊奇。正如他所料，穆迪相对来说对这个建议不大赞同。他和斯坦吉交换了一下看法，设想如果这样干的话，公众会有什么反应。他们当然不想落得博亚兹那样的下场。希勒再三指出，即使他们不把手里的信件拿出去发表，国外的报刊也会从其他渠道买到这些信件的。那样一来，加里·吉尔摩身上的钱就会叫别人赚去了。

希勒能感觉到，弗恩的内心正在激烈斗争。他估计，弗恩的本意是想要钱的，可他不好开口说："我得和加里商量商量。"然而，这件事又弄得他六神无主。他一声不吭，独自沉思默想。他这副样子并不是不友好，而是心里烦躁。不过，希勒敢肯定，弗恩会同意卖信赚钱的。

最后拉里终于说服了他们。他说："我可以在德国或日本做这笔买卖，对此你们将一无所知。不会有人指着我鼻子，说我是出卖信件的那个人。"这些话是一种极为微妙的威胁。他们毕竟都知道他有六套复印件，谁能保证他没有第七套呢？没有人公开表示完全同意希勒的计划，但从此刻起，他可以放开手脚干了。

午饭后，让·斯坦吉在监狱里再次见到加里时，简直就像跟一块钢板在谈话。加里的态度比绝食时还糟糕。让从来没见过他像现在这样冷淡、强硬、神经质。看一眼他那副怒火中烧的样子，你就会觉得眼睛火辣辣地疼。天哪，加里被激怒了，八成是疯了。

驾车回去时，让想就这件事开个玩笑。"耶稣，"他对穆迪嚷道，"这就像一部恐怖电影，我几乎能看见他的牙齿在越长越长。"

五

《德塞瑞特消息报》
吉尔摩再度自杀未遂

盐湖城十二月十六日讯——被判犯有谋杀罪的加里·马克·吉尔摩今天再次企图自杀。他现在已被送入大学医疗中心，正处于昏迷状态。

吉尔摩要求从速处决未能如愿，他现在情况危急。

早晨八时十五分发现他在牢房里昏迷不醒后,上午十时二十分他被送入该院……

吉尔摩这回自杀是真的想死。据克里斯琴森医生的诊断,他服用了浓度为百分之十六点二的苯巴比妥。服用浓度高于百分之十的苯巴类镇静剂的人当中,有一半会丧命。他的药量远远高于致死量。

这次,他从昏迷中醒来后,举止相当规矩,有一位护士甚至这样评论:"嘿,看来他很和气。"事实上,他一举一动极为克制。他变了,的确变了。

斯坦吉听到这个消息后立刻赶到医院,正好碰上一段奇特的插曲。让有个老朋友叫肯·道森,是位验光师,多年前他们在斯班尼西福克镇共用过一间办公室。眼下肯·道森正巧奄奄一息地与加里躺在同一间急诊室里。斯坦吉迎面碰上道森的妻子和家人,他们一个个又急又气。加里被送进急诊室后,医生们立刻全力以赴抢救他。斯坦吉心想,可怜的道森已经活不成了。你当然可以想像出道森一家的心情,一个杀人犯被匆匆送了进来,于是所有的人都一下子围上了他,他们能高兴吗?

吉尔摩恢复之快让人难以置信。医生告诉斯坦吉,吉尔摩当时已经处在死亡的边缘了,但他的身体好像已经学会了怎样尽快把毒药排泄掉。说来可笑,医院只留他在那儿住了一天,就把他送回了一级警戒牢房,就好像害怕吉尔摩会逃出去到大街上乱窜似的。当然,吉尔摩的脸色还很难看。他回到监狱后,斯坦吉去看他时,他还没完全从苯巴比妥的毒性中解脱出来。他迷迷糊糊的,连板凳都坐不稳,刚坐下就朝一边滑下去,讲起话来也含糊不清,就像糖浆在慢慢地往低处流一样。说着说着话,他就慢慢地跪坐下来，最后终于摔倒在地板上。

"你伤着没有？"弗恩问。

"我很好。"

"真的吗？"

"就是在我不行的时候，我的感觉也很好。"加里说。

希勒送来两个紧急问题。

你企图自杀时是否看到了什么或者那一边是什么景象？

我不能确切地告诉你，那种光亮像黎明还是像阳光，或是像黑夜中的闪光。总之它是一种光亮。我觉得就好像我在和人交谈、会面。这就是我醒来时的记忆。

当你在那一边遇到布什内尔和詹森时会发生什么事？

谁知道我会见到他们？也许你一死你就偿清了所有的债务，不过他们有他们的权利，正如我有我的权利一样，他们有他们的特权，正如我想我也有特权一样。我想知道——他们做事时是否比我现在有更多的权利？这倒是个有趣的问题。

六

加里的第二次自杀使鲍勃·汉森忐忑不安，也让厄尔对吉尔摩的神智是否健全感到焦虑。州政府当然不愿意让公众认为他们将要处死的是个疯子。所以，汉森、萨姆·史密斯和厄尔·道罗斯反复讨论到底找哪位精神病医生为好。他们曾一度想请杰利·韦斯特博士，此人因在帕蒂·赫斯特一案中所作的证词而闻名。韦斯特坚决反对死刑。汉森想，如果他们能设法让韦斯特证明吉尔摩精神正常，那么公众对这个问题就不再会持任何怀疑。

可厄尔认为这样做太危险,而且显然也没有必要。他决心劝说汉森改变主意。他说,让监狱的精神病医生范·奥斯丁做鉴定才符合法律条文。不过,不管你做什么,也很可能无法让舆论满意。

于是,他们请了范·奥斯丁。他的鉴定宣布吉尔摩精神正常。这样至少一两星期内不会出什么大事的。道罗斯希望能够快快活活地过个圣诞节。

七

这第二次自杀企图使希勒觉得加里是个性情急躁的人。他并不是为了灵魂转世而死的,只不过是出于怨恨。他企图以自杀来告诉这个世界,处于支配地位的是他加里·吉尔摩。这使得希勒失去了对他的敬意。仅仅为了发泄对法官的愤怒就自杀太愚蠢了,太孩子气了。也许正是这一点才使加里这一辈子碌碌无为的。

希勒越来越多地想到艾普丽尔。他一直有一种感觉,吉尔摩与艾普丽尔一起度过的那一夜是解开许多疑团的关键。回答问题时,加里坚决拒绝谈有关艾普丽尔的事,纸上的那些空白反而更增加了希勒的兴趣。他一直在设法说服凯思琳·贝克允许他与她的女儿见面。现在他这个想法更坚定了。他对菲尔·克里斯坦森讲起这件事时,甚至说当务之急就是与这位年轻姑娘会面。

凯思琳担心,如果艾普丽尔知道自己正和一位记者交谈,她会产生幻觉的。艾普丽尔似乎相信新闻界人士具有各种各样的无边魔力。所以,他们费了一番口舌,但最后当菲尔提出把艾普丽尔从医院里带出来去买圣诞节物品时,凯思琳终于同意了。他们甚至还带了克里斯坦森的一个女秘书,打算让她陪艾普丽尔到妇女用品商店去。

菲尔偕同这位娇小漂亮的姑娘走出医院时，拉里正等在汽车里。希勒为她打开车门，她钻进车坐在后座上。希勒则悄悄坐到她的身边。那天天气很好，晴空万里，阳光灿烂，一点也不冷。她穿着裙子、衬衫和短外套，她的头发往后拢去，梳着马尾辫，显得整洁清爽。希勒一下子就注意到，她的眼睛不愿跟他们对视。他和克里斯坦森一致认为，她也许在电视上听见过"希勒"这个名字，所以他介绍自己叫拉里。她说："我叫艾普丽尔。"他开玩笑地说："我认识一个叫图斯迪的姑娘，图斯迪·韦尔德①。"她没有反应。她坐在那儿，看上去比他所预料的漂亮得多。一个体态丰满的妙龄少女。一点看不出是个被关在精神病院里的病人。也许她刚刚服过镇静剂，但显然她病得不重。

当他们商量着要去大学购物中心买东西时，艾普丽尔说："我要给茜茜买件礼物。"从她说话的神态上，希勒猜出"茜茜"一定是尼科尔在家用的小名。对于一个以死殉情的姑娘来说，这个小名妙极了。

克里斯坦森给艾普丽尔一百美元给大家买礼物。艾普丽尔说，她从没花过这么大数目的钱。过了一会儿，她说她准备给茜茜买一只天美时牌手表。

在冬天的阳光下，呼吸着山区的空气，听着丁丁当当的铃声，没多久希勒一行就转完了很多家购物中心。下车时，希勒笑着对艾普丽尔说："希望能再次见到你，买点漂亮的礼物。"这一次，她

---

① 英语中艾普丽尔意为四月，图斯迪意为星期二。

853

直视着他的眼睛，露出一个美好的、开心的微笑。希勒离开时充满自信，他能采访她了。他激动万分，她是继弗恩、布伦达和斯特林之后，他所接触到的第一个对行凶前的加里十分了解的人。

八

布伦达去见加里，可他们不让她进门。几天后，监狱总算同意让她透过玻璃见加里一面。加里一手握着两只话筒，分别举到脑袋两侧，这样他就能同时跟她和弗恩讲话。布伦达斥责道："加里，你这块榆木疙瘩，你把事情搅得一团糟。如果你不是真想死的话，看在上帝的分上，别再试了。"他说："布伦达，我真想死。说句实话，我真想死，可我被他们发现得太早了。"她说："你这个笨蛋，你为什么不用枪？"接着她扮了个鬼脸，说，"没关系，不要用枪！你不知道扳机在哪儿。"

他说："上帝，我知道。我受伤的手还没好利索呢。"

他们像上次一样道别，用手指和手掌触摸玻璃的两面。

星期天上午，《人物》杂志社的一位姑娘带了一位摄影师来到布伦达家。布伦达的小儿子托尼让他们进来了。布伦达正在冲澡，她往身上披了件睡袍就出来了。睡袍的领口太低，她用一条浴巾尽量把领口敞开处盖住。她从镜子里看到了自己，活像一只发情的凤头鹦鹉。这位名叫彻丽尔·麦考尔的女记者翻来覆去地告诉布伦达，她是多么想写一篇关于克里斯蒂的文章。她已经知道，克里斯蒂将是加里脑垂体的接受者。

布伦达说："快出去吧，别报道这儿的任何事情，要不然我就他妈的控告你们。"那位摄影师名叫约翰·特尔福德，他不断调整着身体的重心，并来回摆弄着挂在脖子上的几架照相机。布伦达当时以为，他这样做是为了防止这些相机互相碰撞，后来才发现，他是在拍照。从各个角度给那件难看的睡袍拍了照片。后来《人物》刊登了她的照片，说她是"在加里一生中遭受其折磨的八位女性之一。"那是篇又下流又蹩脚的文章。布伦达被描写成一个酒吧女招待。后来她得知托尼本来关上了防风门，是麦考尔和特尔福德自己打开门走进来的。她请了一位律师，对《人物》提出起诉。

布伦达的身体情况也很不好。有时病痛已经到了无法忍受的地步。疼痛经常发作，她不得不常常请病假。拖着病体已经很难再在餐馆招待顾客了。于是她只好到医院去检查。医院给她做了各种化验，又用荧光镜为她作了检查。

然后医生解释道，女人子宫里的内膜每月都要脱落一次，可布伦达的子宫内膜长到了子宫壁的外面。目前，内膜正贴在她的肠子上，它将在那儿破裂出血。这种病虽不是癌症，却跟癌症一样严重。但可以肯定的是，内膜已经贴在肠子上了。医生解释说，月经来潮时会把一块内膜带下来，所以非常疼。除非动手术，否则他们不知道能否控制住病情。这段时间布伦达出血一直很多，医生给她开了止痛片，但服药后，她仍感到体内撕裂般的疼痛。好几次她去探监坐在外面等待时，这种疼痛都不堪忍受。最后，当监狱没有做出任何让她进去的表示时，她就不再去了。后来，连走路也疼。有的时候，她觉得站起来都困难。弗恩刚刚动过手术，现在轮到她忍受病痛的折磨了。

九

是桑德伯格把加里第二次自杀未遂的事告诉尼科尔的。这使尼科尔心烦意乱。她不能理解，加里为什么甩开她自己单独行动。她好像听见加里说："我自己的事由我自己来管。"加里再次自杀未遂使她觉得很难为情，他本来应该成功的。

他们提名让她做妇女一方的副主席，这着实叫她大吃一惊。就是想再拼凑一个政府。尼科尔简直不能相信，跟她一块入选的还有几个白痴。当然，他们没有多大的挑头，病房里统共只有十五个女病人，其中五个疯疯癫癫不成样，连艾普丽尔都比她们有头脑。她自己可能是病房里少有的几个能算出五加八等于几的人之一，但这并不能证明她可以胜任此项任命。大多数时间里，她还是不和任何人交谈。开会时，她谁都不看一眼。当他们问她有什么意见时，她总是"哼"的一声，就那么"哼"一声。她说这个字时好像正在全神贯注地闻着一块最好看、最奇特的粪便，也许正是她这副样子引起了他们的注意吧。

第十九章　降临节

一

这种消息你简直无法预料。事实上，简直不能相信。鲍勃·穆迪接到加里的朋友吉布斯打来的电话。吉布斯说，他是警方的眼线，几天后他将在一次审判中作证。他对穆迪说，作为加里在县监狱里的牢友，他知道加里的许多秘密，他要求得到一万美元和一次在约翰尼·卡森专题节目里露面的机会。穆迪马上把这次谈话的内容转告给弗恩。几小时后弗恩去探监时，又把此事告诉了加里。加里听完后默不作声，弗恩又把吉布斯对穆迪说的话重复了一遍。

加里把双唇抿得紧紧的，看上去他好像没戴假牙。

"我很抱歉,加里,"弗恩说,"你知道,我已经把那两千美元送给他了。"

"你知道这家伙,"加里说,"我信任了他。在这个世界上,没有几个人你可以信任。"

"我愿意去见见他,"弗恩说,"我会让他改变主意的。"

"这个嘛,"加里说,"不必担心,弗恩。这件事上你无能为力,我自有办法。"他点了点头,"我在这儿就能应付这件事。"弗恩想,加里肯定是认真的。"是的,"弗恩心里想,"如果吉布斯不离开这个城市的话,会有人'照顾'他的。"

那天早晨,希勒正在洛杉矶和巴里·法雷尔一起工作,穆迪打电话把这个消息通知了他。他说,吉布斯急于和希勒谈一笔交易。《忙人忙事》一书里曾提到过拉里,所以吉布斯想,希勒也许愿意买下有关加里的内幕消息,其他任何人都不知道的消息。这下可把希勒急坏了。他挂了个电话给吉布斯,吉布斯把他对穆迪讲过的话全部重复了一遍,接着又要求希勒不要把这次私下谈话的内容透漏给加里。希勒挂掉电话,对法雷尔说:"开玩笑,他真认为穆迪会对他的当事人保密吗?"法雷尔刚刚读过吉尔摩的那些赞扬他这位牢友的信,他说:"吉布斯可谓是万物中最卑鄙的家伙了。"

希勒决定,一定要查出吉布斯所知道的东西是否足以对他目前独揽在手的材料构成任何威胁。如果是这样的话,他将以尽可能低的价格和他签订合同。当天下午,他和巴里要飞往普罗沃,把一批新问题交给穆迪和斯坦吉。所以,与吉布斯谈次话相对来说比较方便。的确,这将是拉里和巴里在犹他州一起做的第一件事,也许他们的友谊将在这件事中得到洗礼。法雷尔说:"我们应该像绞毛巾一样把吉布斯肚里的东西挤干取尽。"

在飞往盐湖城的飞机上,他们把巴里准备的这批问题又过了一遍。上个星期,法雷尔看了所有能搞到手的东西:信件、录音记录以及每一张写有吉尔摩书面回答的黄纸片。看完后,他提出了一套全新的问题。现在,希勒和法雷尔仔细地读着这些问题,讨论着每一个疑点,并改动了一些问题。

他们在盐湖城租了一辆车,开着它去了普罗沃,在旅游大酒店安顿好住处。然后,希勒带着巴里去见穆迪和斯坦吉。他花了很长时间才说服两位律师不向吉尔摩提起法雷尔。他说:"如果加里知道又有一个人参与他的事,他准会对法雷尔心怀戒备,好长时间才能信任他。"说句实话,出了吉布斯这种人之后,加里还会信任谁呢?

随后,希勒非常礼貌地摆出了自己对律师们面谈情况的批评意见。他说服他们同意,从现在起每个步骤都应由法雷尔和他自己制订。"瞧,"他把问题拿给他们看,"这是我们拟的第一次面谈的详细提纲。"他解释了一遍那些问题,特别强调了这一计划潜在的持久性。他力图使两位律师振作起来。结果似乎令人鼓舞。显然,他们已经把法雷尔作为一位能干的记者接受下来——巴里总是给人留下好印象——希勒感到他们两位今天神情特别专注。他想,很有可能他们也正为吉布斯的事着急呢。天哪,如果他们还不开始出版加里的信件,吉布斯肚里的货也许就会越来越值钱了。

那天下午,穆迪和斯坦吉去了一趟监狱,录了一盘和加里谈话的录音。这次谈话持续了好几个小时,直到半夜他们才回来。第二天希勒听了录音带,他非常兴奋。加里终于谈起了他的孩提时代、管教学校、监狱生活和两次杀人的事。那天是他第二次自杀后的第四天,他的回答非常感人。看来加里也受到了吉布斯一事的影响，因此决定把自己的故事讲出来。事实上，这事叫希勒欣喜若狂。等到法雷尔加工修改后，他们至少会在《花花公子》上一炮打响的。

二

与吉布斯的会面是由穆迪通过一位名叫肯·赫特曼的警探安排的。赫特曼身材魁梧，一头金发，戴着眼镜，穿一件棕色皮外套，像个满脸堆笑的玩具熊。不过，希勒认为，他显然是个凶狠异常的玩具熊。赫特曼把会面安排在厄伦姆警察局的接待室里。这间房子里摆着一张写字台和几把椅子，显得很舒适。

吉布斯坐在那儿一支接着一支抽烟。他给希勒的第一个印象是，这是个瘦小、猥琐、阴险狡诈的家伙，是个监狱的常客。那双斜楞眼里布满了血丝，头发向后披着，留着山羊胡子，嘴角还耷拉着两撇八字胡，牙齿参差不齐，面色惨白得像个吊死鬼。这种家伙会朝你腋窝捅上一刀的。法雷尔对他更是厌恶。吉布斯坐在那儿，看上去像一只可怜巴巴的老黄鼠狼，浑身上下都带着监狱常客的特征。

刚介绍完毕，希勒就掏出一盒超长总督牌香烟递过来。这一举动弄得吉布斯不安起来。昨天在电话里，希勒讲话的口气就好像他是第一次听到吉布斯这个人，可现在他似乎对自己的习惯了如指掌了。吉布斯想，加里显然已经把他的个人嗜好告诉希勒了。此外，这个人和他的同伴法雷尔身上有某种东西让吉布斯心里七上八下的。他们不像是从洛杉矶来的阔作家或制片人。他们穿着旧风雪大衣和劳动布裤子，看上去更像是因流浪罪被抓起来的犯人。吉布斯似乎觉得，大宗的钱财正在从他眼前消失。比这还糟的是,他产生了强烈的不祥预感。所以,一打完招呼,他赶紧问希勒是否已经把上次的谈话内容告诉了加里。"我不得不告诉你,"希勒说,"我相信我犯了一个错误。我没想到此事不该告诉加里,所以我跟他说了。"

"你答应过我!"吉布斯喊道。

"非常抱歉,"希勒说,"我搞糊涂了。"

"加里说了些什么?"吉布斯问。

那个叫法雷尔的家伙摇了摇头说:"噢,狄克,加里太失望了。"吉布斯最恨人家叫他"狄克",他的名字是理查德。吉布斯转过头去看了看赫特曼,肯那副模样就好像恶心得快要吐出来似的。他对吉布斯做了个手势,他们便一起走出了房间。"这可是世界上老掉牙的把戏,"赫特曼嚷着,"噢,狄克,"他模仿着法雷尔的声音,"加里太失望了。"然后他又骂了两句,"你应该说:'我在乎什么?他不过是个冷血杀人犯。'"但他仍然认为,和这些洛杉矶来的人谈这笔生意是值得的。

吉布斯吓坏了。首先,他感到晕头转向,这儿不是他常来常往的地方。其次,希勒这家伙开始诈他。"瞧,"希勒自信地说,"加里气疯了,但我想我有办法让他安静下来。你瞧,也许我能够对他解释一下,说你准备和我们合伙。"

希勒的话吉布斯当然一个字也不相信,但他又不敢不信。所以,当希勒从兜里掏出一个索尼牌录音机时,吉布斯同意接受采访了。不管怎样,要想弄清楚希勒的来头绝非易事,而法雷尔那家伙则一个劲地盯着他看。

希勒问吉布斯是否愿意就他的故事签个合同。吉布斯问:"你给多少钱？"他知道，签一万美元的合同是不可能的了，但他仍想在卡森专题节目里露露面，让举国上下都看看他这张脸，然后用这笔收入去整整容。哈哈。他的确认为约翰尼·卡森头脑灵活，口齿伶俐，他们俩旗鼓相当，准能成为一对好搭档。

可希勒那副模样就好像谈钱是件叫他痛苦的事情。他说："在加里给了你两千美元的支票后，你还千方百计要把他的事卖出去。你知道吗，包括他的母亲在内，你是拿钱第四多的人。"

"加里给我这笔钱是出于友情。"

希勒逼视着他的眼睛说："当我告诉他我们上次的谈话内容时，他想停止支付你那张支票上的钱。"

"我不相信，"吉布斯嚷道，"无论如何，支票已经换成现钱了。"

两天前，吉布斯收到加里的一封信。加里在信上说，鲍威尔斯对人说，吉布斯是个眼线。加里写道，鲍威尔斯散布这种谣言，真他妈的不是娘养的。可现在，又是这一套。希勒无疑是世界上最迟钝的人。他竟敢说："加里在说你的坏话，我担心你在盐湖城被人看见。"

这种话真是狗屁不如，吉布斯比谁都清楚加里在盐湖城没有任何朋友。但话说回来，吉布斯的确感到心虚。不知道是害怕呢，还是由于加里知道了这事而感到恐慌，不过也没什么大不了的。

"你为警方干多长时间了？"希勒问。

"我已经隐蔽了十二年，"吉布斯说，"这一次我非得露面不可了。"

"你肯定很害怕。"希勒说。

"倒也不是太害怕，"吉布斯说，"我了解我这一行。昨天在法院，我与一个人对证，那家伙算得上是犹他州最厉害的罪犯。"吉布斯喷了一口烟,"昨天我走上证人席时,没人问这家伙是个眼线呢,还是个被收买的奸细,他们只问了声,他是一位可靠的情报员吗?如果他们要求的话,我可以告诉他们我效劳的联邦调查局特工的名字,可以给他们看联邦调查局给我的飞机票和证书。赫特曼可以告诉你们这一切。我的记忆超常,能把所有事情像照相机一样印在脑子里。我可以在录音机旁坐上一天,把有关加里的一切全告诉你们。"

"他们为什么要把你关在加里的牢房里?"希勒问。

"不为什么,"吉布斯说,"加里并不知道警方想知道的任何事情。这纯粹是为了保护我。我不想被关在主牢房里,因为我当时准备提供证词控告的一些人会有朋友到那里去。"

"你有没有告诉赫特曼有关加里的事?"巴里·法雷尔问。

"我告诉赫特曼的唯一一件事是:'注意,如果他们判吉尔摩死刑的话,他们就得处死他。'"

"如果他们要求你监视吉尔摩,你会怎么办?"法雷尔继续问。

"我想我不会那样做的,"吉布斯说,"我喜欢那家伙。"

法雷尔紧接着又问道:"加里完全坠入情网了吗?"

"我不知道,"吉布斯说,"我从不注意这个。"

"我只是出于好奇。"法雷尔边说边仔细地打量他。

"对此我从没注意过。"吉布斯说。

"加里和艾普丽尔发生过性关系没有?"希勒问。

"加里不是强奸犯,"吉布斯说,"如果他确实干了那种事,与其说是我骗了他,还不如说是他骗了我。"

三

想到加里现在已经知道了自己的真实身份,吉布斯心里直发颤,嗓音也变了调。最后他开了一张这十年来与他有联系的全部人员的名单交给希勒和法雷尔,这时他说话才恢复了正常。见鬼去吧,反正他们在法院记录中也能搞到这个名单。

吉布斯说,他为以下几个部门工作过:盐湖城警察局、盐湖县治安官办公室、联邦调查局、财政部、烟草与枪支管理局、摄政第八特遣部队、犹他州立大学警察分局缉毒处。"我一直是个骗子,可我又为执法机关工作,"吉布斯说,"要活下去,这两者缺一不可。"

"现在你准备干什么?"希勒问。

"这个嘛,"吉布斯说,"赫特曼明天将去大赦委员会,让他们释放我。他们将给我新的身份证和新的名字,让我随身携带一支枪。事实上,我随时都有生命危险,随时可能成为别人的靶子。"他那只夹着超长总督牌香烟的手稍微颤动了一下,说:"好吧,我告诉你吧,我干了十二年地下工作,可从没像现在这样害怕过。昨天,赫特曼不得不为我彻底搜查了一下法庭,他竟也担心到这种程度。"

"赫特曼是你的好朋友吗?"法雷尔问。

"我要说,"吉布斯说,"谁也别想耍他。"他格格笑起来。"肯常说他的枪法要多糟有多糟,因为有一次,他想打我一位朋友的心脏,偏巧打偏了,打在两眼之间。现在他想参加枪决吉尔摩的行刑队。"他又格格笑了起来。

"我们为什么要和这个告密者浪费时间呢?"法雷尔对希勒说,"我甚至不愿意和他待在同一间屋子里。"他突然站起来走了出去。吉布斯想,他们果真在想法子压价。

赫特曼正好在走廊里。法雷尔出其不意地说:"我刚才听说了你一枪打在一个人两眼之间的故事。"

863

这果然叫赫特曼吃了一惊:"噢?哈,哈。"纯粹是装样子。

"你已经申请参加枪决吉尔摩的行刑队了?"巴里问。

"如果能参加这个行刑队那将是我的荣幸。吉尔摩是个杀人狂。"

"好吧,"巴里说,"开枪打加里时,你千万不要打偏了!加里的眼睛、肾脏、肝和其他一些有价值的器官已经有人等着要了。如果你要打,就打在心脏上吧。"赫特曼盯着他,似乎想弄明白法雷尔到底是个疯子还是个法官。

"你听明白,"赫特曼说,"我的枪法不差,我是个好射手。我瞄准吉布斯朋友的眼睛,结果正打在他的眼睛上。你要知道,一个人穿上警服之前,得先学会杀人。"

吉布斯知道,自己与希勒谈话时太不谨慎了。虽说只是随便聊聊,可他还是泄露了秘密。不过把事情全讲出来似乎使他不那么提心吊胆了。

他打算再加点赌注,便说:"吉尔摩告诉我许多他从没讲给任何人听的事。"

"你讲过的那些事加里都已经告诉我们了。"希勒回敬道。

吉布斯想,又是瞎胡扯。但他知道自己已经把事情给毁了,价钱定下来最多只有两百美元,不会再多了。仅仅是转让权,而不是专有权了。

希勒感觉良好。吉布斯已经证实了他们在加里信中看到的每一件事。加里在信中谈到过那个墨西哥裔看守路易斯,谈到过鲍威尔斯,谈到过那只冰淇淋杯,谈到过被火烧断的系在杯沿上的绳子,还谈到过吉布斯在钱财上如何慷慨大方。信中还叙述了修假牙、理发、在墙上画画、互相画对方的脸等等。所有这些吉布斯全都又讲了一遍。重要的是,吉布斯对他们已经构不成威胁了,他确实不知道多少有关尼科尔的事。他讲的这些不过是主要故事中的一条支线。

所以，希勒已经赢得了许多。加里的那句"拉里，你看过我写给尼科尔的信吗？——告诉我"仍在他的脑海里回响着。他需要一种就这些信件向加里提问的方法，但他更需要一种掩盖他是如何获悉信中的事情的方法。吉布斯提供的这些材料正好帮了他的忙。

四

也许事情过于顺利了。希勒伸手从口袋里掏出那份转让权合同，说："一式两份，一份由你保管，另一份是给我的副本。"吉布斯看了他一眼，脸上露出猥琐卑怯的笑容。"你的钱掉到地上去了，钱太多了吧。"

希勒低头看了看，绿色的钞票撒了一地。"哎呀，妈的，"希勒说，"我真那么有钱吗？"旅游大酒店的一把房门钥匙也落在了地板上。

吉布斯问道："你和巴里住在旅游大酒店吗？"法雷尔点了点头，希勒却否定地摇了一下头。吉布斯说："他点头的意思是'是'，可你的意思是'不是'。"希勒说："你没问我是否在旅游大酒店登记住宿，你只问我是否在那儿[①]。"他大声笑了起来，"好吧，我会告诉你，你有哪些权利。"吉布斯看了他一眼，改变了话题。

回到汽车旅馆时，法雷尔意识到希勒太看重吉布斯了。诚然，吉布斯谈了一些他与盐湖城最有势力的集团的关系，但法雷尔认为这些关系与他自己和约翰尼·卡森那个节目的关系差不多。尽

---

① 原文为"... was staying there."也有"住那儿"的含义。

管如此，汽车在旅游大酒店一停住，拉里就跑到服务台，对那个女职员说："给我两张空白住宿登记卡和两个空房间，好吗？"那个女人傻乎乎地呆在一旁，希勒在空房间的卡片上登了记。他把时间填成昨天，也就是他和法雷尔搬进来的时候，然后又把巴里和他自己正使用的登记卡撕掉。法雷尔对那个女职员说："我敢打赌，在旅游大酒店的培训部，没人教你这一套吧。"法雷尔觉得，这样变化着花样登记挺好玩的，不过他又想："也许我真的低估了正在发生的事。"

以希勒的思维方式，吉布斯会恨他的，完全有理由恨他。所以，吉布斯也许会告发他的。一走出厄伦姆警察分局希勒就想到了这一点。他并不仅仅是在与某些危险人物打交道，而且过于抛头露面了。他也许需要一点保护。在洛杉矶，他时而雇用一个叫哈维·罗德兹的年轻人做保镖。他在凯迪拉克轿车公司的一家分公司当驾驶员，但在特殊情况下，他可以作为劳力出租。在瓦茨市的骚乱中，还有因撰写苏姗·阿特金斯的故事希勒刚被人炸掉房子之后，哈维当过希勒的保镖。此刻，希勒真希望哈维就在自己的身边。住在这个汽车旅馆的一楼，任何人都能走到他房门口，从窗口往里面扔一颗炸弹，然后开车逃之夭夭。可他前思后想，认为今晚还是不换房间为好。这个时候换房间太引人注目，任何一个监视他的人都能看见他在搬运行李。换一张住宿登记卡要简单得多，这样一来，即使吉布斯真的说服警察打电话来这里查询房间号码，那张登记卡也会把他们引向歧途的。

同时，希勒看得出来，巴里挺喜欢这种捉迷藏游戏。拉里想，也许巴里在某几种危险面前要比我坦然得多。不过，他决定暂时不要哈维·罗德兹的保护。至关重要的是，要继续保持住他和法雷尔之间这种互相尊敬的关系。

五

早晨,他们去见了吉布斯,交给他两百美元的转让费。吉布斯似乎已经摆脱了昨天的那种紧张,可希勒的情绪却不怎么好。回汽车旅馆的路上,拉里逐一考虑了自己的处境、收入和可能的出路,开始感受到一种越来越强烈的疲乏感。而且,他非常渴望能和斯蒂芬妮单独呆一段时间,她仍然对他们从没一起度过一个像样的感恩节而耿耿于怀。这倒使他想起了一个主意,和斯蒂芬妮一起去夏威夷共度圣诞节不是很好吗?他们可以去看望他的哥哥。他不在的时候,法雷尔可以代替他的工作。

希勒告诉穆迪和斯坦吉,他打算在一月份那阵忙乱之前休息一段时间。斯坦吉说:"如果你准备去夏威夷,那我们也可以抓紧时间度几天假。我们的飞机票呢?"他这是在开玩笑,不过这玩笑开得有点过了头。希勒气哼哼地说:"这可不是公费旅游,我是自己花钱去夏威夷的。如果你们想去,自己掏钱好了。"

第二天,接到的头一个电话就是《时代》打来的。他们仍然愿意给吉尔摩的报道留有适当的版面,但在那两万五千美元报酬的问题上显然已经改变了主意。他们打算给四页,外加封面,不过没有稿酬。上个星期他们作出政策性规定,新闻报道不再支付稿费。希勒生气地想,纯粹是赶时髦,不出两个月,他们就会再把自己的决定改回来,出钱买消息的。可眼下这种做法却明摆着逼着他去与《国民问询》打交道,那意味着在与国外做的买卖中收益将大大减少。尽管如此,假期结束后他将立即派斯蒂芬妮、他自己的母亲和她的母亲去欧洲推销这些信件。在这种事情上,他所能信赖的只有她们了。

动身的前一天，希勒在洛杉矶招聘了一大批打字员，叫他们把吉尔摩写给尼科尔的信打出一个副本来。这活的工作量大极了，光是手稿就有一千五百页。不过要想把这些信件卖到海外去，只有这个办法了。国外的那些编辑如果不点支烟抽两口，甚至连打字机打的英语都读不下去，他们当然更不愿意读完数百页手写信件了。

在他离开之前，他还想送点东西给加里。但事实上，他不知道是不是该送件圣诞礼物。既然他要离开，而这又是加里所反对的，此时送件贵重的礼物去博得他的欢心，似乎不是时候。他决定给加里打个电报。十五年前，为《巴黎竞赛画报》报道海明威在爱达荷州凯切姆自杀的消息时，希勒送稿时在自己拍摄的照片下写了一句话。他写道：海明威不想回避他一生中最大的冒险，那就是死亡。这句话成了《巴黎竞赛画报》上海明威葬礼图片文章的标题。希勒想，现在他可以把这句话或类似的话用在吉尔摩的身上，让人们在他死后怀念他。这无疑带着一抹神秘主义的色彩。

亲爱的加里：

我们每一分钟都在变得更加亲密，我知道我们已经顺利地拉开了这次挑战的序幕。我深信，我越深入探索你生活的意义也就变得越清晰。这对我来说是场冒险，永远得不到回报，除非我面临更大的冒险。祝你圣诞快乐。期待着与你见面。

拉里

飞机起飞前不到一小时，比尔·莫耶斯打来一个电话。他即将主持一个题为"哥广新闻报道"的电视节目。第一次就是报道吉尔摩。希勒告诉他自己正要去夏威夷，莫耶斯竟说："我们去那儿拜访你。"希勒说："好吧。告诉你，莫耶斯先生，我可不准备让你在我一边光着身子晒太阳,一边写报道赚稿费时给我拍照。我不认为自己是这种形象,也不打算把自己表现成这个样子。"莫耶斯笑了起来。"你太尖刻了吧?"他说。

他告诉希勒,这个节目暂定在加里行刑前播送。希勒对他说,他很高兴新年后在普罗沃与莫耶斯见面,如果他们能就某些事情达成谅解的话,他愿意合作。他用这种方法暗示莫耶斯,他懂得这一套。然后便飞往夏威夷了。

第二十章 圣诞节

一

十二月二十二日,星期三。这天早晨,肯·赫特曼来到大赦委员会出庭。他作证说,理查德·吉布斯曾是两起重罪审判中的犹他州一方的证人,他先在普罗沃作证揭发杰姆·罗斯、后又在犹他州的里奇菲尔德作证揭发泰德·珀尔。他的证词对给至今在犹他州抓获的最大盗窃团伙之一判罪起了帮助作用。赫特曼说,这可是一桩一年盗窃一百万美元的大案。这个团伙偷窃游艺车、船只、露营活动房、马拉拖车和卡车。

十一点左右吉布斯走出厄伦姆监狱。他坐车来到犹他州立大学警察分局,在那儿得到一张身份证、上面的名字是兰斯·莱巴伦。然后他来到盐湖城警察局取出他的四百美元酬金,从那儿他又去了银行,提取出加里给他的那两千美元的余额。

第二天早晨,吉布斯领取了他刚买的98型载重车的牌照。这是一辆蓝白相间的一九七〇年的奥尔兹。然后他去理发、剃须。一切完毕之后,他驾车朝蒙大拿州的海伦娜开去,他甚至认为自己可以一鼓作气开到加拿大。

二

吉布斯是中午时分离开的,下午四点左右他到达波卡特洛。给汽车加过油后,他开车抵达爱达荷福尔斯。他把车停在庞德罗莎汽车旅馆,来到闹市区的一家酒吧找了个姑娘睡了一觉。虽说没花多少钱,但也略微破费了一点。

早晨,吉布斯前去看望了住在爱达荷福尔斯的祖母和婶婶,她们一位八十九岁,一位六十五岁。一月十七日是他奶奶的九十岁寿辰,正好是加里的新的行刑日期。这使吉布斯想起加里讲过的"通灵力,吉布斯"那句话,一个不祥之兆。

吉布斯陪两位老太太坐了两个小时,留下一张五十美元的钞票作为圣诞节礼物。他停车吃了点东西,又驾车走了几小时。然后他让人给汽车上了润滑油,换了防冻油,检查了防冻剂,买了新的过滤器,换了轮胎。这花了一个小时的时间。他一边等着,一边喝了几杯。然后他开车重新上路。他希望当天晚上能赶到海伦娜。

大约在伯特北面十五英里的地方,汽车开始爬坡。这时,天已经黑了。突然,一辆装圆木的卡车从山坡上冲下来,一个急转弯,向他这一边撞过来。那车灯雪雪亮亮的。吉布斯当机立断:要么与卡车相撞,要么坠入沟底。他使劲向右一拐,一下子冲到一条排水沟里去了。

吉布斯醒来时,发现自己的头在淌血,假牙也成了碎片,半边脸疼得他龇牙咧嘴的。他设法打开车门,钻出车来,一头栽倒在雪地上。他的左腿怎么也使不上劲,只得慢慢爬到公路边上。从他身边开过的第一辆车看见他躺在路边,停也没停就开过去了。几分钟后,一辆轻型货车停了下来,两个男子把吉布斯抬进车内,开车把他带到一家叫埃尔克·派克的酒吧。在那里,他们打了个电话给公路交通警,酒吧招待递给他一块湿毛巾让他把头上的血擦掉。吉布斯坐到吧台高脚凳上,这样他的腿可以悬挂着不承受任何压力。他一口气喝下三杯威士忌。

救护车来了,救护人员在他的腿上绑了一只气袋,把他安置在担架上,然后开车上了路。可半道上他们不得不停下来,因为一辆抢险车为了把吉布斯那辆掉到沟里的车吊上来正横堵在路上。吉布斯费力地抬起头,问他们能不能把他的行李从车里取出来。一个警官说可以。吉布斯注意到,虽然车子撞成那副样子,可车灯还亮着。

在医院,医生给他头部的伤口缝了几针。他们把他的裤子撕开,对膝、腿、踝和脚都进行了X光透视。透视结果表明,他的腿粉碎性骨折,腭骨也撞断了。他的腿肿胀得有先前的两倍粗,脚面发黑,其余的肢体则是一片青紫。医生还说,他的小腿和脚踝的肌腱损伤得太厉害,恐怕需要截肢。医生的话音刚落,吉布斯就说:"我不能截肢,只要给我打一针止疼就行了,我马上就离开这儿。"

离开医院之前,他不得不向公路交通警出示身份证。那位警察随后开了两张罚款单,一张罚他精神亢奋,车开得太快,一张罚他没有驾驶执照。他离开盐湖城时,他们没来得及为他伪造一张驾驶执照。警察说第一张罚二十美元，第二张罚十五美元，要现金。吉布斯在单上签了字，交了三十五美元。他请求他们把自己送到一家好些的汽车旅馆去。警察用轮椅把他推上警车，送他来到迈尔·海尔旅馆。这时已经快到半夜了，他们只得把旅馆的女老板喊起来，扶他进去登记住宿，再把他和他的行李推到三号房间里。医生给他打的止疼针开始起作用了，疼痛逐渐消失，吉布斯睡着了。第二天早晨醒来时，他感到腿部一阵钻心的疼痛。这天是圣诞节。

吉布斯打电话给伯特镇的猫头鹰汽车出租公司，问女调度员是否能派一辆出租汽车给他送来一袋冰块、一箱半打装可口可乐、五分之一加仑装加拿大俱乐部牌啤酒和几盒香烟。酒一送到，吉布斯就努力抓住椅背从床上爬起来，单腿蹦到卫生间去了。从镜子里他看到了自己头上的缝线和乌青的眼睛。他转身回到床上，咕嘟咕嘟猛喝一气，可疼痛并没有减轻。他又喝了几杯，疼痛稍微减轻了一点，但作用不大，不像威士忌治牙痛那样管用。

那天晚上，他疼得再也忍不住了，便把汽车旅馆的女老板喊来，问她丈夫能不能带他去医院。女老板没有结婚，但此时正好有两位朋友和她共进圣诞晚餐，这两位先生把吉布斯送进了圣·詹姆士天主教医院。吉布斯要求由本地最好的医生为他治疗，最好的医生就在这个医院，他的名字叫贝斯特[①]。罗伯特·贝斯特医生是伊夫尔·尼夫尔的私人医生之一。

贝斯特医生要他住院，吉布斯再次拒绝了。相反，他离开了医院，身上带着一张止疼的可待因处方和化淤血的口服双氢链霉

---

① 英语中贝斯特的意思是"最好的"。

素处方,还有石膏。贝斯特说:"你只有求上帝保佑不要并发静脉炎了。"吉布斯就是这样度过的圣诞节。

三

第二次自杀未遂后,坎贝尔对吉尔摩说:"听着,如果你想就行刑队发表看法,我来做你的传声筒。"吉尔摩回答说:"哈,该死的,我们可不要谈这个。你知道吗,我们正准备枪毙那个半醉不醒的老贼。"他们常以谈论这个来寻开心。

偶尔,吉尔摩会问他其余的囚犯在想什么,克莱因当然不会告诉他,好多人都非常讨厌加里·吉尔摩,因为吉尔摩做的每一件事都影响到一级警戒牢房区的其他犯人。由于需要三个警卫看着他,时间表全被打乱了。有好几次送饭时间都被推迟了。每次发生什么大点的事,比如自杀什么的,牢房内外总要戒备森严,这些麻烦事犯人们已经受够了。

不过,他们从不把加里叫做疯子。他已经蹲了十八年的监狱,每个人都很看重这一点。

当然,加里目前正处于死囚监护之下,他不仅是关在死囚区的犯人,而且是定了死期的人。因此,他一个人占用了三间牢房。一套牢房。他自己的那间在中间,三面是结结实实的墙壁。一面是铁栏门。可他们却一直把牢门开着,允许他进出这三间牢房外面的短短的走廊。当然,总有一名警卫在那儿。加里甚至能走到这一段牢区的大门口。他可以朝外面的主走廊张望,也可以和从他跟前经过的看守或犯人交谈。有时候在深夜,米尔斯曼神父会来探访他。吉尔摩常常拖条板凳过来坐着,有时干脆坐在地板上,背靠着铁栏，而米尔斯曼则坐在主走廊的一张椅子上，两个人就这么隔着铁栏讲话。那时他们周围的一切似乎都被涂上了一层柔和淡雅的绿色。

当加里去探监室会见他的律师或姨父时，他们带着他穿过一级警戒牢房区的主走廊，这条走廊和那条通向单层牢房区的短走廊成直角相接。在这种时候，为了防止逃跑，走廊里严禁任何在押犯通行。加里走过每个牢区的铁栏门时，犯人们都朝他喊："嘿！加里！"或"坚强点，别泄气！"或"坚持下去！"他们叫着。

将近圣诞节时，穆迪和斯坦吉每天早晨都要去监狱，后来每天下午或晚上也要去监狱。他们忙得脱不开身，只得把手头的其余案子委托给别人。对此他们倒不在乎。毫无疑问，他们对加里的感情与日俱增。事实上，不久他又交给他们一项新任务。

死囚区里紧挨着加里牢房的那个牢区关有一个叫贝尔彻的杀人犯。穆迪和斯坦吉经常听到有关他的描述，所以对他很了解。贝尔彻长得敦敦实实的，身高六英尺左右，宽胸脯，平顶头，前额突出，眉毛上挑，粗眉大眼，臂膀溜圆，黑不溜秋的，肌肉非常发达。加里说他常常探头探脑的，好像对什么都不放心。这人是个闷罐子。斯坦吉听警卫们说，贝尔彻患有严重的强迫症，把什么东西都留在牢房里，像罐头听啦，他们允许他保留的小玩艺啦等等。他是那种乖僻到极点的人，他的牢房就像间废品店。他对钱财特别看重，你要是想把他的东西拿走，他肯定会用拳头和你讲话的，真是个标准的守财奴。据斯坦吉所知，贝尔彻像头熊那样生活，他的牢房就是熊的巢穴。然而，在所有人中，他和加里相处得最好。穆迪听说，贝尔彻也喜欢孩子。

圣诞节前几天,在加里的提议下,鲍勃让他的一个书记员拍了一张一大群孩子的照片。孩子们手里举着个大标语牌,上面写着"你好,贝尔彻!"在圣诞节那天,加里把这张照片递给贝尔彻时差点笑破肚皮。他说:"喂,给你一张孩子们向你欢呼的照片。"

四

啊,加里,我多么爱你!

我想你!上帝!我是多么想念你!比天高比地大。我思念你胜过我的自由,胜过我的孩子……

今天律师交给我一封你的来信。可我还没来得及读就被那帮臭烘烘的牧羊狗抢去了。在我母亲带着孩子来看我之后,这些臭婊子竟把我脱光衣服搜查了一遍。这帮该死的疯子。唉,宝贝,我多么想读你那些充满着爱的信啊。

宝贝,我们会怎么样?上帝,会发生什么事?我渴望见你一面。他们怎么能让你一个人去死呢,我的爱?我多么想再一次看到你的眼睛!

上帝,一切都疯了吗?他妈的不应该这么疯狂啊!

"爱情生活和最高智慧"的骗局叫我火冒三丈,我生上帝的气,也生我自己的气。如果我能多一点耐心,第一次吃安眠药自杀就能成功。

有那只漂亮的白鸟在床头柜上陪伴我,我真高兴。你还记得吗,我有一次讲给你听过——也可能是写信告诉你的——在我童年的一个白日梦中,我结束了这毫无意义的生命并重新投胎做人了。但如果让我选择,我宁愿转世成一只雪白的小鸟。如果现在有可能的话,我还是会有同样的选择。

十二月二十三日

漫长的白天我在等待

等着你的爱

漫长的黑夜不能平静

思绪散乱

不知道我们的命运

将会怎么样

尼科尔于圣诞前夜
十二月二十四日

并不真是害怕，只是一想到神秘莫测的未来就忧愁满怀。

尼科尔
十二月二十五日

《德塞瑞特消息报》
不允许尼科尔转院

普罗沃，圣诞节讯——已经作出决定，尼科尔·巴雷特将无限期地住在普罗沃的犹他州立医院。

第四区法院法官戴维·萨姆裁决，这位有着两个孩子的母亲应该呆在精神病院⋯⋯

与此同时，在犹他州监狱里，正在举行有火鸡及各种花色配菜的圣诞晚宴，而吉尔摩则因违反狱规而被隔离。

狱方发言人说，禁止吉尔摩接受任何礼物。今天不是探监日，所以没有人去探望他。

斯特林·贝克的妻子鲁丝·安给加里写了一封信。

亲爱的加里：

我一直在想你，不知你一个人是怎么过的圣诞节。但愿我能在那儿陪伴你。我真心爱你。我希望,我们能在另一个世界里再度相逢,能彼此更加了解。但我请你不要匆匆而去,我要你活着。

通常,达米科家要举行一次盛大的圣诞家宴。这一年他们全都聚集在布伦达家,下一年在托妮家,再下一年在艾达家。可今年,由于没有什么可以高兴的事,他们就聚在托妮家,互赠礼品,为加里祈祷,然后喝了杯咖啡就各自回家了。

圣诞节,麦克尔来到贝西的活动房。可贝西正沉浸在对往事的回忆中。她记起有一年圣诞节,加里从管教学校出来了,坐在一旁看他的小弟弟打开礼物盒。那个时候,她非常宠爱麦克尔,包扎他那份礼物用了她半夜的时间。但第二天早晨麦克尔却一个劲地咕哝:"今天倒霉透了,我收到了那么多我不想要的东西。"加里哈哈笑个不停。

可是,也就是在那一年,圣诞假期前的一个下午盖伦回家来了。他说有一位修女告诉他们,圣诞老人根本不存在。这句话弄得他心神不定。贝西告诉他:"盖伦,世上只存在给予的灵魂。你有一颗善良的心,你比任何人都更信奉圣诞老人。"

然后,她的思想又回到活动房里了。所有的往事也都回到这所房子里了。她的心乱极了,仿佛有一只巨大的车轮在她心上碾轧着。她感到一滴滴泪珠夺眶而出,那是悲伤的泪。

吉尔摩:什么圣诞节!在监狱里,这纯粹是叫人失望的假日。你收不到任何信件,常规被打乱了,日子似乎比往日更漫长。他们让你饱吃一顿,那神气就好像为你做了什么大好事似的。但饭菜和报纸上登的菜单可大不一样,要知道你是吃不到什么好东西的。我不喜欢监狱里的周末,但我更恨假日。

五

雪莉·皮特勒是犹他州美国公民自由联合会的执行主席,从学校一毕业她就担任了这一职务。她提出申请,上头批准了,她就当上了执行主席,手下有几百名正式会员。她的办公室所需要的资金来源于会员缴纳的会费和全国委员会拨过来的一笔数目不大的款子。盐湖城有五六个律师自愿为联合会处理日常事务,有二十多位律师每年也许能来一次帮忙。她手下的工作人员不多,眼下他们四面受敌。在犹他州,加入美国公民自由联合会就像加入布尔什维克一样。

美国公民自由联合会卷入吉尔摩的案子后,雪莉·皮特勒收到了许多恶语中伤的信件和稀奇古怪的电话。一个多月来,无论在办公室还是在家里,总有人不分昼夜地给她打电话。雪莉心里明白,要等到加里死后她才能得到安宁。她一个人单住,有时工作一整天后,真害怕回到家后听到电话铃响。"噩运在等着你呢!"有个声音拖着长腔说。"我希望把你和加里一块崩了。"接下来打电话的人又会这样说。有时候打电话的男人满嘴下流话。有一个电话说,既然她长得楚楚动人,又是单身,他随时都愿意与她做这或做那。

他们通常很快就把电话挂了。这些天来一直这样,所以现在她总想发火,每次都毫不犹豫地叫打电话的人滚开。她的神经没有片刻安宁,再加上缺少睡眠,体重不断下降。她老是做噩梦,都是关于吉尔摩的。梦里常有一个人把吉尔摩脚下的台子踢开,在他悬挂到空中后,有人向他发射毒气弹丸。有的梦鲜血淋漓,惨不忍睹。

她从小受的教育是在教会里要积极活跃，结果她反倒成了一个不遵守教规的摩门教徒了。尽管如此，这些打电话的人似乎都是和她一起长大的人。她并不认为别人背叛了自己，而是对正在发生的事情不敢相信。她常对自己说："这个案子中的不公正之处是显而易见的。"在大赦委员会听证会上，她认为拉蒂默主席讲话前后矛盾。她有点不明白，"为什么那儿没人站出来抗议？"雪莉·皮特勒认为，这是一场拙劣的表演，这场戏的主角是吉尔摩，他虽然脸色苍白，却是个相当吸引人的年轻人。绝食使他看上去像个鬼魂，不过这个鬼魂却令人难忘。他太苍白了。

打那以后，她开始清醒地意识到，由于人们现在玩弄的种种花招，加里的命运凶吉难测。过完今天，他却不知道明天等待他的是什么，而她本人就是玩弄花招的人之一。

因此，雪莉写了封信给吉尔摩。她在信上说，她对美国公民自由联合会给他带来的麻烦和不安深表歉意，她希望能有机会直接和他谈谈，并向他解释了他们正在做的工作。她知道，吉尔摩的生活由于她的所作所为变得更加坎坷。她想告诉他为什么自己认为事情一定要这样做。她希望他们能合作，而不是互相对立。

她想，如果自己能与加里·吉尔摩谈一次的话，她要对吉尔摩说，她个人对他的自杀愿望不持同情态度。她知道，犹他州监狱里的敌对性生活促使人们去自杀，并且他有权利在生与死之间作出选择。但她觉得州政府无权参与此事。判处死刑不仅仅是错误的，而且这种判决会殃及他人，因为它公开承认州政府有权结束生命。真正的恐怖莫过于让人们感情麻木地站成一排开枪把一个人打死，而这正是州政府精心策划的戕害个人的阴谋。雪莉想对加里说，他为什么要和州政府站在同一立场上呢？

作为律师,穆迪和斯坦吉可以不受非探监日规定的限制,所以圣诞节下午他们去看了加里。

吉尔摩:雪莉·皮特勒以私人名义给我写了一封信……她到底是个什么样的人?

斯坦吉:她是个身材苗条的年轻女人,大约三十岁,长得不难看。我没有当面见过她,只是在电视上看到过。她穿一身套装。

吉尔摩:我不知道我们要做些什么才能让美国公民自由联合会撒手不管。最高法院说他们不准备重新审理我的案子。他们还能做些什么呢?上告联合国?……

雪莉·皮特勒是在她父母家吃的圣诞晚餐。她的父母亲都是十分保守的人,父亲在州政府工作,不过在此之前,他们在死刑问题上从没发生过正面冲突。可今天晚餐时,她弟弟开始攻击美国公民自由联合会的立场,雪莉则竭力为自己的组织辩护。她弟弟一遍又一遍地问:"你想过那些受害者和他们的家属吗?"

争论越来越激烈。过去她一直在违背她家人的意志行事,这场争论算是把这顿晚餐给彻底搅了。全家人不欢而散,她心中也十分难过。

吉尔摩:你愿意听首诗吗?

斯坦吉:当然喽。

吉尔摩:读诗前,我先向你简要介绍一下背景。你知道,监狱是个嘈杂的地方。我曾谈到过那个警卫擤鼻子擤了五分钟。今天早晨,他又足足啰唆了两个小时,最后我只好叫他住嘴。这是我为尼科尔写的书中的一首诗。下面是序:那些无法躲避的噪音吵得我心烦意乱:抽水马桶的哗哗声，自来水管的嘎嘎声，无聊的交谈，电视上的对话——有诗为证：

寒冷的静夜中杀人的毒念头，
当那小小的嘈杂声不让你入睡的时候。
杀人的毒念头，谋杀和血。
一个枪口。杀人的债很少偿还过。
一个傻瓜走在路上对白天的损失大笑，
另一个叹气还有一个哭泣，
为的是他们生活中的谎言。
杀人的毒念头谋杀和血，
杀人的债很少偿还过，
更多的是欠债。

这首诗是我在一九七四年伴着那些我不愿听见的噪音写的。我喜欢安静，喜欢那种静得能让我听到自己血液流动的安静。我想，噪音是监狱里最叫我痛恨的事之一，我恨噪音，恨那些色鬼的咳嗽声和呕吐声，还有那懊丧的咒骂。我希望一月十七日是我听到这些刺耳噪音的最后一天。

斯坦吉：嗯，是首好诗。

第二十一章　圣诞节后的第八天

一

朱莉·雅各比对雪莉·皮特勒的印象颇佳。她认为雪莉体态苗条，双手修长，很迷人。然而，由于吉尔摩这件事上的压力，雪莉一下子瘦了许多。她原先是个颇为丰满的女人，但经过这几个星期的操劳，她却变得像根烟卷了。

虽然雪莉比朱莉年轻二十四岁，朱莉·雅各比却认为她们的相似之处很多。她俩都不愿抛头露面，然而又常常被卷入政治活动的旋涡。所以，在圣诞节的那个星期里，当雪莉请求她帮忙组建犹他州抵制死刑联合会时，她并不觉得惊奇。

当然，朱莉随丈夫从芝加哥搬来犹他州后的这一年里没多少事可做。现在和一九六八年夏芝加哥骚乱那会警察随意殴打群众时的情形完全不同，而她这个来自北岸的阔太太的内心世界就是从那个时候出现变化的。在那之前，她一星期有两个下午来到联合慈善会，对那些带着孩子前来乞求施舍的黑人妇女说上几句同情话，她们的孩子由于吞吃墙上剥落的铅粉全都处在不同程度的痴呆状态之中。有些阔太太常常戴着钻戒前来工作，朱莉总是苦口婆心地劝她们不要戴那些贵重的戒指，因为一只戒指的价钱往往比坐在桌子对面的穷人一年挣的钱还要多。

她丈夫是个行政官员。朱莉常说，她丈夫在娘胎里就被永久地打上了共和党的印记，这个印记似乎永远也不会褪去。朱莉是密执安大学中世纪史专业的高材生，她跑到芝加哥去碰运气，结果在这位德国好人身上找到了幸福，和他结婚了。他在公司里扶摇直上，朱莉则在家养儿育女，成为——这是她后半生生活发生转变的第一个迹象——一个离经叛道的圣公会教徒。她本来可以满足于参加争取妇女选举权联盟的活动，浏览浏览《国民观察家》《纽约书评》和《斯通周刊》，但发生在密执安大街上的骚乱使她幡然醒悟。那天阿迪卡监狱被洗劫后，她一下子成了激进派。她认为，洛克菲勒是在屠杀手无寸铁的无辜者。从此她就参加了抵制镇压联盟的工作。

后来，公司把她丈夫调到犹他州。在盐湖城美国公民自由联合会是市内唯一的一个组织。她本想在这儿发起抵制镇压联盟的，可是却力不从心。犹他这个地方叫她感到压抑，她和丈夫的关系也一天天恶化，而她的儿子由于十二岁便离开老家终日闷闷不乐。朱莉的热情一下子没了，她一心扑在儿子身上，再也不去过问什么社会问题了。

她认为，自己居住在一个右翼势力十分猖獗的地方。这里的教会和州政府已经合二为一了。朱莉曾去参加过一次州议会的开幕式。前排坐着三个满脸愠怒的老头子，他们领头开始了一场说教。那天她在会上据理力争，反对死刑。一位委员会主席——是个摩门教徒——说，与其倾听一位圣公会教徒的见解，还不如读点什么，然后就散会，说着便打开一本红色封面的精装书，读了一句布里格姆·扬的话：杀人抵命，以血还血。她听了直打寒颤。在这儿教会就是州政府。她真想对那位主席说："我们生活在一个人皆有过的社会里。在这个社会里，一个案子是二级谋杀还是一级谋杀是由检察官决定的，谁也不知道那位检察官这样做是受谁或受什么势力的影响。他们没有权力在法律保护色的掩护下夺走一个人的生命。"

朱莉也许正为孩子的问题所困扰。她的婚姻已经死亡，她喜欢远离尘嚣，借读书消磨时光。唉，她喜欢读书，就像别人一天必须吃三顿饭一样。但是，当雪莉·皮特勒打电话请她帮助组织犹他州抵制死刑联合会时，她知道自己将披着一头金发再次走入社会——已经五十四岁的人了，竟还有如此漂亮的金发，真让人难以置信——她将穿着工装裤，披着齐颈的直发进入盐湖城这个世界，在这儿没有人会把她当作土生土长的犹他妇女，因为犹他州的别名叫蜂巢州，这里的姑娘长大后就不再留直发，这是犹他人的一个标志。

于是，她前去参加了抵制死刑联合会的会议。到会的一共有二十人。会议的目的是研究一下怎样才能使加里·吉尔摩相信，要求犹他州结束他的生命是百分之百的错误。联合会要设法使他明白，州政府不应该残杀生命。朱莉·雅各比认为，吉尔摩虽然是个敏感的艺术家，但他的所作所为却极为自私。

雪莉·皮特勒本想亲自组织这次会议，不料她得了严重的肺炎，卧床不起。结果朱莉发现，议案落到了一个来自社会主义劳动党的家伙手中，那人名叫比尔·霍厄尔。他说他是专管跑腿的。与会者中有基督教联合教会的唐纳德·普洛克特教士和联合卫理公会的约翰·彼·亚当斯教士，后者是全国抵制死刑联合会的理事。他们讨论了应当采取什么行动。

唐纳德·普洛克特提了几个建议，朱莉认为这些建议有点艾林斯库[①]主义的味道。他说可以在某个星期六、在某个繁忙的购物中心组织一次规模宏大的群众集会。

没有一个人认为这个建议可行。首先，如果集会是在私人产业上举行的，事先必须得到批准才行。最后他们决定，一月十七日之前在一座大厅里召开一次群众大会，然后在行刑的前一天晚上，在监狱前面的空地上通宵守夜。估计那时会有更多的牧师前来参加。眼下还是圣诞节期间，是教士们最忙的时候。

---

① 美国作家、改革家。

与此同时,他们收到了朋友会捐献的一百美元工作基金。比尔·霍厄尔说,他要印一些传单,而且他们可以请纽约州奈克市的调解协会做一些上面刻着"既然杀人有罪,我们为什么还要杀人?"的徽章。

二

回到汽车旅馆,吉布斯像吃糖似的吞下一大把可待因,但他却很小心地遵照医嘱服用口服双氢链霉素。圣诞节后的第一天,他给母亲挂了个电话。他母亲告诉他要把腿垫高,再在上面放个电热敷垫。他母亲是个有三十五年工龄的注册护士。她还告诉他,刮胡子时要倍加小心。由于吉布斯服用了双氢链霉素,如果他不慎划破一点皮,血也许会止不住的。

吉布斯还给赫特曼打了个电话,肯的第一句话就是:"要不是你,吉布斯,我还不相信呢。"然后他又说,"你知道不知道还有谁会比你遇上更多的车祸?"这句话足以使吉布斯打起精神。

吉布斯给猫头鹰汽车出租公司打了个电话,让他们送点香烟、威士忌、可口可乐、冰块和听装西红柿及听装蘑菇汤。他想他可以用这些东西在旅馆房间里当摆设的电热小咖啡壶里做顿饭吃。在他的上假牙修好装上之前,他只能喝稀汤充饥了。然后他打电话给公路交通警,问是谁帮他把汽车拖回来的,并请求那个小伙子在汽车前座里找找他那另半边假牙。大约一个小时后,那家伙带着那半边遗失的假牙进来了。那人说,既然整个汽车已经全部报废,吉布斯也许会考虑把马达卖掉的。他每个月可以付二十五美元。那小伙子最近刚刚结婚,手头没有多少现金。吉布斯说:"拿去吧,就算我送给你的迟到的结婚礼物。"

吃了两天西红柿蘑菇汤后，吉布斯问汽车旅馆的女老板是否知道哪家饭店有送饭到家的服务项目。她一时没想起来，但她问吉布斯想吃些什么。他说，他想吃煎得软软的鸡蛋、吐司和牛奶。她把东西送到他屋里，吉布斯递给她五块钱，她说两块就够了，可他坚持要给五块。活了三十一年，这位太太是他所遇到的最随和的人之一。

第二天他给伯特的一家花店打了个电话，叫女店员送些花来。吉布斯告诉她要在卡片上写上"送给世界上最可爱的女士"并签上"兰斯·莱巴伦"的名字。吉布斯解释说，尽管他不知道这位太太的名字，但他知道她待自己是多么好。花店的那位女店员不仅同意他的说法，还告诉他这位好心的女士名叫艾琳·斯奈尔。大约一个小时后，花就送来了。

打那以后，每天晚上斯奈尔太太都把晚餐送到吉布斯的房间里。他的假牙装好后，她告诉吉布斯她自己每天都吃了些什么。结果，吉布斯把汽车旅馆的各式饭菜吃了个遍，意大利实心面条啦、牛排啦，等等。每回吃完他们总要为价钱推让一番。这段时间里，医生常来检查他的腿，并给他重新开了些药。后来，他给吉布斯额上的伤口拆了线。

慢慢地，他的钞票越花越少了，可他一点也不在乎。他从来也不知道应该如何管钱。每天打长途电话要用掉二十五到六十美元，而且他坚持每天早晨付清当天的汽车旅馆费。吉布斯只得自念苦经。每天晚上他都喝得烂醉，直想伏在什么人的肩膀上大哭一场，无奈他身边没有一个亲人。一次，他几乎想叫一位旧时的情人马上飞到他身边，但又决定不叫她。然后他又给另外一位过去的相好打电话，结果还是一样。吉布斯想不起有哪位姑娘不会把他的下落透露给不该知道他在哪儿的人，要是有人把他目前的身体状况也告诉别人，那就更糟了。他给每个人打电话时都说，他躺在床上,身边放着一支九毫米口径的勃朗宁自动手枪。吉布斯有充足的理由让他们明白,没受到邀请最好谁也别进他的门。当他把这事告诉赫特曼时,肯说:"你这是不打自招,等于告诉人家你是想躲起来。"甚至连伯特的总机接线员都熟悉他现在这个名字了。只要他一说出接盐湖城,她们就会说:"你好!莱巴伦先生,迈尔·海尔旅馆三号房间,是吗?"他离开犹他州时,身上有一千三百七十美元,如今只剩下五百美元了。

有时躺在床上,吉布斯会胡思乱想,想像着自己去观看吉尔摩的死刑。他要不要走上前去与吉尔摩谈谈呢?如果他们允许,他会说:"吉尔摩,还记得你曾对我说过,你从来没有看错蹲过监狱的人?好吧,让我告诉你我是靠什么谋生的。"然后他又会仔细琢磨是否真要说出这种话。不知怎的,他在脑子里想像这些事时,总觉得希勒并没有告诉过任何人,不过,他当然告诉过。"加里,"吉布斯在想像中看着吉尔摩的眼睛说,"你算是找到对手了。在帮你判断我是不是一个好囚犯时,你的第六感觉出了毛病。加里·吉尔摩,我是唯一一个能愚弄你、欺骗你、占你上风的人。"然后他又突然想起了自己的伤痛、自己的处境和自己可悲的生活,便自言自语道:"加里,这不是我要对你说的话,我要说的是:'该死的,你可比我认识的任何一个狗娘养的都有胆量,我只希望我能和你一样勇敢。见鬼,伙计,无论何时相遇,男人都通男人心。'"他又会伤心起来,因为这正是加里最近写给他的一封信中的话,这封信他好像多年前就已经收到了。

三

希勒的假期很快就失去了一半价值。他带斯蒂芬妮去见他的哥哥和嫂子,这是社交礼节。她整个假期都和他们泡在一起。可他在哪儿？他一直在打电话，真让人头疼。

马克斯·詹森投保的保险公司的律师认为马克斯·詹森属于非正常死亡，他们向法院提出起诉，要求从吉尔摩的财产中提取四万美元作为赔偿。更有甚者，出于对科琳·詹森的礼貌，他们正在为她争取一百万美元的赔偿费。眼下，希勒远在夏威夷晒太阳，保险公司的律师要是不能说服法庭命令加里作证那才怪了呢。希勒知道这件事后，气得差点七窍生烟。他一直守在电话机旁。他问穆迪："你同意啦？你没和他们争一下？你不和他们争，这是什么意思？"他并不想对穆迪大喊大叫，他知道这样做毫无用处，穆迪这个人太死板。他总是戴着眼镜坐在那儿纹丝不动，俨然是个真正的牌手。然而希勒实在控制不住自己了，他急得简直像热锅上的蚂蚁。

"你到底急什么？"穆迪问，"作个证又有什么大不了的？"

希勒差点脱口说出："你是不是疯了？"不过他只说了句："你难道不明白？《国民问询》可以和那些该死的律师做一笔交易，他们只要进监狱里待上三个小时，就能把加里的全部生平故事都挖个干净。即使他们不能安排他们自己的记者进去，也能临时辅导辩护律师去诱问加里。"太可怕了。作证时，他们有权从"你在哪儿出生的？"这样的问题开始发问，然后顺藤摸瓜，逐渐套出加里的全部犯罪事实。"只需开庭一次，"希勒声嘶力竭地叫着，"就能挖走他的全部故事。"

穆迪说："我们无能为力。"

"废话，"希勒说，"我要你马上到法庭去。即使你不能制止加里作证，也要提出个动议，要求写明不可随意泄露。"他一拳捶在床头柜上。提起"泄露"，他立刻联想起有关的事项。"这次会面的磁带必须锁在监狱里，法院必须作出规定，数月内那些磁带不得转录等等。你明白我的意思吗？"斯蒂芬妮真想一刀杀了希勒，到这里来是为了度假，可他却整天与电话做伴。她大声喊道："我们将来结婚后就是这样过日子吗?"她怎么好像是换了一个人?她怎么好像谈生意?希勒摆摆手让斯蒂芬妮走开。他一边打电话,一边起草了那项动议。几天后,当他得知法官已经同意把材料一直封存到三月份时,他才松了一口气。

希勒开始享受夏威夷温馨的空气。《国民问询》仍会试图让保险公司的律师在法庭上作记录,但对此他不再担心了。法庭已经下令严加保密,如果哪位律师想做手脚的话,他将被取消律师资格。再说,当地的摩门教徒是不敢违背法官命令的。这事就算了结了,一场可能发生的灾难避免了。

可第二天,保险公司的律师去监狱听取证词时,一直等了六个小时加里也没有出来。听说他的食品是放在纸盘子里送进去的,他大发脾气,拒绝离开牢房。这下这事算是双重保险了。

在夏威夷,希勒给世界各地打电话,这样做既可以促成那些信件的买卖,又不至于暴露他的行踪。这种买卖只能跟合适的编辑谈。对他来说,这样一大笔买卖要好几年才有一次,所以他要与国外的一流杂志取得联系。希勒知道,他们不会欺骗他的。他又不必守在电话旁,等着明天再跟他们做另一笔买卖,他可不是那种与同一批人同时商谈十笔交易的代理人,那种人可以说:"好吧,你让我一步,我也放你一马。"在那种情况下,双方都可能偶尔欺骗对方。这么说吧,在一百笔交易中,大概十笔有欺骗之嫌。但像他这种专做这种交易的老手,那些编辑是不大可能要他的。他们不再会有出价的机会了。

在夏威夷,他招聘了几位秘书把买卖合同用打字机打出来。用这种方法,不管他的哪一个旅伴,他的母亲、斯蒂芬妮还是斯蒂芬妮的母亲莉芝,都能帮得上忙。她们只需在合同上填上金额数目，写上出版者的名字就行了。既然准备工作都是在电话里进行的，信件就可以成批成批地捆扎好。一号包里有一份合同样件和五封吉尔摩的信，那些编辑只有在希勒的一位女眷在场的情况下才被允许看信件和合同，这样就能保证一些有价值的引文不被抄袭。如果某位编辑看中了手里的货，他便可以打开二号包。这一包很大，里面是一套完整的信件。然后给他几个小时让他作出决定。除了那个被单独秘密请来的编辑外，那些杂志社的任何人都不会知道这三位妇女是干什么的。

这样做太妙了。但另一方面，希勒对法雷尔在犹他州主持的工作不太称心。在十二月二十日那次令人欣慰的会谈鼓舞下，法雷尔计划希勒不在时由他继续进行下去，让这件事的进程像时钟一样分秒不差。他们的计划是，法雷尔每天早晨准备好一套新的问题，从洛杉矶打电话告诉那两位律师，然后穆迪和斯坦吉带着问题到监狱与加里面谈。当天晚上，他们把磁带空运到洛杉矶。法雷尔亲自到机场取磁带，回去听一遍之后，再撰写一套新的问题，第二天早晨再把问题通过电话告诉他们——这是一个无懈可击的安排，本来会很有成效的。但结果却彻底失败了。不到一个星期，事情便渐渐地离开了轨道。

法雷尔解释说，大量的时间浪费在向秘书口授问题上，她们把问题改得面目全非。律师们的工作又松松垮垮，就好像希勒一走，他们就不准备为他工作了。巴里说："你回来后，我们一块干下去。"希勒不假思索地表示了同意，但他内心却恼火透了。如果巴里得到的尽是些不值钱的破玩艺，他为什么还在这儿守着电话无所事事，为什么还不亲自赶往犹他州，尽力把握住局势呢？可希勒又不敢在长途电话上把这话挑明。显然，他的整个战线都在经受考验。这算什么度假啊！

四

有时，布伦达觉得似乎有根绳索正在她的肉体里钩住她的五脏往外拉。有时，她正坐着，疼痛会突然袭来，她连站都站不起来。有时，站着站着，疼痛也会突然袭来，她又不得不坐下。停止探监后的很长一段时间里，她一直试着给加里打电话。但电话哪有那么好打通。有一次，她最后对萨姆·史密斯说："没想到打个电话这样不方便。"史密斯告诉她，每次他们都得把加里带出牢房。"你们为什么不在他的房间里装部电话呢？"布伦达说，"上帝啊，他可是关在死囚区里的人。""是这么回事，"萨姆解释道，"他可能会用电话线上吊的。"布伦达可没想到这一点。萨姆接着说："他还可以拆下零件，用它们割断手腕。"这一点布伦达也没想到。萨姆温和地对她说："比起其他一般犯人，我们给他的照顾够多的了。"布伦达说："我想你们的工作确实不好干。"

在圣诞节和新年之间的那个寒冷的星期里，应加里的要求，布伦达曾有两天打算去犹他州立医院，送几束玫瑰花给尼科尔。但她的肚子一阵阵地揪心般地疼，她实在害怕，没敢去。再说，医院也不接受外人送的花。她通过弗恩把这事转告了加里，他又对她来气了。他一定是世界上最固执的人，老是抱怨，而且动不动就发火。

五

《普罗沃先驱报》
致抵制死刑的人们
吉尔摩发表公开信

普罗沃，十二月二十九日讯——"我，加里·吉尔摩，现在发表一封公开信给所有那些仍在想方设法阻挠对我合法执行死刑的人,特别是美国公民自由联合会和全国有色人种协进会。

"我请你们最终从我的生活中滚出去,从我的死刑中滚出去。

"这与你们毫不相干。

"雪莉·皮特勒,伙计们,姑娘们,别忙乎了。我不敢放肆说什么,你们要坚持下去,就小心你们今后的生活……雪莉,从我的生活中滚开吧!

"全国有色人种协进会,我是个白人,我不希望黑汤姆大叔插上一杠子。你们认为,如果我被处死,紧接着就会有一批黑家伙跟着倒霉了,是吧?这种想法显然愚蠢透顶,我甚至不想和这种无稽之谈费口舌。

"但是,你们和我一样明白,近来白人比黑人更容易被处死。

"你们真的不会像过去那样倒霉了。

"那些对我精神状态是否正常怀有疑问的人,听着,我要问问你们的精神状态是否正常。"

加里·吉尔摩的心里话

圣诞节过后没几天,桑德伯格给尼科尔带来了加里写的那本书。那是一本漂亮的硬封皮笔记本,在任何一家杂货店里都可以买到。里面大约有五十张空白页。桑德伯格来得很匆忙,他在那儿时,尼科尔稍微翻了翻,他答应第二天再把笔记本带来。这一次,她能够专心阅读了。这是一本简单的书,但她喜欢书中的每一个字,因为这是一本带封面的真正的书,加里在每一页上都写了一点东西。

这个混蛋警卫坐在我的牢房外,他刚擤完鼻子。他擤了足足有五分钟,一定有什么东西堵在他的鼻子里了。

一种尖细的嘎嘎声。

当他终于擤完时,我对他说:"你的号角通气了,现在该挖眼屎了吧。"他伸着红红的长鼻子，斜觑了我一眼。

现在，这个警卫正在踱着步，他脚上穿的鞋子是十三码的，可看上去还很紧。这个傻乎乎的乡巴佬！

我收到了几本邮寄给我的关于基督的书。我大致翻了一遍，发现它们的宗教色彩太浓了。

我的意思是我想读读关于作为人的基督、作为犹太人的基督和作为弥赛亚的基督的书，我就是不想读什么基督教的基督。

在《是的》杂志的"开眼界"一栏里，常刊登一些美人的照片，这些姑娘把在摄影室里拍的四张一套的裸露着乳房的照片寄给这家杂志。每当我看《是的》时，他总要仔细端详她们。我想把你的照片寄给这家杂志，我的意思是我这样想过，但我不会寄的。

我知道他们会把你的照片刊登出来的。

即使你不出名，他们也会刊登你的照片的，因为你是那样的富于性感、那样的漂亮，你那张稍稍把舌头伸出一点的脸庞和你那对精灵般的乳房真让人心醉神迷。

宝贝，在我死之前，我准备把你的信全部毁掉。理由是，你的信绝对不能出版，绝对不能公布于众。

我曾想过把信退还给你，但我知道如果我这样做，这些信将会落到那个制片人拉里·希勒的手中。

然后加里在书里贴了一条新闻剪报：

《盐湖论坛报》
加里答东部姑娘问

一九七六年十二月四日讯——马萨诸塞州霍利奥克市的莉

莎·拉罗彻利正在修一门宗教课程。作为学习的一部分，她写信给几位新闻人物，问：

"当你谒见上帝时，你问他的第一个问题会是什么？……"

"亲爱的莉莎，"吉尔摩用红墨水在一张法律文件纸上写道，"我不是一个'杰出'的人，我只是获得了一点我不想要的臭名。但对你问题的回答是……我认为，当我们最终遇到上帝时，没有必要问他任何问题。

你的真诚的加里·吉尔摩。"

拉罗彻利小姐给瓦尔特·克伦卡尔特以及橄榄球明星奥·杰·辛普森和罗杰·斯塔贝奇以及其他名人写了同样内容的信。

这些警卫会偷偷溜进我牢房外狭窄的走廊，在我没有察觉的时候暗暗观察我。他们能看见我，我却看不见他们。也许他们当中有几个人希望能碰巧看到我手淫，要不他们不会站在那儿观看的。

六

我的爱：

　　昨夜我在梦中
　　像一只白色的鸟飞出窗洞
　　穿过黑夜，顶着寒风
　　头顶闪烁着亮晶晶的星星
　　我迷了路。猛然惊醒。

至今仍每时每刻爱着你的
尼科尔
十二月三十一日
星期五

啊亲爱的：

我待的这个地方叫我厌恶得难以用语言来描绘。我的处境要求我说服许多身居高位的聪明人相信，我有活下去的愿望以及我有作为一个合格的母亲和人生存下去的能力。

眼下，我能说的都说了。有些事情我觉得在我试图说服别人相信之前得先让自己相信。

我，一位陌生的太太
爱你
十二月三十一日
星期五

啊宝贝尼科尔：

我的血肉，我的妻

荷兰的一位太太给我寄来一张非常漂亮的明信片。她在上面写道："信任所有的人，爱所有的人。"

上帝，但愿我能如此坚强。

上一封信我对你讲了，他们准备在一月十七日枪毙我……那些4.3口径的子弹将使我得到解脱。

我将去找你——我的白色小鸟。

我还有十七天了。

我一直在想你，

我想的只有你。

宝贝，我一直知道，你过去是一只白色的小鸟。在我们双双进入此生之前，在我们立下山盟海誓之前，你是那只栖息在我肩头的白色小鸟。

新年前夜

早晨好,我的爱:

嗨,过得怎么样,加里?今天是新年!亲爱的,新年好!这儿是我写的一首诗:

因为我已失去了理智
黎明时分默默无语
爱情已经被偷走
只有永远是心伤

所以请你别问我
别为我歌唱
别跟着我
我已不在这地方

只要我有片刻的安宁,我想我的脑海中就会出现一支委婉动听的曲子,我愿意和他同去。

亲爱的,他们刚刚把我屋里的灯关掉了。我爱你,上帝,我多么爱你,加里。

梦见我……我将在梦中再见到你。

你永远爱着的宝贝
尼科尔
一九七七年一月一日

七

米尔斯曼神父总觉得他愿意非常非常真诚地给加里做祈祷,甚至不去考虑这个背负重罪的人是否是个天主教徒。加里说过,他希望怀着尊严死去,这句话打动了米尔斯曼神父。十一月初的一天夜里,他去看望加里。他对加里说,他理解这种愿望,如果他真心同意,他愿意助他一臂之力。米尔斯曼神父以前参加过执行死刑，对其中的常规事项和隐患略知一二。米尔斯曼觉得，经过那次谈话，他们成了好朋友。

吉尔摩夜里睡得很少。他喜欢有人来访。在晚上，通常在所有的探监者走后，监狱里一片寂静时，牧师才来探访。照理，米尔斯曼任何时候都可以自由进出牢房，但监狱就得按监狱的规矩，比如吃饭的时候，你就不能进入一级警戒牢房。在监狱，一个时间里只能办一件事，监狱就是这样管理的。米尔斯曼不想违反狱规，所以他只好晚一点去拜访加里。

他们常常谈起一些鸡毛蒜皮的事。例如，一天晚上，米尔斯曼神父照习惯站在主走廊的铁栏外面，吉尔摩则站在里面，靠着铁栏。米尔斯曼掏出他的海泡石烟斗，加里问他那是什么，米尔斯曼便来了兴致，向加里解释说，当你吸这种烟斗时味道会越来越醇。另一个晚上，他带了一串外国硬币，加里非常好奇，目不转睛地望着它们。加里喜欢学习，对有特色的东西尤其感兴趣。因为米尔斯曼神父二战后在罗马的北美学院学习过，所以加里问了神父许多欧洲的事情。

他们常常谈起历史以及不同人物的兴衰史，裘力斯·恺撒和拿破仑都是他们的话题。米尔斯曼神父能看出，加里喜欢那些跃居显赫地位而誉满天下的人物，例如穆罕默德·阿里。他们也讨论米尔斯曼带给加里看的报纸和杂志。加里会问："喂，神父，你觉得吉米·卡特怎么样？"或者"神父，你觉得用纸盘子吃饭怎么样？"对每一个这样的问题，米尔斯曼总是回答说："噢，加里，无论怎样都是公正的。"如果一句话说了一次，他就要说上一千次。加里常回敬道："神父，没有任何事是公正的。"然后他们俩便哈哈大笑起来。加里总是叫他"神父"。

吉尔摩也十分注意公众对他的形象的反应。他很感激米尔斯曼，因为他每天晚上都给他带去报纸。当然，吉尔摩喜欢谈论他自己的案子。那天晚上，米尔斯曼神父带去了出版日期为新年第二天的《时代》周刊一九七七年第一期（不过这一期新年前几天就出版了），加里一下子看入了迷。杂志里有两面彩页印着"一九七六年人物"几个字，那上面有当选总统卡特及他母亲和妻子的照片，贝蒂·福特的照片，摄于阿根廷的伊萨贝拉·贝隆的照片，供公众瞻仰的毛泽东的遗体照片，同时刊登的还有登上火星的"海盗一号"飞船支架的照片，国务卿基辛格在肯尼亚一手持非洲剑、一手持盾的照片，年轻的体操运动员纳蒂亚·科马内奇的照片等等。然而，就在那两页上，还有一张加里穿着一级警戒监狱白色囚服的照片。这张照片是大赦委员会听证会宣布了他的行刑日期之后拍摄的，照片上他对着镜头咧嘴微笑。吉尔摩终于没有失望，在一九七六年年终综述中，他被列为新闻头面人物之一。

第五部 压力

第二十二章　地毯上的小洞

一

法雷尔觉得用不着急急忙忙赶回犹他去和穆迪、斯坦吉一块干，因为他对自己已完成的工作特别满意。希勒还在夏威夷时，巴里就已经着手起草那篇给《花花公子》杂志的采访报道了。为了提高可读性，他对对话进行了润色，重新编排了段落，从加里对前几次问题作的书面回答中抽取了一些有关材料补充了进去。他常常改写穆迪和斯坦吉的问题，使行文更加流畅，并增添一些具有《花花公子》采访特色的东西。不过，按照他自己的准则，他决定不从加里的信中摘取任何一句话。采访报道将根据加里对他们所提问题作的口头或书面回答写出。

然而，文章主要以十二月二十日的那次采访为依据。为了能记录下来吉尔摩对范围广泛的话题发表的见解，法雷尔把一些问题设计得很简单。他一直希望能从加里的回答中发掘出更深刻的问题。但他也担心，吉尔摩对这些简单的问题会不屑一顾。然而，结果却令人吃惊，加里回答的内容出乎意料地丰富。在法雷尔看来，加里好像要把自己的某个方面展现出来让人们记在心里。从那种意义上说，是加里本人在撰写他自己的故事。巴里对此非常感兴趣。他逐渐了解了吉尔摩的生活准则，这是一个自尊心极强的犯人的准则。事实上，这个准则足以让法雷尔开始怀疑，采访本身是否也是这种调子。

采访者：根据你的服刑记录，自你进少年管教学校起你几乎一直被关押着，已经二十二年了。好像你命中注定别无选择，只好当一辈子罪犯。

吉尔摩：是的，你可以这么说。事实上，这话说得妙极了。

采访者：是什么使你起了犯罪的念头呢？

吉尔摩：也许是进管教学校吧。

采访者：但你肯定做了什么事才进了管教学校的呀。

吉尔摩：不错，我进管教学校时大概十四岁，噢，不，我头一回被关起来时才十三岁。

采访者：因为什么被关的？

吉尔摩：这个嘛，我偷汽车……噢，不，记得我第一次犯法是夜盗，就是私闯民宅偷东西。那时我常常按照事先画在纸上的路线图入室行窃。

采访者：为什么？你想偷什么？

吉尔摩：为什么？这个嘛，主要是搞枪。许多人家里都有枪，嗯……我最初行窃就是为了搞枪。

采访者：那时候你多大了？十一岁？十二岁？你要枪干什么？

吉尔摩：是这么回事，那年在波特兰出了一帮强盗，不知道你们听说过没有——也许没有吧。老兄，我可是一心想加入这伙百老汇强盗中去。我思量来思量去，觉得最好的办法就是在百老汇附近转悠，卖枪给他们。我知道他们需要枪。我的意思是说，我——甚至不知道是不是真有这个团伙……也许是别人瞎编出来的。不过我听人说起过他们，你明白吗？我很想入伙……做个百老汇强盗。

采访者：可你被抓住送进管教学校了？

吉尔摩：是的，被送进俄勒冈伍德伯恩的麦克拉伦少年管教学校。

采访者：是不是就在那个时候？

吉尔摩：（笑）我是一直觉得自己在惹是生非。我似乎有这种本事，或者最好说是窍门，我能使成年人对我另眼相看，与他们看待其他孩子的方式略有不同。也许他们对我不理解，也许他们对我反感。

采访者：反感？

吉尔摩：他们看着我的眼光不一样，成年人好像不应该那样看着孩子。

采访者：他们的眼里带着愤恨？

吉尔摩：远不止愤恨。我敢说是厌恶。记得在亚利桑那州的弗莱格斯塔夫，那时我大约三四岁，有一位太太，是我亲戚的邻居，不管我做什么事，她都生气发脾气，而且还动手打我，一心想把我打伤。我父亲不得不跑过来制止她。

采访者：你做了些什么让她如此生气？

吉尔摩：不过是因为我对她说话的口气和举止的方式。我从来不是个安分的男孩……在波特兰，我大约八岁的时候，有一天晚上，我们到那些人家里去，那儿有两三个大人。我记不清自己做了些什么事，我对每个人都说了许多无礼的话，把屋里的东西搞得乱七八糟——我不记得是怎么回事了——不过，这位夫人最后气疯了，她尖叫、乱嚷、怒吼，把我摔出了屋子。其他在场的大人都跟她一样气得发疯，都支持她。这事显然对我没有多大影响，我记得，我一路吹着口哨，哼着小调，步行了三英里路回到了家中。

采访者：听起来好像在你进管教学校前你就走上了这条路。

吉尔摩：是的，我一向认为法律愚蠢透顶。但就生活道路而言，由于你的生活要受到你经历中各种各样事件的影响，所以你会做出某种特定的反应。我的话是否有点道理？

采访者：很难说，举个例子吧。

吉尔摩：好吧，这是一件个人的私事。大概你会觉得它很奇怪，但它对我却产生了永久的影响。大约在十一岁时，有一天我放学回家，想抄个近路。我爬了一座小山，这山大约有五十英尺高，我钻那些石楠灌木丛、黑莓和刺莓中出不来了。在波特兰西南郊的野地上，有些灌木丛我觉得有五十英尺高。我原以为这是条近路，可没想到根本无路可走。以前没有人从这里走过。这时我可以掉头往回走，但我却宁愿继续往前闯。大约花了三个小时我找到了出路。在那段时间里，我从没停下休息一会，只是一个劲地往前钻。我知道只有不停地走才能钻出去，但我也意识到，我也许会困死在那儿。任何房屋离我都有一两个街区那么远，如果我呼喊的话……也没用，我很有可能死在那儿。我的叫喊声没人能听见。所以我只有一个劲往前走。这是一件个人的私事。最后我终于到了家，比平时晚了三个小时。我妈说我回来迟了，我说是的，我抄了条近路。（笑）那次经历使我对好多事都有了不同的看法。

采访者：什么事情？

吉尔摩：不过是意识到我从没害怕过。我知道只要继续往前走，我就能出来。它给我留下了一种不同寻常的感觉，一种战胜自我的感觉。

采访者：那么，为什么你认为进管教学校是你犯罪的起点呢？

吉尔摩：这还不明白，管教学校教给人某些秘密知识，使人早熟。从管教学校出来的孩子懂得许多他本来不可能知道的事情。通常他一出来便加入到那些具备同样秘密知识的人的行列中。"犯罪环境"，或者你想把它叫做别的什么。所以说，去伍德伯恩可不是我生活中的小事。

采访者：伍德伯恩的条件恶劣吗？你是如何适应那儿的环境的？

吉尔摩：伙计，那个地方使我懂得适者生存。那儿我看得上眼的家伙都是些粗野的嬉皮士——那是五十年代——他们在学校里称王称霸。那儿的工作人员都是当地一些光知道喝酒混日子的蠢货，无论你干什么，他们都不闻不问。当时精神分析正时髦，他们也往学校里派了几个精神病医生。他们常常闯进你的房间，对你进行墨迹测试，问你各种各样的问题，不过主要是关于性的。他们会古怪地看着你……就是这么回事。

采访者：你在那儿待了多久？

吉尔摩：十五个月。我逃跑了四次，最后总算学乖了。你要是真想离开那鬼地方，你就得叫他们知道你改造好了。整整四个月，我老老实实没惹事，他们就把我放了。这件事告诉我，蒙骗他们那种人太容易了。

采访者：那儿的同伴中有谁强迫你做他的娈童吗？

吉尔摩：没有……从来没有……我从来没有碰到过这种麻烦。没有，一次也没有。如果有人这样干，我会果断地用暴力方式解决问题的。我会杀人的——如果这个人的年龄比我大得多，我会狠揍他一顿。我会带着枪去找他算账的，但我从来没有碰到过那种事。

采访者：你从伍德伯恩放出来时感觉怎样？

吉尔摩：我出来就要惹是生非的，我想人家认为你应该这么干。我觉得自己高人一等，因为我进过管教学校。我有个"硬汉情结"，就是少年犯那种自以为是的处世态度。"少年犯"——记得这个说法吗？对我挺合适，不是吗？没人管我的事，我留着个鸭尾巴头，抽烟，喝酒，注射海洛因，吸大麻，服用可卡因，打架斗殴，追逐调戏漂亮小姐。五十年代做个少年犯可真痛快！我什么都干，偷，抢，赌，玩多米诺骨牌，参加地下舞会。

采访者：当时你想过怎么谋生吗？

吉尔摩：我打算当个暴徒。

采访者：你不认为你具备其他才能吗？

吉尔摩：当然具备，我有天赋，我画画一直很出色。我从小就喜欢画，记得二年级时，有一位老师告诉我妈："你儿子是个艺术家。"听她的口气，像是说的真心话。

采访者：你难道从来没有考虑过改变自己的罪犯命运吗？

吉尔摩：这个嘛，我曾经打算做个什么艺术家——但那有多难，你知道吗？我要做一名成就辉煌的艺术家，而不是个商业画家。过了一段时间后，我想通了，我要么在监狱里过一辈子，要么自杀，要么被警察或者别的什么人打死。我这个人反正不会有什么好下场。但当我还是个小孩子时，我的确认认真真地考虑过自己的前途，你知道吗，我想当个画家。

采访者：你第二次被抓中间隔了多长时间？

吉尔摩：四个月。

采访者：才四个月！我想你说过，管教学校教育了你，难道你那些秘密知识不能帮助你躲避被抓的命运吗？

吉尔摩：这就是我的生活道路。有些家伙一生走运，无论他们惹出什么祸，转眼之间他们就又去逛大街了。但有些人老是倒霉，他们在外面惹一次麻烦就会被逮住，就得坐很长时间的牢。这就是他们的生活道路。

采访者：那么你是倒霉的人之一喽？

吉尔摩：哈！"不思悔改的惯犯。"伙计，我们是习惯的产物。

采访者：自从你第一次进管教学校以来，最长的一段自由时间有多久？

吉尔摩：大约八个月吧。

采访者：你的智商据认为在一百三十左右，可你在过去的二十二年中，竟有十九年是在铁栏后度过的。你怎么一次也没逃脱呢？

吉尔摩：我逃脱过几次。我不是一个天生的贼。我偷东西只凭一时冲动，没有计划，不假思索。要逃脱惩罚用不着多少天才，只需仔细考虑一下就行。可我不，我是个急性子。我不是那么贪得无厌的。本来我可以带着那么多东西逃脱，可是却因为这些东西被抓住了。说真的，这一点连我也无法理解，也许很久以前我就什么都不在乎了。

所有这些都很有价值，但不经过进一步研究，这些话法雷尔一句也不会相信的。这个人试图展示他自己。很明显，他想以此来让世人想着他、记住他。现在的他和信中的那个吉尔摩真是天壤之别！

二

法雷尔和希勒都认为，最难办的是让吉尔摩原原本本讲出杀人经过。吉尔摩总是说，后来发生了什么什么事。但他不愿对自己的行为发表任何评论，他的叙述与每一个能说会道的人或者精神变态者对你讲的话一模一样，要么最令人厌烦，要么最离奇古怪——例如，伙计，我们先做了这事然后又做了那事。颠三倒四，毫无重点。法雷尔想，这就等于坚决不让任何细节具有任何价值。生活是个百货商店，你想拿什么就拿什么。

吉尔摩：艾普丽尔上了卡车，伙计，她把收音机开得震天响。然后她紧挨着我坐下，告诉我她不想回家。我对她说，好吧，如果你愿意，我可以带你在外面待一夜。于是我开车到了我买卡车的地方，和那些家伙谈分期付款的事。我把我那辆"野马"作为初期付款给了他们。我们喝了些酒，卡车的付款期限安排得挺松，他们就算是帮我藏枪吧，哦，我随身带着一把上好子弹的手枪。我签了合同，成了卡车的主人，把"野马"留在那儿，便开车带艾普丽尔走了。我们来到厄伦姆，在拐角的这个加油站停下车。这个地方看上去没有人，我想吸引我的正是这一点。我在拐角停下车，告诉艾普丽尔在车里等着，说我一会儿就回来。我走到加油站，叫詹森把钱交出来，他照办了。我对他说，喂，到卫生间去，趴到地上。事情发生得非常快，我没让他知道接着会发生什么事。那是一支点22口径的小手枪，我朝他连开两枪，当时就把他结果了，没让他感到丝毫的痛苦。后来，我离开了那儿，我开车到，哦，我不知道这个加油站的位置，但我把车开回到大街上。我想是州街吧，我走进艾尔伯森餐馆买了点土豆片，还有别的什么，带着去看电影，还买了半箱啤酒和一些艾普丽尔想要吃的东西。

最后，两位律师中的一位提了一个问题。法雷尔不由得注意到，问题的效果非常好。很明显，吉尔摩需要别人把他从迷乱的心理状态中引导出来。

采访者：现在问一件事，你把车停在加油站时，是想去抢劫詹森呢，还是想杀死他？
吉尔摩：我想杀死他。
采访者：你是什么时候产生的这种想法？想杀人——
吉尔摩：很难说，整个星期我一直有这种想法。那天夜里，我知道我得打开阀门，放点什么东西出来才行。我不知道究竟要放什么东西出来，到底是该做这样还是该做那样，或是做些什么能使我好受点，我没仔细想。我只知道在我身上正在发生什么事，我想发泄出一部分闷气。我想，

　　　　　　所有这一切听起来都十分歹毒吧！
采访者：不，不。是不是詹森说的什么话惹火了你？
吉尔摩：不，根本没有。
采访者：是什么促使你离开卡车跑进詹森所在的办公室的？
吉尔摩：我真的不知道。
采访者：你说这话是什么意思？
吉尔摩：我是说我不知道是什么促使我干的。我说过那个地方看上去没有人，似乎挺合适。
采访者：很显然，杀掉詹森并没有卸掉你身上的压力，第二天晚上你为什么跑出去杀死布什内尔呢？
吉尔摩：我不知道，伙计，我有一种冲动，我没想过。
采访者：你杀布什内尔时采取的办法与前一天晚上杀死詹森的方法是一样的——命令他躺到地板上，然后用枪抵着他的脑袋开枪。你认为枪杀布什内尔是否使你得到了某种枪杀詹森没能得到的解脱？
吉尔摩：我告诉过你，我没想这些。我只记得当时我的脑子里一片空白，没有思想，只有行动，行动。我向布什内尔开枪，后来子弹卡壳了——该死的自动手枪！我想，糟了，这家伙还没死呢。我想再给他补上一枪，因为我不想让他半死不活地躺在那儿，我不想让他痛苦。我试图拔出枪栓，把枪修好，然后再给他补一枪，但子弹卡壳了，我不得不掉转屁股跑出来。等我修好枪，已经太迟了，帮不上布什内尔先生的忙了。恐怕他没有马上死去。我命令他躺下时，是想一下子结果他的。对他来说，没有生的机会，没有选择。这听起来残酷无情，但这是你们让我说的。
采访者：这两桩凶杀案有什么不同的地方吗？
吉尔摩：没有，完全一样。你可以肯定地说，布什内尔先生必死无疑。

采访者：为什么？

吉尔摩：因为詹森先生的死已经成为事实，那么下一个就更确定了。

采访者：杀第二个人是否比杀第一个人容易些？

吉尔摩：两次都说不上是容易还是难。

采访者：你与这两人中的哪一个曾经打过交道吗？

吉尔摩：没有。

采访者：那么，是什么促使你去布什内尔工作的那家市中心汽车旅馆的呢？我们只是想了解你所说的那种忿恨是属于哪种性质的，是不是那种本来应该发泄在性生活上的？

吉尔摩：我不想在与性有关的问题上浪费时间。我觉得这些问题太低级。

采访者：但是，如果在你杀死布什内尔的那个晚上，有个善解人意的姑娘陪你喝酒，与你共度良宵，帮你放松放松，这样是不是会让你感觉好受点？

吉尔摩：我不想回答这样的问题。

采访者：你似乎觉得回答凶杀的问题要比回答性的问题更容易些？

吉尔摩：这是你们的判断。

好样的，法雷尔想，一个良好的开端。

三

圣诞节的那个星期里，气氛一直很压抑，面谈不再有什么结果。法雷尔开始怀疑，是他把吉尔摩吓着了呢，还是假日里加里情绪低落的缘故？看看他在监狱里写下的有关圣诞节的充满怨恨的回答吧，字里行间流露出的意思是不难看出的：这是我在世上的最后一个圣诞节了。

同时，巴里开始担心这种情况是律师造成的。这一年的最后一个星期里，他们天天去监狱陪加里逗笑取乐，而对一些关键问题却避而不谈。有些问题本来可以通过适当的追问得到满意的回答，可他们却忽略了。他们读法雷尔那些精心设计的问题时的口气就好像它们太艰难晦涩、让正常人无法理解似的。

常常出现这样的情况：巴里挂通了斯坦吉办公室的电话，颇为费力地口授了新的问题，可一两天后，送来的录音带上却没什么实质性内容。法雷尔想，律师们大概想以此向他表明，他们可以有所收获，但也可以磨洋工。他估计，两个律师对希勒的夏威夷之行仍然怒气未消。也许，对一个即将命归黄泉的人提出种种质问有点不近情理，但实际上他们并没有问出什么东西来。

斯坦吉：你是否曾试图做一个监狱政治家？
吉尔摩：在俄勒冈的最后一段时间里，我有点想当个革命者，但后来我发现，那些革命者并不干革命的事，所以又放弃了我的追求。（笑）
斯坦吉：是吗。你在隔离牢房里蹲了四年多，这是因为你自己宁愿接受更严厉的惩罚，还是因为你不能控制住自己的行为？
吉尔摩：（笑）现在我得决定选择A还是B了，嗯？（笑）
斯坦吉：选择题……（笑）
吉尔摩：伙计，我只是个混蛋。

采访大致都是这样的。某些对话简直叫法雷尔摸不着头脑。可十二月二十日的那次采访中的一段交谈却显露出一点线索。

采访者：你对自己命运的必然性和正确性的判断表明，你很久以前就想到了杀人。在这种想法成为现实很久以前，你是

否梦想过有朝一日你会充当凶手的角色?（停顿）这是个很沉重的问题,是吗?（笑）

吉尔摩:是的,确实如此。我不知道我是否有机会充当这个角色。（笑）这个词听起来跟伦敦土话中的"撒尿"差不多。

采访者:听起来很像。让我们开始吧。

吉尔摩:回过头来回答那个问题,我得好好思考思考。

采访者:好吧。

吉尔摩:这个问题带有浓厚的宗教色彩。

　　然后,吉尔摩又回到杀死詹森的冗长叙述上,不怎么令人满意。那是上星期的事。它证实了法雷尔的预料,吉尔摩内心还是喜欢书卷气的、结构严谨的问题,因为这种问题能使他从自己的处境中超脱出来。所以,尽管律师们提问时持嘲弄态度,吉尔摩还是设法作出某种回答。可是,如果律师们一味地只顾开玩笑,他也就没有兴趣回答了。这就像一群人围在一个快要断气的癌症患者床边没完没了地玩笑一样。

四

　　穆迪和斯坦吉对这件工作也许并不卖力,但他们肯定对这宗买卖非常好奇。希勒刚从夏威夷回来,他们就问他海外的交易做得怎么样了。希勒只好在讨论之前就把交易的详细情况告诉他们。午饭时,希勒说,他能够卖掉这些信件并且永远不让他们知道。这下他给自己惹下了麻烦。律师们最关心的是有没有钱可赚,希勒讲这句话的意思是想给他们鼓鼓劲,使采访更有成效,可结果却使他们觉得自己是在为他人做嫁衣。他们甚至声称,与加里面谈并不是他们本职工作的一部分,他们应该得到额外的报酬。希勒只得说,这事以后再商量。

希勒断定,问题在于,在与加里面谈这件事上,律师们的反感越来越强烈。他们再三向他指出,圣诞节那天,他在夏威夷晒太阳,而他们却在监狱里活受罪。新年那天,他们也在监狱。从圣诞节到新年,他们天天往监狱里跑。要是不去,加里会感到寂寞的。听他们讲话的口气,好像希勒走了好几年似的。毫无疑问,加里成天盼着他们的来访,这样他就能够离开牢房,到探监室隔壁的那个小间去了。有时一连谈了几个小时后,他们刚刚放下电话准备离去,就听到加里轻轻敲击窗子的声音。吉尔摩又把他们叫回来了。他想问问他们孩子的情况。吉尔摩常常劝他们说,孩子做错了事必须惩罚他们,但同时得告诉他们你是爱他们的。

希勒确信,在这种一天一次的接触中,律师们变得越来越关心加里的日常处境了。因此,他们忽略了首要的任务,对采访不加重视,这也就是很自然的事了。

五

然而,希勒回来后,最叫他头疼的还是加里。首先,他不得不告诉他有关《国民问询》的事。卖给《国民问询》的那篇文章几天内就要见报了。在夏威夷,他指示律师们向吉尔摩解释一下,他已经卖了一些版权给《国民问询》,因为他们正要写一篇关于吉尔摩的报道,他想他们应该赚些钱。这个解释起了作用,吉尔摩同意了。但后来在另一封电报里希勒犯了个错误。为了不让狱方知道他在谈什么,他给尼科尔起了个化名叫弗瑞科尔斯,向加里问了几个有关她的问题。

当他明白过来加里有时在信中称尼科尔为弗瑞科尔斯时,已经太晚了。一个弥天大错!这等于是向加里承认他读过加里的信。

要是吉尔摩认为读那些信不算什么过错的话,那他倒可以放开手脚问更深一层的问题了。根本不可能。希勒还在夏威夷时,穆迪在电话上向他读了一张加里的便条。

亲爱的拉里:
　　弗瑞科尔斯?
　　她的名字是尼科尔。
　　偶然发现?
　　你已经读过那些信了——我可不喜欢这个。
　　我有近一百封尼科尔写给我的信,就在我的牢房里。
　　你别想读到它们。

　　希勒心想:"在此事结束之前,我会看到的。"

　　我不想问你的动机。我明白,你需要知道你能搞到手的所有东西。
　　但你的某些方式……
　　问题是,你是怎样对待我的,拉里——
　　你尽可以冒犯我。
　　我希望你不要这样。
　　让我提个建议——你对我开诚布公,因为我是个知书达理的人。
　　我要求你不要看那些信时,你并没有和我争,也没有试图说服我。
　　拉里,下一次你再冒犯我,我们就不会有来往了。
　　但是,这是第一次,我就不计较了。
　　现在你明白我的意思了。

　　　　　　　　　　　　　　　　　　　　　　　　真诚的
　　　　　　　　　　　　　　　　　　　　　　　　　加里

十二月三十日下午三时四十三分
犹他州德雷珀84020
犹他州监狱250号信箱
加里·吉尔摩

  我明白你的意思。建议很好。我不想隐瞒事实。祝好。

拉里

  加里没有作出答复，希勒又发了一封电报。

一月二日下午一时四十二分
犹他州德雷珀84020
犹他州监狱250号信箱
加里·吉尔摩

  尼科尔为你的信感到自豪，她允许包括我在内的为数不多的几个人看你的信。如果人们能同时看到你和尼科尔双方的信，他们会更真实更完整地了解你们之间的爱情。这是单方面的信件无法做到的事情。有人说你控制着尼科尔，我想为你击破这个观点。但仅仅读你这一方的信自然会产生那样的印象。所以，我认为尼科尔的信将是你们之间关系的最有说服力的真实写照。电报不是交流的好办法但也只能如此了。

拉里

  加里在穆迪和斯坦吉带回来的录音带上作了答复。

吉尔摩：拉里给我拍了电报，问我他是否能得到尼科尔写给我的信。告诉他，信已经被我销毁了，对此我不愿意作详细说明。他利用了一点抽象的心理学来跟我耍手腕，但我不吃那一套。他似乎想建议……那也是一种暗示，你们知道，许多人认为尼科尔多多少少在我的掌握之中，如果我们能让大家看到这些通信，这件事也许会得到彻底澄清。但我不喜欢这个建议。希勒永远看不到尼科尔的信，它们印在我的心里了。它们就在那儿，它们已经无影无踪了。这倒省得我给他去信了……（笑）

六

紧接着，真像是一石激起千层浪。《国民问询》发表了他们的文章，简直是一场灾难。这篇文章与其说是以斯科特·梅雷迪思卖给他们的那批信件为依据的，倒不如说是他们对加里的一次谈话录音进行的分析，通篇全是对他精神状态的议论。

《国民问询》
杀人犯吉尔摩在说谎——他并不想死！

作者：约翰·勃劳瑟

这是前高级联邦情报官员查尔斯·阿·麦克奎斯顿得出的结论。他用一台心理重音测试器对吉尔摩在犹他州监狱的一次二十分钟的电话谈话录音进行了分析……（心理重音测试器能把一个人说话中的重音分布用图像表示出来，执法部门可以用它测出一个人是否在说谎。）

这位情报官员说："我完全可以肯定吉尔摩并不想死。想到将要去谒见他的上帝，他的情绪极不稳定，他非常害怕。"

麦克奎斯顿对《国民问询》的记者说："加里希望他的罪孽能够得到宽恕。"

下文选自查尔斯·麦克奎斯顿所作的心理重音测试：

吉尔摩："法律判我死刑，我认为这是正确的。"

麦克奎斯顿的分析：

"'死'这个词的发音非常重。这说明他没有死的愿望。"

吉尔摩："我只需去那儿，坐下来，就能被打死了。"

麦克奎斯顿的分析：

"讲这句话时，他的重音周期变得杂乱无章。也许他是被迫这样做的（面对行刑队），但事情绝非那样简单——他当然不希望发生这种事。"

吉尔摩："我想你们会说我是笃信来世生活的人，这将使我（面对死亡时）略为轻松些。"

麦克奎斯顿的分析：

"从重音分布上看，他确实笃信来世生活。这是句真话，不过这并没有使他轻松。

"这只会使此事更加困难。他相信这一点。

"但他感到他到那儿（来世）去时并没有适当的名分——他害怕极了。"

一月五日下午四时三十一分

加里·吉尔摩

看到《国民问询》上的文章后，我用了二十四小时才让自己平静下来，要不然西部联盟电报局是不会把我的话发出去的。他们买下了材料，可显然只用了其中一小部分。我想，我应该预料到这一点。但在某些方面我还很幼稚。对此我深感惭愧。这是你看到的第一次，但你也知道我们要这样做的原因。现在这些人已经满足了，我们可以干我们自己的事了。

拉里

亲爱的拉里：

我刚耐着性子看完《国民问询》。

太乏味了……

我想，人们可以出版、阅读、思索他们喜欢的东西。

但我很好奇……

我是说，我认为处于你那种地位的人——有你那种经历并且对《国民问询》这种专门哗众取宠的报刊十分了解的人——完全可以控制他们，叫他们发表什么，不发表什么……

要不就是你不想竭尽全力控制住他们？

对此我只是有些好奇——

并不是非常感兴趣……

你明白，我知道事情的真相，尼科尔也一样。我没有必要向谁讲述我们俩的事，只要我和尼科尔知道就行了。

我不是个好人，也不是个英雄，但我也不是《国民问询》所说的那种懦夫。

拉里，你可以根据你自己的结论构思、创作、发表作品。我相信你是个敏感的人，你注重事实真相。

我对《国民问询》的反驳只有一句话：

"每个人都知道，《国民问询》并不像你们所说的那样是'无可指摘的信息来源'。"

加里

一月五日

穆迪和斯坦吉告诉希勒，加里从没有过这样强烈的反应。希勒倒觉得困惑不解了。《国民问询》上的那篇文章把加里弃生求死的愿望贬得一钱不值，可它仅仅引出这么一种回答；然而，当他把尼科尔称为"弗瑞科尔斯"时，加里却几乎没有表态。希勒真有点绝望了。他不由得在心里问，自己是否真的能够了解加里·吉尔摩？

嗨，亲爱的伴侣——我爱你！

我在这儿经常神不守舍。无论在什么地方，我总是这样——直到我觉得你的灵魂萦绕在我的身旁。

白天大部分时间里，我都感到非常孤独。

但在晚上……啊，我多么喜欢夜晚啊。我可以去任何地方逛，干任何事情，感觉任何东西，一切都是那样美好……

我可以紧紧地抱住你，用我的双手温暖你那长满粗硬胡子的脸颊……把你带到我小时候爱去的地方，那是松树林里一片黑黝黝的谷地，那是我的"房间"。周围高大的松树枝丫交错，地面上永远覆盖着黑莓丛。有时我很难找到通向我"房间"的那条隧道。我时常躺在"房间"中央，身下是温暖、潮湿、香气袭人的松针地毯，它是那样的柔软，那样的富有弹性——透过树墙的缝隙我凝望着湛蓝的天空，瞧着一朵朵棉花般的白云悄然飘去，倾听着迷人的树林里的千百种柔声细语。

上帝，很久以前我是多么眷恋那个地方哟！

记得我曾和我姨妈凯西在那边谈过话。她喜欢那个地方，她在地毯上挖了个小洞，当做她的烟灰缸。她和我一起屏息静听着。

昨天晚上，也许是前天晚上我和你一起重又去了这个地方。

天哪，我高兴得疯了。

《盐湖论坛报》

盐湖城，一月六日讯——KU电视台昨天在联邦犹他地方法院提出起诉，要求获得现场报道行刑过程的权利。已定于一月十七日枪决被判有罪的谋杀犯加里·马克·吉尔摩……

第二十三章　电视片在哪儿制作

一

《盐湖论坛报》

谁去采访死刑？不是芭芭拉

盐湖城一月七日讯——芭芭拉·瓦尔特斯说，如果下星期派她现场报道加里·吉尔摩的死刑,她会被吓坏的。她很可能会拒绝此项任务。

另一方面,与她合作主持电视节目的哈利·罗森纳尔在枪决加里的那一天也许会去盐湖城转播实况的。

事实上,他认为应该通过电视实况转播引起全国上下对此案的关注。"但这是唯一的一次。"他说……

一月初的一天晚上,希勒在盐湖城犹他饭店与比尔·莫耶斯会晤,讨论在《哥伦比亚广播公司新闻报道》中报道吉尔摩一案的具体事项。他邀请塔默拉·史密斯一起前往。他知道,塔默拉不会放过这个机会的。这是希勒第一次兑现他在她哥哥家许下的那所有的诺言。此外,他想看看莫耶斯在一个生人面前是怎样表现自己的。

他们来到桌旁,拉里向莫耶斯介绍了塔默拉。莫耶斯彬彬有礼,不过他没有把塔默拉与《德塞瑞特消息报》联系起来。他对弗恩·达米科和凯思琳·贝克的情况非常熟悉,但对这些无名小辈的名字则一概不知。

会晤是在犹他饭店的最高一层——第十五层上进行的。他们坐在桌旁正好眺望窗外的美景。街对面是与犹他饭店同样高度的摩门教堂,那是摩门教在全世界最重要的教堂。塔楼上的那些泛光灯使得教堂看上去像座城堡——一个非常引人注目的奇观。不过,希勒并没有被这景色所吸引。当他看到夏尔特尔大教堂[①]时,他那双摄影师的眼睛不禁为之一亮,而巴黎圣母院则总是给人以美的享受,但眼前这座摩门教堂从各个角度看都一样,不过是一堆拔地而起的大石块而已。充盈着虔诚的感情和宏伟的志向。然

[①] 法国中部一哥特式教堂。

而，它自有另一种神秘之处。希勒听说过，你不能像旅游者步入一座著名的大教堂那样参观摩门教堂。要想进入摩门教堂，你必须是有身份的后期圣徒教会的成员，并且你必须有入门的钥匙，这意思是说你得有你所在教区主教的推荐信。这一点表明，摩门教是个多么能保密的团体。

教堂就在街对面，你却不能进去，也许正是这个想法使希勒兴奋起来，他决定冒冒险。寒暄问候一结束，莫耶斯就直截了当地说他要和拉里讨论一下有关加里·吉尔摩死刑的经济问题。希勒友好地笑笑，回答说："我可不想让你把我在你那个节目上一砍两截。"当然，这就好像他是个棒球接球手，能看见那只从外场慢慢飞进本垒的球。"我手头有点东西，"他说，"是你需要的，我可以给你。我准备给你看看吉尔摩谈话的录音记录，你可以为自己的节目从中摘取三分钟的内容。但首先，你得理解我的条件。我要你现在花二十分钟听我告诉你我是谁、我是干什么的以及我的用意何在。然后你可以决定，我到底是个真正的记者呢，还是一个剥削者。"

在二十分钟内讲完他的生平不是一件容易的事。在一个像莫耶斯这样的人面前，希勒觉得自己在很多方面都过于天真。不过，他总是看到事物的正面，所以他把最好的镜头展示给莫耶斯。他强调了人们不甚了解的拉里·希勒的那一面，介绍了他在报道人工肾脏事件上所做的工作，他如何与著名摄影师尤金·史密斯一起报道日本的汞污染等等。他告诉莫耶斯，投身于这种值得献身的工作中的那种激情改变了他的生活，可别人远没有认识这一点。多年来，他拼命工作以抢在别人的前头，现在推动他前进的却是他工作的性质。人们必须理解这一点。当他觉得这番话已经打动了莫耶斯时，他便说："今天晚上我准备给你看采访加里·吉尔摩的记录，你可以选三分钟"——他增加了时间——"到五分钟的录音，但你必须遵守下列条件：你只能用吉尔摩的口气，不能用采访者的口气，你也不能在节目里提及是谁在提问题。"莫耶斯点了点头。"还有，"希勒接着说，"我有权取消你选中的任何内容。我是通情达理的，但我必须有这个控制权，我不能让你全权处理。"莫耶斯问："作为交换条件，你想要什么？"

希勒看得出莫耶斯不准备错过这个机会。他只能这样做，因为现在盐湖城的电视节目与吉尔摩无关的不多。"第一，"希勒说，"在你采访我时，背景要显示出我是个记者。这样说吧，如果要拍我的镜头，必须是在一家报社里，旁边放台打字机或放部电话，我需要这样的背景，为的是让大家信任我。当然我不能左右你对我的评论，但我可以对你制作的节目稍加控制，我精通剪辑，所以我能看出你的意图是什么，不过我不干涉你个人对我的评价。为此，我需要一个视觉背景。第二件是关于钱的事。讨论这种事，我只有处在动态中才能进行。"莫耶斯问："你说这话是什么意思？""我必须边移动边讨论这种事，"希勒说，"要么散步要么开车，我不愿意坐着讨论钱的事。"

"为什么不能呢？"

"因为，"希勒说，"不管你从哪个角度拍摄我，我都显得过于臃肿。如果你用普通镜头拍摄我坐在书桌后面的照片，我看上去像个金融家。如果用广角镜头拍摄，那我就成了法鲁克国王①了。"莫耶斯扑哧一笑，随后便哈哈大笑起来。希勒说："如果你愿意做这笔交易，那么记住，我将坦诚相见——因为你仍然可以对我任意评论——那么我将给你那份记录。今天晚上你可以看一遍，摘取你需要的内容。"

当然，莫耶斯可以偷跑出去复印那些材料，可以做各种手脚，

---

① 埃及的最后一个国王。

但希勒信任他。再说,还有远远甚于信任的事。希勒自信在新闻节目里他将表现得十分出色,这样使莫耶斯在他的节目里有更重要的事要做,顾不上把他表现成一个怪人。

而且,希勒很敬佩莫耶斯的为人。他认为莫耶斯是《新闻日报》的一位精明强干的编辑。除了这些赞美之词外,希勒还可以对莫耶斯说,他不一定是主持《哥伦比亚广播公司新闻报道》的合适人选。他说:"比尔,你得学学表演。"莫耶斯说,他已经注意到这个问题了。他承认,他讲话时甚至想照镜子,那可不是他平时办事的作风。

谈话变得轻松愉快起来。莫耶斯提起,十一月他第一次向哥伦比亚广播公司提议报道加里·吉尔摩事件时,他们说:"还是拍菲德尔·卡斯特罗吧,我们希望你主持的新节目能获得人们的信赖。"后来,莫耶斯听到从内部传来的小道消息,哥伦比亚广播公司的一位大人物曾问弗兰克·斯坦顿:"为什么不报道吉尔摩?人人都在谈论他。"斯坦顿一直不同意,后来他和帕利会面时,后者郑重其事地说:"那可是一件异乎寻常的事件,正是我们要莫耶斯做的,提高收视率。"

于是,比尔把包括剪辑在内的全班人马拉到了普罗沃,计划在行刑的当天晚上播出《哥伦比亚广播公司新闻报道》。他估计,那天晚上他们这个节目的收视率将独占鳌头。希勒暗想,我一定不能让自己看上去像个牟取暴利的剥削者,但比你虔诚得多的哥伦比亚广播公司却正在一心一意谋求高收视率。

二

塔默拉发现那顿晚餐确实特殊。拉里告诉她他们准备与比尔·莫耶斯共进晚餐时,她还不知道此人是谁呢。所以,当她得知比尔·莫耶斯的来头时,她非常激动。要知道,不是每天你都有幸和负责约翰逊总统新闻事务的人共进晚餐的。

直到那时,她一直非常悠闲,实际上,甚至闲得有点厌烦了。男人们在商谈交易,她觉得自己被撇在一边了,只好全神贯注地在菜单上寻找以前没吃过的菜肴。例如,三人都要了恺撒色拉,然后她又为自己要了一道像俄国冷菜似的浓汤,但汤的味道很不好,她不喜欢。正菜是蛙腿肉。上餐后点心时,她尝了尝法式烤饼,她可真吃了不少。

虽然整顿饭不怎么样,但那道蛙腿肉味道美极了。后来在早晨大约四点钟的时候,她还到萨姆波餐馆饱吃了一顿汉堡包。

三

第二天早晨,莫耶斯到希勒那儿去共进早餐。他说:"这些东西异乎寻常,我要用你的录音带制作全套节目。"

"这可不行。"希勒说。可转念一想,他决定给莫耶斯一点甜头尝尝。他说:"我有一些吉尔摩在一级警戒牢房里的照片,但你不能提及这些照片是谁拍摄的。不过要是你打算拍静态蒙太奇的话,我就不会给你这些照片。倘若你出这笔实验经费,我愿意自己拍一部静态电影。但无论如何一定得由我来设计镜头。"

莫耶斯的制片人不禁火冒三丈。"这是新闻片,"他宣称,"不是娱乐片。"可莫耶斯却赞同希勒的意见。不管怎么说,这家伙准备交出他手中的照片。

希勒想,他能够构思出一些蒙太奇镜头,能使加里显得更富于人性而不是像个冷酷的杀人犯。他也许能传达出加里身上的一种脆弱性。不管怎么说,他希望吉尔摩出现在公众面前时有几分能叫他们接受。

问题倒不在于吉尔摩是不是个凶手,甚至也不在于他与外界所有安分守己的人过不去,真正棘手的是他愚弄了他们。人们能与一个疯疯癫癫、思维混乱、精神失常的杀人犯共处,但不能容忍让一个凶手耍着他们玩——这就是公众对吉尔摩强烈憎恨的原因。人们似乎觉得,这个世界整个儿地倾斜了。

如果希勒想写一部成功的书或制作一部成功的影片,他一定得消除公众的怨恨,让公众理解吉尔摩这个人有完整的人性。他每次看到希尔顿饭店的记者们整天像猴子似的探头探脑,想到如果自己仍在干那个行当,自己也要去到处采访时,他都感到眼前的一切令人难以相信。这些记者整天游手好闲,他们并不想通过采访可能与加里接近的人来了解加里的内心世界,而是四处闲坐,喝酒聊天,交换传闻,加工成内容一致的报道,给予一致的评论,就像自由市场的商贩达成统一价格似的。他们都采用同样的几条消息。然而,如果他拉里·希勒主动提供几个吉尔摩身上饶有趣味的人性的例子,没有人会接受的。他们会说,他是为了自己的经济利益在为吉尔摩涂脂抹粉。因此,吉尔摩的形象只能请别人画,眼下画画的工作就要落在比尔·莫耶斯的身上了。

四

我的爱:

昨天我婆婆玛丽亚·巴雷特带着森妮来看我。

森妮长得漂亮极了。一个俊俏的小妞,像云雀那般欢快。皮博迪也一样，他给自己穿上了牛仔裤和长筒靴，看上去像个漂亮的调皮鬼，但又像一块烤馅饼那么甜蜜……

猜到了吧，在这一切发生之前，我曾有点失去了对他们的爱……

你相信吗——我和他们见面后竟被搜身了。

这两天我大便不畅，医生命令我用开塞露。他们坚持要看着我插进去。我说去他妈的蛋，便一把把它捏烂了——亲爱的原谅我说了那么多粗话……

这些天我像是疯了。我不知道等待着我们的命运会是什么，也不知道我们将会踏进一个什么样的世界。

如果你在一月十七日被枪决……

我还会有什么呢？我将失去一切——如果你独自去了……还会有我吗？我会被忘却还是被发现？我不能没有你。我想，要是哪一天我的灵魂里没有了你的爱，我就不愿再活下去了。

耶稣，加里，和我在一起吧。

爱你至死不渝
一月八日，星期六

拉里问塔默拉采访时能不能用一下《德塞瑞特消息报》报社的一张桌子。由于录像安排在星期六晚上进行，所以她没费事就得到了许可，因为那时候不可能还有职员留在报社。

报社办公室的布置很合希勒的意。他讲话的整个时间里，背景是一个大城市的报纸编辑部。他们先拍了他坐在一张桌旁的镜头，接着是他听加里讲话录音以及坐下来打字的镜头。莫耶斯的工作人员聚精会神地拍摄着。

休息时塔默拉走了进来，希勒正坐在编辑桌旁。塔默拉说：

"你得看看这样东西。"她把希勒带到屋子里的一角,递给他一张刚刚收到的电文稿。美国广播公司毁约不干了。竟他妈的毁约不干了!

那张纸上写得清清楚楚。美国广播公司总裁弗兰克·皮尔斯不准备制作任何关于加里·吉尔摩的娱乐片。简直不可思议。这意味着美国广播公司做了两件事。第一,注销了一笔已经花出去的七万美元的款子。第二,他们这样做弄得希勒骑虎难下。

在莫耶斯看到这则消息之前,应该尽快地结束这次拍摄。他一旦知道,问题就来了。

希勒还记得那次在美洲饭店召开的记者招待会。那一天,他刚刚发表了对杰克·鲁比的采访。招待会中间,一位记者站起来问他:"希勒先生,杰克·鲁比刚刚死去,你现在有什么要说的?"在这种极端微妙的场合里,他不得不当场作出回答,太可怕了。现在,他似乎能够听见莫耶斯的声音:"希勒先生,虽然我们俩一致认为,你不是一个惟利是图的剥削者,但显而易见美国广播公司认为你是那样的人。"眼下他正和哥伦比亚广播公司合作,他们会和他一起反击美国广播公司的。

中间正式休息的时候,他们要把布景移动到一个新的角度。希勒趁机给洛杉矶的几个美国广播公司的人打电话。他们全都不知道这件事。"这是从上面传来的消息,"希勒说,"你们最好作好准备。明天早晨他们也许会采访你们的。"他强调指出,他们一直没能保护他的侧翼。

莫耶斯从没提起过这件事。在此之后他又采访了希勒两次,对此一句话也没说。为此,希勒真打心眼里敬重他。

到了早晨，希勒觉得他的处境也许并不太糟，至少他没有被迫与哪个电视节目做什么交易。如果是那样，加里故事的真正价值将大大降价。他仍然掌握着专有权，他可以写书，可以拍电影。尽管如此，他还得设法了解一下这一切是怎么发生的，太不可思议了。那天白天他才得知，美国广播公司一位高级官员的妻子正在哥伦比亚新闻学院学习。一天晚上她回家来，对他们的电视网正在拍摄加里·吉尔摩这件事发了一通火。她对她丈夫说："你们怎么能干这种事？这是用历史来赚钱。"那位高级官员——他们不愿告诉希勒此人的名字——从没对西海岸的任何人提出此事，只是对纽约办事处说："我们不准备制作吉尔摩的娱乐片了。"当然，他很可能是担心联邦电信委员会全面审查美国广播公司的节目，用"马戏"这个词来搪塞政府的调查是过不了关的。

五

吉布斯蛰居在汽车旅馆的房间内，腿疼得他快要发疯了。他仍想把自己肚子里的故事卖给某家报纸。麻烦的是，不管他给谁打电话，他们都会告诉希勒的。

最后，他与《纽约邮报》达成了协议，对方给他七千五百美元。吉布斯告诉他们，他有吉尔摩要求他去观看死刑的书面邀请书以及许多吉尔摩的信。《纽约邮报》的一位记者正在阿斯彭采访克罗丁·朗杰特一案，他们叫吉布斯到那儿去找他，但吉布斯害怕被盐湖城去的记者认出来，所以他设法说服他们让他住在科罗拉多州博尔德市的皇家旅馆。吉布斯告诉他们，他将以卢西亚诺的名字在旅馆登记。

第二十四章　等待着那一天

一

布伦达已经几次大出血，实在令人担忧。去检查时，她对医生说："上帝，给我点止痛药吧，我不知道我能不能忍受下去。"她在拉·卡萨当女招待，有好几个晚上，她疼得差点叫出声来。医生一直叫她服止痛药，但那天他却说："吃止痛药已经不顶事了，你还是住医院治疗吧。"

布伦达说："现在可不行。"

医生摇了摇头说："我现在还有个空床位，可接下来的三个月里我的床位将全是满的，你不能再等那么长时间了。到那时我们只能把你当急诊病人医治，那没有好处，太冒险了。"

"哦，"布伦达说，"那就听你的，我会打电话给你的。"

其间，约翰尼和医生谈了谈，作好了安排。布伦达只得听从他们的。为了抵挡住阵阵剧痛，她的精神高度紧张，结果反倒觉得疼痛越来越厉害了。她问自己："我是不是在设法躲避参加加里的死刑呢？"转而又想，"不，我是想去的。"她一直在和加里通电话，他们之间的感情已经好多了。他们最后一次通话时，她对加里说："加里，我希望你能像你一直告诉我的那样明白事理，这样你至少能试着从我的角度看待这件事。"上帝啊，他太偏执了。不过她觉得，他的心逐渐变软了。

事实上，当加里得知布伦达即将住院时，他要求克莱因·坎贝尔去见见狱长，问问能否让布伦达来作最后一次探访，可萨姆·史密斯说:"他向警卫身上扔盘子,正在受纪律处分,我不能改变狱规。"

"见鬼,狱长,这个人马上就要死了。"

萨姆·史密斯摇了摇头:"没有欧尼·赖特的批准,我不能这样做。"

加里听到这个消息时正端着杯子喝咖啡。猛然,那只杯子连带咖啡一起从坎贝尔的脑边飞过,砸到墙上摔得粉碎。虽然不是紧擦着坎贝尔的头皮飞过去的,但离得也不远。坎贝尔没有跳起来。他的确感到惊愕和意外,不过他不想露出害怕的样子。吉尔摩破口大骂了一阵,转过身说了声"抱歉"就走开了。半分钟后,他又走回来对警卫说:"你到哪里去了?我要把这些碎玻璃清除干净。"这事就这样过去了。

布伦达办好入院手续,他们给她穿上一件后面开口的白色病人服。她睡在床上,觉得很安全。她开始挂念起加里来了。加里的生日是在十二月,他将在一月份被处死。她想起那天晚上他带着艾普丽尔到她家去,开玩笑地叫艾普丽尔"一月"。然后布伦达算了算从加里出狱到现在有多久了,从四月九日那天算起,到她住进医院的今天——一月九日——正好九个月。如果他们真的在一月十七日枪决他的话,他将死在出狱后的第九个月零九天上。她想,上帝啊,从受孕到生产正好也是这么长时间。真不知道这是怎么回事,她不觉哭了起来。

二

吉尔摩:你有没有听说过一个名叫赛克,或者是金克斯还是平克尼,要不就是他妈的戴勃尼的家伙?

斯坦吉:听说过,他是美国公民自由联合会的律师。

吉尔摩：你听听他的屁话。戴勃尼先生说如果吉尔摩想换换口味，改变要求被处决的初衷的话，现在还有一次机会。你知道这句话吗，"换换口味"？伙计，这是监狱里的黑话，你这样的人不会知道这是什么意思的，但我懂得。我敢肯定，戴勃尼也懂得。在监狱里，这个词指的是同性恋，就是我先操你，你再来操我。你知道这句话的意思了吧。我把要讲的话念给你听，我要你星期一把我的话发表出去。美国公民自由联合会，弗·金克斯·戴勃尼，这个名字听起来多么虚伪。你在《盐湖论坛报》上说只要吉尔摩想换换口味，改变要求被处决的初衷的话，那他还有一次机会。没机会了，弗·金克斯·戴勃尼，永远也不会有了，我永远也不会改变初衷的。你和美国公民自由联合会才是一天到晚换口味的人。你们一会儿呼吁鼓励堕胎——其实那也是扼杀生命，一会儿又在反对死刑。弗·金克斯·戴勃尼，你们的论点到底是什么？你和美国公民自由联合会是否知道你们维护的究竟是什么立场？你们不管三七二十一把我的事情变成了一件个人私事，你们是输不起的，可这次你们输定了。全国有色人种协进会，小子们听着，我是个白人，你们这帮鬈毛脑袋记住这一点。我认识许多黑人，据我所知，他们中没有一个人看得上全国有色人种协进会的那伙笨蛋黑鬼。吉奥克，阿姆斯特丹，还有所有那些爱管闲事的、好出风头的律师们，都给我滚开，你们这些下流坯。

三

《盐湖论坛报》

盐湖城一月十日讯——看守吉尔摩的警卫说，随着死刑日期的临近，加里开始变得紧张起来了。

尼科尔，警卫在报上说我神经紧张，我一生从不惊慌失措，现在仍然满不在乎。

他们才紧张呢。

我只是发泄怒火而已，因为我讨厌被人看管——

萨姆·史密斯又一次打电话给厄尔·道罗斯讨论死刑问题。死刑是否在监狱内执行，这个问题仍然悬而未决。如果在监狱内执行，那将对其他犯人产生不利影响。相反，如果在外面执行，又将出现安全问题以及游行示威问题，此外他们还得在州里寻找出一处合适的地方。道罗斯和萨姆最后一致同意，在监狱内行刑较为妥当，即使因此产生不愉快的后果，也比在外面执行好。

萨姆又提出了另一个紧急问题。十一月、十二月直到今天，是否从公众中招募志愿者来充当刽子手，一直是一个热门话题。一些人甚至写来了自荐信。但从一开始道罗斯就坚决主张由治安警察执行这项任务。这种事法令上没有明文规定，但厄尔认为，不管采用哪种方法，要从志愿者中剔除疯子，都将花费一笔不小的开支；而且，法律程序异常繁琐。不管别人如何看待这个问题，厄尔都认为这不是一个切实可行的办法。到头来还会和往常一样，让治安警察来干这种事。然而，厄尔认为，最重要的是不能让监狱里的人来干这种事。萨姆赞成这一想法，如果由监狱里的某个警卫执行死刑，那就等于给他贴上一张囚犯凶手的标签。他将受到全体犯人的敌视。所以，他俩一致同意：由治安警察执行死刑。他们将从盐湖县治安官办公室或犹他县治安官办公室抽调警察。萨姆将不泄露他们的名字。

厄尔·道罗斯认为，最迟到一月十二日（星期三），美国公民自由联合会将要提出诉讼。否则，如果他们在初级法院败诉的话，他们就来不及上诉了。但鲍勃·汉森却和厄尔打了个赌。他说，里特法官是美国公民自由联合会手中的王牌，他们肯定把这张牌留在最后，这样他们就不会被高一级的法院驳回。"他们会一直等到十四日，星期五，正好赶在闭庭之前。"

汉森随时都想把他对里特的看法告诉你。"法律是有伸缩性的，"他总是说，"我们都可能钻一点法律的空子，但里特却是在曲解法律。"接着他就大谈这位法官的习惯。

照汉森的说法，里特最让人受不了的做法是，假如他手头有四十个案子的话，他会在同一天把所有四十个案子的所有律师都召集来，照着单子一个个地问："你准备好了吗？你准备好了吗？"接着他会让他们记住，"好吧，你是第二号，你是第三号……"以此类推下去。但当第一个案子的审理结束时，他又会把所有的律师都叫来，向他们宣布："我已经决定接下来审理第二十号案子，而不是第二号案子。"这听起来像个不高明的玩笑，但这的确是他办事的作风。第二十号案子只有五分钟的准备时间，这简直叫人发疯。你根本不知道什么时候会轮到你，你不得不在五六个案子之前就把你的证人全找来，如果他们不住在这个城市，你就得把他们安顿在汽车旅馆里。这简直是一场灾难。

当然，如果里特手里真有四十个案子，那么有三十八个案子是在法庭外自行解决的。整天他妈的等谁受得了。也许对有些人来说，这样干无所谓，但如果你是为政府工作的，没有供你的证人无限期等待下去的拨款，结果最终他们无法出庭，里特就会干脆驳回此案。这种案子或许是一级重罪，或许是伪造证券罪，甚至可能是政府已经办理了二十年之久的案子，不管是什么，里特一概驳回。这时你只好上诉，要求撤销他的裁定。通常是能胜诉的，但这时政府必须重新逮捕与此案有关的嫌犯，时间上的浪费是惊人的。他完全是在肆意践踏法律。

四

到了一月十日，离执行死刑还有一个星期。美国公民自由联合会的办公室里，新闻记者整天川流不息，到处是摄像机和麦克风，你用不着事先做好准备，它们在那儿等着你呢。雪莉·皮特勒觉得，摄像机似乎一直在跟着她，她心里紧张得不得了，不时抬手拢拢头发。她根本无法知道什么时候又有人从某个角度把镜头对准她了。她的衣服也成了问题，她似乎不能再穿着牛仔裤和T恤来上班了。不过最后雪莉决定，继续穿那条牛仔裤，但得换一件好看点的衬衫和一件色彩鲜艳点的上衣。既然只照你的上半身，这样穿也就可以了。

至少，现在她不大意识到这一点了："嗨，你在电视上，有许多人会看到你的镜头。"这使她轻松了许多。好久以来，她一直觉得他们会输的，所以，如果她与新闻界打交道时有什么闪失的话，她将会深感内疚的。她的神经犹如上紧了的发条，即使她设法在晚上七八点钟离开办公室，到家后她也总是来回踱步、抽烟。以前她也抽烟，可现在简直是烟不离嘴了，从早到晚一支接着一支。

一月十日那天早晨，雪莉和几个律师讨论了最后的法律行动计划。召开这个会议本来是要决定哪一组应该做哪些事，但律师们没有讨论出任何结果，事情就这么不了了之。当她走出会议室来到大厅时，差点被新闻记者们挤倒。雪莉刚要说"无可奉告"，一失手文件便撒了一地。她手忙脚乱地弯腰去捡，逗得几个记者哈哈大笑，就好像她正试图掩盖某种不可告人的行为。雪莉很是纳闷，新闻界怎么会认为美国公民自由联合会是即将出现的许多法律行动的中心呢？事实上，他们几乎接近于决定，美国公民自由联合会有充分的理由置身事外。在犹他人的眼中，他们是一个非常激进的团体，不管什么事，他们一插手就没有好结果。

所以说，那是一次毫无生气的会议。他们觉得，自己没有实质性的出发点，只得把最大的希望寄托在理查德·吉奥克的身上。理查德·吉奥克已经通知他们，麦克尔·吉尔摩将在明天飞抵盐湖城。如果吉奥克能够代表加里的弟弟提出上诉，或者吉尔·阿塞能就高保真杀人案提出起诉，那么美国公民自由联合会就能以法律界联谊会的身份插手此案。但是，他们自己只能从纳税人的角度提出诉讼。这是个最站不住脚的理由。再说，他们手中掌握的材料又欠充分，因此，今天早上有人提议，最好派人去医院看看尼科尔，也许她能够劝说加里在死刑问题上回心转意。戴勃尼说，他将打个电话给斯坦吉。

斯坦吉：金克斯问："尼科尔对加里到底有多大影响？"我说："怎么，你问这个干什么？"他说："这个嘛，我们正在考虑，也许可以让尼科尔去说服加里继续战斗。"
吉尔摩：他们正在抓救命稻草呢，是吧？

五

希勒确信，现在自己应该在犹他设立个办公室，以应付紧迫事件。他通知他在洛杉矶的秘书，叫他给几个代办处打电话，雇几个能干的打字员。打印文本。最好找那些能搬来普罗沃、必要时一天能工作二十个小时的单身姑娘。要找那种能守口如瓶的人。在目前这种情况下，希勒不想找普罗沃当地人。他作好安排把电话安装在厄伦姆的旅游大酒店，然后便开始了在盐湖城和洛杉矶之间的奔波，有时甚至一天跑两趟。还差一个多星期的时候，新雇来的姑娘黛比和露辛达来到犹他州，在汽车旅馆内设立起希勒的办公室。希勒告诉黛比的第一件事是，"我要两个复印机修理工的夜间联系电话号码。"她问："难道我们有时会找不到修理工吗？"他对她说："黛比，我也许在凌晨三点需要一个人。给我找个电话号码，给他一张二十五美元的钞票。如果他出去吃饭了，我必须知道。我要他打电话给我们。这是唯一可行的办法。"他想以此来训练她一下。

与此同时，他正为行刑那天偷偷带个录音机进去制订各种计划。录音机必须小巧玲珑，能够放在香烟盒里。他不知道是否用得上录音机，但有备总归无患。他对自己说，从心理上讲，他宁愿花几千美元买件用不着的东西，这样心里踏实点。

当然，他并没有花几千美元。他与拉斯维加斯的私人侦探做了一笔买卖，此人将以一千五百美元的价钱卖给他一台微型录音机，用完后，再用一千三百美元买回去。希勒必须预先支付全部金额以及往返拉斯维加斯的机票。即使这样，他还是想要这个额外设备。不过才花上几百美元，但在关键时刻也许能派上用场。

不过，他已是越来越深入地卷进去了。越来越深入。毫无疑问，这最后一个星期的开销将高达一万一千美元。他想让弗恩的家在最后三四天内能够得到保护，于是又雇了几个休假的警察当警卫，还说服了凯思琳·贝克带着孩子搬到外面去住。然后，他把他那间设在汽车旅馆里的办公室改建得像座堡垒。这一切都是万不得已。现在美国广播公司已经毁约不干了，全国广播公司很快就会追上来，他们对他严密监视，就好像他是个疯婆子。全国广播公司知道希勒把材料卖给了哥伦比亚广播公司的莫耶斯。如果换个人，那人也许会背信弃义，背地里又把采访吉尔摩几分钟的谈话记录卖给全国广播公司，好让他们不再钉住自己。他知道，否则他们会让他不得安宁的。事实上，一天晚上他住在盐湖城希尔顿饭店时，不得不在凌晨四点打电话给警察局，要求他们把全国广播公司的几个记者从他房间外面的走廊里赶走。这以后，全国广播公司专题报道节目的首席制作人戈登·曼宁多次对传媒说，希勒是一只蜥蜴。这就是电视界，如果你不跟他们合作，他们就极尽败坏之能事，把你贬得一钱不值。

他一直在做多手准备以防不测。如果加里改变了想法怎么办？如果报道变成了"吉尔摩要求上诉"怎么办？他和巴里讨论了这个问题，他们不能傻坐在那儿等着加里被处死，他们必须做两手准备。如果吉尔摩活了下来，他的故事虽然缺乏明显的戏剧性，但仍不失为一部好作品。你可以写一部一个人从万众关注的焦点中渐渐消失的沉沦史：加里返回阴影。这故事不会引起轰动，决不试图影响历史，也决不把结局强加于人。希勒认识到，总归有一个潜在的故事存在。他们也许会把他叫作食腐肉的黑兀鹫，但他内心深知，吉尔摩不死，他希勒也一样活得快快活活的，他没有必要非得从加里的死中捞取什么好处不可。

六

尽管如此，五花八门的诱惑一齐向他拥来。他刚安排好办公室，一些令人难以置信的开价就接踵而来。他们刚在厄伦姆旅游大酒店住下，杰米·勃莱斯林的文学代理人斯特林·洛德就给他打来电话。他听说，希勒也许是五位被特邀观看吉尔摩死刑的人之一，想问问希勒是否愿意把这个机会转让给杰米。价钱起数是五千美元，不过是由《纽约每日新闻》付款还是由专栏辛迪加出钱，就不得而知了。

希勒说："我不会卖的，斯特林，我甚至还不敢说我是否能去。"洛德打回电话说："我也许可以出价三万五千甚至五万。"希勒说："这是不卖的。"勃莱斯林本人打来了电话："我将给你一份我报道的副本。"他吼叫着。这就是说，勃莱斯林将抢登当天的头版新闻，在此之后，希勒才能使用这条新闻。

希勒断定，杰米·勃莱斯林不了解他拉里·希勒的真正目的是什么。当然，这些天来也冒出了许多老朋友。斯特林·洛德突然成了他的老朋友，杰米·勃莱斯林也不例外。他问希勒："我应该住在哪儿啊？"拉里回答道："这个嘛，你也算是个新闻记者吧，你可以到希尔顿去住，要不你就到我这个贫民窟来尝尝滋味吧。"勃莱斯林在汽车旅馆里订了一个紧挨着他们的房间，在这方面他有着非凡的直觉。

巴里觉得不对头，他问希勒："为什么勃莱斯林住在这儿？""很抱歉，"希勒说，"我一个人照顾不过来了。"

法雷尔说："既然这事是我们揽下来的，你为什么还把《洛杉矶时报》的约翰斯顿叫到这儿来呢？"

"你还不明白吗，"希勒说，"我要给这些家伙一点加里的材料，这样至少《洛杉矶时报》和《纽约每日新闻》就不会和我作对了。要知道，我必须拉一些人站在我们一边。"难道巴里不明白，美国广播公司毁约不干后，他是多么孤立无援吗？脐带已经被割断了。

"是的，"法雷尔想，"他干什么事都有动机，并且总是理由充足，而且他从来没有昏昏沉沉过。"

巴里确信，希勒正在把到手的货物拱手送给别人。他根本不知道，不管这一段段材料多么不起眼，把它们拼在一起就可能形成一个完美的结合体，就可以借助于它去博得传媒巨头的青睐。这些材料可不像印第安人在森林空旷处进行交易时用的那些贝壳钱币，它们是不能拆开使用的。

法雷尔告诫自己应该有所准备。所有的预防措施都已极为妥帖地安排到位。拉里在厄伦姆的旅游大酒店里包下七个房间，配备了全套设备，租来了打字机、桌子，并雇了两名秘书以及警卫人员。七个房间分别作为办公室、巴里的书房、档案室、巴里的卧室、希勒的卧室和两位女秘书的卧室。另外还安装了专用电话线，这样他们就可以通过总机接正常的外线电话而不让旅馆雇员听到他们的谈话。自从他们搬进来后，拉里一直在设法躲避传媒，他还真的做到了这一点。处于这个热点的中心，在每个人都试图找到他的情况下，希勒非常谨慎，他通过格斯·索伦森和塔默拉恰到好处地向外界透露零星的消息，以此来影响盐湖城的新闻报道，并间接地控制着电讯消息。取得这一切来之不易的控制权后，巴里只需走进主办公室，复印一页材料交给一直拿着笔记本在那儿恭候的杰米·勃莱斯林就行了。杰米赶快记下过时了二十天、并且掺了不少水分的消息，连声道谢，然后坐着连同司机一起包租的林肯车匆匆离去。有一天法雷尔进去时，拉里正在向杰米·勃莱斯林描述那双眼睛，吉尔摩的眼睛。

唉，法雷尔喜欢杰米。多年来，杰米对他颇为照顾。一九六九年至一九七〇年间，法雷尔为《生活》做专栏时，与他的专栏编辑大吵了一场,这是一场事关合作还是决裂的冲突。勃莱斯林答应了法雷尔的请求,与他谈了一个晚上。法雷尔最后得出结论,勃莱斯林是个聪明能干的人。杰米当时对他说:"要知道,巴里,你的专栏就是你的不动产。"这句话深深地印在了法雷尔的脑海里。"千万不要放弃你的不动产,"勃莱斯林说,"你可以和他们斗、和他们闹,可以胡编乱造瞎拼凑,也可以折衷妥协,但决不能放弃你的不动产。"法雷尔觉得勃莱斯林的话很有道理,听从了他的劝告。所以,他对杰米·勃莱斯林一直怀有一种感激之情。

但是,当他一脚踏进房间,正看见希勒脸上堆着那种装憨卖傻的笑容对勃莱斯林谈论加里的眼睛时,他先前对勃莱斯林怀有的那种感激之情顿时消失得无踪无影了。希勒就像是在电视上做地板蜡广告,而勃莱斯林坐在沙发上,胖得活像头野猪,急急忙忙记录着三星期前的新闻。一座巨碑正在接受另一座巨碑的贡品。

几个星期来,法雷尔一直在为那些面谈竭尽全力。他觉得自己好像正在一间黑屋子里摸索,寻找一件暗淡无光的物体。所以,当他得知加里对出售自己眼睛的看法时,他觉得黑屋子里似乎终于出现了一线亮光。他整天读那些面谈笔录,翻阅加里那些冗长的服刑档案以及因小偷小摸屡遭逮捕的记录,从他掌握的那些犯罪事实来看,加里算不上是个恶贯满盈的罪犯。他在犯人中没有什么地位,不过是个无名小辈。但着实出人意料的是,在监狱里,其他犯人都远远地躲着他,可他也没有什么权势。事实上,他是个地地道道的独行客。用警察的行话来说,他不过是个病菌;按普通人的标准,他则是一株小草。然而就在昨天,明知自己死期已近的加里,谈起了自己的眼睛,说出了一通法雷尔认为非常漂亮得体的话。

吉尔摩：我告诉过你，那个九十岁的老头写了封信给我，向我要眼睛……哈，哈，他太老了，我倒不是对这件事过于挑剔，但另外一个要我眼睛的人只有二十岁，我想给他更合适些。你愿意替我打电话给这个医生吗？哈哈，你只需简单地告诉他：你得到了加里·吉尔摩的眼睛。就由你们几个人起草文件吧。

穆　迪：我们将把这件事通报给狱长。

吉尔摩：这儿有封医生的信。他在信中说这位年轻人的生活越来越艰难，看来这家伙正生活在绝望之中。我想，与其把眼睛送给眼库，还不如送给这位小伙子呢。我想知道我自己眼睛的归宿。好吧……给他打个受话人付费电话。（笑）……问问他是否愿意接加里·吉尔摩打去的受话人付费电话？

吉尔摩有这种想法的这个事实震撼着法雷尔的心。面谈是在前一天进行的，和希勒一起听过录音后，法雷尔在自己房里独自又听了一遍。当时是深夜，那天他已经工作了很长时间，但吉尔摩的声音感染了他。巴里一会哭一会笑，内心感觉到一种不可名状的喜悦，加里讲话居然如此有条不紊。法雷尔自己的眼睛完好无瑕，他总是把它们看做最珍贵的东西。如果要他心甘情愿地在卡片上签字把自己身体的某一部分，也包括睾丸，出让给任何一个人的话，那得等到他正常死亡以后。可眼前这个人已经有了明确的死期——想像一下吧，巴里自言自语道，这时已经是凌晨三点，他已经连续工作了二十个小时，独自一人呆在一间房子里——人人都想索取他身体的一部分。人人都写信来，你要这个，我要那个，可他却能如此明智地考虑这个问题。当然，有人的皮夹里放着卡片，上面写着"如果你发现我已经死去，你可以获得我的肾脏"。但在你已经得知一月十七日就是你的末日之后，那就是另一回事了。一个星期前申请书便纷至沓来,向你索取肝、脾和左边那个睾丸。如果换个小心眼的人,他肯定会把这一切看成同类相残,肯定会惊呼:"看在上帝的分上,让我安静点吧,我要我自己的眼睛。"

加里确实会像哈里·杜鲁门那样让历史为他平凡的一生歌功颂德吗?上帝啊,他甚至已经成为一名家庭手工业主了:加里·吉尔摩身上的所有器官都成了产品。他对死刑表现出来的英勇气概给法雷尔的印象远远不及这件事的印象这样深刻。法雷尔认为,吉尔摩把生命视为儿戏,不论是他的生命,你的生命,还是任何别人的生命。他视自己的生命如草芥,他这样做只是想一鸣惊人,是为了最后决一胜负,这纯粹是与监狱当局周旋多年之后产生的心理变态。然而现在,一夜之间,他又有了新的名气,就像一个没有代表作的电影明星,他对所有关注的反应都充满着人情味,举止非常得体。那双眼睛替他挽回了影响。法雷尔觉得,这件事应该好好保密。

所以,当他看见希勒和勃莱斯林一起坐在沙发上时,他心里骤然冒起一股火。巴里通常处事冷静,但连续工作了二十个小时后,他变得有点急躁了。"你雇了一位警察,"他对希勒说,"叫他整夜坐在走廊里以防有人闯入这间办公室。可我看你倒应该叫那警察坐在你的上嘴唇上。"他怒不可遏,猛拍了一下桌子,"希勒,你不能把这个消息转卖给勃莱斯林。"

然而,在这场争执还没激烈起来之前,杰米就掏出他的拍纸簿,扯下刚才作记录的那页纸,三把两把撕成碎片,抛到空中。太棒了,法雷尔想。他对勃莱斯林的做法非常满意。

第二十五章 渐渐认识你

一

　　法雷尔非常高兴,有关加里眼睛的故事留给他了。他需要在精华之处多加些笔墨,因为他发现加里一生中有许多地方不太光彩。他又读了一遍采访记录和加里的信件,用不同颜色的墨水分别标出吉尔摩答复中的各个要点。还没全看完,他就发现了加里二十七种不同的面目,种族主义者加里,西部乡村的加里,诗人加里,失意画家加里,硬汉加里,自我毁灭的加里,笃信来世的加里,得克萨斯的加里,爱尔兰血统的杀人犯加里等等。最近加里又成了家喻户晓的影星和心胸宽广、骁勇善战的侠义好汉了。

吉尔摩:这儿有封另一位姑娘写给我的信:"我任性的小马,你睁着那双狂怒的眼睛,现在你好吗?……我希望能吻你一次。加里,我不知道该怎样和你道别。加里,刚才我看着你的信,禁不住潸然泪下。我爱你,我恨这个该死的制度,我恨他们竟然不让你打电话给尼科尔,那些该死的混蛋。死刑,这算什么?疯了,西部疯了!我的爱和你同在。加里,我爱你。"(笑)我想,她是迷上我了,对吧?我今天收到她三封信,我不在加利福尼亚倒是件好事。我的基督,嗨,伙计,她会把我缠得精疲力竭的。

斯坦吉:她才十五岁,是吗?真是不可思议。

吉尔摩:太不相配了。

这个坐了多年牢的罪犯，满肚子都是监狱的学问。

吉尔摩：当你以惹是生非而出名之后，你很容易便会碰上无穷无尽的麻烦。因为，所有的警卫，伙计，他们在他妈的警卫室里把你的照片贴到黑名单上。你知道吗，盯紧那家伙，说不定哪天他就要找事。有些警卫对你抱有个人成见，伙计，他们在许多小地方惹惹你，让你发脾气，你知道吗，最后总归是你的错——从来都是——因为你是个犯人。铁锤在他们手里，你明白吗？

自我怜悯的微妙感正在消失。尽管如此，法雷尔觉得他还是比预想的更热爱自己的工作。天天工作二十个小时确实够呛，但完全摆脱自我并埋头工作是多么令人愉快啊！巴里想，上帝，我具备档案员的全部热情。我独占了所有的材料。

偶尔，他甚至会开怀大笑的。一天晚上，由于过度劳累，他和拉里的神经都很紧张，彼此不愿意多望一眼。可加里谈话的录音却使他们捧腹大笑，差点从椅子上滑下来。这本应是紧张的时刻，但在这愉快的一分钟里，在法雷尔看来，吉尔摩就像正在享受良宵美景的鲍勃·霍普一样滑稽。他们都有能透视一切的X光般的眼睛，他们的眼睛中都燃烧着疯狂的仇恨。法雷尔想，上帝啊，加里有时真能料事如神。

吉尔摩：嗨，伙计，我想出了一个好主意。马上把约翰·卡梅伦·斯韦齐找来，再搞一只天美时牌手表。叫约翰·卡梅伦在刑场上等着，叫他带着听诊器。等我倒下去后，他可以把听诊器放在我的胸口上，说："好了，不跳了。"然后他可以再把听诊器放在天美时牌手表上，说："伙计们，表还在走呢。"

二

不过，人们对加里一案如此关心实在叫法雷尔恼火。他常常想，如果人们对吉尔摩少注意点的话，他也许已经改变了主意，不再要求死刑了。现在加里深陷在名声之中，这种名声给了他一种疯狂的力量。由于这种力量的存在，加里不可能再去上诉了。当然，巴里·法雷尔已经成了这一力量中不可分割的一部分。这个事实不大可能叫人高兴。巴里可以说："我不是火车头，只是一节车厢。在我这节车厢里，有关目前局势的最理智、最敏锐的想法正在构思形成。因此，从道义上的责任感来说，我必须与之同命运。如果我撒手不管，吉尔摩就会落入诸如《早安美国》之类节目的魔掌之中了。"

在万籁俱寂的凌晨两点，巴里想起，他在《新西部》上的那篇文章里把拉里·希勒描写成一只食腐肉的黑兀鹫。现在他不由得怀疑自己在新闻界算不算只最黑的兀鹫。在他的报道里总有什么人要死的。奥斯卡·波纳维纳被杀，博比·霍尔事件，金发姑娘在加利福尼亚高速公路上遇害，异教之间的杀戮等等。他甚至享有擅长撰写这方面报道的声誉。这类事件发生时，各报纸杂志的编辑都首先就会想到他的电话号码。他，巴里·法雷尔，专门报道犯罪的记者，过着一种令人恼火的天主教精神生活。他的生活完全服从于金钱和感情的需要，他干工作只是为了赚钱，为了满足他那畸形灵魂的需要。但他的工作却使他陷入新的更大的道德矛盾之中，结果他写作时头脑总是昏昏沉沉的。

然而，他对这些采访的一个方面深信不疑，那就是吉尔摩所表现出的能力中有某种东西让人不可思议。克莱因·坎贝尔路过他们住的汽车旅馆时过来和法雷尔打招呼,"你的工作是上帝的旨意。这使加里有了一个表达思想的机会。"法雷尔看着一天天收集来的零星材料,心里想,是的,你可以看出,加里试图就某些复杂得难以想像的道德问题创造出一种具有连贯性的哲学。

穆　迪:有什么事是你绝对不会去做的?
吉尔摩:这个嘛,我不会揭发任何人,也不会出卖任何人。我想我也不会折磨任何人。
穆　迪:难道迫使一个人躺在地板上,对着他的脑袋开枪,还不算是折磨人吗?
吉尔摩:我可以说这种折磨的时间非常短。
穆　迪:那么有哪一种罪行比夺去一个人的生命更残忍呢?
吉尔摩:这个嘛,你可以改变一个人的生活,使其性质与原先可能的大不相同。我的意思是,你可以折磨他们,弄瞎他们的双眼,叫他们变成残废,叫他们变成瘸子。你可以把他们的生活毁掉,让他们后半辈子受苦受难。对我来说,这比杀人更残酷。如果你杀死某个人,对他来说,一切都结束了。我相信因果报应和灵魂转世之类的事情。如果你杀掉了某个人,也许你正好承担了他来世的债务。所……所以你是在解除他们欠下的债务。但我想,让人卑贱地苟延残喘比杀死他们更狠毒。
斯坦吉:那么你认为还有比谋杀更狠毒的罪行?
吉尔摩:哦,这我不知道。有各种各样的罪行,你知道吧。你知道一些国家的政府是怎样对待他们的人民的吗?一些国家采取种种"洗脑筋"的方法……我想,这是改变人们行为的方法,这个,呃,其后果是无法挽回的。比如,脑蛋白切除术,还有氟奋乃静——我没说这些方法比谋杀更狠毒,但是伙计,对此你得好好想想……你不要干涉他人的生活，应该让他们听从命运的安排。

斯坦吉：难道你没干涉詹森和布什内尔的生活吗？

吉尔摩：我干涉了。

斯坦吉：你认为你有权那样做吗？

吉尔摩：没有（叹气）。

穆　迪：如果你真的相信你的灵魂充满邪恶，如果你真的希望赎罪，那你为什么不想……作出一些悔恨的表示呢？

吉尔摩：我认为我的灵魂不像你说的那样充满邪恶。

穆　迪：那你是否觉得你的灵魂里一点邪恶也没有呢？

吉尔摩：我的邪恶比你的或者比让的，或者，嗯，比许多人都多。我觉得我离上帝比你们都远，我愿意离得更近点。

穆　迪：你是否觉得作出悔恨的表示显得太软弱了？

吉尔摩：恐怕报纸会把它们理解成一种软弱的表现。

坎贝尔也许是对的，加里有着许多不同的面目，但他仍然能在采访中应付自如，这使得人们认为，错过一次采访他的机会是一件令人遗憾的事。

然而，使法雷尔感到庆幸的是，他没有亲自去采访加里，这样他也就不必使劲睁大眼睛去赢得对方的信任，也不必紧紧握着对方的手，以此表示："我是来这儿听你讲话的，让我们像老伙计那样谈谈吧。"所有这些举动采访者都得做到，那种满脸同情的样子，那种搅得你五脏六腑不得安宁的专注。这样对方就不会看出你急于跟他称兄道弟套近乎的目的。而法雷尔呢，他只需坐在打字机旁构思他的问题。穆迪和斯坦吉会去提问，黛比和露辛达会用打字机把录音打下来，他可以不慌不忙地研究并推敲，然后再提出新的问题。他和加里彼此不见面，所以他用不着皱眉蹙脸装出种种富于人情味的表情，去哄着加里讲下去。

947

更为重要的是,他用不着冒与加里过分亲近的危险,因而也就不会漏问吉尔摩某些重要的细节问题。他,巴里·法雷尔,作为马克斯·詹森的一位兄弟,不应该轻易饶恕他。是的,这种做法更好些。

三

不过,录音带也带来了无穷的烦恼。巴里对两位律师渐渐感到不满。最让他的神经受不了的是,他不知道他们会不会选择合适的时机提出某个严肃的问题,也不知道穆迪、特别是斯坦吉会不会格格傻笑。法雷尔全神贯注地把录音带听到底,发现律师们不太疯疯癫癫的时候,又显得过分谨慎了。吉尔摩向两位律师吐露了一个秘密。他告诉他们,波特兰天主教学校的一些嬷嬷经常狠揍他们。他说:"她们常常会气得发狂。为了让我老老实实,修女们不止一次毒打过我。这可不像她们惩罚那儿的其他孩子那样。最后我父亲把我领出了那所学校。"法雷尔屏息静气地听着有关这个主题的谈话。罪犯的每次暴行都可以在他童年的挨打记录中找到原因,但吉尔摩声称,他的母亲从没碰过他一个指头,他父亲也从来不愿费那个事。所以,这些挨打事件也许就是他犯罪的起因。可斯坦吉竟说:"噢,伙计,在电影里那些修女看上去非常和善可亲。"吉尔摩回答道:"是的,在电影里是这样。"斯坦吉格格笑了起来。

听到这里,格格、格格、格格的笑声震动着法雷尔的耳膜。在厄伦姆隆冬那寒气逼人的深夜,听着这些录音带,简直把他气得发疯。

有时他和希勒会与律师们一起坐下来讨论要提的问题。穆迪和斯坦吉临去监狱的时候总是显得胸有成竹,回来送录音带时又总会说好极了，好极了。希勒听完录音带总会叹道——唉，上帝，这两个律师不是当记者的料，所有该问的事情他们都没想到。

吉尔摩：那个男孩子走过来，问我是否能和他谈谈，要我和他一块到院子里去，问我是否能和他一起走走。我问他："出什么事了？"他说，是这么回事，有个黑鬼想鸡奸他，他准备干点什么，你知道吗，让自己被关起来，关在隔离牢房里躲开这件倒霉事。他不知道该怎样做才好。我对他说："听着，伙计，你想要我做什么？"他说："如果你能保护我，我就做你的小子。"我说："哈哈，我不要小子，我不喜欢娈童，要知道，无论如何我也不想让你当一个娈童。"我问他以前是否做过娈童，他说没有，他不想当娈童。于是我找到另一个朋友，告诉他这件事，你知道吗，他说，我们把那狗娘养的宰了吧，可最后我们并没有杀死他。吉布斯说我们把他杀了，其实没有。他上楼梯时，我们抓住了他，我们两人都握着管子，你知道吗，我们把他打了个半死，然后把他拖到楼下另一个黑鬼的牢里，扔到铺上。他那时已经失去知觉了。我们下手揍他时又狠又快……他虽是个拳击手，但我们没给他还手的机会。我们砰的一声带上门，就走了。他知道是谁揍的他，但他从没做什么事来报复。他自认倒霉了，嗯，就是这么回事。

采访就是这样进行的，他们没再多问吉尔摩一个问题。法雷尔气得差点大叫起来，对这件事怎么能让吉尔摩这样谈谈就算了呢。法雷尔很想知道吉尔摩是否曾被某个黑人鸡奸过，也许是在管教学校里，也许是后来。但这个故事有点让法雷尔觉得可疑。是什么使加里挺身而出保护一个白皮肤的漂亮小伙子不受这个高大粗野的黑汉子的欺凌呢——这就像一个姑娘给你打电话说："我有一个朋友怀孕了,你有认识的医生吗?"加里在这个故事里俨然是个英雄,但那个白皮肤的小男孩会不会就是他自己呢?

法雷尔一连数小时闷闷不乐。可供他们用以探索加里·马克·吉尔摩内心活动的回答太少了,而且还有很多问题他没作回答。一些基本的事件他们无法解释,比如说,他是怎样说服尼科尔自杀的?这很难解释。你能把如此卑劣的情人的背叛仅仅归咎于环境吗?你敢把它解释成一种在心理上能把你轧得粉身碎骨的机器,这种机器只有都市牛仔才能安然通过吗?你能说你得吃错东西、睡错地方、服错药、开错车、转错弯、用很长时间做很多这类错事后才最后成为一种恶势力,才对那些爱你的人做出许多伤天害理的事情的吗?

或者你是否可以把罪责归咎于遗传,说加里·吉尔摩是从那种神秘的邪恶种子成长起来的呢?嗨,抢劫汽车旅馆并打死老板的人数以万计,事后他们的说法与吉尔摩作证时说的那些半醉不醒的话一模一样,什么不太清楚了、不太记得了等等。天啊,真像部电影。伙计,没有什么原因,你知道吗,我的心头好像遮上了一层水雾。但策划尼科尔的自杀——在法雷尔看来,这简直是邪恶的天才:"小精灵,你怎么能对我做这样的事?"吉尔摩会这样乞求尼科尔,接着他又会像吞食了火药似的在第二张纸上写下许多污言秽语,什么操你,狗屁,撒尿,等等,每个字母都足有两英寸高。

法雷尔对这些信满腹疑团。他注意到在每一页的开头加里的情绪都会发生变化,以至于每一页都可以独立成篇。有时吉尔摩——俨然是个文艺复兴时期的君子——似乎不准备用污言秽语玷污一页秀丽的书法,如果他在末尾画上一个小精灵,那就更是如此了。

吉尔摩：在我被处决前，如果有幸能与尼科尔通话，我不会要求她做什么特别的事的，也许我会鼓励她活下去，把她的孩子抚养成人，但我不愿意让任何其他男人占有她。

穆　迪：你倒真是左右为难了。

吉尔摩：是的，你可以说我有点犹豫不决。

穆　迪：她承担着抚养那两个孩子的重任。

吉尔摩：哦，这和其他任何人对自己的孩子应负的责任没什么两样。听着，你给了你孩子生命，但他们毕竟不是你，我的意思是……每个人都是一个小小的独立的灵魂。她把生命给了她的孩子，但他们并不是她身体的一部分。

穆　迪：你认为这两个孩子有她没她都会生活得很好吗？

吉尔摩：我想这话说出来有点太冷酷，但我从没真正过多关心过那两个孩子。他们不会饿死的。（停顿）我关心的是尼科尔和我自己。

穆　迪：让她忘了你，让她不再思念你，让她为她和她的孩子们找个能使他们过上比现在更好的生活的男人，这样岂不更仁慈、更充满爱吗？

吉尔摩：对谁更仁慈、对谁更充满爱？

穆　迪：对她也对孩子们。

吉尔摩：我不准备回答这个问题。

瞧，对他和对其他任何人一样，要想建立某种具有连贯性的哲学态度不是那么容易的事。

四

希勒对法雷尔一直有着他自己的看法。他不喜欢巴里设计问题的方法，他总是根据自己已经得出的结论来构思问题。希勒觉得，在某种程度上，这颇有点天主教的味道。天主教徒应当事先知道自己在想什么。有时这种习惯会超越教会，影响到其他许多事情。按事先想好的结论起步，调查就只能沿着既定的轨道进行。巴里的这一独特方式使得他像联邦调查局特工那样思路狭窄，他当然没有对因果报应进行深入的探究。还有一点希勒也可以肯定，巴里对吉尔摩不太了解。

然而，他们两人之间的真正分歧在于法雷尔不愿意听律师们带回来的录音带。对希勒来说，那是一天中最富于创造性的体验。在这种时候，他会产生直接的反应。他觉得他能够理解吉尔摩的每分每秒。可是，巴里不愿意听录音，他偏偏要等着录音被打成文字，这样他就落后了整整一天。然而，法雷尔争辩说，只有当加里的回答出现在纸上后他才能工作，在纸上他才能划出重点，进行分析。希勒说："你不想听他的声音吗？现在加里准备就这个题目回答了。"巴里回答说："哦，我只想看记录。"当然，除了那次为了杰米·勃莱斯林的事两人红过脸外，他们的关系从来没有搞僵过。

第二十六章 什么都没剩下

一

十二月份，最高法院驳回他们的上诉后，安东尼·阿姆斯特丹打了个电话给麦克尔。他对麦克尔解释说，并不是犹他州正确，他们错了，被驳回的仅是马上审理此案的请求。这不过是个小挫折而已，贝西或麦克尔仍然可以向初级联邦法院提出同样的上诉，案子会再次递交上去的。

可麦克尔说，加里已经给母亲打了电话，要求她不要采取任何进一步的行动。

麦克尔说，贝西似乎已经决定决不再插手这件事，这样一来，任何新的上诉都得由他来提出。他还告诉阿姆斯特丹，他不知道会有什么结果。麦克尔想，大概他得到犹他州去一趟才能决定。他对阿姆斯特丹承认，他恨透了这趟旅行。

阿姆斯特丹说，麦克尔应该认识到，达米科全家不一定愿意他去看望他的哥哥。他并不想装得很了解弗恩·达米科，但他这位姨父和那两位律师也许对加里之死怀有金钱方面的考虑。他们很可能意识到麦克尔会让加里改变主意的。他们自信满怀正派的人性和亲情，然而他们却不会与麦克尔积极合作的。

麦克尔已经做好去犹他州的准备了。

二

一月十一日，理查德·吉奥克到盐湖城机场迎接麦克尔，开车把他送到山口堡。吉奥克的汽车正在修理，他只能开他合伙人的车来接麦克尔。那是一辆银色的劳斯莱斯，看上去未免有些过分华丽。为此，吉奥克向麦克尔表示了歉意。而麦克尔此时一心想着即将见到可能对自己充满敌意的哥哥，内心极为紧张，根本没留神坐的是什么车。事实上，他们进入监狱大门后，便有人带他们穿过两边是高高铁丝网的通道，来到一级警戒牢房区。一级警戒牢房区是一长排仓库式的平房建筑。最叫麦克尔吃惊的是，没有人搜查他。吉奥克已经通过让·斯坦吉为这次探监作好了安排。他被告知，探监时间是九十分钟，"仅此一次，禁止身体接触"。然而，狱长肯定是改变了主意，因为很快便有人带麦克尔通过两道滑动铁门，进入一间长三十英尺宽二十英尺的屋子。这是一级警戒牢房区的探监室。这间屋子里的每一件东西都被漆成米色，一种非常呆板的米色，显得死气沉沉。地板上到处是烟蒂。新年已经过去十几天了，一棵圣诞树仍然放在一个角落里，松针落了一地——一间无人打扫的脏屋子。

加里慢慢悠悠地从另一扇滑动铁门进来了。他脚上穿着一双红白蓝相间的胶底帆布鞋，身上是一件连裤工作服，看上去活像个玩杂耍的。他手里摆弄着一把梳子，满面笑容地对麦克尔说："喂，你他妈的跟以前一样瘦得皮包骨头。"

可是，他们刚一谈起麦克尔此行的目的，加里就说："我不要家里人干涉我的事。"他死死盯住麦克尔的眼睛，"我不希望阿姆斯特丹插手。"麦克尔还没来得及回答，弗恩和艾达就走进门来。麦克尔简直不能相信自己的眼睛，他们事先答应过他，这次探监私下里进行。

弗恩带来了一件大号的绿色T恤衫，上面印着电脑制作的加里的照片，照片下面印着"吉尔摩——渴望死亡"几个大字。麦克尔拿不准他们是不是在开玩笑，可他们再三说，加里被处死那天应该穿一件这样的T恤衫，这样他们就可以把带着子弹洞和血迹的衣服拍卖掉。"把它送到苏富比[①]去吧。"加里一边说一边放声大笑。这一类谈话浪费了许多时间。弗恩和加里就像两个老兵一样，在新手面前津津有味地谈论着往日的趣事。

达米科夫妇走后，麦克尔和加里单独呆了片刻。加里突然提出送一件衬衫给麦克尔。

---

① 英国一家著名的拍卖行。

"给我有什么用呢。"

"是啊,"加里说,"太大了,不过你长胖了就能穿了。"

麦克尔禁不住问他:"难道你真想把它卖掉?"

"你真的认为我会那么傻吗?"加里问。

三

回到盐湖城,麦克尔坐下来与吉奥克进行了一次长谈。和阿姆斯特丹一样,这位律师非常自信,似乎对加里的事非常关心。

照吉奥克的说法,加里正被许多人所利用。为了竞选,新任首席检察官鲍勃·汉森正不遗余力地鼓吹死刑。他,以及其他许许多多保守派人士,显然想利用加里的求死意愿来达到他们自己的政治目的。吉奥克承认,这种所谓的死的权利,即自杀的权利,最终将得到像他自己这样的人的支持——至少人们相信,自我决定权既适用于国家也适用于个人——然而,从眼下的局势看,加里处在许多人的操纵之下。吉奥克认为,这种权利危害了他的其他权利。个人的自由不能超过一定的限度从而损害社会组织。眼下,承认一个人有死的权利将对死囚区里的四五百条生命产生极其有害的影响。在犹他州,百分之八十五到九十的公众赞成死刑,"你哥哥一直在表达他要求死的个人愿望。现在许多人正渴望着参加行刑队,他正在把自己送到人家手里。"

麦克尔谈到自己进退两难的处境。他担心用法律方法免除加里的死刑只会给他自杀创造条件。可反过来讲,麦克尔当然是憎恨死刑的。

吉奥克点了点头。如果认为当局在剥夺一个人的生命这个问题上具有充分理由的话，那就太危险了。吉奥克说，作为开业律师，对那些,绝对观点,尤其是对州政府的权力，你得怀有几分戒心才行，因为有那么多自命不凡的人占据着高位要职。

然而，麦克尔现在面临的真正问题是，双方是否都不希望利用加里。吉奥克没有说起这件事；也许——替他说句公道话吧——他甚至根本没想过这件事，但从他的话里你可以得出一个合乎逻辑的结论，那就是反对死刑的人们会尽力阻止这次行刑的，即使这将导致加里自杀他们也不在乎。这样一来，至少州政府不能行使枪毙加里的权力了。这一点麦克尔怎么也想不通。他认识到，自己应该在盐湖城再待一段时间，设法再与加里见次面。

后来，麦克尔打电话给弗恩，想知道自己是否能找到穆迪和斯坦吉。弗恩告诉麦克尔，那天晚上他们不可能与他见面，不过希勒正坐飞机从洛杉矶飞来，希勒愿意和他谈谈，想和他谈谈。

四

拉里直到半夜才到旅馆。在希尔顿饭店的大厅里，一位个子稍高的年轻人走上前来，作了自我介绍。希勒非常吃惊，加里的这位胞弟留着长发，举止颇为优雅，看上去像个知识分子，他穿着宽松长裤，上身是一件运动衫，腋下夹着一只小巧柔软的人造革公文包。看他那副架势，像是准备在大厅里和希勒谈话似的。他们落座后，麦克尔第一句话便是："我有许多问题想问问。"接着他便开始记笔记。希勒滔滔不绝地讲了十分钟，他还真记了十分钟。讲着讲着，希勒开始对他记笔记感到不安了。他开玩笑地说："你记下来的那些材料可以写本书了。"几个星期后希勒才发现，麦克尔当时确实准备为《滚石》写一篇文章。

这弟兄俩虽然有点像一家子，但希勒觉得很难把麦克尔与加里联系起来。麦克尔嗓音柔和，手指细长是个恬静的年轻人。考虑到当时那种气氛紧张的场合，他的举止非常文雅。他端坐在自己的坐位上，既不向后仰靠，也不跷腿，只是一次次地从公文包里拿出一张张纸来，查阅自己的笔记，然后再把它们放回原处。在希勒看来，他颇有书卷气。如果不留长发，他看上去肯定像个身材瘦削、博学多才的摩门教徒，布里格姆·扬大学的一位拘谨刻板的学生。

直到麦克尔开始谈到他自己时，希勒才体会到他的苦衷。对麦克尔来说，要决定是否继续和阿姆斯特丹以及吉奥克一起干下去，并不是件容易的事。这小伙子虽说没有掉眼泪，但他内心显然很紧张。

麦克尔突然问希勒，他愿意看到加里死还是活。这问题简直和加里·吉尔摩的提问一样，突如其来，令人措手不及。这是个关键的问题。希勒盯着麦克尔的眼睛说："我来这里是为了记录历史，而不是创造历史。"麦克尔记下了他的回答。然后他又问了更多的问题。拉里心想，他不是一个敏锐的或者穷追不舍的提问者，他一声不吭地接受了全部回答，既不固执己见，也不刨根问底，更不咄咄逼人，就那么静静地记着笔记，埋头看着本子，就好像是在研究他自己的书法。夜很深了，那天希勒飞到洛杉矶又飞回来，已经累得精疲力竭。此刻他非常纳闷，麦克尔为什么一定要见他，而不去见弗恩、艾达或其他人呢？"你想去和达米科夫妇谈谈吗？"他问道。麦克尔说："我来这里是想和加里谈谈，然后作出决定。"希勒看得出来，这人没有丝毫的温情，或者说，他难以相处。这是一次冷冰冰的会面。希勒最后问："你为什么要记笔记？"

麦克尔回答道："这样我可以分析你说的话。"

不过，他们还是约定继续保持联系，不把这次谈话泄露出去。希勒把麦克尔送到他的旅馆，然后继续驾车沿州际公路朝厄伦姆驶去。他认为，今天晚上的谈话是一个突破。当然，麦克尔也许持有怀疑态度，但希勒仍觉得他们下次会面时会出现一个良好的转机。通过麦克尔，他能够窥见吉尔摩的家庭内幕，并且能够进而了解与加里孩提时代有关的好的事情和不好的事情。麦克尔与加里有本质上的不同，这样可望得到一种独立的见解。希勒有点沾沾自喜，他把这次会面的情况告诉了弗恩，但马上又醒悟到，事实将很快证明他这样做犯了个错误。

《德塞瑞特消息报》

盐湖城一月十二日讯——犹他州首席检察官罗伯特·汉森今天收到盐湖城律师朱迪丝·沃尔贝奇的一封信。她在信上说，她已经和著名律师梅尔文·贝里谈过，后者估计吉尔摩的亲属会提出错误死亡行为的诉讼。如果吉尔摩被处死后，联邦最高法院判决犹他州的死刑法令违宪，那么吉尔摩的家属可以向州政府索取一百万美元的一般性损害赔偿费，以及一百五十万美元的惩罚性损害赔偿费……

五

《花花公子》的巴里·戈尔逊走了进来。希勒已经收到《花花公子》近一万两千美元的首次付款。在过去的两天中，他们就合同的最后细节进行了激烈的讨价还价，弄得双方都很不愉快。戈尔逊对勃莱斯林的出现感到十分不安，是不是希勒又把给《花花公子》的材料让给别人了？

"你他妈的滚出这间办公室！"希勒嗥叫着。"请礼貌一点，"戈尔逊说，"我很愿意离开这里。"一场多么以自我为中心的竞争！

接着，穆迪和斯坦吉又来找麻烦。他们来到汽车旅馆找希勒要额外津贴，否则他们不再去采访加里了。

希勒尽了自己的最大努力。"我得告诉加里你们正在干什么勾当。"他说。他不知道自己的话是否够分量，便接着说，"我正准备给加里发封电报呢。"希勒说。看到他们没有流露出一点害怕的样子，他只得换一种方法。

"瞧，"他说，"你们和所有的律师一样都是钱的牺牲品。平时你们一个个俨然是正人君子，但一涉及金钱就不是那么回事了。"最后希勒说，只有经弗恩同意，他才能给他们额外津贴。"如果他来找我，"希勒说，"他说给多少钱我就给多少。"这是一场奇特的搏斗。因为实际上，这不是从希勒腰包里掏钱，而是从弗恩腰包里掏，所以，这更像是人品之间的冲突。他们已经明显感到这种紧张的关系了。

晚饭后，《国民问询》的伊恩·考尔德从迈阿密打来电话，说他有一个价值六位数的主意。"让加里拿出两样目前在他手里的个人小物品，再写二十五个词，不管什么词都行。我们派个可靠的信差去把这个封好的信封取来，放在一间地下保险室里。在加里死之前，我们将通知我们在世界各地的联络网，叫他们在加里被枪决的那一时刻把电台调到同一频率，让那些先知和预言家们猜猜那两样物品是什么，或者加里写的是什么词，这样我们就能知道他们猜得怎么样。"希勒对着电话问："伊恩，这个六位数究竟是多少？"

"拉里，如果这个办法奏效，"考尔德说，"明白吗，我是说这是个价值十万元的主意，这就是我要说的。如果一切顺利，它能挣来十万美元。"

拉里说:"如果谁也猜不到,怎么办呢?"

伊恩说:"这个嘛,当然,它就不会值那么多钱了。"

"晚安。"说完希勒挂上了电话。

六

在探监室的左角有一个隔间,里面放了三把椅子,三部电话,板壁上开了三个小窗户。第二天,麦克尔去探望加里时,看见穆迪和斯坦吉正隔着玻璃与他哥哥交谈。加里两只耳朵各对着一个听筒,一只听穆迪讲话,另一只听斯坦吉讲话,但他们都没有注意到麦克尔就在他们的身后。麦克尔完全可以走过去拿起那第三只电话,可他没有那样做,他悄悄坐在角落里,听见穆迪说:"希勒昨天晚上和他见了面,他认为麦克尔想阻止你的死刑。知道吗?"穆迪补充道,"是吉奥克开着劳斯莱斯送他来的?"

穆迪起身离开时,肯定看见了麦克尔,因为他似乎吃了一惊。麦克尔听见他问警卫,来访者是什么人。

加里走进探监室。他身穿一件黑色无袖运动衫,手里摆弄着一顶苏格兰帽。

"加里,我不想和你兜圈子,"麦克尔说,"你的律师说的是实话,我也许能争取到缓刑。"

加里把下巴拉得老长,鼻孔鼓得大大的。"那么吉奥克用劳斯莱斯轿车把你送到这儿也是真的吗?"他这副表情和报上他那张照片上的表情一模一样。

麦克尔看得出,这件事对加里意味着什么。那些以前对他不屑一顾的自由派有钱人现在正利用他们的金钱和权力来挫败他。麦克尔争辩说:"坐哪一种车来,其实并不重要。"

他们又为阿姆斯特丹和吉奥克的事吵了起来。"你以为他们是什么人?"加里问道,"是圣人吗?他们只是想利用你。"

麦克尔说:"你要明白,没有他们我也会提出上诉的。我照样能走进法庭,让你得到减刑。他们不愿意做,我愿意。"

"你真能吗?"加里问。

"我相信我能。"

加里一圈圈地踱方步。"你瞧,"他说,"我在监狱里待的时间够长的了。我什么都没剩下。"

一个警卫在外面叫道:"时间到了。"

加里说:"明天再来和我谈谈。"

正当麦克尔走出门时,加里喊道:"几年前,我需要你的时候,你在哪儿呢?"

回盐湖城的路上,麦克尔的耳朵里一直响着这句话:"我需要你的时候,你在哪儿呢?"他本来已经准备在吉奥克的文件上签字了,此刻,他却不知道这是他的选择还是加里的选择。他哥哥的声音一直在他耳朵里响着:"我什么都没剩下。"麦克尔真想躲到一个不存在选择的地方去。夜里,他翻来覆去睡不着。第二天,他决定给加里写封信。

他在信中写道,当他面对面地看着暴怒的哥哥时,他怎么也想不起来应该对他说些什么。他对加里说,他总是被哥哥吓得惊恐万分。只是在他们最后的两次见面中,他才逐渐意识到,事实上他是爱哥哥的。不管他作出哪一种选择,都是出于对哥哥的爱。如果加里选择生,他希望他们能消除横在他俩中间的阻碍。最后他表达了自己的信念:一个人改过自新的最好机会是在弃死求生中发现的。只有活着，而不是死去，你才能找到自新的机会。

那天下午在监狱里，一个看守念了一遍麦克尔的信，然后把它交给玻璃窗另一边的加里。

加里静静地看完信，流下泪来。不过，他只流了一滴或两滴泪，然后用手指擦了擦眼睛，笑了起来。"写得不错。"他冲着电话说。他问麦克尔："你熟悉尼采吗？他写过这样一句话：当紧急关头来临时，一个人应该奋起迎接挑战。麦克尔，我现在正是这样做的。"

他们坐在那儿，加里点点头。"喂，小弟，我刚刚在想，昨天我的话说得不大公平。你小的时候我并不在你身边，所以，直说了吧，我不恨你。我知道你是我的胞弟，我明白其中的含义。"

麦克尔觉得，加里似乎把手放到了自己的心窝里，他觉得自己时而被操纵，时而被软化。他鼓起勇气问："如果我想办法阻止你的死刑，你会怎么办？"

"噢，你可以想办法让我得到减刑，但你却不必住进监狱来。一年又一年地待在这个地方而不神经错乱，你知道你得多么强壮才行吗？"

也许在那时候麦克尔就准备让步了。然而，他来盐湖城的第一天，就见到了比尔·莫耶斯。他们一起谈了好几个小时。他认为莫耶斯是他所遇见的最精明又最富同情心的人。莫耶斯曾经说过："如果我们面对生与死的选择时抛弃了生，那么我们就等于抛弃了人性。"加里也许会赏识这种见解的，这话说得言简意赅。加里喜欢那些逻辑命题般的见解。麦克尔离开前，要求加里与比尔·莫耶斯谈谈。"并不是采访，只是见见面。"但他并不认为这真的会起什么作用。

"我会见他的,"加里说,"但谈话不能录音。我们可不能忘了我跟希勒的交易。"

第二十七章 不再控制

一

早晨好!我灵魂的伴侣:

我爱你,啊!我爱你!

我离不开你!

今天早晨我仅有几分钟的写信时间,因为我的律师马上就要来了。

最近,我正在看一本很旧的法语书,很开心。法语是一种美丽的语言,也许有朝一日我会在法国生活的,我很想学会法语。

只要能远离这儿——噢,那该多好啊……

桑德伯格通知我,所有参与给我治疗的医生都已经同意让我在一月二十二日出院(希望是一九七七年)。

这些漫长的日子离你赴刑的那天是越来越近了。我觉得自己难以面对现实。

倒不是说不久你就要走了,而是因为时间这么近了,我却不能和你在一起。为什么应该是这样?我的命运肯定有它自己的逻辑,只是我一点也看不透……

在我的灵魂中,在我的心中,再也没有其他语言能表达我对你的爱,我灵魂的伴侣。

你得到了我所有的爱,我相信你知道这一点。

我知道我也拥有你的爱。

如果你去了……那么快……我会知道的,我能感觉到你的灵魂在我那深深爱恋着你的思想和灵魂中萦绕。

别了,我的爱人

今世再难相逢

天涯海角

我将独自飘零

只盼来世再相会。

我爱你
永远是你的
尼科尔
一月十三日
星期四

二

不管加里在采访过程中表现得如何坦率,但一旦谈到他自己,他就躲到心理屏障后面去了。如果他们想知道更多的事,他们就得设法打开个缺口。拉里与法雷尔谈了这件事,他们一致同意,现在提问题要对加里的各种面目加以指责,戳穿他的伪装。于是,法雷尔又拟定了一套特殊的问题,交给了穆迪和斯坦吉。希勒指示他们,要让吉尔摩自己大声朗读每一个问题,然后再回答。他们不想让两位律师的声音影响他的反应。

在一级警戒牢房区,斯坦吉通过电话说:"我们的朋友很想听到一些'严肃的回答'。这是他的原话。"

"我一直是很严肃的,"吉尔摩说,"和我做其他任何事情一样严肃。"

"很好。"穆迪说。

吉尔摩开始朗读:"在我看来,以你目前的处境,你对归宿、命运和来世的看法及我们正在全力进行的对话对你和我的生活都是至关重要的。"

读完这段话，吉尔摩说："谢谢，拉里。"

"我认为，"加里继续读下去，"鉴于形势的严峻，我们双方都要努力以更为深刻、更为确凿的回答来代替空洞的、臆造的答案。"

"对！"吉尔摩自读自答道。

"有时候你正在讲的故事听起来似乎以前已经讲过多遍了。"接着是下一个问题，"我的反应是——噢，加里，你有没有把这些事讲给所有那些姑娘，所有那些精神病医生，或者所有那些对你的身世感兴趣并想更好地了解你的人听过？在以往的采访中，你讲的故事常常是你在写给尼科尔的信中讲过的那些故事，可以这么说，它们往往带着情人间谈话的语气，微妙地暗示你想以一种极为老练、精明的手段迷惑住读者、恋人和旁观者。这是我真实的反应。告诉我，我错了没有？"

"你错了，拉里。"加里说。

然后加里笑道："扯淡，我根本没那么精明。我孤独，我喜欢讲话，但我讲的是真话。你知道吗，在监狱里，为了消磨时间，大伙常常闲扯。几乎每一个犯人的肚子里都他妈的有点往事、轶事和趣闻，一个人靠着回忆往事会变得老练起来。你自己有时也会讲些故事。要知道，你得去吃饭，去做不同的事情，哈，去和不同的人交谈。拉里，所以你大概也有几个你自己特别喜欢的故事。事实上，有的事你讲过不止一次，并且对不止一个人讲过，这并不意味着你说的是谎话。"吉尔摩停顿了一下。"拉里，我确实强调了一些事情……我在隔离牢房里度过了好几年，在那里，你见不着与你谈话的那个家伙的面，因为他是在你隔壁的牢房里，或是在走廊对面的牢房里。所以，你必须扯开嗓门说话才能让人听见,因为其他人也许正在交谈,何况还有许多各种各样的噪音,比如警卫转动钥匙的开门声,只需稍微想像一下,你就明白了。"

"我不敢肯定,"问题是这样提的,"你是否还能记得你儿时发生的真事?"

加里回答说:"拉里,你能记得你儿时的一些真事吗?"他的声音有些异样。

"你说过,"问题继续着,"你母亲的爱总是强烈的、持续的、始终如一的。顺便问一下,用这些词来描绘母亲的爱是不是有点怪异?"

"我不觉得这些词怪异,"吉尔摩说,"我不敢恭维你的问题。"

"我想,"问题针锋相对,"我以前从没听人这样使用过'强烈的、持续的、始终如一的'这些词。"

"也许你没听到过,"吉尔摩回答说,"但你以前是否也曾向什么人问起过他们的母亲?"

"加里,我的印象是从同你家里其他人的谈话中和从你的谈话录音中得出的——我的印象是当你是个小孩子时,你受到过粗暴的对待。你家里有些人说,你的外祖父母曾试图做你的监护人。你在一个尴尬的时刻闯入了你母亲的生活,所以你小时候她很讨厌你。这些话是否有真实的地方?"

"据我所知没有一句真话,拉里。"吉尔摩回答道。

"你是个什么样的儿子?"问题继续着,"谁曾做过你做的那些事情?你这么做是为了对那些没有对你奉献出全部爱的人尽情报复。也许这是精神分析得出的一派胡言,如果是这样,我愿受谴责,但我很想知道你这个倍受宠爱的孩子长大后是怎样以你的那种生活方式'报答'你妈妈的。加里,我想你一直在坚持要对你小时候遭受的虐待进行报复,那时你还太小,无力抗争。另一个足以让我相信这一点的理由是,每当谈话涉及感情问题时,你说话就有些结结巴巴的。"

吉尔摩哼啊哈儿笑了两声。

问题继续着:"你开始谈话时像个已经矫正了的结巴。我想,你不是个没有感情的人,我觉得你是个由于某种原因不敢承认自己感情的人。"

在回答这个问题之前,吉尔摩停顿了好长一会儿。"拉里,我向上帝发誓,我不记得我妈妈打过我,我的记忆力好极了。我想她从没打过我一巴掌。她一直爱我、相信我。我家里的人全都在胡说八道。我有个十全十美的母亲,让我家里那些胡言乱语的人见鬼去吧!我有一个十全十美的母亲。我重复一遍这句话,因为干扰音太大,我不知道你们在磁带上是不是能听见噪音,但我能听见。"

加里没有马上读下去。"有些感情是属于个人的,"他对穆迪说,"上帝,这家伙想把我透视给公众看。臭狗屎。"

穆迪说:"我想他只是想找出事实真相。"

"去他妈的,"加里说,"拉里大概正在想方设法惹恼我,所以也许我应该回答得更自然点。"

采访继续进行。他读了其余的问题,但没有任何进展。吉尔摩没有再度兴奋起来。

巴里觉得他似乎已经击出了最佳的一拳,但对方居然承受住了。也许他母亲并不是一个敏感的话题。他不再希望能够取得突破性的进展。《花花公子》的那篇采访记只能靠手头的材料再加上穆迪和斯坦吉以后送来的材料撰写了。

三

面谈结束后,萨姆·史密斯和两位律师谈了最后一刻上诉的事。狱长担心,如果加里在最后一分钟突然改变了主意,那时可没有什么能阻止死刑的办法了。萨姆认为,律师应该把这事对加里讲清楚。

加里根本不愿意讨论此事。他对穆迪和斯坦吉说:"用不着采取什么预防措施。"他甚至不许他们再提这件事。律师们认为,加里改变主意是非常不可能的;如果他真的改变主意,他们认为,不管州长现在说什么,狱长都不可避免地要去找他了。

萨姆·史密斯也征求了厄尔·道罗斯的意见。吉尔摩被处决时是否应该给他戴上面罩?他说,加里想面对行刑队站着。史密斯表示,不管怎样,他得考虑怎样对行刑队有利。对行刑队来说,戴上面罩是最为理想的。谁想与这么一个人对视呢?此外,史密斯说,如果这家伙在最后一刻丧失了勇气,来回躲闪着射来的子弹,那可怎么办!

道罗斯说,根据他所读过的法律条文,执行死刑的具体事项是由狱长决定的。如果萨姆愿意,吉尔摩可以被捆在椅子上,脸上戴上面罩。

吉尔摩:狱长没有明说,但我相信,他担心我站在那里看着行刑
　　　　队将会使他们惊慌失措。我要求他提出充足的理由说明
　　　　为什么我一定得戴上面罩,他说不出来,不过他好像有
　　　　什么心事。听着,他确实曾当着法根的面说过,通常警

卫会到你的牢房里，在那儿给你戴上面罩，这样从你离开牢房到你被打死你一直戴着面罩。他说他不会对我这样干的，他说在我坐到椅子上之前不会给我戴面罩的。现在我要这狗杂种至少能信守他的这句诺言。

显然，吉尔摩想让他们看看，他是多么的镇定。最近只有一篇报道激怒了他，就是那篇把他描绘成胆小鬼的报道。加里也许会是别的什么，但决不是胆小鬼。穆迪对此一直持有疑问。"你害怕了吗？"他会问他。"不，"吉尔摩的回答始终如一。他从没承认过害怕，他也从没说过任何话来暗示他想改变主意。他的信念坚定不移，这一点穆迪简直无法相信。吉尔摩身体里的每一个细胞好像都在支持他的决心。他的感情力量越来越强大，他的体质也越来越强壮。"你觉得怎么样？"鲍勃·穆迪常常这样问他，"你睡觉好吗？""昨晚我睡得很好。""你还在锻炼吗？""我的体质正在增强。"

为了证实这一点，吉尔摩常常在凳子上来个倒立，他的肌肉显然很发达。在一级警戒牢房里，罪犯们活着似乎仅仅是为了锻炼强健的肌肉。然而，和他周围犯人中最健美的肌肉相比，加里的也毫不逊色。穆迪总认为自己是个硬心肠，但吉尔摩却让他动了恻隐之心。

四

吉布斯把加里写给他的信交给了《纽约邮报》，对方付给他五千美元，但却扣下了另外两千五百美元。接着，吉布斯从《纽约邮报》那儿得知，他们核对了被邀请观看加里死刑的人员名单，上面没有他的名字。不过，在核对了财政部和联邦调查局发给他的证件后，《纽约邮报》在一家酒吧里采访了他，给他拍摄了大约三十张照片。

记者和摄影师一离开,吉布斯就一杯接一杯地喝开了。不过,酒中没有放口服双氢链霉素。他只觉得胃里恶心难受,酒吧侍者不得不扶他去盥洗室。一拿到那五千美元,吉布斯立即给母亲寄去了一千,一直到处炫耀这笔钱,简直是忘乎所以。在盥洗室,他所知道的第一件事是看见一个娘们站在那儿,她的男人紧贴在她背后。她猛地向吉布斯撞过来,大概以为他有一条腿不好,她准能轻而易举地把他撞倒。但吉布斯一拳就把她打翻在地,随后又把她的男人狠揍了一顿。这就是他后来所说的事情经过。当他回到酒吧时,两位警察碰巧在那儿,他们逮捕了吉布斯。兰斯·莱巴伦这个名字似乎没有奏效——他又锒铛入狱了,保释金为十万美元。

五

死刑定在下星期一,刚到星期四希勒就感受到最后的压力了。一开始是罗伯特·墨道奇,他从纽约打来电话,愿意出一大笔钱买下报道死刑的专有权。希勒只需在行刑队完成任务后出来对新闻界,发表一个简短的公开声明,然后就到一间屋里和墨道奇的记者会面。希勒明白他不能简单地说"不行",如果这样的话,墨道奇也许会通过其他途径进入行刑室的,比如贿赂警卫什么的。罗伯特·墨道奇尚未买下《纽约邮报》和《乡村之声》的控股权,在澳大利亚报界也一无所获。所以,希勒打算吊吊他的胃口。在这件事上,他已经牵住了《时代》《新闻周刊》和其他一些报纸杂志的鼻子。

后来,一位英国人给希勒打来了电话。他说:"我们想要你陪同加里去刑场。"拉里回答说:"我不是爱德华·鲁滨逊[①]。""你的意思是说,"那位英国记者问道,"没有人准备和你那个人一起去刑场?"

"我不准备去什么刑场,"希勒叫了起来,"我甚至不知道自己是不是愿意让这个倒霉的家伙去挨枪子。"

随后,穆迪带来了一次面谈的记录,是关于加里对戴着面罩受刑的态度的。这篇材料可以润色成一篇一千五百字的报道,并且可以不泄露事情的重要部分。希勒决定把它转让给几个选定的记者,勃莱斯林、戴维·约翰斯顿,或者塔默拉·史密斯。

为此事巴里差点和他动了拳头。"你他妈的不要对我指手画脚的,"他对法雷尔叫道,"我自己有头脑。"

最后这几天里,世界各地的媒体蜂拥而至。上帝啊,他们成群结队地拥进盐湖城,就好像盐湖城是重量级拳击锦标赛的赛场。现在希勒可没有心思去担心那二十个对他恨之入骨的当地记者了。他要应酬三百个家伙,这一个要一绺加里的头发,那一个要加里剪下来的指甲。再说死刑本身已经够他忙的了,他最好事先作好准备。

希勒给格斯·索伦森打了个电话,这下再次惹恼了巴里·法雷尔。希勒说:"我得给狱长捎个口信,我想要萨姆·史密斯明白,如果他邀请我去观看死刑的话,我是不会跟他作对的。只有狱长一个人能阻止我去,是吗?根据法律,他没有这个权力,但实际上他有,所以我得传个口信给他,如果我被邀请,我将按他的要求做。"

[①] 影星,以演暴徒著称。

星期四下午格斯·索伦森来了。拉里和索伦森谈了一会。他向索伦森表明，他明白自己的责任，他将按照监狱的规定行事。

六

斯蒂芬妮那一组在欧洲只做成了三四笔买卖。虽然斯蒂芬妮很高兴去巴黎、住乔治大酒店，但她讨厌做女商人。几家外国杂志同意买下她的货，可又都背弃了前约。希勒一直希望在法国能做成一笔大买卖，可如今当地的一桩凶杀案把吉尔摩从头版挤出来了。三位女士的旅费高达一万美元，扣除这笔款子后，希勒净赚的也就是一万美元。更糟的是，斯蒂芬妮决定留在纽约，她决不再来犹他州了。所有这些事，吉尔摩，媒体，还有死刑，都让她倒胃口。

快到半夜时，拉里正在细细琢磨斯蒂芬妮的消息，莫耶斯打来了电话。他说他准备进监狱去看望吉尔摩。他想让希勒知道这件事。"不行，"希勒说，"绝对不行。"

"好吧，拉里，"莫耶斯说，"吉尔摩愿意见我。"

"撒谎，比尔，要是这样，我早就听说了。"

但他会早就听说了吗？莫耶斯可不是那种八字没写一撇就打电话的人。希勒直纳闷，这人怎么能进得去呢？肯定是通过麦克尔。于是他问道："你见过加里的弟弟了？"

"见过了，"莫耶斯说，"他就在我房间里。他在我房间里已经好几天了。"

这简直就像一场球赛。希勒觉得自己彻底输了。天知道莫耶斯已经从麦克尔嘴里掏出了什么价值连城的消息。希勒失去了一个取得联系的最佳渠道。

挂上电话后,他意识到这纯粹是一种自私的嫉妒。他们不会让莫耶斯进去看吉尔摩的。他自己已经把各种办法都试过了,可他和加里之间的联系仍然不过是一台该死的录音机。他打了个电话给穆迪说:"比尔·莫耶斯声称,他准备进去看看加里。你去对加里说,如果让莫耶斯进去的话,那么我们辛辛苦苦建立起来的一切就全完了。"

拉里又给莫耶斯回了个电话。开头他还能心平气和,但当莫耶斯仍说他要亲自去看望加里时,希勒火了。"比尔,"他说,"你在骗我。我原来以为你在与我合作,所以我一直在帮你的忙。现在倒好,你想利用麦克尔进入监狱。这可不像是上次与我共进晚餐的那个家伙了。"希勒扯着嗓子对着话筒叫唤着,"我是不会利用他那个弟弟进入监狱的。他来这里是为了救他哥哥一命,他只能作出这种决定,而你与他接近是想去见加里。"莫耶斯也在电话中声嘶力竭地嚷嚷着:"你根本不知道我在干什么,"他说,"我一直在设法劝说麦克尔把这件事想清楚。我和他坐在一起。昨天一晚上他都在我房间里。看在上帝的分上,"莫耶斯说,"我还不至于去利用什么人。"希勒暗想,听他那声音好像就要哭出来了。于是,他拿起电话走进卫生间,以免两位秘书听见,幸好电话线很长。他对莫耶斯说:"我并不想让这个混蛋死。"莫耶斯说:"我也不想让他死。"他们觉得死亡已经钻到所有人的肚子里了,不论走到哪儿都跟着他们。在一个规定的时间里,一个他们熟悉的人将会被杀死。枪声一响,所有其他人都将跃过死亡的深渊。

挂掉电话后,希勒转身走进卧室,凝视着窗外的景色。天正在下雪。突然间,希勒憎恨起雪来了。他说不出这是为什么,只觉得像有一条毛毯裹住了自己,使自己无法行动。就像是做梦,眼前这幕情景快要把人逼疯了。他可不愿呆在梦中。

半夜时分,电话铃又响了。是墨道奇打来的。他准备推出最高价。他愿意出十二万五千美元购买劳伦斯·希勒亲自撰写的执行死刑的独家现场报道。

许多年前,拉里拍过一张玛丽莲·梦露的裸体照,赚了两万五千美元。现在有人愿意出十二万五千美元购买枪杀一个人的现场描述,这钱赚得真容易。他既不必放弃出书,也不必放弃《花花公子》的采访报道,更不必取消电影的摄制,什么损失也没有。墨道奇甚至不会知道他是否描绘了行刑的全过程。希勒可以把最精彩的部分留给自己,只要给墨道奇二分之一,他就会感到很高兴的。为了提高发行量,出版商对独家报道非常感兴趣。他甚至可以永远不把整个过程披露出来。这的确诱人,的确。

希勒再一次踱到窗前,雪花正在铺天盖地地落下来。他觉得很累。他刚才紧紧捏着电话,把手都捏疼了。突然,他哭了起来。他不知道自己怎么会掉泪的,也不知道自己为什么要哭,可他怎么也控制不住自己了。

他对自己说:"我再也无法知道我所做的事究竟道德不道德。"想到这一点,他哭得更厉害了。几个星期来他一直在心里对自己说,他不是这场杂耍的一部分,他的天赋使他超凡脱俗。他怀有记载历史的愿望,是真实的历史,而不是媒体胡编乱造的废话。但现在他觉得自己终究不过是这场杂耍的一部分,而且可能是最重要的一部分。哭至伤心处,他走进卫生间,解了一次一生中最长的大便,一个劲地腹泻。多少天以来,他终日操劳奔波,夜里又睡不好觉,现在他的身体已经完全累垮了。恐惧感全释放出来了。稀屎喷泻而出,好像把他体内所有的腐物全挤压出来了,但还是排泄个没完。当他觉得大便快完了时,他抬头望着窗外的雪,在心里作出决定，无论如何，他决不出卖加里·吉尔摩的行刑经过。决不。谁也别想说服他。他决不能为钱或为自身安全而干这种缺德事。决不。哪怕到头来他一个子儿也赚不着他也不在乎。他必须凭良心办事。他又哭了起来，在心里说："我甚至常常拼错字，我写不出我的感受，写不出能表达我自己思想的东西。"他的心情异常沉重，于是斯蒂芬妮拒绝离开纽约的那个电话又在他耳边响了起来，他讨厌她的声音。他想，如果他告诉墨道奇，告诉《时代》《新闻周刊》《国民问询》以及其他所有牵在他手上的报纸杂志，他不准备向他们提供任何有关加里·吉尔摩生命最后一分钟的重大秘密消息，会发生什么事呢？到那时他们肯定不会放过他的。他明白了方才拉肚子时的一部分恐惧感，他不仅拒绝了自己有生以来最好赚的一笔钱，而且还会招来一顿痛打。他回想起小时候在圣地亚哥时，他和哥哥在放学回家的路上几乎天天挨墨西哥人的打。他觉得，现在这种恐惧感和儿时的那种很相似，不由得又哭了起来。他独自一人呆在卧室里，夜空中已经出现一道蓝光，黎明渐渐来临了。他已经疲倦到了极点，竟弄不清自己为什么在这儿了。他告诫自己，应当把责任感置于生意经之上，尽自己的最大努力报道事件真相。"不管我是什么人，"他自言自语道，"新闻记者也好，中间商也好，无论我是什么人，我都得对自己负责。也许最后我什么也不是，但我得对自己负责，得保持正直的人格。"这时他突然来了灵感，在他所经历过的所有地方，那些因正直而受人尊重的人也许并非个个天生正直。没有人是天生正直的，他们的正直是辛辛苦苦、日复一日逐渐形成的。最后，他穿衣起床，拿了一本拍纸簿和一支铅笔，出门来到厄伦姆大学路和中心路交叉处的一个拐角上，站在那儿望着这个城市里的最大的十字路口。这已经是清晨，这个地方车辆川流不息，所有的厂车都朝着日内瓦钢铁公司的方向驶去，它们在覆盖着积雪的宽宽的街道上打着滑。他不时低头看看他的拍纸簿，检查一下自己的字迹是否清楚。他知道，如果他想在死刑那天记下准确的笔记，那么他必须目不转睛地盯着行刑场面，这样一来，他就得学会手眼分开工作，做到记录时不看拍纸簿。他对自己说："这是第一次，希勒，你不能虚构，你不能杜撰，你不能添油加醋。"

然后他回到汽车旅馆。在早上这段时间里，他打电话给墨道奇、《国民问询》和全国广播公司，告诉他们所有人，他的回答是"不"。他不再和他们做交易，他决不卖钱。相反，他将公开这一切。死刑执行后，他将立即向所有媒体公布他亲眼所见的一切。这下可激怒了那些参与竞价的人。《国民问询》气得又是咬牙又是哼哼，全国广播公司则明确表示了他们的打算。希勒可以听见他们追猎的号角声。只有墨道奇有点绅士风度，他说："谢谢你打来电话。"

第二十八章　感谢上帝，今天是星期五

一

星期五早晨，麦克尔走进探监室时，加里说："希勒不想让我见你的朋友，说这会威胁到他的专有权。我应该解雇他，我本来会的，但现在再找其他人已经太晚了。"麦克尔听了没有做声，加里又说："现在我能做的就是取消他观看死刑的资格。"

麦克尔打算当晚离开盐湖城去与贝西一起度周末，可加里要求他再住一天。"我没对任何人说起过这个，"他对麦克尔说，"但我说不准星期一上午事情将会怎样进行。"他隔着玻璃望着麦克尔，"也许这就是我为什么需要希勒的原因。他在那儿为历史记下那一时刻，所以我得保持镇静。"他摇了摇头，"我并不是说那一

刻会出现什么了不起的大事，我想也许会出几篇文章吧。"他举起了手，麦克尔把手按在玻璃的另一面。他们的手是接触不到的，因为中间隔了一层四分之一英寸厚的玻璃。

回到盐湖城，麦克尔最后一次与理查德·吉奥克见了面，告诉他自己决定不再插手了。他向吉奥克告辞后，吉奥克便给阿姆斯特丹打了个电话，阿姆斯特丹说，他明白麦克尔走到这一步必须付出什么代价，随后便挂了电话。阿姆斯特丹心里已经很明白，这个决定是不可改变的。吉奥克也有其高明的判断，即使麦克尔还有一点改变主意的可能性，他本人也不会传递这样一个信息了。

二

星期五早晨，离死刑已经不到七十二个小时了。厄尔·道罗斯知道，有一些法律手续需要办理。在某种程度上，法律像是一场比赛。厄尔之所以很早以前就决定要让法律程序有条不紊地慢慢进行，就是这个道理。这样有助于缓和比赛的竞争程度。可是现在，他们已经到了节骨眼上，诉讼和反诉讼的时间都是以小时来计算的，法律中最近似于比赛的那一面已经占了主导地位。

厄尔给丹佛第十巡回上诉法庭——犹他州是第十巡回上诉法庭管辖的六个州中的一个——的书记官霍华德·菲利普斯打了个电话，告诉他，犹他州首席检察官办公室担心有人会在最后一分钟作出从法律角度讲出人意料的努力来阻止死刑。所以，他希望在周末能与法庭保持联系，特别是在星期天，以防在最后一刻需要首席检察官采取反诉讼行动。

道罗斯让秘书核对了一下航班时刻表，得知星期六和星期天晚上从盐湖城飞往丹佛的末班飞机九点二十分起飞。他把这个时间通知了麦克·迪莫，汉森首席检察官的副手。这就是说，如果星期天晚上九点二十分之后他们不得不赶往第十巡回法庭的话，他们就只得专门安排交通工具了。

接下来厄尔给联邦最高法院的书记官迈克尔·罗达克打了个电话。罗达克和他讨论了向华盛顿特区提出最后一分钟起诉的手续。他们还商定，如果最高法院必须和道罗斯取得联系的话，罗达克可以用一个特殊的代号。这极为重要。他们必须防备某些狂热或激进分子在最后一刻冒充最高法院打电话给犹他州监狱，宣布死刑暂缓执行。监狱必须确定说话的就是联邦最高法院的书记官本人，只有他说话才有效。迈克尔·罗达克告诉道罗斯，他的绰号叫米基，他是在西弗吉尼亚的魏林长大的，所以代号便定为"西弗吉尼亚魏林的米基和你们通话"。

星期五下午，厄尔收到两个案子。第一个案子是吉尔·阿塞递上来的。他的当事人是死囚犯戴尔·皮埃尔。此人是"高保真杀人犯"之一，因在一家高保真音像商店里把硫酸强灌到顾客喉咙里而被定罪。阿塞争辩说，加里·吉尔摩的死刑会在公众中造成一种气氛，这种气氛会断送他的当事人上诉的机会。

道罗斯刚想到汉森的办公室去与他商讨这个新出现的问题，另一个电话又来了。美国公民自由联合会在联邦地方法院代表纳税人向康德法官提出诉讼。这个下午他要为这两个诉讼案出庭。

后来决定，比尔·艾文思和厄尔·道罗斯将与吉尔·阿塞对阵，彼尔·巴雷特和麦克·迪莫将与另外一个案子的律师较量。

两个小时后,这两拨人马都获胜而归。厄尔认为,他们之所以能赢,主要是因为原告不能说明死刑到底危害了谁的权利。吉尔摩的直系亲属也许拥有起诉权,但只能到此为止了。你总不能让所有的人都去上法庭。厄尔想,为这个起诉权真得感谢上帝。那天下午,他争辩说,任何进一步拖延死刑的行动都将对公众造成伤害。他这话可不是说着玩的。这幕公开闹剧就像一场噩梦,它持续的时间越久,所有的正经事就越显得荒诞不经。

三

星期五下午闭庭后,菲尔·汉森发觉自己又在想尼科尔和加里的事了。他几次想与尼科尔见面,都没能如愿。他一直考虑着吉尔摩的事,估计他的情人会为了上诉和自己取得联系的。汉森一直忙于自己的事务,甚至很难有哪天可以在自己的办公室里坐下来对某件事采取积极的措施。因此,他还没弄明白是怎么回事,吉尔摩就拒绝上诉了。也就在那时,菲尔开始考虑自己怎么才能插手此事。你能拯救一个不想活的人吗?可就他个人来说,他不能接受吉尔摩应该被处死这种见解。在他的一生中,他曾经拯救过几条别人谁也救不活的性命——事实上,这是他职业生涯的骄傲——并且他一向认为死刑是令人发指的事。如果你是一个虔诚的天主教徒,又是一个杰出的橄榄球教练,而你训练的又是圣母马利亚队,结果他们却以七十九比零败北,那你就太丢面子了。在这个特殊的七天里,死刑随着人们口中喷出的一团团雪茄烟雾在盐湖城各个法院的走廊里飘荡。星期五傍晚时分,汉森才意识到他已经在里特法官的法庭里一连办了三个案子。事实上,前面两个案子的陪审团刚走,第三个案子就接着开审了。所以,星期五下午汉森在法庭里对里特说:"整个星期你把我忙得晕头转向,你欠我一杯。"里特听了哈哈大笑,把他请到自己的办公室里,为他倒了好几杯——里特喝得却不多——他们一边谈着吉尔摩的事,一边等着狄克①·吉奥克的电话,想通过吉奥克找到他的合伙人丹尼尔·伯曼,后者眼下负责处理里特法官的法律事务。后来他们试着给新当选州长迈瑟森打电话,可打来打去谁也没找着。在这段时间里,汉森一直闷闷不乐地考虑着即将来临的那个愚蠢的死刑。"是的,"他说,"萨姆·史密斯永远不会死于脑瘤。"他喷出一口雪茄烟雾,笑了笑又说,"如果一切努力全部付诸东流的话,我就准备提出一份我相信具有新意的诉讼案。"以前当首席检察官时——这几天常让菲尔·汉森稍感不快的是,人们仍然分不清他和鲍勃·汉森——他常常就某些影响到公众利益的事情以首席检察官的身份提交诉讼案,这种案子甚至被称为首席检察官诉讼案。此刻一想到这儿,他不觉灵机一动,以一个碰巧住在犹他州的美国公民的身份提出一个诉讼案或许是可行的。"嗨,"他对里特说,"为什么我非得有个官衔才能提出诉讼?为什么作为一个公民就不能阻止死刑呢?"他们讨论了一会这个问题。最后汉森决定,如果今天下午败诉的美国公民自由联合会明天再提出新的抗辩的话,他将把他那张牌留作最后一着。

四

《洛杉矶时报》
怪脾气还是富于创造性?
引人注目的犹他州法官

盐湖城——联邦地方法官威利斯·里特被他的敌人指责为脾气乖戾的老家伙,而他的朋友却说他是个富于创造性的法学家。两者兼而有之也许是他的真实写照。

---

① "狄克"是"理查德"的昵称。

犹他州主要由保守派掌权，并深受耶稣基督后期圣徒教会的影响。但二十八年来，里特这个有争议的人物在犹他州法律界一直处于举足轻重的地位，尽管里特本人是个持自由主义观点的反摩门民主派人士。

"他一直是庄园的领主，犹他州就是他的封地。"前联邦检察官雷蒙·察尔德这样评论他。

然而，现在这位七十八岁高龄法官的权威却受到联邦政府和州政府官员的前所未有的挑战。

州首席检察官罗伯特·汉森已经向丹佛第十巡回上诉法庭提出申请，要求取消里特审理诉讼一方为美利坚合众国或犹他州的案件的资格。

申请书指责里特在法庭上屡次亵渎职责，对合众国和犹他州政府持有强烈的偏见，总之，他的言谈举止一直不当。

犹他州共和党参议员杰克·加恩正在国会到处活动，要求削减这位法官的权力。加恩称里特是"联邦司法制度的耻辱"。

但是，在去年十月写给众院司法委员会主席、共和党人小彼特·罗迪诺的一封信中，里特概括地陈述了他对这些问题的看法。

"共和党内的极右分子到处散布怨恨，宣扬摩门教教义，并玩着麦卡锡主义——尼克松那一套卑鄙、肮脏的伎俩。"里特写道。

"摩门教会实际上占据了犹他州的所有其他的官职。很久以来，他们一直试图控制犹他州的联邦地方法院。"

里特在一九四九年被哈里·S.杜鲁门总统任命为联邦法官之前是犹他州立大学的法学教授，但那次任命遭到摩门教势力的强烈反对。他们指责里特在个人生活上道德败坏，在公共事务上贪赃舞弊。

自一九五八年国会宣布七十岁为联邦法官的退休年龄以来，已有三十二名在位首席法官被免职。目前里特是那个命令的唯一幸存者。

鲍勃·汉森对人们错把他当做菲尔·汉森一事极为恼火。他从不掩饰自己对里特的看法。他常说，这位法官心肠狠毒。当然他不否认里特聪明能干，他也许甚至是个天才。在那些优秀人才当中，你可以把里特算作百分之一中的前几名，但他也是一台永远怒火冲天的机器。事实上，在汉森看来，里特反对摩门教的言辞之激烈，使教会对他过分敏感，以至于只要是他的主张，教会就一定要采取截然相反的态度。汉森认为这是姑息政策。如果他找到治住里特的办法，他决不会让里特插手吉尔摩一案的。

第二十九章　星期六

一

在他们最后一次见面时，加里送给麦克尔一张画着一只破旧囚鞋的画，说："这是我的自画像。"他们还在电话上交谈时，狱长史密斯就走进加里那侧的小间，开始和他商量在哪一刻给他戴上面罩。麦克尔再也听不下去了，他敲敲玻璃，对加里说他得马上走，得去赶飞机。他问狱长，能不能让他和加里握一下手？

起先，史密斯拒绝了，然后他又同意了，条件是麦克尔必须接受搜身。

检查完毕，两个警卫把加里带了进来，他们叫麦克尔在握手之前把袖子卷起来。警卫警告说，只限于握手，不能做其他动作。加里一把抓住麦克尔的手掌，使劲地摇晃着，简直要把麦克尔的手捏碎了。他的眼睛熠熠闪光。他说："我猜就是这个吧。"他探过身在麦克尔嘴上亲了一下，说："到黑暗里再会吧。"

麦克尔知道自己会控制不住哭出声来的，赶紧背过脸去。他不想让加里看见。那个警卫递给他一本约翰尼·凯什写的《黑衣人》，加里想把它送给贝西，另外还有一张尼科尔的画像。麦克尔能够感觉到，加里的眼睛正目送着自己朝双层门走去。"告诉妈妈我爱她。"加里喊道，"你也得吃胖点，你太瘦了。"

同一星期六的早晨，希勒一直在听星期五下午两位律师与加里面谈的录音。其中很大一部分谈的是梅尔文·贝里的水晶牛仔靴。

加里说："他在好莱坞的裸体厅购买衣服。"

"你们偷带进牢房里的最大的东西是什么？"斯坦吉问道。

"是体重三百四十磅的挪威女摔跤运动员。"

三个人一齐哈哈大笑。

希勒听到他们在谈论哪个警卫好，哪个警卫坏，以及是什么使狱长那么忠于职守的。希勒还听到他们谈论法律措施，还有寄给加里的那些有亲笔题名的《圣经》。

这时，斯坦吉驾车来到旅游大酒店，问拉里对这次面谈有什么看法。

"斯坦吉，"希勒叫道，"你为什么老把你的屁股粘在椅子上？"

"你，希勒，"斯坦吉愤然回敬道，"把那些事塞到屁股里夹着吧。"他旋风般冲了出去。

开车去监狱的路上，斯坦吉说："我再也不和希勒说一句话了。"他仍然余怒未消。斯坦吉认为，自己是个再好不过的盘问能手，鲍勃·穆迪也是一样。他们俩随便哪一个都能引出吉尔摩的话来，并能按照希勒的要求随心所欲地操纵他。但有时候有些麻烦，其中之一就是希勒和法雷尔引以为荣的那些问题。斯坦吉觉得那些问题愚蠢透顶。在他看来，这些问题与吉尔摩干的那些事几乎没有什么关系。

希勒开始时轰轰烈烈,可最后也许一无所获。让很清楚希勒的种种担忧,但他的工作是鼓励吉尔摩,而不是给他泄气。吉尔摩是他的当事人,他的职责是满足他的要求。拉里挖空心思寻找那些会使吉尔摩作出强烈反应的问题。而斯坦吉不愿意到监狱去惹恼那家伙。了解情况自然无可非议,但把加里当做实验室的老鼠,用探针戳他、用电线电他,可就有点不够意思了。加里已经是整天整地被关在笼子里了。

"我今天不想去跟他面谈了。"斯坦吉对穆迪说。

"该死,"穆迪说,"如果我们想干点什么事,我们就得干下去。"

这大概是自从他们一同去一级警戒牢房以来有过的最大一次分歧。

二

穆迪也认为,在目前这种情况下他们干得糟透了,当然希勒和法雷尔不会同意这种说法的。不过希勒说的也对,只剩下两天时间了,还需设法搞到各种有价值的东西。穆迪叹了口气。

吉尔摩:喂……这要录下来吗?
穆　迪:嗯,是的。
吉尔摩:狱长告诉我,我可以邀请五个人。我提出了五个人,他问我:"你为什么不邀请个牧师?"
穆　迪:法规上写得很清楚,除了这五个人,你有权再邀请两位牧师。
吉尔摩:我可不想把牧师们排除在外,他们一直期待着这个机会。
穆　迪:得了,说得好像真有人在期待着似的。我想,嗯……他们会觉得他们不过是在尽职而已。

吉尔摩：我才不管他们的动机是什么。他们俩都想来。

穆　迪：每个人都觉得这四十八个小时痛苦难熬。

吉尔摩：伙计，我可不觉得痛苦。

穆　迪：我知道，你不痛苦，但别人痛苦。你姨父弗恩和姨妈艾达像是在地狱里受煎熬似的。（停顿）其他人也都觉得痛苦万分。

吉尔摩：谁？

穆　迪：嗯，是我，让·斯坦吉，还有米尔斯曼神父。

吉尔摩：这并不重要。

穆　迪：我们知道这并不重要，但对你总有点触动吧。

吉尔摩：我想见见尼科尔，那个混蛋就是不给我答复。

穆　迪：我认为这就是给你的答复，你这个人不愿面对现实。

吉尔摩：我没听到。

穆　迪：我想这就是狱长的答复。他不会回答你的，就是这么回事。你没有理由把所有其他一切拒之门外。你还有四十八小时可活，嗯，好好享受吧！

吉尔摩：扯淡。刚才那几个小时里，只有一个警卫看着我，只要我不和他谈话，他就没有人可以闲聊。所以这里很安静。

穆　迪：怎么啦……

吉尔摩：可现在他们派了两个傻瓜在外面。他们什么也不干，只是在那儿谈天打牌。

穆　迪：噢，他们告诉我这是死刑的一部分。

吉尔摩：伙计……

穆　迪：你被判了死刑后，就要由死囚看守来看管。眼下你正处在这种看管之下。

吉尔摩：我可不愿意这两个混蛋当着我的面谈天说地。

穆　迪：你可以不愿意，但这是死刑的一部分。

985

吉尔摩：噢，那好吧。
穆　迪：如果你愿意挨枪子，你也就该愿意让死囚看守来看管你。这是死刑的一部分。
吉尔摩：是吗……（停顿）好吧，伙计。
穆　迪：要不要我把这些问题递进去给你？
吉尔摩：行，再回答几个问题也可以。
穆　迪：好吧。
吉尔摩：伙计，这里太吵了。如果我能安安静静地度过最后这几个该死的钟点，该多好啊！
穆　迪：你不能锻炼身体或干些诸如此类的事来打发这段时间吗？
吉尔摩：嗯……这些事我都做了。
穆　迪：你还看书吗？
吉尔摩：不，哈……我再也不看了……想看的我都已经看完了。
穆　迪：还画画吗？
吉尔摩：不画了。
穆　迪：你准备画自画像吗？
吉尔摩：没有镜子。
穆　迪：哦，我想你缺不少东西，是吗？
吉尔摩：我有的就是我自己。（长时间停顿）我不愿意他妈的整天忙着书面回答这些问题。我想希勒应该得到这些回答，但该死，我不喜欢他做某些事的方式。
穆　迪：好吧，有好多次我们也不喜欢他行事的方式，但他有他自己的方式。他的处境不大好，你要是处在他眼下的位置上，你也会像他这样干的。
吉尔摩：是不是每个人都应该接受他的方式？
穆　迪：不，我不这么认为，不过他手上的事的确很难办。他正在尽力而为。就是这么回事。他忙得整天团团转。
吉尔摩：我要求他不要看那些信，可他偏要看。

穆　迪：是啊。(长时间停顿)你是不是觉得在某些方面你欠拉里什么情啊?

吉尔摩：算了，开始念问题吧。我准备回答它们。我希望拉里明白，他没有权力命令我他妈的能跟谁说话，不能跟谁说话。我弟弟要求我与他的一位朋友谈谈，我答应了他。我也知道谁是莫耶斯。你们不让我说的事我不会说的。

穆　迪：为一点小事何必耿耿于怀呢，莫耶斯根本不可能进到这里面和你谈话。

吉尔摩：这我知道。我发火是因为麦克尔不高兴了。

穆　迪：是吗。

吉尔摩：请吧。

穆　迪：下面一个问题已经问过好几遍了，你在杀死布什内尔和詹森之前有没有杀过其他什么人?……被你用管子狠揍过一顿的那个家伙后来怎么样了?

吉尔摩：他活着。(叹气)但他的生活却发生了一些变化。

穆　迪：难道你不觉得杀人是极为荒唐的事吗?

吉尔摩：荒唐的是你不得不被戴上面罩、捆在椅子上以及所有那些屁话。

穆　迪：你是不是喜欢看杀人时的血污和打出来的内脏?

吉尔摩：(大笑)滚你妈的，拉里……血和内脏……是的，伙计，确实非常诱人，我准备吃上一汤匙。

回答继续着。没有重大突破。

米尔斯曼神父以往参加过两次死刑。他清楚地知道这种事到最后可能会变得一团糟。要被处死的那个人也许会变得非常紧张，失去他自己那种特有的镇静。米尔斯曼神父总是试图在死刑之前就让死囚犯对将要发生的事心中有数。他认为，如果首先让你多少知道一点你要走的路程，先从A点出发，再从A点移到B点，然后在某个确定的时间，你走到C点，等等，你就用不着问："我们现在去哪儿？"回答也许会使你心烦意乱的。这一类小事常常搅得人心绪不宁。

然而，如果他们事先了解情况，他们就能比较平静地经受这一切。倘若在前面带路的人不慌不忙，犯人自己又多少知道具体的步骤，那么他们就能保持镇静。你当然不希望发生什么惊人的事。死刑执行时，每个人都很紧张。你当然也不希望出现任何差错，不希望把犯人吓得临场退缩。

米尔斯曼一向认为，只有他才能向加里解释清楚为什么要给他戴上面罩。他对加里说，这不是个人的事，你得坐在那儿纹丝不动，这样子弹才不至于打偏。稍稍一动，子弹就会横飞出去。如果加里想带着尊严死去，他就必须尊重戴面罩这种非常简单的事。戴面罩实际上就是为了使犯人纹丝不动、使这件事不失尊严地进行。加里默默地听着，一声不吭。

三

星期六下午，吉尔·阿塞从联邦大楼刘易斯法官的办公室里出来，在走廊里被记者团团围住。他们个个激动得发狂。刘易斯法官的正式审判庭设在丹佛第十巡回法庭，他在这儿的办公室虽然很宽敞，但还不够大。许多想旁听的人都挤不进去。

所以，此时一片混乱。照相机来回闪烁，他满眼净是麦克风上的国内外电台标志。阿塞觉得自己就好像走进了马戏团的表演场地。

这种气氛很难叫人不讨厌。几天来，走廊叫记者堵得水泄不通，他每回穿过走廊都像是一场战斗。简直没办法。他戴着眼镜，蓄着两撇八字胡，衣着整齐，但个头太矮，每回都被淹埋在蜂拥过来的人群中。此刻他只好说："我很高兴说两句话，但得到楼下去才行。"那个地方也是人声鼎沸。他耳朵里仍能听见刘易斯法官的话，"你使我陷入困境了，阿塞先生，你知道吗？你把一切全撂在我一个人的肩上了。如果你给我们时间，就会有三位法官审理此案的。"可阿塞提高了嗓门说："好吧，法官阁下，我想这是事实。但我们一定得作出裁决，我们不能躲在委员会后面不闻不问。"他真的说了这些话了吗？肯定是戴尔·皮埃尔的案子使他变得脾气暴躁了。

他越来越相信他的当事人、眼下关在死囚区里的戴尔·皮埃尔是无辜的。在大多数人看来，他的想法简直是荒唐。公众确信，戴尔·皮埃尔是"高保真杀人案"的凶手之一。他把硫酸强灌进受害者的喉咙里，把圆珠笔刺进他们的耳朵中。一位著名妇科医生的妻子在那家音像商店里被杀害，她儿子的脑壳被杀人犯捅穿，造成永久性损伤。这是个骇人听闻的案子，但阿塞却逐渐得出结论，戴尔·皮埃尔是无辜的。他之所以被陪审团判定有罪，是因为他是黑人。在犹他州，最忌讳的就是这种事。在这里，黑人不能成为摩门教的牧师。

于是，阿塞开始了一场大讨伐。说句实话，他为这次讨伐付出了惨重的代价。上次竞选首席检察官时，他的竞争对手鲍勃·汉森把戴尔·皮埃尔一案作为自己演说时最为有力的论点，以很大的选票差额获得了胜利。"这个人为那个把圆珠笔刺入中年妇女耳朵里的罪犯辩护，你愿意他成为你的下一届首席检察官吗？"这句话成了竞选运动中人们私下议论的话题。阿塞对此一筹莫展。你不可能告诉每一个选民是法院委派你做皮埃尔的律师的。事实上，一开始他并不喜欢这一工作，只是后来才逐渐意识到皮埃尔是无辜的。你也不可能对选民说，戴尔·皮埃尔是个内心复杂、性格执拗的人。但目前在吉尔·阿塞的眼里，他是个心地善良的黑人。再说，阿塞一贯反对死刑。

他做好了充分的辩论准备。你没有任何理由可以证明死刑是正当的，除非承认死刑纯粹是一种报复。他要说，如果刑事审判体制的立足点就是报复的话，那么我们的这个体制就是病态的。

所以，在吉尔摩这件事上，他与美国公民自由联合会携手合作。今天他提出了上诉，诉状的内容大胆至极。在惯常的开场白中，阿塞指出，犹他州的法令中缺少强制性上诉的规定，这是违反宪法的。随后，阿塞提出了自己在法律上的新观点。他争辩道，如果依据一条漏洞百出的法令来执行死刑，那么将来就很难让更高一级的法院宣布那条法令是违宪的。没有一个法官愿意对他的同僚说："你知道吗，你处死那个人是错误的。"因此，加里·吉尔摩的死刑威胁着戴尔·皮埃尔的生命。这是个非常有趣的论点，但很难叫人接受。为了引起法庭的注意，你不得不出言不逊。

因此，在一月十日的会议上，美国公民自由联合会把阿塞的大胆观点列在他们议题的倒数第二个。但星期五下午，吉奥克带来了令人沮丧的消息：麦克尔·吉尔摩不愿意签署任何文件。吉尔·阿塞来到安德森法官的法庭。安德森是个信念笃深的摩门教徒，可他是当时能找到的唯一一个法官。虽然明摆着希望渺茫，但阿塞仍不愿放弃自己的论点，并且越来越觉得自己胜券在手。安德森法官仔细地听着，可那个基本问题仍悬而未决，没有人愿意理会他那居心不良的论证，安德森驳回了他的起诉。

在安德森那儿失败以后，阿塞于星期六下午去见了刘易斯法官。不过到了这个时候，他的案子在法律上的弱点逐渐显露出来了。他拿不出统计数字，无法证明以前只有百分之五十的本州居民认为应该处死戴尔·皮埃尔，而由于吉尔摩一案引起的公愤，这个数字已上升到百分之九十。没有事实根据，只凭逻辑推理，不足服人。

结果，阿塞在刘易斯的法庭上也以失败告终。在走廊里，他一边推开身前身后的记者往外挤，一边想，明天他将设法去联邦最高法院。

四

犹他州抵制死刑联合会于星期六下午在州行政大楼会议厅里举行了会议。朱莉·雅各比觉得，会议开得过于拘谨了。唯一个起身发言的外界人士是亨利·希瓦茨察尔德。他的发言不长。如果当地人士能够发言那就再好不过了。布里格姆·扬大学的教授威尔福特·史密斯参加了会议，他是个摩门教徒，是个不可多得的人物。出席会议的还有，弗朗西斯·法利，此人不仅是犹他州参议员，而且还是一位女性，还有犹他州立大学法学院的杰弗逊·福德汉姆教授，全国有色人种协进会盐湖城分会主席詹姆斯·杜贝等。在会议厅入口可以拿到徽章，上面印着"既然杀人有罪，我们为什么还要杀人？"会议程序单上写着："感谢您的捐款。"

霍厄尔数了数，厅里一共有一百七十五人，人数相当可观。到会的许多男男女女朱莉都不认识，不过其中那些美国公民自由联合会的会员她是认得的。这些就是在盐湖城被称为自由派的那帮人。

这是委员会向新入会的成员进行的又一次说教。朱莉心里明白，这种会议毫无用处。人人都知道这是老鼠斗大象。

然而，他们不想袖手旁观。正如朱莉所知，大家都有一个想法，那就是决不能让那帮没有头脑的嗜血狂舒舒服服地度过那一天。全世界都在看着犹他州。他们要让全世界都知道，犹他州的人民并不全是跟着这股强大势力随波逐流的。

事实上，他们也得到了一些舆论的支持。《盐湖论坛报》在第二栏的第一页刊登了一张妙不可言的照片。照片拍的是圣马克大教堂的圣公会教长安德森，背景是一面由几个学生制作的漂亮的旗帜。深蓝色的旗帜上面有"废除死刑"四个白色大字。

《盐湖论坛报》
"官方大屠杀"
抗议者谈犹他州的死刑

盐湖城一月十六日讯——一位圣公会牧师在星期六指责说，加里·马克·吉尔摩的死刑已经变成了一场暴力大庆典。

罗伯特·安德森教长抨击道："这与巴农-巴莱马戏团[①]的表演没有两样。另外还有电影制作权、预订好的坐位、T恤衫以及情书。尽管我们对这些可以一笑置之，但两天之后，在加里·马克·吉尔摩没有上诉的情况下，一支自愿组成的行刑队将要处死他了。"

《德塞瑞特消息报》

盐湖城一月十五日讯——大约有十五到二十名全国教会委员会的主教可望于星期日下午到达犹他州监狱参加星期日到星期一的守夜仪式。

---

① 美国著名的马戏团。

全国抵制死刑联合会的协调人亨利·希瓦茨察尔德把这次死刑称为"一场骇人听闻的暴行"、"一个危险的先例"、"司法杀人"。

五

同一天下午，狱长举行了记者招待会。塔默拉带回了第一手消息，是关于他们打算怎样把加里从一级警戒牢房区押送到刑场去面对行刑队的。萨姆·史密斯还发布了媒体采访条例。从星期日傍晚六点起，新闻记者不得进出监狱的外门。外门在十七号早上六点打开。这就是说，任何记者要想在行刑前的那段时间里进入监狱就只好在监狱的停车场过夜。

现在希勒面前摆着一个问题。如果他在晚上六点钟进入监狱，他就接不到加里在最后时刻可能打到汽车旅馆的电话。另一方面，加里被允许与穆迪、斯坦吉和他自己的亲戚一起度过最后一夜，也许狱长会同意让拉里加入这帮人的。如果有这种可能的话，那最好还是呆在监狱内。这真是叫人左右为难。

正当他在苦苦思索这件事时，塔默拉说："拉里，我想请你今天下午到布里格姆·扬大学去一趟，就加里·吉尔摩的事给社会科学专业开个讲座。""塔默拉，"希勒问，"干吗开讲座？"
"这个嘛，"她说，"是我的主教向我提出的要求。"
希勒想，也许她希望在教会中提高自己的地位。大概她认为自己近来不够活跃。他说："好吧，这倒是一个离开这个疯人院的借口。"

十五日下午，他驱车赶到布里格姆·扬大学，走进了礼堂。礼堂里坐着大约四百名大学生，清一色的摩门教徒。那个领有主教头衔的教师起身迎接他们，嘴里叽里咕噜不知说了些什么。他向学生介绍了塔默拉，说她曾经是这里的学生，现在为《德塞瑞特消息报》工作。塔米起身讲了十分钟的话。她看上去像个极为虔诚、完美的摩门女教徒，正在努力赢得教会的好感。然后，主教介绍了站在一旁的希勒。希勒对学生发表了演讲，那演讲简直就像是新闻界的起诉书。事后他一句话都记不起来了。但他就是有这么个侃侃而谈的本事。如果哪一天他不能滔滔不绝地讲上十五分钟，他那一天心里都不会好受。

过了一会，他问下面有问题要提吗，三十个人同时举起手。希勒点了一个学生。那学生问："希勒先生，请你告诉我们，你为什么要扎加里·吉尔摩的皮带？"

拉里低头看了一眼，上帝啊，他用的是一条加西公司生产的皮带，搭扣正好扣在"G"[①]字的后面。他向那四百个摩门教徒解释了这个缩写字母的意思，然后对那个提问题的学生说："你是一个新闻记者，因为你能从一件事联想到另一件事。这就是新闻。"后来提的问题很简单，非常简单，一点不尖锐。他并不认为这些学生像他们自以为的那样聪明或有头脑。当然，他们对吉尔摩怀有敌意，但摩门教徒心中的敌意往往含而不露，表面上你甚至觉察不出来。不过，这种敌意从他们所提的问题里流露出来了。"你为什么不制作本·布什内尔的故事而要制作加里·吉尔摩的故事呢？"他们这样问他。希勒对他们说，此刻在美利坚合众国的这块土地上，不管加里·吉尔摩是好是坏，他是在创造历史，而本·布什内尔和他的惨死却永远做不到这一点。小伙子们不赞成他的观点，他坦率地告诉他们，他来这儿并不是想取悦于他们，

---

① 加西公司的首字母为"G"，与"加里"的首字母相同。

而是想帮他们认识到事物的另一面。"我不想隐瞒我是什么样的人。"这是他开场白中的一句话。问答继续进行。他们问,他回答,持续了两个小时。

回到汽车旅馆,希勒和一位警察进行了一场轻松愉快的谈话。杰利·斯科特是经穆迪推荐由他雇的警察。斯科特身材魁梧,满头乌发,看上去是个可以信赖的人。他是向警察局请了假来为希勒工作的。显然,他是干这一行的老手了。在同一时间里他只能看守汽车旅馆大楼的一个入口,因此他总是把他的警车停在旅馆的后面,从而把想从后门进来的人吓走。他本人则守在旅馆的左侧。

那天下午拉里刚从布里格姆·扬大学回来,就认出来斯科特正是那个在加里·吉尔摩审判结束的当天开车把加里从犹他县监狱送到犹他州监狱去的警察。哈,一个意想不到的巧合。希勒不禁想到,杰利·斯科特的出现也许是个好兆头。希勒没有亏待他,斯科特每星期的收入高达五百美元。

到了星期六的晚上,希勒决定应该使用一台十六毫米电影摄像机。为此,他和哥伦比亚广播公司商定,由他们派一位工作人员与他合作。他解释说,他需要拍摄监狱坐落在雪地上的远距离镜头,要把整个气氛拍摄进来。这又要花掉三千美元,但他对此寄予希望。后来,他看到胶片才知道,拍得一塌糊涂。那位工作人员除了会成卷成卷地拍新闻片,什么也不行。本来有许多能拍摄出当时气氛的机会,结果全让他给毁了。

他最后又一次试图劝说斯蒂芬妮从纽约回来,她再次拒绝了。他先是要求她,然后是哀求她,但她就是不愿意来。他们俩言辞激烈地争论了好长时间。通常在这种争论中他会占上风的,但这次斯蒂芬妮铁了心了。他简直气疯了。

"你总是批评我。"他嚷嚷道。

"你看不出来吗,"她大声叫着,"我批评你是因为我爱你,我要帮助你。"

从某种程度上讲,他从没像现在这样想和她一刀两断。不过,他不会这样干的。这很有意思,也许这就是他们的关系得以维持的原因。他对自己说,也许斯蒂芬妮并不知道她已经成为一个跟他同生死共患难的赌徒了——这也是他常常要求他第一个妻子做到的事。而斯蒂芬妮有点神经脆弱,她不希望自己受刺激。仅仅几年前,她在一次可怕的车祸中幸免于难,这把她吓坏了。她具有那种温柔娇嫩的美,又是那样的柔弱,这简直叫他无法理解。此刻他心中千头万绪,可他仍对斯蒂芬妮温情脉脉,纵然她不愿和他团聚也不在话下。

六

雪莉·皮特勒被带到美国广播公司新闻部的一间播音室,在那儿她和丹尼斯·博亚兹不期而遇。"你可是如愿以偿了,"她对丹尼斯说,"祝你快乐。"博亚兹看看她说:"咦,雪莉,我们能成为朋友吗?"她对他说:"我可不愿做你那倒霉的朋友。"他站在那儿,显得有点吃惊。过了一会,他转脸对和他同来的人说:"她说她不愿做我那'倒霉'的朋友。"他装着对这话一笑置之的样子,两人便分手各走各的路了。雪莉气得要命,心想,这人来这儿准是想沽名钓誉,他满脑子想的就是要卷进一件具有全国影响的事件中去。

办公室的两位姑娘中,黛比原来是《花花公子》的模特儿,是个娇小漂亮的红发姑娘。她那种个性始终给你一种向上的力量,她工作干得也很出色。另一位露辛达·史密斯,巴里认为更是美得出奇,乌黑的头发,迷人的眼睛,甜美的嗓音,讲起话来悦耳可亲,一口地地道道的加利福尼亚口音。她在那儿时巴里特别高兴。她的感情丰富,动不动就落泪。在最后的几个星期里,她不知哭了多少场。巴里认为,她是办公室里不可缺少的人。像一首合唱,不,像一股清澈的溪水,给他们这个地狱般的塑料汽车旅馆带来了温柔的气息。露辛达从马利亚圣心修女会开办的科弗利斯学校毕业没几年,她曾是那儿唯一的一个长老会教友。巴里得知,她的父亲曾是格若奇欧·马克斯①班子的剧本主笔兼导演,她是在电影城里长大的。那是个与世隔绝的城市,在那儿你就像是掉进了圣弗尔南多峡谷。后来,父母为她举行了一次盛大的初进社交界聚会,这之后她就到加利福尼亚大学洛杉矶分校上学去了。她是一个正统的南加利福尼亚大家闺秀,可现在却不得不听加里·吉尔摩说"交配"、"拉屎"、"撒尿"之类的脏话。

她是通过由两位姑娘经办的独家职业介绍所找到这份工作的。露辛达在大学里主修英语,当希勒打电话给这家介绍所时,代理人马上想到了她。他告诉她,这将是一段有趣的经历。然而,在开始工作前,露辛达并没有与希勒见面,不过她和希勒在洛杉矶的秘书谈过一次话,那位秘书对她说,如果发现她不称职的话,立刻会把她打发走的。这使她觉得,她的这个上司甚至在见面之前就定下了戒律,这倒挺够味的。他们给她的待遇将取决于她工作的好坏,而不是她的社会地位。

另一位姑娘已经比她早一天去了犹他州,她只好一个人从洛杉矶坐飞机去那儿。当她到达厄伦姆旅游大酒店时,希勒先生非

---

① 著名喜剧演员。

常客气地问她:"你想休息一会吗?""不,"她说,"我想马上工作。"她把行囊放下,立刻开始一盘接一盘地听录音带。她的工作速度越来越快。开始时,露辛达一天工作十二个小时,可快到这个周末时,她几乎在不分昼夜地工作。她一点也不想睡觉。这整个事件似乎笼罩在一种阴森可怕的气氛中。她觉得自己情愿和拉里、巴里、黛比他们呆在一起。独自一人呆在自己的房间里时,一想到正在发生的一切,她就心惊肉跳的。

星期六晚上,她确实休息了一会。她打开了电视机,看了一会《星期六晚间生活》节目。他们正在播放一个模仿加里·吉尔摩的滑稽剧。有位演员正在为扮演罪犯的男演员化妆,导演一遍又一遍地说:"这儿光线再强一点,再涂一点眼影。"他们正在准备拍摄他被枪毙的镜头。讽刺意味太强了。没完没了地化妆。她从没料到电视节目竟会那样令人作呕。她一直认为"存在"是个非常古怪的字眼,但此刻外面一片萧瑟,地上覆盖着一层永远化不掉的积雪,她似乎觉得从来没有人踏出过这家配有复印机和打字机的汽车旅馆。

七

巴里·法雷尔正在研究几封加里从前写给尼科尔的信。读到其中一封时,他差点没喊出声来。但已经太晚了,没法向加里问有关这封信的问题了。不是提出问题太晚了——上帝啊,他们已经把什么都问到了——而是要想得到一个能使所有疑点昭然若揭的答案已经为时太晚了。他们本应该在几个星期前就为这个问题作好准备的。

"那时我在俄勒冈州立医院,"加里写道,"是为了躲避一起武装抢劫案的起诉。这时，这个十三岁的男孩住进了医院。他是因为和家里人合不来才被送进来的。他模样俊俏极了，像个姑娘。我一直没太注意他，直到后来他明显地表现出他非常喜欢我。我那时二十三岁。我常常一个人坐着，这时他就会跑过来坐在我身边，伸出胳膊搂住我。他的这个举动非常自然，只是表示一下对我的友谊。一次在更衣室里，他走过来问我是否可以看看我手里的《花花公子》杂志。我说可以，但要吻我一下。伙计，他惊得目瞪口呆！他的两只眼睛睁得跟银元一般大，嘴巴大张着。他说：'不行！'这话说得太漂亮了，我一下子爱上了他。他考虑了片刻，大概是因为他很想看那本杂志吧，便给了我一个吻，或者不如说让我在他唇上轻轻碰了一下。我常常看见他在游泳池里嬉水，我从来没有看见过像他那样漂亮的屁股，他是我所见过的最漂亮的人之一。总之，我们时常接吻，成了非常要好的朋友。我的确被他的青春、美貌和天真所打动了。后来我们中的一个被送到别的地方去了。"

巴里认为这一点极有价值，就是这个"吻"。这是吉尔摩在忏悔。巴里觉得，所有信中这封信是最坦诚的。吉尔摩终于承认了一件一直在他脑海中萦绕的事。在他躲躲闪闪不愿意回答那些有关性的问题时，他心里肯定一直在想着这件事——那些与性相关的问题显然使他不自在。在这个小小的忏悔中，这种不自在消失了。他可以说出来了，一个多么甜美的吻，一段多么美好的时光。

法雷尔并不认为这是一种同性恋。由于环境的影响，像法雷尔认识的大多数在铁窗里苦熬岁月的男人一样，吉尔摩理所当然地会产生这种或那种同性恋情结。在那种情况下，你要么选择同性恋，要么选择手淫，要么就选择禁欲。法雷尔想，几乎没有人会选择禁欲，而那些真心割断七情六欲的人大概也并非是正人君子。不过，吉尔摩与性保持着一种扭曲的、痛苦的关系。像其他许多犯人一样，他的正常的性欲早在很久以前就借助于手淫全部发泄完了。这是任何女人都做不到的事，只有他自己才能扼杀自己的性欲。所以，他并不是在忏悔同性恋。这是吉尔摩在向尼科尔坦白，性生活对他来说既困难又诱人，既遥远又疯狂。

法雷尔决定打破自己的规定，把这封信作为正式面谈的一部分。一场骗局，就是这么回事。正如希勒已经说过的那样，"和我们这种罪孽之人为伍吧！"

接着他又发现了其他一些东西。那次录音还是去年十二月份录的，一直摆在他的鼻子底下：

吉尔摩：对了。（停顿）有一本书我想要看看，但我想你们在普罗沃买不到，也许在盐湖城能买到。书名是《给我看》。这本书里全是孩子的照片。你们能买到这本书吗？大概十五美元一本。

采访者：嗯，我想我们能买到。

吉尔摩：在普罗沃我曾设法买过。好多好多年前，曾经有过这本书的广告。也许在盐湖城这样的地方它被列为禁书了。

采访者：是什么书？

吉尔摩：是本孩子照片的书。

采访者：为什么被禁止发行？

吉尔摩：因为它被认为是本淫书。几年来我不时读到对这本书的评论，所以感到非常好奇。在加拿大和美国的一些地方，这本书被禁止发行，但有人在盐湖城买到了……

采访者：是本启蒙的书吗？

吉尔摩：嗯，水平高极了，真正的经典作品。是德国出的。照片上全是德国孩子。那些照片精致，很有品味，充满美感。这不是一本黄色淫秽图片集，我很想看看这些照片。

法雷尔以前忽略了这盘录音带，此刻他发现了它的价值。那种微弱的、人们赖以互相理解的启迪之光在他心中闪亮了。是的，可以这么说，加里对尼科尔的爱是建立在尼科尔孩子般天真的气质之上的。那个小精灵常常穿着齐膝的袜子，好让加里剪去她的阴毛。他在信中多次暗示了他与罗斯贝丝的鬼混以及与彼得·盖洛万的斗殴。巴里点了点头。你可以说这些都与此有关。无论在监狱内还是在监狱外，那些不思悔改的罪犯最恨的就是虐待儿童的人。这种人在罪犯中最没有地位。吉尔摩一旦失去了尼科尔，长达一星期没能和她见面，他内心就会产生一种天地不容的冲动，那会怎么样呢？如果某些小小的刺激在他的内心引起了不可缓解的紧张心理，那又会怎么样呢？（这种紧张心理已经为那些听他自述的精神病医生所证实。）没有什么比吉尔摩对自己的看法更叫他感到无法容忍了。这个人在做出那另一种越轨行为之前，什么事都能干出来，甚至行凶杀人也不在话下。上帝啊，这甚至可以用来解释为什么他谈到自己行凶杀人时竟似乎流露出一种变态的洋洋得意的可怕神情。巴里后悔极了，为什么自己这么晚才发现这一点。现在对这事他已无法发表意见了。这种事太虚无缥缈了，事实上，这纯粹是一种猜测。如果吉尔摩认为自己有罪并愿意为此结束自己的生命，那就让他带着自己选择的尊严告别人世吧！——千万别对这个人匆匆下结论。事实上，"尊严"这个词的真实含意，又有谁知道呢？

八

星期六晚上接近子夜时，米尔斯曼神父把一级警戒牢房区的厨房布置成一个教堂，说要为加里望一次弥撒。一张轻便金属餐桌被当做祭坛。为了看清楚周围的一切，加里坐在一张固定的桌子上，把两只脚搁上长凳。曾当过祭坛小厮的一位警卫在一旁为弥撒当助祭。

米尔斯曼神父摆好小型祭坛石。在那种情况下，他只能从弥撒用品袋中拿出一块布来作为祭坛石。然后，他又摆上一小块祭坛亚麻布以及圣餐布、圣餐杯、圣餐盘、插在托座上的蜡烛和耶稣受难像。他递给加里一份祷告书，这样加里便能和他一起祈祷。米尔斯曼神父身穿全套弥撒祭服，白色麻布长袍，头巾圣带，左臂上佩着饰带，外加一件无袖长袍。穿着白衬衫和长裤的加里坐在他的对面。

米尔斯曼神父背诵着忏悔祈祷文："……在我的思想中、在我的言谈中、在我的行为中以及在我无力完成的事情中，我犯下了错误，我是有罪的。"那古老的忏悔祈祷文中的"犯下了错误，犯下了错误，犯下了极其严重的错误"在厨房里回荡着。

然后，神父吟诵了一段加里喜欢的赞美诗。根据经验，米尔斯曼神父知道，他对开头几行最熟悉。

赞美主啊，噢，我的灵魂，让我全心全意地赞美他神圣的名字。
赞美主啊，噢，我的灵魂，永远不要忘记他为你做的一切。
他饶恕你所有的罪过：他治愈你所有的疾病。
他从毁灭中挽救了你的生命：他赐予你仁慈与柔情。
他以美好的事物满足你的欲望：你会像雄鹰一样永葆青春。

接下来，米尔斯曼又读了《马可福音》第二章的第一到第十二节。同样，这次他也只读了开头部分："孩子，你的罪过得到了饶恕。"米尔斯曼想,严格地说,他应该吟诵《生之福音》,不过在这种情况下,他认为没有人会为这点责备他。

"这是我的肉体……这是我的鲜血。"米尔斯曼神父一边说一边供上面包和酒,高擎着圣饼、圣杯,充当祭坛小厮的那个警卫摇了三次铃——这是遵照米尔斯曼神父的吩咐——摇了三次铃。

"主啊,我是那样的卑微,不值得您光临我的屋檐之下,只要您开启尊口,我的灵魂将得到拯救。"

米尔斯曼神父拜受了圣餐。他喝了圣酒后,祭坛小厮走过去送圣餐。加里坐在前排的桌上,其余的警卫站在他的身后,他们都是摩门教徒,只能在后面旁观。加里张着嘴,仰着脖,按照传统的方式,用舌头接受了圣饼。米尔斯曼神父注视着加里,看着他像个孩子似的吃赐给他的圣饼,喝圣杯里的酒。米尔斯曼神父站在他身边,一直看着他喝尽了那杯酒。

米尔斯曼神父觉得,这是个美好的夜晚,一切顺利。弥撒开始时,加里曾为自己祝福,随后他一直顺从地聆听着这一切。现在,一切进行完毕后,他开玩笑地对米尔斯曼神父说:"神父,我觉得这酒劲不够大。"

喂,小精灵:

你获准出院后去弗恩家。我已经给了他许多东西,叫他转交给你。

这些东西放在一个黑色粗呢包里,包口已经用胶带封上了——里面有我的影集,一些珠宝,许多本书,几件上面印着"加里·吉尔摩"的T恤衫和几封信,这些信多数都是从国外寄来的。

还有一台索尼牌收音机。

我一直在设法从纽约的阿拉丁珠宝公司那儿搞到一枚神眼戒

指。如果今天我能拿到，我会把它和那些东西放在一起的。

噢宝贝宝贝宝贝我想你！

我全身心地爱你。

我不知道你是否能听到广播，他们放了许多遍我们喜欢的歌曲《漫步在你心灵的足迹上》。盐湖城的KSOP电台一定很偏爱我们，他们为我们播放了《泪谷》。

再过大约三十个小时，我就不在人世了。

人们这样称它——死，其实那只是一种解脱——变换一种形式。

我希望我已经为死作好了准备。

上帝啊，尼科尔，我在我们的爱情中感到了力量。我不认为此刻我们应该理解这力量究竟是什么，我们只应该恰当地使用它。一种理解，它存在于我们的内心。不过，死后我们就能真正理解它。

我的天使，现在是凌晨两点四十五分，我准备合一合眼，过会儿我再给你写几句……

星期日，凌晨两点四十五分

九

教会派去照顾贝西的是一位年轻的摩门教徒，他已经结婚，叫道·希伯拉。他觉得在最后一个月里，他和贝西的关系稍为缓和了一点。有时她仍然不愿让他进去，他就在门外对她说声他爱她，然后转身离去。但有几天，她让他进去了。为此道·希伯拉有点得意，结果不留神犯了个错误，竟对贝西说他理解她的感情。贝西说："你不会理解的。"他想了想，承认他不理解，而且也永远不会理解。后来，他再也没对她讲过这种话。也许这是一个转机，这以后她似乎愿意和他多谈几句了。

星期六晚上他去看贝西,当然这个星期他天天都去看她。贝西显得很镇静,就好像她正在期待法庭作出暂缓行刑的决定。一个星期之前,她一直说她要去犹他州。道·希伯拉想,是加里说服她别去的。道认为,加里如果见到她,将会失去死的勇气。

贝西看上去也许很镇静,但晚上她却睡不着觉。一个星期来,她夜夜担心早晨一觉醒来发现加里已经死了。所以,夜里的大部分时间她都坐着。麦克尔天天晚上从盐湖城打来电话,接到电话后,她也许能打个盹,但不一会儿就会惊醒,然后再也睡不着了。她在漫长的失眠中苦挨着时间,似乎在她的脑海里,她觉得自己手里正拿着一封她不忍打开的电报,电文很可能是这样写的:"我怎么才能见到加里?我怎么告诉他靠什么才能挺过去?"她觉得,当那一刻来临时,自己似乎会被一把利剑截为两段。

她常常想起普罗沃的Y峰,想起父亲临终时她回家的那一天。当时麦克尔和她在一起,那孩子说:"你指给我看看你那座山峰好吗?"那时已经是晚上了,她回答道:"早晨我指给你看。"可到了早晨却大雾弥漫。麦克尔说:"我看不见山了。"那年他才八岁。

"它在那儿,"贝西说,"那座山正在告诉我,我爸爸活不长了。"几天以后他真的死了。

在普罗沃等着给她父亲送终的那些天里,有一天晚上,为了一次橄榄球赛举行了一场集会,满山遍野都是高擎着火炬的布里格姆·扬大学的学生。麦克尔说:"妈妈,快出来看啊,你从没看到过这样的景象吧。"

"噢,麦克尔,以前我也看到过这种景象,"她对麦克尔说,"记住,这是我的山峰。"

她所有的侄子侄女都盯着她看,就好像在说:"你以为你是谁啊？你甚至连家都不在这儿。"贝西朝他们笑了笑。他们不理解她。每当人们问她："你回来是不是因为想家？"她总是回答说："我不想家，但我想我的山峰。它是属于我的。"贝西知道，他们认为她盛气凌人。

回忆完了这一段，星期六的黑夜已经结束了。她迎来了又一个黎明。

第三十章　星期天上午　星期天下午

一

现在是星期天上午十点。我起床后冲了个澡，刮了刮胡子——这以后的第一件事就是锻炼，十分钟的跑步。当我在走廊上跑来跑去时，那些混蛋警卫肯定以为我是疯了。几乎所有的警卫都是肥猪似的懒蛋。

喂，你是个小精灵，是吗？

他们问我准备邀请谁来看我挨枪子，我说：

第一个：尼科尔

第二个：弗恩·达米科

第三个：让·斯坦吉，律师

第四个：鲍勃·穆迪，律师

第五个：劳伦斯·希勒，好莱坞来的大制片商。

我知道他们不会让你来的，我说要给你留一个位子，完全是为你争这份面子。

《纽约邮报》说我是在拍卖位子——

许多人在报纸上讲了许多屁话。

宝贝，你说过，如果我被枪毙……在你身上将会发生什么？

我会的。

我会过来抱住你的,我亲爱的伴侣。

不要怀疑。

我会做给你看的。

宝贝,我一直在逃避某些事,但眼下我将正视它。

如果你愿意与我同去,或者你选择等待——随你的便。

不管你什么时候来我都在那儿等着你。

我向整个世界发誓这是神圣的。

如果你选择等待,我不想让任何人占有你。

你是我的。

我灵魂的伴侣。

真的,是我的魂中之魂。

我的天使,不要害怕虚无,你永远不会感受到那个。

星期天早晨,露辛达正在打星期六的面谈记录,突然间,她控制不住,抽泣起来。希勒转过头去,看见她哭得跟泪人儿似的,就在办公室,就在星期天的上午。

弗恩打电话给拉里,说蜡像馆提出要买加里的衣服,出价高达几千美元。当然,要卖掉这些衣服是不成问题的,但现在得保护好加里最后穿的那些衣服。后来他们决定,最好也对加里的遗体加以保护。监狱将把加里的遗体送往盐湖城一家医院,在那儿加里的眼睛和其他器官将被摘除。希勒决定,在运送加里的遗体时,派一个他自己的警卫。有一个杰利·斯科特这样的警察,他打心眼里感到幸运。杰利·斯科特是监视他们把加里遗体送往火葬场的最合适人选。

吉尔摩:法根说:"你还有机会接到尼科尔的电话。"我对他说:"你这蠢蛋，下流坯，操你的屁股。"他叫着："噢，噢噢噢。"接着又说："我的手被束缚住了不能揍你。"我说："好啊，你的双手被捆住了，来回走走，看是个什么滋味？你是否曾经考虑过一个男子汉的感情？你这臭狗屁！"我还没想好今晚是不是要去探监室。法根会说："哼，在他的最后一夜里，我们待他够意思了。我们让他不受时间限制接受采访，我们让他和他的姨父及他的律师见面。"（笑）

穆迪开始问最后一套问题。

穆　迪：如果在你踏上归宿的途中，你遇到一个前来填补你的位置的灵魂，你会给他什么忠告呢？

吉尔摩：什么忠告也没有。我不希望谁来代替我，嗨，我来代替你吧……更衣室的钥匙在哪里……你们把毛巾放在哪儿了？

穆　迪：我不知道。你会不会告诉他，嗯……什么样的生活正在等待着他？

吉尔摩：去他妈的……这是一个严肃的问题。

穆　迪：我认为他会要求你非常严肃地对待这个问题。

吉尔摩：我和比我懂得多的人谈过话，也和懂的比我少的人谈过。听了他们的议论后，我想我对死只知道他妈的一件事，我对死只怀有一种感情，那就是：死对我来说太熟悉了。我认为死并不是痛苦、残忍的事；生活在世上才是痛苦、残忍的事，因为活在世上只是短暂的一瞬间，人们不会永远活下去的，这是我思想的总结。也许我搞错了。

穆　迪：你知道乔·希尔临终时对世界产业工会会员说了什么吗？

吉尔摩：乔？

穆　迪：乔·希尔。多年前在犹他州被枪毙的那个人。

吉尔摩：他的名字是乔·希尔史托姆吧。他对世界产业工会会员说了些什么？

穆　迪："不要悲伤，伙计们，组织起来！"

吉尔摩：不要警告？

穆　迪："不要悲伤，伙计们，组织起来！"

吉尔摩：我也有我喜欢的类似的话："不要畏惧，不要喘息。"这是穆斯林的警句。我不知道他们是从哪儿得来这个的，但你可以把它用到任何事情上。这句话很有道理，"不要悲伤，伙计们，组织起来！"

穆　迪：你知道战争影片中常说的一句台词吗？"嘴上说不害怕的人不是说谎大王就是傻瓜。"

吉尔摩：这又怎么啦？

穆　迪：这句话和你现在的情况是否能沾上点边啊？

吉尔摩：我没说我不害怕，对吧？

穆　迪：对。不过你对世人说的话里，确实有不害怕的含义。

吉尔摩：为什么害怕？这是消极的。你知道吗，如果让恐惧主宰了你的生活，你就几乎可以把恐惧叫做罪孽。

穆　迪：你肯定已经下决心战胜恐惧。

吉尔摩：此刻我没感到任何恐惧。我想明天早晨我也不会感到的。我从没感到过。

穆　迪：你是怎样做到不让恐惧钻入你灵魂的？

吉尔摩：我想我还是幸运的。恐惧没能钻进来。你知道吗，真正勇敢的人是那种感觉到恐惧却将恐惧置之度外的人。他们能挺身而出，去做他们应该做的事。你不能说我就是他妈的那种勇敢的人，因为我没跟恐惧战斗，更没有战胜它。我不知道明天早晨会怎么样……我不知道我明天早晨的感觉是不是和现在一样。我不知道明天的我与十一月一日的我有没有两样，在那一天我放弃了上诉。

穆　迪：嗯，你镇定得出人意料。

吉尔摩：谢谢你，鲍勃。

穆　迪：我不知道说什么好，我只是真的……

吉尔摩：喂，伙计，此刻我有点粗鲁无礼吧。你们大伙对我的无礼有点不高兴，是吗？

穆　迪：加里，这很难说。我心里感到难受。

说到这里，鲍勃·穆迪哭了起来。过了一会儿，他控制住自己了，又和斯坦吉一起与吉尔摩谈了一会儿。然后他们起身告辞。傍晚时分他们还要来，他们要陪吉尔摩一整夜。他们向外走的时候，吉尔摩说："不要忘了穿背心。""忘了穿什么？"鲍勃问。吉尔摩说："防弹背心。""我会穿的。"穆迪说。"你们大伙要当心。"吉尔摩说。

星期天早晨，弗恩来到一级警戒牢房区，隔着玻璃窗在电话里跟加里谈了会儿话。只有这一次，他们谈到了住在普罗沃的加里母亲的姊妹们。加里很好奇，为什么除了艾达，其余的姨妈们都不来看他呢？他直截了当地问弗恩："你是怎么想的？"

"噢，加里，"弗恩说，"我肯定她们是想来的，但我不敢替她们保证。"此刻，弗恩耳朵里响起艾达的一个妹妹说的话："我可不想到那儿去和他谈什么话。"

加里说："妈妈病得太厉害了，要不然她会来的。"

两人都默不作声了，气氛相当压抑。过了许久，加里开始唱一首约翰尼·凯什的歌。他使劲地翻着眼睛，似乎努力想把歌唱好。

当加里看见弗恩在笑时，便说："好了，我心情愉快了。"弗恩大声地说："我来唱支歌给你听听。"

加里咕哝道："不要唱《老谢泼》。"弗恩以唱《老谢泼》而闻名，每年射箭俱乐部聚餐时，弗恩总要唱这首歌。

"不，"弗恩说，"就唱《老谢泼》吧。"

当我还是个小孩子，老谢泼还是只小狗时，
我们时常在山坡和草地上漫游。
只有一个男孩和他的狗，我们乐趣无穷，
我们就这样一块长大，我和我的狗。

一年年过去，老谢泼越来越老，
他的眼前很快变得一片模糊。
有一天医生看着我说：
"吉姆，我已经救不了这条狗。"

我用颤抖的手抓起枪，
对准了谢泼那忠诚的头，
可我下不了手，啊，我要逃开，
我真希望他们打死我，而不是那条狗。

现在，老谢泼知道他快要死去，
他看着我，舔着我的手，
他凝望着我，就好像在说：
"我们即将分离，但总有你理解我的时候。"

现在老谢泼到了那些好小狗去的地方，
他再也不和我一起漫游，
但如果狗有天堂，那我敢肯定，
老谢泼准有一座漂亮的小楼。

"呸，行了。"加里说。
"今天到此结束。"弗恩说，"这首歌正是你应得的。"

二

全国有色人种协进会的法律辩护基金会在华盛顿物色到一位名叫约翰·夏塔克的律师。他准备为阿塞向联邦最高法院提交一份申请书。星期六下午，阿塞在刘易斯的法庭败诉后，他的办公室通过电话向约翰·夏塔克口授了一份辩护状。星期天夏塔克随身带着这份辩护状去了最高法院，把它递了上去。

华盛顿特区时间晚上六点二十五分，犹他州时间下午四点二十五分，阿塞接到了法院书记官迈克尔·罗达克打来的电话。最高法院法官怀特做了以下批注："要求暂缓行刑的申请已被否决。我被授权宣布，我的大多数同仁都赞同此项否决。布赖朗·怀特，副法官。"

既然这个决议并没有得到一致赞同，夏塔克准备找找其他最高法院法官。如果你能在少数派中找准一个人，也许他会批准暂缓行刑的。这样，你就有机会提出自己的论点。

最高法院法官布莱克姆作出了答复。"要求暂缓行刑的申请是在法官怀特否决后才送到我这里来的，于是我也否决了。哈里·布莱克姆，副法官。一九七七年一月十六日。"

他们尚未和布伦南法官取得联系。华盛顿方面有人建议说，如果阿塞来电话强调情况紧迫，也许会起到推动作用的。布伦南法官已经表现出赞同此类申诉案的倾向了。于是，阿塞搞到一个秘密电话号码，直接给布伦南打了个长途。接通后，那头传来一个声音："我是布伦南法官。"阿塞介绍完自己，刚说了句"我有一件与加里·吉尔摩案子有关的事",那头就惊呼一声"哎呀,天哪!"接着"喀哒"一声,电话挂掉了。阿塞又打了一次,他敢发誓讲话的是同一个人,但那个人却说:"非常抱歉,他不在城里。"阿塞大吃一惊。然而他也明白,他怎么能肯定他能打通布伦南法官的电话呢?

在戴尔·皮埃尔这件事上,阿塞已经智穷才竭了。

三

干等在那儿,让星期天上午和下午白白地过去简直是犯罪。希勒把一张问题单子用图钉按在电话机旁边的墙上。如果他不在时,吉尔摩再打来电话,巴里可以接电话。如果巴里也出去了,两位女秘书中的一位也可以和加里交谈。问题已经准备好了,你用不着"嗯"、"啊"地跟他打哈哈,你也用不着隐瞒身份。加里明白,他们已经开始了倒计时。

然而,希勒的情绪仍然很低落。他本来希望这次面谈能取得可喜的结果,可现在已经彻底落空。麦克尔已经离开了犹他州。随着他的离去,希勒失去了在最后时刻了解加里内心世界的最佳机会。他觉得自己好像已经失去了。谁能相信加里会对莫耶斯如此大动肝火?当麦克尔出来阻止这次死刑时,加里肯定是存心要挫败他,竟一改常态,表现出麦克尔从没见过的大哥哥的姿态。表演得妙极了。他装得好像是希勒真的违背了他的意愿似的。归根到底,关键在于你得对自己扮演的角色充满信心才能蒙住别人。但希勒觉得这样做的代价太高了。

穆迪从监狱里打来电话。"你会接到狱长的电话,"他对希勒说,"你被允许观看死刑了。"虽然报纸上登过这则消息,但拉里至今尚未接到官方通知,所以他一直心急火燎的。如果萨姆·史密斯果真把他拦在门外,他就只好紧急动用法律手段了。上头颁发的法令也许对他有利,但这种紧张形势实在让人捏一把汗。

五分钟后,电话铃又响了。副狱长哈奇说:"史密斯狱长让我通知你,如果你希望亲眼目睹加里·马克·吉尔摩的死刑,那么请于明天早晨六点在监狱门口等候。不准携带摄像机和任何录音器材。"希勒说:"谢谢。请你给狱长捎个口信:我对格斯·索伦森说的话是算数的。我不想违反他制定的任何条例和规定。请让狱长放心,我会按照他的指示行事。"

在最后一次与穆迪的通话中,穆迪告诉希勒,加里想让他们带点酒进去。他们商量了带酒进去的方法。

希勒叫黛比到药房去买两只曲线形的瓶子。"如果药房不出售这种瓶子,"他对黛比说,"那就买瓶咳嗽糖浆,把糖浆倒了。"

黛比问为什么非要曲线形的瓶子不可。希勒只得对她解释说,这种瓶子很像那种能装在屁股口袋里的扁瓶,它在你的衣服底下不太显眼。后来希勒觉得数量还不够,便又派塔默拉到西部航空公司买,说如果能买到的话,就买几瓶他们在飞机上供应的一又二分之一盎司装的酒。可在犹他州,西航星期天从不供应酒。希勒打电话给希尔顿饭店,却被告知他们得等到当天晚些时候才出售或供应酒类。后来他听说盐湖城的一家酒吧出售单人喝的瓶装酒,于是他让塔默拉打个电话给《德塞瑞特消息报》报社,让他们派人去办这件事。希勒估计,他们会为此事召集一次高级职员会议的。

与此同时，带酒给加里这件事使塔默拉动了感情。当然，到了这个时候，人人都喜欢加里了，甚至以前对他嗤之以鼻的人也不例外。

每个人都在思考，杀死吉尔摩到底为了什么？死刑要达到什么目的？希勒能嗅出空气中弥漫着这种情绪。

勃莱斯林一直在办公室里走来走去，诅天咒地："他们竟敢枪毙这个倒霉蛋？这帮狗娘养的！"勃莱斯林甚至对吉尔摩自己想死这件事也火冒三丈。

拉里决定开动复印机，干点活放松放松。机械性劳动会使人感到愉快的。这时，塔默拉走过来说，她报社的人不愿意去搞酒。"我并不在乎谁去做这件事，"希勒说，"找个人吧！"塔默拉给卡德尔打了个电话。这家伙是盐湖城最活跃的摩门教徒之一，你信不信，他竟同意去搞酒，并把这看做是一种高尚的举动！卡德尔认为，应该满足一个快死的人的最后要求。这很了不起，塔默拉的这位哥哥是个非常保守的人，保守得叫你难以相信。

希勒打电话问斯坦吉："狱长能不能让我在死刑执行前与加里见上一面？"斯坦吉说他不知道。拉里又给狱长打了个电话。狱长仍然拒绝与他交谈。希勒对自己说："如果他们真的变卦了，我就马上赶到前大门去。"

希勒研究了狱方为媒体制定的方案，觉得这个方案非常专业化。他大声说："我不相信这是狱长制定的。"方案制定得太实用了。整个夜晚，扩音器将每隔半小时发表一次公开声明，一位监狱代表将不时地出来与记者们交谈。死刑结束几分钟后，狱长将发表声明。再过十分钟,记者将被允许参观死刑现场。这个方案表现出一种驾驭媒体的能力,这一点此前可没有这么明显。更吸引希勒的是方案中巧妙的措辞。他对自己说:"这回有了一个在智慧上与我不相上下的人了。"他突然生出一个简直是白日梦的念头。也许他今天晚上应该见见这个方案的作者,向他解释一下为什么应该放他进去和加里谈谈。"对,"他对自己说,"现在我要作为一名记者进去。"

当然,他已经为这样一种意外事件作好了准备。《时代》周刊的图片编辑约翰·德尼尔克曾经对他说过,如果他愿意,他可以用《时代》的证件。劳伦斯·希勒,作为死刑的目击者,要等到明天早晨六点三十分才能被允许进监狱;而他可以拿着劳伦斯·希勒的记者证在今晚六点进入监狱,比规定的时间早十二个小时。

到了五点钟,希勒实在不想再在厄伦姆等下去了。他把装着酒的咳嗽糖浆瓶装到口袋里,让塔默拉打个电话给卡德尔,叫他在监狱门口等他们。然后他们离开了旅游大酒店。他们到达监狱大门时,许多记者正在往里进。如果以前他们把这种场面称为马戏表演的话,那么现在它看上去更像是吉卜赛人的大篷车队。监狱大门外的那条路上排着一长串电视转播车和电影摄制组、辅助人员、实况转播人员等乘坐的车辆,此外还有许多各式各样的汽车,这些汽车里挤着几百名记者。所有这些车辆正一辆接着一辆通过监狱正门。让希勒吃惊的是,人人都在喝酒。

四

狱方授予新闻报道权时,没有说明记者们能否带烈酒或啤酒进去。当然,这个绝妙的方案中的这点疏忽是故意的。谁曾听说过世界各地的记者云集一处长达十二个小时时会滴酒不沾？再说，天寒地冻的，不喝点酒，他们都会冻僵的。希勒脑海中闪现出三百个新闻记者在凌晨六点钟僵手僵脚地伫立在监狱停车场上的情景。这是一种什么样的场面！没有一个记者会活蹦乱跳地往外发消息了。是的，这的确是个绝妙的方案。示威游行只能在监狱大门外的那条路上举行，那地方离监狱内部远得很。示威者只能在离监狱一千五百英尺的地方高声呐喊抗议口号。如果不是有这个方案，媒体中一些最出色的记者也许马上就会去找示威者进行采访，甚至还会挑唆他们说出一些火上浇油的话。到了早上，有关反对死刑的游行示威的各种消息就会满天飞。所以说，这个方案妙极了。新闻界也许会义愤填膺，但这个方案有一个绝妙的指导思想：把记者全关起来。

当然，第二天的新闻报道肯定带有复仇色彩，不过反正媒体对犹他州一直没有好感。这样做至少黎明时分执行死刑时不会发生骚乱，不会出现所有的人一起往监狱里拥的场面。骚乱在头天晚上六点前后就已经发生，到了早晨记者们的敌对情绪早已磨没了。他们狂喝滥饮了一夜，黎明时肯定一个个都昏昏沉沉的了。到了把吉尔摩从一级警戒牢房押送到刑场的那个时候，记者们会很高兴进屋避避风寒的。他们也许会毫无怨言地等在任何一间关他们的屋子里。希勒敢肯定，这个方案来自华盛顿，至少是出自联邦调查局或者司法部的某个人之手。

希勒通过外门时，他们仅仅问了声："谁？""拉里·希勒。""哪儿的？""《时代》周刊的。"他们就让他往前开了。他沿着下坡往停车场开去，但站在那儿的警卫是伯恩哈特中尉。近两个月前，希勒第一次进去时就是他放行的。那一次，希勒说他是个资产顾问。现在希勒一路驶过去，两眼直视前方，但从后视镜里，他看见伯恩哈特跳进一辆车向他追了过来。希勒便停下车走了出来。伯恩哈特走上前说:"你他妈的滚出去,早晨六点之前你不应该待在这儿。"伯恩哈特竟然尖声叫了起来。他这一叫,大家都开始注意起希勒来了,这是他最不希望的事。

伯恩哈特打开对讲机,不知和谁通了个话,然后他对希勒说:"好吧,你在这儿呆着吧。但你得待到他妈的早晨六点。记住,不许你去见吉尔摩。"他当着那么些记者的面这么一喊叫,希勒的那最后一点掩护被剥得干干净净了。接下来的几个小时里,他将要陷入麦克风的包围之中。

后来,塔默拉偷偷塞给他两只小酒瓶,那是她在门口从卡德尔手中拿来的。记者们跺着脚,说着话,兜着圈子。不一会儿,他们又都回到车里去了。六点钟到了,谁也别想出去了,他们被关在里面了。漫长的冬夜悄然降临到山口堡,给停车场和监狱蒙上了一层黑幕。黑夜越过沙漠,吞没了傍晚的最后一丝微光。

第六部 进入光明

第三十一章　狂舞的夜晚　轻松的消遣

一

朱莉·雅各比很早就去守夜了。和她同坐在第一辆车里的是约翰·亚当斯牧师，他是游行示威的老手了。他要和盐湖县的治安官谈谈守夜人群的御寒问题。

唯一的麻烦是不让他们进入监狱。州警察把他们带到狱门外的那条路上。过了一会儿他们才知道，几乎没有记者能来采访他们。

寒冷伴随着黑夜一块降临了，但他们还是举行了一个礼拜仪式。大约有四五十个人参加。他们借着一位电视台工作人员提供的照明灯读了一段应答祷文。这位电视台工作人员是个好心人，他尽量把灯倾斜到最佳角度，直到所有应答者都能看清祷文。

根据亚当斯的建议，朱莉在家里翻出一些厚衣服带给那些也许衣衫单薄的人。然后这位牧师借了她那辆斯巴鲁牌汽车，一趟又一趟地把新来的守夜者从盐湖城霍华德·琼生汽车旅馆接到集会地点。整个晚上他一直在来回奔波着。

二

下午五点托妮到里面去看加里时，停车场上已经聚集了好多记者。他们在通往一级警戒牢房区的门口把她团团围住。等她出来时，情况将会更糟，将会有更多的记者。她脚踩积雪，沿着两侧是铁丝网的通道往里走，耳边呼啸着山上刮下来的寒风。托妮想起她第一次来监狱看望加里时的情景，那是他生日的前两天。当时她说不准自己是准备原谅他还是永远不会原谅他。当她看见加里由于自己的探访而高兴得手舞足蹈时，她忍不住问他需要自己送点什么。加里想要两件深色无袖运动衫，要特大号的，要那种肩上有衬垫的，这种运动衫即使没有袖子肩膀也不会搭拉下来。那以后她又去看望过他。见面时加里总是对她说："上帝啊，你真美。"每回听到这句话，她都满脸通红。

可这个星期天就不同了。事不凑巧，今天恰恰是她的生日，霍华德一家都要过来吃晚饭。于是，她一边准备晚宴的菜肴，一边考虑着她最后一个晚上去看加里的计划。她很想早点进去探望加里，这样就可以在七点之前赶回来迎接霍华德的家人。

直到六点十分他们才让她进入探监室，然后她还得与其他探监的人一起等上二十分钟。当他们打开门让加里进来时，加里一眼就看到了托妮，他张开双臂紧紧抱住她，就好像想用这个拥抱挤碎冬天里所有的冰块似的。他把她紧紧地抱了那么长时间，托妮还以为他永远不会松手了呢。托妮是和她母亲一块来的，这时艾达说："好了，轮到我了。"加里松开一只胳膊把艾达揽在怀里，可他仍没放开托妮。事实上，艾达刚朝后退了一步，他就把托妮双脚抱离了地面，深情地长久地吻着她的双唇。后来的十五分钟里，他一直搂着她，直到她真的要离开了，他才松开手。

这时加里说："你还会回来看我的，是吧？"托妮早就想到他会说这句话的。他眼睛里流露出期待的目光。"回家吧，"他说，"照顾一下你的家，然后再来。"但这事可不易，撇开她婆家的人不说，整个星期里只有这一天托妮和霍华德才能在一起。霍华德正在犹他南部的建筑工地上干活,只有星期天才回家。

在她回答之前,加里又深情地吻了她一下,以此祝贺她生日快乐。然后穆迪和斯坦吉带着她和艾达穿过两侧是铁丝网的通道,再从此刻已是黑压压一大片的人群中挤出去。托妮这才明白为什么人们把他们叫做新闻界①,他们差一点把她挤死。但是,再也没有比离开这座监狱回去参加她的生日宴会更古怪的事了。

三

星期天早晨六点,鲍勃·穆迪出席了摩门教高级委员会会议。会议一直开到八点。九点半他又去参加了全体教士会议。回来后他把家人送到教堂,从那儿出来后他便去了监狱。从监狱回来时已经是下午一点,主日学校正好结束,他把家人接了回去,和他们一起吃了午饭。到下午四点,让·斯坦吉和他一切准备就绪,开车来到了监狱。

弗恩、艾达、托妮和加里的两个已届中年的表亲伊芙琳·格雷和狄克·格雷都已在停车场等候了。他们和米尔斯曼神父一起被带往一级警戒牢房区。法根中尉今天晚上表现得彬彬有礼,热情周到。犯人们早早地开过了饭。一级警戒牢房区探监室和大食堂之间的两扇门都没关,这样他们晚上可以在这两个地方之间来回走动。这加在一块,空间总算比较大了,长有一百英尺左右,宽也有五十来英尺。另外紧挨着探监室还有两间小屋子,那是为更隐秘的谈话预备的。法根中尉的办公室开着门,厨房以及他们以前跟加里面谈时用的那个带玻璃窗的小间此刻也都四敞八开。

---

① 英语中新闻界(Press)一词有"挤压"的意思。

两道滑动铁门将这些房间与外界隔开，它们的后面就是一级警戒牢房区。探监室的后墙上也有一扇铁栏门，门外是通向一级警戒牢房区的走廊。走廊那头是各式各样的单人牢房。穆迪从没到过那儿，一点也不熟悉那个区域，因此他对那个地方总有一种敬畏之感，就好像那条走廊是通往一处宽大、阴森的古老住宅的地窖的楼梯。就好像你在想像中听到了从那些古老的地窖里传出的呻吟一样，单人牢房区时时传来的哭喊、悲叹和敲击声清晰地传到了探监室，那些声音沉闷低哑，就好像是从岩石底下传出来的。

既然他们准备在那儿度过一个通宵，并想在明天早晨穿戴得体面一点，穆迪和斯坦吉来时都换了衣服。他们带来了脆饼和一些软饮料，后来才知道带这些东西纯属多余。监狱通宵供应点心，有果珍、速溶饮料、饼干和咖啡。后来，米尔斯曼神父找来一台电视机，接通了电源。有人设法带进一台便携立体声电唱机和几张唱片。三四个警卫在厨房、食堂和探监室之间来回巡视，而米尔斯曼神父、克莱因·坎贝尔、两位律师、加里的两位亲戚、弗恩、托妮和艾达则轮流呆在这儿，这些人加在一起几乎可以组织一个晚会了，这还不算那些整夜值班的警卫，他们呆在装有防弹玻璃的小间里监视着探监室。

每隔一两个小时就有人从药房带药过来。随着夜晚向前推移，鲍勃·穆迪慢慢明白了，他们在给加里服用兴奋剂。毫无疑问，药剂师把这看做一种善事，所以不断地把药送进来。夜晚刚降临的那几个小时，加里真的变得越来越兴奋了。一开始，他见到托妮高兴极了，拥抱了她很长时间，带着亲戚间的那种深情亲吻她。鲍勃、让、弗恩和其他人静静地坐在一旁等候着，不想打扰加里见到托妮时的那种高兴劲儿。此外，还有些零碎事要干。警卫拿来几只带有床垫的帆布床，晚间要吃的食品也摆了出来。托妮在那儿没呆多长时间，不一会让和鲍勃就带着她穿过两侧是铁丝网的通道，来到你推我搡的记者群中。要从他们中间穿过去可不容易。等到他们把托妮送上车后，他们觉得自己的双眼被闪光灯烧灼得都快睁不开了，他们的灵魂也被烧灼得狂躁不安。今天晚上，对新闻界来说，他们俩具有一种魔力，他们已经见过加里，可以就他发表一些意见。

他们不停地说"无可奉告"，一边寻找着希勒，一边不停地交谈，引得那些拿着话筒和录音机的记者紧跟着他们。这样一来，弗恩就有机会溜过去和拉里谈话了。

穆迪和斯坦吉也许暂时满足了大多数记者的要求，但记者太多了。拉里和弗恩也被一群记者围在中间。在拥挤中，弗恩只得悄声问希勒："你搞到酒没有？"希勒回答说："搞到了。"弗恩低声说："我怎么把酒带进去？""把那几只小酒瓶夹在腋下，"希勒也低声说，"胳膊肘夹紧点。""好吧，"弗恩说，"但这个挤劲儿，我怎么能把它们塞在衣服底下去呢？"他们被记者紧紧围住，就好像比赛结束后赢队的两位队员被堵截在赛场里一样。

希勒转过身大声吼道："你们能不能让这个人安静一会儿？你们不要追着他不放，往后退退。"他使劲把记者们往后推了推，不仅用手粗暴地推搡，而且用整个身体往外撞，这种近乎歇斯底里的劲头挡开记者是最有效的了。"让他安静一会儿。"希勒一再重复着这句话。记者们往后退了两英尺，或许是三英尺吧，这块空间足够弗恩藏好那些酒瓶了。等拉里转过身去时，弗恩已经准备好返回那个灯火通明的探监室。此时那里面电唱机、电视机全都开着，吉尔摩开始享受他在世上的最后一夜了。

四

小瓶里的酒很快就喝得差不多了。加里隔一会就溜到后面的房间里去喝上一口,一眨眼又转回身来。穆迪想,这太好了,如果这就是加里想要的东西,那么就应该让他享受喝酒的乐趣。穆迪已经多年不沾酒了,但这是件社会性大事。穆迪似乎在心里听见有人指责他说,吉尔摩到了早晨就要去觐见他的缔造者,应该让他保持清醒的头脑,可穆迪想这更像是最后一餐,如果加里想喝个酩酊大醉,他有这个权利。他想,加里故意装出在最后一刻不需要半打装酷尔斯啤酒的样子,是因为他不想让世人觉得不给他鼓劲的东西,他就不敢面对死亡。但此时,药劲和酒劲都已经上来了。

然而,看着加里那副快活、微醉的表情,使人觉得这是一个美好的夜晚,再说,加里并没有喝得烂醉。他甚至把一个警卫带到后面的那间办公室里,给他喝希勒送进来的装在药瓶里的酒。

鲍勃自己呢,他很想走上前去,跟加里握握手,拥抱拥抱他,脸对脸地瞧上他一秒钟——没想到这么多星期后,这种原本十分简单的事竟发展为一种迫切的要求。事实上,这是没有紧急事务需要讨论的第一次面对面的会面。看到加里放松身心享受这个夜晚,真叫人高兴。

时间过得既轻松又惬意。在那几个小时中,让和穆迪常常起身去厨房喝杯饮料。伊芙琳·格雷和狄克·格雷也常常溜来溜去,弗恩也是如此。这里没有那种分分秒秒一去不复返的揪人心肠的感觉,也不像狱外那般沸沸扬扬。外面的律师们也许正在准备申请暂缓行刑呢。

五

傍晚时分，当他们第一次踏进这个房间时，加里正站在那里。玻璃间隔装置已经被拆除，加里完全可以走上前来与他们接触。斯坦吉热情地迎上前去与他握手，并伸出双臂搂住他，差不多算是拥抱吧，其实是肩头强健肌肉的碰撞。斯坦吉想，如果你愿意这样想，他们能够聚在一起也是一种胜利。他沉浸在这种喜悦之中。

后来晚些时候，气氛仍然轻松愉快。让开始讲述他在布里格姆·扬大学拳击队的经历。加里说，他对拳击也略通一点。于是他们便起身比试起来。让本来认为，他们俩的比赛至多不过是象征性地来两下子，但加里执意要像模像样地比一局。他不过是个街头斗殴者，根本不是真正的拳击手，只会劈头盖脸乱打一气。让只能东躲西闪避免被打中。当然，防守那不是比赛的目的。不过吉尔摩有几分那种想法。兴致盎然，拳头出手越重，他心里越开心。他握紧拳头向让进攻，让只得用肩膀和双手抵挡。加里的天性中肯定是有几分刻薄的。不过，整个比赛还是很像一场玩笑。加里对自己拳击的打法评论道："我不喜欢先出手，我是反击型的。"话音未落他就给了让一拳。让闪身躲过，用肩膀抵过去，压得吉尔摩动弹不得。然后让跳到一旁，加里又冲了过来。这不是你平时参加的那种正常的拳击赛：先轻打一下，然后退回，让人们看看你其实能够重重地击中对方。加里只是一拳接一拳的狠击，有那么一两拳几乎把让打翻在地。当然，头二三十秒钟内，让自我感觉良好，动作也比加里敏捷。但一分钟刚过，让就开始气喘咻咻了，毕竟他比加里大几岁，加里又比他高一二英寸，手臂又长。很快，这场比赛使斯坦吉产生了他每次走进一级警戒牢房区时都要产生的感觉：所有的犯人都知道，只有躯体是属于他们自己的，所以他们锻炼得身强力壮；他们的存在对你的心理造成一种压力，就好像他们的躯体在说："伙计，我有权比你更自由。"叫让感到高兴的是，他终于抓住一个机会一把逮住加里，紧紧拥抱了他，然后他咧嘴一笑，表示拳击比赛到此结束了。

拳击赛后，加里打了几个电话。让听见加里在和西部乡村音乐电台讲话。他开玩笑地说，他们的节目糟透了，接着又感谢他们播放了《漫步在你心灵的足迹上》这支歌。后来他走进法根的办公室，给他母亲打了个电话。当然，让并不想听他说了些什么，但加里出来时情绪很激动，因为他还能够打电话给约翰尼·凯什。后来，加里开始坐立不安，就好像电唱机里放的歌曲让他心神不宁，并且没有人陪他跳舞。然而，屋里的气氛仍然很和谐。那场拳击赛在加里和让之间建立了一种亲密的关系。到了晚上，大家的情绪时起时伏，不过气氛仍然很正常，就像任何一个漫长的夜晚一样，总有高潮和低潮期。在一个平静的时刻，加里走到让身边，说有事要和他谈谈，想和他单独待一会儿。他们避开众人，在探监室的角落里找了一条长凳坐下。

加里两眼直勾勾地看着让的眼睛，说他有五万美元。他那双淡灰蓝色的眼睛看上去很像某个奇特早晨的天空，在那种早晨，你很难根据黎明的曙光来判断即将到来的是明媚的一天还是阴郁的一日。"真的，让，"他说，"我有五万美元，或者确切地说接近五万美元，我要把这笔钱给你。我要你做的就是等会你再到外面去时，把你取外套的钥匙留给我。"那些衣服眼下锁在后面一个小房间里的一个贮物柜里。"眼下闹哄哄的，"加里说，"警卫不会知道的。你把钥匙留给我就行了。"

"你脑子里在想些什么？"让问道。让简直不能相信自己的反应竟如此迟钝。"喂，什么，真的，加里，你脑子里到底在想些什么？"他又问了一遍。突然他明白了，更觉得自己双倍的迟钝。"让，"加里说，"如果我能穿着你的衣服通过那道双层门，我就能出去了。再往外走就没有别的障碍了，除了那个外门，而它总是开着的。我只要攀上那道铁丝网，在上面打个滚就能过去了。铁丝网最多在我身上划几道口子，那没关系。""然后你就跳下去？"让问。"对，"吉尔摩说，"跳下去拔腿就跑。如果我能顺顺当当地从那儿出去，我就算逃出去了。你把那些衣服留给我，好吗？"

现在让才明白，加里为什么坚持每天做那些费力气的健身操。他强迫自己逼视着加里的目光。为了自己，让不得不回答他："加里，从一开始，我们的交易中就没有欺诈的成分。"然后他又逼着自己说："我和你的关系已经非常亲近，我愿意为你做一切我能办到的事。但我不能危及我的孩子和家庭。"加里点了点头，承认让说得有理。他看上去并没有垂头丧气，反倒好像是充满信心似的。

让记起来了，托妮和艾达离开时，加里有过一次小小的表演。他戴上托妮的帽子，穿上艾达的衣服，假装要和她们一起走出那道双层门。当时，一切都显得那么滑稽，每个人，包括在门口站岗的新来的警卫，都哈哈大笑起来。让以前从没见过这个年轻的警卫，但如果这个警卫当时错误地打开那道双层门，加里就走出去了。哈！让完全明白了。这家伙是说真的。如果他不得不蹲大狱，他情愿去死，可如果他能跑出去，那就是另外一回事了。

六

弗恩坐在长凳上，力图忘掉膝盖内的疼痛。眼前发生的一切使他感到悲哀和疲倦，他的胃里正在翻江倒海般地折腾着。此刻弗恩感到自己内心非常激动。他知道自己的脸肯定板得像石块，可他感到越来越难控制住自己。有那么一会他的感情差点爆发出来——可又不知该哭还是该笑——加里竟对着电话说："你真的是约翰尼·凯什吗？"你听见过比这更疯狂的话吗？

此刻，加里头上戴着一顶弗恩在阿伯塔森食品店为他买的罗宾汉射手帽。这帽子有点大，但买的时候只剩下这一顶了。当时弗恩看看艾达，说："反正他喜欢穿戴稀奇古怪的东西，就买下来吧。"你怎么可能仅仅因为一个人喜欢戴稀奇古怪的帽子就喜欢他呢？唉，今天晚上加里的一举一动都充满了爱，弗恩从没见他感情如此丰富过。世界上最让加里受不了的还是监狱。他对监狱的态度甚至有几分滑稽。他咧嘴笑着，一遍遍地说："这是我的最后一个夜晚了，他们再也不能惩罚我了。"听了这话，弗恩心里一酸，又差点落下泪来。他记得很久以前他来探监时，加里说："弗恩，再谈这件事也没有用了，我杀了那两个人，他们已经死了。我没法让他们起死回生。如果可能的话，我会这样做的。"

七

过了一会，斯坦吉觉得心里乱糟糟的，加里的那个越狱建议仍然搅得他心神不定。于是他对大伙说："喂，去吃比萨怎么样？"接着他问法根中尉："我们能出去吗？"人人都支持这个建议。斯坦吉身上只有六美元，米尔斯曼神父捐献了一点，法根拿出两美元，其他警卫也要出钱。弗恩想了想，走上来说："大伙都不要掏钱了，我出钱买比萨，你们只管帮我买就行了。"

法根主动提供了一辆车并派了个警卫为他们开车。让、鲍勃和那个警卫出了大门后在停车场停了一会儿。斯坦吉溜下车，在人群中转了一圈，找到拉里，对他说："加里想在凌晨一点半左右给你打个电话。"希勒说："好吧，我和你们一起出去。"

到这个时候，已经没有记者来跟希勒纠缠了。寒冷赶跑了所有的人。人们全都待在自己的车里喝酒驱寒。希勒顺着墙根悄悄溜过来，神不知鬼不觉地来到警车跟前。坐在前排位子上的那个警卫问："你是谁？"希勒只说了一句话："我要跟你们一起出去。"说完他钻进汽车，躺倒在后排的坐位上。与此同时，斯坦吉被一位记者拦住了。五分钟之后，他和穆迪才上了车。汽车一路驶出去，外门自动打开了，他们顺利地开出了监狱。希勒从坐位上站起来，大伙一起放声大笑起来。

如果他们把拉里一路送回厄伦姆，监狱里的人肯定要怀疑他们为什么会去那么久。所以，他们最好把车往北开到盐湖城近郊去。在那儿希勒可以打电话给他的司机，这样他就仍然能在子夜前赶回汽车旅馆，在那儿等候加里的电话。

必胜客连锁店是唯一一家还没打烊的店铺，而他们是最后的一批顾客了。他们要了火腿比萨、蒜味腊肠比萨和辣味香肠比萨。鲍勃·穆迪想，他们的选择肯定会使每个人都大吃一惊的。在一家食品店他们又买了一些啤酒。回到监狱后，他们的车子被搜查了一遍，啤酒被没收了。他们气坏了，可搜查他们的那个警卫非常固执，他说酒精饮料是不允许带进监狱的。具有讽刺意味的是，他竟没有检查一下装比萨的盒子，他们完全可能在盒子里藏上五支小手枪的。他们进了外门，沿着入口处的那条路一直驶到行政大楼前面才停下车。瞭望塔上的哨兵从上面往下对他们喊，监狱已经作出规定，不许带比萨进来。他的喊声简直像是天上乌云里传来的上帝的声音：决不许带进来。

他们正和哨兵争论，又传来了新的指示。他们可以带比萨进去，不过不许加里吃，因为在最后晚餐的菜单上他没有要比萨。

穆迪能想像得出，此刻狱长办公室里正开着一个气氛紧张的重要会议。什么？从外面往里带食品？不行！来到一级警戒牢房区门口时，他们才知道他们只能站在外面就着寒风吃比萨，这下差点没把鲍勃和让的肺气炸。等他们进去后，法根中尉说，这件事叫他感到非常非常难堪。法根是个小个子，白头发，蓄着胡子，瘦削的身材。他一向是个说话干脆、和颜悦色的人，现在他对他上司的做法很是过意不去。过了一会，一个警卫过来说，加里可以吃一个比萨。当然喽，加里是不能走近那些食物的。加里看了一眼烘得焦脆的比萨，说："我希望我的最后一餐能使大家都愉快。"

与此同时，米尔斯曼神父一趟趟匆匆进出，把监狱行政大楼里正在发生的事情向他们报告。穆迪想，他也许是一次次向狱方报告他们这里发生的事情吧。

这个插曲过去后，人人都产生了一种被羞辱感。昨天晚上，加里可以随意点一百来种菜肴中的任何一种，狱长在菜单上签个字，他今天晚上就能享用这个佳肴。可现在已经太晚了。两个药剂师又给他送进来一些药片。他不能吃比萨，不过他可以服用兴奋剂。斯坦吉想，形容监狱当局做法的最恰当的词就是"太棒了"。

他们还听说，斯特林·贝克和鲁丝·安·贝克没被允许进来看望加里。监狱查阅了斯特林的档案，发现他犯有前科。两次违反交通规则，这真是个了不起的犯罪记录，太荒谬了。穆迪自言自语咕哝道，太愚蠢、太混账、太顽固了。

八

在托妮的生日晚会上，她前后接到几十个朋友打来的电话，因此,她无法分心去想加里的事了。但她仍一遍遍地对母亲说:"我想去监狱。"艾达回答说:"好了,宝贝,所有那些记者现在都知道你是谁了。"托妮想:"好吧,我五点起床。"

托妮婆家的人早早就走了。她和霍华德坐在那儿聊天。她明白,霍华德能感觉出她多么想和加里待在一起。当然,她也不想离开霍华德,再说,还有那些记者!闪光灯刺得你睁不开眼,记者提问时你甚至能听见他们的神经在劈啪作响。这是她生平第一次感到自己像一只和其他动物一起关在一只笼子里的动物。

霍华德肯定看穿了她脑子里的念头。他说:"走吧,宝贝,我帮你躲过那些记者。"于是,他们给艾达留了张条子,就开车走了。他们到达监狱时,已经快十点了。他们用了足足四十五分钟才通过大门。到那个时候,警戒已经非常严了。警卫们熟悉托妮的面孔,但没见过霍华德,他们不肯放他进去。托妮只得去找狱长,这意味着她得一个人从站在监狱行政大楼外的那些记者中间挤过去。

萨姆·史密斯不同意霍华德进去。托妮觉得,如果自己再去央求一次,狱长或许会发点慈悲的。但霍华德不愿意进去,他一再说:"你怎么能坐下来和一个几小时后就要去死的人交谈呢?"

他们打开那道双层门,托妮看见她爸爸和加里一起坐在一张帆布床上。弗恩昏昏欲睡,加里却神情紧张。但他们肯定已经习惯了人们进进出出,因为当第一层门在她身后砰然关上,第二层门打开时,他们甚至连眼皮都没抬一下。当加里看见她时,她已经站在屋里了。加里一下子跳下床,把她举到空中。他说:"我就知道你会回来的。感谢上帝,你又回来了。"

他举起她转着圈子，紧紧地拥抱她，深情地吻着她。弗恩说："你这会儿回来干什么？离天亮还早着呢。"说完他离开了他们，让他们单独待在一起。

他们坐了下来，开始交谈。加里握着托妮的双手说："我希望我们有更多的时间在一起。""我也很难过。"托妮说。

"这个嘛，"他说，"你难过也许是有原因的。如果我们之间早点建立起友情，今天晚上也许就没多大意思了。"后来他问托妮想不想看尼科尔的照片。他拿出一只捆起来的纸盒，小心翼翼地解开带子，拿出尼科尔儿时的照片。"另外那些，"他又说，"如果你不想看，就不要看了。"可他还是拿出了几张画得极美的尼科尔的裸体像，还有一整套快照，这种快照你花上五十美分就能照四张。照片上，尼科尔袒露着酥胸。显然，这些照片对加里来说极为宝贵。托妮想，照片照得并不下流，含意很深。加里又一张张拿出尼科尔五岁、八岁和十岁时的快照，口口声声地说尼科尔那时是一个多么美丽的小姑娘。

托妮说："她现在也是一个美丽的女人。"老是这样谈论她是个小孩子长得如何如何有什么意思呢？

加里说："我希望，我能再见她一面。"

加里把那只盒子捆好，又打开另一只盒子。里面全是他同牢狱友的照片。他告诉托妮，他们是在哪个监狱坐的牢。几个警官拿着药走进来，把杯子递给加里说："现在就把它们吃了。"加里问："你们肯定不信任我，是吗？"他们走后，托妮仍然单独和加里坐在一起。他掏出安内特很久以前给他的那块饰板，说："我想把这个送给尼科尔。"就在这时托妮认定，加里肯定一直很天真，要不然他不可能把这玩意留给尼科尔了。

电唱机一直开着,加里说:"跳舞吧,我有好多年没跳舞了。"说完他们站了起来。托妮有一次听加里唱过歌,唱得难听死了。但现在她觉得,他的舞姿比他的歌声更糟。然而,她喜欢跟他跳。坐在地板上翻看加里的东西时,她觉得自己与加里那么亲密。和布伦达一样,托妮结过四次婚,有两次婚姻仅仅维持了几个月。她第四次结婚是和霍华德,现在已经有九个年头了。这是一次美满的婚姻,不像以前那几次有那么多的麻烦,但托妮从没感觉到此刻涌上心头的那种特殊感情,就好像在短短的几个小时里,她已经了解了加里的一生。

音乐的节奏加快了,加里把他那顶滑稽的帽子扣到托妮的头上,把她的头发搞得一团糟。他们跳呀跳呀,她使出全身的力气跟着他转圈子。跳完以后,加里说:"我跳舞从来都跳不好,不过我确实没有多少跳舞的机会。"他们相视而笑。加里告诉她,他和约翰尼·凯什通过电话。电话不太清楚,不过他还是问:"你真的是约翰尼·凯什吗?"听到回答后,他大叫道:"哈,我是真的加里·吉尔摩。"

他们又坐了下来。加里说:"今晚我在你身上发现了这些年来我在布伦达身上发现的气质,我多么希望我能更公平地在你和你姐姐之间分配东西啊。"看到托妮那副迷惑不解的样子,他又说:"我给了你和霍华德三千美元,但给了布伦达和约翰尼五千,很抱歉,我没在你们之间公平分配。我以前没有真正了解你。"托妮告诉他,钱不算什么。

加里说:"今天晚上你对我来说是许多人的化身。你是尼科尔,你是布伦达。在某个方面,你又像我记忆中我母亲年轻时候的样子。"托妮不知道自己是否理解他的心,但她想,他肯定产生了一种强烈的冲动,很想再一次拥抱他的母亲。托妮想起了布伦达。布伦达多么想今天晚上和加里在一起啊,然而此刻她却不得不躺在医院里。托妮有一种奇怪的感觉,觉得自己既是她本人又是布伦达,似乎她们俩正一同搭在加里的臂膀上跳舞。

每隔一会,就有几个警卫走进来和加里握手,加里总是问:"你们想要我的亲笔签名吗?""当然啦,加里。"他们也总是这样回答他。于是,加里就借支钢笔在他们的衬衣口袋上或者袖口上签名。托妮觉得,这些警卫全都表现得像是真心喜欢加里。当药剂师又进来时,加里说:"这就是那位照顾我的老伙计。"药剂师咕哝道:"是的,你那些鬼把戏把我忙得够戗。"

托妮一直提醒自己,霍华德正在外面停车场上冻得直打哆嗦呢。终于她对加里说:"明天早上五点我把我妈妈带来。"加里说:"明天早晨我想要你和我在一起。"他伸出双臂又一次紧紧地拥抱了她。"谢谢你今天晚上来陪我。"他再一次把托妮举起来。"一个凉爽、宁静的仲夏之夜,一间充满爱的房间,你照亮了我的整个夜晚,托妮,你让整个夜晚都充满了爱。"他伸出双手抚摸着她的脸庞,然后又捧起她的脸颊,在她的额上吻了一下。"今晚你把我的尼科尔带给了我。"他说。然后他又紧紧地拥抱了她。托妮说:"我得走了。"

加里陪着她走到门口。"明天早晨见,"他说,"回去吧,照顾好艾达。"然后他又加了一句,"向霍华德问好。霍华德也想要来看看我,他心肠真是太好了。"托妮一边往外走,一边想,就让他认为霍华德没有进来的唯一原因是狱长不允许吧。第一层门在她身后关上后,加里双手抓住铁栏看着她,直到他们打开了另一层门,放她出去后把那层门也关上了。托妮穿上了衣服,离开了那儿。她再也没能见到加里。

九

到那时为止,这天还真像次聚会,人人都心情舒畅,也没有出现什么麻烦,只有比萨那件事大煞风景。可现在,托妮走后,加里又一次对比萨事件发起火来。他紧绷着脸,显得很烦躁。让记得当时加里气哼哼地一遍遍重复着:"我不要吃最后一餐,因为他们想捉弄我。"让知道眼下自己一点不想和加里谈话。

穆迪也是如此。死的阴影已经降临到探监室。在这之前,它已经在那儿了,但那会儿它给每个人带来了力量,可现在它却像烟雾似的从门底下悄悄钻了进来。已经是深夜了,一切全都静悄悄的,电唱机也关上了。弗恩已经睡熟了,狄克·格雷和伊芙琳·格雷正在打瞌睡。让跑到厨房跟警卫闲聊去了。就在这时,加里走到鲍勃面前。

"你不愿意和我换衣服,是吗?"他问鲍勃。鲍勃回答说:"是的,我不愿意。"加里绘声绘色地描述着,只要鲍勃把衣服给他,他将如何如何脱身逃出去,警卫不会注意到的。他可以装成鲍勃·穆迪,大摇大摆地走出那道双层门,走出一级警戒牢房区,再爬上铁丝网,快得叫你简直不敢相信。然后,他只需朝前翻几个滚,这样最多在身上划一两道口子,这没有什么,跳下铁丝网他就可以跑了,伙计,他们不会发现他的。这是个严峻的时刻。"我知道,"加里说,"如果你答应,我就能从这儿逃出去。"只需鲍勃到贮物柜里把衣服拿来放在角落里就行了。如果鲍勃同意戴一会儿加里的那顶滑稽可笑的罗宾汉帽,那就更好了。那个睡眼惺忪的警卫注意的只是加里·吉尔摩的那顶罗宾汉帽。但鲍勃说:"不行,我不能这样做,加里,我不会同意这样做的。"

克莱因·坎贝尔整个夜晚都在进进出出,所以他意识到了气氛的变化。最初的几个小时里,你会觉得这种气氛像是圣诞节的早晨。但后来坎贝尔不得不在晚上七点三十分离开那儿到盐湖城去讲演,直到临近子夜时他才赶回来。到那个时候,这儿的气氛已经大变样了。早些时候,一个警卫一直坐在帆布床头上,吉尔摩坐在中间,坎贝尔自己坐在床尾。闲聊中间,吉尔摩伸手从枕头底下拿出一瓶样品威士忌。"哎唷,"坎贝尔喊了一声,转过脸去不看那酒瓶。"我没看见邪恶,没听见邪恶,也没有说什么邪恶的话,但请吧,伙计,请吧。"吉尔摩放声大笑。这是早些时候。

预约的演讲结束后,坎贝尔匆匆赶回监狱,甚至没停下来吃点东西。走进探监室他才发现人人都饱吃了一顿比萨,全吃光了。空着肚子的只有他和吉尔摩。当他们俩单独在一起时,坎贝尔说:"这次看来你是必死无疑了。"

"死刑将如期执行,"加里说,"现在他们已经不能再制止它了。"

"你要知道,"坎贝尔说,"我们还会再见面的。无论另一个世界是什么样子,对你我来说都一样。"说这话时,他们正在法根中尉的办公室里。加里仍然戴着那顶插有羽毛的帽子,那顶帽子看上去像是属于奇卡·马克斯[①]的。"这没有什么,"坎贝尔说,"不管是你的宗教信仰正确,还是我宗教信仰正确,总之,我们还会见面的。加里,不管你是死还是活,我要你知道,我一直把你看做一条好汉。"坎贝尔想,太可怕了,他和吉尔摩在一起的时间越长,他就越意识不到加里是个杀人凶手。说句实话,直到那时,大部分时间里,吉尔摩看上去都不像个会动手杀人的家伙。至少,与坎贝尔每天看见的无论是穿制服还是穿便装的大多数人的面孔

---

① 著名喜剧演员。

相比，他看上去不像个凶手。

米尔斯曼神父对穆迪和斯坦吉说，他已经见过两次行刑，因此在这一点上他几乎比任何人都内行。他告诉他们，自己是怎样说服了狱长和他手下的人，今天晚上务必把明天早晨死刑的每一个实际步骤都预演一遍。他们已经这样做了。监狱里的一些官员同意进行一次空弹演习并排练每一个步骤，这样明天他们行刑时就能显得既镇静又威严。他们已经演习了全过程，有个人还带了只计秒表，测定了时间。为这样一个重要过程测定时间是正常的，从头至尾的演练一遍行刑过程也是十分重要的。

第三十二章　天使遇见恶棍，魔鬼遇见圣徒

一

十二个多小时前，也就是星期天中午前，厄尔·道罗斯接到了迈克尔·罗达克打来的电话，说吉尔·阿塞正在申请暂缓行刑。一个多小时后，他又打来一次电话。怀特法官已经驳回了阿塞的申请。此后华盛顿方面再没有传来进一步的消息。厄尔很有把握，阿塞的法律手段已经用尽了。于是，那天他第一次松了一口气，带上妻子儿女到岳父家去了。可是近傍晚时，他刚回到家，鲍勃·汉森就打来电话，说金克斯·戴勃尼要求当天晚上审理纳税人诉讼案。审理将在里特的法庭进行。

不过，厄尔最初的反应是，这没有什么大不了的。戴勃尼拿不出任何证据来证明这次死刑用的是联邦税款。这不过是他孤注一掷罢了。

道罗斯和彼尔·巴雷特走进新屋饭店的大厅时，金克斯·戴勃尼与他的同事兼顾问朱迪丝·沃尔贝奇已经等在那儿了。鲍勃·汉森也已经到了。在场的还有比尔·艾文思和戴夫·施温迪曼，外加一个侍者。大家在新屋饭店按十九世纪风格装饰的大厅里坐了下来。这个地方展现了西部荒原的真正优雅处，具有介于宫殿和妓院之间的那种风格。笨重的家具上覆盖着鲜红的天鹅绒，地上铺着红色的地毯，两侧白色楼梯扇形般散开，组成两个半圆，最后又在夹层楼面上汇成一条甬道。这个大厅宽敞、规则，现在看上去有点破旧了，不过这家饭店眼下很引人注目，因为法官里特的下榻处设在这儿。然而，几个小时之后，它又将默默无闻了。

里特正在楼上他自己的房间里。他肯定知道，美国公民自由联合会的律师和首席检察官都在楼下等候，但他并没有什么表示。鲍勃·汉森想，如果里特准予暂缓行刑那该怎么办呢？应该打个电话给刘易斯法官。作为第十巡回法庭的成员，刘易斯法官的地位比里特高一级。他能推翻里特的裁决。汉森打电话问刘易斯法官，他能不能在那天晚上稍迟点的时候在盐湖城召集一次特别听证会。

可刘易斯法官说，他不能自己一个人召集这样一次听证会。一个联邦法官要推翻另一个联邦法官的裁决，这个责任太大了，特别是这一决定牵涉到一个人的生与死。

到了九点钟时，戴勃尼紧张起来。他让总台接待员再一次通知里特法官他们已经到了，接着又把自己的法律文件送上楼去。出乎戴勃尼的预料，里特很快打电话到楼下，叫所有人到街对面的法庭去，一位治安警卫会让他们进去的。

戴勃尼把这一消息告诉汉森时，语调十分平缓。他的祖籍是弗吉尼亚，所以他的全名是弗·金克斯·戴勃尼（弗代表弗吉尼亚）。他夏季穿泡泡纱服装，冬季则穿粗花呢外套，戴着角质架眼镜，是个面无表情的家伙。他说话时态度冷淡、傲慢，就好像他十年前就认识你了，用不着提高声音跟你说话。显然，他不想造成戏剧性场面。他做得很成功，甚至能够让他这种缺乏戏剧性的方式本身成为一种戏剧性。不过当厄尔听到这个消息时，他产生了一种戏剧性反应——一种这个案子肯定败诉的感觉。他猜想，里特法官甚至可能根本没有考虑过这个案子，此案的法律论点非常薄弱，并且提交得也太晚了。不过，想到鲍勃·汉森甚至不会和他们一起出庭时，他不禁发起愁来。鲍勃认为，如果他在法庭上露面，他们胜诉的把握会受到威胁，所以他决定避开。他说他准备去睡一会儿，这更使厄尔忧心忡忡，听鲍勃的口气，好像他要去养精蓄锐，以备不测。

走在法院的走廊上简直就像是走在鬼魂出没的地方一样，黑糊糊只有几盏照明灯发出幽暗的光。律师们各自在桌后坐定后，一些刑事和庭审记者鱼贯而入。到了这个时候，人人都觉得气氛非常严肃。他们等了很长很长时间，里特才出庭。

厄尔在首席检察官助理的桌后——在这个案子中这是被告席——落了座，望着原告席上的金克斯·戴勃尼和朱迪丝·沃尔贝奇。他极力使自己平静下来，一再拿上次自己没能以适当的方式盘问希勒一事来提醒自己。没有用，他心里的火气还是直往上蹿。他觉得，美国公民自由联合会拖到现在才向法庭起诉是完全不正当的。他并不在乎他们的案子是否能站得住脚。把那些哪怕只有一丝半毫道理的事提交出来也是合理的，甚至在百分之九十九的事实和有关法律条文对你不利的情况下，你也可以试一试，但在死刑刑期的前一天晚上才提出起诉却是说不过去的。如果厄尔的办公室没把大量的工作时间用来解决这些问题，那将会怎么样呢？要不是他们有先见之明，美国公民自由联合会肯定会打他们个措手不及的，如果那样的话，对犹他州就不太公平了。

二

在原告席那一边，朱迪丝·沃尔贝奇也同样窝着一肚子气。金克斯·戴勃尼是个优秀的庭审律师，而她本人却很少涉足此类案子。所以，朱迪对美国公民自由联合会委派她参与此案非常恼火。嗨，一个如此重要的案子，他们怎么能让她和金克斯来担当此任呢？她没有这方面的能力，金克斯又不十分情愿。毋庸赘言，金克斯是个出色的律师，但他毕竟不是美国公民自由联合会的狂热追随者。金克斯在盐湖城前途无量，对一个正在崭露头角的年轻的法律界天才来说，在狂热的摩门教徒中以民权自由倡导者而出名，并没有什么好处。那些来自东部大公司、在美国公民自由联合会中地位显赫的人物都到哪儿去了？他们倒是应该到这儿来为他们伟大的自由事业贡献才智的。把这样一个既重要又有意义的案子留给本地的新秀，她实在无法理解。

朱迪用尽了她所知道的手段，甚至连她把她自己和梅尔文·贝里的谈话记录转交报纸发表一事也讲了出来，想以此来吓住鲍勃·汉森。如果犹他州因为首席检察官本人的过错而损失几百万美元，那首席检察官肯定要大祸临头了。但朱迪枉费了一片心机，汉森的回答古怪而傲慢。汉森说，犹他州的死刑法令毫无疑问是符合宪法的。没有问题？哼，只有一个白痴州议会才会通过一项对死刑判决不强制上诉的法令。即使在保守派中，对死刑也是极其谨慎的。谁也不赞成大屠杀。甚至从保守派的观点看，维持死刑的最好方式是坚决施行所有保证不轻易开杀戒的措施。然而犹他州——古老善良的犹他州——却忽视了制定强制性上诉的法令。还有谁比这些人的智力更低下呢，白痴吗？

尽管如此，朱迪还是认为这起纳税人诉讼案太牵强了。这件事中唯一能让她聊以自慰的是那些她写给州长、副州长、首席检察官和狱长的信。所有的信中都谴责了不公正的行为和不合法的费用。朱迪真希望能看到他们读信时的表情。这些信是由她女儿送去的，唉，女儿是个很有政治头脑的姑娘，这也许是因为她的血管中流淌着她那位犹太父亲的血吧。当她发现自己的母亲靠打官司赚钱时，她感到非常不安。她认为这是错误的。一个人不应该为钱而瞻前顾后，而应该毅然决然地提交政治性诉讼。朱迪·沃尔贝奇想，天哪，感谢上帝她会有这种想法。不过，要不是有她女儿作信使，这个星期天朱迪的那些信也许就根本送不到任何一位被告的手里了。由此可以看出，美国公民自由联合会是多么缺乏人力和物力啊。

三

金克斯·戴勃尼一边等着里特，一边想着他听说的那些有关里特法官的传闻。根据那些熟悉里特的人的说法，里特把自己看做疯狂的荒漠之中唯一有理智的人。里特常说，人们谴责他，说他对后期圣徒教会怀有深仇大恨，这种说法是不对的。他认为摩门教徒不配做他的仇人。里特法官出生于天主教家庭，如今只信奉美利坚合众国宪法，而非任何宗教，他决不能容忍任何试图以宗教信条来影响人们思想的做法。不过，里特特别讨厌的是摩门教会拥有土地，经营银行，并且控制着政治家，这一点比他们的宗教信条还让他反感。他认为这些做法太愚蠢了，全是约瑟夫·史密斯所谓的奇迹。从另一方面讲，他决不会仅仅因为他们是摩门教徒就作出对他们不利的判决。里特觉得，自己更尊重的是案子中的事实真相。

摩门教徒也好，非摩门教徒也好，里特对不称职的律师的态度使许多精通业务的律师提心吊胆。有一次，他对一个律师的工作非常不满意。他问那位律师收了他的当事人多少钱，后者回答说五百美元。里特于是说："这将算作罚款。"接着又对当事人说："你已经付过钱了，你用不着再付一个子儿给你的辩护人了。"那个可怜的律师恨不得一头钻到桌子底下去。另外一位律师讲话总是低声细语的。里特问他："你为什么要悄声耳语？"那家伙回答说："因为我害怕。"即使是一位经验丰富的庭审律师，他走进里特法官法庭时的感觉也会像普通人走进牙医诊所时的感觉一样。然而，里特思想敏锐，很快就能看出辩论将会向何方发展，远比牙科医生找到蛀牙的速度快得多。里特不能容忍那些浪费时间的人。你做工作不仅要好，而且要快。

甚至里特的拥护者也承认，里特的这种急性子给他带来了许多麻烦。一件案子一旦真相大白，他立刻作出判决，绝不会去劳心费神写一份引用五十个或一百个法律条款的详细意见书。因此，第十巡回法庭总是抱怨里特的案卷不齐，然后撤销他的判决。稍后，最高法院又总会维持他的原判。联邦最高法院维持他原判的比率与巡回法庭撤销他原判的比率正好一样。"他们太愚蠢了，看不出我是正确的。"他总是这样评论第十巡回法庭。

当然，里特对那些法官的智力持蔑视态度是不明智的。这种态度使他认识不到第十巡回法庭撤销他的判决只会给他想维护的那一方带来极大的损失。等到两三年后，最高法院才会批准他的判决，但这为时过晚，对原先胜诉的一方已经帮不上任何忙了。

其中一部分传闻在盐湖城许多法院越传越玄。戴勃尼和那些熟悉里特的人谈过话，他们告诉他一些里特的私事，说那些有关他私生活的传闻是不真实的。实际上，里特过着一种孤独的生活。大部分时间他只是从新屋饭店他住的房间里走出来，穿过大街到街对面法院他的办公室去。他有个既贪杯又好色的名声。也许从前他在法学院执教时曾经如此，但近年来没人看见过他与任何女人来往。他也极少饮酒。有人说，本城最好的酒吧就是里特法官的办公室。这倒是真事，里特的书桌底下确实摆着一些好酒，有时他会邀请一位律师进来和他喝一杯，但他根本算不上是个酒鬼。医生告诫他不要喝得过量，这么多年来他确实一直遵照医嘱。事实上，如果你想认真探究这件事的话，这几年没有任何人看见他喝醉过。一次在去旧金山旅行时，他的书记官克雷格·斯迈费了九牛二虎之力找到一瓶里特最喜欢的格伦·利维特苏格兰威士忌，但里特把这瓶酒在他的书桌底下放了整整六个月后，又原封不动地还给了斯迈。他不能喝那酒，他的身体状况不允许他喝。他会犯心脏病，或者不得不每隔三四个月就去做次手术。然而，手术两周后里特就会回到法院，看上去像个鹤发红颜的奥林匹克老运动员。你根本不会相信这家伙恢复健康的速度。

不过，他总是形单影只，只有几个多年来认识的律师朋友和几个旧时的记者朋友。自从摩门教徒在哈里·杜鲁门执政时期告了他那些状之后，里特便一直离群索居。只有一次有人看见他和许多人在一起，那是在某年的圣诞节前夕，他坚持要克雷格·斯迈带着他的妻子来参加晚宴。他们到达饭店时，里特已经租好了一间房，里面有二十五个人围坐在一张大桌子周围，全是些带着儿孙的老人。人人都喊他"比尔"。这些老人全是他青年时代的朋友。直到那时克雷格·斯迈才意识到，法官也是有血有肉的人，也有自己的昵称。

在这样长时间的等待中，回忆一些里特的轶事会让你觉得心里热乎乎的。所以，戴勃尼饶有兴趣地想着里特与野马的故事。一些印第安人控告联邦政府在他们的保留地围捕了几百匹野马，并把这些野马关到畜栏里。里特裁决，每匹马政府应付两百美元给这些印第安人。政府提出上诉，里特的裁决被推翻了。但这个案子后来又回到他手里。在下一次审判中，有一位酋长作证说，那些野马是礼仪用马。基于这一点，里特裁决每匹马值四百美元。

后来里特私下里对几个朋友说，他之所以认为政府应该付钱，而且应该付一大笔钱，是因为有证据表明那些马已经被装进一辆敞顶、围有栅栏的卡车内了。有一匹野马的腿从栅栏里伸了出来，本来工作人员可以打开门把马腿拉进去，但这事挺费劲。于是，有人拿来一根链锯把那条马腿锯了下来，这些马反正是送去加工狗食的。里特说："这一点表明政府对我们的马毫不在乎。"

此刻，戴勃尼对自己说，里特总是让你心情激动。离开他的审判室后，你会对自己说："整个国家里找不到另一个这样的法官了。"你是胜诉还是败诉已经无关紧要。而重要的是，你有了一段绝妙的经历。嗨，勒尼德·汉德法官曾写道，在他所认识的那些法官中，威利斯·里特是最有思想的人。这一点你不得不相信。

四

里特最后来到法庭时已经是星期天晚上十点多了。厄尔想，里特法官看上去仍是那样的生气勃勃，真让人吃惊。朱迪·沃尔贝奇被他那天神般的嗓音打动了。其实，里特不过说了句："看来文件已经准备妥当，我将开始审理。"朱迪却一下子被迷住了。这么一种缓慢、深沉、共鸣极强的声音，这样一个坦诚、可爱、严峻的人。如果上帝是个年近八旬的老翁，那么洪水来临时，里特肯定会成为一个仁慈的上帝。

朱迪注意到，吉尔·阿塞碰巧也在法庭上，出庭的还有正在城里的一些第一流的自由派律师，例如理查德·吉奥克和他的合伙人丹尼·伯曼。如果你也是一位自由派人士的话，你就会把这些人看做是盐湖城自由派的基石。有他们作为听众，金克斯打响第一炮不在话下。再说，金克斯也喜欢开庭审判。在目前这种压力下，他没有表现出丝毫的畏缩。金克斯以一段简练、恰到好处的陈述作为开场白，这正好说明他是个成功的律师。朱迪想，如果是她发言，她肯定会把时间浪费在滔滔不绝地嘲笑首席检察官汉森如何如何没有胆量出庭上，这样说肯定会坏事，而金克斯则相反，他一下子抓住了正题。

戴勃尼出席里特法官的法庭已经有二十五至三十次之多了，其中有两次是有陪审团参加的审判。也许是因为那些传闻吧，他讲话时一直摆脱不了那种焦虑感，惟恐在哪一点上冒犯了里特。而一旦冒犯了他，他肯定会作出不利于你的裁决。里特法官喜欢言简意赅的发言。戴勃尼知道，今天晚上自己讲得太多，这有点冒风险。不过，多说两句肯定会给自己这个不堪一击的案子增加点分量。

"阁下，"戴勃尼说，"事实上，为了争取公正的裁决，我们已经在这个国家的所有法庭上努力过了，这是最后一次努力。我们认为，在死刑法令既没有通过犹他州高级法院审查，也没有通过联邦最高法院审查的情况下，犹他州决定处死一个人是完全不符合宪法的。我们将努力制止这次行刑……"

戴勃尼没有把他的辩论词一一写下来，他发言的要点都在他面前的五大堆案卷中。在发言过程中，他可以随时伸手拿起各种记录，阐述其中的要点。但首先他必须扼要地提出申诉。既然这是一桩纳税人诉讼案，他的论点必须以公用基金正在被"非法地"使用为出发点。于是，现在他指出，假如发现犹他州的法令是违宪的，那么犹他州要对此负法律责任。

结束他的开场白后，戴勃尼决定补充提出一个没有依据的请求。这一点并没有写入他的辩护状中。他说："我们最近获悉，如果尼科尔·巴雷特暗示吉尔摩先生应该不惜一切争取生的权利，他也许会考虑这样做的。"鉴于这一信息只是在与美国公民自由联合会的其他几个律师讨论后，以及与斯坦吉进行了一场匆忙无益的谈话后得出的猜测，所以戴勃尼赶紧加上一句，"我们不敢肯定我们已经获得了提出此项请求的依据，但如果吉尔摩先生是处在这种特殊的精神状态之下的，我们应该允许他当着巴雷特太太律师的面与她进行某种形式的会面，也可以当着法庭指派的精神病医生的面，这样我们就能确定吉尔摩是不是想改变立场。考虑到我们面对的是一个人的死刑问题，我觉得这一要求丝毫不过分。"

戴勃尼之所以讲这样一番话，是因为这话听起来合情合理。这番话可能会把里特法官朝美国公民自由联合会这边推一推，使他的判决对他们有利。常常是这样，要胜诉这样的案子，你不仅要拿出大量的法律依据让法官信服，而且也得说些投其所好的话。过一会戴勃尼要论证为什么犹他州的死刑法令是站不住脚的。里特也许会认为美国公民自由联合会是正确的，但他仍然会说："加里·吉尔摩自己要死，这还有什么可说的？"不过如果你提出，只要让吉尔摩与尼科尔见上一面，也许他就会改变想死的念头——这一点嘛，戴勃尼认为，里特法官也许会感兴趣的。

接着，这位律师的发言开始涉及法律上的是非曲直。他说，犹他州的法令中没有强制性复审的规定，这样就取消了一项至关重要的预防措施。不管被告的意愿如何，你都得对死刑判决提出上诉。要不然在以后其他案子中你怎样才能保护其他的被告呢？早先的法官也许已经犯下一些严重的法律错误，而这些错误很可能又会被重演。

接下来，戴勃尼援引了宪法。每个人都知道，里特自五十年前在法学院执教以来，书桌上一直放着一本破烂不堪的宪法。于是，金克斯说，此案违反了第八和第十四修正案。这两条修正案规定，死刑判决不能"出尔反尔"或"独断专横"。

厄尔·道罗斯肯定要引用在贝西·吉尔摩诉讼案中最高法院大多数法官的意见。所以戴勃尼必须先发制人。他大声读道："加里·吉尔摩完全知道他有权向犹他州高级法院提出上诉，然而他故意地、明智地放弃了这一权利。"戴勃尼说，这番话意味着吉尔摩有权上诉，不过他拒绝行使这一权利。但人们必须记住，强制性复审的问题尚未提交法庭。的确，怀特法官说过，吉尔摩不能够"放弃上诉复审的权利"。而伯格曾经对此补充说："眼下我们面前不存在这一问题。"戴勃尼争辩道，这就是为什么最高法院在审理贝西·吉尔摩诉讼案时没有就这一问题作出裁决。相反，基于他们在格雷格对佐治亚州、普罗菲特对佛罗里达州和朱丽克对得克萨斯州几个案子中作出的判决，可以说最高法院是支持那条准确地说是强制性上诉复审的法令的。此外，科林斯对阿肯色州和尼尔对阿肯色州两案却被最高法院驳回，就是因为没有进行强制性复审。

"阁下，"戴勃尼说，"这个法庭是伸张正义的最后一个场所。"他以这句话结束了他的开场陈述。

五

道罗斯开始答辩。他说，他们之所以在这个法庭上，据说是因为"联邦政府的钱正在被非法地用在……处死加里·吉尔摩上。"然而，厄尔声明说："据我们所知，联邦政府并没有为此次行刑专门拨款。"

辩论已经到了一句话便可以决定一切的紧要关头。里特法官第一次开了口。"戴勃尼先生，"他问，"对这个问题你有什么看法？"

"请法庭注意，我们获悉管教处一九七六到一九七七财政年度的预算中包含有联邦政府拨款，总数达五十万一千美元。"

道罗斯回答说，这是一般性拨款。他说："原告不能证明这笔钱中的一部分将被用在此次行刑上。"

戴勃尼已经作好了回答这一问题的准备。"有五十万联邦基金已拨给了犹他州的监狱管理局。我认为犹他州监狱管理局与拟议中对加里·吉尔摩的行刑有某种关系。"但里特没有表态，他似乎准备让他们在法庭一直待下去。戴勃尼却不想在这方面再费口舌了。

厄尔·道罗斯肯定会对这一点进行抨击的，但戴勃尼手里还掌握着最高法院的决议这张王牌。即使是最无把握的纳税人诉讼案，这条决议都能增加诉讼分量。然而，戴勃尼不想过早地把它甩出来。这个决议已经有十多年的历史了。最高法院后来所作的决议削弱了它的威力，最好还是把它留在最后，这样就不会给对方多少回旋的余地。

道罗斯接下来的论点是:"今晚提出这些问题的借口是最后一刻的上诉,但实际上这些问题原告至少在两个月之前就已十分明白了。"他们拖延了那么久才提起诉讼。在格姆波兹对蔡斯一案,即一九七一年最高法院对一桩校内种族隔离案的裁决中,最高法院法官马歇尔明确表示:"在正常情况下,将发布一条禁令,"但那个案子递上来时已为时太晚,所以马歇尔法官把它驳回了。道罗斯说,美国公民自由联合会在"死刑执行仅九个小时前"才提交这一诉讼案,"这与格姆波兹案极为相似。原告把时间拖得太久,他们迟迟不愿行使自己的权利"。

接下来是比尔·艾文思代表首席检察官办公室发言。他争辩道,最高法院在死刑案中仅仅坚持两个条件:其一,必须有单独审讯和调查听证会,犹他州已经做到了这一点;其二,无论是谁作出判决,量刑必须依照既定标准,犹他州的法律体制也具备这一条件。此外,最高法院从没说过强制性上诉是唯一能满足以上两条的方法。

接着是彼尔·巴雷特发言。他说:"原告旨在以这桩纳税人诉讼案来制止死刑,而不是去制止非法挪用税收款项。他们没能表明,他们提出这一经济问题诉讼案具有理由充分的立足点。"这既是个短处也是个长处。戴勃尼觉得,是甩出最后一张王牌的时候了。

"阁下,请允许我发言,"戴勃尼说,"在谈论立足点问题时,巴雷特先生遗漏了一个很重要的案子,那就是弗拉斯特对科恩案,联邦最高法院是在一九六八年对此案作出裁决的。阁下,那是一个纳税人诉讼案,目的是杜绝参众两院滥用某些基金。最高法院首席法官沃伦先生写道,提出这个案子的唯一依据是此案的原告是联邦政府的纳税人。然而,沃伦首席法官发现,事实上这个案子具有理由充分的立足点。"里特法官抬起头来,"再说一遍。"他说。

戴勃尼觉得,眼前是关键时刻。无论有没有立足点,他都得编出一个来。他解释说,沃伦首席法官在纳税人诉讼案中找到的依据是"钱的数目和法律利益的种类之间的平衡问题"。如果在一桩纳税人诉讼案中,被起诉之事虽然对公众权利并不构成重大威胁,但所牵涉的钱的数目却相当可观,那么这就是一桩理由充分的合法诉讼案。"从另一方面讲,如果法律利益有着异乎寻常的重要性,那么法庭就没有必要特别关注经济利益。"如果一边稍低,你就得设法抬高另一边。在戴勃尼看来,既然死刑是终极判决,你似乎就不必拿纳税人的钱来作为立足点。权利那么重要,钱的数目就显得微不足道了。

六

这以后戴勃尼觉得把握越来越大。里特没作回答,但戴勃尼觉得自己脚下的立足点越来越稳固了。此刻他能够对案子的另外几个方面进行抨击了。

"他们说,吉尔摩先生在犹他州高级法院出席过一次听证会,"戴勃尼说,"阁下,那次听证会的唯一目的是问吉尔摩先生:'你想上诉还是不想上诉?'他回答说:'我不想上诉。'他们又问:'你知道你在做什么吗?'他回答说:'是的,我知道。'于是他们便说:'好吧,我们取消你的上诉权利。'这就是他们在那儿举行的听证会。吉尔摩先生不想上诉这个事实并没有免除犹他州高级法院接受上诉的权力。必须进行强制性的、有效的上诉复审，而犹他州高级法院二十分钟的听证会也绝不应该那样进行。不管吉尔摩先生想要什么，犹他州高级法院必须受理此案。如果他们不受理此案，我们就无法知道对吉尔摩先生作的死刑判决是不是违背了曾由联邦最高法院解释过的宪法第八和第十四修正案的精神。而要弄清这个判决是否'出尔反尔'或'独断专横'，只有一个办法，那就是把吉尔摩的案子与其他所有死刑上诉案进行比较，而吉尔摩的案子并没有与其他任何案子比较过。使我无法理解的是，犹他州高级法院甚至没有审判或者判决书的副本。"

艾文思站了起来。"阁下，我们认为，如果联邦最高法院作出裁决，吉尔摩已经明智地、自愿地放弃了上诉权，而事实上，法院又认为吉尔摩必须上诉，这显然是不合逻辑的。以我们之见，这两条完全互相抵消了。"

戴勃尼回答说："我认为犹他州根本没有理解我们提出的问题。我们关心的不是加里·吉尔摩放弃上诉权利的事，而是犹他州处死一个人这件事是否违背了第八和第十四修正案。他们可以这样出尔反尔、独断专横地行事吗？能够检验这一问题的唯一方法是从上诉角度把吉尔摩一案与其他所有死刑案相比较。"这时，里特法官插话了，他的声音中第一次流露出尖刻的语调："我认为，我理解这一点。"戴勃尼点了点头。他从里特的话里听出了警告的弦外音。"阁下，我将以此结束我的辩论，我只是想表明，我们相信我们已经为这桩我们认为是合情合理的诉讼案提供了全部证据。我们只是想表明，这是我们的最后一次机会了。我们谨请求法庭签署一项恰当的临时约束令，暂缓执行吉尔摩先生的死刑。谢谢。"

犹他州方面没有作进一步的发言。深夜十一时三十九分，里特法官宣布休庭。

七

起初，朱迪丝认为他们已经赢了。这是一个理由充足的案子，双方都详尽陈述了各自的观点。法官没有催促任何人，法官也没作出什么旁敲侧击的暗示。里特法官几乎没说一句话就退庭了。此刻唯一的麻烦是他躲起来了。二十分钟后，他仍然没有露面。朱迪·沃尔贝奇开始着急了。

一个小时后，里特还没有回来。她不知道正在发生什么事情。如果里特这么长时间避而不见，他的判决肯定对他们不利。她想，在戴勃尼的精彩发言之后，从伦理道德上讲，要维持吉尔摩的死刑判决一定让里特感到非常为难。如果法官这么长时间一直回避，他一定是不好意思露面。朱迪又一次深切地感到，他们的论点是多么不堪一击啊。

在法庭的另一边，厄尔·道罗斯却得出相反的结论，他得出这个结论也完全是因为法官迟迟不露面。通常里特不写出自己的判决，而是在法庭上当众宣布。有时，律师刚结束辩论，一转眼的工夫裁决就出来了。里特要是写下自己的判决，那就说明他想拿出一份论证严密、条理清楚、能打消任何上诉念头的文件。麦克·迪莫赞同厄尔的想法。他到外面给鲍勃·汉森打了个电话，告诉他，他们可能会败诉的。汉森对迪莫说，如果真的败诉了，判决书宣读完毕后，他们应该都回到州议会会堂去。

这是一段时间很长的休庭，律师们和新闻记者们混在一起，每个人似乎都有点坐立不安。厄尔的精神沮丧极了,他觉得,这最后几天简直快把他累死了。诉讼案一个接着一个,比小鸟飞过头顶还快。

大约在这个时候,在五十英里外,诺亚尔·伍顿已经躺到了床上,可他睡不着。午夜过后,整个普罗沃市万籁俱寂,可他仍然睁着双眼。他等待着早晨六点钟的来临,他的调查员将开车来接他,把他送到州监狱去观看行刑。

第三十三章 吉尔摩的最后一次谈话录音

一

大约凌晨一点的时候,大伙全都睡得迷迷糊糊的。加里走进法根中尉的办公室,打电话到旅游大酒店找拉里·希勒。希勒一直守在电话机旁。他一把抓起电话,上个月所有的问题一下全涌到了他的嗓子眼。"你好吗,老弟?"这是他问的第一句话。

"很好,"吉尔摩说,"你想问我些什么?你想知道些什么?"

"有几件事我想再问一遍。"

"我可以告诉你一些有关我个人的事吗?"

"可以,我愿意听你讲一些有关你个人的事情。"

"你惹恼了我弟弟,"加里说,"我很不高兴。"

"是的,我在录音带上已经听你讲过了。"希勒对加里说。

"哦,我想告诉你一点有关我个人的事,但我又不喜欢这样做。"

希勒想:"听他讲话的声音,他好像挺清醒的。他的意思肯定是说:'让我们开始吧。'"

拉里清了清嗓子。"好吧,我就从这里开始录音,好吗?"

"请吧。"

希勒很快转到正题上:"在这个时候,加里,在凌晨一点……"

"对不起,请再说一遍。"吉尔摩说。

"在凌晨一点,"拉里读着一张卡片上的问题,"你认为你仍有必要隐瞒你生活中的某些事吗?"

"哪些事?"

"我不是要你告诉我你隐瞒的是什么,你明白吗?我只是问你是否想隐瞒。"

吉尔摩叹了口气。"你能问得具体点吗?"他问。

"这个嘛,比如说,"希勒问,"你在杀死詹森和布什内尔之前还杀过其他人吗?"

也许这多半是希勒的幻想,但他认为一个人命在旦夕时会很愿意把自己的内心展示出来的。希勒真的想知道吉尔摩从前是不是杀过别的什么人。

"你以前杀过人吗?"希勒重复了一遍。

"没有。"吉尔摩说。

"没有。"希勒重复了一遍。又一个挫折。一阵沉默。在这个问题上已经没法问下去了。他不得不试着从另一个方面询问。

"你和你母亲或你父亲的关系中是否有什么隐私,"他问道,"甚至在临死之前你都不愿讲出来?"希勒一直在考虑,一个母亲和她儿子究竟会有一种什么关系,才使她不愿前来看望这个儿子。即使躺在担架上她也应该来一趟啊!希勒不能理解这一点。这里面肯定有某种深藏的敌意——加里对她做过什么事,或者她对他做过什么事。哪怕他只能得到一丁点线索也好啊。但没有人能接近贝西·吉尔摩。戴夫·约翰斯顿曾受《洛杉矶时报》的委托去过一次波特兰,但没能和她谈上话。如果戴夫·约翰斯顿都不行,那你就别想叫这个女人开口了。

"该死,"吉尔摩在电话里说,"一听到这种问题我心里就来火。别人说了些什么我不管,但我对你说过的那些话全是他妈的真话。伙计,我母亲是个出色的女人,四年来她受尽了风湿性关节炎的折磨。她从没发过牢骚。怎么样,这算是告诉了你点什么吧?"

"这他妈的是告诉了我不少。"希勒嘶哑着嗓子说。

"我们还是小孩子时,我老爸进过许多次监狱。"吉尔摩说,"他是个酒鬼。我母亲常说:'唉,他又出去了。'她只能随他去。她真是尽心尽力。伙计,她总是守着我们,我们总有东西吃,总有人把我们的肚子填饱。"

"很好,"希勒说,"我相信你的话。"

"你的母亲怎么样?"吉尔摩问。

"我的母亲,"希勒说,"是个强健结实的女人。她天天干活,她常常把我和我哥哥放在电影院里。我们天天看电影,而她则天天为我老爸擦地板。"最近几年里,希勒根据自己的经历得出结论,人类的多数动机来自留在他们脑海里的电影情节中的行为。如果你讲的话能引起对那些电影情节的回忆,你就会依它们行事。所以,刚才他告诉加里的不过是一部电影中的场景。事实上,希勒家经济拮据的时间只有几年。在那段时间里,他母亲不得不常常擦地板,但一个关于一个人跪在地板上度过一生的故事无疑会对吉尔摩起到劝慰作用的。

"我的母亲是餐馆里的杂工。"加里说,"她没有多少钱,却要想方设法保住我们家那座漂亮的房子。那房子周围有一条很好的环形车道,你可以开车绕着房子转一圈。她要保住那座房子,她要保住那些东西。可她全失去了。打那以后,她就搬进了一间活动房。但她从没为此抱怨过。"

"伙计，你真的爱她，是吗？"希勒问。

"该死的，是这样。"加里说。"我一句也不想听那些该死的混账话，说什么她对我怀有恶意。我不想听；她从来没有打过我。"

这个时候，电话里传来了插话。"喂。"一个声音说。"喂。"加里也打了个招呼。"是法根先生吗？"那个声音问道。

"你是谁？"加里问。

"我是狱长。"

"我是吉尔摩，"加里谦恭地说，"我正在打电话，这是法根先生同意的。"

"好吧，谢谢，"萨姆·史密斯说，"请原谅。"然后他挂掉了电话。听狱长的口气，他不太情愿挂掉电话。这使希勒觉得自己最好能抓紧点。

希勒身旁桌子底下的地板上躺着巴里·法雷尔，他正戴着耳机通过录音机上一根短短的外接线听他们两人的谈话。希勒很想看看巴里的表情，以了解一下巴里的反应，但从他坐的那个角度上，他只能偶尔看见巴里的手在一张3英寸乘5英寸的卡片上写着什么。

希勒最后一次试着让吉尔摩回答那个他们一直无法让他作出回答的问题。"我相信你的运气一直不好，"希勒说，"你陷入了困境，变得易躁易怒，但你不是个杀人狂。一定是出了什么事，才使你变成了另外一个人，开枪打死了詹森和布什内尔……也许是某种感觉，某种情感或者某个事件？"

"杀人这种事我一直能干得出来。"吉尔摩说，"我不喜欢我自己的这一方面；我可以变得对其他人毫无感情、铁石心肠。我知道，我干的一些事他妈的简直坏透了，但我还是继续干下去。"

这不完全是希勒希望听到的那个回答，他希望能听到一段插曲。"我还是不理解,"他说,"一个人的脑子里到底发生了什么,能促使他去杀人。"

"喂,你瞧,"吉尔摩说,"听着,一次我在波特兰街上开车,我只是开着车转悠转悠,我的心情有点兴奋。这时我看见两个家伙走出一个酒吧。当时,我只是个小伙子,伙计,十九岁或者二十岁的样子吧。这两个人中有一个年轻的墨西哥裔,和我差不多年纪。另外一个大约四十岁,是个老家伙。我说,喂,你们想不想去看看姑娘们? 上车吧。他们便从后面上了车。我开的是辆四九年的雪佛兰,有两扇门,是斜背式车身的,你明白吗?他们上了车,我开着车驶向克拉克姆斯县。这是个漆黑的……我现在讲的全是真话,这不是我编的,我也不是在演戏,我要是撒谎就会被炸得粉身碎骨。我以所有神圣的东西向耶稣·基督起誓,我对你讲的全是他妈的真话。不过,这个故事听起来很奇怪。"

"你讲吧。"

"他们上了车后座,"加里说,"我告诉他们有关那些妓女的事。我胡乱骗他们说,她们的奶子有多大,她们多么喜欢跟男人睡觉。我说那儿正举行一个聚会,我出来是想带几个男人回去,因为那儿的男人不够。这两个家伙已经喝得半醉了。我带着他们在这条他妈的黑得伸手不见五指的路上往前开。路上铺着沙砾,你知道吗,不是那种坑坑洼洼的路,漆黑,光滑,平坦,用的是他妈的混凝土。我记得是这样。我把手伸到座位底下——我总是在座位底下放着一根棒球球棒或者一根管子——我把手伸到座位底下……等一下。"

希勒没去注意听加里讲的故事,他知道这些话正被录到磁带上。他侧身倚着桌边,想看看巴里有没有问题要问吉尔摩。就在他看着巴里时,他听到加里说到什么管子、棒球球棒,紧接着,他听到加里喊:"操他妈的耶稣!"

沉默中，希勒察觉到了变化。

"法根中尉刚才告诉我，里特宣布暂缓执行死刑。"加里说，"这狗娘养的，这该死的老流氓！"

"喂，"希勒说，"这事我们先忍一忍，你能忍受住的，你以前不也忍受过来了吗，伙计？"这会他很想听加里讲下去。

可是，他不得不耐心地听着加里和法根讲话。最后，加里对拉里说："里特明确宣布暂缓行刑，说用纳税人的钱枪毙我不合法。"

"哦这样。"希勒柔声说。沉默了很长时间后他才又开口："你搞不清楚最难忍受的折磨是什么，但里特刚才作出的决定就是无法忍受的折磨。""是的，"加里说，"里特是个不称职的、笨头笨脑的傻瓜。是的，是！"他咬着牙说，"是的，是的！是的是的是的是的！傻瓜！下流坯子！去他妈的纳税人诉讼案！我可以自己出钱，我来买子弹、买手枪，我出钱雇枪手。操他妈的耶稣，伙计，我想要这事快点结束。"听声音，他马上就要哭了。

"你有权让这事结束，"希勒说，"这是不可剥夺的权利。"

"快找汉森。"吉尔摩说。

"快他妈的接通电话，姑娘们。"希勒对着露辛达和黛比大声嚷嚷着，"给盐湖城一位叫汉森的律师挂电话。"

吉尔摩说："他是他妈的犹他州首席检察官。"

"犹他州首席检察官，听见了吗？"希勒对姑娘们重复了一遍。

"告诉他去找一位级别比里特高一点的法官，叫他把里特宣布的烂玩艺否决掉。"

"也许，"希勒想，"我自己电影看得太多了。"他能听见自己的声音在劝说加里活下去。这类鼓励士气的话他在许多电影中听到过。

"加里，"希勒对他说，"也许你命不该死。也许在你讲述的故事底层蕴藏着一些奇特而深奥的东西，也许你眼下命不该死，也许还有事情等待你去做,我们可能都不知道那是些什么事情。也许你活着有可能为这个混账世界做许多事情,也许你现在忍受的苦难是向那两条生命赎罪,也许你正在为我们未来的社会发展和文明进步奠定基础,也许你现在承受的惩罚比死的惩罚更重,也许因此会给你带来许许多多的好处。"突然间他意识到,这番话对他自己所起的作用远远超过了它对吉尔摩所起的作用。"噢,在磁带上我听上去会不会像个傻瓜。"希勒心里这样想着。然后他大声问道:"你在听我讲吗?"

"什么?"加里说,"哦,我正听着呢。"

"让我们看看事情的另一面,"希勒说,"让我们一起熬过接下来的这一小时。你知道,他们正在使你遭受非人的折磨。"

加里的声音听起来近乎嚎叫。"帮我一个忙,"他说,"我得放下这该死的电话,因为法根先生要使用它。别让你的姑娘走开。"

"好吧。"

"代我吻她们一下,告诉她们接通汉森先生的电话。想个能立即打败那家伙的办法,那个蠢蛋里特。他可以在他妈的任何一天做任何坏事。等会儿给我打电话。"

"你得先给我们打电话,"希勒说,"我不能打给你。"

"半小时后我打电话给你。"

"半小时后。忍住。"

"好的。"

"他们在胡来,"拉里说,"但你得忍住。"

"耶稣基督啊,"加里回答说,"狗屎,放屁,去他妈的吧!"

二

直到凌晨一点里特法官才回到法庭。他对着法庭里每一个人大声读道:"没有任何一个法庭认为犹他州的死刑法令是符合联邦宪法的，除非等到疑点得到澄清……否则不会有合法的行刑。被告自己愿意死并不意味着犹他州有权处死他。"宣读在继续。朱迪丝·沃尔贝奇又能够呼吸了，一股幸福感涌入她的心田。她力图甩开的那种恐惧退回到远不见踪影的地方去了。她真想拥抱里特法官。他正用他那老人洪亮的声音宣布最后决定："在法律中有那么多含糊不清的地方，所以，这样处死一个人太仓促了。"上帝啊，这个声音多么伟大，在她听来就像旧新闻片中富兰克林·德拉诺·罗斯福的声音！接着，法官为戴勃尼和沃尔贝奇签署了临时约束令。最后他宣布，十天之后，也就是一月二十七日上午十点将就这些问题举行一次听证会。

回到首席检察官办公室的那帮人全都垂头丧气的，不过彼尔·巴雷特、比尔·艾文思和麦克·迪莫还是打起精神商量了下一步该怎么走。最后，他们一致决定，最好的办法就是在早晨提出一份书面训令申请，并赶紧把这份申请送到丹佛市去。如果他们能够得到布洛克法官的批准，那么虽然推迟十二到十四小时，死刑在明天还能照常执行。

三

布洛克法官前往盐湖城参加一次社交活动。回来后在临睡前他打开了收音机，听到了暂缓行刑的裁决。他暗暗对自己说："这下行了。"一辆没有编号的县治安官的警车正停在外面。布洛克法官来到街上对那人说："现在已经没必要在这儿转悠了，请回家吧。"

县治安官那天晚上早些时候打电话给布洛克法官，告诉他也许会有人举行反对死刑的游行示威。他们要对布洛克的住宅进行警戒。法官想："哈，我对自身安全倒不担心，但谁知道呢，也许那帮家伙会在我家草坪上烧个十字架什么的。"他认为不会发生真正的暴力行为,但为自己的财产安全起见,他接受了县治安官的建议。采取一点保护措施也许能使他的妻儿免受惊吓。

布洛克法官倒不担心本地的居民。但当某个人被处死时,全国各地成千上万的人都会变得义愤填膺,有些人也许已经来到了这座城市。他们是和平主义者,他们不可能做出什么真正的暴力行为,但他们对游行示威倒是很感兴趣。法官想,他们会在草坪上烧个十字架的。

不过,现在里特已经裁定暂缓行刑,所以不会发生这类麻烦事了。布洛克躺到床上,心想,他们会向第十巡回法庭提出上诉的,然后他们会去最高法院。他们最终会为一些与眼前正在决定的事情毫不相干的问题展开辩论。昏昏欲睡中,布洛克对自己说:"这个案子不是一时半刻能解决的。我也许活不了那么长时间,我犯不着为它的结局操心。"有些案子曾经拖了二十五年之久。布洛克法官进入了梦乡。

四

朱莉·雅各比从监狱外的守夜处回到家里,打算稍微歇一会之后再去监狱度过下半夜,可她打开电视机看了几分钟,得知了暂缓行刑的裁决。这时,她那位正在佛罗里达州萨尼贝尔的丈夫打来电话说,他刚刚在电视上看到了她。她在守夜时被电视台拍了进去。接着,她接到美国公民自由联合会一位会员的电话,她本来准备明天一早和朱莉一起去监狱。那位妇女问:"你听到那个消息没有?我想我们用不着起那么早了。"朱莉也认为,里特法官的判决不可能再被改变,于是她也睡觉去了。

五

在探监室,斯坦吉听到一阵喧闹声从一级警戒牢房区的犯人那边传过来。这阵喧闹声沿着长长的走廊从一排牢房传到另一排牢房。斯坦吉完全忘了,一级警戒牢房区里的所有犯人都正戴着耳机收听广播呢。突然间他听到了一阵骚动。他搞不清楚那是拍手声和欢呼声呢,还是呻吟的声音。那是一种低沉、混杂的声音,就好像是大地在震动。他听见他们在喊"暂缓了!",喊声响遍所有牢区。斯坦吉打开电视机,这个时候加里正好打完电话冲回来。看他那架势,斯坦吉想,恨不得一拳砸碎那台电视机。

克莱因·坎贝尔以前看见加里发过一两次火。加里发火的方式和大多数人不一样。坎贝尔很久以前就认为,吉尔摩的愤怒发自他内心的最深处。其他人也许会猛击墙壁或者抓起一本书摔到地上,但吉尔摩只是咬紧牙关发出一声低吼。接下来他会拉起双手使劲搓揉着,就好像要把心中的愤恨揉个粉碎。今天晚上当他听到里特的裁决时,他使劲地扭着双手,就好像要把手指扭下来。坎贝尔还是第一次见他气到这种程度。

鲍勃·穆迪认为,自己那颗心异乎寻常地跳动起来。本来在这种时刻最忌讳的就是对你的当事人说:"等一下,对不起,加里,他们不必非枪毙你不可了!"但这时,鲍勃注意到了加里的脸色。加里已经作好一切接受死刑判决的准备。至于用什么方法,是强迫自己接受命运的安排呢,还是像撕扯一片树叶似的抛开心中的恐惧呢,穆迪不得而知。不管怎么说,他已经接受了,而现在里特法官的裁决一下子把他抛进了深渊。加里内心的某种东西正在崩溃。他变得越来越阴沉,越来越凶狠,越来越不稳定。他来回走动着，嘴里不停地嘟哝着："早晨八点前我自己上吊。我会死的。用那些鞋带就行了。"穆迪听说过鞋带的事。斯坦吉告诉他，有一次他碰巧和加里单独在法根的办公室待了约二十秒钟，加里从法根的桌子抽屉里偷走了一副鞋带。他们对加里的看守很严，他想偷点东西或藏点东西是非常困难的，但他拿到了那副鞋带，并且在这最近的两个星期里他一直藏着它们。而现在他口口声声说要用它们上吊。

穆迪和斯坦吉再也忍受不下去了。他们走出一级警戒牢房区，来到停车场，在那儿他们被记者团团围住了。突然间一阵骚动，许多电视摄像机的灯光一齐照在一辆正在离开监狱的汽车上。也就在那个时候，斯坦吉和穆迪听到一个记者说，那是里特法官和一位联邦法院执行官开车来到监狱，亲自把暂缓行刑的裁决书交给狱长。尽管里特上了年纪，块头又很大，可当车子经过停车场时，为避开记者们的视线，他竟躺倒在汽车的底板上。这是里特的典型风格。亲自送交公文。他大概担心，如果他不来送，这份公文会滑进汽车地板的缝隙里去的。

里特的车子驶出大门后，穆迪和斯坦吉听见记者们嘟嘟囔囔地发着牢骚。这天晚上来采访算是上了当，他们一个个怒气冲天的，可一想到有可能登头版头条他们又都高兴得乱喊乱叫。一位记者说："标题应该是：里特送交裁决书。"另一位记者说："应该是：裁决书与里特同行。"此时，人人嘴巴里都有一种稀奇古怪、苦涩难闻的味道。这一夜，他们一次次被冻醒，发动起各自的汽车马达、喝点酒、接着再睡。如果暂缓行刑会付诸实施，那就意味着给这个漫长的痛苦之夜增加新的痛苦。

回到探监室，穆迪看出，狱方实际上已经停止给加里服用兴奋剂了。你不能让一个已经再次成为死囚区普通囚犯的人服用兴奋剂。他也许还要等上三十来天呢。结果,加里的火气越来越大,而兴奋剂的药力则正在慢慢减弱。

过了一会,加里独自走了出去。米尔斯曼神父带来了一台录音机,加里一个晚上都在打算为尼科尔录一盘带子,托人等他死后捎给尼科尔。斯坦吉想像不出磁带上录了些什么,但不一会他就知道了。大约半个小时后,加里紧挨着让坐了下来,说:"我想让你听听录音带。"

六

"宝贝,我爱你。"录音是这样开始的,"你是我的一部分。很久以前,在五月份吧,我们对着老师、校长以及尼科尔和加里热爱的人海誓山盟。因为我们彼此已经了解了那么长时间。"

"这好像是涉及个人隐私的事。"斯坦吉说。

"只管往下听。"加里说。

他对斯坦吉说:"你知道吗,我和尼科尔在一起谈到那么多私人秘密,你根本想像不到。我谈到了我和她之间的秘密想法。"他点了点头,"我想让你了解一下我们是怎样互相倾吐心声的。"

于是,斯坦吉开始听录音。不过,这段录音讲话不但涉及隐私而且极为淫秽。当加里谈到他亲吻尼科尔的最隐蔽部位时,他的语言简直到了不堪入耳的地步。斯坦吉再次提出抗议:"加里,要知道,这种事纯属个人隐私。""是吗?你是怎么想的?"斯坦吉说:"加里,我认为这是非常非常隐密的私事。"

这次录音里的声音与让以前听到的加里的声音完全两样,这是一种古怪、虚幻、模糊而又急促的声音，有时它也会变得特别清晰，就好像他的每一种个性都发生了转变。让觉得，这就像一个戴着面具的演员，当他拿下脸上的面具换上另一张面具时，他也得换一种新的声音。加里的声音有时听起来傲慢自负，有时又虚弱无力，近乎哭泣。总之，斯坦吉根本不愿意听。只要加里一走开，他便赶快按下快进按钮，这样他就用不着听全部录音了。然而他还是感到吃惊。这段谈话感情之丰富是你料想不到的。斯坦吉不知道自己是否对自己所钟爱的人这样讲过话。

七

"清晨是你头脑清醒的时候，是学习的最好时光，但你待的地方和我待的地方一样，你不愿意成为那地方的一部分，铃声刺耳，有人在对你吼叫：起床，起床，要不然我们就进去拿走你的被褥。我在这儿不得不听着铁器和混凝土碰撞的丁当、劈啪声，真烦死人了。你知道吗，我醒来后是不可能在这种情况下进行深刻的思考的。那种思考需要宁静、轻松的气氛。喂，小精灵，我爱你。"他说，"他妈的，我准备去死了。啊，那些混蛋！我要你记住我爱你，我跟所有愚蠢的男人一样，我的脑子有点儿怪。所有的姑娘都给我写信，檀香山的两位姑娘给我写信。她们只有十四岁，一个叫斯特茜，一个叫罗莉。她们大谈纵欲和吸毒，可你知道吗，她们都出身正派人家，其中一位姑娘写道：伙计，给我讲讲尼科尔，我想了解她。我告诉她，哈，尼科尔是全世界最美貌最性感的姑娘，大多数时间里我都让尼科尔赤裸着全身，因为她是那样一个漂亮的小精灵，小精灵，小精灵，我的小精灵。"他的声音越来越低，后来他似乎又打起了精神。他对尼科尔说："那姑娘回信说，好吧，我也是个红头发的姑娘，也有雀斑。那时正是圣诞节前，我给她们每人寄去了一百美元，作为加里和尼科尔送给她们的圣诞礼物。她们没要礼物，她们什么也不想要——只是我喜欢做那样的事。"他有点结巴起来，"我寄给她们每人一件印着加里·吉尔摩几个字的T恤衫。我请求她们穿上，我对她们说，她们可以贴身穿。许多姑娘给我写信，她们谈到各种各样的事情，还有爱。她们不了解我，如果了解我的话，她们是不会爱我的。她们爱上了一个流氓，他的臭名每天都被登在报纸上。你知道吗，我只是和她们调调情，但我总是告诉她们，喂，听着，我已经有了一个姑娘，我他妈的不想再引诱你们了。我得到的是世界上最好的姑娘，她是我的一部分，除了你没有别人，尼科尔，永远没有，没有，没有。我全身心地爱你，我把我的心和灵魂都给了你。"他叹了口气，"我在报纸上读到一些东西……他们说，这个狗娘养的坏蛋靠着他那叫人着迷的、极富魅力的该死个性说服了这个姑娘去自杀……哼……我不想告诉你我是怎么想的。正如你说的，你困在那个乱七八糟、吵闹不休的病房里，成天被保安队监视着，我想，嗨，大多数保安队员都拿你当靶子。你有些钱。宝贝，我他妈的吃了六十粒安眠药，躺了十二个小时。我的身体结实强壮，这你知道，我酒喝得不多，又不吸烟，所以身体没受损害，而那是因为我这么长时间来一直在这该死的监狱里关着。如果他们真要暂缓行刑，那我就吊死自己。操他妈的那帮混蛋杂种。"他喘了口气，唱起歌来。斯坦吉从没听到过他那种破锣嗓子，缺五音少六律的，走了调门还不知道。当他想低声哼唱时，却又像是在呻吟，那种呻吟叫人感到窒息。而当他竭力唱准某个音调时，却是刺耳又难听。他唱的是一首名叫《古老的岩石》的歌。"当我咽下这匆匆的最后一口气，当我在床上合上我的眼皮……当我飞向那不知名的国度，在宣判我的时候，我看见了你。古老的岩石，让我躲在你的怀里。"他停住不唱了。"噢，对了我告诉过你我和约翰尼·凯什谈过话，他妈的，"吉尔摩大笑起来，"约翰尼·凯什知道我活着，知道你活着，他喜欢我们……噢，尼科尔……我不是查尔斯·曼森式的人物。我不想强迫你做这件事……如果你想继续活下去，抚养你的孩子，你是个有知名度的姑娘了，你已经有了很多钱，我想看到你得到更多的钱。活下去吧，宝贝，但不要让任何人和你做爱。"这时他压低了声音，"不要让任何人占有你。宝贝，不要那样，你是我的。戒律，禁令——也许一个姑娘，我不知道，该死的……我应该在七点四十九分被处死……我眼前放着一本赞美诗集。你漂亮、性感，你身上有某种非凡的东西。我知道他们那些家伙都在想入非非，他们全是些打着鬼主意的色鬼，他们想利用一切机会占你的便宜。他们看到了你，看见你是那么漂亮，想到我很快就要死了，他们想要你的钱，他们想要你这个人。你身上有种东西什么人都想要，我希望，上帝，我希望，唉，我的上帝，我他妈的只能希望……好吧，我要你，宝贝。"讲到这儿，他哭了起来。"唉，去他妈的，"他低声说，"现在我觉得那么难受，我想几个小时后我就要死了……我就能自由了，我就能和你在一起了……我不在乎你是不是想活下去……你有孩子，我并不是要你……出来后自杀。这样的事要我做太难了……"他低声说，"我只是不想让任何人跟你做爱，我只要你属于我。只属于只属于只属于我一个人。啊，宝贝，我他妈的想远远离开这个星球……我把我所有的钱都送了人，十万美元……我本来不想告诉你这件事，我并不想让人觉得我在吹牛。你得到的钱比我得到的多，我只是想对你说实话。我想他们就要枪毙我了，那些胆小如鼠的混蛋……该死的卑鄙的流氓……"讲话声慢慢低了下去。他对着录音机无精打采地说："尼科尔，我不知道正在发生什么事，也许我们应该活得更长一点。你给我的药半夜里我全吃了……二十五片速可眠，十片带尔眠。我用不着知道但又的确知道那么多赞美诗，这是一本天主教赞美诗集……昨天晚上神父来这里为我望了一次弥撒，天哪，没有什么事比望弥撒更叫人厌烦的了……尼科尔……你是我的，天哪，在我们的爱情中，我感觉到那么大的力量……宝贝,我要你用整个身心来爱我。我想你快要想疯了,我只要你,我向上帝起誓,我会得到你的。我不是到天王星上去的,我并不在乎我将不得不经历什么苦难,我也不在乎和魔鬼搏斗,不管我要征服什么,我都不在乎。我要告诉你我的心里话。我不在乎我要忍受些什么,磨难,痛苦,搭上多少条性命。你知道,如果我温柔地体贴地疯狂地不顾一切地爱你,就让你赤裸着身体来拥抱我吧……"

八

弗恩一直在仔细观察加里。当其他人都迷迷糊糊地睡着了时,加里把收音机开得震天响,存心想要气气大伙儿。然后他自己也躺下假装睡觉,但他显然睡不着。过了一会,他爬起来关上收音机,来回踱着步。他的两眼圆睁,看那样子就好像要往墙上猛击一拳似的,过了一会儿,他又躺了下来试着睡一会儿。

伊芙琳·格雷是位恬静的中年妇女。她身材苗条,戴着副眼镜,短短的红色鬓发,看来她是定期去美容院的。此刻,她走到加里跟前,想安慰安慰他。"加里,"她说,"我能为你做点什么事吗?"加里抬起头看了看她,说:"我需要的只是一点点爱。"伊芙琳·格雷走到一边,感动得泪水盈眶。"你听听,"弗恩对自己说,"我需要的只是一点点爱。"

晚上早些时候,警卫把加里从他的牢房里带来跟这些人会合时,把他的东西也捎带出来了,因为他不会再回到死囚区了。那是几个塞得满满的纸盒和几只装着信件的塑料袋。此刻,想睡一会儿又睡不成之后,加里爬起身对弗恩说:"我想给你看几样东西。"

他们并肩坐在那儿,加里拿出来一些零碎小玩艺和外国硬币。随后他请求弗恩帮他为尼科尔扎个包裹。他们挑选了几封信和一些特殊物件。这件事做完后,加里重新整理了纸盒内的东西。他一边整理一边抬起头来说:"弗恩,如果他们不枪毙我,我准备自杀。"说这话时,他的语调既平静又平稳。最后,弗恩认定就是这一天了,原定的处决时间过后,加里不会等很久的。"不管采取什么方法,"弗恩自语道,"加里肯定会在中午之前结束生命的。"他们又最后看了一遍那些信件。加里拿出弗恩给他买的那顶罗宾汉帽,把帽子放在准备送给尼科尔的那只盒子里,然后把盒子封了起来。他对弗恩说:"我要你发誓,所有这些东西一定交到尼科尔的手里。"弗恩说:"放心吧,我会照你的意愿去做的。"

第三十四章 越过落基山脉的飞行

一

鲍勃·汉森打来电话时,厄尔、彼尔·巴雷特、麦克·迪莫和其他人刚刚回到办公室。他说,刘易斯法官已经同意几小时后听取上诉,但又坚持说,这样一个重要的裁决必须由在丹佛的三人法庭作出。所以,汉森想让大伙明白,所有的法律文件必须在凌晨四点离开盐湖城时准备完毕,因为小飞机的速度有限,需要两个小时才能飞过连绵的高山。他们将在黎明前六点到达丹佛。要起草一份高质量的文件提交第十巡回法庭,时间相当紧。

厄尔只有一个感觉,那就是疲劳。他们必须深更半夜在没有秘书的情况下干这件事。具有讽刺意味的是,这是最令人头痛的部分。他们已经研究了法律条文,给每个人分配了具体任务,他们当然能在规定时间内写出文件来。比方说，负责写那份书面训令申请的厄尔就能提前三个小时完成，因为早在十一月份，里特法官批准《盐湖论坛报》独家采访吉尔摩时，厄尔就曾经起草过一份。此刻他只要把本案的事实按拟好的法律程序填进去就行了。然而，由于没有秘书，他们的进度十分缓慢。施温迪曼和道罗斯开始打字，速度慢得能急死人。想到只好把这样一份满是打字错误的文件送交到像丹佛第十巡回上诉法庭这样的高级法庭去，厄尔心里忐忑不安。尽管上头告诉他文件不管准备得怎么样都行，但把这样邋里邋遢的打字纸往上递交，总是件丢人现眼的事。后来听说盐湖县治安官办公室将派两位女打字员过来帮忙，他才松了一口气。

新的问题又出现了，加里·吉尔摩打来了电话。当然，他们没有接。办公室里所有人的反应都是：不要跟他谈话。让犹他州和这个已被定罪的人协商去吧。尽管如此，厄尔却动了恻隐之心。他一直认为吉尔摩在最后一秒钟会说："我要上诉。"以前吉尔摩曾把社会的注意力引向一个方向，到最后一刻他也许会让他们掉转头来的。但此刻，在这深夜里，厄尔渐渐相信，吉尔摩大概真的希望死刑能得以执行。

又一个新问题压到首席检察官助理们的头上。鲍勃·汉森计划让他们拂晓六点到达丹佛，但死刑原定时间是在当天上午七时四十九分日出的时候。在飞机着陆后的一个小时又五十分钟的时间内，他们怎么可能来得及开车到法庭呈上案子，再把法官的裁决带回来呢？他们有一个名叫戈登·理查兹的书记员，他正作为厄尔的代表要在监狱里度过这一整夜。道罗斯打了个电话给他。理查兹说，除非萨姆·史密斯在七点十五分之前接到指示，否则他肯定不能——重复一遍，肯定不能在七点四十九分执行死刑。

戈登也需要一个像"西弗吉尼亚的米基"那样的暗号,这样他就能确定从丹佛打给他的电话不是冒名顶替。道罗斯知道第十巡回法庭的书记官霍华德·菲利普斯住在市郊的尤都拉街上,那个地方被称为"公园山"。于是他告诉理查兹,他们的暗号是"公园山的尤都拉"。

然后,道罗斯着手研究布洛克法官的判决是否非得在七时四十九分执行不可。他查了查犹他州的有关法令,他敢肯定那两条有关的法令自相矛盾。第七十七条第三十六款第六项说,由法庭宣布死刑执行的日期,而第七十七条第三十六款第十五项则说,由狱长在特定的时间执行判决。厄尔抓住了这两条法律的漏洞。日期对时间,两个规定并不一致。

可笑的是,布洛克法官之所以把死刑时间定在日出,只不过是想使这一判决有点新意。实际上,这种措辞纯属多余。厄尔觉得,在这个特殊的案子里可以无视这一点,尤其是既然第二项法令说,如果死刑没在规定的日期执行,那么必须另行宣布一个时间。这显然是把"时间"作为"日期"的同义词使用的。如果你为死刑定下一个日期,但没有在这一天行刑,然后下次执行死刑一定要有一个更具体的时间,也就是说,一定要规定在某一分钟执行。这种法令实行起来只能导致混乱。如果狱长举手发布命令时晚了一秒钟那该怎么办呢?这种法令是行不通的!厄尔想,这些法令旨在明确日期而不是时间。因此,布洛克法官那句"在日出时执行"的话在法律上可以说是多余的。这就是厄尔对这个问题的看法。

厄尔赶快把这个看法告诉了麦克·迪莫。作为副首席检察官,迪莫将守在盐湖城这个大本营里。而鲍勃·汉森、施温迪曼、巴雷特、艾文思和厄尔自己将飞往丹佛。不过，他们的这次谈话非常匆忙。要在短时间内拿出全部文件，大家都感到压力很重。他们出发时已经晚了。鲍勃·汉森凌晨四点起飞的计划只得向后推迟。表上的指针在不停地转动，他们一个个急得胸中火烧火燎的。

二

在华盛顿，美国公民自由联合会的律师阿尔·布朗斯坦在东部标准时间五点钟接到电话，当然，在犹他州此时是凌晨三点。电话是全国抵制死刑联合会的头头亨利·希瓦茨察尔德打来的。他告诉布朗斯坦鲍勃·汉森飞往丹佛的意图。这条消息尚未见报，希瓦茨察尔德自己也是刚刚听说，不过他想，首席检察官肯定会申请一项书面训令来对付里特法官的。他要布朗斯坦去联邦最高法院，万一第十巡回法庭推翻里特法官的裁决，布朗斯坦就立刻在那儿采取行动。于是，在这一夜的最后几个小时里，布朗斯坦在既不知道案名也不知道案情提要的情况下使尽浑身解数准备出法律文件。他甚至连这个案子是"谁对谁"这样一个基本问题也不清楚。布朗斯坦打了个电话给最高法院。按照法律的规定，最高法院应该一天二十四小时有人接电话，但此时却没人回答。

凌晨四点后不久，菲尔·汉森下床打开收音机。上帝啊，他突然听到KSL电台广播说，首席检察官和其他主要人物将飞往丹佛。当然，他给里特打了个电话，法官说他自己也应该预料到这一着。他本该在梦中就知道他们会使这一手的。不过，他们俩越讨论目前的形势，越觉得形势并非对他们不利。他们计算了时间，第十巡回法庭绝不可能在七点四十九分之前完成所有的法律程序。行刑时间离现在只有三个小时多一点点，按时执行死刑已经是不可能的了。最坏的可能也不过是第十巡回法庭重新判定一个未来的行刑时间。菲尔·汉森想，明天将会有时间提出他的那个民事诉讼案的。

三

朱迪丝·沃尔贝奇和金克斯·戴勃尼没有想到他们的对手会去丹佛。他们肩并肩从里特法官的法庭走到大街上，但当他们到达广场时，那儿黑压压挤满了新闻记者。为了摆脱记者们的纠缠，他们只得拔腿向金克斯的办公室跑去。朱迪丝并不讨厌记者，但金克斯则不然，像这样身陷记者们的重围之中尤其让他厌烦。可是，新闻记者已经等候在他办公室的门口了，他们只得躲到图书馆去。接着，金克斯·戴勃尼的妻子打来电话，说鲍勃·汉森想要通知他，他们将采取新的行动。

朱迪丝坐在图书馆里查对第十巡回法庭的诉讼程序，金克斯则给航空公司打电话。他打完电话后回来说，此刻没有商业性班机，所以他不能去丹佛。鲍勃·汉森已经搞到一架飞机，但那架飞机没有保过险，他不愿乘那种飞机。朱迪说："你在巡回法庭可谓身经百战，由你出面应付这个案子再合适不过了。"戴勃尼对她说，那根本不值得，他不能拿自己的性命去冒险。

她大吃一惊。当然，据说这几年来，有许多人驾着轻型飞机飞越落基山脉时撞得粉身碎骨。在那些山上你甚至还能看见那些亡者的幽灵。以前她也见过这种恐惧症，在一般情况下对那些恐惧症患者她甚至怀有几分同情。但眼下她的问题是，她对法律并不精通，以前也从来没有在第十巡回法庭或其他任何巡回法庭出过庭，她哪里有本事在第十巡回法庭上独当一面与人辩论呢？上帝啊，她不得不独自一个人到法庭上去与那些行家里手周旋了。

天哪，她真想大喊一声，我以前学的是人类学，法律对我来说太深奥了。

朱迪丝几乎不认识这个人，但事情很清楚，金克斯不准备乘坐那架小飞机。"那根本不值得。"他平静地重复道。

离开之前，朱迪·沃尔贝奇胡乱拿了一本第十巡回法庭的文件副本和几卷《美国法学》，这是一种普及性的法律百科全书。她和金克斯打电话到丹佛，找到了美国公民自由联合会的几个律师，他们有对付第十巡回法庭的丰富经验。他们答应在联邦法院与她见面。他们说，技术性问题由他们出庭辩论。丹佛的这些美国公民自由联合会的成员给朱迪留下了很好的印象。有这样出色的律师随时提供帮助，这是多么有利的条件呀。

不过，在去乘飞机的那段路上，事情却糟透了。汉森打电话对她说，他开车去接她一起到刘易斯法官的家去，然后再一起去机场。朱迪不愿意和首席检察官办公室的那帮人一起乘飞机，但她没有选择的余地。汉森开车过来，她上了车，心里越来越憋气。照理，汽车应向西开往机场，但为了接刘易斯法官，他们得一路往回开，横穿盐湖城去东法院街。这段时间朱迪丝本可以用来研究点东西，可现在却不得不坐着汽车在那些以常春藤联合会大学命名的街上兜圈子，什么哈佛大道啊，耶鲁饰章街啊，街两旁的那些高墙大宅全是仿照新英格兰建筑建造的。朱迪只能看见光秃秃的榆树枝在深夜里随风摇曳。她想，汉森使出这样的手腕可够卑鄙的，她差点对他这么明说了，但一想到汉森会回答说，他无非是想找个证人来证明他事先没跟法官谈过话，只好忍住了。

终于到了，鲍勃·汉森朝法官的房门走去。那座房子远远地在草坪的另一头。鲍勃与法官在门厅里谈了一会，才走出来上了汽车。他有足够的时间，想说什么都来得及。不用说，他这是想左右法官。汉森先和刘易斯法官谈起钓鱼，接着又谈起各自办公室的工作情况。朱迪想，天哪，我真该打断他们的谈话，告诉法官眼下正在发生的事情。但不能，汉森正说起刘易斯的木制高尔夫球棒。朱迪听他俩津津有味地谈着发球棒和铁头棒，以及木制球棒正再一次流行等等。这是男人的世界！她应该问问法官他曾经参加过的一些锦标赛的情况，然后顺便说一声但愿你不要枪毙我的当事人。

朱迪听人说过，刘易斯是一位犹他共和党人，是被艾森豪威尔总统任命为第十巡回法庭法官的。他衣着保守，胡子刮得干干净净，脸上透出一股谦虚而机敏的神气，很像一只银狐。他那种高贵庄重的气质最适合在董事会会议室之类的地方露面。此刻，他和鲍勃·汉森海阔天空地聊着，可就是只字不提那个案子。看来他似乎友好而公正，但朱迪记起了报上引用过的刘易斯法官评论里特的话，那些话中的贬低之意是显而易见的。

在盐湖城机场，他们绕过主停机坪向一处轻型飞机航站驶去。他们到达后，发现汉森的副手们都还没到。刘易斯法官显得忧心忡忡，似乎在担心时间来不及了。

四

道罗斯、巴雷特、艾文思和施温迪曼一直在等着最后几页文件复印出来。凌晨四点，施温迪曼把这些文件装入一个纸盒。他们一路跑过大厅来到出口处。到了外面，记者们立刻把他们团团围住，闪光灯照得人睁不开眼。一辆公路巡逻车正在南门外等着他们,他们赶紧乘车离开。开车的州警打开车顶的警灯,驾车穿过一条条僻静的小街向机场驶去,这些小街厄尔以前从没见过。他们肯定是以每小时六十英里的速度从那些沉睡的房屋旁疾驶而过的。

一到飞机场,记者们蜂拥而上,七嘴八舌一齐发问。喊叫声、吵嚷声加上蓝幽幽的灯光,真叫人受不了。无论是道罗斯还是施温迪曼都看不清他们是在往哪儿去,只是稀里糊涂地跟在其他人后面挤过候机厅、穿过柏油跑道来到飞机前。这是一架双引擎空中国王型飞机。凌晨四点二十分,他们从新闻记者和闪光灯的包围圈中挤出一条路钻进了飞机。鲍勃·汉森、彼尔·巴雷特、比尔·艾文思、戴夫·施温迪曼、杰克·福特——此人是KSL电台的记者——刘易斯法官、朱迪·沃尔贝奇和厄尔等人一进舱,飞机立刻就起飞了。他们比预定的时间晚了十分钟。

飞机升空不久,鲍勃·汉森便和副驾驶员交谈起来。他想知道飞机的时速、顺风时的速度以及预计到达丹佛的时间。然后,他要求飞行员跟地面通话看出租汽车能不能等在那儿接他们。司机们是不是明确地知道应该在机场的哪个部分接他们?他们能不能选择一条去法院的最佳路线?他不想靠运气干任何事情。

更让朱迪生气的是他们在飞机上落座的位置。刘易斯法官为了避免跟他们交谈,或者不如说为了避免听到双方的谈话,选了飞机上最不舒服的一个位置,那个坐位在飞机的后部,位置狭窄,颠得很厉害。在刘易斯的前面坐着一位记者。再往前是一张弧线形像长凳似的坐位,从前面一直延伸到后面,这种坐位你只能侧向坐着。朱迪被安排坐在汉森和施温迪曼之间,真没办法,这使她生出了一点被幽闭的恐怖感。如果在犹他州还有一位律师不惹她生气的话,那就是鲍勃·汉森。他秉性刚强、正直,人很帅,脸庞严峻、冷漠,戴一副深色角质架眼镜,乌黑的头发,衣着一本正经。这一切似乎都在说:"我是个十足的官员,百分之百的执法官,不折不扣的政治家。"这就是朱迪对他友好的看法。

在朱迪的另一边坐着施温迪曼,这倒没什么。她觉得施温迪曼是个温文尔雅的人。他还在法学院时朱迪就认识他了。但此刻她不想挑明他们之间的交情而使他难堪。过道的那边坐着那个孜孜不倦的道罗斯。蓄着小胡子的道罗斯摆出一副随时准备出击的架势,活像一只机敏的猎犬。比尔·艾文思则是这帮人中的一只绵羊。还有彼尔·巴雷特,戴着眼镜,留着小胡子,高高的个子,骨瘦如柴。上帝啊,她处在首席检察官和首席检察官助理们的包围之中了。他们是蠢材吗?

坐在朱迪前侧的汉森问道罗斯有没有就推迟行刑时间作过研究。道罗斯当着她的面回答说,有关案子似乎表明,如果死刑不准点执行,往后推一点时间也是合法的。汉森说,应该把这一信息告知狱长。此时朱迪插话说,"以这样含糊不清的理由",把这样重大的责任推在狱长身上,汉森真的认为这是公平的吗?

在此之前机舱内的气氛已经够紧张的了。在这样一次重要的听证会之前,对立双方的律师绝不应该这样接近,特别是在这样一架条件极差的小飞机里。但当朱迪说出"以这样含糊不清的理由"之后,气氛更加沉闷紧张。汉森没直接回答她,可过了一会,他指示施温迪曼,飞机着陆后,尽可能快地给狱长、布洛克法官和县检察官伍顿打电话,通知他们安排好执行死刑修正命令的有关事项。接着他口授了打电话时的措辞:"在这一天以后,当法律上的障碍将被清除,或者有可能尽快被清除时。"朱迪丝掏出拍纸簿和铅笔,把他的话记了下来。当她说她正在一字不漏地记下汉森的指令时,她认为汉森会有所反应的。但汉森不动声色,只是告诉施温迪曼设法通知让·斯坦吉,叫他们也要遵从死刑修正命令。

汉森再次为死刑的时间安排担心。"我们一到那儿你就马上去打电话。"他对施温迪曼重复道。朱迪想,犹他州的法律规定你必须到法庭去处理案例,但现在这一切在电话上就做了,真是不可思议。

朱迪决定尽自己所能给他们捣捣乱。她不时转过头去微笑着问他们:"你又说了些什么?"汉森总是回答说:"我说给那个人打电话。"然后还说出了名字。她把所有这些都记了下来。她心里充满着敌意。汉森问飞行员,引擎是不是一切正常,能不能保持目前的飞行速度。这时她想,老兄,应该是一切正常的。这飞机一半属于摩门教,就像闹市区的一半属于摩门教一样。

朱迪想,摩门教是一种单调、古老的原始基督教,非常刻板乏味。她想到那些虔诚的摩门教徒,例如她的祖父母,一直贴身穿教袍,就连睡觉时和过性生活时也不脱掉。也许,他们一星期只有一次敢把自己的皮肤暴露在污浊的空气中,他们简直就是法利赛人①,永远不折不扣地遵守教规。

朱迪反对以血赎罪。她认为,只有生活在沙漠中的民族才会认为这种信条完美无缺,比如很久很久以前的摩门教徒,他们为了生存不择手段。他们信奉的那个上帝残暴,嫉妒成性,复仇心极强。自然而然,他们抓住以血赎罪不放。她似乎听见了布里格姆·扬的声音:"有些罪孽可以通过向圣坛奉献祭品得到赦免……

---

① 法利赛人是犹太教的一派,以拘泥于形式上的礼仪著称。

而有的罪孽用羊羔、小牛或斑鸠的血是赎不回来的，它们必须用人血来赎还。"

是的，先生，满足你那嗜血的渴望吧，对你自己说，你做的一切都是为了受害者，因为以血赎罪才能免除罪孽，毕竟你给了那家伙一次再生的机会。肯定是这种对来世生活的追求促成了死刑、残杀和战争。哼，布里格姆·扬妻妾成群，他糟踏了她们宝贵的青春，可这样一个人居然有脸说，如果发现你的一个女人与人通奸，你应该把她抓住放在自己的膝上，一刀穿透她的胸膛，这才是基督徒的善行。这样她在来世才能找到位置，才不至于被逐到外面的黑暗中去。朱迪厌恶地哼了一声，原始基督教！她庆幸自己是在伯克利上的大学。

五

沃尔贝奇女士停止问问题后，厄尔温习了一遍自己口头辩护的内容，然后试着闭上眼睡一会。但这是个漆黑的夜晚，飞机颠簸不稳，一股猛烈的顺风挟着越来越强烈的气流使劲拍打着机翼。引擎开足了马力，震耳欲聋的声音震颤着座舱。道罗斯开始担心起来，飞机也许会失控的。显然，飞机正在艰难地忽上忽下地飞行着。在离丹佛还有十五到二十分钟的路程时，他们遇上了罕见的强大气流，飞机急速下降，一下子跌落了几百英尺。这时，道罗斯碰巧转脸看了一眼后舱，只见刘易斯腾空而起，一头撞在低矮的天花板上。他随手扔下手中正在阅读的文件，一把抓住了机舱顶部以免再次撞着脑袋。

厄尔吓坏了。风声和引擎声混在一起，成为一种最刺耳的吼叫。这气流是他坐飞机以来所遇到的最强烈的一次。他的脑子里闪过一个念头,天哪,如果飞机坠落,我摔死了,吉尔摩却活在世上,这岂不是太荒谬了吗?

厄尔并不认为上帝惩恶奖善。事实上,有时正好相反。信仰宗教并没有使你更加安全,根本不是那么回事。举例来说,当今摩门教会的领袖斯潘塞·金布尔的生活中悲剧不断。他十二岁时母亲谢世,后来自己又患上喉癌,切去了一半喉管。不过,他仍旧四处演说。然后他又做了心内直视手术。他是个身无瑕疵的人,却经历了一场又一场灾难。这就是说,你在生活中越正直,你面临的魔鬼的挑战就越严重。魔鬼一直在想方设法折磨正直的人们。比如这次强气流,虽然厄尔并不认为这次气流是什么超自然的邪恶力量,但他心里却生出一些想法来。这是厄尔经历过的最糟糕的飞机旅行。

刘易斯法官也在忍受着这次艰难的旅行。他坐着的那个颠簸不定的坐位实际上是在抽水马桶上加上了一个坐垫。撞到头之后,他决定向别人要根烟抽抽。他们的巡回法庭负责六个州,他已经飞行了不下一百万英里,不过他已经很长时间没乘坐过螺旋桨飞机了。不知是由于噪音大,还是由于自星期六下午以来他和刘易斯太太就一直没合过眼,或是由于审理阿塞的案子后电话接连不断——电话来得总不是时候,虽说报社有权知道联邦法庭正在做什么——他发现自己需要支香烟缓和一下情绪。一年来,他从没像现在这样迫切地想抽支烟。

还有,来之前他不得不在凌晨两点打电话叫醒丹佛的布赖顿斯坦,告诉他他们必须在黎明前出庭。布赖顿斯坦很不高兴,说了几句不符合法官身份的话。这也难怪他,这不是什么新闻,不该用这种事叫醒同事。可吉尔摩的事必须马上解决。这些暂缓行刑的裁决简直快成了一种残酷的、异乎寻常的惩罚了。

刘易斯法官觉得自己快受不了了，大概是因为头上的那个肿包吧。这架飞机就像正在台风中穿行的滑车。他喊了声前面的人，说想抽支烟。飞行员说，他有一条烟呢，为什么不拿一盒去呢？法官拿了一盒烟，点燃了这一年中的第一支。还没抽到第二支，他就意识到自己又有烟瘾了，而且会抽上好长一段时间。点着那支烟时他有一种启程回家的感觉。

刘易斯法官的父亲以前也是位法官，他的哥哥是位律师。他从小就认定自己长大后会成为一名律师的，说不定还会成为法官呢。在他们家，大家对法律的感情就像一个人对自己土地的感情一样，这种思想在他脑子里深深扎了根。所以，刘易斯总觉得在某种程度上他能理解里特。他在犹他大学法学院读书时曾修过里特的课，他能理解里特今天晚上的裁决。你不可能发现刘易斯对那些认为死刑是残暴行为的法官持严厉批评的态度。不过，争分夺秒地处理一桩死刑案却是最令法官头疼的事。你总得需要些时间使自己的头脑轻松一下，排除掉所有个人情感，否则你的审理就不可能详尽缜密。

然而，今天早晨他们还得应付另外一种可能性。也许，一次又一次地判处吉尔摩死刑却又不执行，这本身就是一件残酷的事。刘易斯点燃了第三支烟，把思绪转到别的事情上去了。

他担心起今天的死刑来。这是许多年来的第一次死刑，它也许会鼓励人们倒退到往日的血腥屠杀中去。它会不会开始一轮新的枪杀，从而导致匆忙处死死囚区里的一大批犯人呢？这将有损于美国在世界上的形象。使刘易斯高兴的是，他的两位丹佛同仁将和他一起出庭审理此案。

六

飞机比预定时间晚十分钟到达。朱迪想，现在唯一能阻止这一切进行下去的办法就是在下飞机时摔倒，把腿跌断，那样他们就不得不罢手。当然，他们也许不会罢手的。不过，朱迪到底还是太胆小了。她也许还没把自己的腿摔断，就已经成了自己的当事人。

飞机在比奇克拉夫特-得克萨科小型飞机场的跑道上滑行了一阵，最后停了下来。停机坪上开着许多盏耀眼的聚光灯，飞机停下后，更多的灯亮了起来。戴夫·施温迪曼注意到，气氛变得有些虚幻。离开盐湖城时就是这种情景，现在他们又回到同一情景之中了。刚刚穿过暴风雨肆虐的黑夜，现在返回到灯火辉煌的地面了。座舱门打开了，外面在聚光灯的照耀下如同白昼，到处都是记者。他们什么也看不清楚，只顾匆匆朝正等着他们的出租车走去，汽车已经发动起来了。

法院前的广场上挤满了带着电影摄影机和麦克风的记者。盐湖城电视台第二频道的新闻节目主持人桑迪·吉尔玛驾着他自己的飞机比他们早一步来到了丹佛。这时，他跟他们开起玩笑来：怎么这么晚才来呀？天啊！是不是碰到其他什么好事了？刘易斯法官步履艰难地朝大楼入口处走去。值班的治安警卫只在晚上上班，在这之前从没见过第十巡回法庭的首席法官。他说，在这个混乱的时刻，他不能放任何人进去。

最后，门终于打开了，法官告诉他们坐电梯上四楼。在这段去审判室的路上，他们简直是在和记者们比赛竞走。

七

这个时候在华盛顿已经快到上午九点了,阿尔·布朗斯坦来到了最高法院书记官迈克尔·罗达克的办公室,交给他一份手写的给怀特法官的申请书。布朗斯坦在他的文件上加了标题:"威利斯·W.里特阁下对犹他州。"他告诉罗达克先生,他们这个案子的程序很特殊。据他所知,丹佛的上诉法庭尚未开庭,但时间越来越紧。他想和文件一起留在这儿,说不定哪一刻就会需要他的。"好吧,"罗达克说,"让我们一起等吧。"他帮布朗斯坦找了一间小小的临时办公室。

第三十五章 黎明

一

托妮从监狱回到家时,夜还不算太深,还可以和霍华德亲热一会儿。霍华德必须在四点三十分起床赶到南犹他去干星期一上午的活。在这种情况下,起床前他们根本没睡。

托妮第三次赶回监狱时,他们对她说这个时候来看加里已经太晚了。探访加里的人马上就要离开一级警戒牢房区,所以他们不能带她进去了。他们让托妮在三级警戒牢房区等了很长时间。后来狄克·格雷被带了进来。他说:"托妮,不要进去了,只要像昨天晚上那样记着他就行了。"她摇了摇头说:"我想和他道别。""不行,"狄克·格雷对她说,"你这样做会使他面对死刑时更加难受。如果你感情上撑不住,他也会垮掉的。"这时,托妮有一种感觉，加里害怕极了，他并不想死。

希勒凌晨五点四十五分到达监狱大门时，那些警卫简直不相信自己的眼睛了。希勒说："昨晚我压根没进去。""不，"他们说，"你确实进去了。"

"就算是吧，"希勒承认了，"是的，我是五点半进去的，但六点差五分时我又出来了。"这就是他的回答。警卫们耸了耸肩，他们知道希勒在撒谎，但又能拿他怎么样呢？一名警卫出来带他去了停车场，希勒停放好车子，他俩一路朝一级警戒牢房区走去。这是一个冰冷彻骨的夜晚，天仍然很黑，太阳躲在山脊那边还没有出来，不过东方正在渐渐露出鱼肚白色。

在这些山区，也许只消半小时天就大亮了，但太阳完全升起来却要两个小时。希勒快步走着，陪他的警卫十分和气，他似乎察觉到希勒已有很长时间没合眼，他对希勒说："如果你想停下来歇一会儿，请随便。"

希勒不知道他们是否都有某种快要解脱出来的感觉，但这个警卫很讨人喜欢。"你想喝点咖啡吗？"他问希勒。只有这名警卫陪着他往里走，但希勒却感到了镇静、一种安详，这是他以前来监狱时从没有过的。现在是差五分六点。他回过头去，黑沉沉的天空又抹上了一层淡淡的蓝色，东方地平线上出现了一线明亮的光，周围的监狱建筑在朦胧之中看上去像是座修道院。

警卫把他带到了三级警戒牢房区的探监室，他是第一个到达那儿的人。坐下后，他想起执行死刑时自己要作记录，便伸手到口袋里去掏拍纸簿。他想掏的是两天前他决定练习不看纸面作记录时用的那本拍纸簿，不料摸来摸去却只掏出了本支票簿。他只好在支票背面作记录了。意识到这一点后他差点气炸了肺,怎么竟他妈的会出这种事:他使劲控制住胃里的一阵痉挛,眼泪止不住涌上眼眶。如果此刻有位记者看见他手里拿着支票簿,还不知会做什么文章呢。

探监室附近有个洗手间。处在这种情绪中,他只得每隔五分钟进去一趟。此外,他总是忍不住想解小便,但又什么也解不出来。他的身体系统完全紊乱了。他一生中还从没过这种事,一切都乱套了。

二

留在盐湖城的麦克·迪莫躲在自己的办公室里。他把所有的藏书都搬了出来,埋头研究起在日出后多久执行死刑仍是合法的问题。他找来找去,找不到这方面的材料,变得越来越泄气。如果迪莫是个勤劳苦干的人,那么他现在正是在苦干。在没有任何材料作为依据的情况下,他独自一人坐在那儿苦思冥想,寻找着这样一个重要的论据。六点半时,已经到达丹佛的施温迪曼打来电话传达汉森的口信,如果诺亚尔·伍顿能让布洛克改写他的判决,他们就不必需要法律条文作为依据了。

伍顿睁着眼睛在床上躺了一夜,竭力忍住不去想第二天早晨的行刑。他觉得,让他去做行刑的见证人毫无道理。他不想去。几天前他去找布洛克商量这件事,布洛克解释说,在法令上"邀请"这个词意味着一种不能回绝的建议。伍顿又找了另一位法官,那位法官说:"你有道义上的义务,因为这事是你挑起来的。"还有一位法官则说:"告诉他们见鬼去吧!"于是,诺亚尔对史密斯狱长说:"我谨向你提出,我将谢绝邀请。"萨姆·史密斯回答说:"如果你能来，我将感到非常荣幸。首席检察官说一定要你到场。"唉，只好去了。

时间一分一秒地过去。他怎么也睡不着，不过他并没有爬起来打开电视或者收音机。直到早晨，布洛克和他的调查员来陪他去监狱时，他才听说了里特暂缓行刑的裁决。伍顿决定，不管怎样，他得去看看到底发生了什么事。

他匆匆走进监狱行政大楼，这才知道鲍勃·汉森已经去了丹佛。狱长问，如果到了七点四十九分他们还没作好行刑准备的话，那该怎么办？就在这时，迪莫从盐湖城打来了电话，说他们要求诺亚尔想法改动一下死刑令状上的措辞。

然而，还得告诉布洛克法官迄今为止发生的这一切。他有些吃惊。他没料到会有人半夜里乘着飞机去丹佛，更没料到人们会为了这样的事情把法官从床上叫起来（为了这种事，都不该把法官从酒吧里叫出来），但布洛克甚至没把这想法说给自己听。这时诺亚尔问他，可不可以改写一下他判决书上的"日出"那段话。布洛克法官没有时间细想这个问题，只觉得以往那种厌烦之感又涌上心头。他对自己说，你无须再次审判加里，那个决定已经作出了，现在的问题只是时间而已。于是，他对伍顿说，可以——他可以改动。他记得早先在十月份时，他曾把时间定在早晨八点。但六十天之后，到了十二月份时，狱长说："如果我们重新作出决定，你能不能把时间定在日出？八点钟会影响监狱开早饭和打扫卫生。从行政管理的角度来说，早一点大有好处。"当时布洛克法官说："可以，任何时间都可以，或早，或晚，半夜都行，对我都一样。""日出"纯粹是个军事术语；不管处死谁，那都不是个好时间。当你把一个人推向死亡时，即使你不是个最虔诚的摩门教徒，你也会感到忐忑不安，因为，在另一个世界里，你会和他再度相见的。

三

大约七点三十分时，几个警卫来到一级警戒牢房区的探监室，通知大家该向加里告别了。狱长已经发了话，按原定死刑方案进行。于是他们开始给加里作准备。当然，在丹佛那边传来消息之前，谁也不敢肯定死刑能否执行，因此告别仪式显得非常滑稽，有点散漫。伊芙琳·格雷和狄克·格雷已经走了，让和弗恩已经出了那道双层门，正走向一辆等着他们的汽车。克莱因·坎贝尔和鲍勃·穆迪还在那儿。加里则与几个专职看管他的警卫握手告别。他甚至把手搭到了其中一个人的肩上说："你知道吗。"然后又对另一个龇牙笑笑说："你这个黑杂种，不过我喜欢你。"听了这话，那位黑人警卫挺高兴。他们都是些坚强粗鲁的年轻汉子，但此刻他们却几乎要哭出来了。接着，另一帮该死的警卫走了进来。这些膀大腰圆的家伙站在那儿，手拿手铐脚镣，身穿紫褐上衣。吉尔摩对他们说："好了，开始吧！"

他镇定地伸出双手。坎贝尔离开牢房向等着他的汽车走去。不过穿过那道双层门时他回过头来，正好看见他们在争吵，是为了那副脚镣。

穆迪看得清清楚楚。"听着，"加里对警卫们说，"我要走着出去，你们用不着给我戴这些东西。"警卫说："这是监狱的规定，我们是在执行命令。"这是个错误。到这个时候，加里服用的兴奋剂已经完全不起作用了，他的精神几乎垮了。不该在这个时候逼他。

他们越吵越凶，就好像发生了一起轮奸。加里似乎最后非得拼一下不可，好让警卫们瞧瞧，他决不会再屈服的。穆迪真想大喊一声："你们进来时就不能对他好好说，就说，'好了，加里，时间到了。'看他能不能像个真正的男子汉那样走出去？如果他不能，再给他戴脚镣也不晚啊！笨蛋，笨蛋，一帮暴徒！"他们一次次抓住加里想把他制服，加里则不停地嚷嚷着："我还没作好走的准备呢。"他胡乱拿起最后几样东西，也不管是什么。然后他们揪住他，把他从另一扇门里带了出去。其他警卫过来要求穆迪退出去。穆迪走出来，上了汽车，这辆车将把他送到指定的地点。

第三十六章　魏林的米基和公园山的尤都拉

一

首席检察官的人刚到法庭，三人法官小组就从他们的议事厅里走了出来。和刘易斯一起出来的是威廉·道尔法官和吉恩·布赖顿斯坦法官。厄尔看了一下手表，七点差十分。

鲍勃·汉森站起来介绍了他的助理们，然后便开始陈述本案的前因后果。一位法官打断了他，问能不能马上谈实质性问题？鲍勃点了点头，要厄尔谈谈案子的第一部分。

厄尔开始了他的开场陈述。这个时候，刘易斯法官从高高的法官席上往下看了看，问怎么没有美国公民自由联合会的人出庭。大伙都感到迷惑不解，他们的律师席上空无一人，谁也不知道他们在哪儿。厄尔产生了一种被冷落在一边的感觉。

他心里的火气直往上蹿。人人都认识到事情的紧迫性，美国公民自由联合会肯定是在故意拖延开庭。厄尔站在那儿，三分钟过去了，五分钟，六分钟，七分钟，时间就这样一分一秒地过去了。等的时间越长，他的火气越大。终于，朱迪和美国公民自由联合会的其他几个律师走了进来。他瞪了朱迪一眼。事实上，他和她展开了一场眼神之间的较量，朱迪同样怒气冲冲地回瞪着他。

二

走进大楼，朱迪脑子里的第一个念头就是，到哪儿去找自己人？一切事情都悬而未决，案子是分成几个部分通过电话布置的。现在，她一走进大厅，就有一位妩媚动人的年轻女士迎了上来。她没听清这位女士的名字。她急急忙忙地把朱迪带到走廊的另一头。美国公民自由联合会的四位律师正在律师休息室里等着她呢。她们刚刚坐下，施温迪曼和书记官就冲了进来，对他们说："他们已经开始了，要求你们立刻出庭。"噢，我的上帝，朱迪想，这是个什么样的开端啊，已经犯下蔑视法庭罪了。

她尽量装出一副满不在乎的样子走了进去。不过里面的气氛庄严肃穆，法官们穿着长袍端坐在上面的法官席上。她以前从没见过法官坐得那么高，离地面肯定有六英尺。当你抬头和他们说话时，你觉得自己好像是跪在地上的。

道罗斯对她怒目而视。早晨七点钟就瞪人！在这种时候恶狠狠地瞪眼睛，朱迪也能做出来。她对自己说："我恨他，也瞧不起他。"她使足劲恶狠狠地回瞪着他。

厄尔继续着他的开场陈述。"法庭的所有成员，"他说，"我们面临着一个严峻的时间问题。枪决吉尔摩先生的原定时间是早晨七点四十九分。"现在已经是早晨七点了。

刘易斯告诉他，只能用十五分钟的时间阐述自己的论点。但不到十分钟，厄尔就讲完了。他觉得眼下的这种压力加强了他论点的力量。他说，原告在前一天晚上九点钟提出他们的诉讼，就这桩突如其来的滥用纳税人权利案而言，他们提出诉讼的时间略晚了一点。他觉得自己的话句句在理。"美国公民自由联合会正在利用纳税人诉讼案来达到拖延犹他州行使其法定权力的目的。"他感到义愤填膺。"这种做法根本站不住脚！"

他争辩说，里特法官显然滥用了法庭酌处权。没有任何人能够证明联邦政府拨出专款用于此次行刑。此外，里特法官曾认定犹他州的法令违宪，而实际上这个法令是符合宪法的，这一点已经由联邦最高法院核准过了。如果联邦最高法院认为该法令有缺陷，他们就不可能裁定吉尔摩有放弃上诉的权利。

彼尔·巴雷特本应该第二个发言的，他将证明美国公民自由联合会的论点为什么不能成立。但法官说，他们想先听听美国公民自由联合会的说法。于是，美国公民自由联合会的一位律师史蒂夫·佩瓦站起来辩解道，把这个案子在巡回法庭提出来是不恰当的。从凌晨三点到黎明，史蒂夫·佩瓦通过电话和金克斯·戴勃尼反复进行了磋商，最后他们一致认为，犹他州不能申请书面训令，因为里特作出的裁决并没有超出他的权力范围。如果仅仅因为某种轻微的违法行为，里特就命令犹他州州长把州议会会堂向南移三个街区，在那种情况下申请书面训令是合适的。但这个案子，至少从表面上看，是一桩真正的法律诉讼案。他们提出了一份申请，并且得到了批准。嗨，如果不是威利斯·里特审理此案，首席检察官办公室根本不敢申请书面训令。所以，戴勃尼和佩瓦越往深讨论此案，越觉得他们有希望。

然而当佩瓦试图提出这些论据时，布赖顿斯坦法官竟发起火来。哎唷，朱迪不敢相信那个人的脸色竟会那样难看。"我知道这里的法律是什么，"他对佩瓦说，"你认为今天早晨五点半以来我们一直读的是什么？"真是个绝妙的场面，年老的法官严厉训斥年轻的律师。"在法律问题上，用不着你来教训我们。你讲得够多了，我们不想再听。请马上谈本案的实质性问题。"朱迪听到的就是这样一通话。好一个性情暴躁的法官。佩瓦试图回到那个论点上去，你不能因为一点点小事就对法官滥用书面训令。但法庭拒绝接受这一论点。几分钟后，法庭警告美国公民自由联合会，他们在拖延此案。这时，一位律师站起来说，沃尔贝奇女士要求接着发言。

朱迪谈了自己的理由。她只不过是匆匆重复了一遍金克斯已经陈述过的那些论据。在她陈述观点时，她瞪着厄尔·道罗斯。今天晚上她恨透了他。这倒不是因为他做了什么事惹恼了她，而是因为他太自以为是了。

朱迪坐下后，另一位美国公民自由联合会的律师一般性地谈了几句反对死刑的话。法官们打断了他的发言。审理速度越来越快了。彼尔·巴雷特试图讨论立足点问题，但法官说，他们对那个问题已经很清楚了。首席检察官办公室是否想接着发言？比尔·艾文思开始为犹他州法令的合宪性辩护。法官们打断了他，说这个问题与面前的这个案子无关。审理越来越仓促。当美国公民自由联合会的一位律师想讨论一下死刑问题时，三人法官小组打断了他，宣布休庭。现在，法官们将去写他们的裁决书。

刘易斯法官离开法官席时说："吉尔摩先生和其他人一样有他自己的权利。如果在行刑过程中出现什么差错的话，那么也应该由他自己负责。"说完他们离开了法庭。

厄尔·道罗斯转身告诉戴夫·施温迪曼随便去哪儿找个电话，与戈登·理查兹取得联系。施温迪曼必须先说出"公园山的尤都拉"这个暗号以证明自己的身份，然后叫戈登守着电话。施温迪曼马上走出审判室来到书记官办公室，一路上他极力克制住自己不要跑起来。书记官办公室只有一位秘书。施温迪曼在一张空着的办公桌前坐了下来，打了一个受话人付费电话给正在犹他州监狱的理查兹。说过暗号之后，他告诉理查兹，看上去他们要赢了。为了保持电话线路畅通，他们闲聊起来。理查兹告诉他，这个晚上冷得出奇，押送吉尔摩的囚车和接送见证人的汽车都已准备完毕，分别停在一级警戒牢房区和三级警戒牢房区的外面，汽车一直没有熄火。

在审判室里等待裁决的时候，厄尔深信他们这一方会赢的。他感到心情平静，这可是最近几天来的第一次。他转过脸对鲍勃·汉森说，感谢他督促他们的这项工作，并亲自赶来丹佛。他讲话时，声音中饱含着自己也没有料到的激情，这使他心头一阵狂乱，担心自己看上去也许眼泪汪汪的。当然，他对这样一位首席检察官感激不尽，这位首席检察官心甘情愿地参与到一个具体案子中并毫不犹豫地督促他的属下尽最大的努力工作。

三分钟后，法官们回到了法庭上。他们没有自己宣读裁决书，而是由法庭书记官霍华德·菲利普斯代他们宣读，后者的声音干涩、傲慢。他宣读的时候，朱迪想，他们忽略了许多事情，其中之一就是他们没有法庭记录员，这样将不会有官方记录。太可气了。瞧，一转眼，法官们出去了。又一转眼，他们回来了。她坐在那儿，听着书记官宣读裁决书。

"兹令如下：书面训令已获批准。本庭宣布，撤销今天凌晨一时零五分由犹他州地方法院法官尊敬的威利斯·里特阁下发布的临时约束令，此令不再具有任何法律效用。本庭命令，尊敬的威利斯·里特阁下在加里·吉尔摩案中不得以任何方法采取任何进一步的行动，除非吉尔摩正式委托的律师或吉尔摩本人提出诉讼。一九七七年一月十七日凌晨七时三十五分。"

厄尔冲出法庭，却撞上了几位记者，他尖叫着叫他们让开。

戴夫·施温迪曼听到走廊里一阵跑步声，接着厄尔一阵风似的冲了进来。他抓起电话对戈登·理查兹说，训令已经得到批准，监狱应该开始进行行刑所必需的所有工作。

在电话线的另一头，理查兹的声音听起来极为紧张。他一个接一个地提问题，这是最后的裁决吗？对方是否准备上诉最高法院？等等等等。厄尔只得更详尽地对他叙述了发生的一切，并告诉他命令狱方开始行刑。戈登说，至少得需要半小时的准备时间。在日出时行刑是否至关重要？因为他们到那个时候还不可能准备好。道罗斯说，他们得出的结论证明，唯一重要的是日期而不是这一日期里的某个具体时间。理查兹似乎仍然没有把握。他说他得与迪莫通通气。道罗斯同意了，让他找迪莫核对去吧。

然而，理查兹的声音听起来仍然很紧张。他问，美国公民自由联合会是否有可能在接下来的半小时内从联邦最高法院获得暂缓行刑的裁决？

他们也许会获得。似乎有可能，但也未必。道罗斯说，如果真有这种可能，那么消息会直接从最高法院那边传过来的，那边打电话来的是"西弗吉尼亚魏林的米基"。理查兹又一次说，他将打电话给迪莫。

这时，美国公民自由联合会的律师也跑了进来。他们想打电话给最高法院。但和他们一起进来的霍华德·菲利普斯说，不允许使用他的电话。美国公民自由联合会的家伙马上用手指头指着厄尔说，他一直在用这个电话，为什么他们就不可以。菲利普斯回答说他不知道，并叫厄尔出去。厄尔拔腿就走。这时菲利普斯显得很不高兴，他对美国公民自由联合会的人说，他口袋里全是二十五美分的硬币，请他们拿这些硬币到外面去打投币电话。

他们走后，道罗斯来到走廊里，从四楼的一个窗户往外望去。他能够看见，记者们在下面的广场上采访鲍勃·汉森。太阳正在丹佛的上空冉冉升起。道罗斯胸中油然生出一种温暖的喜悦之情。在那种情况下，他们所提出的论据是最合适的。玻璃窗上的影子使厄尔注意到自己胡子拉碴、两眼充血，他需要洗个澡了，但他的感觉非常好。

刘易斯法官这时想，这件事真叫人不愉快，也许这是他法官生涯中所经历过的最痛苦、最激动的时刻。他自言自语道："哼，最高法院从不管这种事，他们有的是机会，可他们就是不管。"毫无疑问，他和他的两位法庭同仁是正确的。

第三十七章　走在通往永恒的路上

一

戈登·理查兹在早晨七点三十五分打电话给麦克·迪莫，告诉他丹佛方面已经撤销了里特的暂缓行刑令。现在他们能不能按计划行刑？迪莫大吃一惊，他对着话筒喊道："他们真撤销了吗？！"

他简直惊得目瞪口呆。

迪莫压根没想到事情会进展得如此神速。他原以为应该……死刑会再推迟三十天，或者即使真的要行刑，也不会在一大早，比方说，在临近中午的时候，会有明确说法的。不过，此时他很快恢复了常态。他告诉理查兹，狱长会采取措施的。可理查兹却忧心忡忡。他说，美国公民自由联合会正在想办法向最高法院提出上诉，他们是否应该等一等再说？迪莫回答说，目前唯一有效的合法命令就是布洛克修改过行刑时间的那份判决书，他认为继续实施行刑计划并不存在着任何法律上的障碍。法律没有要求他们去预见任何法院可能宣布的缓刑令，当然也包括最高法院。迪莫知道，要把吉尔摩从一级警戒牢房区押送到刑场至少需要半个小时，既然丹佛那边已经发了话，他认为没有理由再拖延了。

然而，结束了和理查兹的通话后，他立即直接打电话给第十巡回法庭的霍华德·菲利普斯，要求他证实法庭的裁决。菲利普斯对着话筒给他大声念了一遍裁决书。迪莫刚放下电话，一位知道迪莫办公室私人电话号码的合众国际社记者就打来了电话，要求采访迪莫。迪莫说他会给他回电话的，但这位记者不停地提问题，虽然谈不上无礼但也够固执的。最后，为了使电话畅通，迪莫只得说，是的，我们准备枪决吉尔摩。他不想一口拒绝回答那位记者的问题。

七点五十五分左右，戈登·理查兹又打来电话，说吉尔摩已经被押送到刑场，萨姆·史密斯已经作好了行刑准备。迪莫有什么建议吗？麦克又吃了一惊，怎么一切都进行得那么快呢。他向理查兹证实说，他没有接到任何暂缓行刑的命令。他告诉理查兹按计划执行，死刑一结束立即打电话告诉他。

迪莫觉得，重要的是应该由他来担负这个责任。戈登·理查兹只是一个法学院三年级的学生，如果在这样重大的事情上由他向监狱提供法律咨询，这对他以后开业当律师大为不利。州律师协会永远不会原谅一个提供法律咨询的学生。所以，迪莫明确地宣布：是他迪莫决定对吉尔摩执行死刑的。如果以后美国公民自由联合会提出非法致死诉讼案，他将出面承担全部责任。当然，迪莫可以想办法与鲍勃·汉森取得联系，不过鲍勃与他几乎在所有问题上看法都一致。他敢肯定，鲍勃在这事上决不会说出与他相反的意见。所以，他想，让他们去控告我们好了，我们绝不回避。

此刻，他也可以给州长迈瑟森打个电话，问问在那方面是否还有改变主意的可能，但他已经和州长谈过几次话了。州长的态度是不想卷入其中。现在为什么要给他这样一个机会呢？据他所知，迈瑟森正躺在家里的床上睡大觉呢，迪莫不想叫醒州长，弄得他大清早便心神不定、坐立不安。突然，迪莫想，对，我最好干点什么。他便打了个电话给监狱。他想，还是让州长置身事外为好。

迪莫一直希望他们能在七点四十九分左右执行死刑。行刑时间离日出很近，问题就不会那么复杂了。虽然迪莫知道，厄尔·道罗斯的论据是"时间"等于"日期"，但他也想到了一个完全相反的论点，即"命令"必须有一定程度的精确性。迪莫想，如果对方提出，他们以不正当的方式使布洛克下了这道新命令，因为他们从没就这一点举行过听证会，到那时他们将没有更多的理由为自己辩解。越接近日出的时候枪决吉尔摩，麻烦事就越少。法律不喜欢小题大做。如果行刑时间离日出只差几分钟而不是几个小时的话，那么遭到攻击的可能性就很小。

当他告诉戈登·理查兹按计划进行时，他仿佛觉得此刻他正坐在桌旁，双手握着加里·吉尔摩那颗跳动的心呢。这是个关键时刻，真的。迪莫曾在预备役部队当过六年兵，在炮兵部队服过六个月的役，但他从没上过战场。所以，他说不准自己眼下这种感觉是不是和你马上要面对面杀人时产生的那种情感一样。显然，他此刻的反应比他自己想像的要复杂得多。挂掉电话后，他坐立不安，办公室里太寂静太冷清了。他自言自语地说，他已经工作了一整夜，快要累死了，而且浑身脏得要命，满脸胡子茬，袜子臭气熏天。他不仅仅疲劳过度，而且快要气衰力竭了。星期天是个忙碌的日子。在鲍勃·汉森的办公室里他是第二号人物，而且他还是他那个教区主教的第二顾问。教会活动每星期要占去他二十五到四十小时的时间，除非法律事务太忙，例如，吉尔摩这个案子这个星期就占去他六十到七十小时的时间。即使这样，昨天一整天他都呆在教堂里，这一夜他又一直工作到天明。这时他突然意识到，即使他赞成极刑，他也一直长时间地忍受着情感上的煎熬。不知怎的，他总希望自己是那个执行判决的人。说到底，他是赞成死刑的。

二

迪莫觉得，人生活在世界上就要接受考验，看我们是否活得清清白白。忏悔是个关键。一个人必须用他的一生来赎回他所犯的罪孽，但有极少的几种罪行是你此生不可能得到宽恕的，其中之一就是谋杀。也许谋杀也可以得到宽恕，但不是在今生，而是在来世。为了赎罪，你必须放弃自己的生命。所以，迪莫认为他下令执行死刑，与其说是要结束加里·吉尔摩的生存，倒不如说是正帮助吉尔摩进入一个神圣的境界。在通往永恒道路上的某个地方，这个人的杀人罪将会得到宽恕。

迪莫孤单单地坐在办公室里，想着自己浑身上下满是污垢，觉得自己的骨头都快要累断了。但他觉得，怀有他那些目标和抱负、身居他那种地位的人必须不但能够作出决定，而且能够把决定付诸实施。所以，当他和戈登通完最后一次电话后坐着等待时，他对自己说："我能干这项工作兴许是有原因的。也许只有我才能够处理这事。"他做每件事时都会产生这种想法。他认为自己被委派到这个世界上来是肩负着改良社会的重任的，他喜欢这样想。他希望自己命中注定成为一个宏伟计划中的一部分。

所以，什么时候鲍勃·汉森不想竞选首席检察官了，迪莫立刻会挺身而出的。几年来，他在共和党的政治活动中积极活跃，他有他的雄心大志，其中之一就是当州长。尽管摩门教信仰自由意志，但它也谆谆教诲人们，所有的计划都是上帝预先制订的，这些计划肯定会实现的，除非人们未能贯彻执行它们。如果他迪莫有朝一日成为政府中的首脑，那么显然也是命中注定的。他正在坚定不移地执行着上帝的计划。今天让他担负对这个人执行死刑的重任也许就是他使命中的一部分，也许是为他将来承担更为重要的责任作准备。

三

在华盛顿，阿尔·布朗斯坦的文件于九点四十分送到最高法院法官怀特的手里。当时是丹佛时间七点四十分。十分钟后文件又送了回来。怀特法官驳回了暂缓行刑的申请。布朗斯坦对此早有准备。一桩案子只要和巡回法庭挂上了钩，你首先必须跨越巡回法庭直接向最高法院的法官——在目前情况下，也就是向怀特法官——上诉。现在他把同样的申请提交给马歇尔法官，几分钟后，文件也退了回来，批示是"申请被驳回"。

然后，布朗斯坦要求把申请送交布伦南法官，要求让全体法官共同裁决。迈克尔·罗达克带着文件出去了，一分钟后，副首席书记官弗朗西斯·劳森出来告诉布朗斯坦，最高法院的法官们刚才正在更衣室更衣，准备出席例会。不过，现在他们已经回来研究布朗斯坦的申请书了。这是非常罕见的。五分钟后罗达克递给布朗斯坦一封短笺。短笺上写着，最高法院的全体法官在最高法院首席法官伯格的主持下，于十时零三分驳回了暂缓行刑的申请。这是犹他时间八点零三分，所有最后的法律手段都已经用尽了，没有什么能阻止加里·吉尔摩的死刑了。

第三十八章　射火鸡表演

一

希勒在警卫的陪同下走进三级警戒牢房区的探监室，里面有许多他不认识的人。他们一个接着一个走进来，展开折叠椅坐下，竭力掩饰着慌乱的心情。没有人交谈。房间里也没有葬礼那种气氛，不过确实有一种绝对的、彬彬有礼的安静。

托妮·格尼走了进来。拉里终于见到一个可打招呼的人了，他和托妮闲聊起来。说他是第一个打破沉默的人有点过分，但至少他们开始谈话后，许多人也跟着交谈了起来。

过了一会儿，弗恩走了过来。他指了指一个希勒早就注意到的人。这个人脸上冷冰冰的，头上显然戴的是假发，身旁陪坐着两个表情严肃的女人。希勒猜想，这人多半是殡葬业人士，但弗恩说："这就是那个要摘取加里眼睛的医生。"

这时斯坦吉走了进来，他一副气哼哼的样子。布洛克法官已经推迟了执行死刑的时间。现在，加里可能在这一天内的任何时间被处死。"拉里，你相信吗？"希勒看得出来，斯坦吉并不想让加里被处死。事实上，当穆迪走过来时，让仍然坚持说，这只不过又是一次空弹演习，死刑根本就不会执行了。希勒听到有人在屋角说："他们也许会让我们在这儿等上三个小时呢。"

就在这时，一个警卫从后门跑进来，边跑边扭头大声喊着："裁决推翻了，死刑开始了。"这时，斯坦吉第一次意识到加里·吉尔摩马上要被枪毙了，他似乎觉得胸口被人猛踢了一脚，顿感浑身冰凉。这是一种令人毛骨悚然的感觉，某种奇怪的反应传遍了全身。让有生以来第一次感到自己的勇气枯竭了。他的心脏肯定已经凝结成冰块了。他抬起头来，看见希勒正在一张纸的背面写着什么。他想："我真高兴，他把这一切都记下来了，因为我连动一动的力气都没有了，我不知道自己还能不能迈开步。"

警卫开始接送来宾。他们把斯坦吉领到车前，他知道自己看上去肯定是一副要呕吐的样子。他觉得自己就要憋死了，真怕自己会发疯，因为他先前敢拿一百万美元打赌，加里·吉尔摩永远不会被处死。那种想法使他的工作容易多了。在实现加里的愿望上，他从没因道义感而犹豫过。事实上，如果他真的相信犹他州会执行死刑，那他绝对不会去做加里的律师的。这是一场戏，让觉得自己不过是舞台上一个微不足道的角色。

二

在外面的停车场上，记者们都被叫醒了，响起了一阵砰砰啪啪开关车门的声音。有人大声喊着："行刑队来了。"

前来为《新时代》作现场采访的罗伯特·萨姆·安森记下了当时的情景:

"大家又一次狂奔起来,在一百码外的一级警戒牢房区内,一辆警车和一辆囚车一前一后开到大门跟前。此刻萨姆·史密斯大步朝大楼走去。他昂头挺胸,表情坚定,没有穿外套,似乎对严寒毫不介意。七点四十七分,一小队人从一级警戒牢房区的门里走了出来。虽然离得这么远,我们仍然能清楚地看到吉尔摩。他穿着白色长裤和黑色T恤衫……有一位警卫说:'看来一切顺利。'他的同伴说:'剩下来的都是些文字工作了。'

"吉尔摩出现后,记者们变成了一群暴徒,他们像一群受到惊吓的牲畜一样四处乱窜。摄像机照明灯摇摇晃晃地伸向空中,他们费力地寻找着最佳位置。制片人大声地发号施令。杰拉尔多·里弗拉正好在监狱大楼的前面。他穿着黑色的皮夹克和牛仔裤,神色冷静。也只有杰拉尔多·里弗拉现在还能保持冷静。他对着麦克风大声喊道:'停播罗纳那套节目,把它删掉,播放我的现场报道。你们会听到枪声的,我保证,你们会听到枪声的。'"

加里走出一级警戒牢房区,由警卫押送到了囚车上,坐在司机的后面。米尔斯曼坐到了他身旁。接着,狱长和三位新警卫上了车。囚车载着这七个人慢慢地开动了。从一级警戒牢房区到那个刑场大约有四分之一英里。狱内的道路空荡荡的,只有这一辆车在行驶着。

车子一开动,加里就把两只戴着手铐的手伸到裤子口袋里,掏出了一张折叠起来的纸片,把它在膝盖上摊开来仔细看着。这是一张从杂志上剪下来的尼科尔的照片。

囚车司机发动马达时,本来就开着的收音机又响了起来。囚车里的气氛本来就非常紧张，收音机一响每个人都吓了一跳。收音机里正在播放一支歌曲，司机立刻伸出手想把它关掉。但加里抬起头说："请让它开着吧。"于是，车开动了。收音机里传出歌声，歌词大意是，一只白色的小鸟在高高地飞翔。"白色的小鸟，"歌中反复唱道，"我只是空中的一只小鸟，白色的小鸟，我飞过群山和峻岭。"

司机又问了一遍："你还想让我把收音机开着？"加里又回答了一遍："是的。"
"新的一天新的路，"歌中这样唱道，"我朝着太阳飞翔。"

囚车缓慢地行驶着，歌声在车内回荡。米尔斯曼神父注意到，加里不再盯着那张照片，就好像歌词更加重要了。

一旦我输掉，
一旦他们给我戴上镣铐，
是的，他们想摧垮我的毅力，
啊，我仍然能够感觉到疼痛。

没有人讲话，歌声继续在车内回荡。

没有人能夺走我的自由，
是的，没有人能夺走我的自由。

歌声停止后，囚车在沉默之中开到了刑场。这天早些时候，车里的这些警卫拿一个假人代替加里，已经在这个地方演练过一遍了。现在，他们按照演练时的顺序一个接一个下了车。他们已经非常非常顺利地把加里带到了刑场。米尔斯曼想，事先演练一遍果真大有好处。

昨夜我在梦中展翅飞翔，
像一只白色的小鸟穿过那扇窗……
今夜我要让灵魂带着我飞到你的身旁。

三

从一级警戒牢房区到刑场的路上，收音机里播放《白色的小鸟》那段时间里，米尔斯曼神父产生了一种以前从没有过的特殊情感。像其他任何事情一样，一个人得一步一步地完成每个特定的阶段，这件事才能顺顺当当地进行。米尔斯曼神父觉得，事先考虑好下一步该怎么做是头等大事，这样你迈步走进囚车时步履就会非常坚定。

米尔斯曼神父想，这件事计划得天衣无缝。他们甚至作出安排，在加里乘坐的这辆囚车从一级警戒牢房区开往刑场时，停在监狱停车场上的所有车辆都不准发动，这样，这辆囚车便可以平安驶过，不受任何威胁。当局还用跑表测定了押送的时间，这样他们就可以精确地知道囚车从这个拐角开到那个拐角需要多少时间。米尔斯曼神父聚精会神地考虑着这些步骤的逻辑性，别的事情全让他抛到脑后去了。对他来说，最重要的是在整个过程中不要让任何事情扰乱加里。他要让加里·吉尔摩保持那种镇静的心情，以便整个过程能顺利地进行，圆满地结束。米尔斯曼神父裹着冬天穿的黑袍，默默地想啊想啊，直到囚车载着他和其他人到达刑场。

此刻，重要的是要使囚车停在离阶梯最近的地方。米尔斯曼神父想，加里戴着脚镣呢，最要紧的是不要让他缓慢地、痛苦地走过一段漫长的路程。事实上,直到全部程序都结束了,米尔斯曼神父仍在翻来覆去地考虑这些行动的细节。他们拾级上楼,走了九级或十级木板阶梯就到了行刑室。吉尔摩被安置在那张椅子上后,米尔斯曼神父产生了一种安然到家的感觉,接下来的事会顺利进行的。

诺亚尔·伍顿离开狱长办公室,打算徒步走到刑场去。他不紧不慢地迈着步。幸运的话,待他赶到那儿,一切都已经结束了。可犹他县的治安官偏偏特地在他身旁停下车,要捎他一起走。车子开到一个仓库的门前,副狱长里昂·海奇站在那儿招手示意伍顿进去。这是个灰色水泥空心砖墙的大屋子。伍顿只注意到这一点,因为他立刻走到屋子后部去了。看到那儿那么多人,诺亚尔暗吃一惊。他的前面站着许多身材高大的汉子,所以他什么也看不见。这太好了。他不想挡住任何人的视线,他就想站在后面,和那些空油漆罐、旧轮胎和废弃的机器在一起。

四

在丹佛,正在走廊上来回踱着步的厄尔·道罗斯。突然注意到KSL电台的杰克·福特在打电话。杰克一走出电话间,厄尔就上前问他监狱那边的事进行得怎么样了。杰克说,一切正在进行之中,囚车刚把吉尔摩押送到刑场。

在被厄尔认为是一场磨难的这整个过程中,他第一次意识到一个人真的要被处死了。方才当他把裁决结果告诉戈登·理查兹时,理查兹紧张得要死,现在轮到厄尔紧张了。这种紧张情绪使他体会到监狱里那些工作人员的感受。他替狱长感到难过,他的朋友萨姆·史密斯下令杀死一个人时,心里肯定也很不好过。

然而，厄尔却能肯定，自己一点也不同情吉尔摩。想到吉尔摩给受害者家属带来的不幸，想到吉尔摩给厄尔自己的个人生活带来的影响，他一点也不同情吉尔摩。这几个月他连自己的孩子都没见上几面，虽然这种影响比前一种轻微得多，但却足以打消他对吉尔摩的怜悯之心。他只是为狱长感到难过。

朱迪·沃尔贝奇离开了审判室。她从走廊里一扇高高的窗子朝外面望去，灰蒙蒙的黎明正姗姗来临。她发现自己的感情已经麻木了。在那个时候，最叫她烦躁不安的是觉得自己很脏。那天晚上，她甚至没来得及回家换件衬衫。她只觉得身上一股臭汗味，又累又乏，心里烦透了。叫她吃惊的是，除了这种感觉，她竟没有其他反应。她认为法官的行为卑鄙无耻，她讨厌道罗斯，就是这些。

五

在三级警戒牢房区外面，汽车正等着接那些去观看死刑的人。车子开了短短一段路程后，希勒看见一辆野营车正朝着那座水泥砖瓦建筑倒车，这就是他们叫做刑场的那个地方了。他自语道："车里坐的准是刽子手。"这时，他听到头顶传来一阵噪音，给吓了一跳。狱方在新闻发布会上宣布，监狱上空一千五百英尺以内都属警戒区域，但此刻他们头顶却盘旋着一架直升机。后来希勒才知道，一家报纸钻了狱方声明的空子，拍下了吉尔摩被押赴刑场的照片，因为狱方在新闻发布会上只提到飞机，没说直升机。

就在刑场的后部，希勒看见一座建在卸货平台上的黑色帆布帐篷，好像是个临时增设的房间。他明白了，刽子手们正在那里面等着呢。这时他的车已经驶过这座建筑的另一个拐角，他看见弗恩、穆迪和斯坦吉从前面那辆车里下来，走上入口处的阶梯。当轮到希勒走过那扇门时，他从眼角瞥见，在他的右侧，加里被绑在椅子上。他没来得及仔细打量加里，却注意到房间里加里所在的那一头灯火通明，灯光虽然不像摄影棚里那样耀眼，但却全部聚集在加里的身上。而房子的其余部分则黑魆魆的。加里是在一个小平台上面的，那平台就像个舞台。他坐在那把椅子上，非常显眼，就好像马上进行的是电刑而不是枪决。

希勒往前走着。刚才他看见的是加里的背影，现在变成了侧影，接着他便能看见加里的一小部分脸了。这时，加里的脸上露出已经看见希勒的表情，希勒朝他点了点头。紧接着，希勒注意到，吉尔摩并没有被紧紧地绑在椅子上，这是第一个使他大吃一惊的细节。所有的带子都松松的。

加里的臂上和腿上也都绑着带子，但带子松得足可以扯开一英寸。他肯定能把手抽出来。希勒继续往前走着。这时，他看见他脚跟前的地板上画有一条横线，一位警官喊道："站到线后面去！"于是，希勒转过身面对着椅子，现在吉尔摩又在他的右侧了。希勒看见在自己的左侧有一个黑色遮帘，上面有几个小洞。他估摸了一下，遮帘离他大约二十五英尺远，离吉尔摩大约也是这么远。然后，他开始仔细打量加里。

自从十二月份以来，这是希勒第一次看到加里本人。在这个时候，加里看上去疲劳、羸弱，比以往希勒看见他的任何时候都显得苍老。他的目光有点呆滞。唉，就像一只衰老疲惫的鸟睁着一双明亮的眼睛。

接下来的另一件事给希勒留下了很深的印象，那就是加里仍然非常镇静。他一直在讲话，不过声音不大，听不清楚。他在对捆绑他的警卫、狱长和牧师说着什么。他的周围站着七八个穿紫褐色上衣的人。希勒刚要在本子上记下这些人都是监狱里的官员，却又突然想到即作笔记时绝不应该掺进任何新闻记者的假设。所以，他不能假定他们是监狱里的官员，他只能记下他们是穿紫褐色衣服的人。后来，他那双摄影师的眼睛慢慢地熟悉了周围的情景；他简直不敢相信自己接下来看到的东西。那把死囚犯坐的椅子其实是一把又小又破的办公椅，在这把椅子的后面，一个污秽不堪的旧垫子竖倚在一堆沙袋上，沙袋后面是刑场的石头墙。他们把那垫子塞在椅子和沙袋之间，毫无疑问，这是最后一分钟的应急措施，就好像夜里什么时候他们突然想到，那些沙袋也许挡不住子弹，子弹也许会穿透沙袋打到墙上，再反弹回来。但希勒对那个肮脏的垫子极为反感。他自语道，我的上帝，他们为暗杀者的枪口准备了多么精致的黑帆布遮帘啊！突然，希勒意识到自己使用了"暗杀者"这个词。

一边是精心准备的遮帘，一边是加里的坐椅及其周围那些草草拼凑而成的破烂玩艺。就连绑住他胳膊的带子都是劣质产品。这种鲜明的对比你肯定不会忽略。

六

让·斯坦吉的第一个印象是，屋子里怎么有那么多人。上帝啊，这么一大帮观众，死刑肯定是一项颇有吸引力的体育运动了。他还没来得及看上加里一眼，这种场面就先让他吃了一惊。后来他看见加里时，发现他还没戴面罩。他松了一口气。吉尔摩仍然是个人，不是个蒙着头的奇形怪状的东西。让知道自己一直在作着思想准备，以便使自己看见加里脸上蒙上了个黑袋子时不要过分震惊。但是，不，这会儿加里脸上浮现出一种古怪滑稽的表情，他正盯着大伙看呢。斯坦吉知道他在想什么："只要有点门路的人，就都会被邀请来观看这次射火鸡表演的。"

斯坦吉还没看出这儿有什么值得一提的人物，但在白线后面肯定有不下五十个人。那些有点门路的警察和当官的全都进来了。斯坦吉听见鲍勃·穆迪一遍一遍地议论着萨姆·史密斯："他是一个非常真诚的人，只是不适合干这种工作，完全不适合干这种工作。"屋里站着许多斯坦吉从没见过的县治安官和州警，这些人像从地里冒出来似的突然出现在你的眼前——不过倘若他们不在那儿，谁还会尊重他们的职业呢？

穆迪对邀请那么多人来也是满肚子气。萨姆·史密斯曾郑重其事地问他们，是邀请五个人呢，还是邀请七个人，而此刻站在白线后面的全是些与这事毫不相干的家伙，还有躲在遮帘后面的刽子手。你能听见他们在交谈，可听不清他们谈些什么。更让鲍勃生气的是管教委员会主席欧尼·赖特步履轻盈地走来走去，跟人们打着招呼。瞧他那样，戴着顶硕大无比的白牛仔帽，晃来晃去的，活像个得克萨斯官僚。

穆迪有种感觉，站在遮帘后面的那些枪手故意背对着加里不去看他。他们三三两两地闲聊着，直到最后一分钟接到命令时才会转过身来。站在鲍勃·穆迪身边的让·斯坦吉真想站出来对大家说："喂，发发慈悲吧，在你们打穿这个人的五脏六腑之前，能不能给他吃个比萨啊！"这就是他想说的话，但他不敢，说那种话会显得太歇斯底里了。不过，他真想喊出来，难道不能让这个人吃点比萨、喝点啤酒吗？你们情愿拿这些东西去填那些管教官的肚子，是吗？

克莱因·坎贝尔踏进这屋子时的第一个想法就是,我的天,这场死刑对外卖票了吗?然而,坎贝尔能够觉察出,每个人都吓得要死。一种恐惧感笼罩着刑场,这是官场上的习惯性恐惧症。如果某个身居要职的人忘了什么事,那么在政治上和法律上的后果都是无法弥补的。坎贝尔不想对加里多说话,只问了声"你觉得好吗?"就站到椅子一侧去了。米尔斯曼神父站在另一侧,他手里端着一杯水。当他把杯子凑到加里嘴边时,加里呷了一口。

一位警官走到弗恩跟前,说加里想和他谈谈。弗恩走进照着加里的那片灯光里,他的外甥抬起一双婴孩般的蓝眼睛注视着他。弗恩真想把加里从那把椅子上拉下来,真想就这么一把把他拉下来,让他重新获得自由。他感到内心一阵冲动,真的,他不想让加里坐在那把椅子上。

加里说:"呶,拿着这块表,除了尼科尔我不想让任何人占有它。"他已经把表砸坏了,并把表针停在七点四十九分上。这段时间里他肯定一直把表攥在手心里。此刻,他把表递到弗恩手上。然后他说:"我要你答应我,你一定要负责照料尼科尔。"加里怎么会想到叫他去照顾尼科尔呢,弗恩无法知道,但加里总要托付什么人干这件事的。他们握了握手,坐在椅子上的加里使劲捏着弗恩的手,就好像要把弗恩的指关节捏碎似的。他对弗恩说:"来,我跟你比比手劲。"弗恩说:"加里,只要我想,我就能把你从这把椅子上拉下来。"

加里问:"你会这么做吗?"

弗恩回到白线后面自己的位置上。他想起几个星期前加里要求他和艾达一起来观看死刑的那次谈话。弗恩说:"我不想让艾达来。"加里说:"弗恩,但我要你在那儿。"

"我不知道我能不能受得了那种场面。"弗恩说,"我认为我受不了。"

加里说:"不行,我要你在那儿。"

"为什么?"弗恩问,"你为什么要我在那儿?"

"好吧,弗恩,"加里说,"我要让你看看。我已经让你看到了我是怎样生活的"——他嘲弄地一笑——"我想再让你看看我是怎样死去的。"弗恩想,现在发生的一切肯定是他当时所谈到的一部分,因为,回到白线后面后,他似乎感觉到加里仍在握着他的手。弗恩真想对他说:"加里,你刚才做得太棒了。"

鲍勃·穆迪是第二个上前和加里握手的人。加里的手比穆迪想像的要小,不过那只手既不冰冷也不滚烫,太令人吃惊了。那是只和大家的手都一样温暖、有生命的手。加里看着穆迪说:"穆迪,我准备把头发留给你,你比我更需要它。"

接下来轮到希勒了。他走上前去时心里一直在考虑该说些什么恰当的话,可走到了加里跟前,他却感到眼花缭乱起来,这件事太重大了。他觉得自己好像是在向一个即将钻进炮筒被射向月球的人告别,或者这人即将被锁入一只铁箱沉入海底,这是一个活生生的胡迪尼。他一把抓住加里的双手,不管他是不是杀人犯——也许他恰恰是个圣徒呢。此刻,希勒似乎已经失去了判断两者之间差别的能力。他说,或者不如说他听见自己在说:"我不知道我来这里是为了什么。"

吉尔摩回答说:"你是来帮我逃跑的。"希勒盯着坐在椅子上的加里说:"我会尽人力之所能来帮助你的。"希勒一边说一边在心里想,他将绝对忠实地记录下这一切。加里对他微微一笑,他那两片嘴唇仍然滑稽地紧闭着,只是上嘴唇略微牵动了一下,就好像只有他自己才知道刚才那番话是什么意思。随后,加里微微咧开他那两片薄嘴唇綮然一笑。他以前偶尔也这样笑过，这种笑像豺一般邪恶，又有几分玩世不恭。希勒永远也无法忘掉吉尔摩的这最后一副面部表情。他们握了握手，吉尔摩只是软绵绵地攥了攥。希勒走到一边。他拿不准刚才自己的举止是否妥当，甚至拿不准刚才自己该不该走上前去。他觉得他和吉尔摩之间没有真正的关系可言。

弗恩是第一个去和吉尔摩道别的，因为他是吉尔摩的长辈，接着是鲍勃·穆迪，但希勒想拖到最后一个。斯坦吉想："你总改不了骗人的秉性，到现在你还想耍花招。"希勒毕竟没有拗过斯坦吉，只好先他一步过去了。现在，轮到斯坦吉了。他怎么也想不出来该说些什么好，只是嘀咕道："鼓足勇气，坚持到底。"加里看上去并不十分强壮。事实上，他面色苍白。从他的眼睛里你可以看出，那些兴奋剂的药效已经全都过去了。他很想表现得勇敢点，可只说了两个字："冷静。"就好像对他来说，说出这两个字都已经不容易了。他们握了握手。加里使足力气握紧斯坦吉的手，斯坦吉伸出两臂搂住了他的肩膀。加里动了动绑得很松的手，碰了一下让的胳膊。斯坦吉想，吉尔摩的双手比你想像的要瘦削得多。他们互相凝视着对方的眼睛，这也是一种最后的拥抱。

让刚回到白线后面自己的位置上，一位监狱官员就走上来问他，要不要塞耳朵的棉花。这时让才注意到大家都在用棉花塞耳朵，于是，他也往耳朵里塞了一些。他看到萨姆·史密斯走到房间的后部，那儿，一把椅子上放着一部红色的电话机。萨姆·史密斯打了个电话，然后转身走到加里跟前，开始宣读一份东西。

希勒竖起耳朵听着，他断定那是一份官方文件，但听声音好像不是他平时常听见的那一类东西。由于耳朵塞着，他听不清萨姆·史密斯叽里咕噜念了些什么。在狱长宣读文件的这段时间里，加里并没有看他。他坐在椅子上，一会朝左歪，一会朝右扭，试图绕过萨姆·史密斯那硕大的身躯看看遮帘后面刽子手的脸，捕捉到他们的表情，最后差点把椅子给弄翻了。

然后，狱长问："你还有什么想说的吗？"加里抬起头，两眼盯着天花板，犹豫了一会儿，说："让我们开始吧！"就这么一句话。弗恩敢说这是他有生以来所见过的最临危不惧的表现。加里的声音干脆果断，没有发颤，也不沙哑。说这句话时他看了看弗恩。

斯坦吉听到这句话时，心想，看来加里本想说上几句豪言壮语，说上几句漂亮动听的话，可他却想不出什么深奥的语言来。那些药物已经使他的脑子僵死了，不过他不甘心保持沉默，所以，他尽自己的最大努力一字一顿地说："让我们开始吧！"

一个二十四小时没合眼、尝尽酸甜苦辣、精神上数次大起大落的人，你也只能期望他做到这一步了。让觉得，加里比以往任何时候都显得苍老。唉，他已经枯萎了。让第一次看到他脸上出现一道道深深的皱纹。他的面色和他自杀未遂后两位律师第一次见他时一样惨白吓人。

米尔斯曼神父走上前主持最后的仪式。诺亚尔·伍顿鼓足勇气，从站在他面前的那些高个子的肩膀缝隙里向前窥探。他记起大赦委员会听证会上加里那种沉着自信的表情，那会儿加里好像手里握着一把好牌，"A"和所有必需的好牌。此刻，在伍顿看来，他手里一张牌也没有了。

希勒也在注视着加里。他觉得，加里虽然脸上有一种听天由命的表情，但却镇定自若，你可以说他很有气势。

米尔斯曼神父结束了最后的仪式。当他们拿着面罩走上前去时，加里对米尔斯曼神父说："愿主与你们同在。"米尔斯曼说不清自己心中是一种什么滋味。再也没有什么比加里刚才这句话更易引起一句下意识的回答了。自从米尔斯曼成为一名神父以来，这句话一直是他与人打招呼的口头禅，已经说了二三十年了。做弥撒时他总是说："愿主与你们同在。"对方的回答总是："愿圣灵与你同在。"

所以，当加里说"愿主与你们同在"时，米尔斯曼像祭坛小厮那样回答道："愿圣灵与你同在。"他的话刚出口，加里就微微一笑，说道："米尔斯曼总是在场的。"

"他是想说，"米尔斯曼神父暗忖道，"这种时候总有一位神父在场。"

三四个穿红衣服的人走上前，把面罩套在加里的头上。加里再也没有说一句话。

真的，他再也没有说一个字。他们在加里腰里绑上根带子，在他头上也绑了一根。米尔斯曼想起刚才他们把加里往椅子上绑的情景。当时，加里想喝口水，米尔斯曼把水送到他的嘴边，叫他润润他那干燥的喉咙。后来他又要喝水。

现在，那位医生站到了吉尔摩的身旁。他用别针在加里的黑T恤衫上别上一个白色的圆圈，然后退了回去。米尔斯曼神父划了一个大大的十字，这是他必须做的最后一个动作。然后他也退回到了那条白线后面，转过身看着那个戴着面罩坐在椅子上的人。

这时，电话铃响了。

诺亚尔·伍顿的第一个反应是，上帝啊！这真像是演电影，死刑又要延期了。希勒赶紧在那张从支票夹上小心翼翼撕下来的支票上记着笔记。他写道，面罩像个方形纸盒子，松松地套在加里的头上，一点也不合适。你根本看不出这个面罩里的面容是什么模样的。

听到电话铃响，斯坦吉想："一定是最后确认之类的事情。"萨姆·史密斯挂上电话，回到那条线后面自己的位置上，他正好站在希勒旁边。他又递给希勒一些棉花，他们互相瞅了一眼。接下来，希勒弄不清萨姆·史密斯的胳膊是抬了一下，还是没抬，不过他好像看见狱长的肩头动了一下。让、鲍勃·穆迪和克莱因·坎贝尔同时听到倒计时开始了。诺亚尔·伍顿伸出手指头顶住耳朵里的棉花。坎贝尔注意到，加里的身体纹丝不动，他简直不敢相信自己在那个人身上看到的那份镇静。吉尔摩想死的愿望如此强烈，听到倒计时开始时，他甚至没握一下拳头。

斯坦吉暗暗对自己说："但愿我不要倒下去。"他举起一只手，像是要保护他自己的脑袋。虽然耳朵里塞着棉花，他还是听见了沉重的呼吸声，而且看见了遮帘枪洞里伸出来的一支支步枪枪筒。叫他感到震惊的是，枪口离加里竟那么近。显然，他们不想打偏。这个时候，室内一片寂静，人人都屏息静气等待着枪声。隔着棉花，让听见有人悄声数"一"、"二"，"三"还没出口，枪就响了。"砰、砰、砰！"声音震耳欲聋，让人胆战心惊。斯坦吉感到自己从肩膀到后腰的那部分肌肉抽搐了一下，接着浑身的肌肉都哆嗦起来了。

希勒听到了三声枪响，还在等第四声呢。加里的身体没有弹起来,那把椅子也没有动一下。希勒等了好半天,后来才知道有两声枪响是同时发出来的。诺亚尔·伍顿想看一眼此时的加里,但站在人群的后面,他什么也看不见。他第一个走出门来,直奔自己的汽车。他的车停在三级警戒牢房区,他跳上车一溜烟开走了。大门口有许多等着采访的记者和摄影师,不过他没有停车。他不想和任何人交谈。

七

弗恩只听到"轰"的一声巨响。枪响时,加里连手指头都没动一动,甚至颤也没颤一下。他的左手一直放在老地方。被打中之后,他的头向前耷拉下来,但却被绑在他脑袋上的带子拽住了。然后,他的右手慢慢举起来,又慢慢地放下,就好像在说:"就这样,先生们。"希勒觉得加里抬手的动作就像钢琴家举手准备按键那样优雅。鲜血从他的黑T恤里涌出来,喷到了白裤子上,从他的两腿之间洒落到地上。室内弥漫着火药味。这时,灯光暗了下来。希勒静静听着鲜血滴落到地上时的声音。他不敢说他真的听见了,但他却感觉到了。随着汩汩流淌的鲜血,加里躯体里的那条生命似乎像烟雾一样腾空而去了。让·斯坦吉只觉得一阵晕眩。他暗暗告诫自己:"你将是唯一一个昏过去的人,当着这么多人的面昏倒在地上可不是什么光彩的事。"他借着后背肌肉收缩产生的力量蹒跚不稳地向后面走去。走了几步,他伸出胳膊抓住前面的一个人,稳住自己的身体,然后回过头去看了一眼,正好看见加里举着右手。

让闭上了眼睛。等他再睁开眼时,加里膝上的鲜血已经汇成了一个小坑,血正向他的脚上流去,转眼之间,那双加里在一级警戒牢房里一直穿在脚上的漂亮的红、白、蓝相间的网球鞋就被血染红了，鞋带被血浸得湿漉漉的。

一个医生拿着听诊器走上前去，他摇了摇头。吉尔摩没死呢。

让想起，那天吉尔摩在法根的办公室里待了很短一会儿，不出十秒钟，他就把法根的办公桌翻了个遍。他拉开抽屉拿出一把汤匙和一副鞋带，然后像个管弦乐队的指挥似的把所有东西仔细检查了一遍。太精彩了，吉尔摩真是个偷盗天才。当法根对着电话说"嗯，好吧，乔"时，加里已经全部干完了。当这位中尉回过身来时，加里老老实实地坐在那里，活像只猫头鹰。坐在玻璃窗另一边的斯坦吉看得目瞪口呆。

这以后，加里常拿那副鞋带开玩笑。他老是对让说，用鞋带上吊最好不过了。此刻那只行窃的手缓缓举起又徐徐落下，它大概正指着鞋带上的鲜血呢。

他们等了大约二十秒钟后，医生又走上前去。米尔斯曼神父和萨姆·史密斯也跟了过去。医生再一次把听诊器放在加里的胳膊上，回身对萨姆点了点头。萨姆·史密斯解开绑在吉尔摩腰间的带子，把他从绑住他脑袋的带子里拉出来，打量着他背上那些子弹穿透的弹孔。

斯坦吉火冒三丈。从吉尔摩中弹的那一刻起，所有这些人都应该退到外面去，而不是围住他看个没完。萨姆·史密斯检查加里身体的时候，加里一下子倒在米尔斯曼的手臂上。神父只得双手捧住那个脑袋，萨姆则伸手在加里的后背上摸索着，以确定子弹穿过他身体时在他后背上留下的弹洞的位置。鲜血滴到米尔斯曼神父的手上，又顺着他的指缝滴到地上。弗恩哭了起来，米尔斯曼神父也哭了。最后，一个官员走了过来，对站在线后面的人群说:"时间到了,你们出去吧!"希勒边往外走边自语道:"我们达到了什么目的呢?谋杀不会因此而减少的。"

人们往外走时,米尔斯曼神父和克莱因·坎贝尔正忙着解吉尔摩手臂和腿上的带子。坎贝尔一直在惦记着那双重要的眼睛,他心里嘀咕着:"怎么没人来摘取眼睛啊?我们应该保护好那双眼睛。"

八

就在几分钟前,在狱长办公室里,戈登·理查兹接到了联邦最高法院一位助理书记官打来的电话。电话说最高法院全体法官——只有布伦南法官缺席——共同研究了美国公民自由联合会递上来的暂缓行刑申请书后,驳回了这份申请。理查兹有点不放心。这位名叫彼特·贝克的书记官压根儿没提"西弗吉尼亚魏林的米基"。理查兹问他,是否知道罗达克先生是在哪儿出生的,他的绰号是什么?贝克说:"不是叫迈克吗?"理查兹又问,能不能请罗达克先生来听电话。在他得到答复前,他只得握着电话等着。"请快点,"理查兹对贝克喊道,"这是人命关天的大事。"他坐在那儿,反复掂量着这个未经证实的最高法院的通知。他对和他一起坐在狱长办公室里的几位官员大声喊:"告诉刑场那边暂时等一等。"但那几位官员摇了摇头说,晚了,死刑已经执行了。

三分钟后,罗达克来接电话。理查兹问了他的绰号和出生地点。他的绰号是叫米基,不过他说他出生在宾夕法尼亚的斯莫克。
"西弗吉尼亚是怎么回事?"理查兹问。"我出生在斯莫克,但后来我去了西弗吉尼亚,"罗达克说,"我是西弗吉尼亚律师协会的成员。"
理查兹问他,有没有把这个情况告诉厄尔·道罗斯。罗达克说没有。终于，他想起来了。"噢，对了，那家伙怕有人冒名顶替打电话。"这就对了。罗达克问道："死刑结束了没有？"

理查兹挂上电话，对办公室里的一位警官说："如果在行刑的同时，那边来了一个命令暂缓行刑的电话，那可真要乱套啦！"

九

弗恩、鲍勃·穆迪、让·斯坦吉和拉里·希勒一起上了一辆汽车向监狱行政大楼驶去。在车上，他们商量了是不是应该抢在狱长前面向新闻界发表一个声明。

斯坦吉说："我认为我们应该这样做。拉里，你说呢？"希勒回答说："我们不承担任何义务，谁先到那儿谁先接受新闻界的采访。"斯坦吉说："让我们给狱长来一拳。"

弗恩问："拉里，你能回答关于执行死刑的问题吗？我可不想谈那件事。"

记者招待会正在行政大楼的二楼进行。那是一间宽大的会议室，看上去很像一间审判室。室内此刻已经挤得水泄不通，和那次大赦委员会听证会上的情景差不多。记者们吵吵嚷嚷，照相机晃来晃去，闪光灯忽亮忽灭，外头的人仍在一个劲地往里挤。室内温度已经接近华氏一百度了，憋得人们透不过气来。

上楼的时候，他们一次次被拦住。几个电视台的人在鲍勃·穆迪前面摆弄两根电缆，穆迪想迈步过去，他们硬拦着不让，气得穆迪抓起挡道的插头和插座，一把把插头拔了下来。电视台的摄像师大声嚷嚷着："上帝，我的电源被切断了，电源被切断了！"穆迪理也不理，只管往前走。

他们来到台上，希勒对弗恩说："你为什么不先说两句呢？"弗恩在一把椅子上坐下，好让他那条隐隐作痛的腿休息一会儿。

他只说了几句话。"我非常难受，"弗恩说，"但他终于如愿以偿了。他真的死了……他庄严地死去了。我就说这么多。"

鲍勃·穆迪对他们说："我认为死刑是一种野蛮、残酷的东西。我只希望我们能够好好看看我们自己、看看我们的社会和我们的制度。谢谢大家。"

让说："加里一直努力保持心情愉快，因为他说他已经得到了一件礼物，这件礼物就是他知道自己即将告别人世。加里能够安排好他自己的事情，所以他还是幸运的。他总是说他期待着能够得到一段安静的时间，这样，他就能陶醉在遐想中。今天加里·吉尔摩得到了他所期待的安宁，他在永恒之中获得了安宁。"

希勒说："我来这儿不是要表达我个人的感情，但我更愿意在弗恩离开之后讲述各位想知道的任何细节。我想，当着弗恩的面描述这些事情恐怕不合适，但到那时我将回答你们提出的问题。"他环视了一下满屋子的人，只有住在厄伦姆旅游大酒店的《洛杉矶时报》记者戴夫·约翰斯顿对他笑了笑。接着，格斯·索伦森对他眨了眨眼睛。

电视台联播主持人：正在离开讲坛的是让·斯坦吉和罗伯特·穆迪。这两位律师最近几个月里一直在帮助加里·吉尔摩实现他弃生求死的愿望。他们在加里赴死的路上助了他一臂之力。同时离开讲坛的还有弗恩·达米科，他是吉尔摩在犹他州普罗沃的姨父，吉尔摩获假释出狱后是达米科收留了他。接着走下讲坛的是劳伦斯·希勒，文学代理人兼制片人，他参与这个案子已经有一段时间了。

戴夫·约翰斯顿看着希勒，心里非常佩服这家伙的那份镇静劲。在这个记者招待会上，人人都因希勒垄断消息而对他恨之入骨，而希勒仍然像个真正的记者那样坦然自若。约翰斯顿想，希勒的肾上腺素肯定已经上升到叫他浑身哆嗦的程度，但他却没有颤抖一下。

希勒谈起了那条黄线，黑色的面罩，加里当时穿的黑T恤，白裤子，还有弹孔。"……慢慢地，鲜红的血从T恤里涌了出来，流到了白色的宽松裤上。我觉得他的身体仍然在动，大约动了十五到二十秒钟，我说不准那到底是死后还是死前的颤动。然后，神父和医生向加里走去。"希勒讲得非常慢、非常清晰，为的是使那些精疲力竭的记者记起来稍微方便些。

然后轮到萨姆·史密斯了。

萨姆·史密斯：我不发表任何正式声明。我认为，希勒先生已经详细地讲述了事情的经过。我将回答你们的问题。
问　　题：狱长，执行时的正式时间是几点？
萨姆·史密斯：正式时间是八点零七分。
问　　题：你是怎样发信号的？
萨姆·史密斯：其实我没发信号，我只是暗示一切准备完毕。
问　　题：你是怎样暗示的呢？
萨姆·史密斯：做了个手势。
问　　题：行刑队有队长吗？
萨姆·史密斯：有。

问　　　题：行刑队长有没有发信号？

萨姆·史密斯：行刑队里面的事我一概不知。

问　　　题：四十个在场的都是些什么人？

萨姆·史密斯：这个嘛，我数的人数与希勒先生数的不一致。

问　　　题：可你不同意有四十个人在场的这个说法，是吗？

萨姆·史密斯：是的，我绝对不同意这个说法。

问　　　题：那么有多少人呢？

萨姆·史密斯：要少些。

问　　　题：三十个？二十个？

萨姆·史密斯：我不会告诉你确切人数的。

问　　　题：狱长，我们现在能不能参观现场？

萨姆·史密斯：在我们把一切都清理完毕，并解决了交通问题之后，马上可以参观。

　　萨姆·史密斯走下讲坛时，约翰斯顿走到希勒跟前说："你让我吃惊，你果真是个出色的新闻记者。"

　　希勒眼睛一亮。约翰斯顿看得出，这句恭维话说到他心里去了。"是的，干得非常漂亮，"约翰斯顿说，"但你为什么把这一切都告诉别人呢？"拉里仰起脸，露出一丝狡黠的微笑，活像只伸着舌头的大个德国牧羊狗。他说："我没透露出什么重要的事情。"

　　但他实在有点憋不住了。"吉尔摩最后说的话和我刚才转述的不一样。"他承认道。

　　约翰斯顿放声大笑。他有一种感觉，还有许多没讲出来的事情。他说："拉里，也许有人会把你的话看成是一派谎言。"

　　"不，"希勒说，"'让我们开始吧！'这句话在场的人全都听到了。"

　　约翰斯顿对自己说："这个秘密他肯定会说出来的。他像个孩子，总会把秘密告诉给某一个人的。"

"听着。"拉里说,他要约翰斯顿发誓保密。然后他说:"加里对神父讲话时用的是拉丁语。"

"是吗?他说了些什么?"

"即使我知道,我也不会说拉丁语啊。"希勒说。他脸上又浮现出那种狡黠的微笑。"但我会弄明白的。"

他们同坐一辆车朝刑场驶去。到达刑场里面时,希勒简直不相信自己眼前看到的情景。他对事件全过程的描写倒是精确无误,但有一点与事实不符,他把颜色全搞错了。那帆布遮帘不是黑色的,而是蓝色的,地上的线不是黄色的,而是白色的,椅子也不是黑色的,而是深绿色的。他意识到,在行刑过程中,肯定有什么东西扰乱了他的色觉。

他第二次离开行刑现场时,记者们正争先恐后地挤向那把椅子、那些沙袋和垫子上的弹孔,活像一群同类聚集在那儿大吃大嚼。他走出门时,听到一个人对另一个人解释说,他们用的是钢壳子弹。这种子弹穿透人的身体时,出来时的弹孔不会比射进去时的弹孔大,这样就避免了把后背弄得血肉模糊,人的身体也就不至于在冲击力之下反弹起来。

第七部　心力衰竭

第三十九章 电视

一

厄尔正站在走廊上,一个记者从他身边跑过,说:"加里·吉尔摩死了。"厄尔再一次从窗口望出去,看到下面的广场上聚集着记者,阳光照耀着丹佛,人们匆匆忙忙去上班。当厄尔来到楼下的主门厅时,盐湖城电视台第二频道的桑迪·吉尔玛要求采访他。厄尔说:"可以。"吉尔玛问,作为通知监狱执行死刑的人之一厄尔有何感受。厄尔解释说,他的唯一责任是让狱方知道第十巡回法庭已经推翻了里特法官的裁决。他说,就是这么回事,他不想诉说自己复杂的感情。

随后,厄尔、鲍勃·汉森以及其他工作人员一起乘坐出租车离开了。他们听说,朱迪·沃尔贝奇将搭乘另一架飞机回盐湖城。

二

托妮、艾达、狄克·格雷、伊芙琳·格雷以及其他没被邀请去刑场的人一块在三级警戒牢房区等待着。一个身穿紫褐色上衣的警卫走进屋子,说:"有人来通知过你们没有?"托妮说:"没有。"这个警卫脸色苍白,浑身颤抖。他说:"结束了。加里死了。"

艾达失声痛哭起来。刚才她一直控制着自己,现在再也忍不住了。这时警卫们表现得非常通情达理,好几个人过来询问他们是否需要交通工具。托妮说，她在等她父亲回来。过了一会儿，一个警卫说，她父亲在他们停汽车的那座塔旁边等着她呢。她往外走去，监狱的官员们对她非常客气。这使她回忆起行刑前他们的那种殷勤劲，不是问她母亲需要什么东西，就是问他们喝不喝咖啡。好像监狱就是殡仪馆，他们那些人都是殡仪馆服务员似的。

停车场上密密麻麻地挤满了汽车和人。托妮和艾达来到托妮的卡车前时，弗恩还没到。记者们像一群苍蝇似的一下子围了上来，一些要从这边车窗采访她，另一些要从那边车窗采访她妈妈，直到托妮开口骂起来才算了事。她算是尝到滋味了。她开着车窗吸烟时，一个记者走过来，一个劲地问可不可以采访她。她连连摇头，表示不想讲话，可那个电视台记者根本不理会她不想开口讲话的心情，把话筒伸进车窗说："我把它放在这儿行吗？"托妮只好告诉他该把话筒放在哪里，他的双手马上全伸了进来。后来，一位女友对她说，在《早安，美国》节目里你可以听出来，采访录音里有的地方删掉了几句话。

这时，托妮看到弗恩手拄着拐杖费力地向她们走来。他的神色紧张不安，显然正忍受着巨大的痛苦，看样子他的膝盖已经快支撑不住了。于是，她连忙跳下车跑过去，有三个记者一起抓住了她的胳膊。这三个人就是这样帮她忙的。"请给我们说几句话。"她抓过一个麦克风，好像要说点什么，接着却把它朝地上一摔，话筒摔成了许许多多的碎片。她大声对弗恩说："等一会儿再来开你的车，你的卡车被别的车挡住道了。"说完，她把弗恩扶进自己的卡车，开车回到莱希她家里。她给他喝了点咖啡，渐渐使他安静下来，然后带他到普罗沃的斯贝克·斯潘咖啡馆吃早点。大约两个小时后，他们一起来到监狱，把弗恩的车开了回去。

三

加里被处死的前一天,彼得·盖洛万在市游泳池工作了一个通宵。那天清早回到家时,他已经累得筋疲力尽了。他跪下来祈祷,请求上帝宽恕他以前对加里的粗暴态度。他根本不想记恨他。这件事使他感到很不安。事实上,彼得急得眼泪都掉下来了。后来他觉得加里走进了屋子。

彼得正跪着祈祷,加里和另外两个人走了进来。加里穿着白衬衫和白裤子,那两个人穿着白套装,系着领带。他们也许是加里过去或将来的什么亲戚,彼得不清楚。

加里对他说,他对他毫无敌意。他解释说,他被处死时,这两位亲戚一直在那儿等着迎接他的灵魂。他们是上帝派来的,彼得记得非常清楚,加里就是这么说的。

加里的情绪很好。他说他正在体验各种各样的新感觉,这些感觉非常滑稽。他对彼得说自己能穿墙而过,那种感觉真是妙不可言。他觉得自己就像个在游乐场里的孩子。他说他现在可以去参观世界上所有的监狱,他计划在他的骨灰从飞机上撒下后,便立即动身去周游世界。以后他会经常回到普罗沃来的。

加里透露说,鉴于他在生命的最后一刻无所畏惧,上帝准备将他树为一个榜样,供那些与他面临同样问题的人效仿。经过一千年的平静生活之后,他的灵魂将回到世上。加里对彼得说,他很可能成为一个上等人。有人曾告诉他,他是个生机勃勃的圣人。今生他作出了一个意义深远的抉择,这一抉择将抵消他以前所犯下的许多罪孽。如果他现在勇敢地面对现实的话，上帝肯定会将他树为一个榜样的。

加里一走，彼得立刻打电话给伊丽莎白，告诉她这件事。他说，他想把加里的名字偷偷写进祈祷者名册，那样加里·马克·吉尔摩将会出现在世界上所有的摩门教堂里，每天将会有无数人为他祈祷。

四

以下摘自厄尔·道罗斯对一月十七日事件所作的备忘录：

出租车司机听到了我们的谈话，到地方时他问我们是不是与吉尔摩一案有关，我们都笑了，并把迄今发生的事情告诉了他。

我记得我们到达机场时，一群人正挤在候机厅里观看电视新闻。他们告诉我们，他们刚刚听说加里·吉尔摩已经被枪决，他死了。我记得杰克·福特以一种不相信的口吻问他们是怎么知道的，那副神态就好像他对这件事一无所知似的。我转身对杰克说，他这样捉弄人太不应该，这个案子事实上就是我们几个人办理的。我们一边开着玩笑，一边登上飞机返回犹他。回程飞行轻松多了。我们谈了一些和吉尔摩不相干的事，但飞回去花的时间好像比去丹佛的时间长得多。

我们抵达犹他时，机场上连个记者的影子也没有。盐湖城好像异常平静。我们走下飞机，径直向我们的汽车走去，没有任何记者向我们提任何问题。好像加里·吉尔摩一死，新闻界都跟着他去了。

但是，从飞机场回来的最后一段路上，在离厄尔家不到一个街区的地方，厄尔看到一个空白广告牌上面写着："罗伯特·汉森，希特勒的信徒。"他不知道是不是因为彼尔·巴雷特和他住在这附近，人们才在这儿写上这句话的。是这个社区有人想让他们知道他们的想法呢，还是纯属巧合呢？

五

布伦达一月十日住进医院，十一日动手术。六天后，正当她伤口疼痛难忍的时候，传来了死刑的消息。行刑的前一天，布伦达简直不敢相信有那么多人给她打电话，为她祈祷。她从广播中也听到了他们的祈祷。医院里的人告诉她，他们在祈祷。后来，杰拉尔多·里弗拉打来电话，要求在她的病房里进行一次电视采访实况转播。布伦达心想，多么可恶，简直是在捉弄人。

她没有办法。那天晚上是托妮的生日，她和加里通了一次电话，她知道这是她最后一次听到他的声音了。更让她发愁的是，她睡不着觉。医生给她服了一片速可眠，可是不顶用。两个小时后，一个护士拿着手电筒进来看看她睡着了没有。"开着灯怎么睡觉？"布伦达埋怨道。于是，医生又给她开了速可眠。

他们每隔两小时给她服一次速可眠，但直到早上四点她还没睡着。他们只好给她打了一针。七点半时她醒了，药物的作用使她浑身软弱无力，但她很想知道他们是不是真要处死他。她打开电视机，并在听到批准暂缓行刑的报道之前快把她病房里的所有人都逼得发疯了。那天早上听到这个头条消息后，布伦达激动极了，变得那样歇斯底里，竟不知道自己是悲伤还是欢喜。后来，几分钟后，一切又全颠倒过来了。当时，她弄不清是自己的肾上腺素还是心脏在熊熊燃烧。也就是在几秒钟之后，电视屏幕上闪出:"加里·吉尔摩已经死了!"一两分钟之后,医生来看她。他耐心地站在一旁等着她的歇斯底里发作过去,然后才问:"今天你感觉怎么样?"她在心里说:"呸,你这个狗娘养的,离我远点。"

她不许任何人走近她。医生又问了一遍她感觉怎样,护士向他解释了刚刚发生的事情。医生说:"唉,的确可悲,但他们早就应该枪毙他了。"布伦达说:"给我开出院证,我要一个止痛药方,你从我的病房里滚出去。"她抓起枕头朝他扔过去。医生说:"你要是这么闹腾,我看你今天还是别出院了。"她说:"你他妈的到底要怎么样?我讨厌你,如果我早知道是你给我开刀,我根本不会来住院的。"当着一个人的面说自己讨厌他,这还是第一次。

医生在出院证上签过字后,布伦达打了个电话给约翰尼。十一点时,她离开了医院。他们不得不让她从后门走,这样在她回家的路上就没有多少记者去纠缠她。直到三天后布伦达才记起整个事件的详情。

六

就在吉尔摩被处死的那个时候,科琳·詹森正在克利尔菲尔德的家中准备去上课。她现在是个代课老师,这个工作她刚刚干了两个星期。今天,她要给一班新生上第一堂课。穿衣服时,她想起死刑延期了,早晨的新闻就是这样说的。可当她赶到学校时,死刑却已经结束了。科琳进教室时,班上的孩子正在议论这件事。她听到他们在交头接耳说这事和她有关系。于是,她对全班发表了一个简短的讲话。

科琳没对学生们讲,晚上当她坐在楼下给莫尼卡喂奶、摇她入睡时,她常常给孩子看她爸爸的照片,告诉她那是谁。每逢那种时候，科琳总是尽量平静地对莫尼卡讲话，告诉这个一岁的孩子，马克斯死了，她爸爸死了。可现在，面对全班学生，科琳只是说，对那些不认识她的人，她将告诉他们她是谁，以及这件事与她有什么关系。她补充说，他们无需进一步探讨这种事情。她说她愿意尽力上好课，如果他们愿意的话，她将与全班同学和睦相处。

七

那天早上，菲尔·汉森醒来后躺在床上看电视，又是摇头又是捶胸。他一边看一边想："如果我早知道他们会连夜飞往丹佛的话，我会准备好各项文件，让里特再签一个缓刑令的。"

八

星期一早晨七点钟，露辛达正在打印加里和拉里的最后一次谈话录音。她听着耳机里传来的吉尔摩的声音。他反复对拉里说，自己非常非常想死。他的语调哀婉动人，露辛达真为他感到难过。

办公室里的电视机开着，杰拉尔多·里弗拉正在讲话："嗨，我们此刻正在监狱前面。"突然间，露辛达意识到，全世界都在注视着这一时刻。而她的耳朵里正传来这个死囚的声音，一个微弱的声音。

她和巴里、黛比熬了一个通宵，累得骨头架都要散了。他们不停地变换电视频道，屏幕上出现的全是些惊险类娱乐节目——早上七点钟在厄伦姆，他们能收看到的全是惊险节目。娱乐节目一个接一个，他们就是收不到新闻。他们急得乱蹦乱跳，可就是没法知道吉尔摩到底被枪决了没有。巴里一反常态，气得直骂电视机。他那些骂人话书生气十足，却又下流得不堪入耳。露辛达想，这电视也太可恶了，尽是这些乱七八糟的东西，叫他们在这儿干着急。突然，在那些莫名其妙的图像和莫名其妙的噪音中间，传出一个声音："加里·马克·吉尔摩已经死了。"哇！

九

这天阳光灿烂，朱莉·雅各比很早就起床了，暂缓行刑的裁决使她心情非常舒畅。她一边浇花，一边想，感谢上帝，冬天的阳光多么可爱啊。这时来了个电话，是天主教新闻机构的一个人从华盛顿打来的。"执行了。"他说。听到这个消息，朱莉不知该干点什么好，一个劲地在屋里转圈圈。过了一会，她稍微松了一口气，庆幸自己并没有全身心地投入到这件事情中，因为她一直认为这件事改变不了世界。

后来那天上午，她看到一份《盐湖论坛报》的剪报，那上面把她的名字拼错了。她是里特法官法庭审理的那桩纳税人诉讼案中的四个有关人员之一。但《盐湖论坛报》把她的名字拼成了"穆丽·雅各比"。看到这个，她不禁笑了起来，因为她知道她那十二岁的儿子从此以后一有机会便会叫她"穆丽"的。再说，她还可以远远躲开那些充满凶杀内容的攻击性信件和电话，这种东西现在正折磨得雪莉·皮特勒骨瘦如柴。

十

收音机里播送这条消息时，雪莉正一个人坐在办公室里，她觉得就好像子弹是打在自己身上似的。她把头伏在桌子上啜泣起来。

上午晚些时候，她发表了几个声明。但令人难以置信的是——这真是一种侮辱——新闻界突然间全部杳无踪影了。雪莉认为，这是整个事情中最可怕的一个方面。就好像这些记者在说："他已经不存在了，所以再也没有什么新闻了。"上帝，曾几何时，盐湖城所有的旅馆酒店全都叫那些从全国各地来的记者占据了，可转眼间他们全没影了。执行死刑这一天她一直呆在办公室里，可没有一个人来找过她。

十一

加里被枪决的前一个星期里，吉布斯天天坐在牢房里，一坐就是一整天。行刑前的那天晚上，由于他那条腿的缘故，他处在一种麻痹状态之中。第二天一早，当他从广播里听到这个消息时，他感到头昏眼花，一句话也说不出来。

十二

十二月，丹尼斯·博亚兹到衣阿华去了几天，在那里参加了一个电视节目专题讨论会。在这次讨论会上，他听说福特总统也许会在卸任前给加里减刑的。他立刻给福特发了个电报，说如果要使用死刑的话，就应该一视同仁；在制定出一条适用于所有人的法律之前，绝不应该执行死刑。可电报发出后福特一直没有答复。

执行死刑的那一天，丹尼斯感到一种说不出来的悲哀，不觉泪水盈眶。加里死的那天是一月十七日，这一天在算命的纸牌上等于六，而六象征着同母兄弟，当然，这使他想起了该隐和亚伯①。在他为吉尔摩工作的那段日子里,他的右眉上长出了个红斑点,那不是丘疹,而是个死亡的象征。他最初是在十一月底发现这个斑点的,圆圆的、红红的,但不是丘疹。这个斑点持续了近两个月,加里死后便消失了。真有趣,他就爱注意这类事情。

十三

尼科尔已经得知,加里要在今天被处死,但她不知道具体时间。上午,当她从病房餐厅走出来时,突然觉得非常想到床上躺一会儿。他们大呼小叫地不许她这样做,但她头也不回地朝自己的房间里走去,这样一来反倒没人吭声了。她躺在床上,努力把思想集中在加里身上。几天来,她多次梦见加里中弹倒下,而且他每次倒下后又都站了起来。可现在她看见的仅仅是那些红木块,那是他们给病人搭立方体的积木。

她正努力把这些木块从脑海里驱赶出去时,加里的脸突然在黑暗中出现了。他匆匆走到她面前,一脸痛苦恐惧的表情。他没有栽倒,而是一直走到她面前。她在床上翻了个身,睁开眼睛,但一切全没了。那天,她一直想再一次感觉到加里,但怎么也做不到。此后好几天,加里都没有再在她幻觉中出现过。

十四

盖伦死后,贝西以为自己永远不会从悲伤中解脱出来了。可这一次,情况却更糟。最后一天晚上她打电话到监狱向加里道别时,加里对她说:"不要哭。"

---

① 在《圣经》故事中,亚伯为其兄该隐所杀。

"我不哭，加里。"她对加里说。可她多么想说："不要死，加里，不要，求求你，求求你不要死。"不过她担心这样会摧垮他正在鼓起的勇气——不管说什么，只会削弱他赴死的勇气，所以，她得谨慎一点。这真是一场噩梦。

听着时钟一小时一小时地敲过，贝西禁不住想："他的噩梦快要结束了，而我的噩梦将伴随我终生。"

那天早晨，麦克尔拿到报纸，看到了死刑暂缓执行的消息。他们打开电视机，收看《早安，美国》节目。刚才，贝西还在说"不要开"，她不想听到死刑的消息。如果真的执行了，她不想在几个小时之内就听到，当然更不想在电视上看到。可麦克尔把报纸拿进来后，不知是谁——可能是小弗兰克，也可能是麦克尔，要不就是他的女朋友：贝西不想知道是谁，否则她会记恨这个人一辈子的——说："现在没事了，死刑延期了。我们看看《早安，美国》吧。"一打开电视，里面便传出一个声音："加里·马克·吉尔摩已经死了。"这简直就像晴天霹雳，贝西的心都要哭碎了。

大约半小时后，约翰尼·凯什打来电话，对麦克尔表示他的慰问。

等到道·希伯拉前来看望时，贝西变得气势汹汹。看她的脸色，好像她的房子刚刚被人炸掉了。"滚出去，"贝西说，"你们这群家伙杀死了我的儿子。"

"你这是什么意思，贝西，"希伯拉结结巴巴地说，"我根本不认识他。"

"你们犹他人杀死了我的儿子。"

他没说出口："我是俄勒冈人。"

"Y峰，你见鬼去吧，"贝西自言自语地说，"你不再属于我了。"

外面的大院里聚集着一群摄影记者,他们的照相机全都对着贝西活动房的门。

第四十章 遗体

一

驱车回家的路上,斯坦吉问:"你现在准备干什么去?"
"不知道,"穆迪说,"我不能去办公室。"
斯坦吉笑了起来。"需要用缺席判决来占用你下午的时间吗?"
"不,"穆迪毫不掩饰地说,"我受不了那个。"

他们得找一个曾参与过这件事的人谈一谈。几天之后他们将和妻子去度一个星期的假,所以现在得急匆匆地东奔西跑,把事情安排妥当。尽管如此,现在他们还是不能回办公室去。他们说:"我们到拉里那儿去吧。"可是当两人赶到厄伦姆旅游大酒店时,希勒还没有回来。他们只得和巴里·法雷尔聊了一阵。他们觉得,此刻重要的是找个人谈一谈。

开车在路上时,他们的眼前一再闪现出那一幕。斯坦吉仿佛看到加里的手抬起来又落下去,血流到他的裤子上。斯坦吉没法让自己不想这个。他那么想把这种幻觉驱赶走,真恨不得把手伸进脑袋里,抓住它扔出去。

因此,和巴里·法雷尔谈话使他们很高兴。以前,他们从没像现在这样友好相处过。让看得出来,尽管巴里表面上保持着记者的冷静,其实他的反应仍然很强烈。所以,这次谈话使让感到很舒坦。穆迪也是这样。

法雷尔呢,以前许多个夜晚,他曾大骂穆迪和斯坦吉这两个家伙缺乏人性,连有效地抓住一个问题的能力都没有,甚至连一个律师应有的好奇心都不具备。可现在他觉得应该克制住自己的怨愤,因为加里的死对他们震动很大。法雷尔想,他们现在真的意识到有人被处死了。

此外,巴里非常想听听所有的细节,也想告诉他们自己对吉尔摩的赞赏之情。吉尔摩坦诚地接受了死亡,我的上帝,他的理智已经尽到了最大努力。巴里想像不出,还有谁能比吉尔摩表现得更完美。这种想法帮助他从自己最后这些天里的所作所为中解脱出来。这种事实在令人厌恶,荒唐透顶。他竟把一个人的灵魂和良知中最美好的思想用一个比一个卑劣的问题表现出来,他竟然去窥探一个人因担心经受不住诱惑而像河蚌紧紧闭住壳一样所竭力保护的隐私。

希勒回来后,谈话更热烈了。他们你一言我一语地互相发问,唾沫飞溅,说个没完,直谈到口干舌燥,穆迪和斯坦吉才起身回家。让在心里想,除了肯尼迪总统遇刺,还没有一件事在他心里引起这样持久的反应。回到家里,他觉得累得不行,便上床躺下了,可怎么也睡不着。只要一闭眼,那些情景就又浮现在他的脑海里了,他的皮肤也一碰就疼。

二

屋里只剩下他们两个人时,法雷尔问希勒:"你吃过早饭没有?"

"没有。"希勒答道。

"想吃吗?"法雷尔问。

"我正拉肚子呢。"希勒说。他想去睡觉。

这时,巴里抬起头说:"喂,给你,你母亲的电话。"

希勒有两个星期没跟母亲通电话了。他拿起话筒,听到母亲说,死刑执行后她看了电视上播放的记者招待会,她想证实一下,他是不是很好。希勒在电视上的神色使她很担忧,她觉得他有些精神不振。

希勒请她放心,说他仍然活蹦乱跳的。打完电话,他便上楼去了,还真的睡着了。几个小时后,《纽约时报》的一位女记者打电话把他吵醒了。他曾经答应接受她的采访,可现在他说自己不想接受采访。接下来,《时代》打来电话、《新闻周刊》也打来电话,一时间电话铃声不断。他们想知道他有没有行刑时的照片,并且想来采访他。希勒只得声明,他不愿当拳击吊袋。"既然你们的编辑想要照片,"他对《新闻周刊》和《时代》的人说,"那么,如果你们想跟我谈话,我们就得讨论讨论你们打算发表些什么。不准你们叫我中间商。我要求你们保证称我为记者。"他真的要开始定规矩了,"两个星期前,你们叫我中间商,叫我推销商。现在你们则想要照片,想从我这儿多捞一些关于行刑的内幕。哼,我很生气,我们必须制订几条基本规则。如果你们想说我逼迫兰尼·布鲁斯的遗孀接受采访,那么我也要求你们写文章捧一捧那本我引以为豪的《水俣市》。如果你们想要一张玛丽莲·梦露的照片,那么你们就得从我那本关于汞中毒的书里再找另一幅照片登出来。如果你们的报道在一方面有偏见,那么就得在另一方面纠正过来。"他就这么嚷嚷来嚷嚷去,他感到自己的血管里重又涌动着热血,而不是那些乱七八糟的污水。

三

《德塞瑞特消息报》
沉默的大多数不再沉默

作者：雷·鲍伦
《德塞瑞特消息报》专职撰稿人

一月十七日讯——根据路易斯·哈里斯上周在全国范围内所做的民意测验，美国公民以百分之七十一对百分之二十九的多数，赞成由行刑队枪决吉尔摩。

《德塞瑞特消息报》
黎明前迸发的感情

作者：塔默拉·史密斯
《德塞瑞特消息报》专职撰稿人

犹他州一月十七日讯——今天凌晨，期待、认命、气愤、失望、沮丧和慌乱等各种情绪在加里·马克·吉尔摩的牢房里接连出现。

昨天下午四点零七分，吉尔摩的最后一餐送进了他的牢房，有牛排、薯条、面包、黄油、豌豆、樱桃酱馅饼、咖啡和牛奶，他只喝了咖啡和牛奶。

晚上八点到九点之间，他叫监狱工作人员给KSOP电台打电话，请求播放他最喜欢的两支歌——《泪谷》和《漫步在你心灵的足迹上》。

两名交换台接线员整夜都在忙着转接来自世界各地的电话。

德国慕尼黑的一名妇女竟打来十七次电话。

"我丈夫死在集中营里，"她反复说，"同样的事正在你们那儿重演，美国不比集中营好到哪儿去。"

另一位妇女哭着说，三个星期前她做了个梦，梦见加里不应该死。

四

希勒把负责办公室保卫工作的杰利·斯科特派到盐湖城去看管加里的尸体。他得保证验尸时不许任何狂人寻衅滋事。

驱车从厄伦姆去医院的途中，杰利·斯科特想，当初在审判后是他把加里从县监狱押往犹他州监狱的，现在他也许是最后一个看到加里遗体的人，这真太巧了。

验尸室在犹他州立大学附属医院的五楼上。这间房子不大不小，里面有两张验尸台。因为是在警界工作，杰利对这里很熟悉。本州的验尸工作全是在这里进行的。这天早晨刚刚抬进一具女尸，她是在盐湖城北面的一条河里淹死的。此刻她的尸体并排放在加里尸体旁边的一个验尸台上，两张验尸台相距十英尺。

三男三女正围在两张台子旁，乍一看很难分清谁是医生。一伙人正忙着摘取吉尔摩的眼睛，另一伙人则忙着摘取用于移植的器官。看上去他们全都急急忙忙。显然，这些器官必须尽快取出来。一个在旁边观看的医生则没完没了地催促着他们。"你们不能快点吗？我还有很多事情要做呢。"才过一会儿，他又说："怎么还没完？"终于，一个医生说："好了，归你了。"这时，正式的验尸小组才接手工作。

杰利·斯科特站在仅三四英尺远的地方，好奇地看着正在发生的一切。验尸官对杰利说，他可以作为验尸的见证人。他们记下了他的名字，同时还记下了副治安官康戴尔·琼斯的名字。在那儿见到琼斯，杰利很高兴，因为他担心把加里的尸体从医院送往火葬场时会和外面的人发生冲突。事实上，他请康戴尔·琼斯协助他阻止人群闹事。杰利数了数，医院门口最起码有二十个人，其中只有一两个是地道的记者，其他大多是行为古怪、专爱寻求刺激的家伙。杰利估计，这帮人会找麻烦，甚至还可能发生冲突。

刚才，那个医生把加里的尸体从阴毛处一直切到胸骨。取出要移植的器官后，他没把切口缝合。现在，验尸人员冲洗了一下尸体，验尸官用手术刀从胸骨往上一直切到脖颈，再向左右两侧切至肩膀处，然后动手撕开他的皮肤。

他像脱衬衫似的把吉尔摩的皮肤从肩部往下剥，接着用锯子锯开胸骨，取下胸腔骨放入一个无盖的大水池里，水池里自来水哗哗流淌着。然后，他把加里那残缺不全的心脏掏出来。杰利·斯科特简直不敢相信自己的眼睛，心脏被打得稀烂，只剩下不到一半了。杰利看不出那是心脏，只好问医生："对不起，那是心脏吗？"医生说："是的。"

"嗨，他什么也感觉不到，是吗？"杰利·斯科特问。医生说："是的。"在此之前，杰利打量过加里身上弹孔的布局，四个小小的弹孔分布在玻璃杯口大小的面积上，每个相距不到半英寸。医生们小心翼翼地拍了几张照片。他们给每个弹孔标上一个稀奇古怪的记号，然后把加里的身体翻过来，给子弹从背后穿出来的地方拍照。从这些弹痕上，杰利能看出来，行刑队的家伙开枪时手一点儿也没发抖，他们全都打得非常准。

当然，杰利一直在想着自己万一被击中时的情景，这种事在他执勤时随时都可能发生。他一直在想，被击中是个什么滋味呢？此刻，看着那颗心，他又问了一遍："他什么也感觉不到，是吗？"医生说："是的，什么也感觉不到。"杰利问："那么，被击中之后，他动弹了没有？"医生说："动弹了，约有两分钟。""是神经在动吗？"杰利问。"是的，"医生说，然后又补充道，"他死了，但我们必须等到他不再动弹为止。大约等了两分钟。"

杰利不得不承认，随后的解剖越来越可怕。他们开始摘取吉尔摩身上的各个器官。他们取出了胃啊、肠子啊等等内脏，又从每个器官上切下一小片来。一个家伙在验尸台头上摆弄着加里的脑袋。一转眼，加里的舌头就捏在他手里了。"切下他的舌头干什么？"杰利·斯科特问。他不知道自己的问题会不会惹得医生不高兴，但他想，既然当了见证人，就不妨弄清楚这里所发生的一切。验尸官回答道："我们要从这上面取标本。"说着他把舌头放在验尸台上，切成两半，再割下一小块来，放进一瓶溶液里。

杰利·斯科特见过不少死人，去过许多飞机坠毁的现场，很清楚四分五裂的尸体是什么样子的。可现在他坐在那儿，眼看着加里的尸体被一块块肢解，真有点受不了。这些家伙干起这个来真是行家里手，一边干还一边闲聊，那个兴奋劲不亚于在肉摊上剁牛腿。每隔一会儿，他们便朝另一边的实习医生喊一声，那些实习医生正在解剖那个溺水而死的女人。那女人太胖了，胸腔打开时，她的胃竟垂到了大腿上。可他们根本不把这当回事，只顾干自己的活。

此刻，站在这张验尸台头上的家伙从加里的左耳处向上切开一条口子，一直切到头顶，又向下切到右耳处，然后把头皮向刀口两侧扒开。他们把他的脸皮一直扯到他的下巴处，整张脸皮活像一个反过来的胶皮面具。接着，他用一把锯子锯他的头盖骨，又拿起一件类似油灰刀的工具撬开骨头，把头盖骨揭了下来。随后，他把手伸进颅腔，取出大脑，称了称重量。杰利·斯科特觉得，那大脑看上去约有一磅半重。最后，医生摘下脑垂体放在一边，把大脑切成一条一条的。"你们为什么要这样做？"杰利·斯科特问。一个医生回答说："我们在寻找肿瘤。"他们向杰利·斯科特解释了有关大脑的不同区域的问题，说他们想弄清楚加里·吉尔摩的运动神经系统有没有毛病。然而，看上去一切都正常。

接下来，他们给加里的文身拍照。他的左肩上刺有"妈妈"两个字，左前臂上则刺有"尼科尔"几个字。他们取了他的指纹，把所有那些无需解剖的器官放回他的体内和颅腔内，又把他的脸皮拉上去，盖住他的面骨和肌肉，就像是重新给他戴上了面具。然后，他们把锯下的头盖骨放回头顶上，最后又把头皮和胸腔缝合。一切结束后，加里·吉尔摩便恢复了他的面目。

在这整个过程中，杰利注意到，吉尔摩下牙床上只有两颗牙齿，上牙床上一颗也没有。后来，他们把他的假牙装了上去。这时再看吉尔摩，杰利吃惊地发现这个瘦骨嶙峋的家伙竟有厚厚的一层脂肪。要不是肚皮上的那层脂肪，他的体形肯定很漂亮，甚至可以和运动员相媲美。

杰利看了一下表，时间是下午一点半，他已经在这里四个小时了。这时，殡仪馆的工作人员走了过来，把吉尔摩抬到一个折叠式推床上，给他盖上被单，又在上面蒙上一条漂亮的毯子。他们快步把加里推到街上，装进柩车，送往盐湖城的雪林纳火葬场。也许是因为验尸长达四个小时，医院门口的人群已经全散去了。他们安排了两个警察在火葬场门口迎接他们，不过他们到达时，那儿也没有什么人。

因为棺木要和尸体一起火化，所以他们只要了一口薄皮棺材。这棺材是用三合板做的，棺木上包着一层紫红天鹅绒，侧面镶着几根银色的横条。棺内铺着白缎子，还有一个漂亮的缎面枕头。它虽然远不如高级的金属棺材，但比一般的木头匣子可强多了。

今天给杰利·斯科特下的命令之一是，火化时千万不能搞错尸体。于是，棺材被推到焚尸炉前时，他掀开裹尸布验明正身。刚才预燃时，为防止高达四英尺的火头冒出来，他们落下了炉门，现在他们又提起炉门，把装着尸体的棺材推入火中。几分钟后，他们又一次打开炉门，一个负责这事的小头头用一根长长的火钳撬开棺材一头的木板。然后，他们透过一个十四英寸见方的炉孔往里看。杰利·斯科特看到了加里的脑袋。他的头皮已经烧着了，皮肤正在收缩、蜷曲。

斯科特看到加里的脸在变化，外层的肉皮渐渐发黑，最后消失了。接着，肌肉开始燃烧。吉尔摩的双臂原先是弯曲着放在胸前的，现在由于收缩慢慢抬了起来，最后他的十指直直地指向天空。这是吉尔摩留给杰利·斯科特的最后形象。在尸体焚烧的整个过程中，这个形象一直在他的脑海里晃动着。焚尸的时间很长，两点半时，他又去了一趟焚尸炉，尸体仍没烧完。直烧到五点钟，尸体才完全烧化，只剩下一点骨灰和一点由骨头烧成的焦炭。

五

托妮·格尼的几个朋友在马镫酒吧当女招待，还不到接晚班的时候她们便来到这个酒吧，找了个地方坐下来。这是一间带舞池的鸡尾酒厅，又大又昏暗。当然，在犹他州，你要想喝鸡尾酒就得首先花钱买到俱乐部成员的资格。这倒也不难。马镫酒吧是从普罗沃到盐湖城之间为数极少的几个既能喝酒又能跳舞的好地方，不过这儿要到晚上才热闹。现在是下午，酒吧里非常安静，半明半暗的大厅里零零星星坐着几个人。

一个名叫维拉·布朗特的朋友问老板娘艾丽斯·安德斯，坐在厅里的那三个家伙是谁，因为一看就知道他们不是常客。艾丽斯回答说，他们是枪毙加里的刽子手。"你怎么知道的？"维拉问。老板娘回答道："噢，是我给他们登记的，他们是盐湖城'叉角羚俱乐部'的成员，我们很看重这个俱乐部的人。"维拉走过去买香烟，故意从他们的桌边经过。其中一个人对她说："坐下来和我们聊聊怎么样？"

他们正坐在那儿边喝酒边用美钞当扑克牌玩吹牛游戏。维拉坐下后他们又玩了一会儿，其中一个人说："我敢打赌，你认为我们是杀人不眨眼的杂种，是不是？"

"这个嘛，"维拉说，"这事总得有人干，再说加里本人也想死。"她没再说下去，更没提她认识托妮·格尼以及她家的其他人。一个刽子手接着说："想看看杀人的家伙吗？"他拿出一段带子和一个子弹壳给她看。"这是打死加里的子弹中的一颗，这是绑他胳膊的一段尼龙带。"他问她想不想摸摸它们，维拉嘴里说着"不"，手却不由自主地伸了过去。她的手碰上那玩意时，脸上堆起一团假笑。然后，他把带子和子弹壳放回口袋里。

桌上的另一个人说，他有加里的面罩，在外面的汽车里呢。对此他没多说什么，只是说他有。他们肯定有些醉了。

他们中的一个年龄约三十四五岁，秃顶，又矮又胖，另一个也是三十四五岁，浅棕色的头发，身高六英尺左右，戴着眼镜，不胖不瘦，只是肚子很大。这两个人的话最多。第三个人一直沉默不语。他生着一头黑发，中等身材，八字胡和络腮胡子都已经灰白了。他的眼里噙着泪水。最后，他说，早知是这样，他才不会干这种事呢。这时，一个名叫雷内·韦尔斯的年轻已婚妇女走过来和他们坐在一起。维拉跟她不是太熟。他们接着玩了几局吹牛游戏。

过了一会儿，刽子手们谈起他们的私人波段对讲机。他们三个都有这玩意，但其中一个吹嘘说，他的对讲机通话距离比别人远。雷内·韦尔斯立刻起身随他到他的汽车里去证实他的话。四十五分钟后，他们才回来。看他们俩脸上表情，就好像刚刚从肉汁里爬出来似的。

第四十一章 葬礼

一

第二天是一月十八日，星期二。这天一早，希勒召集黛比、露辛达和巴里·法雷尔开会，讨论清理办公室、退还租用设备等事项。会开到一半，斯坦吉打来电话，说当天下午将在斯班尼西福克为加里举行葬礼，大家希望拉里和巴里前往参加。

希勒把这件事告诉了两位姑娘，她们也要去，黛比甚至哭了起来。当然，她们的要求得到了满足，她们也将应邀前往。为了避开新闻界，葬礼的地点改了好几次，最后决定不在教堂而在斯班尼西福克镇的一个殡仪馆举行。

正在这时,塔默拉走进他们的办公室。希勒本来决定不告诉她,因为他担心塔默拉会把这个消息发表出去。然而,她很快从两位姑娘的交谈中猜到这件事,她气得脸色铁青,怒气冲冲地质问拉里:"我一直跟着你,"她说,"我们是一伙的,为什么我不能去?"希勒只得说:"是这么回事,不是我不信任你,塔默拉,而是我不能冒这个风险,我不能把这件事泄露出去。"这下塔默拉更火了。露辛达和黛比都能去,而她却不能,她不禁妒火中烧。她看上去从没像这个时候这样难看。事实上,她气得像是浑身着了火。一位纯粹的记者。

殡仪馆地处主要大街上,是一座平房。外墙是一层浅色拉毛水泥,正面是一长排彩色玻璃窗。希勒觉得,玻璃虽是彩色的,但看上去却更像是咖啡桌上的拼嵌图案。显然,这是幢很普通的建筑物。

使希勒吃惊的是,那里已经聚集了四十个人。有人把他介绍给贝西的许多姐妹,不过他根本没打算记住她们的名字。她们一个接一个走过来向他表示谢意。希勒不理解为什么要谢他。接着,风琴开始奏乐。

坎 贝 尔:我们永恒的天上的父啊,在这个特殊的追悼仪式开始之际,我们怀着深深的谦卑为已逝的加里·马克·吉尔摩缄默片刻。他过去是、现在是、将来永远是一位了不起的人物,因此,我们对他怀有深深的敬畏之情。我们的父啊,许多年前,在青少年管教制度中发生了一个巨大的悲剧,一个青年人,一个了不起的人,一个您的孩子被带进了法庭,被投入这个国家的监狱之中。在我们的心目中,他是个了不起的、可爱的人,这个记忆将永远伴随着我们。

现在让我们一起以圣子耶稣基督的名义祈祷吧,阿门(沉默)。今天下午,我们请托妮·格尼向大家转达加里母亲的话。

托　　妮：贝西姨妈让我把她的话转告大家。她说:"我对我儿子加里怀有很多美好的记忆。他曾经送给我许多美好的东西,他画的油画,他亲手为我做的皮包。但是,加里给我最宝贵的东西是他的爱和他的善良……"我还想代表我自己和我姐姐布伦达说……(泣不成声)。

弗　　恩：(读托妮的悼词)啊,我还想代表我姐姐布伦达说,我们都将怀念加里。我们曾看到他幸福过,也曾看到他痛苦过,现在我们知道他已经安息了。

坎　贝　尔：非常感谢!伊芙琳·格雷太太曾经专为加里写了几首诗并亲手交给了他。今天她想念一念其中的一首。伊芙琳是加里的表姐。

伊　芙　琳：致我亲爱的加里:

　　　　　　死亡能结束这些精神之生命吗,
　　　　　　它们似乎来自汹涌的人生汪洋,
　　　　　　脆弱的灵魂在大潮之上漂荡,
　　　　　　不,他们穿过黑暗之门,
　　　　　　在更广阔的海面上航行。
　　　　　　直到他们看到另一个港口,
　　　　　　回家时他们驶过平静的大海,
　　　　　　这海掌握在上帝慈爱的巨掌之中。
　　　　　　他们行驶在多么美丽的海洋上,多么辽阔——,
　　　　　　只有上帝,才知道它的边际。

　　　　　　谢谢诸位。

坎　贝　尔：另一位非常了解加里的人是罗伯特·穆迪律师,他曾经多次探望过加里，通过我们的法律制度，他走进了加里的生活。

穆　　迪：亲爱的朋友们，我认为选择这个时刻来悼念加里是很合适的。当初我们谈及此事时，他说，好的，好的，有人悼念我，我很高兴，我希望举行一个悼念我的仪式，希望弗恩姨父在这个仪式上对那些愿意来的人讲几句话。在过去的几个月中，我们和加里在一起度过了那么长的时间，这使我们了解了一个人，一个具有创造性的人，一个思想深邃的人。加里没有我们这些人所得到的机会，他靠的是自学，他是个自学成材的人。他博览群书，逐渐掌握了许多知识。加里创造了他自己的哲学，培育出自己对上帝的独特感受，而这些都是在被剥夺了人身自由的情况下进行的。而他的自学成材也使我们每一个与他交谈过的人得到某种启迪……我想有一点我们永远不会忘记，那就是加里长久地、不懈地寻求着爱，可直到他生命的最后几个星期、最后几个月，他才认识到世界上存在着爱，存在着对他的爱，这种爱是他以前从没发现的。我们今天悼念加里，就是要记住，爱就是爱所有人。不管别人怎么说加里，他的爱依然存在。我确信加里可以安息了……，确信他找到了上帝。谢谢诸位！

坎　贝　尔：谢谢，鲍勃。狄克·格雷教友现在想转达一个特殊的口信。

狄克·格雷：我觉得这是个巨大的损失。我将向诸位宣读加里兄弟们的唁函。"现在流传着各种各样关于加里·吉尔摩的传闻，毁誉参半，真假难辨。但我所知道的加里·吉尔摩是个跟其他所有人一样的、有优点也有缺点的人。我对加里·吉尔摩的最深刻记忆是，在他少年时代接受法律的改造之前，他和其他所有人完全一样，是的，在他接受法律的改造之前，他和其他所有人是一样的。长话短说，我们今天之所以能聚集在这里，正是因为法律改造了加里·吉尔摩。"以上是他的兄长弗兰克写来的，下面是他弟弟麦克尔的悼词："加里，但愿你已经找到了一个更美好、更仁慈的世界，但愿你的遗产将提醒我们珍视生命的价值，而不是去美化或宣扬任何形式的死亡。我为我们的家庭祝福，也为那些遭受磨难的家庭祝福——但愿那些宣称代表我们利益的人不要忘记对这些家庭欠下的债。加里，我多么希望我们能有更多的时间在一起。献上我的爱与悔，麦克尔。"

坎 贝 尔：谢谢你，狄克！加里，犹他州监狱的牧师托马斯·米尔斯曼神父此刻想和你说说心里话。

这时，几乎所有在场的人都怀着浓厚的兴趣仔细倾听，因为他们大多数是摩门教徒，以前从没亲耳听过天主教神父布道。

米尔斯曼：现在你们知道了我是米尔斯曼神父，我是犹他州监狱的天主教牧师。唉，我与加里·吉尔摩的关系也许跟你们中任何人与他的关系都不一样。我走进他的生活，完全是因为我听到这个被判死刑的人说了一句非同寻常的话。初次见到加里时，我就把这一点告诉了他。我对他说，这是句非同寻常的话，如果你真是这样想的话，那么我会尽一切力量帮助你实现你的愿望。我想，他的那句话你们所有在场的人肯定全都听到过，那就是：我希望带着尊严去死。

我们就这样开始了我们之间的友谊。我们时常见面,特别是在晚上,因为他白天忙于许多事情,来看他、探望他的人川流不息……他越来越出名,成了举世瞩目的人物,至少全世界都知道了他的名字和他正在做什么……我们的关系一直这样发展着,直到结局似乎——当然,非常临近了,而这时,你将不得不严肃对待这一切。所有这一切总要在某个时间、某个地点了结的。因此,在他被处死的前夜,我们聚在一起,大约是午夜时分吧,我为加里望了一回弥撒。教堂就设在厨房,有一个警卫碰巧是天主教徒,用我们的话说,他为弥撒当助祭来协助神父,那神父碰巧就是我。在望弥撒的过程中,我们通常要诵读《圣经》的。当问到应该读哪篇福音时,加里用他那种独一无二的口吻说:"我的名字叫加里·马克,请从《马可福音》中选几段读读吧。"后来,渐渐地,警卫们都在某种程度上受到感染,当然,他们注意到,加里沉浸在深思中,尤其是在福音书读完之后,他依然一动不动地坐在桌旁。哦,我们直截了当地对他说,当你说我要带着尊严去死时,我们就走进了你的生活,我们将伴随你左右,直到你的愿望实现。但我们想要你知道下面这一点,即在我余生的每一天,只要我还站在布道坛上,还是一名天主教神父,不管我在什么地方,在犹他州监狱也好,在医院也好,在罗马圣彼得大教堂也好,只要我活着,我都会为你祈祷的。哦,我不知道,这只是我的一些想法,也许我还有其他许多想法,但我没有时间把它们全都记下来。然而,我希望这些想法将对你们这些过去那么爱他的人能有所帮助。

当然，你们会怀念他的。我们此时此刻说的这些话也许能够帮助你们了解他。我找不出更好的话来对你们说，只能重复他的最后遗言，愿主与你们同在，愿上帝与你们同在，谢谢诸位。

坎 贝 尔：谢谢，神父。我和你们大家一样被深深地打动了。一个真实的加里·吉尔摩开始出现在我们面前。下面一个致悼词的是让·斯坦吉。

斯 坦 吉：我想，我和鲍勃是他这个重新组合的大家庭的成员。我们天天和加里在一起，只有三四天除外。如果你们不信，可以问我们的妻子，她们非常清楚圣诞节那天我们在哪儿。圣诞节是你们合家团聚、共享天伦之乐的日子，可你们猜穆迪和斯坦吉到哪里去了？好像这是我一生中第一次，也许是唯一的一次，真的，我可以理直气壮地说，我是个诚实的、真正的基督徒，因为我遵循救世主的话到监狱帮助那些需要帮助的人去了。

然而，我可以向你们所有人提出挑战，你们能做到我从加里那儿学来的这一点吗？他时常和我谈起家庭，我们都知道，他很喜欢孩子。他常常问我们是怎样和孩子相处的。他常说，让，抚养你的孩子，亲近他们，严格要求他们，让他们知道，小错不改会酿成大错的。有一次他脸上带着他那惯有的微笑说："如果他们总是做错事，那么他们到头来会成为第二个加里·吉尔摩。"

坎 贝 尔：谢谢你，让。加里曾帮过我一次大忙，他帮我度过了危机。我打算六个月后辞去监狱的工作。加里使我确信，预防胜于治疗，青少年和司法没有必然联系。我计划移居南犹他州，在那儿我有些家产，我要建一个少年牧场，收容那些十四岁以下的、不太遵纪守法的孩子，用爱去感化他们。从刚才诸位的发言中我了解到，加里想要留给我们的就是爱。在这一点上，他也许比任何人都更有能力奉献爱。他曾经给予我真挚的爱。我要告诉你们，加里·马克·吉尔摩的一部分已经和我融为一体，永远不会分离。

　　加里请求在他的追悼会上专门为他唱一首歌。他给我讲解这首歌时说，这首歌就是正要离开人间的我。这是一首优美的基督教圣歌，歌名叫"惊人的格雷斯"，下面由罗伯特·穆迪太太来演唱。

罗伯特·穆迪太太：（唱）

　　惊人的格雷斯，多么甜美的声音
　　它拯救了我这样一个不幸的人
　　我曾遭遗弃，现在又被找回
　　我曾是盲人，而今重见光明。

　　经过无数危险、艰辛和陷阱
　　我已经过来了，路途遥远
　　是格雷斯带着我一路平安
　　格雷斯还将带着我回家园。

坎贝尔：非常感谢，歌声美极了。我知道加里是真正爱你们大家的，但有一个人，他和加里的爱是互相的，他们都向对方奉献出了巨大的爱。这个人就是他的弗恩姨父……下面就请弗恩作最后的发言。

弗　恩：兄弟姐妹们，朋友们，今天，一九七七年一月十八日，我受加里之托站到你们面前。这种场合我非常不习惯，因为我从没有过这样的经历……但是，我既然答应了他，就得试着代他说几句话。我不打算为他的所作所为开脱,而是想解释一下,他为什么要这样做。这个任务对我来说无疑是十分艰巨的,我所作出的最好解释是,加里深深地爱着一位姑娘,那位姑娘也深深地爱着他。他们所面临的问题也许和我们中某些人所面临的问题一样,可是加里无法解决这些问题。他不得不出手伤害某些东西、某些人,不幸的是,他真的这样做了。加里已经死了,他希望他的死能够弥补他的罪过。他对我说,他毁了两个幸福的家庭,可他只有一条生命去偿还,他多么希望他另外还有生命来为自己赎罪啊。他已经把他身上某些特殊器官贡献给了他人和科学,他希望这样能使一些不幸的人恢复健康。过去几个月里我对加里的了解……胜过我认识他以来的任何阶段。我看到了加里的内心世界,他是个人,他有柔情,是的,他有理解力,他具有爱的能力。加里此刻正奔向与上帝同在的新生活。所以,正像加里所说的那样,"你们要冷静"以耶稣基督的名义,阿门。

二

追悼仪式结束后,斯坦吉把拉里·希勒叫到存放骨灰盒的侧屋里,告诉他加里要求把他的骨灰撒在斯班尼西福克镇的上空,因为他对那儿怀有甜蜜的回忆。弗恩认为,加里不希望自己死后再被关在一个什么地方。他一生都被关着,所以现在他想远离地面,在空中自由自在地随风飘荡。

他们准备了一架撒骨灰的飞机。让告诉拉里,加里希望他能在飞机上,这是他的请求。希勒说他不想去,他觉得那种场合不适合他去。他们说，加里请求由弗恩、米尔斯曼神父、克莱因·坎贝尔、让·斯坦吉和希勒等人乘飞机撒骨灰。最后，拉里只好同意，但他仍觉得有点不对劲。在整个追悼仪式期间，他既没有感到对吉尔摩有什么亲近感，也没有体验到与会者明显表露出来的那种感情。在飞机上将仍然会是这样。尽管如此，他们还是做出安排，第二天早晨一起上飞机。在那天剩下的时间里，希勒一直在打点行装。

十九号，星期三，他来到普罗沃机场，和众人一起登上一架六个坐位的小型飞机。飞行员和斯坦吉坐在前排，中间是弗恩和坎贝尔，最后一排是米尔斯曼和希勒。撒骨灰的过程很简单，他们把骨灰盒做成鞋盒大小，到了空中以后，斯坦吉打开了盒盖。加里的骨灰装在一个塑料袋里，就是那种卖面包的玻璃纸袋，袋上清楚地印着面包公司的名称。这一切使希勒兴奋起来。斯坦吉拿起这只袋子放在机窗旁，袋上印满了"物美价廉，每个五十九美分"的彩色字样。在希勒的想像中，骨灰应该是阴沉肃穆的黑色，可实际上却是灰白色，里面还有些碎骨头渣，实在是一种肮脏的，陈旧的颜色。

加里明确规定了骨灰应该怎么撒。他在斯班尼西福克、斯普林维尔和普罗沃分别选中了几个地方，所以斯坦吉要分四五次撒骨灰。他撒的时候甚至都没有把手伸出窗外，只是把袋口塞进一个通气孔里。飞行员把飞机倾斜着飞，这样斯坦吉便处于下方，气流就可以把骨灰吹走。一切进行得非常缓慢，没什么意思。坐在飞机后排的米尔斯曼向希勒谈起了追悼仪式。希勒听得出来，米尔斯曼很想宣布加里在死前的那一天皈依了天主教，但希勒觉得这个说法不妥。加里非常讨厌马克这个教名，甚至把它从合同书中划掉。当然，他可以三天两头地改换他的教名，不过希勒根本没把米尔斯曼的话当回事。

飞机撒完骨灰降落时,巴里·法雷尔正在机场等候,和他在一起的是《纽约时报》的一名女记者,希勒心中一百个不愿意接受她的采访,可他一时疏忽忘了告诉法雷尔这件小事,所以飞机刚一着陆,他就得见这个女记者。从她的表情中可以看出,巴里已经告诉了她他们在飞机上做的事情。希勒无计可施,只得接受一次最倒霉的采访。消息泄露出去了,吉尔摩的骨灰撒在哪儿再也不是什么秘密了。

那天傍晚,希勒还接受了《时代》和《新闻周刊》的两次采访。采访完毕,他立刻乘喷气机飞回洛杉矶。这两家杂志都已经接受了他的条件,都在他的控制之下。十一月份时,《新闻周刊》曾经与他合作过一两天,所以他现在对他们说,如果他们不在文章中提及这个小小的事实,他将把此事通知《时代》;反过来,他又对《时代》说,如果他们不同意作出实事求是的描述,那么他就要告诉《新闻周刊》他们是怎样偷偷地塞给他一架米诺克斯牌相机,并叫他转交给一位同事,以便那位同事在行刑前的那天夜里给加里拍照。尽管这两家杂志没给他什么优惠待遇,但借助于这种手段,他获得了公平、体面的待遇——这正是他所希求的。

第四十二章　落潮中的新闻

一

《时代》

被狱长称为"事件"的行刑过程仅用了十八分钟。关在附近三个牢区里的犯人听到一连串射击声后便高声叫骂起来。

《盐湖论坛报》
美国公民自由联合会称汉森为杀人帮凶

一九七七年一月十八日讯——全国抵制死刑联合会驻纽约协调人兼美国公民自由联合会死刑问题部部长亨利·希瓦茨察尔德严厉抨击了主持此次行刑的犹他州政府官员。

"这不是吉尔摩的自杀行为,而是以汉森先生为帮凶的借法杀人行为。"希瓦茨察尔德先生是在盐湖城希尔顿饭店的记者招待会上说这番话的。

他补充说:"州首席检察官那样急匆匆地赶往第十巡回法庭,只能说明他嗜血成性。"

"在这个自称文明的社会里竟会发生这种事情真让我大吃一惊。"这位死刑抵制者说。

"我简直难以想像这种冷酷无情已经到了什么程度,人类已经堕落到了什么程度,以至于竟会出现这种奇观。"

希瓦茨察尔德承认他的话过于严厉,但又补充说,这种局面需要一种刺耳的声音。"让汉森先生随意去理解吧。"他说。

《盐湖论坛报》
正义得到伸张,汉森谈死刑

作者:戴夫·琼森
《盐湖论坛报》专职撰稿人

一九七七年一月十七日讯——星期一加里·马克·吉尔摩被处死后,曾亲自出庭辩论反对暂缓行刑的犹他州首席检察官罗伯特·汉森说:"正义得到了伸张。"

汉森先生说:"极刑象征着一个社会有决心实施它的所有法律。如果我们不采取最严厉的法律制裁措施,那么犯罪分子将认为社会也不会对他采取其他法律惩罚措施。"

"任何死亡本身不是令人愉快的事情,任何人的死都令人悲哀。"汉森已经连续三十小时没有睡觉了,他满脸倦容,"然而,更使我充满悲痛之情的是那两位受害者的家庭,而不是吉尔摩先生已不在人世这一事实。"

《盐湖论坛报》在这篇报道上面刊登了一幅汉森的大幅照片。而紧挨着这篇报道的是希瓦茨察尔德那篇报道的大标题,"借法杀人"。

鲍勃·汉森对有关他个人的漫骂攻击已经习以为常,但"借法杀人"却刺痛了他。他曾经就是否起诉美国公民自由联合会的这个家伙考虑过很长时间。汉森知道,自己是个知名人士,这样一来肯定会给人留下一种凶神恶煞般的印象,而且汉森认为,虽然希瓦茨察尔德的话是恶意诽谤,但麻烦在于他无须为那个标题负任何责任,而那个标题却是整篇报道中最引人注目的部分。真是伤脑筋,汉森心里窝火透了。

二

死刑执行后不久的一天,朱迪·沃尔贝奇前往州议会会堂,想跟厄尔·道罗斯谈谈自己对他的看法。这种做法不怎么明智,但朱迪还是走进他的办公室坐了下来,问他是怎么看他自己的。厄尔说:"朱迪,你得明白,你可以认为我们所做的一切都是骇人听闻的,可反过来我们也可以认为你们所做的一切都是不公正的。我们将来还会在其他案子中合作,所以如果你能稍微控制一下你的感情,我将会非常高兴。"这不一定就是厄尔的原话,但意思差不多,当时朱迪没大用心听。"厄尔,"她回答道,"告诉我,你有孩子,如果你的孩子了解了你的所作所为,知道你是这桩死刑案的一个帮手，那么你是否会感到不安？"厄尔点点头。他告诉她自己确实感到了不安。他的一个孩子听见旁人议论说，他和首席检察官汉森卷进了这桩血腥的谋杀事件，他只得原原本本地把一切解释给孩子们听。

厄尔坐在桌子后面。他觉得朱迪有权前来质问他。说句实话，她这种举动只会使他感到高兴。在处理了这样一个掺进许多感情因素的案子后，律师们往往各奔东西，以后若是在街上彼此再见面时，他们也会故意东张西望，尽量避开对方的视线。厄尔不喜欢这个。事实上，他认为朱迪心里有话敢于当面说，这正是她了不起的地方，这要比多少年把怨恨埋在心里好得多。

离开办公室后，朱迪突然意识到，她原来一直以为死刑会给她带来很大的痛苦，可现在却没有感觉到。痛苦已经被愤怒淹没了。这件事对她的刺激非常强烈，否则她不会去找厄尔·道罗斯的。但是，吉尔摩的死本身却没有在她感情上引起波动。她怀疑这是否与自己时不时冒出的那种可怕想法有关，她觉得自己一直在剥夺吉尔摩的权利。

《盐湖论坛报》
犹他州死刑：我们是来杀人的

作者：鲍勃·格林
菲尔德报业辛迪加

一九七七年一月二十日讯——我们不想告诉你们，我们是怎样在死者坐椅前那些鲜血淋淋的沙袋旁爬来爬去的。我们也不想告诉你们，我们是怎样匆匆走进行刑队的帆布隔间，透过供步枪射击的窄缝，像刽子手当时所做的那样向外窥视着那把椅子的。

我们不想告诉你们，我们是如何触摸那里的一切的，是如何触摸死刑棚里所有一切的。我们不想告诉你们监狱警卫们脸上的表情。看到我们那样急切、那样贪婪地四处转悠，他们大为诧异。我们不想告诉你们，我们在那把死刑坐椅前干了些什么——椅子的皮革靠背上有好几个弹孔。我们没把这告诉你们吗？我们没有告诉你们，我们是怎样把手指伸进那些弹孔来回转动，我们的感觉如何，那些死亡之洞又有多么深多么大。我们感到了这一切。

三

布伦达彻底垮了。她回到自己家里，昏昏沉沉地躺在床上。许多人来看她，但她甚至记不起他们是谁了。她开口说话，可却不知道说了些什么。一连三天都是这样。接着她发起高烧，开始剧烈呕吐。她只想着一件事，"我该起来梳理一下，我要去参加葬礼"。可她只能踉踉跄跄走到卫生间。她哪里知道，葬礼两天前就举行了。当她发现自己没能在加里的最后仪式上与加里在一起时，她的心都碎了。加里知道了会失望的。

四

死刑几天后的一个晚上，尼科尔和人干了一架。随着夜幕的降临，她又一次感到非常想上床。当时还不到睡觉的时间，可她还是伸开四肢躺到了床上。四五个病人过来要把她拉起来。她们刚一碰到她，她立刻挥起胳膊乱打起来。

她差点把一个家伙的鼻子打扁了。有那么一会儿，她几乎把那五个女人全按倒在地上。这大约持续了三分钟，一个人对付五个人，这时间不算短了。最后她们把她仰面按倒在地，可她竟能挣脱出一只脚来踢她们，于是她们把她的身体翻转过来，五个人一起压到她身上。有的坐在她胳膊上,有的坐在她大腿上,这五个人在她身上足足坐了二十分钟,尼科尔则骂个不停。突然,她意识到这一切是多么滑稽,便放声大笑起来,直笑得好像心都快要跳出来了。

当然,按着她的那帮人觉得这没有什么可笑的。不过她却觉得不是她一个人在笑,有人正陪着她笑。后来她意识到那是加里。他正对着她的耳朵说,喂,小乖乖,你现在尝到这种滋味了吧。

事后,他们把她关了好几天。在这几天里,她时常放声大笑。她一直觉得不是她一个人在笑。

在这段时间里,她从没为加里哭过,没有这个必要。加里并不觉得他自己可怜。她一直希望,有一天她走出精神病院时他会和她很亲近。她想,也许自己还会自杀的,谁知道呢?这事很难说。

五

斯坦吉和穆迪本来预订了去墨西哥湾游玩的票,原定星期六动身,可他们甚至没有那份耐心等到周末。所以,星期四下午他们便带着妻子动身去新奥尔良。他们是在六点钟吃的晚饭。两人实在累坏了,返回汽车旅馆后倒头便睡,一睡就是十二个小时。

第二天晚上,他们来到一家餐馆。邻桌上的一个年轻女人在发脾气,她丈夫微笑着说:"别管她,她会回家的。"他这是开玩笑,可那女人却忽地一下站起来说:"我希望你明白,我是学法律的学生,我一直在研究一个很重要的案子,加里·吉尔摩的案子,你听说过这个案子吗?"

鲍勃的妻子凯思琳忍不住了,说:"这两位就是吉尔摩的律师。"你要是能看一眼那女人脸上的表情,即使在法庭上输得一败涂地也是值得的。

六

随后的几天里,厄尔·道罗斯为撒掉吉尔摩骨灰一事大发雷霆。根据公共卫生法,撒骨灰是违法的,如果他事先知道,他完全可以阻止这件事。后来他得知,狱方事先听说过此事,却没有通知他。他只得对自己说,忘了吧,这并不是他分内的事。再说,他感到相当疲劳。自十一月以来,他天天干到晚上九十点钟。鲍勃·汉森叫他利用积攒起来的补休日休息休息。

厄尔想度个短假,不管去什么地方,时间也不用很长。于是,他带着妻子儿女开车来到厄伦姆,他们在那儿有亲。他看到高速公路旁不远处有家旅游大酒店,便走进去订房间。接待小姐正要填写空白登记表,电话铃响了。厄尔听到她说:"不用担心,达米科先生。"她挂掉电话,厄尔问:"弗恩·达米科与这个汽车旅馆有什么关系吗?如果这个地方是他的或希勒先生的,我就不住了。"

"这个嘛,"那姑娘说,"希勒先生一行昨天刚刚结账离开。"厄尔对自己说:"我算是摆脱不了吉尔摩了。"

当初,在丹佛联邦法庭的走廊上,厄尔听说吉尔摩的死讯后,从窗口望着外面匆匆上班的人流,心头涌上一阵孤独凄凉之感。那种感觉至今仍然存在。他一直是孤独的,甚至在进行辩论时也是形单影只,所以,当他向窗外望去,看到别人在下面广场上接受采访时,产生那种感觉也是自然的。他不得不承认自己感到某种程度的失望,他强迫自己笑,在心里对自己说,自己是虐待狂的牺牲品。与其傻乎乎地工作,努力使每件小事都万无一失,还不如在感情上培养自己不要在乎谁去出风头。

厄尔对自己提出的这个要求很快便受到了考验。一两个星期后，为了编撰犹他州史中的某一卷，犹他州历史学会派人来到办公室，采访了每一个人，可就是没找厄尔。那天他恰巧不在办公室里。几乎和吉尔摩那桩案子里的所有情况一模一样——每当有什么重要活动、媒体或历史学家来采访时他都偏偏不在场。厄尔对自己说，既然事已如此，自己也应该高兴才是。

七

《盐湖论坛报》
命令调查吉尔摩的照片
作者：乔治·艾·索伦森
本报郊区版编辑

一九七七年一月二十八日讯——犹他州管教委员会于星期四下令调查《时代》和《新闻周刊》是怎样搞到吉尔摩死刑前不久喝小瓶威士忌的照片的。

《盐湖论坛报》
吉尔摩的死刑耗资六万美元
作者：乔治·艾·索伦森

一月三十日讯——审判谋杀犯加里·马克·吉尔摩以及在其两次自杀未遂之后进行抢救，一共花去犹他州纳税人六万美元。

这个数目还没有把实际审理费用包括在内。据犹他县检察官诺亚尔·伍顿估计，实际审理费用在一万五千至两万美元之间，这包括各种额外支出和加班费。

执行死刑的那天凌晨，三百二十名监狱工作人员中有二百多人在夜里三点被召回监狱。

犹他州首席检察官罗伯特·汉森估计，他的副手和秘书超时工作量的费用可高达一万九千美元。有几个人在最后一两天里连续工作了三十个小时。

八

最叫托妮·格尼头痛的是到犹他州立大学附属医院去领取加里的衣服。那些衣服在一个贮藏室里存放了好几天，捂得臭气熏天的，后来他们只好把这些衣服冷冻起来。

托妮领到这捆冻得硬邦邦的衣服后，把它们放在自己汽车的行李厢里，可在路上冰就化了。等她赶到家时，上班的时间快要到了，好在没有人向她提问题。她赶快把这些散发着浓臭血腥味的衣服塞进洗衣机里。

九

几个星期来，攻击性信件日渐减少，雪莉·皮特勒便回来处理一些日常工作，可当她来到美国公民自由联合会办公室时，发现走廊里空空荡荡的，顿时生出一种异样的感觉。她的大部分情感仍然寄托在加里·吉尔摩身上，所以在她眼里，正常的世界反而显得既古怪又狭小了。

不仅是吉尔摩死了，而且连她自己也进入了某种独立的现实之中。雪莉偶尔会觉得自己正像一团雾似的在天空中飘荡，觉得自己和加里之间有一种奇特的交流，有某种思想正在他们之间来回传递。使她感到高兴的是，加里的生命已经摆脱了约束，他自由了。这真是荒谬绝伦，不过雪莉心里感到非常舒畅。

第四十三章　去亲吻　去诉说

一

在芝加哥，希勒和法雷尔连干了几个通宵，直到二十三号傍晚五点才为《花花公子》整理出采访记录的定本。这时距希勒离开旅游大酒店最后一次去监狱的那天晚上已经一个星期了。

《花花公子》杂志社原先承诺发表一万五千字。他们把文章交上去时以为只有一万九千字，不算太长，谁知当天晚些时候那边传来了消息，他们计算了字数，发现文章竟长达二万五千字。那位叫阿特·克莱奇默的编辑——希勒觉得他有点像亚伯拉罕·林肯，一个年轻漂亮的犹太血统的亚伯拉罕·林肯——说："我一个字也舍不得删。"巴里·戈尔逊也有同感，可他们都担心挤不出更多的版面。克莱奇默对戈尔逊说："我们连载的东西没有一篇有这个重要，全文刊登吧。"他抽掉了一章连载小说。

接下来，希勒又试图说服克莱奇默打破常规，不在采访记录中对话前面标上"花花公子"和"吉尔摩"的字样，而以"采访者"和"吉尔摩"取而代之。他知道把握不太大，想要休·赫夫纳同意用"采访者"替代"花花公子"可不容易。

法雷尔写了个前言交给巴里·戈尔逊，巴里·戈尔逊满心欢喜地把它修改了一遍——他终于把希勒拉到自己的地盘上了！——后来希勒想去睡一觉，法雷尔也想去睡一觉。而被召到芝加哥来打印最后文本的黛比见他们的活都干完了，便想到休·赫夫纳住宅内那个著名的室内游泳池去游泳。那里面有个建在地下的酒吧，从那儿隔着一层玻璃墙你可以看到游泳的人。她这个《花花公子》的前模特儿可不是一般的角色，克莱奇默只好开门放她进去。没有人在城里，也没有人在他的住宅里，此刻赫夫纳正在洛杉矶，可黛比却能进去游泳。希勒和法雷尔不想游泳，便去了蒸汽浴室，在那儿一直躺到凌晨三点。

回到洛杉矶，菲尔·克里斯坦森——凯思琳·贝克的律师——打电话告诉希勒，尼科尔即将出院。希勒脑子里顿时闪现出许多记者堵在医院前门口的情景。他从没见过尼科尔，也不知道尼科尔对自己有什么看法，更无从知道她会不会履行那份合同。

碰巧拉里·弗林特新近创办了一本黄色刊物，名叫《风流》，就在这时，他打来电话，表示愿意出五万美元买一套尼科尔的裸体照。五万美元！他们颇有分寸，只用了"裸体"这个词，不过也许他们不知道怎么把"叉腿裸体照"说出口。希勒对《风流》说，他希望他们开一份摄影师的名单来，只能用这种办法暂时敷衍他们一阵。接着，拉里打电话给凯思琳·贝克说："我认为，重要的是马上把尼科尔带离犹他州，不然的话，记者们会缠住她不放的。你和孩子们都需要休假，你们以前去过海滨没有？"凯思琳说："我们住在俄勒冈时，尼科尔非常喜欢海滨。"

"就这样定了，"希勒说，"我将在麦立布租一幢房子，你、尼科尔和你全家可以作为我的客人去那儿。我不强求你们，只是想让你们出来住个把月，换换环境。"

凯思琳说，那真太好了。拉里立刻行动。他先去西部航空公司用假名给尼科尔和她的孩子们订了飞机票，预付了六张机票的钱，然后布置杰利·斯科特在那天早晨指定的时间去凯思琳家,先把他们的行李送到机场,再回来接贝克太太,之后再与桑德伯格一起准时赶到医院把尼科尔接到机场。他们估计路上需要三十五分钟,如果加上十分钟的机动时间,那么只需在飞机起飞前四十五分钟接她上车就行了。一切全安排就绪了。

尼科尔不仅作好了出院的准备,而且,事实上,她已经最后一次来到医院的走廊上取自己出门穿的衣服。偏偏在这时,一个女人问她:"你对加里怎么看?"尼科尔回答道:"如果他还活着,我会从头再来一次的。"于是,他们当即把她送回了病房。

在随后的四五天里,希勒不断地打电话给伍兹医生和另外一些医生,反复向他们描述他将把尼科尔安置在一个什么样的环境里。他向他们保证,万一发生什么事,他将请一位医生在她身旁守候,并发誓不会让媒体接近她。为了强调他的许诺,他还给吉格医生发了一份电报,列出了自己的各项诺言,接着又派信使送去一封长信。他提议由法庭出面放她出院,这样医院便可以从此不承担责任。

希勒的计划重新开始实施。不过,这一次,希勒决定亲自飞往犹他州。这次他绝不能允许再出差错,不能坐视这种事情发生了。露辛达被派往麦立布,她在那儿找到了一幢月租为一千五百美元的房子,希勒又把租金和押金往下压了压。随后他飞往犹他。他已经安排好,将在肯·桑德伯格的办公室里与尼科尔见面。他正坐在肯的办公室里,弗恩打来电话说,加里叫他交给尼科尔的纸盒仍在他手里,该拿它怎么办呢?

"弗恩,"希勒说,"实话告诉你,我的态度是什么都不要隐瞒。""你想不想先看看那些盒子?"弗恩问。"不用了。"希勒说。弗恩又说:"我这儿有一盘加里在那最后一个夜晚里录给尼科尔的磁带，我已经听了一遍。"说到这里他打住了，希勒忍不住问："有多糟？"

"这个嘛，"弗恩说，"他要求她自杀。"

"既然这样，"希勒说，"我认为不该把磁带交给她。"他沉思片刻，自言自语地说，"也许打开盒子时我最好能在场。"在那一刻，希勒很想把磁带连同盒子都扣住，可加里已经在一封信中把此事告诉尼科尔了。

在办公室里等候尼科尔时，希勒接到菲尔·克里斯坦森打来的电话。这位老律师又拟定了一个新合同，想让尼科尔签字。这个合同规定，尼科尔收入的百分之二十应作为他的律师费。希勒坚决反对，克里斯坦森说："我们在她的事上花费了许多时间。"接着他又描述了那些已经做的和将要做的工作。"不行，"希勒坚决不同意，"让她自己去决定吧。"他隐隐约约觉得，克里斯坦森的心思并不全在这上面。

半小时后，尼科尔来了。事情进行得很顺利，新闻界压根没想到她会在今天出院。医院请求法院批准她在二十四小时内出院，同时却对外宣布说，四天后才能让她出院。所以，新闻界还认为七十二小时后前来迎接她的人才会上路呢。

希勒正和森妮、皮博迪一起坐在二楼桑德伯格的办公室里，只见一位身材苗条的姑娘静静地走了过来。她穿着牛仔裤和衬衫，从希勒身旁飘然而过，伸手抱起两个孩子，深情地吻着他们。两个孩子见到她非常高兴。"妈妈，妈妈。"他们不停地喊着。尼科尔哭了起来，凯思琳·贝克也哭了，可孩子们没哭，他们举着手里的玩具对尼科尔说："看，拉里叔叔给我们买的。"这时她才转过身来。希勒非常高兴。尼科尔比他想像的还要迷人。虽然她是个既文静却又带有几分野性的女孩子，希勒却觉得她的面孔很有个性，叫人捉摸不透。这太好了。吉尔摩在他心中的地位立刻上升了许多。加里和尼科尔的爱情并没有什么下贱之处，相反，他们的关系饶有趣味。

希勒屈膝跪在地上，笑容满面地对她说："我想自我介绍一下，我就是那只大坏狼拉里·希勒。"尼科尔的举止毫不做作，她讲起话来非常爽快。"加里跟我谈起过你，但你和我所想像的不一样。"她讲话柔声细气，嗓音中充溢着自身的气息，就好像她要让每一个字表达许多许多思想似的。她讲得很慢，却表现出在这么年轻的姑娘身上很少见的倔强性格。希勒明白她的意思。吉尔摩总是把他描绘成一个来自好莱坞的精明强干、难以对付的家伙，所以尼科尔肯定以为他是个干净利索的小个子。可此刻，他穿着那件皱皱巴巴的风雪大衣，显得十分臃肿。当然，他穿这件大衣是为了加强效果。与尼科尔见面既不该穿套装也不应戴领带，只有这身打扮最合适。嗨，她没有衣箱，两手空空。

希勒让她和孩子们玩了一会儿后，便把她带到旁边的一间办公室里请她坐下，他说："你瞧，你一点也不认识我，但我可以对你说，不管是出于什么原因，加里托我办过很多事情。我已经作好了安排，马上讲给你听，如果你愿意，我们五分钟后就离开这儿去赶一趟飞机。如果你不愿这么做，也不必感到不安。"他向她解释了她为什么应该去加利福尼亚。他坦率地说："你知道吗，很多人告诫我说，你还会企图自杀的。"她点点头，似乎这句话引起了她对他的重视。他接着说："我已经在海滨租了一幢小房子，你可以在那儿散散步，考虑考虑事情。我也会去那儿的。"他迟疑了片刻，然后下决心冒一次险，便问她记不记得签过什么合同，记不记得和他订过合同。她说她记得。"那好，"他说，"你现在有什么想法？还想履行这个合同吗？""是的，"尼科尔说，"我愿意到加利福尼亚去。"他又说:"你的律师还提到,在你动身之前有一个合同请你签字。"

"你认为我该签吗?"她问道。

他们现在已经相处得非常和谐了。"这个嘛,"他说,"我不想告诉你合同的内容到底是什么,只想让你知道那是一堆破烂。"

她再次微微一笑。他想,她的笑容真美,那笑容似乎是从她的脸中心开始的,然后像涟漪那样慢慢向四周散开。她的双唇丰满,咧嘴笑时显得既漂亮又倔强,好像在说:"喂,你比我强不了多少。"叫他吃惊的是,她是那样的充满活力,是那么一位光彩照人的年轻女子。达成默契后,他们离开办公室直奔机场,登上飞机朝加利福尼亚飞去。

然而,一上飞机,尼科尔就变得萎靡不振起来。他感到,她是想远远地避开大家。她不再像是真正的她,倒像是个流浪儿躲在一间窗户上蒙着水雾的屋子里。希勒感到一阵揪心似的恐惧。

二

在洛杉矶机场,露辛达一边等他们,一边回想着她在录音里听到加里讲给尼科尔听的几件事。这种事她从没听别人讲起过,所以她看见尼科尔沿着跑道朝她走来时,几乎不敢相信这就是尼科尔。露辛达也觉得很奇怪,自己怎么会为尼科尔感到一种无法抑制的难过。尼科尔似乎非常娇小、非常孤独,就好像是被从另一个世界拣了来放到这个世界里的,而对这个世界她没有理解的能力。然而此刻,就是这个尼科尔手里拿着一本封面上印有加里照片的《新闻周刊》,正与她的母亲和孩子一起朝她走来。看到那本杂志,露辛达心里更不好受了。就好像尼科尔什么也不能理解,她看上去呆滞麻木,置身事外,似乎对拉里非常疏远。露辛达说不准尼科尔是不是恨他,是不是恨所有他们这些人。从尼科尔身上,除了不愿和任何人接触之外,什么也看不出来。

乘车来到麦立布后,拉里带着露辛达和尼科尔去了一家食品店。露辛达看着他花了大约一百六十美元给贝克一家买食品。露辛达暗想,她们这辈子大概也没一次买过这么多吃的。可尼科尔什么也不说,只是在过道里走来走去。拉里一遍又一遍地问:"喂,你要不要买点这个?"她却一声不吭地在麦立布的这个大得出奇的超市里走来走去,她的周围全是些衣冠楚楚的有钱人。

拉里只管买呀买呀,好像想以此来缓解一下这种尴尬的场面。不一会儿他就装满了两大篮。尼科尔只是微微笑着,就好像食品是她最不关心的东西。有一次拉里问她还要点什么,她说:"嗯,我想要点薯片。"

后来,露辛达开车带凯思琳·贝克在洛杉矶兜风。在郊外的高速公路上,这位骨瘦如柴、精神紧张而又浓妆艳抹的小女人对她讲述着加里如何如何带枪来到她家,又如何如何把她吓得心惊胆战。看来,凯思琳觉得人们把关注全集中到尼科尔身上了,所以想讲讲自己的故事以引起别人的注意。她竟然当着孩子们的面讲这些事。她的故事讲得一团糟,不过露辛达却听得入了迷。她隔一会儿就叫孩子们安静一点,不要打岔。

从超市回来后,希勒对尼科尔讲的第一件事就是,她必须担负起照管这座房子的责任。这个月有一千美元的现金可以供她随时使用,这笔钱她现在想要多少他就给她留下多少。另外她还有一辆客货两用车可用。希勒说,现在他要暂时离开此地一段时间。然而,就在他要动身时,又突然想到尼科尔也许会打开加里留下的盒子，读到他写的东西，然后就自杀。她有干这种事的胆量。想到这里，他吓出了一身冷汗。

他满脸堆笑地向她道别，对她说明天他就回来，叫她放宽心不要紧张，但他能感觉到，她内心大吃一惊，不明白为什么在她出院后的第一天晚上他就把她一个人丢在这个地方，就是说，仅仅让她的母亲和孩子陪伴她。希勒说："喂，你是你自己的，如果我明天见到你，那当然好。如果你明天不想见我，也不算什么损失。"他虽然嘴上这么说，但在回家的路上却感到从没有过的惊恐。

事实上，他实在控制不住自己的心情，在离贝弗利山还有三分之一的路程时就停下车打了个电话给她，装着刚进家门似的说："我想告诉你们我平安到家了。"他的口气非常不自然，但要能听到尼科尔的声音，证明她还活着，他才能放下心来。

三

那天夜里尼科尔果真打开了那个盒子。里面有加里留给她的一个海泡石烟斗。尼科尔根本不知道这只烟斗的价值，觉得用它来吹肥皂泡倒挺合适。另一件是那只被加里摔坏的表，表针指在预订的行刑时间上。尼科尔认为加里干得很妙，若是留给她一只完好无损的表那还有什么意思呢？第三件东西是一本《圣经》。加里曾写信道，他收到的《圣经》足够开一家宗教商店了，但这本《圣经》是在他第二次试图结束生命的那天收到的。

加里留给她许多剪报，内容是关于他们俩的。尼科尔把它们全都看了一遍。她看到一幅一个名叫安波·吉姆的十岁小女孩的照片。她是个少年职业拳击手,曾经给加里写过信。盒里就有一沓她的信。安波·吉姆不过是个小孩,可尼科尔读这些信时却嫉妒得要命,真想大哭一场。这些信第一次使尼科尔意识到,在加里死刑前的那段日子里,除她之外,还有许多人在思念他。

后来,她看到一张理查德·吉布斯的照片,加里在照片下面写道:"密探、卑鄙小人、警察的眼线。他欺骗了我。"盒里有许多张尼科尔在不同年龄时和她家里人一起拍的照片,有许多人寄给加里的信,还有一枚圣·迈克尔徽章。最好的东西是一件海军蓝运动衫。这件运动衫没有汗臭味,却散发着加里身上的那种气息,非常好闻。这件衣服太好了,她不打算洗它。那天晚上她把它穿在身上,以后又穿过几次,不过她就是不想洗它。但过了不久,汗衫变得奇臭难闻,她只好把它洗了洗。

四

整整一个星期,希勒和她的谈话都没有开始进行。后来又有一件麻烦事,就是找不到私下谈话的地方。麦立布那座房子楼上有三间卧室,楼下有一间厨房、一间餐厅和一间起居室,在靠近海滩的那一侧还有一个游戏室。尼科尔的母亲占用了一间卧室,贝克家的孩子们占了另一间。尼科尔原来准备和森妮、杰里米一同睡在一张特大的床上,可她更喜欢待在外面冷风袭人的走廊上,待在麦立布一月底二月初的阳光下。走廊上很冷,风飕飕的,可她宁愿待在那里。她真的搬出去了,她的书全在走廊上。

最后,他们就随便在什么地方谈起来了。尼科尔既然已经出院,当然就不愿意再关到房间里,所以希勒常常在饭店里录音,或是在带她出去兜风时在汽车里和她谈话。几天下来,希勒发现,尼科尔提供给他的材料比他原来所希望的多得多,事实上,比加里死之前提供的或可能提供的还要多。

她对谈话似乎非常投入,就好像这是她心底的渴望。看来,她是怎样对加里讲的,就怎样对他讲,毫不隐瞒。她谈话不是为了摆脱自己的负疚感(有时他觉得她有很强的负疚感),不是的,而是出于某种更深刻的原因。使希勒迷惑不解的是,她为什么那么热切地把一切都讲出来,并且尽力照她自己的理解来解释所发生的事情。她不仅如实地描述了自己和加里之间的那些美好的往事,也如实描述了他们之间的那些龃龉,态度公允,不偏不倚,最后希勒不禁怀疑,她是不是到地狱走了一遭,带回了一条简单的真理:"世界上最丑恶的东西莫过于你嘴里的谎言。"

当然,有时谈话进行得非常缓慢,她向他坦白了那些最令人吃惊的事情。一开头她就对他讲了李叔叔的事。然而,哪怕稍微坦白一点,也会使她心烦意乱,那些最离奇古怪的事情往往窘得她说不出话来。有时希勒不得不费尽口舌打消她的重重顾虑,使她讲出那些哪怕他认为是微不足道的细节。

希 勒:现在讲到把门打开一条小缝。(长时间沉默)
尼科尔:我不能讲,拉里。
希 勒:你能谈谋杀,能谈加里要掐死你的事,能谈李叔叔纠缠你的事,为什么就不能谈谈巴雷特是怎么猥亵你脑袋的事呢?
尼科尔:是的,也许我能谈,但他那些具体的话我却不能讲。
希 勒:为什么不?(长时间沉默)难道巴雷特比你更圣洁吗?
尼科尔:(大笑)去你妈的,拉里。我不想谈这事,我不想说我不愿意说的话。

希　勒：你这样做是想证明你比我更强硬，是不是？

尼科尔：不是，我什么也不想证明。

希　勒：不对，你想证明。

尼科尔：我不讲是因为难为情。

希　勒：你在我面前有什么难为情的？好啦，讲吧。你是不是想让我关掉那个该死的录音机？是不是录音机使你难为情？我不明白你怎么会在我面前难为情的，真不明白。

尼科尔：太好了，你永远也不会明白。（沉默）

希　勒：讲吧，我得搞清楚这一点，我需要一个例子，因为这种事总是发生。讲吧，别跟我耍花招，讲吧！

尼科尔：（大笑）哈，上帝啊！（低语）

希　勒："哈，上帝啊！"接着讲吧。

尼科尔：拉里，我想讲，可就是讲不出来。我真的想讲，可真的讲不出来。把这事忘了吧。

希　勒：我可不想忘了这事，我不想忘。

尼科尔：好吧，下次讲吧。

希　勒：我现在就要知道，不是下一次。给我举个例子，我是说，你之所以到了中途岛是因为巴雷特猥亵了你那该死的脑袋。

尼科尔：（大笑）我没说巴雷特和中途岛那件事有什么因果关系。

希　勒：是的，你没说，可你说他使你产生了某种感觉，是他的话使你产生的。

尼科尔：是的。

希　勒：别对我这样微笑。（大笑）别对我这样微笑。你先朝外边看，你知道吗，接着便转过头来对我微微一笑。

尼科尔：（大笑）我在笑你。

希　勒：笑什么？

尼科尔：我在笑你。

1177

希 勒：因为我很幼稚？

尼科尔：不。

希 勒：因为我没见过世面，不会想像？

尼科尔：不，与那个无关，因为你这个人抓住什么东西就不放，老是偷偷摸摸地绕回来。

希 勒：我有点偷偷摸摸，是吗？

尼科尔：是的，有时是这样。（长时间沉默）

希 勒：你在纵欲，是什么使你在中途岛那么放纵情欲的？

尼科尔：（长叹。长时间的沉默。又一次叹气，更长时间的沉默——窃笑）到底是什么使我纵欲我也不知道，但有件事我知道，我早就知道，只不过有好长时间没去想它。（沉默）我混在那帮人中间，和那些从没摸过女人的家伙，或者不知道什么是……哦，你知道，没有过那种……

希 勒：性满足？

尼科尔：是的。

希 勒：是这样啊。

尼科尔：我那么做仅仅是为了远离那些床上功夫很棒的家伙，那些家伙好像只要愿意就能抱着任何一个漂亮妞享受一番。

希 勒：是这样啊。那么你就去找那些好像从没跟女人睡过觉的，或者不知道什么是床上功夫的家伙？

尼科尔：是的。

希 勒：动机是什么？

尼科尔：（长叹）他妈的，你简直是个精神病医生，不，你不是，我知道，我知道。

希 勒：动机是什么？

尼科尔：既然你问，我就告诉你。但这不讲你也明白，是不是？

希　勒：不明白，所以请你帮助我，上帝啊，我不明白。

尼科尔：我不信。

希　勒：真的，小姑娘，请帮帮忙。

尼科尔：唷，多么单纯的声音。

希　勒：因为如果我知道……（大笑）听我说，尼科尔，如果我知道的话，我是会说出来叫你证实的。你只要静下心来想一想我是怎样和你谈话的就会明白。我真的不知道。

尼科尔：（笑了两声，长时间的沉默）好吧！因为巴雷特说我床上功夫不行，我信了他的话，所以只能……去找那些不知道什么是床上功夫的人鬼混了。

希　勒：你是说巴雷特使你确信，你不能让男人感受到性满足？

尼科尔：是的。

　　希勒渐渐意识到，他遇到了一个理想的采访对象。在他二十年的记者生涯中，为了挖出一点真实情况必须成堆成堆地说废话，而尼科尔却很好相处，他用不着耍花招套她的话。这使他很受感动。他发誓，如果有朝一日有人为了吉尔摩的事来采访他，他也将毫不隐瞒，直言相告。

　　现在希勒和斯蒂芬妮又和好如初了。他已经坠入情网，要娶他的这位公主。他认为这是他命运中最好的一部分，可他命运的另一方面又叫他难以置信。这是他有生以来第一次和一个姑娘交上朋友，他渐渐产生了某种类似于自爱的情感，他曾经孤注一掷把赌注压在尼科尔不会自杀上，现在看来他可能要赢了。他相信，在今后的几周、几个月乃至几年之内，她不会轻易自杀的，理由之一是她和他已经建立起友谊，她不会随便抛开他的。于是，他一次次继续着和她的谈话。夜里，他多次梦见自己成了一个没有手的作家，每回从梦中醒来都想大哭一场。

第四十四章 四季

一

艾普丽尔在医院里熬过一阵艰难的日子后，来到麦立布和贝克家团聚。她宣称，病人和医务人员都对她十分粗暴，拿她的头往墙上撞。书籍和报纸没完没了地送进医院。太可怕了。她一直在读那些有关加里的报道。

现在，在麦立布，她仍然心惊胆战的。她常常在睡梦中叫喊："妈妈，没事吧？你肯定没事吗？"夜夜都是这样。

白天，艾普丽尔和尼科尔常常吵嘴，她俩怎么也相处不到一块。有些事情可能会变好，有些事情可能会变坏，但有些事情在凯思琳看来永远不会变。其中之一就是每天天黑之前，她们俩准会大闹一场的。

二

冬末的一天，在盐湖县治安官办公室里，诺亚尔·伍顿正和几个律师一起喝马提尼酒。一位律师说："这些家伙还在一个劲地催我就尼科尔偷带安眠药给吉尔摩一事对她提出起诉。"诺亚尔·伍顿说："比尔，起诉又有什么结果呢？看在上帝的分上，把它忘了吧。"

"哦，"比尔说，"我早把那事给忘了，我对他们说我不干。对那件事我不感兴趣。"说虽这么说，伍顿却真想问问尼科尔，她到底是怎样把安眠药带进去的。

一天，萨姆·史密斯打电话给弗恩，想知道他们是怎样把酒偷带进监狱的。

"你在做梦吧，"弗恩说，"我不知道。"

萨姆又打来了一次电话，花言巧语地哄他开口。弗恩回答说，不知为什么，这事对他来说也始终是个谜。

三

在麦立布过了一个月后，尼科尔决定带着孩子搬到洛杉矶去。她在圣弗尔南多谷租了一座不算太贵的房子。那不过是一幢破破烂烂的牧场小平房，离城外只有五个街区。这个地方与斯班克西福克镇很相似，街道的尽头就是沙漠，出城不到一英里便是拔地而起的高山。尼科尔设法送孩子们进了走读学校，自己找了一份工作，同时也上学读书。可日子却过得很无聊，没有男人，她的生活没有一点意思。

她用加里留给她的钱买了一辆野营车，领取了驾驶执照后，她常常开车来往于犹他和洛杉矶之间。自去年十月加里受审时在流浪汉之家的那个夜晚，她还从没和男人在一起过。但四月底的一天，她从犹他开车返回时，却和一个搭车的好上了。很长时间以来，她的周围总围着那么多各式各样的对她垂涎三尺的家伙，而她却不能纵情取乐，这种滋味真不好受。尼科尔一直在担心，如果下半辈子再没有那种事，自己还能不能受得了。对加里的忠诚束缚了她，她感到窒息、无聊、厌倦、心里发痒、欲望强烈。

与那个搭车的人做爱之后,她再也感觉不到加里存在于自己的身边了。在那之后很久都是这样,就好像他已经离开了。这使她抑郁得要死。尽管这样,她依然继续放纵情欲。这样做解决不了什么问题,可不纵欲同样也解决不了什么问题。纵欲也好,不纵欲也好,她都不会再恋爱了。

然而,纵欲使她自惭形秽。她想弄明白这到底是怎么回事。她是活着的那一个。如果她的紧张心理能通过和某些人做爱稍稍得到缓解,而那些人一旦离开她,她对他们的记忆就不复存在,他们与她、她的身体、她的心、她的记忆不再有任何联系,那么她在哪一点上对不住加里呢?

纵欲使她离加里越来越远,她的心在不知不觉中飘然而去。要想叫她改过从善太困难了。拉里对她说,她很聪明,能自己走出泥潭。然而事实却是她对自己老是那么纵容,她说:"去他妈的,既然我已经掉进了泥潭,就让我待在这里面好了。"

尼科尔一心要摆脱掉的想法是,加里已经不复存在了,可她又不愿意认真考虑这种可能性。如果相信他并没有真的进入冥冥世界的那一端等着她,那可太叫人感到压抑了。

四

那一年里有好几次,当朋友们在晚上谈起吉尔摩时,巴里·法雷尔便会主动提出放一盘磁带给他们听。人们都很想听听吉尔摩讲话的声音,于是巴里就给他们放那盘磁带。可是,一听到吉尔摩的声音,巴里就直打冷颤,而别人却对这些录音很感兴趣,说什么也不让他关录音机。

五

拉里现在一直在普罗沃采访那些认识加里的各色人等，露辛达则不停地打印记录文本。几个月之后，打印工作日渐减少，她便转而替戴维·弗罗斯特工作，此人正在对理查德·尼克松进行一系列电视采访。

露辛达的工作地点在洛杉矶世纪城的一幢办公大楼里，她的任务是记录弗罗斯特的磁带录音。每星期工作三天，每次从下午四点工作到第二天上午八点。在那里，她被关在空荡荡的摩天大楼里，录音机里传来理查德·尼克松的声音，可那远没有加里·吉尔摩那件事有意思。她的心里总是回响着吉尔摩的声音，他讲起话来就像个牛仔，言简意赅，嗓音粗哑，稍带鼻音，敏感，充满孩子气，每个字都像是一颗凝聚着爱心的弹丸。

六

加里死后一年，凯思琳·贝克写信给希勒：

拉里，你知道，我过去曾一度为加里感到难过，可一想到过去他对我女儿的所作所为，以及现在他仍在伤害她们，我恨不得能杀死他一百次——加里现在和我形影不离。艾普丽尔对他的恐惧快要把我们逼疯了！对她来说是黑夜来临，可对我们大家来说却是噩梦。她怕黑夜怕得要死，因为"他拿着枪在黑暗中杀人"。她不提"加里……"而说"他"——她惶惶不可终日——上星期一天早上四点钟，她突然歇斯底里发作起来："他在那儿杀人，现在他又去杀更多的人啦——快，在他杀死更多人之前，我们快赶到那儿去!"她天天如此——甚至在睡梦中也一样——如果她睡了的话。即使我们都在也没有用。每天晚上都得安慰她一遍,告诉她加里不会闯进来杀我们。我们谁也没有安安稳稳睡过一夜,因为艾普丽尔每小时都要把我们喊醒:"妈妈,你好吗?——我们怎么办?!"拉里,我告诉你,我恨吉尔摩,恨不得他就在我面前让我一刀宰了他!艾普丽尔……从她的梦话中,从她每次见到血时的惊恐中,我猜得出来,加里的鞋和裤脚上肯定沾满了血迹和脑浆,四周的墙上肯定也溅得血迹斑斑。我不知道该怎么办才好。我不能对茜茜谈起她对加里的感情,她把感情埋在心底,可音乐常常使她联想起加里,使她长时间地哭泣,还有诗歌——我不能和艾普丽尔谈论加里,因为她从来不提、也不愿意提到他的名字——前天夜里她在梦中说:"他站在那儿浑身是血,眼里闪着疯狂的光。"现在除了加里还能有谁会在梦中折磨她!我了解加里眼中那种疯狂的光——他来拿枪时眼里闪着这种目光,他把艾普丽尔带走时眼里也闪着这种光——听起来好像我也该请个精神病医生来看看了?哈哈,不,我不需要,我很正常,我只需要谁来帮助我赶走吉尔摩的阴魂。

离开洛杉矶之后,尼科尔辗转来到俄勒冈的一个小镇,在那里租了一小套公寓。一天早上,她坐在厨房里和昨天在她这儿过夜的那个男人一起喝咖啡。她正要伸手去拿桌上的什么东西时,突然感到自己的手有点异样。她看到手上那枚加里送给她的"霍鲁斯眼睛"戒指碰坏了,镶框出现了裂纹。

几个月来,她已经磨练得很有克制力了,可看到这只出现裂纹的戒指,她心中突然感到一阵剧痛,一头扑倒在桌子上痛哭起来。这是一两个月来她第一次为加里放声痛哭。

七

一九七七年圣诞节,弗恩买了几个杠铃送给犹他州监狱里的犯人,这是加里要求弗恩在死刑后做的事。

这一年的情况很不好,没有出现任何转机。弗恩的腿病越来越严重,需要再作一次手术,可是他没钱。他的腿不允许他成天站着,他只得把鞋铺卖了。接下来是一桩桩有关加里财产的诉讼案。犹他州告他拖欠支付斯奈德和埃斯普林的律师费,马克斯·詹森的人寿保险公司也提出起诉,还有黛比·布什内尔要求赔偿一百万美元。这之后,艾达严重中风,住进了医院,一日三餐都得弗恩喂她。他在医院里陪了艾达三个星期,试着教她重新走路、说话。由于她的住院费高达两万美元,所以弗恩只好把自己开刀的事免了。

八

从布伦达告诉她加里犯了谋杀罪那天起,贝西一条腿的腿骨便开始在踝骨处向内倾斜。到加里被处死后,那条腿就再也抬不起来了。在那之前,她还可以到活动房区办公室去取信件,可现在,尽管只隔着三座房子,她都不敢试着走一走,那条腿完全迈不动步了。

坐在椅子里,她常常想起盐湖城那幢闹鬼的房子,想起他们当时的邻居,那位和善的犹太妇人。贝西想,不管经常出没于那幢房子的是什么,不管那位和善的犹太妇人提醒她防备的是什么,那东西肯定是从那时起就附到了加里身上。

贝西听说艾达中风了。一天晚上弗恩回家时,突然发现艾达中风倒在家里。贝西本可以告诉弗恩,多年前在盐湖城的那幢房子里附在加里身上的那个东西现在肯定又附到艾达身上了,不过贝西不想把这话讲给弗恩听。总的来说,她和弗恩不是很熟,不想把他家里现在有鬼这种事讲给他听。

然而,她想到她婆婆法伊和萨克拉门托的那幢老房子,那房子里的家具常常会自己移动。贝西坐在活动房里一张椅子上,身旁是一张桌子,桌上摆满咖啡杯和托盘。她身上的那件睡衣又破又旧,就好像穿了一两百年了。她自言自语地说:"我已经离地狱不远了,回不来了。"

活动房小区外是麦克拉夫林大街,那儿汽车整日川流不息。偶尔会有一辆汽车从小区入口处那扇摇摇欲坠的白色木制拱门下开进来,一直开到她那黑洞洞的窗前停下。她能察觉到有人在向里面窥探。她也曾收到过一些恐吓信,可她根本不在乎。对一个儿子的心脏挨了四颗子弹的女人来说,几封信又算得了什么。

贝西也收到一些为加里作词谱曲的人的信,他们请求她允许发表那些歌曲。对这类信她也一概不理睬。

她就这么坐在那儿。如果夜里有一辆汽车驶入活动房小区,四处转悠并慢慢减速,如果这辆汽车最后停下来,她就知道车里一定有个人在想,她正一个人坐在窗前。这时她会在心里说:"如果他们想开枪打死我,我会和加里一样毫无惧色的。让他们来吧。"

  在我深深的地牢里
    我迎接你的来临
  在我深深的地牢里
    我羡慕你的恐惧

在我深深的地牢里
　　我生活着。
我不知道
　　我是否希望你平安。

在我深深的地牢里
　　我迎接你的来临
在我深深的地牢里
　　我羡慕你的恐惧
在我深深的地牢里，
　　我生活着。
用一个血淋淋的吻
　　祝愿你平安。

　　　　　　　　　　——古老的囚歌